SCIENCE FICTION

Herausgegeben
von Wolfgang Jeschke

Von Jack Vance erschienen in der Reihe
HEYNE SCIENCE FICTION & FANTASY

Start ins Unendliche · 06/3111
Emphyrio · 06/3261
Die sterbende Erde · 06/3606, erneut · 06/3977
Showboat-Welt · 06/3724
Maske: Thaery · 06/3742, auch ∕ 06/1011
Die Welten des Magnus Ridolph · 06/4053
Staub ferner Sonnen · 06/4202
Verlorene Monde · 06/4384
Grüne Magie · 06/4478

ALASTOR-ZYKLUS:

Trullion: Alastor 2262 · 06/3563
Marune: Alastor 933 · 06/3580
Wyst: Alastor 1716 · 06/3816
Auch als Sonderausgabe in einem Band:
Alastor · 06/4415

DER DÄMONENPRINZ-ZYKLUS:

Jäger im Weltall · 06/3139
Die Mordmaschine · 06/3141
Der Dämonenprinz · 06/3143
Das Gesicht · 06/4013
Das Buch der Träume · 06/4014

DIE DURDANE-TRILOGIE:

Der Mann ohne Gesicht · 06/3448
Der Kampf um Durdane · 06/3463
Die Asutra · 06/3480
Auch als Sonderausgabe in einem Band:
Durdane · 06/4361

LYONESSE-ZYKLUS:

Herrscher von Lyonesse · 06/4471
Die grüne Perle · 06/4591
Madouc · 06/5021

Außerdem erschien:

»Die letzte Festung«
im Science Fiction Jahresband 1981,
hrsg. von Wolfgang Jeschke · 06/3790

JACK VANCE

Madouc

Dritter Roman
des
Lyonesse-Zyklus

Aus dem Amerikanischen übersetzt
von
JOACHIM PENTE

Deutsche Erstausgabe

HEYNE SCIENCE FICTION & FANTASY
Band 06/5021

Titel der amerikanischen Originalausgabe
MADOUC
Deutsche Übersetzung von Joachim Pente
Das Umschlagbild malte Dieter Rottermund

Redaktion: Irene Bonhorst & Friedel Wahren
Copyright © 1990 by Jack Vance
Die Originalausgabe erschien bei
Ace Books/The Berkley Publishing Group, New York
Copyright © 1993 der deutschen Ausgabe und der Übersetzung
by Wilhelm Heyne Verlag GmbH & Co. KG, München
Printed in Germany 1993
Umschlaggestaltung: Atelier Ingrid Schütz, München
Technische Betreuung: Manfred Spinola
Satz: Schaber Satz- und Datentechnik, Wels
Druck und Bindung: Presse-Druck, Augsburg

ISBN 3-453-06578-6

Kapitel Eins

1

Südlich von Cornwall, nördlich von Iberien, von Aquitanien im Osten und Galizien im Süden durch den Kantabrischen Golf getrennt, lagen einst die Älteren Inseln. Das Zentrum dieses aus gut zwei Dutzend Inseln — deren kleinste Gwygs Zapfen war, ein schwarzer Felszacken, der oft unter den Brechern des Atlantik völlig verschwand — bestehenden Archipels bildete Hybras, das Hy-Brasil der frühen irischen Chronisten: eine Insel von der Größe Irlands.

Auf Hybras gab es drei bemerkenswerte Städte: Avallon, Lyonesse und das alte Ys* — neben einer Vielzahl kleinerer ummauerter Städte, alter grauer Dörfer, vieltürmiger Burgen und herrschaftlicher Wohnhäuser in hübschen Gärten.

Die Landschaften von Hybras waren von vielerlei Gestalt. Der Teach tac Teach, eine Gebirgskette mit hohen Gipfeln und Hochmooren, verlief parallel zur Atlantikküste. Andernorts war die Landschaft freundlicher, mit weiten Fernsichten über sonnenbeschienene Senken, bewaldete Kuppen, Wiesen und Flüsse. Ein wilder Wald bedeckte die gesamte Mitte von Hybras. Das war der Wald von Tantrevalles, der Ursprung von tausend Fabeln, in den sich nur wenige Menschen wagten, aus

---

* In grauen Vorzeiten eine Landbrücke, die für eine kurze Frist die Älteren Inseln mit dem alten Europa verband. Der Sage nach fanden die ersten Nomadenjäger, die nach Hybras kamen, als sie den Teach tac Teach überquerten und hinunter auf das Küstengestade des Atlantik blickten, die Stadt bereits als bestehend vor.

Angst vor Zauber und Verhexung. Diejenigen, die es taten, Holzfäller und dergleichen, bewegten sich mit behutsamem Schritt und blieben oft stehen, um zu horchen. Die atemlose Stille, hier und da vielleicht unterbrochen vom fernen Ruf eines Vogels, war in sich nicht beruhigend, so daß sie schon bald aufs neue innehielten und lauschten.

In den Tiefen des Waldes von Tantrevalles wurden die Farben satter und voller; die Schatten färbten sich indigo oder rotbraun; und man konnte nie wissen, was hinter jenem Strauch lauern oder auf jenem Baumstumpf kauern mochte.

Die Älteren Inseln hatten das Kommen und Gehen vieler Völker erlebt: Pharesmianer, blauäugige Evadnioi, Pelasgianer mit ihren bacchantischen Priesterinnen, Danaer, Lydier, Phönizier, Etrusker, Griechen, gallische Kelten, Ska, die über Irland aus Norwegen kamen, Römer, irische Kelten und ein paar Seegoten. Das Weben und Wirken all dieser Völker hatte mannigfache Spuren hinterlassen: verfallene Festen; Gräber und Mäler; Säulen mit rätselhaften Glyphen; Lieder, Tänze, Redewendungen, Bruchstücke von Dialekten, Ortsnamen; Zeremonien, deren Sinn längst vergessen war, doch deren Würze und Duft fortlebte. Es gab Dutzende von Kulten und Religionen, die nichts miteinander gemein hatten, außer daß in jedem Fall eine Kaste von Priestern zwischen Laienstand und Göttlichkeit vermittelte. In Ys führten in Stein gehauene Stufen hinunter in den Ozean zum Tempel der Atlante; jeden Monat bei Neumond stiegen um Mitternacht Priester die Stufen hinunter und tauchten im Morgengrauen wieder auf, behangen mit Girlanden aus Meeresblumen. Auf Dascinet wurden bestimmte Stämme in ihren Riten von Rissen und Spalten in heiligen Steinen geleitet, die niemand außer den Priestern zu deuten vermochte. Auf Scola, der westlichen Nachbarinsel Dascinets, gossen die Diener des Gottes

Nyrene Flaschen ihres eigenen Blutes in jeden der vier heiligen Flüsse; die ganz Frommen ließen sich manchmal zu Tode ausbluten. Auf Troicinet wurden die Rituale des Lebens und des Todes in Tempeln durchgeführt, die der Erdgöttin Gaea geweiht waren. Die Kelten, die allenthalben auf den Älteren Inseln heimisch gewesen waren, hatten nicht nur Ortsnamen hinterlassen, sondern auch Druidenopferstätten in heiligen Hainen und den Marsch der Bäume während des Beltane. Etruskische Priester feierten ihre androgyne Gottheit Votumna mit Zeremonien, die abstoßend und oft auch grausig waren, während die Danaer das mehr bekömmliche arische Pantheon einführten. Mit den Römern kamen der Mithraskult, das Christentum, Parsh, der Kult des Zoroaster, und ein Dutzend ähnlicher Sekten. Zu gehöriger Zeit gründeten irische Mönche ein christliches Kloster* auf der südlich von Avallon gelegenen Insel Whanish, welches schließlich das gleiche Schicksal erlitt wie Lindisfarne hoch im Norden vor der britischen Küste.

Über viele Jahre wurden die Älteren Inseln von Burg Haidion in der Stadt Lyonesse aus regiert, bis Olam III., der Sohn von Fafhion Langnase, den Regierungssitz nach Falu Ffail in Avallon verlegte. Dorthin nahm er den heiligen Thron Evandig und den großen Tisch Cairbra an Meadhan mit, die Tafel der Angesehenen**, Ursprung eines ganzen Zyklus von Legenden.

Mit dem Tode Olams III. begann für die Älteren Inseln ein Zeitalter der Wirren. Die Ska, von Irland ver-

---
* Einige Zeit später gestattete König Phristan von Lyonesse die Gründung eines christlichen Bistums in Bulmer Skeme, an der Ostküste von Lyonesse, mit der strikten Auflage, daß kein Reichtum nach Rom ausgeführt werden dürfe. Vermutlich aus diesem Grund erhielt die Kirche wenig Unterstützung von außerhalb, und der Bischof hatte keinen großen Einfluß, weder in Bulmer Skeme noch in Rom.
** Die Cairbra an Meadhan sollte später das Vorbild für die Tafelrunde werden, die König Arthurs Hof in Camelot zierte.

trieben, ließen sich auf der Insel Skaghane nieder und erteilten allen Versuchen, sie von dort wieder zu verjagen, eine Abfuhr. Goten verwüsteten die Küste von Dahaut; nachdem sie zunächst das christliche Kloster auf der Insel Whanish geplündert hatten, segelten sie in ihren Langschiffen die Cambermündung hinauf bis nach Cogstone Head, von wo aus sie vorübergehend sogar Avallon selbst bedrohten. Ein Dutzend kleiner Fürsten und Raubritter wetteiferten miteinander um die Macht; sie vergossen viel Blut, brachten Kummer, Harm und bitteren Verlust über das Land — und erreichten am Ende doch nur, daß die Älteren Inseln zu einem Flickenteppich aus elf Königtümern zerfielen, die allesamt miteinander in Hader lagen.

Audry I. indessen, der König von Dahaut, ließ niemals ab von seinem Anspruch auf die Herrschaft über die gesamten Älteren Inseln, wobei er als Hauptargument für seinen Anspruch das Faktum ins Feld führte, daß er den Thron Evandig in seiner Verwahrung hielt. Sein Anspruch wurde ihm freilich auf das heftigste streitig gemacht, insbesondere von König Phristan von Lyonesse, der darauf beharrte, daß Evandig und die Cairbra an Meadhan seinerzeit widerrechtlich von Olam III. sequestriert worden seien und füglich ihm, Phristan, als rechtmäßiges Eigentum zustünden. Er nannte Audry I. einen Verräter und Lumpen; es kam zum Krieg zwischen beiden Reichen. In der Entscheidungsschlacht beim Orm-Hügel lieferten sich beide Heere zwei Tage einen erbitterten Kampf, bis sie schließlich erschöpft voneinander abließen. Phristan und Audry I. fielen beide im Kampf, und die versprengten Reste der beiden einst stolzen Heere zogen sich traurig und ermattet von der blutigen Walstatt zurück.

Audry II. wurde König von Dahaut, und Casmir I. bestieg an des toten Phristans Statt den Königsthron von Lyonesse. Keiner von beiden verzichtete auf den alten Anspruch, Herr über die ganzen Älteren Inseln zu sein, und der Friede zwischen beiden Reichen blieb in der Folge stets anfällig und heikel.

So gingen die Jahre dahin, und die Ruhe und der Frieden von einst waren nur mehr vage Erinnerung. Im Wald von Tantrevalles regten sich Halblinge, Trolle, Oger, Falloys und andere, weniger leicht zu kategorisierende Wesen, und sie begingen Missetaten, die niemand zu bestrafen wagte; Magier machten sich nicht länger die Mühe, ihre wahre Natur zu verschleiern, und wurden von den verschiedenen Herrschern um Hilfe bei der Durchsetzung ihrer politischen Ziele ersucht.

Die Magier opferten immer mehr von ihrer Zeit für verschlagene Zwiste und verderbliche Intrigen, mit dem Ergebnis, daß eine große Anzahl von ihnen bereits ausgetilgt war. Einer der Hauptübeltäter war der Hexer Sartzanek; er hatte den Magier Coddefut mittels einer Puruleszenz vernichtet und Widdefut durch den Zauber der Totalen Erleuchtung. Zur Vergeltung verwandelte ein Klüngel von Sartzaneks Feinden ihn in einen Eisenpfahl und rammte selbigen in den Gipfel des Berges Agon. Sartzaneks Sproß Tamurello nahm Zuflucht in seinem Haus Faroli tief im Innern des Waldes von Tantrevalles und schützte sich dort kraft sorgsamer Magie.

Auf daß weitere Begebnisse dieser Art künftighin vermieden würden, erließ Murgen, der mächtigste aller Magier, sein berühmtes Edikt, in welchem er den Magiern untersagte, sich in die Dienste weltlicher Herrscher zu verdingen, da solche Aktivitäten unweigerlich immer wieder zu neuen Konflikten unter den Magiern führen mußten, letztlich zu ihrer aller Schaden und Gefahr.

Zwei Magier, Snodbeth der Fröhliche — so genannt wegen seiner klingelnden Glöckchen, bunten Bänder und lustigen Schnurren —, und Grundle von Shaddarlost, waren keck genug, das Edikt zu ignorieren, und beide wurden hart für ihre Anmaßung bestraft. Snodbeth wurde in einen Zuber genagelt und dortselbst von einer Million schwarzer kleiner Insekten aufgezehrt; Grundle fand sich, eines Morgens aus dem Schlummer erwachend, in einer trostlosen Region auf der Rückseites des Sterns Achernar wieder, umgeben von schwefelspeienden Geysiren und übelriechenden Wolken blauen Rauches; auch er überlebte nicht.

Mochten die Magier auch durch Murgens Edikt zur Zurückhaltung genötigt sein — anderswo grassierten weiterhin Verdruß und Hader. Die Kelten, die sich friedlich in der dautischen Provinz Fer Aquila angesiedelt hatten, wurden von Banden von Goidel aus Irland heimgesucht; diese metzelten alle Daut, die sie finden konnten, erhoben einen stämmigen Viehdieb namens Meorghan der Glatzkopf in den Rang eines Königs und benannten das Land in Godelia um, und die Daut waren außerstande, ihre verlorene Provinz zurückzugewinnen.

Jahre vergingen. Eines Tages machte Murgen beinahe zufällig eine verblüffende Entdeckung, die ihn mit einer solch gewaltigen Bestürzung erfüllte, daß er über mehrere Tage hinweg regungslos dasaß und in den Weltenraum starrte. Stück um Stück kehrte seine Entschlußkraft zurück, und schließlich begab er sich an ein Programm, das, so es von Erfolg gekrönt wäre, den Schwung eines bösen Schicksals hemmen und schließlich zum Halten bringen würde.

Die Anstrengung forderte Murgens ganze Energie und verbannte fast alle Freude aus seinem Leben.

Zum Schutze seiner Privatsphäre errichtete Murgen Barrieren der Abschreckung an den Zugängen zu Swer Smod und installierte überdies zwei dämonische Torwächter, um sich gegen zudringliche Besucher zu wappnen; Swer Smod wurde daraufhin zu einem Ort des Schweigens und des Trübsinns.

Murgen verspürte schließlich das Bedürfnis nach irgendeiner Art von Erleichterung. Aus diesem Grund rief er einen Sproß ins Leben, auf daß er zwei Existenzen zugleich leben könne.

Der Sproß, Shimrod geheißen, wurde mit großer Sorgfalt erschaffen und war beileibe keine Replik von Murgen, weder in seinem Äußeren noch von seinem Temperament her. Vielleicht waren die Unterschiede größer, als Murgen es beabsichtigt hatte, denn Shimrods Naturell war bisweilen eine Spur zu sorglos, mitunter fast ans Leichtfertige, ja Frivole, grenzend: ein Umstand, der zu den gegenwärtigen Bedingungen auf Swer Smod in Widerspruch stand. Gleichwohl war Murgen seinem Sproß sehr zugetan und schulte ihn in den Fertigkeiten des Lebens und den magischen Künsten.

Schließlich wurde Shimrod von Unruhe und Erlebnisdrang gepackt, und mit Murgens Segen verließ er Swer Smod fröhlich und besten Mutes. Eine Zeitlang durchstreifte Shimrod die Älteren Inseln als Vagabund, manchmal als Bauer auftretend, öfter jedoch als wandernder Ritter auf der Suche nach romantischen Abenteuern.

Am Ende ließ sich Shimrod im Hause Trilda auf der Lally-Wiese nieder, ein paar Meilen tief im Wald von Tantrevalles.

Zu gehöriger Zeit vervollkommneten die Ska von Skaghane ihren Militärapparat und fielen in Nord- und Süd-Ulfland ein, von wo sie jedoch wieder vertrieben wurden, und zwar von Aillas, dem tapferen jungen König von Troicinet, der daraufhin auch König von beiden Ulflanden wurde — zum herben Verdruß von Casmir, dem König von Lyonesse.

Weniger als ein Dutzend Magier lebten nun noch auf den Älteren Inseln, darunter Baibalides von der Insel Lamneth; Noumique; Myolander; Triptomologius der Schwarzkünstler; Condoit von Conde; Severin Sternfinder; Tif vom Troagh; dazu ein paar andere, eingeschlossen einige, die kaum mehr als Lehrlinge oder Anfänger waren. Eine beträchtliche Anzahl anderer war jüngst aus dem Dasein geschieden: — eine Tatsache, die erahnen läßt, daß die Magie ein nicht ungefährliches Metier ist. Die Hexe Desmëi hatte sich aus unerfindlichen Gründen bei der Erschaffung von Melancthe und Faude Carfilhiot aufgelöst. Auch Tamurello hatte sich unklug verhalten; jetzt steckte er in der Gestalt eines Wieselskeletts in einer kleinen, mit grünem Aspik gefüllten Glasflasche in Murgens Großer Halle in Swer Smod. Das Wieselskelett war zu einem engen Kringel zusammengepfercht; der Schädel zwängte sich zwischen der von den gespreizten Hinterbeinen gebildeten Gabelung hervor, und die zwei kleinen schwarzen Augen, die durch das Glas starrten, drückten einen fast greifbaren Willen aus, jedem Böses anzutun, der einen Blick auf die Flasche riskierte.

2

Die abgelegenste Provinz von Dahaut war die Marsch, welche regiert wurde von Claractus, dem Herzog der Marsch und Fer Aquilas — ein Titel, der einigermaßen wertlos war, da das alte Herzogtum von Fer Aquila seit langem von den Kelten besetzt war, die es ihrem Königreich Godelia einverleibt hatten.

Die Marsch war ein armes, spärlich besiedeltes Land, das mit Blantize nur einen einzigen Marktflecken besaß. Eine Handvoll Bauersleute bauten Gerste an und hielten Schafe. In ein paar verfallenen alten Burgen hauste ein heruntergekommener Kleinadel unter Bedingungen, die kaum besser waren als die der Bauern, getröstet lediglich durch seine Ehre und seine Treue zu den Grundsätzen des Rittertums. Sie aßen mehr Haferschleim als Fleisch; der Wind pfiff durch ihre Hallen und Flure und ließ die Kerzen in den Wandleuchtern flackern; nächtens wanderten Geister durch die Gänge und betrauerten alte Tragödien.

Im äußersten Westen der Marsch war ein Ödland, das wenig mehr gedeihen ließ als Dorngestrüpp, Disteln, braunes Riedgras und ein paar dürftige Gehölze aus verkümmerten schwarzen Zypressen. Das Ödland, bekannt als Ebene der Schatten, stieß im Süden an die Ausläufer des Großen Waldes, grenzte im Norden an die Squigh-Sümpfe und berührte im Westen den Langen Dann, eine Steilböschung von dreihundert Fuß Höhe und fünfzig Meilen Länge, hinter dem sich die Hochmoore von Nord-Ulfland erstreckten. Der einzige Weg von der Ebene zu den Hochmooren führte durch eine Kluft im Langen Dann. In den alten Zeiten war eine Festung in die Kluft hineingebaut worden, die den Spalt mit ihrer steinernen Masse dergestalt erfüllte, daß sie zu einem Bestandteil des Felsenklippen geworden war. Ein Ausfalltor öffnete sich nach unten zur Ebene hin, und hoch oben schützte ein langer Wehrgang eine breite Terrasse. Die Danaer hatten die Festung ›Poëlitetz, die Unbezwingbare‹ genannt; sie war noch nie im Frontalangriff genommen worden. König Aillas von Troicinet hatte sie von hinten attackiert und so die Ska von der Stätte vertrieben, die über lange Jahre hinweg ihr vorderster Stützpunkt auf dem Festland von Hybras gewesen war.

Aillas stand jetzt mit seinem Sohn Dhrun an der Brustwehr und schaute hinaus auf die Ebene der Schatten. Es war kurz vor Mittag; der Himmel war klar und blau; heute war die Ebene bar jener flüchtigen Wolkenschatten, denen sie ihren Namen verdankte. Wenn sie so nebeneinanderstanden, sahen Aillas und Dhrun sich sehr ähnlich. Beide waren schlank, breitschultrig und von einer kraftvollen Behendigkeit, die eher auf geschmeidiger Sehnigkeit denn schwerer Muskelmasse beruhte. Beide waren von mittlerer Statur; beide hatten klare, ebenmäßig geschnittene Züge, graue Augen und hellbraunes Haupthaar. Dhrun war unbekümmerter und zwangloser als Aillas; sein Stil und Auftreten ließen einen Hauch von sorgsam gezügelter Leichtlebigkeit erkennen, gepaart mit einer unbestimmbaren beschwingten Eleganz: Eigenschaften, die seiner Persönlichkeit Anmut und Farbe verliehen. Aillas, befangen von hundert schweren Verpflichtungen, war etwas stiller und nachdenklicher als Dhrun. Sein königlicher Rang erforderte, daß er sein natürliches Feuer hinter einer Maske höflicher Unparteilichkeit verbarg: zu einem solchen Grade, daß dieser Zug ihm fast in Fleisch und Blut übergegangen war. Gleicherweise benutzte er oft eine an Schüchternheit grenzende Milde, um seine wahre Kühnheit zu verhehlen, die fast schon Tollkühnheit genannt zu werden verdiente. Seine Fechtkunst war superb; sein Witz tanzte und blitzte mit der gleichen treffsicheren Zielgenauigkeit wie sein Schwert, einem gleißenden Sonnenstrahl gleich, der unvermittelt durch die Wolken bricht. Bei solchen Gelegenheiten verwandelte sich sein Gesicht, so daß er für einen Moment so jugendlich und fröhlich wie Dhrun selbst erschien.

Viele, die Aillas und Dhrun zusammen sahen, hielten sie für Brüder. Wenn ihnen versichert wurde, daß dies nicht der Fall sei, pflegten sie erstaunt zu fragen, wie es denn angehen könne, daß Aillas schon in so frühem Lebensalter ein Kind gezeugt habe. Tatsächlich war Dhrun im Säuglingsalter zum Elfenhügel von Thripsey Shee gebracht worden und hatte dort bei den Elfen gelebt. Wie viele Jahre er dort verbracht hatte, ob acht, neun oder gar zehn, vermochte niemand zu sagen. Fest stand allein, daß die Zeit in der Außenwelt währenddessen lediglich um ein Jahr vorgerückt war. Aus zwingenden Gründen waren die Umstände von Dhruns Kindheit geheimgehalten worden, allen Spekulationen und Mutmaßungen zum Trotz.

Die zwei standen über die Brüstung gelehnt und hielten Ausschau nach denen, die zu empfangen sie hergekommen waren. In Aillas rief der Ort alte Erinnerungen wach. »Ich fühle mich hier nie wohl; Verzweiflung scheint in der Luft zu hängen.«

Dhrun ließ den Blick über die Terrasse schweifen, die im hellen Sonnenschein eigentlich recht harmlos anmutete. »Der Ort ist alt. Er muß durchdrungen sein von Elend, welches auf der Seele lastet.«

»Du spürst es also auch?«

»Nicht in sonderlichem Maße«, gestand Dhrun. »Vielleicht fehlt es mir an Empfindsamkeit.«

Aillas schüttelte lächelnd den Kopf. »Die Erklärung ist einfach: du wurdest nie als Sklave hierhergeschleppt. Ich bin durch diese Mauern mit einer Kette um den Hals gewandert. Noch jetzt spüre ich förmlich ihr Gewicht und höre ihr mißtönendes Klirren; ich könnte wahrscheinlich noch jede Stelle wiederfinden, an die ich einst meinen Fuß gesetzt habe. Ich war in einem Zustand tiefster Verzweiflung.«

Dhrun lachte beklommen. »Jetzt ist jetzt; damals ist damals. Du solltest Glück und Triumph bei dem Gedanken empfinden, daß du es ihnen mehr als heimgezahlt hast.«

Wieder lachte Aillas. »Das tue ich sehr wohl! Freude vermengt mit Furcht, das ist schon eine eigenartige Gemütsbewegung!«

»Hmf«, sagte Dhrun. »Das ist schwer nachzuempfinden.«

Aillas wandte sich um und lehnte sich wieder über die Brüstung. »Ich denke oft nach über ›jetzt‹ und ›damals‹ und über das, was sein wird, und wie das eine sich vom andern unterscheidet. Ich habe noch nie eine vernünftige Erklärung gehört, und das Nachdenken darüber erfüllt mich mit mehr Unbehagen denn je.« Aillas deutete auf eine Stelle unten auf der Ebene. »Siehst du den kleinen Hügel dort, dessen Hänge mit Gestrüpp bewachsen sind? Die Ska ließen mich einst in einem Tunnel graben, der bis zu jenem Hügel reichen sollte. Sobald der Tunnel fertig war, sollten alle Sklaven, die ihn vorangetrieben hatten, getötet werden, auf daß das Geheimnis gewahrt bliebe. Eines Nachts wühlten wir uns an die Oberfläche und flohen, und so kommt es, daß ich heute lebe.«

»Und der Tunnel — wurde er je vollendet?«

»Das vermute ich. Ich habe nie daran gedacht, es nachzuprüfen.«

Dhrun deutete auf die Ebene der Schatten. »Es nahen Reiter: ein Trupp von Rittern, dem Schimmern von Metall nach zu urteilen.«

»Sie sind nicht pünktlich«, sagte Aillas. »Solche Anzeichen sind bedeutungsvoll.«

Die Kolonne näherte sich mit würdevoller Bedächtigkeit und entpuppte sich schließlich als ein Trupp von zwei Dutzend Reitern. An der Spitze, auf einem hochtrabenden weißen Roß sitzend, ritt ein Herold, der mit einem Halbpanzer bekleidet war. Sein Pferd war behängt mit einer Schabracke aus rosa und grau gemustertem Tuch; der Herold selbst hielt ein Banner empor, das drei weiße Einhörner auf grauem Grund zeigte: das königliche Wappen von Dahaut. Drei weitere Herolde folgten dichtauf; sie trugen andere Fahnen. Dahinter, in würdevollem Abstand, ritten nebeneinander drei Ritter. Sie trugen leichte Panzer und wehende Umhänge von satter Farbe: einer schwarz, einer dunkelgrün, einer hellblau. Hinter diesen dreien folgten sechzehn bewaffnete Reiter; jeder von ihnen hielt eine Lanze empor, an deren Spitze ein grüner Wimpel flatterte.

»Sie bieten eine prächtige Erscheinung, trotz des langen Ritts«, bemerkte Dhrun.

»Das haben sie auch so beabsichtigt«, sagte Aillas. »Abermals: solche Anzeichen sind bedeutsam.«

»Was bedeuten sie?«

»Ah! Was sie bedeuten, wird immer erst im Nachhinein klar! Einstweilen kann ich nur feststellen, daß sie verspätet sind, sich aber bemüht haben, ihre Ankunft eindrucksvoll zu gestalten. Das sind gemischte Zeichen, die jemand Spitzfindigeres als ich deuten muß.«

»Sind die Ritter dir bekannt?«

»Rot und Grau sind die Farben von Herzog Claractus. Ich kenne ihn dem Namen nach. Die Abteilung dürfte von Burg Cirroc kommen, dem Sitz von Sir Wittes. Er ist offenbar der zweite Ritter. Was den dritten anbelangt ...« Aillas blickte über die Terrasse und rief seinem Herold Duirdry zu, der ein paar Schritte abseits stand: »Wer reitet in der Abteilung?«

»Das erste Banner ist das von König Audry: die Gruppe kommt in königlicher Sache. Ferner erkenne ich die Standarte von Claractus, dem Herzog der Marsch und Fer Aquilas. Die anderen zwei sind Sir Wittes von Harne und Burg Cirroc sowie Sir Agwyd von Gyl. Sie alle sind Notabeln von altem Geschlecht und guter Verbindung.«

»Reitet hinaus auf die Ebene«, trug Aillas ihm auf. »Empfangt diese Leute mit Höflichkeit, und erkundigt Euch nach ihrem Begehr. Wenn die Antwort in respektvoller Sprache kommt, werde ich sie sogleich in der Halle empfangen. Sind sie aber schroff oder versteigen sie sich gar zu Drohungen, heißt sie warten, und überbringt mir ihre Botschaft.«

Duirdry verließ die Brustwehr. Kurze Zeit später kam er, flankiert von zwei bewaffneten Reitern, aus dem Ausfalltor. Die drei ritten schwarze Pferde mit schlichtem schwarzen Harnisch. Duirdry trug Aillas' königliches Banner: fünf weiße Delphine auf dunkelblauem Feld. Die Reiter trugen Banner, die die Wappen von Troicinet, Dascinet, Nord- und Süd-Ulfland in sich vereinten. Sie ritten hundert Schritt weit hinaus auf die Ebene, dann zügelten sie ihre Pferde und warteten im strahlenden Sonnenlicht vor dem Hintergrund der grauschwarzen Böschung und der dräuend aufragenden Festung.

Die dautische Kolonne hielt fünfzig Schritt vor ihnen an. Nach etwa einer Minute, während der beide Parteien regungslos verharrten, löste sich der dautische Herold aus seiner Gruppe und kam auf seinem weißen

Pferd nach vorn geritten. Fünf Schritte vor Duirdry brachte er sein Reittier zum Stehen.

Von der Brustwehr aus sahen Dhrun und Aillas, wie der dautische Herold die von Herzog Claractus diktierte Botschaft vortrug. Duirdry hörte zu, gab eine knappe Erwiderung, machte kehrt und ritt zurück in die Festung. Kurz darauf erschien er wieder auf der Terrasse und erstattete Bericht.

»Herzog Claractus entbietet Euch seinen Gruß. Er spricht mit der Stimme von König Audry, und seine Botschaft lautet wie folgt: ›In Anbetracht der freundschaftlichen Beziehungen, welche zwischen den Königreichen Troicinet und Dahaut herrschen, begehrt König Audry, daß König Aillas seinen Übergriff auf das Territorium von Dahaut zügig beendet und sich auf die anerkannten Grenzen der Ulflande zurückzieht. Indem König Aillas dies tut, wird er diesen Übelstand, der einen Quell tiefer Besorgnis für König Audry darstellt, beseitigen und ihn zugleich der Fortdauer der harmonischen Beziehungen versichern, welche jetzt zwischen den beiden Reichen herrschen.‹ Und in seinem eigenen Namen fordert Herzog Claractus Euch auf, seiner Kompanie nun unverzüglich die Tore zu öffnen, damit er die Festung in Besitz nehmen könne, wie es seine Pflicht und sein gutes Recht sei.«

»Geht zu ihm«, sagte Aillas, »und bescheidet ihm, daß er die Festung Poëlitetz mit einer Eskorte von zwei Mann betreten darf und daß ich ihm Audienz gewähren werde. Alsdann bringt ihn in die niedrige Halle.«

Wieder verließ Duirdry die Terrasse. Aillas und Dhrun begaben sich hinunter in die niedrige Halle: ein düsterer Raum von geringen Ausmaßen, der in den Stein des Kliffs gehauen war. Eine kleine Leibung gab Ausblick auf die Ebene; eine Tür führte auf einen Altan fünfzig Fuß über dem Appellhof auf der rückwärtigen Seite des Ausfalltors.

Auf Geheiß von Aillas postierte sich Dhrun in einem

Vorraum vor der Halle; hier erwartete er die dautische Abordnung.

Herzog Claractus erschien ohne Verzug, begleitet von Sir Wittes und Sir Agwyd. Claractus marschierte gewichtig in das Zimmer und blieb stehen: ein hochgewachsener Mann von massiger Gestalt und schwarzem Haar, mit einem kurzen schwarzen Bart und strengen schwarzen Augen in einem harten, düsteren Gesicht. Claractus trug einen stählernen Kriegshelm und einen Umhang aus grünem Samt über einem Kettenhemd; an seinem Gürtel baumelte ein Schwert. Sir Wittes und Sir Agwyd waren ähnlich ausgerüstet.

Dhrun sprach: »Euer Gnaden, ich bin Dhrun, Prinz des Königreichs. Eure Audienz bei König Aillas wird informell sein und ist daher keine passende Gelegenheit für die Zurschaustellung von Waffen. Ihr könnt eure Helme absetzen und eure Schwerter auf den Tisch legen, in Einklang mit den landläufigen Richtlinien der Ritterlichkeit.«

Herzog Claractus schüttelte kurz und ruckartig den Kopf. »Wir sind nicht hier, um Audienz bei König Aillas zu erheischen; das wäre allein in seinem eigenen Herrschaftsbereich angemessen. Er ist hier lediglich Besucher eines Herzogtums innerhalb des Königreiches von Dahaut, und selbiges Herzogtum wird von meiner Person regiert. Ich bin hier der Oberherr, und das Protokoll ist mithin ein anderes. Ich erachte diese Zusammenkunft als eine Waffenstillstandsunterhandlung. Unser Gewand ist in jeder Hinsicht angemessen. Führt uns nun zum König.«

Dhrun schüttelte höflich den Kopf. »In diesem Fall werde ich Euch die Botschaft von König Aillas ausrichten, und Ihr könnt ohne weitere Umstände zu Eurer Abteilung zurückkehren. Hört gut zu, denn dies sind die Worte, die Ihr König Audry übermitteln müßt.

König Aillas weist darauf hin, daß die Ska die Feste Poëlitetz über eine Zeitspanne von zehn Jahren in Besitz hielten. Darüber hinaus kontrollierten die Ska die Gebiete oberhalb des langen Dann. Während all dieser Zeit erfuhren sie weder Protest noch gewaltsamen Widerstand von König Audry oder von Euch oder von irgendeiner anderen dautischen Kraft. Gemäß den Grundsätzen des Gewohnheitsrechts erlangten die Ska durch ihre Handlungen und in Ermangelung jeglicher dautischer Einrede den vollen Rechtstitel auf den Besitz der Feste Poëlitetz und die Ländereien oberhalb des Langen Dann.

Zu gehöriger Zeit besiegte die ulfische Armee, befehligt von König Aillas, die Ska, vertrieb sie und nahm ihren Besitz vermittels Waffengewalt an sich. Besagter Besitz wurde dadurch nach Recht und Gesetz Bestandteil des Königreichs Nord-Ulfland. Diese Fakten und die entsprechenden Präzedenzfälle aus der Geschichte sind unanfechtbar.«

Claractus musterte Dhrun lange und scharf. »Ihr kräht laut für einen so jungen Hahn.«

»Euer Gnaden, ich wiederhole lediglich die Worte, die König Aillas mir aufgetragen hat, und ich hoffe, daß ich Euch nicht gekränkt habe. Da wäre freilich noch ein anderer Punkt, der zu bedenken ist.«

»Nämlich?«

»Der Lange Dann bildet eindeutig die natürliche Grenze zwischen Dahaut und Nord-Ulfland. Die Trutzkraft der Feste Poëlitetz hat für Dahaut keine Bedeutung; für die Königreiche von Süd- und Nord-Ulfland ist sie indes im Falle eines Angriffs aus dem Osten von unschätzbarem Wert.«

Claractus lachte heiser. »Und wenn die angreifenden Heere nun Dauter wären, was dann? Wir würden es bitter bereuen, unseren Anspruch auf unser Territorium nicht geltend gemacht zu haben, wie wir es jetzt tun.«

»Euer Begehren ist abgelehnt«, sagte Dhrun maßvoll. »Ich könnte vielleicht noch hinzufügen, daß unsere Sorge mitnichten den dautischen Streitkräften gilt, womit ihre Tapferkeit natürlich keineswegs in Abrede gestellt werden soll, sondern den Armeen König Casmirs von Lyonesse, der sich kaum Mühe gibt, seine Absichten zu verhehlen.«

»Wenn Casmir es wagt, auch nur einen Schritt auf das Territorium von Dahaut zu setzen, wird er eine schlimme Niederlage erleiden!« erklärte Claractus. »Wir werden ihn die Alte Straße hinunterhetzen und ihn am Kap des Wiedersehens stellen, wo wir ihn und seine überlebenden Soldaten in kleine Stücke hauen werden!«

»Das sind tapfere Worte!« sagte Dhrun. »Ich werde sie meinem Vater übermitteln; sie werden ihre beruhigende Wirkung auf ihn nicht verfehlen. Unsere Botschaft an König Audry lautet wie folgt: Poëlitetz und die Gebiete oberhalb des Langen Dann sind jetzt Teil von Nord-Ulfland. Er braucht keine Überfälle von Westen zu fürchten und kann daher seine gesamte Energie wider die keltischen Räuber wenden, die ihm soviel Ärger in Wysrod bereiten.«

»Pah«, murmelte Claractus, dem im Moment keine überzeugendere Erwiderung einfiel.

Dhrun verneigte sich. »Ihr habt die Worte von König Aillas vernommen. Es gibt nichts mehr zu sagen, und Ihr habt meine Erlaubnis, zu gehen.«

Herzog Claractus starrte ihn ein letztes Mal grimmig an, dann machte er auf dem Absatz kehrt, gab seinen Begleitern ein Zeichen und verließ ohne ein weiteres Wort den Raum.

Von den Zinnen aus schauten Aillas und Dhrun zu, wie sich die Kolonne über die Ebene der Schatten entfernte. »Audry ist ziemlich träge und sogar ein wenig leichtfertig«, sagte Aillas. »Es kann sehr gut sein, daß er zu dem Schluß gelangt, daß in diesem Fall seine Ehre nicht wirklich beeinträchtigt ist. Das hoffe ich jedenfalls, da wir keine weiteren Feinde gebrauchen können. König Audry im übrigen ebensowenig.«

3

Zur Zeit der Danaer-Einfälle war Avallon eine befestigte Marktstadt an der Seemündung des Camber gewesen, bemerkenswert allein wegen der vielen Türme, die hoch über die Stadtmauern ragten.

Die Macht der Danaer nahm ihren Lauf; die großen, haselnußäugigen Krieger, die bis auf ihre bronzenen Helme nackt in den Kampf zu ziehen pflegten, verschwanden im Nebel der Geschichte. Die Mauern von Avallon verfielen; die zerbröckelnden Türme gaben nur mehr Eulen und Fledermäusen Schutz, doch Avallon blieb die ›Stadt der Hohen Türme‹.

Vor den Zeiten der Wirren machte Olam III. Avallon zu seiner Hauptstadt, und unter gewaltigem Kostenaufwand gestaltete er Falu Ffail zum glanzvollsten Palast der Älteren Inseln. Seine Nachfolger standen ihm hierin in nichts nach, und jeder wetteiferte mit seinen Vorgängern hinsichtlich der Größe und des Glanzes seines jeweiligen Beitrags zum Gefüge des Palastes.

Als Audry II. auf den Thron kam, nahm er sich der Vervollkommnung der Palastgärten an. Er verfügte den Bau von sechs Springbrunnen mit je neunzehn Wasserstrahlen, jeder umgeben von einer Ringpromenade mit gepolsterten Sitzbänken; er umsäumte das zentrale Lustareal mit dreißig marmornen Nymphen und Faunen; am Ende erhob sich eine auf schlanken Säulen ruhende Kuppel, unter der Musikanten vom Morgengrauen bis zur Dämmerung — und nicht selten auch noch beim Mondschein — süße Weise spielten. Ein Garten mit weißen Rosen flankierte einen ähnlichen mit roten; Limonenbäume, auf Kugelform zurechtgestutzt, umgaben die quadratischen Rasenflächen, auf denen König Audry mit seinen Günstlingen zu flanieren pflegte.

Falu Ffail war nicht nur berühmt für seine Gärten, sondern auch für den Pomp und die Extravaganz seiner vielen prunkvollen Feste. Maskenspiele, Lustbarkeiten,

Spektakel, Bälle folgten einander dicht an dicht, jede Festlichkeit verschwenderischer und üppiger in ihren Ergötzlichkeiten als die voraufgegangene. Galante Höflinge und schöne Damen drängten sich in den Sälen und auf den Galerien, in Gewänder von wundervollem Stil und sinnenbetäubender Farbenpracht gehüllt; jeder begutachtete die andern mit Sorgfalt, in ihrem Gehabe und Mienenspiel nach Reaktionen auf die Wirkung der eigenen, so sorgsam inszenierten Erscheinung forschend. Alle Aspekte des Lebens wurden dramatisiert und hochgeschraubt; jeder Moment war schwanger von Bedeutung.

Nirgends war das Gebaren graziöser und das Auftreten stilvoller und exquisiter denn auf Falu Ffail. Die Luft raschelte von gedämpfter Konversation; jede Dame zog eine Schleppe erlesenen Dufts hinter sich her: Jasmin oder Orange oder Nelke, oder auch Sandelholz oder Rosenessenz. In schummrig beleuchteten Salons trafen sich Liebespaare zum Stelldichein: manchmal heimlich, manchmal rechtswidrig; nur wenig blieb jedoch unbemerkt, und jeder Vorfall — ob amüsant, grotesk, ergreifend oder alles zusammen — lieferte reichliches Material zum Klatsch.

In Falu Ffail war die Intrige der Stoff sowohl des Lebens als auch des Todes. Unter der Hülle aus Prunk und Glanz wogten und tosten dunkle Regungen von Leidenschaft, Eifersucht, Mißgunst und Haß. Es gab Duelle im Morgengrauen und Morde bei Sternenschein, Mysterien und Ränke sowie königliche Ausweisungen, wenn die Indiskretionen ein unerträgliches Maß annahmen.

Audrys Herrschaft war im großen und ganzen mild, wenn auch nur, weil alle seine gerichtlichen Entscheidungen sorgfältig von Sir Namias, seinem Kanzler, für ihn vorbereitet wurden. Gleichviel, wie er so dasaß auf seinem Thron Evandig, in seine scharlachroten Gewänder gehüllt und mit seiner goldenen Krone auf dem Haupt, schien Audry nachgerade die Verkörperung einer gütigen Majestät darzustellen. Seine persönlichen Attribute verstärkten das königliche Erscheinungsbild. Er war groß und von imposanter Statur, wenngleich ein wenig füllig in den Hüften und zur Korpulenz neigend. Glänzende schwarze Ringellöckchen umrahmten seine bleichen Wangen; ein feiner schwarzer Schnauzbart zierte seine fleischige Oberlippe. Seine unter ausdrucksstarken schwarzen Brauen hervorschauenden braunen Augen waren groß und feucht, wenn auch vielleicht eine Spur zu dicht neben seiner langen Nase plaziert.

Königin Dafnyd, Audrys Gemahlin, ursprünglich eine Prinzessin von Wales und zwei Jahre älter als Audry, hatte ihm drei Söhne und drei Töchter geboren; jetzt erregte sie Audrys Liebesglut längst nicht mehr. Dies scherte Dafnyd keinen Deut, und sie kümmerte sich nicht um Audrys kleine Affären; ihre eigenen körperlichen Gelüste wurden überaus zufriedenstellend von einem Dreigespann kräftiger Lakeien gesättigt. König Audry mißbilligte dieses Arrangement und blickte mit grimmigem Hochmut auf die drei herab, wann immer er ihrer ansichtig wurde.

Bei schönem Wetter nahm Audry sein Frühstück gern in einem ausschließlich seiner Benutzung vorbehaltenen Bereich des Gartens ein, im Zentrum eines großen Rasengevierts. Die Frühstücke waren zwanglos, und in der Regel nahmen lediglich ein paar enge Freunde Audrys daran teil.

Gegen Ende eines solchen Frühstücks trat Audrys Seneschall, Sir Tramador, an den Tisch heran und meldete die Ankunft von Claractus, dem Herzog der Marsch und Fer Aquilas, der um baldestmögliche Audienz bei König Audry ersuchte.

Audry lauschte Sir Tramadors Worten mit einer Grimasse der Verärgerung; derartige Botschaften waren selten Anlaß zu heiterer Stimmung und — schlimmer noch — erforderten oft, daß Audry Stunden in langweiliger Konsultation zubrachte.

Sir Tramador harrte, sanft lächelnd angesichts des inneren Kampfes, den der Monarch gegen seine Trägheit ausfocht. Schließlich grunzte Audry gereizt und winkte ruckartig mit seinen dicken weißen Fingern. »Bringt Claractus her; ich will ihn sofort empfangen und die Sache hinter mich bringen.«

Sir Tramador wandte sich ab, einigermaßen überrascht ob König Audrys ungewohnter Entschlußfreudigkeit. Fünf Minuten später geleitete er Herzog Claractus über den Rasen. Seiner staubigen Haut und den verdreckten Kleidern nach zu schließen mußte Claractus eben erst vom Pferd gestiegen sein.

Der Herzog verbeugte sich vor König Audry. »Majestät, ich bitte um Nachsicht! Ich habe auf Förmlichkeit verzichtet, um Euch so schnell als möglich Bericht erstatten zu können. Gestern nacht schlief ich in Verwiy Unterdyke; zeitiger Aufbruch und scharfer Ritt ermöglichten es, daß ich nun schon hier bin.«

»Ich lobe Euren Eifer«, sprach Audry. »Würde ich überall so gut bedient, würde ich nie aufhören, mich zu freuen! Eure Nachsicht scheint also von Gewicht und Bedeutung zu sein.«

»Das zu beurteilen, Majestät, ist an Euch. Soll ich sprechen?«

Audry wies auf einen Stuhl. »Setzt Euch, Claractus! Ihr seid doch bekannt mit Sir Huynemer, Sir Archem und Sir Rudo, nehme ich an?«

Claractus warf einen Blick auf die drei und nickte knapp. »Sie sind mir bei meinem letzten Besuch hier aufgefallen; sie ergötzten sich an einer Scharade, und alle drei waren als Harlekine oder Hanswurste oder dergleichen vermummt.«

»Ich kann mich dieses Anlasses nicht entsinnen«, sagte Sir Huynemer steif.

»Gleichwie«, sagte Audry. »Sprecht Eure Nachricht, die, so hoffe ich, meine Laune heben wird.«

Claractus lachte gepreßt. »Wär dies der Fall, Herr, ich

wäre die ganze Nacht hindurch geritten. Meine Botschaft ist nicht erfreulich. Ich konferierte weisungsgemäß mit König Aillas auf der Festung Poëlitetz. Ich brachte Eure Ansichten in klaren Worten zum Ausdruck. Er erteilte seine Antwort mit Höflichkeit, gab jedoch in der Sache keinen Zoll nach. Er will weder Poëlitetz noch die Gebiete oberhalb des Langen Dann räumen. Er macht geltend, daß er diese Orte von den Ska erobert hat, die sie zuvor mittels Waffengewalt dem dautischen Königreich entrissen und in ihren Besitz gebracht hatten. Die Ska, so führt er aus, hätten diesen Besitz ohne jedweden Widerstand seitens Eurer königlichen Streitmacht über zehn Jahre hinweg behauptet und so das volle Eigentumsrecht über besagte Sachen erworben. Mithin, versichert er, sei der Titel auf Festung und Ländereien in dem Moment, da er den Ska beides abgenommen habe, rechtmäßig auf das Königreich Nord-Ulfland übergegangen.«

Audry stieß einen zischenden Ausruf der Empörung aus. »Sarsicante! Hält er meine Gunst in solch geringem Ansehen, daß er mich derart verhöhnt? Es scheint, er verspottet sowohl meine Würde als auch die Macht der dautischen Waffen!«

»Aber nein, Majestät! Ich wäre nachlässig, würde ich diesen Eindruck vermitteln. Sein Ton war höflich und respektvoll. Er machte deutlich, daß er Ulfland nicht gegen Dahaut bewacht, sondern vielmehr gegen die Möglichkeit von König Casmirs aggressiver Absicht, welche, wie er sagt, allgemein bekannt ist.«

»Pah!« fauchte Audry. »Diese Begründung ist fürwahr an den Haaren herbeigezogen! Wie sollte Casmir auf die Ebene der Schatten gelangen, ohne zuvor die gesamte bewaffnete Streitmacht von Dahaut zu besiegen?«

»König Aillas ist der Auffassung, daß diese Möglichkeit, wenngleich entfernt, so doch nicht irreal ist. In jedem Falle stützt er sich sehr stark auf sein erstes Argument, nämlich: daß die fraglichen Gebiete, indem er sie erobert hat, von Rechts wegen ihm zustehen.«

Sir Rudo schrie entrüstet: »Ein trügerisches Argument und ein irriges dazu! Hält er uns für Narren? Die Grenzen Dahauts gründen sich in der Tradition; sie sind unverrückbar seit Jahrhunderten!«

»Sehr wahr!« erklärte Sir Archem. »Die Ska müssen als vorübergehende Eindringlinge betrachtet werden, nicht mehr!«

König Audry machte eine unwirsche Geste. »So einfach ist das offensichtlich nicht! Ich muß mir die Sache durch den Kopf gehen lassen. Wie wäre es, Claractus, wenn Ihr uns unterdessen beim Frühstück Gesellschaft leistetet? Eure Kleidung ist zwar ein wenig unpassend, aber das wird Euch gewiß niemand verübeln.«

»Danke, Majestät. Ich will Eure Einladung gerne annehmen, denn ich habe großen Hunger.«

Die Unterhaltung kreiste alsbald um erfreulichere Themen, aber die Stimmung an der Tafel war nachhaltig verdorben, und es dauerte nicht lange, bis Sir Huynemer erneut das herausfordernde Betragen von König Aillas rügte. Sir Rudo und Sir Archem bekräftigten seine Ansichten; beide rieten zu einer scharfen Replik gegen König Aillas. »Dieser junge troicische Emporkömmling muß in die Schranken gewiesen werden!« schrie Sir Huynemer.

König Audry ließ sich schwer in seinen Stuhl zurücksinken. »Alles schön und gut! Aber ich frage mich, wie diese Bestrafung Aillas' vonstatten gehen soll.«

»Aha! Wenn ein paar gut gerüstete Abteilungen in die Marsch entsandt würden, um deutlich zu machen, daß wir gewillt sind, uns unsere Gebiete mit Waffengewalt zurückzuholen, würde Aillas gewiß weniger kesse Töne spucken!«

König Audry rieb sich das Kinn. »Ihr meint also, er würde nachgeben, wenn wir Entschlossenheit und Stärke zeigten?«

»Würde er es wagen, die Macht Dahauts herauszufordern?«

»Und wenn er sich nun, sei es aus Tollkühnheit oder aus Torheit, weigern würde einzulenken?«

»Dann würde Herzog Claractus mit seiner vollen Streitkraft zuschlagen und den jungen Aillas und seine ulfischen Bälger wie Hasen über die Moore jagen.«

Herzog Claractus hob abwehrend die Hand. »Ich bin vorsichtig mit so viel Ehre. Ihr habt die Kampagne in Betracht gezogen; sollt Ihr sie auch durchführen und den Ansturm leiten.«

Mit hochgezogenen Brauen und einem kalten Blick in Richtung Claractus milderte Sir Huynemer seinen Vorschlag. »Majestät, ich habe diesen Plan lediglich als Diskussionsgrundlage unterbreitet, mehr nicht.«

Audry wandte sich an Claractus. »Gilt Poëlitetz nicht als uneinnehmbar?«

»Das wird allgemein angenommen.«

Sir Rudo grunzte skeptisch. »Diese Annahme wurde niemals einer Prüfung auf ihre Richtigkeit hin unterzogen, obwohl sie die Leute seit Generationen einschüchtert.«

Claractus lächelte grimmig. »Wie greift man eine Felsenklippe an?«

»Man könnte das Ausfalltor mit einem Rammbock zerschmettern.«

»Warum sich diese Mühe machen? Die Verteidiger werden auf Eure Bitte hin gern selbst das Fallgatter öffnen. Sobald dann eine stattliche Anzahl edler Ritter — sagen wir, hundert oder mehr — in den Hof geschwärmt sind, werden sie das Fallgatter schließen und die Eingesperrten nach Belieben vernichten.«

»Dann muß eben der Lange Dann selbst erstürmt werden!«

»Es ist nicht leicht, eine Felswand zu erklimmen, während der Feind von oben Felsbrocken herunterwirft.«

Sir Rudo unterzog Claractus einer hochmütigen Musterung. »Herr, könnt Ihr uns nichts anderes offerieren als Trübsinn und Miesmacherei? Der König hat seine Bedürfnisse genannt; trotzdem habt Ihr nichts Besseres zu tun, als jeden Vorschlag zur Erreichung dieses hohen Ziels zu verschreien und herunterzumachen!«

»Eure Ideen sind unausführbar«, versetzte Claractus. »Ich kann sie nicht ernst nehmen.«

Sir Archem hieb mit der Faust auf den Tisch. »Gleichwohl! Die Ritterlichkeit gebietet, daß wir diesen dreisten und beleidigenden Übergriff bestrafen!«

Claractus wandte sich König Audry zu. »Majestät, Ihr könnt Euch glücklich schätzen ob des Feuereifers Eurer Paladine! Sie sind fürwahr ein Muster von Wildheit und Grimm! Ihr solltet sie auf die Kelten in Wysrod loslassen, die seit langem eine solch verderbliche Plage sind!«

Sir Huynemer gab einen leisen Knurrlaut von sich. »All dies geht an der Sache vorbei.«

Audry stieß einen Seufzer aus und blies die Spitzen seines schwarzen Schnauzbarts hoch. »Tatsache ist, unsere Wysrod-Feldzüge haben uns bis dato wenig Ruhm und noch weniger Befriedigung eingebracht.«

Sir Huynemer erwiderte in ernstem Ton: »Majestät, die Schwierigkeiten, mit denen wir in Wysrod zu kämpfen haben, sind mannigfaltig! Die Burschen sind wie Geister; wir jagen sie über Stock und Stein und Busch und Moor; wir treiben sie in die Enge; sie tauchen im Nebel von Wysrod unter, und gleich darauf fallen sie uns in den Rücken, mit Gebrüll und Geschrei und irren keltischen Flüchen, so daß unsere Soldaten verwirrt sind.«

Herzog Claractus lachte laut. »Ihr solltet Eure Soldaten nicht für Paraden schulen, sondern fürs Kämpfen; dann fürchten sie auch keinen Nebel und keine Flüche.«

Sir Huynemer stieß nun selbst einen Fluch aus: »Teufelsspucke und Hundeklöten! Diese Worte entrüsten mich! Mein Dienst am König ist noch nie in Frage gestellt worden!«

»Meiner auch nicht!« erklärte Sir Rudo. »Die Kelten sind eine geringe Belästigung, die wir bald aus der Welt schaffen werden!«

König Audry klatschte mürrisch in die Hände. »Frieden jetzt, alle miteinander! Ich wünsche kein weiteres Gezänk in meiner Gegenwart!«

Herzog Claractus erhob sich. »Majestät, ich habe harte Wahrheiten ausgesprochen, die Ihr ansonsten vielleicht nicht hören würdet. Mit Eurer gütigen Erlaubnis werde ich mich nun zurückziehen und mich erfrischen.«

»Tut das, guter Claractus! Ich hoffe, Ihr werdet uns beim Mittagsmahl Gesellschaft leisten.«

»Mit Vergnügen, Majestät.«

Claractus schied. Sir Archem schaute ihm nach, als er über den Rasen davonschritt, dann wandte er sich mit einem mißbilligenden Schnauben wieder den andern zu. »Da geht ein höchst stachliger Bursche!«

»Zweifelsohne loyal, und tapfer wie ein brünstiger Keiler — davon bin ich überzeugt«, erklärte Sir Rudo. »Aber wie die meisten Provinzler engstirnig und verstockt, blind für breite Perspektiven.«

»Bah!« stieß Sir Huynemer angewidert hervor. »Nur provinzlerisch? Ich finde ihn plump und ungeschlacht, mit seinem Pferdedeckenumhang und seinem unbesonnenen, überforschen Sprachstil.«

Sir Rudo sagte nachdenklich: »Beides dürfte wohl wesentlicher Bestandteil der gleichen Eigenschaft sein, so als ob ein Fehler den anderen erzeugte.« Er fragte den König behutsam: »Welches sind die Ansichten Eurer Majestät?«

Audry gab keine direkte Antwort. »Ich werde über die Angelegenheit nachsinnen. Derartige Entscheidungen dürfen nicht aus der Laune des Augenblicks heraus gefällt werden.«

Sir Tramador näherte sich König Audry. Er beugte

sich herab und flüsterte in das königliche Ohr: »Majestät, es ist Zeit, daß Ihr in förmliche Kleidung schlüpft.«

»Wozu?« schrie Audry.

»Majestät, wenn Ihr Euch erinnert: Ihr haltet heute die Assisen ab.«

Audry schaute Sir Tramador bekümmert an. »Seid Ihr dessen sicher?«

»In der Tat, Majestät! Die Litiganten versammeln sich bereits in der Äußeren Kammer.«

Audry zog einen Flunsch und seufzte. »So muß ich mich denn nun mit Narrheit und Habgier herumplagen und all diesem Kram, der mich nicht im geringsten interessiert! Tramador, habt Ihr denn gar kein Erbarmen mit mir? Immer behelligt Ihr mich während meiner spärlichen kleinen Ruhepausen!«

»Ich bedaure, daß ich das tun muß, Eure Hoheit.«

»Ha! Je nun, wenn ich muß, dann muß ich eben; ich komme wohl nicht um diese lästige Pflicht herum.«

»Leider nicht, Eure Majestät. Wollt Ihr den Großen Salon* oder die Alte Halle nehmen?«

Audry überlegte. »Was für Fälle stehen zur Beurteilung an?«

Sir Tramador zog einen Bogen Pergament hervor. »Hier ist die Liste, bereits versehen mit den Analysen und Kommentaren des Gerichtsschreibers. In den einzigen Fällen, die hervorstechen, geht es um einen Räuber, der gehenkt wird, sowie einen Gastwirt, der wegen Verwässerung seines Weins ausgepeitscht werden soll. Ansonsten scheint nichts von sonderlichem Belang dabeizusein.«

»Nun denn. Die Sitzung soll in der Alten Halle stattfinden. Ich fühle mich nie recht wohl auf Evandig; er scheint unter mir zu beben und sich zu winden — ein ungewöhnliches Gefühl, gelinde gesagt.«

---

* Auch bekannt als Saal der Helden, in welchem der Thron Evandig und der Tisch Cairbra an Meadhan stehen.

»Das will ich meinen, Eure Majestät!«

Die Assisen nahmen ihren Lauf. König Audry kehrte in seine Privatgemächer zurück, wo seine Kammerdiener ihn für den Nachmittag kleideten. Audry verließ das Gemach indes nicht sogleich. Er entließ seine Kammerdiener, ließ sich in einen Sessel sinken und brütete über die Probleme, die Herzog Claractus aufgeworfen hatte.

Der Gedanke, Poëlitetz mit Gewalt zurückzugewinnen, war natürlich absurd. Feindschaft mit König Aillas konnte nur Casmir von Lyonesse nutzen.

Audry stand auf und schritt, mit gesenktem Haupt und hinter dem Rücken verschränkten Händen auf und ab. Alles in allem genommen, so mußte er sich eingestehen, hatte Aillas nur die klare und ungeschminkte Wahrheit ausgesprochen. Gefahr für Dahaut drohte nicht von den Ulflanden, und auch nicht von Troicinet, sondern von Lyonesse.

Claractus hatte nicht nur keine erfreuliche Nachricht mitgebracht, sondern auch auf ein paar unangenehme Realitäten angespielt, die Audry lieber ignorierte. Die dautischen Truppen in ihren schmucken Uniformen gaben zwar ein prächtiges Bild bei Paraden ab, aber selbst Audry mußte zugeben, daß ihr Verhalten auf dem Schlachtfeld als fragwürdig einzuschätzen war.

Audry seufzte. Um der Situation abzuhelfen, waren Maßnahmen erforderlich, die so drastisch waren, daß sein Geist vor ihnen zurückzuckte wie die Wedel einer empfindlichen Pflanze.

Audry warf die Hände hoch in die Luft. Alles würde gut werden; alles andere war undenkbar! Probleme löste man am besten, indem man sie ignorierte! Hier war die vernünftige Philosophie; man würde doch irre werden, wenn man versuchte, jeden Defekt im Universum zu beheben!

Solchermaßen gestärkt, rief Audry seine Kammerdiener herein. Sie setzten ihm einen feschen Hut mit einer neckischen Spitze und einer scharlachroten Feder auf

den Kopf; Audry blähte seinen Schnurrbart auf und
schritt aus dem Gemach.

4

Das Königreich Lyonesse erstreckte sich über den
Süden von Hybras, vom Kantabrischen Golf bis
zum Kap des Wiedersehens am Atlantischen Ozean.
Von seiner auf der Rückseite der Stadt Lyonesse gelegenen Burg Haidion aus regierte König Casmir sein Reich
mit einer Gerechtigkeit, die kraftvoller war als die von
König Audry. Casmirs Hof war gekennzeichnet von exaktem Protokoll und gestrenger Etikette; eher Pomp
denn prahlerisches Gepränge oder festliche Fröhlichkeit
diktierte das Wesen der Dinge auf Haidion.

Casmirs Gemahlin war Königin Sollace, eine große,
träge Frau, die fast so lang wie Casmir war. Sie trug ihr
feines, gelbblondes Haar in dicken Bündeln auf dem
Kopf zusammengerafft und badete nur in Milch, um ihre weiche weiße Haut nur ja auf das allerbeste zu pflegen. Casmirs Sohn und gesetzmäßiger Thronerbe war
der schneidige Prinz Cassander; ferner gehörte zur königlichen Familie die Prinzessin Madouc, vermeintlich
die Tochter der tragischen Prinzessin Suldrun, die nun
seit neun Jahren tot war.

Burg Haidion beherrschte die Stadt Lyonesse vom
Kamm einer niedrigen Anhöhe aus; von unten präsentierte sie sich als ein verschachteltes Gefüge aus wuchtigen Steinblöcken, welches überragt wurde von sieben
Türmen unterschiedlicher Bauart und Form: der Lapadiusturm[*], der Hohe Turm[**], der Königsturm, der
Westturm, der Eulenturm, der Palaemonturm und der

---
[*] Auch der Alte Turm geheißen.
[**] Auch der Eyrie genannt.

Ostturm. Die massige Struktur im Verein mit den Türmen verlieh Haidion eine Silhouette, die, wiewohl archaisch, überspannt und bar jeder Anmut, in starkem Kontrast zu der feinen Fassade von Falu Ffail in Avallon stand.

In gleicher Weise stand die Person König Casmirs in schroffem Gegensatz zu der von König Audry. Casmirs Hautfarbe war von einem gesunden, frischen Rot; er schien geradezu zu pulsieren von kräftigem roten Blut. Sein Haar und Bart waren ein struppiges Gewirr aus dicken goldblonden Ringellocken. Audrys Gesichtsfarbe hingegen war bleich wie Elfenbein, und sein Haar war von einem satten, tiefen Schwarz. Casmir war stämmig, ausgestattet mit einem kräftigen, stiernackigen Hals und einem massigen Rumpf. Seine runden, porzellanblauen Augen starrten aus einem platten, strengen Gesicht. Audry, wenngleich hochgewachsen und von fülliger Körpermitte, war von gemäßigter Positur und nicht ohne Anmut.

Den Höfen beider Könige mangelte es nicht an königlichem Komfort; beide genossen ihre Vergnügungen, aber während Audry die Gesellschaft seiner Schranzen und Günstlinge beiderlei Geschlechts pflegte, kannte Casmir keine Vertrauten und hielt auch keine Maitressen. Einmal wöchentlich stattete er dem Schlafgemach Königin Sollaces einen würdevollen Besuch ab und legte sich auf ihren füllungen und trägen weißen Leib. Bei anderen, weniger förmlichen Anlässen behalf er sich dergestalt, daß er sich auf dem zitternden Körper eines seiner hübschen Pagen Erleichterung verschaffte.

Die Gesellschaft, die Casmir am meisten liebte, war die seiner Spitzel und Informanten. Aus eben diesen Quellen erfuhr er von Aillas' unnachgiebigem Auftreten auf Poëlitetz fast ebenso bald, wie König Audry selbst Kunde davon bekommen hatte. Wenngleich die Nachricht Casmir keinesfalls überraschte, so erregte sie doch sein heftiges Mißvergnügen. Früher oder später beabsichtigte er nämlich in Dahaut einzufallen, die dautischen Heere zu vernichten und seine Stellung dortselbst zu konsolidieren, ehe Aillas seine eigene Macht wirkungsvoll zur Geltung bringen konnte. Die Tatsache, daß Aillas sich auf Poëlitetz festgesetzt hatte, erschwerte die Situation freilich, konnte er doch unverzüglich mit ulfischen Truppen einen Gegenangriff über die Marsch vortragen, was eine rasche Kriegsentscheidung zu seinen, Casmirs, Gunsten mehr als fraglich erscheinen ließ. Kein Zweifel: die Gefahr, die die Feste Poëlitetz darstellte, mußte beseitigt werden.

Dies war kein plötzliches neues Konzept. Casmir arbeitete seit langem daran, Zwietracht unter den ulfischen Baronen mit dem Ziel zu schüren, sie zu einer offenen Rebellion gegen das Regime ihres fremdländischen Königs aufzustacheln. Zu diesem Behuf hatte er Torqual angeworben, einen Ska-Renegaten, der zum Gesetzlosen geworden war.

Das Unternehmen hatte jedoch bisher keine wirklich erfreulichen Ergebnisse gezeigt. Bei all seiner Unbarmherzigkeit und Verschlagenheit gebrach es Torqual doch an der nötigen Gefügigkeit, was seine Nützlichkeit einschränkte. Je mehr Zeit verstrich, desto ungeduldiger und unzufriedener wurde König Casmir; wo blieben Torquals Leistungen? Als Antwort auf Casmirs Befehle, übermittelt durch Kurier, forderte Torqual nur immer wieder aufs neue Gold und Silber. Casmir hatte bereits enorme Summen ausgegeben; überdies fand er, daß Torqual seine Bedürfnisse unschwer mittels Plünderung und Raub befriedigen und so Casmir unnötige Ausgaben ersparen konnte.

Für Zusammenkünfte mit seinen Privatagenten bevorzugte Casmir den Raum der Seufzer, eine Kammer, welche über dem Rüsthaus gelegen war. In den alten Zeiten, vor der Erbauung des Peinhador, hatte das Rüsthaus als Folterkammer der Burg gedient; Häftlinge, die der Behandlung harrten, saßen darüber im Raum der

Seufzer, wo das empfindliche Ohr — so hieß es — noch immer Klagelaute vernehmen konnte.

Der Raum der Seufzer war öde und kahl. Seine Möblierung bestand aus zwei Holzbänken, einem Tisch aus Eichenholzbrettern, zwei Stühlen, einem Tablett mit einer alten Buchenholzflasche und vier Bechern aus demselben Material, an welchen Casmir Gefallen gefunden hatte.

Eine Woche nach dem Empfang der Nachricht von König Audrys fruchtloser Demarche auf der Feste Poëlitetz wurde Casmir von seinem Unterkämmerer Eschar in Kenntnis gesetzt, daß der Kurier Robalf ihn im Raum der Seufzer baldestmöglich zu sprechen begehre.

Casmir verfügte sich sogleich in die freudlose Kammer über dem Rüsthaus. Auf einer der Bänke saß Robalf — eine hagere, schmalgesichtige Person mit wachen braunen Augen, schütterem braunen Haar und einer langen Hakennase. Er trug von der Reise befleckte Kleider aus braunem Barchent und eine spitze schwarze Filzmütze; als Casmir den Raum betrat, sprang er auf, lüftete die Mütze und verbeugte sich. »Majestät, ich stehe zu Euren Diensten!«

Casmir musterte ihn von Kopf bis Fuß, nickte knapp und setzte sich hinter den Tisch. »Nun denn, wie lautet Eure Nachricht?«

Robalf antwortete mit schriller Fistelstimme: »Herr, ich habe getan, wie Ihr mich geheißen habt, und nicht einen Schritt auf dem Weg gezaudert; ja ich habe nicht einmal angehalten, um meine Blase zu entleeren!«

Casmir zupfte sich am Kinn. »Ihr habt Eure Notdurft doch wohl nicht im Laufen verrichtet?«

»Majestät, Hast und Pflichttreue machen Helden aus uns allen!«

»Interessant.« Casmir goß Wein aus der Buchenholzflasche in einen der Becher. Er deutete auf den zweiten Stuhl. »Nehmt Platz, guter Robalf, und enthüllt Eure Neuigkeiten in Bequemlichkeit.«

Robalf ließ zimperlich seinen dünnen Hintern auf der Kante des Stuhles nieder. »Herr, ich traf mich mit Torqual an der vereinbarten Stelle. Ich überbrachte ihm Eure Vorladung, daß er in die Stadt Lyonesse kommen müsse; ich benützte Eure Worte und sprach mit Eurer königlichen Autorität. Ich bat ihn, sich sofort für die Reise zu rüsten, auf daß wir zusammen den Trompada hinunter nach Süden reiten könnten.«

»Und wie war seine Antwort?«

»Sie war rätselhaft. Zuerst sprach er überhaupt nicht, und ich frug mich schon, ob er überhaupt meine Stimme gehört hatte. Dann äußerte er diese Worte: ›Ich werde nicht nach der Stadt Lyonesse reiten.‹

Ich protestierte mit aller Schärfe und Dringlichkeit, zitierte abermals das Geheiß Eurer Majestät. Schließlich sprach Torqual eine Botschaft für Eure Ohren.«

»Ho ha!« murmelte Casmir. »So, tat er das? Und wie lautete diese Botschaft?«

»Ich muß Euch vorweg warnen, Herr: er zeigte wenig Taktgefühl und verzichtete auf die gehörigen Ehrentitel.«

»Egal. Sprecht die Botschaft.« Casmir trank aus seinem Buchenholzbecher.

»Zunächst einmal übermittelte er seine besten und innigsten Grüße und die Hoffnung, daß Eure Majestät sich auch weiterhin guter Gesundheit erfreuen möge: das heißt, er richtete gewisse seltsame Geräusche an den Wind, und ich deutete ihren Sinn so. Alsdann behauptete er, allein die Angst um sein Leben hindere ihn an der vollen und sofortigen Befolgung der Anweisungen Eurer Majestät. Danach bat er um Geldmittel entweder in Silber oder in Gold, und zwar in einer Höhe, die seinen Bedürfnissen angemessen sei. Letztere beschrieb er als groß.«

Casmir preßte die Lippen zusammen. »Ist das seine ganze Botschaft?«

»Nein, Majestät. Er sagte darüber hinaus, daß er

überglücklich wäre über das Privileg, Eure Majestät von Angesicht zu Angesicht zu sprechen, solltet Ihr Euch dazu herbeilassen, eine Stätte mit Namen Mooks Tor aufzusuchen. Er lieferte mir eine Beschreibung, wie man zu diesem Ort gelangen kann, welche ich Eurer Majestät mitteilen werde, so Ihr dies wünscht.«

»Im Moment nicht.« Casmir lehnte sich in seinem Stuhl zurück. »Nach meinem Empfinden enthält diese Botschaft einen Beigeschmack von Frechheit. Was ist Eure Meinung?«

Robalf runzelte die Stirn und leckte sich die Lippen. »Eure Majestät, ich werde Euch meine freimütige Einschätzung darlegen, wenn das Euer Wunsch ist.«

»Sprecht nur frisch heraus, Robalf! Ich schätze Offenheit über alles.«

»Sehr wohl, Majestät. Ich gewahre in Torquals Benehmen nicht so sehr Dreistigkeit als vielmehr Gleichgültigkeit, vermengt mit einer Prise dunkler Gemütsart. Man könnte meinen, er lebe in einer Welt, wo er mit dem Schicksal allein ist; wo alle anderen Personen, Euer erhabenes Selbst und meine Ärmlichkeit mit eingeschlossen, nicht mehr sind denn farbige Schatten, um eine grelle Sprachfigur zu benutzen. Kurz: eher, denn daß er sich in zweckvoller Unverschämtheit ergingt, verhält es sich so, daß er sich schlicht und einfach nicht um Eure königlichen Gefühle schert. Wenn Ihr mit ihm verkehren wollt, so muß es auf dieser Grundlage geschehen. Das ist zumindest meine Ansicht.« Robalf schielte zu Casmir hinüber, dessen Miene jedoch keinerlei Aufschluß über seine Emotionen gab.

Schließlich sprach Casmir, mit einer Stimme, die beruhigend mild klang. »Hat er die Absicht, mir zu gehorchen, oder nicht? Das ist das Wichtigste von allem.«

»Torqual ist unberechenbar«, sagte Robalf. »Ich vermute, daß Ihr ihn in der Zukunft auch nicht gefügiger finden werdet als in der Vergangenheit.«

Casmir nickte einmal kurz und heftig. »Robalf, Ihr

habt deutliche Worte gesprochen und in der Tat die Mysterien um diesen widerborstigen Halsabschneider aufgehellt, zumindest zu einem geringen Maße.«

»Ich bin glücklich, daß ich Eurer Majestät einen Dienst erweisen konnte.«

Casmir sann einen Moment nach, dann fragte er: »Erstattete er Bericht über seine Leistungen?«

»Das tat er, wenn auch eher nebenbei. Er sprach davon, daß er die Burg Glen Gath eingenommen und Baron Nols sowie seine sechs Söhne getötet habe; er erwähnte die Brandschatzung von Burg Maltaing, dem Sitz des Barons Ban Oc, und daß dabei alle Bewohner den Flammen zum Opfer gefallen seien. Beide Barone, Nols wie Ban Oc, standen treu und fest zu König Aillas.«

Casmir grunzte. »Aillas hat vier Kompanien ausgesandt, Torqual aufzuspüren. Das ist meine jüngste Information. Ich frage mich, wie lange Torqual überleben wird.«

»Viel hängt von Torqual selbst ab«, sagte Robalf. »Er kann sich in den Felsenklippen verbergen und nimmer gefunden werden. Aber wenn er herauskommt, um seine Raubzüge zu machen, dann muß der Tag kommen, da sein Glück ihn verläßt und er aufgestöbert und gestellt wird.«

»Ihr habt ohne Zweifel recht«, sagte Casmir. Er klopfte dreimal hart auf die Tischplatte; Eschar betrat den Raum. »Majestät?«

»Händige Robalf einen Beutel mit zehn Silberstücken sowie einer schweren Goldmünze aus. Sodann bringe ihn bequem unter.«

Robalf verneigte sich tief. »Danke, Majestät.« Die zwei verließen den Raum der Seufzer.

Casmir verblieb am Tisch und dachte nach. Weder Torquals Verhalten noch seine Taten waren erfreulich. Casmir hatte Torqual angewiesen, die Barone mit Hilfe von hinterhältigen Überfällen, falschen Fingerzeigen,

Gerüchten und Ränken gegeneinander aufzuhetzen. Durch seine Akte der Plünderei, des Mordes, der Brandschatzung und des Raubes erreichte er indes nur, daß er sich als ein brutaler Gesetzloser auswies, gegen den sich alle Hände vereint wenden mußten, allen Fehden und Zwistigkeiten von ehedem zum Trotz. Torquals Treiben bewirkte also, daß sich die Barone zusammenschlossen, anstatt sich, wie es der Sinn des Unternehmens war, untereinander zu zerwerfen!

Casmir stieß ein Knurren der Unzufriedenheit aus. Er trank aus dem Buchenholzbecher und stellte ihn hart auf den Tisch. Seine Geschicke befanden sich keinesfalls im Aufschwung. Torqual, auf den er so große Hoffnungen gesetzt hatte, hatte sich als launenhaft und vermutlich auch als unbrauchbar erwiesen. Aller Wahrscheinlichkeit nach war er von Sinnen. Auf Poëlitetz hatte Aillas sich festgesetzt und behinderte Casmirs hochfliegende Pläne. Doch es gab noch eine andere, viel brennendere Sorge, die an Casmirs Seele nagte: die Weissagung, die der Magische Spiegel Persilian viele Jahre zuvor geäußert hatte. Die Worte hatten nie aufgehört, in Casmirs innerem Ohr zu klingen:

> Suldruns Sohn wird, bevor sein Leben verronnen ist, an seinem rechtmäßigen Platz an Cairbra an Meadhan sitzen. Und wenn er so sitzt und gedeiht, dann wird er, zu Casmirs Weh, den Runden Tisch und Evandig, den Thron, zu eigen sich machen.

Die Worte der Prophezeiung hatten Casmir von Anfang an verblüfft. Suldrun hatte ein einziges Kind geboren: die Prinzessin Madouc — so hatte es zumindest geschienen —, und Persilians Weissagung mußte mithin als schierer Unsinn anmuten. Aber Casmir wußte, daß dies nimmer sein konnte, und am Ende war die Wahrheit ans Licht gekommen, und Casmirs Pessimismus hatte sich als gerechtfertigt erwiesen. Suldruns Kind war in der Tat ein Knabe gewesen, welchen die Elfen von Thripsey Shee gestohlen und durch ein unerwünschtes Elfenbalg ersetzt hatten. Unwissentlich hatten König Casmir und Königin Sollace den Wechselbalg aufgezogen und ihn der Welt als ›Prinzessin Madouc‹ präsentiert.

Persilians Weissagung war nunmehr kein Paradoxon mehr und deshalb um so bedrohlicher. Casmir hatte seine Agenten ausgeschickt, auf daß sie Nachforschungen anstellten, aber vergeblich: Suldruns Erstgeborener war nirgends zu finden.

Im Raum der Seufzer sitzend, den Buchenholzbecher mit schwerer Hand umklammernd, marterte Casmir einmal mehr sein Hirn mit derselben Frage, die er sich schon tausendmal gestellt hatte: »Wer ist dieses dreimal verfluchte Knabe? Wie heißt er? Wo hält er sich auf? Ah, kurzen Prozeß würde ich mit ihm machen, wüßte ich nur, wo er sich verbirgt!«

Wie immer brachten die Fragen keine Antworten, und seine Verwirrung blieb bestehen. Was Madouc betraf, so war sie seit langem schon als die Tochter von Suldrun akzeptiert, und es war zu spät, um sie jetzt noch zu verstoßen. Um ihr Vorhandensein zu legitimieren, hatte man eine romantische Mär ausgeheckt, von einem edlen Rittersmann, geheimen Stelldicheins im alten Garten, glühenden Heiratsschwüren im Mondenschein und schließlich dem Säugling, der zu der entzückenden kleinen Prinzessin herangewachsen war, dem Liebling des Hofes. Die Geschichte war so gut wie jede andere, und in der Tat entsprach sie ja auch beinahe der Wahrheit — bis auf die Identität des Säuglings natürlich. Was die Identität von Suldruns Geliebtem anbelangte, so kannte sie niemand, und es scherte sich auch keiner mehr darum, ausgenommen König Casmir, der in seiner rasenden Wut den unglückseligen jungen

Mann in ein Verlies geworfen hatte, ohne auch nur seinen Namen zu erfragen.

Für Casmir war Prinzessin Madouc nur ein Ärgernis. Nach geltender Lehre verloren Elfenkinder, so sie mit Menschenspeise genährt wurden und in menschlicher Umgebung lebten, allmählich ihre Halblingsanlagen und gingen ins Reich der Sterblichen ein. Manchmal jedoch hörte man auch andere Geschichten, von Wechselbälgern, die sich niemals anpaßten und sonderbare wilde Wesen blieben: launisch, verschlagen und streitsüchtig. Casmir fragte sich gelegentlich, zu welcher Sorte wohl die Prinzessin Madouc gehören mochte, unterschied sie sich doch in der Tat von anderen Mädchen am Hofe und offenbarte mitunter Charakterzüge, die Verblüffung und Unbehagen in ihm auslösten.

Zu dieser Zeit wußte Madouc noch nichts von ihrer wahren Herkunft. Sie hielt sich für die Tochter von Suldrun: so hatte man es sie gelehrt; warum sollte sie anderes glauben? Gleichwohl gab es mißtönende und widersprüchliche Elemente in den Berichten, die von Königin Sollace und den Damen, die dazu bestellt worden waren, sie in höfischer Etikette zu schulen, vorgelegt wurden. Diese waren Lady Desdea und Lady Marmone. Madouc konnte beide nicht ausstehen; jede versuchte, sie in dieser oder jener Weise zu verändern, ungeachtet ihrer Entschlossenheit, zu bleiben, wie sie war.

Madouc war jetzt ungefähr neun Jahre alt. Sie war ruhelos und lebhaft, langbeinig und ausgestattet mit dem dünnen Körper eines Knaben und dem klugen, hübschen Gesicht eines Mädchens. Manchmal bändigte sie ihren Wust von kupferfarbenen Locken mit einem schwarzen Band; ebensooft ließ sie ihn ungestüm über Stirn und Ohren fallen. Ihre Augen waren von einem sanften Himmelblau; ihr Mund war breit und zuckte, verzog sich oder schmachtete im Wechselspiel ihrer Gefühle. Madouc galt als widerspenstig und eigensinnig; zur Beschreibung ihres Temperaments wurden manchmal die Wörter ›wunderlich‹, ›verstockt‹ oder ›unverbesserlich‹ benutzt.

Als Casmir zum ersten Mal die Umstände und Fakten von Madoucs Geburt erfuhr, war seine erste Reaktion Schreck und Entsetzen, dann Ungläubigkeit, und dann eine so rasende Wut, daß es Madouc schlecht ergangen wäre, hätte sich ihr Hals in dem Moment in der Reichweite von Casmirs Händen befunden. Als er sich wieder beruhigt hatte, sah er ein, daß er keine andere Wahl hatte, als gute Miene zu dem Sachverhalt zu machen; in nicht allzu vielen Jahren würde er Madouc sicherlich vorteilhaft verheiraten können.

Casmir verließ den Raum der Seufzer und ging in seine Privatgemächer zurück. Der Weg dorthin führte ihn über die hintere Erhöhung des Königsturms, wo der Korridor sich zu einem gedeckten Gang verschmälerte, von dem aus sich ein Blick aus wohl zwölf Fuß Höhe auf den Wirtschaftshof eröffnete.

Als er an dem Tor ankam, das auf den Kreuzgang führte, hielt Casmir jählings inne. Madouc stand unter einem der Bögen, vornübergeneigt und auf Zehenspitzen, so daß sie über die Balustrade hinunter in den Wirtschaftshof spähen konnte.

Casmir beobachtete sie, die Stirn gerunzelt in jener Mischung aus Argwohn und Mißvergnügen, welche Madouc und ihr Treiben oft in ihm erweckten. Er bemerkte nun, daß auf der Balustrade neben Madoucs Ellenbogen eine Schale mit verfaulten Quitten stand, von denen sie eine niedlich in der Hand hielt.

Casmir sah, wie sie den Arm zurückbog und die Quitte auf ein Ziel unten im Hof warf. Sie blickte ihr einen Moment nach, offenbar, um sich zu vergewissern, ob sie getroffen hatte, dann zog sie sich flugs zurück, vor Vergnügen lachend.

Casmir trat zu ihr und baute sich drohend vor ihr auf. »Was für Possen treibst du nun wieder?«

Madouc fuhr erschrocken herum und stand wortlos

da, mit halb offenem Mund, den Kopf zurückgeneigt. Casmir spähte durch den Bogen hinunter in den Wirtschaftshof. Drunten stand Lady Desdea und starrte wütend herauf, während sie sich Quittenstücke vom Hals und vom Schnürmieder wischte. Ihr eleganter Dreispitz saß schief auf ihrem Kopf, offenbar von dem Wurfgeschoß getroffen. Als sie König Casmir von der Balustrade herabblicken sah, fiel ihr vor Verblüffung das Kinn herunter. Einen Moment lang stand sie wie angewurzelt da, vor Schreck regelrecht erstarrt. Dann vollführte sie hastig einen Knicks, rückte ihren Hut gerade und trippelte zurück in die Burg.

Casmir lehnte sich langsam zurück. Er blickte auf Madouc hinab. »Warum hast du Früchte auf Lady Desdea geworfen?«

Madouc sagte harmlos: »Weil Lady Desdea als erste über den Hof kam, vor Lady Marmone.«

»Das ist unerheblich für die Sache!« herrschte König Casmir sie an. »Jetzt glaubt Lady Desdea, ich hätte sie mit faulem Obst beworfen!«

Madouc nickte ungerührt. »Um so besser. So wird sie die Rüge gewiß ernster nehmen, als wenn sie auf geheimnisvolle Weise gekommen wäre, wie aus dem Nichts.«

»Ach ja? Und welches sind ihre Fehler, daß sie einen solch herben Verweis verdiente?«

Madouc blickte erstaunt auf, die blauen Augen weit geöffnet. »Vor allem, Herr, ist sie langweilig und ermüdend bis zum Überdruß und redet und leiert fortwährend. Gleichzeitig ist sie schlau wie ein Fuchs und späht um Ecken herum. Außerdem, Ihr werdet es nicht glauben, beharrt sie darauf, daß ich lerne, eine feine Naht zu nähen!«

»Bah!« knurrte Casmir, des Themas bereits überdrüssig. »Dein Gebaren bedarf eindeutig der Berichtigung. Du darfst keine Früchte mehr werfen!«

Madouc verzog schmollend das Gesicht und zuckte

die Achseln. »Früchte sind netter als andere Sachen. Ich glaube, daß Lady Desdea ganz bestimmt Früchte lieber wären.«

»Du sollst auch keine anderen Gegenstände werfen. Eine königliche Prinzessin drückt ihren Unmut huldvoller aus.«

Madouc dachte einen Moment nach. »Und wenn nun diese Gegenstände durch ihr eigenes Gewicht fallen sollten?«

»Du darfst keinerlei Substanzen, ob ekelhaft oder schädlich oder verderblich oder gleich sonstwelcher Art fallen oder deiner Kontrolle entgleiten lassen, auf daß sie die Lady Desdea treffen. Kurz: nimm von diesem Treiben Abstand!«

Madouc schürzte unzufrieden den Mund; es schien, als würde König Casmir sich weder durch Logik noch durch Überredung erweichen lassen. Madouc verschwendete keine weiteren Worte. »Sehr wohl, Eure Majestät.«

König Casmir inspizierte noch einmal den Wirtschaftshof, dann setzte er seinen Weg fort. Madouc verweilte noch einen Moment, ehe auch sie den Kreuzgang verließ.

Kapitel Zwei

1

Madoucs Vermutungen waren unzutreffend. Der Vorfall auf dem Wirtschaftshof hatte Lady Desdea stark betroffen, doch sah sie sich dadurch weder veranlaßt, von ihrer philosophischen Neigung abzulassen, noch ihre Methoden, Madouc zu unterweisen, zu verändern. Als Lady Desdea durch die düsteren Gänge von Burg Haidion hastete, empfand sie nur eine tiefe Verwirrung. Sie fragte sich: »Wo habe ich gefehlt? Was habe ich getan, um Seine Majestät so zu erzürnen? Und vor allem: warum tut er sein Mißfallen in solch außergewöhnlicher Manier kund? Liegt hier irgendein Symbolismus vor, der mir entgeht? Gewiß hat er doch Notiz genommen von der sorgfältigen und selbstlosen Arbeit, die ich bei der Prinzessin leiste! Es ist wahrlich höchst merkwürdig!«

Lady Desdea kam in den Großen Palas, und ein neuer Verdacht beschlich sie. Sie blieb abrupt stehen. »Geht die Sache womöglich tiefer? Bin ich vielleicht das Opfer einer Intrige? Welche andere Erklärung wäre möglich? Oder — um das Undenkbare zu denken — findet Seine Majestät mich persönlich abstoßend? Wohl wahr, meine äußere Erscheinung ist eher von Würde und Vornehmheit geprägt denn von gezierter, lockender Koketterie, wie sie vielleicht von irgendeinem kleinen Flittchen zur Schau getragen würde, das nur aus Schminke, Parfüm und aufreizenden Gebärden besteht! Aber zweifellos muß doch jeder Herr, der über Scharfblick und Urteilskraft verfügt, meine innere Schönheit erkennen, die von Reife und vornehmer Gesinnung herrührt!«

In der Tat war Lady Desdeas äußere Erscheinung, wie sie selbst ahnte, nicht gerade unwiderstehlich. Sie war grobknochig, langschenklig, flachbrüstig und insgesamt recht hager, mit einem langen Pferdegesicht, das von einem Wulst strohgelber Haarlocken eingerahmt wurde. Dessen ungeachtet war Lady Desdea kundig in allen Fragen der Schicklichkeit und verstand sich selbst auf die feinsten Nuancen der höfischen Etikette. (»Wenn eine Dame die Ehrerbietung eines Herrn entgegennimmt, dann steht sie weder da und starrt wie ein Reiher, der gerade einen Fisch verschluckt hat, noch verzieht sie das Gesicht zu einem albernen Grinsen. Vielmehr murmelt sie ein artiges Wort und zeigt ein Lächeln von vernehmlicher, aber keinesfalls unmäßiger Wärme. Ihre Haltung ist aufrecht; weder windet sie sich, noch hüpft sie; sie wackelt weder mit den Schultern noch mit den Hüften. Ihre Ellenbogen bleiben angelegt. So sie den Kopf neigt, dürfen ihre Hände hinter den Rücken gehen, sollte sie die Geste als graziös erachten. Zu keiner Zeit sollte sie gedankenverloren in eine andere Richtung blicken, Freundinnen zuzwinkern oder gar zurufen, auf den Fußboden spucken oder den Herrn mit ungebührlichen Bemerkungen in Verlegenheit bringen.«)

Im Erfahrungsschatz der Lady Desdea gab es nichts, was dem Vorfall im Wirtschaftshof gleich- oder auch nur nahekam. So kam es, daß ihre Verwirrung ungeschwächt in ihr weiternagte, während sie durch die Gänge marschierte. Sie erreichte schließlich die Privatgemächer Königin Sollaces und wurde in den Salon der Königin eingelassen, wo sie Sollace auf einem großen Sofa zwischen grünen Samtkissen ruhend antraf. Hinter der Königin stand ihre Kammerzofe Ermelgart, die Sollaces gewaltige Massen feinen blonden Haars bürstete. Ermelgart hatte bereits die schweren Strähnen ausgekämmt, wobei sie einen Nährpuder aus gemahlenen Mandeln, Kalomel und Pfauenknochen verwendete. Sie bürstete das Haar, bis es wie blaßgelbe Seide schimmerte; dann rollte sie es zu zwei schweren Bündeln zusammen, denen sie sodann vermittels eines mit Saphircabochons besetzten Netzes Halt verlieh.

Zum Unmut von Lady Desdea befanden sich noch drei andere Personen im Zimmer. Am Fenster arbeiteten die Damen Bortrude und Parthenope an einer Stickarbeit. Auf einem Schemel zu Sollaces Seite saß Vater Umphred; seine fülligen Hinterbacken quollen zu beiden Seiten über den Rand der Sitzfläche hinaus. Er trug eine Soutane aus braunem Barchent, deren Kapuze er zurückgeworfen hatte. Ein schütterer Kranz aus mausbraunem Haar umringte seine bleiche Tonsur; darunter befanden sich weiche weiße Hängebacken, eine stumpfe Nase, hervorquellende dunkle Augen sowie ein kleiner rosafarbener Mund. Vater Umphreds Posten war der eines geistlichen Ratgebers der Königin; heute hielt er in einer seiner feisten Hände einen Packen Zeichnungen, auf denen Ansichten der neuen Basilika abgebildet waren, die nahe dem Nordende des Hafens erbaut wurde.

Lady Desdea trat vor und hob an zu sprechen, wurde jedoch von einer unwirschen Handbewegung der Königin zum Verstummen genötigt. »Einen Moment, Ottile! Wie du siehst, bin ich mit wichtigen Angelegenheiten befaßt.«

Lady Desdea trat zurück und kaute auf ihrer Lippe, während Vater Umphred der Königin die Zeichnungen der Reihe nach vorhielt, ihr mit jeder einen kleinen Schrei der Begeisterung entlockend. Sie äußerte nur einen einzigen Tadel: »Könnten wir doch nur ein Bauwerk von wahrhaft herrlichen Ausmaßen errichten, eines, das alle anderen auf der ganzen Welt in den Schatten stellt!«

Vater Umphred schüttelte lächelnd den Kopf. »Meine liebe Königin, seid versichert und beruhigt! Der Basilika der Allerheiligsten Sollace, der von den Engeln Geliebten, wird es an frommer Erhabenheit und heiliger Weihefülle wahrlich nicht gebrechen!«

»O wirklich, wird es so sein?«

»Ohne jeden Zweifel! Frömmigkeit und Glaubenseifer werden niemals nach den Kategorien plumper Fülle bemessen! Wäre es so, dann würde eine rohe Bestie aus der Wildnis mehr Beachtung in den Hallen des Himmels erfahren denn ein winziger Säugling, der mit dem heiligen Sakrament der Taufe gesegnet ist!«

»Wie immer setzt Ihr all unsere kleinen Probleme in die rechte Perspektive!«

Lady Desdea konnte nicht länger an sich halten. Sie durchquerte das Gemach und murmelte in Königin Sollaces Ohr: »Ich muß unverzüglich mit Eurer Majestät unter vier Augen sprechen.«

Sollace, die wieder in die Zeichnungen vertieft war, machte eine geistesabwesende Geste. »Geduld, wenn ich bitten darf! Dies sind Diskussionen von ernster Bedeutung!« Sie tippte mit dem Finger auf einen Punkt auf der Zeichnung. »Trotzdem: wenn wir hier noch ein Atrium anfügen könnten, mit den Paramentenkammern zu beiden Seiten anstatt vor dem Querschiff, dann gewännen wir Platz für zwei kleinere Apsiden, jede mit einem eigenen Altar.«

»Meine liebe Königin, folgten wir diesem Plan, dann müßten wir das Mittelschiff um das entsprechende Maß verkürzen.«

Königin Sollace schnaufte verdrossen. »Aber dazu habe ich keine Lust! Im Gegenteil, ich würde es gerne um weitere fünf Ellen verlängern und darüber hinaus auch die Krümmung hier erweitern, an der Rückseite der Apsis! Eine solche Maßnahme würde Platz für ein wahrhaft glanzvolles Retabel schaffen!«

»Das Konzept ist unbestreitbar exzellent«, erklärte Vater Umphred. »Gleichwohl muß ich Euch daran erinnern, daß die Fundamente bereits gelegt sind. Sie gebieten die derzeitigen Dimensionen des Bauwerks.«

»Können sie nicht um ein kleines Stück erweitert werden?«

Vater Umphred schüttelte traurig den Kopf. »Wir sind

betrüblicherweise eingeschränkt durch einen Mangel an Geldmitteln! Verfügten wir über unbegrenzten Reichtum, ha!, dann wäre alles möglich!«

»Immer wieder die gleiche leidige Geschichte!« wehklagte Königin Sollace mit düsterer Miene. »Sind diese Maurer und Steinmetze denn so gierig nach Gold, daß sie nicht allein zum Ruhme der Kirche arbeiten wollen?«

»So war es leider schon immer, liebe Frau! Nichtsdestoweniger bete ich jeden Tag, daß Seine Majestät uns in der Fülle seiner Großzügigkeit hinreichende Finanzmittel gewähren wird.«

Königin Sollace ließ ein mürrisches Knurren vernehmen. »Der Glanz der Basilika genießt bei Seiner Majestät nicht den höchsten Vorrang.«

Vater Umphred sprach bedächtig: »Der König sollte ein wichtiges Faktum bedenken. Ist die Basilika erst vollendet, kehrt sich der Strom der finanziellen Gezeiten um. Volk wird von nah und fern kommen, um zu beten und Loblieder zu singen und Geschenke von Gold und Silber darzubringen! Vermittels dieser Gaben erhoffen sie die Dankbarkeit des Himmels für sich zu gewinnen.«

»Solche Gaben werden auch mir Freude bringen, wenn wir damit unsere Kirche mit gebührender Pracht schmücken können.«

»Zu diesem Zwecke müssen wir ansehnliche Reliquien bieten«, sprach Vater Umphred weise. »Nichts löst die Schnüre der Geldbeutel mehr als eine feine Reliquie! Der König sollte das wissen! Pilger werden den allgemeinen Wohlstand vermehren und damit auch unvermeidlich die Fülle der königlichen Schatullen! Alles in allem betrachtet sind Reliquien eine sehr gute Sache.«

»O ja, wir müssen Reliquien haben!« schrie Königin Sollace. »Wo kann man sie erwerben?«

Vater Umphred zuckte mit den Schultern. »Das ist nicht so leicht, sind doch viele der besten Stücke bereits mit Beschlag belegt. Doch wenn man emsig und beharrlich ist, kann man noch immer an Reliquien kommen: mittels Schenkung, mittels käuflichen Erwerbs, mittels Konfiszierung von den Ungläubigen oder auch manchmal mittels Entdeckung an unerwarteten Orten. Gewiß ist es nicht zu früh, mit unserer Suche zu beginnen.«

»Wir müssen diese Sache in allen Einzelheiten erörtern«, sagte Königin Sollace, und dann, ein wenig barsch: »Ottile, du bist in einem Zustand offensichtlicher Verwirrung! Was ist los?«

»Ich bin verwirrt und bestürzt«, sagte Lady Desdea. »Das ist wohl wahr.«

»Dann berichte uns, was geschehen ist, und wir werden es gemeinsam enträtseln.«

»Ich kann Euch diese Sache nur unter vier Augen enthüllen.«

Königin Sollace zog ein mürrisches Gesicht. »Nun denn, wenn du wirklich meinst, daß solche Vorsichtsmaßnahmen nötig sind.« Sie wandte sich den Damen Bortrude und Parthenope zu. »Wie es scheint, müssen wir Lady Desdea für einmal in ihren Grillen willfahren. Ihr könnt mir später aufwarten. Ermelgart, ich werde läuten, wenn ich dich brauche.«

Lady Bortrude und Lady Parthenope verließen mit hochnäsiger Miene den Salon, gefolgt von der Kammerzofe Ermelgart. Vater Umphred zögerte, doch da er nicht zum Verweilen gedrängt wurde, ging auch er.

Ohne weiteren Verzug schilderte Lady Desdea der Königin den Vorfall, der sie so bekümmert hatte. »Es war Zeit für die Diktionsübungen der Prinzessin Madouc, derer sie dringend bedarf; sie nuschelt und trällert wie eine Straßengöre. Als ich auf meinem Weg zu der Unterrichtsstunde über den Wirtschaftshof ging, wurde ich am Hals von einem Stück faulen Obstes getroffen, das von oben sowohl mit Zielsicherheit als auch mit Kraft herabgeschleudert worden war. Ich bedaure sagen zu müssen, daß ich sofort die Prinzessin verdächtigte, die mitunter zu Unfug neigt. Wie ich jedoch den Blick nach oben wandte, gewahrte ich an der Brüstung Seine Majestät, der mich mit einem höchst seltsamen Gesichtsausdruck musterte. Wäre ich eine phantasiereiche Frau und wäre die Person jemand anderes als Seine Majestät, der natürlich die besten Beweggründe für alle seine Taten hat, würde ich den Gesichtsausdruck als ein boshaftes Grinsen des Triumphes oder — vielleicht exakter — als schadenfrohes Hohnlächeln charakterisieren.«

»Erstaunlich!« sagte Königin Sollace. »Wie kann das sein? Ich bin ebenso verblüfft wie du; Seine Majestät ist niemand, der alberne Possen treibt.«

»Natürlich nicht! Gleichwohl ...« Lady Desdea blickte verärgert über die Schulter, als Lady Marmone in den Salon trat, das Gesicht vor Zorn gerötet.

Lady Desdea sagte ungehalten: »Narcissa, wenn es recht ist, ich erörtere gerade mit Ihrer Majestät eine äußerst ernste Angelegenheit. Wenn du so freundlich sein könntest, einen Moment zu ...«

Lady Marmone, so streng und wacker wie Lady Desdea selbst, machte eine wütende Geste. »Dein Geschäft kann warten! Was ich zu sagen habe, muß auf der Stelle gesagt werden! Vor noch nicht fünf Minuten, als ich den Wirtschaftshof durchquerte, wurde ich an der Stirn von einer überreifen Quitte getroffen, die jemand von der Arkade herabgeworfen hatte!«

Königin Sollace stieß einen krächzenden Schrei aus. »Schon wieder?«

»›Schon‹ oder ›wieder‹, wie immer Ihr wollt! Es geschah, wie ich es geschildert habe! Die Entrüstung verlieh mir Kraft; ich stürmte die Treppe hinauf, in der Hoffnung, den Übeltäter abzupassen, und wer, glaubt Ihr, kommt da aus dem Gang getrabt, fröhlich und lächelnd? Niemand anders als die Prinzessin Madouc!«

»Madouc?« »Madouc?« schrien Königin Sollace und Lady Desdea wie aus einer Kehle.

»Wer sonst? Sie trat mir ohne den geringsten Skrupel

entgegen und bat mich sogar, beiseite zu weichen, auf daß sie ihren Weg fortsetzen könne. Ich aber hielt sie fest und frug: ›Warum habt Ihr eine Quitte wider mich geworfen?‹ Worauf sie in gleichgültigem Ton entgegnete: ›Da ich nichts Geeigneteres zur Hand hatte, nahm ich eine Quitte; ich tat dies auf den nachdrücklichen Rat Seiner Majestät des Königs hin.‹ Ich schrie: ›Soll das heißen, daß Seine Majestät Euch zu einer solchen Tat riet? Warum sollte er das tun?‹ Und sie gab zurück: ›Vielleicht hat er das Gefühl, daß Ihr und Lady Desdea unverzeihlich langweilig und ermüdend in der Gestaltung und Durchführung eures Unterrichts seid.‹«

»Erstaunlich!« sagte Lady Desdea. »Ich bin sprachlos!«

Lady Marmone fuhr fort: »Ich sagte ihr: ›Aus Respekt vor Eurem Rang darf ich Euch nicht gehörig züchtigen, wie Ihr es verdient hättet, aber ich werde diese Freveltat unverzüglich Ihrer Majestät der Königin melden!‹ Die Prinzessin gab nur ein ungerührtes Achselzucken zur Antwort und ging ihres Weges. Ist das nicht bemerkenswert?«

»Bemerkenswert, aber nicht einzigartig!« sagte Lady Desdea. »Ich erlitt die gleiche Unbill, aber in meinem Fall war es König Casmir höchstselbst, der die Frucht warf.«

Lady Marmone stand einen Moment sprachlos da, dann sagte sie: »In dem Fall bin ich in der Tat verwirrt!«

Königin Sollace stemmte ihren trägen Leib aus dem Sofa. »Ich muß dieser Sache auf den Grund gehen! Kommt! Noch ehe diese Stunde abgelaufen ist, werden wir Licht in diese verblüffende und leidige Angelegenheit gebracht haben.«

Die Königin und ihre beiden Damen begaben sich, unaufdringlich gefolgt von Vater Umphred, zu den Gemächern des Königs, wo sie ihn in einer Unterredung mit dem Majordomus Sir Mungo und dem königlichen Sekretär Pacuin antrafen.

Casmir wandte sich stirnrunzelnd um, dann erhob er sich schwerfällig von seinem Stuhl. »Meine teure Sollace, was gibt es so Dringendes, daß Ihr mich hier inmitten meiner Beratungen aufsucht?«

»Ich muß privatim mit Euch sprechen«, sagte Sollace. »Seid so gut und entlaßt Eure Ratgeber, wenn auch nur für einen kurzen Moment.«

Als Casmir Lady Desdea und ihren starren Gesichtsausdruck gewahrte, erahnte er den Zweck des Besuchs. Auf sein Zeichen hin verließen Sir Mungo und Pacuin den Raum. Casmir richtete den Finger auf Vater Umphred. »Ihr könnt auch gehen.«

Vater Umphred lächelte gütig und schied aus dem Gemach.

»Nun denn«, sagte König Casmir, »worum geht es?«

Mit einem Sturzbach erregter Worte erklärte Königin Sollace die Situation. Casmir hörte mit teilnahmsloser Geduld zu.

Sollace schloß ihre Bemerkungen mit den Worten: »Nun werdet Ihr meine Sorge verstehen. In der Hauptsache sind wir verwirrt, warum Ihr Obst auf Lady Desdea geworfen und sodann Madouc ermuntert habt, den gleichen Unfug der Lady Marmone anzutun.«

Casmir wandte sich an Lady Desdea. »Bringt Madouc sofort hierher.«

Lady Desdea verließ das Gemach und kehrte wenig später mit Madouc zurück, die den Raum mit einem gewissen Widerstreben betrat.

Casmir sprach in ruhigem, nüchternem Ton: »Ich befahl dir, keine Früchte mehr zu werfen.«

»Das tatet Ihr in der Tat, Herr Vater. Ihr befahlt mir, keine Früchte mehr in die Richtung von Lady Desdea zu werfen, und Ihr rietet mir auch vom Gebrauch widerwärtigerer Substanzen im Zusammenhang mit Lady Desdea ab. Diesen Euren Rat befolgte ich peinlich.«

»Aber du warfst eine Quitte auf Lady Marmone. War das mein Rat?«

»Ich deutete ihn so, da Ihr es versäumtet, Lady Marmone in Eure Anweisungen einzubeziehen.«

»Ah hah! Hätte ich vielleicht jedes Individuum in den Mauern der Burg namentlich benennen und für jedes einzelne von ihnen die Gegenstände aufzählen sollen, mit denen es nicht beworfen werden darf?«

Madouc zuckte die Achseln. »Wie Ihr seht, Majestät, wenn Zweifel bestehen, kommt es zu Irrtümern und Fehlern.«

»Und du empfandest diese Zweifel?«

»Genau, Herr! Es schien mir nur billig, daß jede der Damen gleich behandelt werden und in den Genuß derselben Vorteile gelangen sollte.«

König Casmir lächelte und nickte. »Diese Vorteile erschließen sich uns nicht auf den ersten Blick. Kannst du sie schärfer umreißen?«

Madouc blickte stirnrunzelnd hinunter auf ihre Hände. »Die Erklärung könnte etwas langatmig werden, vielleicht sogar ermüdend, so daß ich den gleichen Fehler beginge, den ich bei den Damen Desdea und Marmone beklage.«

»Bitte, mache dir die Mühe. Wenn du uns langweilst, werden wir für dieses eine Mal Nachsicht mit dir üben.«

Madouc wählte ihre Worte mit Sorgfalt. »Diese Damen sind gewiß vornehm und höflich, aber ihr Betragen ist täglich das gleiche. Sie erleben weder Freude noch Überraschung noch irgendwelche wundervollen neuen Ereignisse. Da dachte ich mir, es sei gut, wenn sie einmal einem geheimnisvollen Abenteuer ausgesetzt würden, das ihren Geist wachrufen und die Ödnis ihrer Konversation mindern würde.«

»Dann waren deine Beweggründe also von Wohlwollen und Mitgefühl geprägt?«

Madouc warf ihm einen unsicheren Blick zu. »Ich befürchtete natürlich, daß sie zuerst vielleicht nicht dankbar wären und womöglich sogar ein wenig mürrisch, aber ich wußte, daß sie sich am Ende über meine Hilfe freuen würden, da sie erkennen würden, daß die Welt manchmal Unerwartetes und Seltsames bereithält, und daß sie beginnen würden, in froher Erwartung neuer Abenteuer um sich zu schauen.«

Lady Desdea und Lady Marmone starrten ungläubig. König Casmir lächelte ein dünnes hartes Lächeln. »Du hast also das Gefühl, den beiden Damen einen Gefallen getan zu haben?«

»Ich habe mein Bestes versucht«, sagte Madouc artig. »Sie werden sich an diesen Tag bis an ihr Lebensende erinnern! Können sie dasselbe vom gestrigen Tag sagen?«

Casmir wandte sich Sollace zu. »Die Prinzessin hat überzeugend dargetan, daß sowohl Lady Desdea als auch Lady Marmone von ihren Handlungen profitieren werden, obwohl sie in Form schieren Unfugs daherkommen. Wie auch immer, die Nächstenliebe der Prinzessin muß ihr mit gleicher Münze vergolten werden, und ich schlage vor, daß Ihr diesen Tag auch für sie unvergeßlich macht, und zwar mit Hilfe einer Weidenrute. So wird am Ende jeder seinen Gewinn haben. Lady Desdea und Lady Marmone werden feststellen, daß ihr Leben bereichert worden ist, und Madouc wird lernen, daß sie dem königlichen Geheiß nach dem Geist wie nach dem Buchstaben gehorchen muß.«

Darauf sprach Madouc mit leicht zitternder Stimme: »Majestät, alles ist klar! Ihre Majestät braucht sich nicht körperlich anzustrengen, um Euren Worten Nachdruck zu verleihen.«

König Casmir hatte sich bereits abgewandt und sagte über die Schulter: »Ereignisse dieser Art entwickeln oft ihre eigene Schwungkraft, wie im vorliegenden Fall. Ihre Majestät mag wohl vielleicht ein wenig ins Schwitzen geraten, aber sie wird keine wirkliche Unannehmlichkeiten erleiden. Ihr habt meine Erlaubnis, zu gehen.«

Flankiert von den Damen Desdea und Marmone verließ Sollace den Raum. Madouc blieb zaudernd hinter ihnen zurück. Königin Sollace wandte sich um und winkte. »Nun komm — hurtig jetzt; durch Schmollen ist nichts zu gewinnen.«

Madouc seufzte. »Nun ja, ich habe ohnehin nichts Besseres zu tun.«

Die Gruppe kehrte zu Sollaces Salon zurück. Irgendwo unterwegs trat Vater Umphred aus dem Schatten und schloß sich den vieren an.

Sollace ließ sich auf dem Sofa nieder und rief Ermelgart. »Bring mir drei Weidenruten von einem Reisigbesen; wähle solche aus, die sowohl kräftig als auch biegsam sind. Wohlan, Madouc! Hör mir nun zu! Siehst du ein, daß deine Possen uns allen Kummer bereitet haben?«

»Die Quitten waren ganz klein«, wandte Madouc ein.

»Gleichviel! Eine solche Tat geziemt sich nicht für eine königliche Prinzessin: erst recht nicht für eine Prinzessin von Lyonesse.«

Ermelgart kam mit drei Weidenruten zurück, die sie Königin Sollace überreichte. Madouc verfolgte dies mit weit geöffneten blauen Augen und gramverzerrtem Mund.

Sollace probierte die Wirksamkeit der Weidenruten an einem Kissen aus, dann wandte sie sich zu Madouc. »Hast du irgend etwas zu sagen? Worte der Zerknirschung oder der Demut?«

Madouc, fasziniert von der Bewegung der Weidenruten, versäumte zu antworten, und die gemeinhin eher lethargische Sollace begann sich zu ereifern. »Du fühlst keine Reue? Jetzt weiß ich, warum es heißt, du seiest frech! Nun denn, Fräulein Naseweis, wir werden sehen. Tritt her!«

Madouc fuhr sich mit der Zunge über die Lippen. »Ich glaube nicht, daß es vernünftig ist, wenn ich als Belohnung für meine Mühen geprügelt werden soll.«

Sollace starrte sie verdutzt an. »Ich kann meinen Ohren kaum glauben. Vater Umphred, seid so gut und bringt die Prinzessin zu mir.«

Der Priester legte in aller Freundlichkeit die Hand auf Madoucs Schulter und drängte sie durch den Raum. Sollace legte Madouc über ihren breiten Schoß, zog den Saum ihres Kleids weit hoch und haute mit den Weidenruten hart auf ihre schmalen Hinterbacken. Madouc lag schlaff wie ein Bündel Lumpen und gab keinen Laut von sich.

Der Prinzessin Indolenz ärgerte Sollace; wieder und wieder ließ sie die Weidenruten herabsausen, und als dies immer noch nichts zu fruchten schien, zog sie schließlich Madoucs Kniehosen herunter, um ihren nackten Hintern zu bearbeiten. Vater Umphred verfolgte das Geschehen mit wohlgefälligem Blick und nickte im Rhythmus mit den Hieben.

Madouc gab keinen Laut von sich. Schließlich wurde Sollace der Sache überdrüssig; sie warf die Weidenruten hin und stieß Madouc von ihrem Schoß herunter. Mit trotzig-starrer Miene, den Mund zu einem dünnen weißen Strich zusammengepreßt, zog Madouc ihre Beinkleider hoch, richtete ihr Kleid und schickte sich an, aus dem Raum zu gehen.

Sollace rief in scharfem Ton: »Ich kann mich nicht entsinnen, dir die Erlaubnis zum Gehen erteilt zu haben.«

Madouc hielt inne und schaute über die Schulter. »Habt Ihr die Absicht, mich abermals zu prügeln?«

»Nicht im Moment jedenfalls. Mein Arm ist müde und lahm.«

»Dann seid Ihr wohl fertig mit mir.« Madouc verließ den Salon. Sollace blinzelte mit offenstehendem Mund hinter ihr her.

2

Königin Sollace war nachteilig berührt von Madoucs Betragen und auch von ihrem Auftreten, das ihr bezüglich des Respekts, den Sollace als ihrer Person gebührend erachtete, mangelhaft erschien. Sie hörte schon seit langem Gerüchte über Madoucs Eigensinn, aber das unmittelbare Erleben dieser charakterlichen Eigenart der Prinzessin traf sie doch wie ein Schock. Wenn Madouc ein wahrhaft anmutiges Mägdelein und eine Zierde des Hofes werden sollte, dann waren in der Tat unverzügliche Abhilfsmaßnahmen geboten.

Königin Sollace erörterte das Problem mit Vater Umphred, der anregte, daß die kleine Prinzessin religiöser Unterweisung unterzogen werde. Lady Marmone wandte hiergegen spöttisch ein: »Das ist höchst unpraktisch und wäre nur für alle eine Zeitverschwendung.«

Königin Sollace, selbst fromm, war darob einigermaßen pikiert. Sie frug scharf: »Und welche Maßnahme empfiehlst du?«

»Ich habe mir die Sache in der Tat durch den Kopf gehen lassen. Der Unterricht muß durchgeführt werden wie bisher, wenngleich vielleicht mit ein wenig mehr Nachdruck auf der Schulung in artigem Betragen. Darüber hinaus wäre es vielleicht gut, wenn der Prinzessin ein Gefolge von edlen Jungfern beigesellt würde, damit sie graziöses Benehmen durch die Kraft des vorbildhaften Exempels lernen kann. Sie hat jetzt beinahe das Alter erreicht, wo Ihr sie ohnehin mit einem solchen Gefolge ausstatten werdet; ich sage: je früher dies geschieht, desto besser!«

Sollace nickte widerwillig. »Es ist vielleicht ein Jahr oder zwei zu früh für ein solches Arrangement, aber die Umstände sind besonderer Art. Madouc ist frech und anmaßend wie eine Gassenrange und bedarf ganz sicher eines mäßigenden Einflusses.«

Eine Woche später wurde Madouc in den Morgensalon gerufen, der sich im zweiten Stockwerk des Ostturms befand. Hier wurde sie sechs adligen Fräuleins vorgestellt, die, so wurde ihr eröffnet, ihr fortan als Zofen dienen würden. Madouc, die sofort begriff, daß jeder Protest fruchtlos sein würde, trat einen Schritt zurück und begutachtete ihre neuen Spielgefährtinnen — und was sie sah, gefiel ihr ganz und gar nicht. Die sechs Mädchen waren allesamt in feine Kleider gehüllt und präsentierten sich in übertrieben gezierter Körperhaltung und Gebärde. Nach dem Vollzug eines förmlichen Hofknickses vor der Prinzessin unterzogen die sechs ihrerseits Madouc einer Inspektion — und zeigten ebensowenig Begeisterung wie zuvor die Prinzessin. Sie waren bereits in ihre Pflichten eingewiesen worden, und die meisten von ihnen blickten der Erfüllung derselben mit wenig Enthusiasmus entgegen. In erster Linie sollten sie der Prinzessin Gesellschaft leisten, kleine Botengänge auf ihr Geheiß hin für sie verrichten, sie mit Plaudereien ergötzen und die Langeweile ihres Unterrichts mit ihr teilen. Zu Madoucs Erbauung würden die jungen Fräuleins zusammen tollen und das Wurfringspiel, Seilchenspringen, Fang-den-Ball, Verstecken, Fangen, Blinzeln, Stille Post, Federball und andere Spiele spielen; ferner würden sie gemeinsam Nadelarbeiten verrichten, Duftkräuter mischen und diese in Parfümtäschchen füllen, Blumengirlanden winden und die Schritte jener Tänze erlernen, die gegenwärtig im Schwange waren. Sie würden Unterricht in Lesen und Schreiben erhalten und — was noch wichtiger war — in Etikette, höfischen Konventionen und den unveränderlichen Regeln der Rangordnung geschult werden.

Die sechs Jungfern waren:

    Devonet von Burg Folize
    Felice, die Tochter von Sir Mungo, dem
       Majordomus
    Ydraint vom Großhaus Damar

Artwen von Burg Kassie
Chlodys von der Fanistry
Elissia von Yorn

Die sechs waren eine bunt gemischte Gruppe; bis auf Felice, die etwa in Madoucs Alter war, waren sie allesamt älter als die Prinzessin. Chlodys war groß, blond und ein wenig ungelenk; Elissia war klein, dunkel und zierlich. Artwen war kiebig; Felice war mild, etwas geistesabwesend, und auf unaufdringliche Weise hübsch, wenn auch ein wenig überzart. Ydraint strahlte nur so von Gesundheit und war entschieden hübsch; Devonet war schön. Chlodys und Ydraint waren sichtlich geschlechtsreif; Devonet und Artwen befanden sich noch in der Phase des Knospens; Felice und Elissia standen wie Madouc an der Schwelle des körperlichen Wandels.

In der kühnen Theorie würden die sechs Mägdelein ihre angebetete Prinzessin überallhin begleiten, fröhlichen Unfug schnatternd, miteinander wetteifernd in der Erfüllung ihrer kleinen Pflichten, überglücklich über Lob aus ihrem Munde, zerknirscht über ihren Tadel. Die sechs würden — so der Plan — einen Miniaturhofstaat von tugendhaften und fröhlichen jungen Damen bilden, über welchen Prinzessin Madouc heiter und friedlich herrschen würde, einem köstlichen Juwel in einer goldenen Fassung gleich.

In praxi stellte sich die Situation freilich anders dar. Vom ersten Moment an betrachtete Madouc dieses neue Arrangement mit Argwohn und Skepsis, erachtete es als ein Ärgernis, das nur ihre Freiheit beschneiden konnte. Die sechs Fräulein wiederum zeigten wenig Eifer bei der Erfüllung ihrer Pflichten. Sie betrachteten Madouc als wunderlich und exzentrisch, als eine Person ohne jede Neigung zu Stil und von einer Naivität, die an Geistlosigkeit grenzte.

Die Umstände von Madoucs Geburt — so, wie sie vom Hof gesehen wurden — brachten ihr kein großes

Prestige, was auch die Mägdelein rasch spitz bekamen. Nach ein paar Tagen vorsichtiger Förmlichkeit bildeten die Mädchen einen Klüngel, aus dem Madouc demonstrativ ausgeschlossen war. Fortan wurde Madouc nur mehr mit einer frivolen Scheinhöflichkeit behandelt; ihre Zuneigungsbezeigungen wurden mit leeren Blicken erwidert; ihre Bemerkungen gingen im Geschwätz unter oder wurden, so sie wahrgenommen wurden, schlicht übergangen.

Madouc war zunächst verwirrt, dann belustigt, dann pikiert, und schließlich beschloß sie, sich nicht darum zu scheren und künftig so weit wie möglich wieder ihren eigenen Beschäftigungen nachzugehen.

Madoucs Gleichgültigkeit trug ihr noch größere Mißbilligung seitens der Mädchen ein, die sie ob dieses Verhaltens seltsamer denn je fanden. Die treibende Kraft hinter der Kabale war Devonet: ein zierliches, holdes Mägdelein, frisch wie eine Blume, und bereits bewandert in der Kunst des Bestrickens. Glänzende Goldlokken hingen ihr bis auf die Schultern; ihre Augen waren haselnußbraune Teiche der Unschuld. Devonet war auch kompetent in Ränken und Intrigen; auf ihr Zeichen hin — ein Fingerschnippen, ein Neigen des Kopfes — pflegten die Mädchen sich von Madouc zu entfernen und in einer Ecke des Raums die Köpfe zusammenzustecken und zu tuscheln und zu kichern. Bei anderen Gelegenheiten machten sie sich ein Spielchen daraus, um die Ecke auf Madouc zu spähen und hastig den Kopf zurückzuziehen, sobald sie hinschaute.

Madouc seufzte, zuckte die Achseln und ignorierte den gehässigen Unfug. Eines Morgens, als sie mit ihrer Kammerzofe das Frühstück einnahm, entdeckte sie eine tote Maus in ihrem Haferbrei. Sie rümpfte die Nase und fuhr angewidert zurück. Als sie um den Tisch herum schaute, bemerkte sie die verhohlene Aufmerksamkeit der sechs Fräulein; kein Zweifel, sie hatten gewußt, was sie in ihrer Schüssel finden würde. Chlodys schlug die

Hand vor den Mund, um ein Kichern zu unterdrücken; Devonets Blick war klar und sanft.

Madouc stieß die Schüssel beiseite, spitzte den Mund, sagte aber nichts.

Zwei Tage später erregte Madouc — durch eine Reihe von rätselhaften Handlungen und mittels vorgetäuschter Verstohlenheit — so sehr die Neugier von Devonet, Chlodys und Ydraint, daß sie ihr heimlich nachschlichen, um den Grund für ihr seltsames Verhalten auszuspionieren. Ganz klar, es konnte nur etwas Anstößiges sein, und die Möglichkeiten waren in der Tat köstlich. Solchermaßen in Versuchung geführt, folgten sie Madouc auf die Spitze des Hohen Turms und beobachteten, wie sie über eine Leiter zu einer Ansammlung verwaister Taubenschläge hinaufklomm. Als sie nach einer Weile wieder herunterkam und über die Treppe davonhastete, schlüpften Devonet, Chlodys und Ydraint aus ihrem Versteck, stiegen die Leiter hinauf, stießen durch eine Falltür in die Dachstube und untersuchten vorsichtig die Taubenschläge. Zu ihrer Enttäuschung fanden sie nichts vor als Staub, Dreck, ein paar Federn und einen üblen Geruch, aber keinen Hinweis auf verderbtes Treiben. Verdrießlich kehrten sie zur Falltür zurück — doch nur, um zu entdecken, daß die Leiter nicht mehr da war.

Mittags wurde das Fehlen von Devonet, Chlodys und Ydraint schließlich bemerkt, zur allgemeinen Verblüffung. Artwen, Elissia und Felice wurden befragt, konnten jedoch nichts über den Verbleib der drei sagen. Lady Desdea befrug daraufhin in scharfem Ton Madouc, die Verblüffung heuchelte. »Sie sind sehr faul; vielleicht liegen sie noch im Bett und schlafen.«

»Das ist unwahrscheinlich!« versetzte Lady Desdea entschieden. »Ich finde die Situation höchst merkwürdig!«

»Ich auch«, sagte Madouc. »Ich hege den Verdacht, daß sie nichts Gutes treiben.«

Der Tag verging, die Nacht verging. Früh am nächsten Morgen, als noch alles still war, hörte eine Küchenmagd beim Überqueren des Wirtschaftshofes ein dünnes Wimmern, dessen Herkunft sie nicht sogleich zu lokalisieren vermochte. Sie hielt inne, horchte eine Weile, und entschied schließlich, daß das Wimmern von den Taubenschlägen auf der Spitze des Hohen Turms kommen mußte. Sie meldete ihre Entdeckung der Dame Boudetta, der Wirtschafterin, und kurz darauf war das Rätsel gelöst. Die drei Mädchen wurden aus ihrem luftigen Gefängnis befreit. Sie froren, waren schmutzig, verängstigt und bekümmert. Hysterisch denunzierten sie Madouc und machten sie für all die Unannehmlichkeiten, die sie hatten erleiden müssen, verantwortlich. (»Sie wollte uns verhungern lassen!« »Es war kalt, und der Wind blies, und wir hörten den Geist!« »Wir hatten schreckliche Angst! Sie tat es in voller Absicht!«)

Lady Desdea und Lady Marmone lauschten ihren Klagen mit steinerner Miene, sahen sich jedoch außerstande, die Situation zu beurteilen. Der Fall war verzwickt; außerdem konnte es sehr gut sein, daß, wenn der Fall der Königin zur Kenntnis gebracht werden sollte, Madouc eigene Beschuldigungen erheben würde, zum Beispiel über tote Mäuse in ihrem Haferbrei.

Am Ende wurden Chlodys, Ydraint und Devonet barsch darauf hingewiesen, daß das Herumklettern in verlassenen Taubenschlägen ein Verhalten sei, das sich für hochwohlgeborene junge Damen nicht schickte.

Bis zu diesem Zeitpunkt war die Affaire mit den verfaulten Quitten und Madoucs daraus erfolgender Züchtigung strikt vertuscht worden. Aus irgendeiner heimliche Quelle kam die Kunde davon jetzt den sechs Fräulein zu Ohren, zu ihrem großen Vergnügen. Als sie wieder einmal bei der Nadelarbeit zusammensaßen, sprach Devonet leise: »Was für ein Anblick, was für ein Anblick, als Madouc gezüchtigt wurde!«

»Gezappelt und gebrüllt hat sie, als die Ruten auf ihren nackten Hintern klatschten!« sagte Chlodys leise, als erfülle allein die Vorstellung sie mit Ehrfurcht.

»War es wirklich so?« fragte Artwen staunend.

Devonet nickte affektiert. »In der Tat! Habt ihr nicht das schauerliche Geheul gehört?«

»Alle haben es gehört«, sagte Ydraint. »Nur wußte niemand, woher es kam.«

»Jetzt wissen es alle«, sagte Chlodys. »Es war Madouc, die da gebrüllt hat wie eine kranke Kuh!«

Elissia sagte mit schalkhafter Fröhlichkeit: »Prinzessin Madouc, Ihr seid so still! Seid Ihr mißvergnügt über unsere Unterhaltung?«

»Ganz und gar nicht. Eure Scherze belustigen mich. Irgendwann werdet ihr sie für mich wiederholen.«

»Wie das?« fragte Devonet, verdutzt und plötzlich hellhörig.

»Könnt ihr euch das nicht denken? Eines Tages werde ich einen großen König heiraten und auf einem goldenen Thron sitzen. Und dann werde ich euch sechs an meinen Hof beordern, auf daß ihr mir dieses ›schauerliche Geheul‹, das so amüsant zu sein scheint, einmal selbst vormacht.«

Die Mädchen fielen in betretenes Schweigen. Devonet war die erste, die ihre Fassung wiederfand. Sie lachte glockenhell. »Es ist nicht sicher, ja nicht einmal wahrscheinlich, daß Ihr einen König heiraten werdet — da Ihr doch keinen Stammbaum habt! Chlodys, hat Prinzessin Madouc einen Stammbaum?«

»Sie hat keinerlei Stammbaum, das arme Ding.«

Madouc fragte unschuldig: »Was ist ein Stammbaum?«

Wieder lachte Devonet. »Etwas, das Ihr nicht habt! Vielleicht sollten wir Euch das nicht sagen, aber die Wahrheit ist nun mal die Wahrheit! Ihr habt keinen Vater! Elissia, wie heißt man ein Mädchen, das keinen Vater hat?«

»Einen Bastard heiß man es.«

»Stimmt genau! Traurig, traurig, aber die Prinzessin Madouc ist ein Bastard, und niemand wird sie je freien wollen!«

Chlodys schüttelte sich übertrieben. »Bin ich froh, daß ich kein Bastard bin!«

»Aber ihr irrt«, sagte Madouc in freundlich-ruhigem Ton. »Ich habe wohl einen Vater. Er starb, so heißt es, zusammen mit meiner Mutter.«

Devonet sagte verächtlich: »Vielleicht ist er tot, vielleicht auch nicht. Sie warfen ihn in ein Loch, und dort ist er noch heute. Er war ein Vagabund, ein so unbedeutender Mann, daß man nicht einmal seinen Namen wissen wollte.«

»Wie auch immer«, sagte Chlodys, »Ihr habt keinen Stammbaum, und deshalb werdet Ihr Euch niemals vermählen. Es ist eine schlimme Nachricht, aber es ist das beste, wenn Ihr die Fakten jetzt erfahrt; so könnt Ihr lernen, Euch schon zeitig mit ihnen abzufinden.«

»Genau«, sagte Ydraint. »Wir erzählen Euch dies, weil es unsere Pflicht ist.«

Madouc unterdrückte mit Mühe das Zittern in ihrer Stimme. »Es ist eure Pflicht, nur die Wahrheit zu sagen.«

»Ah, aber das haben wir!« erklärte Devonet.

»Ich glaube das nicht!« sagte Madouc. »Mein Vater war ein edler Ritter, da ich seine Tochter bin! Wie könnte es anders sein?«

Devonet maß Madouc mit einem abschätzenden Blick, dann sagte sie: »Sehr einfach.«

3

Madouc hatte keine genaue Vorstellung davon, was ein ›Stammbaum‹ sein mochte. Sie hatte das Wort ein oder zweimal gehört, aber seine genaue Bedeutung war ihr nie erklärt worden. Ein paar Tage zuvor war sie zu den Stallungen gegangen, um ihr Pony Tyfer zu striegeln; in ihrer Nähe hatten zwei Herren über ein Pferd und seinen ›feinen Stammbaum‹ diskutiert. Das Pferd, ein schwarzer Zuchthengst, war von der Natur mit einem bemerkenswert stolzen Gemächt gesegnet gewesen; aber das konnte nach Madoucs Dafürhalten wohl kaum der entscheidende Faktor sein, und schon ganz gewiß nicht, was ihre Person anbelangte. Devonet und die anderen Mädchen konnten billigerweise nicht erwarten, daß sie mit einem derartigen Gegenstand herumparadieren würde.

Es war alles sehr verwirrend. Vielleicht hatten die Herren ja auf die Qualität des Schweifes angespielt. Wie schon die erste Theorie, und aus ziemlich dem gleichen Grund, verwarf Madouc auch diese zweite. Sie beschloß, sich nicht weiter in Spekulationen zu ergehen, sondern sich bei der nächsten sich bietenden Gelegenheit zu erkundigen.

Madouc stand auf leidlich gutem Fuß mit Prinz Cassander, dem einzigen Sohn von König Casmir und Königin Sollace und gesetzmäßigen Erben der Krone von Lyonesse. Cassander war mit den Jahren zu einem recht kecken Burschen herangewachsen. Sein Körperbau war robust. Sein Gesicht unter den dichten blonden Locken war rund, mit kleinen, ernsten Zügen und runden blauen Augen. Von seinem Vater geerbt — oder besser: gelernt — hatte Cassander eine ganze Reihe von gebieterischen Gesten und Gebärden; von Sollace hatte er die feine, blaßrosige Haut, die kleinen Hände und Füße und ein Naturell, das unbeschwerter und flexibler als das seines Vaters war.

Madouc fand Cassander allein in der Orangerie sitzend vor, wo er konzentriert mit einem Federkiel auf einem Pergament schrieb. Madouc blieb stehen und beobachtete ihn eine Weile. Verwandte Cassander seine Energien auf das Verfassen von Gedichten? Schrieb er

Lieder? Schuf er gar eine Liebesode? Cassander blickte auf und nahm seine Schwester wahr. Er legte den Federkiel beiseite und versenkte das Pergament in einer Schachtel.

Madouc trat langsam zu ihm. Cassander schien in leutseliger Stimmung und empfing Madouc mit einer scherzreichen Begrüßung: »Heil, Heil und dreimal Heil der Rachefurie der Burg, die da kommt in Pfeile und purpurn zuckende Blitze gehüllt! Wer wird als nächster den Stachel deines schrecklichen Zorns zu spüren bekommen? Oder — sollte ich wohl besser sagen — den Aufprall deiner überreifen Quitten?«

Madouc lächelte gezwungen und setzte sich auf die Bank neben Cassander. »Seine Majestät hat exakte Ordern erlassen; ich darf nicht mehr tun, was getan werden muß.« Madouc seufzte. »Ich habe beschlossen zu gehorchen.«

»Das ist eine kluge Entscheidung.«

Madouc fuhr wehmütig fort: »Man sollte meinen, daß ich als eine königliche Prinzessin das Recht haben müßte, Quitten zu werfen, wohin ich will und so oft ich will.«

»Das sollte man meinen, aber solches Tun gilt nicht als sittsam, und sittsames Benehmen ist nun einmal vor allem andern die Pflicht einer königlichen Prinzessin!«

»Und was ist mit meiner Mutter, der Prinzessin Suldrun — war sie sittsam?«

Cassander zog die Brauen hoch und warf einen verwunderten Blick auf Madouc. »Welch seltsame Frage! Wie soll ich darauf antworten? In aller Offenheit, ich wäre gezwungen, etwas zu sagen wie: ›ganz und gar nicht‹.«

»Weil sie allein in einem Garten lebte? Oder weil sie mich gebar, als sie nicht vermählt war?«

»Keines von beidem wird als wahrhaft sittsames Verhalten erachtet.«

Madouc schürzte die Lippen. »Ich will mehr über sie

wissen, aber niemand will etwas sagen. Warum all diese Heimlichtuerei?«

Cassander lachte traurig. »Weil niemand weiß, was damals geschah.«

»Erzähl mir, was du von meinem Vater weißt.«

Cassander sagte nachdenklich: »Ich kann dir so gut wie nichts über ihn sagen, weil das alles ist, was ich weiß. Dem Vernehmen nach war er ein schöner junger Vagabund, der zufällig Suldrun allein in dem Garten vorfand und ihre Einsamkeit ausnützte.«

»Vielleicht war sie froh, ihn zu sehen.«

Cassander sagte mit wenig überzeugender Geziertheit: »Sie handelte unschicklich, und das ist der einzige Vorwurf, den man Suldrun machen kann. Sein Verhalten jedoch war dreist und unverschämt! Er verhöhnte unsere königliche Würde und hat daher sein Schicksal wohl verdient.«

Madouc sann. »Das ist sehr merkwürdig. Beklagte Suldrun sich über das Benehmen meines Vaters?«

Cassander runzelte die Stirn. »Keineswegs! Das arme kleine Ding scheint ihn geliebt zu haben. Doch pah! Ich weiß wenig von der Geschichte, außer, daß es der Priester Umphred war, der die beiden zusammen ertappte und die Nachricht Seiner Majestät hinterbrachte.«

»Mein armer Vater wurde schrecklich bestraft«, sagte Madouc. »Ich vermag den Grund nicht einzusehen.«

Cassander sprach tugendhaft: »Der Grund ist klar! Es war notwendig, dem Flegel eine strenge Lektion zu erteilen und so alle andern, die von gleichem Sinn waren, abzuschrecken.«

Mit einem plötzlichen Zittern in der Stimme fragte Madouc: »Ist er denn noch am Leben?«

»Das bezweifle ich.«

»Wo ist das Loch, in das man ihn warf?«

Cassander deutete mit dem Daumen über die Schulter. »In den Felsen hinter dem Peinhador. Das Verlies ist hundert Fuß tief und mündet an seinem Grunde in einer kleinen dunklen Zelle. Dort werden unverbesserliche Halunken und Staatsfeinde eingekerkert.«

Madouc blickte zum Hügel, dorthin, wo das graue Dach des Peinhador hinter Zoltra Hellsterns Mauer hervorlugte. »Mein Vater war keiner von diesen.«

Cassander zuckte mit den Schultern. »So lautete das königliche Urteil, und zweifelsohne zu Recht.«

»Aber meine Mutter war eine königliche Prinzessin! Sie hätte gewiß nicht irgendeinen hergelaufenen Strolch geliebt, der zufällig über den Gartenzaun schaute.«

Cassander zuckte erneut die Achseln, um anzuzeigen, daß auch er in dieser Frage ratlos war. »Das sollte man meinen; das räume ich dir ein. Aber — wer weiß? Königliche Prinzessin oder nicht, Suldrun war ein Mädchen, und Mädchen sind Weiber, und Weiber sind so launisch wie Löwenzahnflaum im Wind! Das ist meine Erfahrung.«

»Vielleicht war mein Vater von hoher Geburt«, sinnierte Madouc. »Niemand machte sich die Mühe, ihn zu fragen.«

»Unwahrscheinlich«, sagte Cassander. »Er war ein törichter junger Landstreicher, der seine gerechte Strafe bekommen hat. Bist du nicht überzeugt? So ist das Gesetz der Natur! Jeder Mensch wird an dem ihm gebührenden Platz geboren, an dem er zu bleiben hat, es sei denn, daß sein König ihm Beförderung wegen Tapferkeit im Kriege gewährt. Kein anderes System ist zweckmäßig, richtig oder natürlich.«

»Aber wie verhält es sich dann mit mir?« fragte Madouc beunruhigt. »Wo ist mein ›Stammbaum‹?«

Cassander gab ein bellendes Lachen von sich. »Wer weiß? Dir wurde der Rang einer königlichen Prinzessin gewährt; das sollte genügen.«

Madouc war immer noch nicht zufrieden. »Wurde mein Vater mitsamt seinem ›Stammbaum‹ in das Loch gesteckt?«

Cassander kicherte. »Wenn er überhaupt einen hatte.«

»Aber was ist ein Stammbaum? So etwas wie ein Schwanz?«

Cassander konnte seine Heiterkeit nicht bezähmen, und Madouc stand entrüstet auf und ging fort.

4

Die königliche Familie von Lyonesse ritt oft von Haidion aufs Land: um einer Jagd beizuwohnen oder um des Königs Faible für die Falkenjagd gefällig zu sein oder um sich schlicht an einer Landpartie zu erbauen. König Casmir ritt zu solchen Anlässen gewöhnlich auf seinem schwarzen Schlachtroß Sheuvan, während Sollace einen sanften weißen Zelter ritt, wenn sie nicht, was weit häufiger vorkam, dem gepolsterten Sitz der gutgefederten königlichen Kutsche den Vorzug gab. Prinz Cassander ritt seinen prächtigen Rotschimmel Gildrup; die Prinzessin Madouc trabte fröhlich auf ihrem scheckigen Pony Tyfer einher.

Madouc bemerkte, daß viele hochgeborene Damen vernarrt in ihre Rösser waren und häufig die Stallungen aufsuchten, um ihre Lieblinge zu hätscheln und sie mit Äpfeln und mit Zuckerwerk zu verwöhnen. Madouc begann, es ihnen gleichzutun: sie brachte Tyfer Möhren und Rüben und anderes Naschwerk, auf diese Weise zugleich der Aufsicht durch Lady Desdea und Lady Marmone als auch der Gesellschaft ihrer sechs Zofen entrinnend.

Der Stalljunge, der mit der Pflege von Tyfer betraut war, war Pymfyd: ein wuschelköpfiger Bursche von zwölf oder dreizehn, stark und gutwillig, mit einem ehrlichen Gesicht und von gefälligem Wesen. Madouc redete ihm ein, daß er außerdem dazu ausersehen worden sei, ihr nötigenfalls als ihr persönlicher Knecht und Begleiter zu dienen. Pymfyd fügte sich ohne Einwendung dieser Abmachung, schien sie doch eine Erhöhung seines Status' zu bedeuten.

Eines frühen Nachmittags, die Wolken hingen tief und der Geruch von Regen lag in der Luft, legte Madouc einen grauen Kapuzenumhang an und huschte hinüber zu den Stallungen. Dort rief sie Pymfyd mit den Worten zu sich: »Komm Pymfyd, hurtig! Ich habe eine Besorgung zu machen, die etwa eine Stunde Zeit erfordern wird, und ich brauche dich dazu.«

Pymfyd fragte vorsichtig: »Welche Art von Besorgung, Eure Hoheit?«

»Zu gegebener Zeit wirst du alles Notwendige erfahren. Nun komm! Der Tag ist kurz; die Stunden verrinnen, während du herumstehst und unschlüssig von einem Bein auf das andre trittst.«

Pymfyd knurrte mürrisch. »Werdet Ihr Tyfer brauchen?«

»Heute nicht.« Madouc wandte sich zum Gehen. »Komm!«

Pymfyd stieß seine Mistgabel in den Dunghaufen und folgte Madouc mit zögernden Schritten.

Madouc marschierte den Pfad hinauf, der um die Rückseite der Burg herumführte; Pymfyd stapfte hinter ihr her.

Er rief: »Wohin gehen wir?«

»Das wirst du bald erfahren.«

»Wie Ihr meint, Eure Hoheit«, brummte Pymfyd.

Der Pfad schwenkte nach links, Richtung Sfer Arct; hier bog Madouc nach rechts auf einen anderen Pfad, der den steinigen Hang hinaufführte, auf die graue Masse des Peinhador zu.

Pymfyd äußerte einen mürrischen Protest, den Madouc ignorierte. Sie klomm weiter den Hang hinauf, an dessen Ende sich dräuend die nördliche Wand des Peinhador erhob. Pymfyd, schwer atmend und von wachsender Besorgnis erfüllt, stürmte in jäher Bestürzung nach vorn an Madoucs Seite. »Prinzessin, wohin führt Ihr uns? Hinter jenen Mauern kauern Verbrecher in ihren Verliesen!«

»Bist du ein Verbrecher, Pymfyd?«

»Keinesfalls und keineswegs!«

»Dann hast du nichts zu befürchten.«

»O doch! Oft ereilen gerade den Unschuldigen die bösesten Schläge des Schicksals!«

»Überlaß die Sorgen mir, Pymfyd, und hoffen wir auf das Beste.«

»Eure Hoheit, ich schlage vor ...«

Madouc sah ihn mit einem strengen Blick aus ihren blauen Augen an. »Kein Wort mehr, wenn ich bitten darf!«

Pymfyd warf die Arme in die Luft. »Wie Ihr wollt.«

Madouc wandte sich würdevoll ab und setzte den Anstieg zu den dunklen Mauern des Peinhador fort. Pymfyd folgte ihr mit grämlicher Miene.

An der Ecke des Gebäudes blieb Madouc stehen und inspizierte das Gelände auf der Rückseite des Peinhador. Am hinteren Ende, fünfzig Schritt von ihnen entfernt, standen ein riesiger Galgen und eine Reihe weiterer Maschinen, deren grimmiger Zweck offenbar war. Des weiteren sah sie drei Eisenpfähle zum Verbrennen von Schurken sowie eine Feuergrube und einen Rost, die ähnlichen Zwecken dienten. Weiter vorn, nur ein paar Schritte entfernt, hinter einer steinigen Ödfläche, entdeckte Madouc das, was sie suchte: eine kreisförmige, drei Fuß hohe Steinmauer, die eine Öffnung von fünf Fuß Durchmesser umgab.

Langsam, Schritt für Schritt, und ungeachtet des unverständlichen Protestgemurmels von Pymfyd, überquerte Madouc die steinige Ödfläche zu der kreisförmigen Mauer und spähte hinunter in die schwarze Tiefe. Sie lauschte, hörte aber nichts. Sie holte tief Luft und schrie so laut sie konnte hinunter in das Loch: »Vater! Kannst du mich hören?« Sie horchte: es kam keine Antwort. »Vater, bist du da? Ich bin's, Madouc, deine Tochter!«

Pymfyd, zutiefst schockiert ob Madoucs wunderlichem Treiben, trat hinter sie. »Was macht Ihr da? Das ist kein schickliches Betragen, weder für Euch noch für mich!«

Madouc beachtete ihn nicht. Sie lehnte sich über die Mauer und schrie erneut: »Kannst du mich hören? Es ist sehr lange her! Bist du noch am Leben? Bitte, sprich zu mir! Hier ist deine Tochter Madouc!«

Aus der Dunkelheit unter ihr kam nur tiefe Stille.

Pymfyds Vorstellungskraft war nicht von weitschweifender Natur; nichtsdestoweniger bildete er sich ein, daß die Stille keine gewöhnliche war, sondern daß vielmehr irgendwelche Lauscher still den Atem anhielten. Er zupfte an Madoucs Arm und flüsterte heiser: »Prinzessin, dieser Ort riecht stark nach Geistern! Lauscht mit gespitztem Ohr, und Ihr könnt sie dort unten in der Dunkelheit wispern hören.«

Madouc legte den Kopf schief und horchte. »Pah! Ich höre keine Geister.«

»Ihr lauscht nicht richtig! Kommt jetzt, fort von hier, bevor sie uns unserer Sinne berauben!«

»Red keinen Unsinn, Pymfyd! König Casmir hat meinen Vater in dieses Loch geworfen, und ich muß wissen, ob er noch lebt.«

Pymfyd spähte hinunter in den Schacht. »Nichts lebt dort unten! Wie auch immer, es ist Sache des Königs, und es geht uns nichts an!«

»Mitnichten! Wurde nicht mein Vater dort hineingesenkt?«

»Egal; er ist so oder so tot.«

Madouc nickte traurig. »Das fürchte ich auch. Aber ich vermute, daß er irgendein Andenken bezüglich seines Namens und seines Stammbaums zurückließ. Wenn schon sonst nichts, so möchte ich wenigstens das wissen.«

Pymfyd schüttelte entschlossen den Kopf. »Das ist nicht möglich; laßt uns jetzt umkehren.«

Madouc blieb unbeirrt. »Schau, Pymfyd! An dem Galgen dort hängt ein Strick. Mit diesem Strick werden wir dich auf den Grund des Lochs hinunterlassen. Das Licht dort wird schlecht sein, aber du mußt dich umschauen und sehen, was für Zeugnisse zurückgeblieben sind.«

Pymfyd starrte sie mit weit aufgerissenem Mund an. Er stammelte: »Habe ich recht gehört? Ihr verlangt von mir, daß ich in dieses Loch hinuntersteige? Diese Idee ist aberwitzig.«

»Komm, Pymfyd, spute dich! Gewiß wirst du Wert auf meine gute Meinung von dir legen! Lauf wacker zum Galgen und hol den Strick!«

Ein Schritt knirschte auf dem steinigen Grund; die zwei fuhren herum und gewahrten eine massige Gestalt, die sich einem drohenden Schemen gleich gegen den wolkenverhangenen Himmel abhob. Pymfyd sog scharf Luft ein; Madoucs Unterkiefer fiel herunter.

Die dunkle Gestalt trat vor; Madouc erkannte den Oberscharfrichter Zerling. Er blieb stehen und baute sich breitbeinig vor den zweien auf, die Arme hinter dem Rücken verschränkt.

Madouc hatte Zerling bis dahin nur aus der Ferne gesehen, und der Anblick hatte ihr jedesmal einen kleinen Schauer des Grauens über den Rücken gejagt. Jetzt stand er direkt vor ihr und blickte auf sie herab, und Madouc starrte von Ehrfurcht ergriffen zurück; Zerlings Äußeres gewann durch die Nähe keineswegs an Anmut. Er war wuchtig und muskulös in einem Maße, daß er fast vierschrötig wirkte. Sein Gesicht war plump und von einer eigenartig bräunlich-roten Färbung; es war eingerahmt von einem zottigen Wust schwarzen Haupthaares und einem ebenso schwarzen Zottelbart. Er trug Beinkleider aus speckigem Leder und ein schwarzes Drillichwams. Auf seinem Kopf saß eine runde Lederkappe, die er sich tief über die Ohren gezogen hatte. Er blickte zwischen Madouc und Pymfyd hin und her. »Warum kommt ihr hierher, wo wir unser grimmiges Werk tun? Dies ist kein Ort für eure Spiele.«

Madouc erwiderte mit klarer, hoher Stimme: »Ich bin nicht zum Spielen hier.«

»Ha!« sagte Zerling. »Warum auch immer Ihr hier seid, Prinzessin, ich schlage vor, daß Ihr diese Stätte sofort verlaßt.«

»Noch nicht! Ich kam zu einem bestimmten Zweck hierher.«

»Und der wäre?«

»Ich will wissen, was mit meinem Vater geschah.«

Zerlings Züge verdichteten sich zu einer Grimasse der Verblüffung. »Wer war er? Ich habe keine Erinnerung.«

»Gewiß erinnert Ihr Euch. Er liebte meine Mutter, die Prinzessin Suldrun. Zur Strafe befahl der König, daß Ihr ihn in dieses Loch versenktet. Sollte er noch leben, so will ich es wissen, auf daß ich Seine Majestät bitten kann, ihn zu begnadigen.«

Aus den Tiefen von Zerlings Brust kam ein düsteres Kichern. »Ruft in das Loch hinunter, wann immer Ihr wollt, bei Tag oder bei Nacht! Ihr werdet niemals ein Wispern vernehmen, oder gar ein Seufzen.«

»Er ist also tot?«

»Er ward vor langer Zeit dort hineingesteckt«, sagte Zerling. »Drunten in der Dunkelheit halten sich die Menschen nicht lange am Leben fest. Es ist kalt und feucht dort unten, und man kann dort nicht viel anderes tun als über seine Missetaten nachzudenken.«

Madouc schaute kummervoll auf das Verlies. »Wie war er? Entsinnt Ihr Euch?«

Zerling warf einen Blick über seine Schulter. »Es ist nicht mein Amt, mir Gedanken zu machen, noch, Fragen zu stellen, noch, mich zu erinnern. Ich haue Köpfe ab und drehe an der Winde; doch wenn ich des Abends heimgehe, bin ich ein anderer Mensch und kann nicht einmal einem Huhn für den Topf den Hals umdrehn.«

»Alles schön und gut, aber was ist mit meinem Vater?«

Zerling spähte erneut über seine Schulter. »Ich sollte dies vielleicht nicht sagen, aber Euer Vater beging eine abscheuliche Tat ...«

Madouc rief in klagendem Ton: »Das kann ich nicht glauben, denn sonst wäre ich doch nicht hier.«

Zerling blinzelte. »Diese Fragen übersteigen meine Befugnis; ich beschränke meine Energien darauf, Eingeweide zu strecken und den Galgen zu bedienen. Die königliche Rechtssprechung ist von Natur aus allzeit korrekt. Ich muß freilich sagen, daß ich mich in diesem Fall über ihre Strenge wunderte, wo ein bloßes Stutzen der Ohren und der Nase, vielleicht noch gewürzt mit zwei oder drei Hieben mit der Peitsche, nach meinem Erachten durchaus hinreichend gewesen wäre.«

»Das scheint mir auch«, sagte Madouc. »Habt Ihr mit meinem Vater gesprochen?«

»Ich kann mich an kein Gespräch erinnern.«

»Und wie war sein Name?«

»Niemand machte sich die Mühe, ihn danach zu fragen. Schlagt Euch das Thema aus dem Kopf: das ist mein Rat.«

»Aber ich will meinen Stammbaum erfahren. Jeder hat einen, nur ich nicht.«

»In jenem Loch dort werdet Ihr bestimmt keinen Stammbaum finden! So, und nun fort mit euch zweien, bevor ich den jungen Pymfyd an den Zehen aufhänge!«

Pymfyd schrie: »Kommt, Eure Hoheit! Hier können wir nichts mehr tun!«

»Aber wir haben doch gar nichts getan!«

Aber Pymfyd war bereits außer Hörweite.

5

Eines schönen Morgens kam Madouc mit forschem Schritt über die Hauptgalerie Haidions in die Eingangshalle. Als sie durch das offene Portal und über die Vorderterrasse blickte, gewahrte sie Prinz Cassander, der an der Balustrade lehnte, die Stadt betrachtete und Pflaumen von einem silbernen Teller aß. Madouc warf rasch einen Blick über die Schulter, dann rannte sie über die Terrasse und gesellte sich zu ihm.

Cassander musterte sie mit einem Seitenblick, erst flüchtig, dann ein zweites Mal, diesmal mit staunend hochgezogenen Brauen. »Bei Astartes neun Nymphen!« stieß Cassander hervor. »Das ist fürwahr ein echtes Wunder!«

»Was ist so wundersam?« frug Madouc. »Daß ich mich dazu herablasse, dir Gesellschaft zu leisten?«

»Natürlich nicht! Ich beziehe mich auf dein Kostüm!«

Madouc schaute gleichgültig an sich herunter. Sie trug heute ein schlichtes weißes Kleid, dessen Saum mit grünen und blauen Blumen bestickt war. Ein weißes Band hielt ihre kupferfarbenen Locken. »Es ist ganz leidlich, denke ich.«

Cassander sprach in übertriebenem Ton: »Was ich hier vor mir sehe, ist keine wilde Range, die geradewegs von einer Balgerei kommt, sondern eine königliche Prinzessin voller Zier und Anmut! Man könnte beinahe sagen: du bist hübsch.«

Madouc verzog den Mund zu einem schiefen Lachen. »Das ist nicht meine Schuld. Sie steckten mich in dieses Gewand, auf daß ich für den Kotillon geziemend gekleidet sei.«

»Und das ist so schimpflich?«

»Überhaupt nicht, da ich nicht daran teilnehmen werde.«

»Aha! Du setzt dich großen Gefahren aus! Lady Desdea wird vor Ärger platzen!«

»Sie muß lernen, vernünftiger zu sein. Wenn sie gerne tanzt, schön und gut; mir ist das einerlei. Soll sie hopsen, zappeln, die Beine in die Luft werfen und im Kreise herumhüpfen, soviel sie mag — solange sie mich damit in Ruhe läßt. Das ist vernünftiges Verhalten!«

»Aber so geht es halt nun einmal nicht! Jeder muß lernen, sich korrekt und gebührend zu betragen; keiner ist davon befreit, nicht einmal ich.«

»Warum bist du dann nicht beim Kotillon und schwitzt und hüpfst mit den andern?«

»Das habe ich schon zur Genüge getan — keine Angst! Jetzt bist du an der Reihe.«

»Ich habe kein Verlangen danach, und das muß Lady Desdea endlich begreifen.«

Cassander kicherte in sich hinein. »Solche Auflehnung kann dir leicht eine erneute Tracht Prügel einbringen.«

Madouc warf verächtlich den Kopf hoch. »Und wenn! Ich werde keinen Laut von mir geben, und sie werden ihres Spielchens rasch überdrüssig werden.«

Cassander gab ein bellendes Lachen von sich. »Falsch, ganz falsch, in jeder Hinsicht! Erst letzte Woche habe ich eben dieses Thema mit dem Folterknecht Tanchet erörtert. Er behauptet, daß diejenigen, die sofort kreischen und plärren und schauerliches Wehklagen anstimmen, am besten fahren, da der Folterer rasch überzeugt ist, daß er seine Arbeit gut gemacht hat. Beherzige meinen Rat! Ein paar schrille Schreie und ein bißchen Zucken und Zappeln könnten deiner Haut eine Menge Striemen ersparen!«

»Darüber lohnt es sich fürwahr nachzudenken«, sagte Madouc.

»Oder — aus einer anderen Perspektive betrachtet — du könntest versuchen, sanft und brav zu sein und so die Schläge überhaupt zu vermeiden.«

Madouc wiegte skeptisch den Kopf. »Meine Mutter, die Prinzessin Suldrun, war sanft und brav und vermochte es dennoch nicht, einer schrecklichen Strafe zu entgehen — die das arme Ding niemals verdiente. Das ist meine Meinung.«

Cassander sprach in maßvollem Ton: »Suldrun mißachtete den Befehl des Königs und trug daher selbst die Schuld an ihrem Los.«

»Gleichwohl, die eigene liebe Tochter mit einer solch grausamen Behandlung zu bestrafen, scheint mir doch allzu harsch.«

Cassander fühlte sich nicht wohl bei dem Thema. »Es ist nicht an uns, die königliche Gerechtigkeit in Frage zu stellen.«

Madouc maß Cassander mit einem kühlen, abschätzenden Blick. Er runzelte die Stirn. »Warum starrst du mich so an?«

»Eines Tages wirst du König sein.«

»Das mag gut sein — doch lieber später als früher, hoffe ich. Ich bin nicht erpicht darauf, schon allzu bald zu herrschen.«

»Würdest du deine Tochter so behandeln?«

Cassander schürzte die Lippen. »Ich würde tun, was ich für richtig und königlich erachtete.«

»Und wenn ich noch unvermählt wäre, würdest du dann versuchen, mich mit irgendeinem fetten, übelriechenden Prinz zu verheiraten, um mich so für den Rest meines Lebens unglücklich zu machen?«

Cassander knurrte unwirsch. »Warum stellst du mir solch sinnlose Fragen? Du wirst großjährig sein, lange bevor ich die Krone trage. Deine Vermählung wird von jemand anderem als mir bestimmt werden.«

»Höchst unwahrscheinlich«, sagte Madouc leise.

»Ich habe deine Bemerkung nicht verstanden.«

»Das macht nichts. Besuchst du oft den alten Garten, in dem meine Mutter starb?«

»Ich war seit Jahren nicht mehr dort.«

»Führ mich jetzt dorthin.«

»Jetzt? Da du beim Kotillon sein solltest?«

»Kein Moment könnte passender sein.«

Cassander blickte zum Palast, und als er niemanden sah, machte er eine schnippische Handbewegung. »Ich sollte mich eigentlich fernhalten von deinen wunderlichen Schnurren! Aber im Moment habe ich nichts Besseres zu tun. Also komm, solange Lady Desdea noch schläft. Ich habe kein Verlangen nach Klagen und Vorwürfen.«

Madouc sagte mit wissender Miene: »Ich habe die beste Antwort auf solche Vorhaltungen gelernt. Ich mime sprachlose, törichte Verblüffung, so daß sie sich mit Erklärungen ermüden und alles andere vergessen.«

»Ah, Madouc, du bist mir schon eine Listige! Komm nun, bevor wir gesehen werden.«

Die zwei gingen die Arkade zu Zoltra Hellsterns Mauer hinunter: vorbei an der Orangerie, durch einen Tunnel unter der Mauer hindurch und dann hinaus auf den Paradeplatz, Urquial geheißen, der sich auf der Vorderseite des Peinhador erstreckte. Zur Rechten machte die Mauer einen scharfen Schwenk nach Süden; in ihrem Winkel wuchs ein Dickicht aus Lärchen und Wacholderbüschen, hinter dem sich eine kleine, verfallene Tür aus schwarzem Holz verbarg.

Cassander, bereits bestürmt von Bedenken, stieß durch das Dickicht, das Dorngestrüpp und die herumfliegenden Pollen der Lärchen verfluchend. Er rüttelte an der Tür und grunzte unwirsch ob der Widerspenstigkeit des verwitterten Bretterwerks. Er preßte die Schulter an das Holz und drückte kräftig dagegen; mit einem häßlichen Quietschen der verrosteten Angeln schwang die Tür auf. Cassander nickte triumphierend, stolz ob seines Sieges über das bretterne Hindernis. Er winkte Madouc herbei. »Schau! Der geheime Garten!«

Die zwei standen am oberen Rand einer schmalen Schlucht, die hinunter zu einer halbmondförmigen kiesigen Bucht abfiel. Der Garten, einstmals nach dem klassischen arkadischen Stil gestaltet, war jetzt wild überwuchert von Bäumen und Sträuchern mannigfacher Art: Eichen, Ölbäume, Lorbeerbäume, Weißbuchen und Myrten; Hortensien, Sonnenblumen, Narzissen, Thymian, Eisenkraut. Auf halber Höhe der Schlucht markierten ein paar zerborstene Marmorblöcke und eine halb umgestürzte Kolonnade die Stelle, an der einst eine römische Villa gestanden hatte. Nicht weit davon war das einzige noch intakte Gebäude des Gartens zu sehen: eine kleine Kapelle, deren feuchte Mauern von Flechten überzogen waren.

Cassander deutete auf die steinerne Kapelle. »Dort fand Suldrun Zuflucht vor dem Wetter. Sie verbrachte manch einsame Nacht in jenem kleinen Tempel.« Er verzog das Gesicht zu einem schiefmäuligen Grinsen. »Und auch ein paar Nächte, die nicht so einsam waren und die sie teuer zu stehen kamen.«

Madouc blinzelte ob der Tränen, die ihr gekommen waren, und wandte das Gesicht ab. Cassander sagte schroff: »All dies ist viele Jahre her; man sollte nicht ewig trauern.«

Madouc ließ den Blick über den Garten schweifen. »Es war meine Mutter, die ich niemals kennenlernte, und es war mein Vater, der in ein tiefes Loch gesteckt wurde, auf daß er dort sterbe! Wie kann ich da so leicht vergessen?«

Cassander zuckte die Achseln. »Ich weiß es nicht. Ich kann dir nur versichern, daß deine Rührung vergeudet ist. Möchtest du mehr von dem Garten sehen?«

»Laß uns dem Pfad folgen und schauen, wohin er führt.«

»Er führt hierhin und dorthin und endet schließlich unten am Strand. Suldrun verbrachte ihre Tage immer damit, den Pfad mit Kieselsteinen vom Strand zu pflastern. Regengüsse haben den Pfad zunichte gemacht; es ist nicht viel geblieben von ihrem fleißigen Werk — oder von ihrem Leben überhaupt.«

»Außer mir.«

»Außer dir! Eine bemerkenswerte Hinterlassenschaft, ganz ohne Frage!«

Madouc ignorierte den Scherz, den sie recht geschmacklos fand.

Cassander sagte nachdenklich: »Tatsächlich bist du überhaupt nicht wie sie. Du gerätst wohl ganz nach deinen Vater, wer oder was auch immer er gewesen sein mag.«

Madouc sagte gefühlvoll: »Da meine Mutter ihn liebte, muß er eine Person von hohem Rang und edlem Charakter gewesen sein! Trotzdem rufen sie mich ›Bastard‹ und behaupten, daß ich keinen Stammbaum habe.«

Cassander runzelte die Stirn. »Wer begeht solche Unhöflichkeit?«

»Die sechs Mädchen, die mir aufwarten.«

Cassander war schockiert. »Wirklich! Sie wirken alle so süß und hübsch — ganz besonders Devonet!«

»Sie ist die schlimmste; sie ist eine richtige Schlange.«

Cassanders Mißvergnügen hatte seine Schärfe verloren. »Ach ja, Mädchen können manchmal frech und naseweis sein. Die Tatsachen können freilich nicht geleugnet werden, so traurig das sein mag. Möchtest du noch weiter gehen?«

Madouc blieb auf dem Pfad stehen. »Hatte Suldrun keine Freunde, die ihr hätten helfen können?«

»Keine, die es gewagt hätten, dem König zu trotzen. Der Priester Umphred suchte sie bisweilen auf; er wollte sie zum Christentum bekehren. Ich hege den Verdacht, daß er noch etwas anderes von ihr wollte, was ihm zweifelsohne verwehrt wurde. Vielleicht war das der Grund, warum er sie an den König verriet.«

»Priester Umphred war also der Verräter?«

»Ich nehme an, er hielt es für seine Pflicht.«

Madouc nickte, während sie die Neuigkeit in sich aufnahm. »Warum blieb sie hier? Ich wäre über die Mauer geklettert und hätte mich aus dem Staube gemacht.«

»Das glaube ich dir gern! Suldrun, so wie ich sie in Erinnerung habe, war von sanfter, träumerischer Art.«

»Trotzdem hätte sie nicht hierzubleiben brauchen. Hatte sie keinen Mut?«

Cassander dachte nach. »Ich vermute, daß sie bis zuletzt auf die Vergebung des Königs hoffte. Und wenn sie denn weggelaufen wäre, was dann? Sie hatte keinen Gefallen an Dreck oder Hunger, noch an der Kälte der Nacht, noch daran, geschändet zu werden.«

Madouc war sich der exakten Bedeutung des Wortes nicht sicher. »Was ist ›schänden‹?«

Cassander belehrte sie herablassend. Madouc preßte die Lippen zusammen. »Das ist lümmelhaftes Betragen! Wenn jemand dies bei mir versuchte, würde ich es nicht einen Moment dulden, und gewiß hätte ich ihm ein paar sehr harte Worte zu sagen!«

»Auch Suldrun mißfiel der Gedanke«, sagte Cassander. »So endet die Geschichte, und nichts bleibt übrig außer Erinnerungen und Prinzessin Madouc. Hast du nun genug von diesem alten Garten gesehen?«

Madouc schaute sich um. »Es ist still hier, und unheimlich. Die Welt ist weit weg. Bei Mondschein muß es traurig sein, und so schön, daß es einem das Herz bricht. Ich will nie wieder hierherkommen.«

6

Eine Unterzofe unterrichtete Lady Desdea von Madoucs Rückkehr zur Burg und fügte hinzu, daß sie in Begleitung von Prinz Cassander sei.

Lady Desdea war verblüfft. Ihr Plan war gewesen, die kleine Range tüchtig zu tadeln und ihr sodann zur Strafe sechs Tanzstunden aufzubrummen. Daß Prinz Cassander an dem unerlaubten Ausflug teilgenommen hatte, änderte den Fall gänzlich. Indem sie Madouc bestrafte, würde sie indirekt auch Kritik an Prinz Cassander üben, und ein solches Risiko mochte Lady Desdea nicht eingehen. Eines Tages würde Cassander König sein, und Könige hatten bekanntermaßen ein sehr langes Gedächtnis.

Lady Desdea machte auf dem Absatz kehrt und stapfte schnurstracks zum Salon der Königin, wo sie Sollace in ihren Kissen ruhend antraf, während Vater Umphred ihr in klangvollem Latein Psalmen von einer Schriftrolle vorlas.

Sollace verstand nichts von dem Sinn der Worte, aber sie fand Vater Umphreds Stimme beruhigend, und während er psalmodierte, erquickte sie sich an einer Schüssel Quark mit Honig.

Lady Desdea harrte voller Ungeduld abseits des Bettes, bis Vater Umphred seinen Vortrag beendet hatte; dann, auf Sollaces fragendes Nicken hin, berichtete sie von Madoucs jüngster Pflichtverletzung.

Sollace hörte ihr ohne erkennbare Gemütsbewegung zu, unbeirrt weiter aus ihrer Schüssel löffelnd.

Lady Desdea redete sich in Eifer. »Ich bin bestürzt! Statt sich gemäß meiner Anweisungen zu verhalten, zieht sie es vor, mit Prinz Cassander herumzuspazieren! Wäre ihre Stellung weniger erhaben, könnte man fast glauben, sie sei von einem bösen Dämon beherrscht oder von einem Esper oder irgendeiner anderen bösartigen Kreatur! So halsstarrig und verderbt ist dieses Kind!«

Königin Sollace war zu schlaff, um sich zu erregen. »Sie ist ein wenig eigensinnig, kein Zweifel.«

Lady Desdeas Stimme wurde schrill. »Ich weiß nicht mehr ein noch aus! Sie macht sich nicht einmal mehr die Mühe, mir die Stirn zu bieten; sie beachtet mich einfach nicht. Ebensogut könnte ich gegen die Wand reden!«

»Ich werde das Kind heute nachmittag zurechtweisen«, sagte Königin Sollace. »Oder vielleicht auch morgen, falls ich beschließen sollte, sie zu züchtigen. Im Moment habe ich ein Dutzend andere Dinge im Kopf.«

Vater Umphred räusperte sich. »Vielleicht gestattet mir Eure Hoheit, einen Vorschlag zu unterbreiten.«

»Nur zu! Ihr wißt, daß ich Euren Rat sehr schätze!«

Vater Umphred legte die Spitzen seiner Finger aufeinander. »Lady Desdea spielte auf die Möglichkeit eines fremden Einflusses an. Alles in allem genommen halte ich das für unwahrscheinlich — aber nicht für außerhalb des Reiches der Vorstellung, und der Heiligen Kirche sind solche Heimsuchungen nicht unbekannt. Als Vorsichtsmaßregel würde ich deshalb vorschlagen, daß die Prinzessin Madouc unverzüglich zur Christin getauft und danach in den Dogmen des christlichen Glaubens unterwiesen wird. Der tägliche Trott aus Andacht, Meditation und Gebet wird sie sanft, aber sicher zu jenen Tugenden der Gehorsamkeit und der Demut führen, die wir ihr so sehnlichst gern einschärfen möchten.«

Königin Sollace stellte die leere Quarkschüssel beiseite. »Die Idee hat etwas Bestechendes, aber ich frage mich, ob ein solches Programm bei der Prinzessin Madouc Anklang finden würde.«

Vater Umphred lächelte. »Ein Kind ist der letzte, der beurteilen kann, was rein ist und gut. Wenn die Prinzessin Madouc die Umgebung Haidions zu anregend findet, können wir sie auf das Kloster in Bulmer Skeme schicken. Die Äbtissin ist sowohl pedantisch als auch streng, wenn es erforderlich ist.«

Königin Sollace sank zurück in ihre Kissen. »Ich werde die Angelegenheit mit dem König erörtern.«

Sollace wartete, bis König Casmir sein Abendessen eingenommen hatte und vom Wein ein wenig milde gestimmt war; dann brachte sie wie beiläufig Madoucs Namen ins Gespräch. »Habt Ihr schon das Neueste gehört? Madouc beträgt sich nicht so, wie ich es mir erhoffen würde.«

»Ah bah«, knurrte König Casmir. »Müßt Ihr mich immer mit diesem Kram behelligen? Ich bin dieser ewigen Klagerei überdrüssig.«

»Ihr könnt dieses Thema nicht so leichthin abtun. Mit vollem und frechem Vorsatz handelte sie den Anweisungen von Lady Desdea zuwider! Vater Umphred ist der Überzeugung, daß Madouc getauft und in der christlichen Doktrin unterwiesen werden sollte.«

»Eh? Was für ein Unfug ist das nun wieder?«

»Es ist ganz und gar kein Unfug«, widersprach Sollace. »Lady Desdea ist außer sich vor Angst; sie hegt den Verdacht, daß Madouc mondsüchtig oder möglicherweise von einem Hausgeist besessen ist.«

»Absurd! Das Mädchen ist voller Energie.« Aus verschiedenen Gründen hatte Casmir Sollace nie über Madoucs Herkunft aufgeklärt, noch darüber, daß sie Elfenblut in den Adern hatte. Er sagte mürrisch: »Sie ist vielleicht ein bißchen wunderlich, aber das wird sich zweifellos mit den Jahren legen.«

»Vater Umphred glaubt, daß Madouc dringend religiöser Unterweisung bedarf, und ich pflichte ihm da voll bei.«

Casmirs Stimme nahm Schärfe an. »Ihr laßt Euch viel zu sehr von diesem feisten Priester beeinflussen! Ich werde ihn fortschicken, wenn er seine Meinung nicht für sich behält!«

Sollace erwiderte pikiert: »Wir sind lediglich um Madoucs Seelenheil besorgt!«

»Sie ist ein kluges kleines Ding; sie kann sich sehr gut selbst um ihr Seelenheil kümmern.«

»Hmf«, sagte Sollace. »Der, der Madouc einmal freit, wird sich ganz schön umgucken.«

König Casmir lachte frostig in sich hinein. »In dem Punkt habt Ihr recht, und aus mehr als nur einem Grund! Nun, wie auch immer, in einer Woche werden wir nach Sarris aufbrechen, und dann wird alles anders werden.«

»Lady Desdea wird es dort schwerer haben denn je«, sagte Sollace mit einem Naserümpfen. »Madouc wird dort herumtollen wie ein Hase.«

»Dann muß Lady Desdea ihr eben hinterherjagen, wenn sie es wirklich ernst meint.«

»Ihr verniedlicht die Schwierigkeiten«, sagte Sollace. »Ich für mein Teil finde Sarris schon so lästig und langweilig genug, auch ohne zusätzlichen Ärger.«

»Die Landluft wird Euch guttun«, sagte Casmir. »Wir alle werden uns in Sarris erholen.«

Kapitel Drei

1

Jeden Sommer zog König Casmir mit Haushalt und Hofstaat nach Sarris, einem großzügig gebauten, etwa vierzig Meilen nordöstlich der Stadt Lyonesse gelegenen alten Herrenhaus. Die Lage am Ufer des Flusses Glame inmitten einer Region sanft gewellten, leicht bewaldeten Graslandes war höchst angenehm. Sarris selbst erhob keinen Anspruch auf Eleganz oder Grandeur. So fand beispielsweise Königin Sollace die Bequemlichkeiten, die Sarris zu bieten hatte, denen von Haidion weit unterlegen und beschrieb Sarris als ›eine zu groß geratene Scheune‹. Auch bemäkelte sie die ländliche Zwanglosigkeit, die ungeachtet all ihrer Bemühungen das Leben auf Sarris prägte und die nach ihrem Dafürhalten die Würde des Hofes herabminderte und darüber hinaus das Hauspersonal zu Nachlässigkeit und Saumseligkeit verleitete.

Es gab wenig Gesellschaftsleben auf Sarris, abgesehen von gelegentlichen Banketten, zu denen König Casmir Angehörige des örtlichen Landadels einlud und die Königin Sollace größtenteils langweilig fand. Sie klagte König Casmir oft ihr Leid: »Ich kann nichts Erbauliches daran finden, wie eine Bäuerin zu leben: ständig gakkern und schreien Tiere durch die Fenster meines Schlafgemachs, und jeden Morgen, noch vor dem Morgengrauen, reißt mich das Kikeriki der Hähne aus dem Schlummer!«

Ihr Klagen stieß bei König Casmir indes auf taube Ohren. Er fand Sarris hinreichend geeignet für das Führen der Staatsgeschäfte; zu seiner Kurzweil spielte er mit seinen Falken und bejagte sein Revier, wobei er bisweilen, wenn er auf eine heiße Fährte stieß und ihn das Jagdfieber übermannte, weit über die Grenzen seiner Ländereien hinaus schweifte, manchmal bis in die Randgebiete des Waldes von Tantrevalles, der nur wenige Meilen weiter nördlich begann.

Die übrigen Mitglieder der königlichen Familie fanden Sarris ebenfalls so recht nach ihrem Geschmack. Prinz Cassander erfreute sich der Gesellschaft fideler Kameraden; täglich vergnügten sie sich damit, über das Land zu reiten oder auf dem Fluß Boot zu fahren oder dem Turniersport zu frönen, der jüngst in Mode gekommen war. Abends bevorzugten sie Spiele anderer Art, welche sie im Verein mit gewissen fröhlichen Mädchen aus dem Orte ausübten. Als Treffpunkt für ihre munteren Zusammenkünfte benützten sie eine herrenlose Wildhüterkate.

Auch Prinzessin Madouc fand Gefallen an dem sommerlichen Umzug nach Sarris, der sie, wenn schon sonst nichts, von der Gegenwart ihrer sechs Zofen befreite.

Ihr Pony Tyfer und der Stallknecht Pymfyd standen ihr zur Verfügung, und so ritt sie jeden Tag fröhlich aus. Nicht alle Umstände indessen waren glücklich: man erwartete von ihr, daß sie sich in einer Weise betrug, die ihrem Stand entsprach. Madouc jedoch scherte sich wenig um die Vorschriften, die Lady Desdea ihr auferlegte, und zog es vor, ihren eigenen Neigungen zu folgen.

Lady Desdea nahm Madouc schließlich beiseite, um ernste Worte mit ihr zu reden. »Meine Teure, es wird höchste Zeit, daß die Realität in Euer Leben tritt! Ihr müßt die Tatsache akzeptieren, daß Ihr die Prinzessin Madouc von Lyonesse seid und nicht irgendein gemeines wildes Bauernmädel, das weder Rang noch Verantwortung hat!«

»Sehr wohl, Lady Desdea; ich werde daran denken. Kann ich jetzt gehen?«

»Noch nicht; ich habe noch gar nicht richtig angefangen. Ich versuche Euch zu Bewußtsein zu bringen, daß jede Eurer Handlungen nicht nur auf Euren eigenen Ruf und den der königlichen Familie zurückwirkt, sondern auf den Ruf und die Ehre des ganzen Königreichs! Seid Ihr Euch über die ungeheuerliche Tragweite dessen im klaren?«

»Ja, Lady Desdea. Und dennoch ...«

»Und dennoch — was?«

»Niemand außer Euch scheint mein Verhalten zu beachten. Es macht also letztendlich nicht viel aus, wie ich mich betrage, und das Königreich ist nicht in Gefahr.«

»Es macht sehr viel aus!« fuhr Lady Desdea sie an. »Schlechte Angewohnheiten sind leicht zu lernen und schwer zu vergessen! Ihr müßt die anmutigen und guten Gewohnheiten lernen, die bewirken, daß man Euch bewundert und Euch Hochachtung zollt!«

Madouc bemerkte skeptisch: »Ich glaube nicht, daß irgend jemand jemals meine Handarbeiten bewundern oder meinen Tanzkünsten Hochachtung zollen wird.«

»Gleichviel — dies sind Fertigkeiten und Schicklichkeiten, die Ihr erlernen müßt! Die Zeit rückt vor; die Tage vergehen; die Monate werden zu Jahren, ohne daß Ihr es bemerkt. Nicht mehr lange, und es wird die Rede von Verlöbnissen sein, und dann werdet Ihr und Euer Betragen Gegenstand peinlichster Prüfung und sorgfältigster Analyse sein.«

Madouc schnitt eine verächtliche Grimasse. »Wenn irgend jemand mich prüft, dann wird er keine Analyse mehr brauchen, um herauszufinden, was ich von ihm denke.«

»Meine Liebe, das ist nicht die richtige Einstellung.«

»Egal; ich will nichts mit solchen Dingen zu tun haben. Sollen sie doch woanders nach ihren Verlöbnissen Ausschau halten.«

Lady Desdea lachte grimmig in sich hinein. »Seid da mal nicht zu sicher; bestimmt werdet Ihr Eure Meinung ändern. Wie auch immer, ich erwarte, daß Ihr anfangt, Euch schicklich zu führen.«

»Das wäre bloß Zeitverschwendung.«

»Tatsächlich? Dann bedenkt einmal folgenden Fall: Ein edler Prinz kommt nach Lyonesse, von der Hoffnung erfüllt, dortselbst eine Prinzessin hold und rein zu finden, eine Maid von Liebreiz und Zartheit. Er fragt: ›Und wo ist die Prinzessin Madouc, die, so erwarte ich, schön und freundlich und gut ist?‹ Und zur Antwort deuten sie aus dem Fenster und sagen: ›Dort geht sie!‹ Er schaut aus dem Fenster und sieht Euch draußen vorbeitollen, mit wirrem Haar und all dem Liebreiz und der Anmut einer Höllenfurie! Was dann?«

»Wenn der Prinz gescheit ist, wird er sich sein Pferd bringen lassen und sofort davonsprengen.« Madouc sprang auf. »Seid Ihr nun endlich fertig? Wenn ja, dann möchte ich gerne gehen.«

»Geht.«

Lady Desdea saß zehn Minuten lang still und steif da. Dann sprang sie jählings auf und marschierte spornstreichs zum Boudoir der Königin. Sollace saß auf einem Stuhl und hielt die Hände in einen Brei aus gemahlener Kreide und Wolfsmilch getunkt, eine Prozedur, von welcher sie sich Linderung für ihre vom Landwasser vermeintlich angegriffenen Hände versprach.

Königin Sollace blickte von dem Breibecken auf. »Oho, Ottile! Was machst du für ein Gesicht! Ist es Verzweiflung oder Kummer oder schlichtes Bauchgrimmen?«

»Ihr mißdeutet meine Stimmung; Eure Hoheit! Ich habe gerade mit Prinzessin Madouc gesprochen, und nun muß ich eine entmutigende Meldung machen.«

Sollace seufzte. »Schon wieder? Ich werde langsam gleichgültig, wenn ihr Name fällt! Sie ist in deinen Händen. Lehre sie die Anstandsformen und ein paar Artigkeiten, dazu Tanzen und Handarbeit; das ist genug. In ein paar Jahren werden wir sie verheiraten. Bis dahin müssen wir ihren Eigensinn eben ertragen.«

»Wenn sie nur ›eigensinnig‹ wäre, wie Ihr es nennt, könnte ich mit ihr fertigwerden. Statt dessen aber ist sie zu einem ausgewachsenen Wildfang geworden, und obendrein ist sie unlenksam und störrisch. Sie schwimmt hinaus auf den Fluß, wohin ich ihr nicht folgen kann; sie klimmt auf die Bäume und versteckt sich vor mir im Laubwerk. Ihr liebster Zufluchtsort ist der Stall; immer stinkt sie nach Pferdemist. Ich weiß nicht, wie ich sie beaufsichtigen und im Zaume halten soll.«

Sollace zog die Hände aus dem Brei und entschied, daß die Behandlung beste Wirkung gezeigt hatte. Ihre Zofe begann, ihr die Paste von den Händen zu wischen; offenbar ging sie dabei zu grob zu Werke, denn Sollace schrie auf: »Gib doch acht, Nelda! Du häutest mich ja bei lebendigem Leibe mit deinem scharfen Rubbeln! Glaubst du, ich bin aus Leder?«

»Verzeiht, Eure Hoheit. Ich werde behutsamer sein. Eure Hände sind jetzt wahrhaft schön!«

Königin Sollace nickte widerwillig. »Deshalb lasse ich ja auch solches Ungemach über mich ergehen. Was sagtest du gleich, Ottile?«

»Wie sollen wir mit der Prinzessin Madouc verfahren?«

Sollace schaute sie verdutzt an, mit großen, trägen Kuhaugen. »Ich bin mir nicht ganz über ihren Fehler im klaren.«

»Sie ist undiszipliniert, zügellos und nicht immer sauber. Sie hat Schmutz im Gesicht und Strohhalme im Haar, wenn dieser zerzauste rote Wust das Wort Haar überhaupt verdient. Sie ist nachlässig, frech, eigensinnig und wild.«

Königin Sollace seufzte erneut und wählte eine Traube aus der Schüssel neben ihrem Ellenbogen aus. »Übermittle der Prinzessin meinen Unmut und richte ihr aus, daß ich erst dann zufrieden mit ihr sein werde, wenn sie sich gehörig führt.«

»Das habe ich schon zehnmal getan. Ebensogut könnte ich in den Wind reden.«

»Hmf. Sie leidet zweifellos genauso wie ich an Langeweile. Dieses Landleben macht einen ganz närrisch. Wo sind die kleinen Mägdelein, die ihr auf Haidion so artig aufwarten? Sie sind so niedlich und süß und nett; Madouc würde gewiß von ihrem Beispiel profitieren.«

»Das sollte man meinen, im Normalfall jedenfalls.«

Königin Sollace suchte sich erneut eine Traube aus. »Schick nach zwei oder drei dieser Mädchen. Weise sie darauf hin, daß sie Madouc auf sanfte und diskrete Weise leiten sollen. Die Zeit rast dahin, und wir müssen an die Zukunft denken!«

»Ganz recht, Eure Hoheit!«

»Wer ist jenes kleine blonde Mägdelein, das so reizend und voller hübscher Einfälle ist? Es ist ganz so, wie ich in seinem Alter war.«

»Das dürfte Devonet sein, die Tochter des Herzogs Malnoyard Odo von Burg Folize.«

»Die soll hierher nach Sarris kommen, und noch eine andere dazu. Welche soll es sein?«

»Entweder Ydraint oder Chlodys; ich denke, Chlodys: sie ist etwas beständiger. Ich werde sofort die nötigen Maßnahmen in die Wege leiten. Gleichwohl dürft Ihr keine Wunder erwarten.«

Eine Woche später trafen Devonet und Chlodys auf Sarris ein und wurden von Lady Desdea instruiert. Sie sprach nüchtern: »Die Landluft übt einen beunruhigenden Einfluß auf Prinzessin Madouc aus, als wäre sie ein Tonikum, welches sie im Übermaß belebt. Sie ist unbekümmert um die Etikette und auch ein wenig flatterhaft. Wir hoffen, daß sie von dem Beispiel profitiert, das ihr ihr gebt, und womöglich auch von eurem sorgfältig formulierten Rat.«

Devonet und Chlodys begaben sich sogleich auf die

Suche nach Madouc. Sie fanden sie schließlich in einem Kirschbaum sitzend, wo sie reife rote Kirschen pflückte und verzehrte.

Madouc war über das Erscheinen der zwei nicht erfreut. »Ich dachte, ihr wärt über den Sommer nach Hause gereist. Sind sie eurer daheim schon so bald überdrüssig geworden?«

»Überhaupt nicht«, entgegnete Devonet würdevoll. »Wir sind auf königliches Geheiß hier.«

Chlodys sagte: »Ihre Hoheit meint, daß Ihr geeignete Gesellschaft braucht.«

»Ha«, sagte Madouc. »Niemand hat mich gefragt, was ich will.«

»Wir sollen Euch ein gutes Beispiel geben«, sagte Devonet. »Um gleich damit anzufangen: ich muß Euch darauf hinweisen, daß eine feine Dame es nicht wünschen würde, so hoch auf einem Baum sitzend gefunden zu werden.«

»Dann bin ich wahrlich eine feine Dame durch und durch«, sagte Madouc, »da ich es nicht gewünscht habe, gefunden zu werden.«

Chlodys spähte hinauf in das Astwerk. »Sind die Kirschen reif?«

»Ganz reif.«

»Sind sie gut?«

»Sie sind sehr gut.«

»Da sie so leicht erreichbar für Euch sind: könntet Ihr nicht ein paar für uns pflücken?«

Madouc suchte zwei Kirschen aus und ließ sie in Chlodys' Hände fallen. »Hier habt ihr welche, an denen die Vögel gepickt haben.«

Chlodys schaute die Kirschen naserümpfend an. »Gibt es keine besseren?«

»Gewiß gibt es die. Wenn ihr den Baum erklimmt, könnt ihr sie pflücken.«

Devonet warf den Kopf zurück. »Ich möchte meine Kleider nicht schmutzig machen.«

»Wie du willst.«

Devonet und Chlodys gingen ein Stück zur Seite, setzten sich vorsichtig ins Gras und sprachen leise miteinander. Hin und wieder blickten sie zu Madouc hinauf und kicherten, als heckten sie miteinander drollige Streiche aus.

Madouc kletterte bald darauf durch das Astwerk hinunter und sprang zu Boden. »Wie lange werdet ihr auf Sarris bleiben?«

»Wir bleiben so lange hier, wie Ihre Hoheit, die Königin, es für wünschenswert erachtet«, antwortete Devonet. Sie musterte Madouc von Kopf bis Fuß und lachte ungläubig. »Ihr tragt ja Reithosen wie ein Knabe!«

Madouc versetzte kühl: »Wenn ihr mich ohne Hosen in dem Baum gefunden hättet, dann hättet ihr wohl mehr Grund zur Kritik.«

Devonet rümpfte verächtlich die Nase. »Nun, da Ihr wieder auf dem Boden seid, solltet Ihr Euch unverzüglich umziehen. Ein hübsches Kleid würde Euch so viel besser stehen.«

»Nicht, wenn ich beschließen sollte, eine Stunde oder zwei mit Tyfer auszureiten.«

Devonet blinzelte. »Ach? Wohin würdet Ihr denn reiten?«

»Hierhin und dorthin. Vielleicht am Flußufer entlang.«

Chlodys fragte mit zarter Betonung: »Wer ist ›Tyfer‹?«

Madouc starrte sie verwundert aus ihren blauen Augen an. »Welch merkwürdige Dinge müssen in deinem Kopf vorgehen! Tyfer ist mein Pferd. Was sonst sollte es wohl sein?«

Chlodys kicherte. »Ich war ein wenig verwirrt.«

Madouc wandte sich kommentarlos ab.

Devonet rief ihr nach: »Wohin geht Ihr?«

»Zum Stall.«

Devonet verzog ihr hübsches Gesicht. »Ich will nicht zum Stall gehen! Laßt uns etwas anderes machen.«

Chlodys schlug vor: »Wir können uns in den Garten setzen und ›Titteltwit‹ oder ›Kockalorum‹ spielen!«

»Das klingt mir fürwahr nach feinem Sport!« sagte Madouc. »Ihr zwei könnt ja schon mal anfangen. Ich werde mich gleich zu euch gesellen.«

Chlodys sagte unschlüssig: »Zu zweit macht das Spiel aber keinen rechten Spaß!«

»Außerdem«, fügte Devonet hinzu, »wünscht Lady Desdea, daß wir Euch Gesellschaft leisten.«

»Damit Ihr feine Manieren lernt«, ergänzte Chlodys präzisierend.

»So ist es in der Tat«, sagte Devonet. »Ohne Stammbaum fallen Euch solche Dinge nämlich nicht auf natürliche Weise zu, so wie uns.«

»Ich habe irgendwo einen feinen Stammbaum«, sagte Madouc trotzig. »Dessen bin ich ganz sicher, und eines Tages werde ich mich auf die Suche nach ihm machen — vielleicht schon bald.«

Devonet lachte höhnisch. »Wollt Ihr jetzt vielleicht im Stall danach suchen?«

Madouc kehrte ihnen den Rücken zu und ging weg. Devonet und Chlodys schauten ihr verdrießlich nach. Chlodys rief: »So wartet doch auf uns! Wir kommen mit Euch, aber Ihr müßt Euch schicklich benehmen!«

Später am Tag erstatteten Devonet und Chlodys Lady Desdea Bericht. Beide waren gründlich verärgert über Madouc, die auf keinen ihrer Wünsche eingegangen war. »Sie ließ uns dort ewig lange warten, während sie ihr Pferd Tyfer striegelte und seine Mähne zu Zöpfen flocht!«

Aber es war noch schlimmer gekommen. Als Madouc mit Tyfer fertig war, führte sie ihn weg, kehrte aber nicht zurück. Die beiden Mädchen begaben sich daraufhin auf die Suche nach ihr. Als sie sich mäkelnd einen Weg um den Stall herum suchten, schwang unversehens ein Tor auf und fegte sie von der steinernen Mauerkrönung geradewegs in die Senkgrube, so daß beide strauchelten und fielen. Just in dem Moment erschien Madouc in der Türöffnung und fragte scheinheilig, warum sie in der Jauche spielten. »Solches Benehmen betrachte ich nicht als damenhaft«, beschied ihnen Madouc hochmütig. »Habt ihr denn gar kein Gefühl für Anstand?«

Lady Desdea konnte das Mißgeschick nur bedauern. »Ihr solltet vorsichtiger sein. Trotzdem: Madouc braucht nicht so viel Zeit auf das Pferd zu verschwenden. Morgen werde ich mich darum kümmern! Wir werden bei unserer Nadelarbeit sitzen und uns an Honigkuchen und Naschwerk gütlich tun.«

Als die Abenddämmerung sich senkte, aßen die drei Mädchen kaltes Geflügel und Zwiebelpudding in einem hübschen kleinen Zimmer mit Blick auf den Park. Prinz Cassander kam und setzte sich zu ihnen. Auf sein Geheiß brachte der Diener eine Flasche süßen Weißweins. Cassander lehnte sich zurück, nippte an seinem Kelch und fabulierte in prahlerischer Manier von seinen Theorien und Heldentaten. Am nächsten Morgen beabsichtigten er und seine Kameraden nach Flauhamet, einer Stadt an der Alten Straße, zu reiten, wo gerade ein großer Jahrmarkt abgehalten wurde. »Dort findet ein Turnierspiel* statt«, sagte Cassander. »Vielleicht werde ich den einen oder anderen Fehdehandschuh aufnehmen, wenn der Wettstreit fair ist; wir wollen uns nicht mit Bauernlümmeln und Ackerknechten messen, das versteht sich von selbst.«

So vergleichsweise jung Devonet noch war, sie war stets bereit, ihre Fähigkeiten zu erproben. »Ihr müßt sehr tapfer sein, daß Ihr solche Gefahren auf Euch nehmt!«

---

* Turnierspiele in voller Rüstung und mit Schlachtlanzen waren noch nicht in Mode. Zu jener Zeit wurden die Lanzen mit kissenähnlichen Puffern gepolstert, und es kam selten zu schwereren Verletzungen. Schlimmstenfalls trugen die Teilnehmer ein paar Prellungen oder Verstauchungen davon.

Cassander machte eine weitschweifige Geste. »Es ist eine komplizierte Kunst, die sich zusammensetzt aus fleißigem Üben, reiterlichem Können und natürlichem Talent. Ich bilde mir ein, daß ich diese Kunst gut beherrsche. Ihr drei solltet morgen nach Flauhamet kommen, schon allein um des Jahrmarktes willen. Und sollten wir dann auch noch an dem Turnierspiel teilnehmen, werden wir eure Bänder tragen! Was haltet ihr davon?«

»Das klingt verlockend«, sagte Chlodys. »Aber Lady Desdea hat für morgen schon andere Pläne mit uns.«

»Den Vormittag über werden wir an unserer Nadelarbeit im Konservatorium sitzen, während Meister Jocelyn zur Laute singt.« Devonet warf Madouc einen raschen Blick zu. »Am Nachmittag hält die Königin Hof, und wir werden ihr aufwarten, wie es sich geziemt.«

»Je nun, ihr müßt tun, was Lady Desdea für das Beste hält«, sagte Cassander. »Aber vielleicht ergibt sich ja noch einmal eine Gelegenheit, bevor der Sommer vorbei ist.«

»Das will ich hoffen!« sagte Devonet. »Es muß gewiß sehr aufregend sein, Euch dabei zuzuschauen, wie Ihr Eure Gegner der Reihe nach besiegt!«

»So einfach, wie Ihr es sagt, ist es nicht«, sagte Cassander. »Und es kann durchaus sein, daß nur Bauerntölpel mit Ackergäulen dort sind. Aber wir werden sehen.«

2

Früh am Morgen, die Sonne stand noch rot im Osten, stieg Madouc aus ihrem Bett, kleidete sich an, nahm ein hastiges Frühstück aus Haferschleim und Feigen in der Küche ein und rannte dann zu den Stallungen. Dort suchte sie Pymfyd und befahl ihm, Tyfer zu satteln, und sein eigenes Pferd ebenfalls.

Pymfyd blinzelte, gähnte und kratzte sich am Kopf. »Es ist weder unterhaltsam noch vernünftig, so früh am Morgen auszureiten.«

»Spar dir den Versuch zu denken, Pymfyd! Ich habe die Entscheidungen bereits getroffen. Sattle du bloß die Pferde, und zwar hurtig.«

»Ich sehe keinen Grund zur Hast«, brummte Pymfyd. »Der Morgen ist noch jung, und der Tag ist lang.«

»Begreifst du denn nicht? Ich will Devonet und Chlodys fliehen! Du hast meine Befehle gehört; spute dich bitte.«

»Sehr wohl, Eure Hoheit.« Pymfyd sattelte träge die Pferde und führte sie aus dem Stall. »Wohin beabsichtigt Ihr zu reiten?«

»Hierhin, dorthin, den Pfad hinauf, vielleicht bis zur Alten Straße.«

»Zur Alten Straße? Das ist eine beträchtliche Entfernung: vier Meilen, oder sind es gar fünf?«

»Egal; der Tag ist schön, und die Pferde gieren danach, ihren Auslauf zu bekommen.«

»Aber wir werden keinesfalls zum Mittagessen zurück sein! Muß ich deswegen hungern?«

»Komm schon, Pymfyd! Dein Magen ist heute nicht wichtig.«

»Vielleicht nicht für Euch von der königlichen Familie, die Ihr nach Herzenslust Safranküchlein und Kutteln in Honig naschen könnt, wann immer Ihr wollt! Ich bin ein einfacher Kerl mit einem groben Magen, und jetzt müßt Ihr warten, bis ich Brot und Käse für mein Mittagessen beschafft habe.«

»Aber spute dich!«

Pymfyd rannte weg und kam gleich darauf mit einem Leinenbeutel zurück, den er an seinem Sattel befestigte.

Madouc fragte: »Bist du jetzt endlich soweit? Dann laß uns losreiten.«

3

Die zwei ritten den Sarris-Pfad hinauf über das königliche Grasland: vorbei an Wiesen, die von Gänseblümchen, Lupinen, wildem Senf und rotem Mohn leuchteten; vorbei an Birken- und Eschengehölzen; durch den Schatten von riesigen Eichen, deren Äste über den Pfad hingen.

Sie verließen die königliche Domäne durch ein steinernes Portal und kamen fast unmittelbar darauf an eine Kreuzung, hinter welcher der Sarris-Pfad zum Fanship-Weg wurde.

Madouc und Pymfyd ritten nach Norden den Fanship-Weg hinauf — nicht ohne Gemurre von Pymfyd, der Madoucs Interesse an der Alten Straße nicht begreifen konnte. »Es gibt dort nichts zu sehen als die Straße, die nach rechts führt und auch nach links.«

»Ganz recht«, sagte Madouc. »Laß uns hurtig weiterreiten.«

Nachdem sie eine Weile so geritten waren, änderte sich die Landschaft allmählich, und die ersten Anzeichen von Bebauung tauchten auf: Hafer- und Gerstenfelder, eingefaßt von alten steinernen Umfriedungen, hier und da ein Bauernhaus. Eine oder zwei Meilen weiter stieg der Pfad leicht an, machte ein paar Schwenks und traf schließlich auf der Kuppe der Anhöhe auf die Alte Straße.

Madouc und Pymfyd zügelten ihre Pferde. Als sie über das Land zurück nach Süden blickten, konnten sie den gesamten Verlauf des Fanship-Wegs bis zur Kreuzung verfolgen, und dahinter den des Sarris-Pfads über das königliche Grasland bis hin zu den Pappeln am Glamefluß; Sarris selbst war von Bäumen verdeckt.

Wie Pymfyd vorausgesagt hatte, führte die Alte Straße in beide Richtungen. Der Fanship-Weg führte hinter der Kreuzung weiter zum dunklen Wald von Tantrevalles, dessen Saum nur mehr eine knappe Meile entfernt sichtbar war.

Im Moment herrschte keinerlei Betrieb auf der Alten Straße — ein Faktum, das Pymfyds Argwohn zu erregen schien. Er reckte den Hals und starrte erst in eine Richtung, dann in die andere. Madouc beobachtete ihn verblüfft und fragte schließlich: »Warum spähst du so scharf, wenn es doch nichts zu sehen gibt?«

»Eben das ist es, was ich sehen will.«

»Ich verstehe nicht recht.«

»Natürlich nicht«, erwiderte Pymfyd hochmütig. »Ihr seid zu jung, um die Nöte und Wehnisse der Welt zu kennen, die mannigfaltig sind. Sie birgt auch viel Schlechtigkeit, wenn man sich die Mühe macht hinzuschauen — und sogar, wenn man sich bemüht, nicht hinzuschauen.«

Madouc inspizierte die Straße; sie spähte erst nach Westen, dann nach Osten. »Im Moment sehe ich weder Betrübliches noch Schlechtes.«

»Das liegt daran, daß die Straße leer ist. Schlechtes kommt oft aus dem Nichts ins Blickfeld gesprungen; eben dies macht es so furchterregend.«

»Pymfyd, ich glaube, du bist von Furcht besessen.«

»Das mag gut sein, ist es doch Furcht, die die Welt regiert. Der Hase fürchtet den Fuchs; dieser fürchtet den Spürhund; der wieder fürchtet den Herrn; der fürchtet den Oberherrn; und der schließlich fürchtet den König. Wovor dieser sich fürchtet, darüber zu spekulieren steht mir nicht an.«

»Armer Pymfyd! Deine Welt besteht aus Furcht und Schrecken! Was mich angeht, so habe ich keine Zeit für solche Emotionen.«

Pymfyd sprach gleichmütig: »Ihr seid eine königliche Prinzessin, und ich darf Euch nicht eine einfältige kleine Närrin heißen, selbst wenn mir der Gedanke in den Sinn käme.«

Madouc sah ihn mit einem traurigen Blick aus ihren

blauen Augen an. »Das also ist deine Meinung von mir.«

»Ich will nur dies sagen: Menschen, die nichts fürchten, sterben früh.«

»Auch ich kenne ein paar Dinge, vor denen ich Furcht habe«, sagte Madouc. »Nadelarbeit, Meister Jocelyns Tanzlektionen und ein oder zwei andere Dinge, die nicht erwähnt zu werden brauchen.«

»Ich fürchte viele Dinge«, sagte Pymfyd stolz. »Tolle Hunde, Aussätzige, Höllenpferde, Harpyien und Hexen; Blitzreiter und die Kreaturen, die auf dem Grunde von Brunnen leben; auch: Hüpfbeine und Geister, die am Friedhofstor lauern.«

»Ist das alles?« fragte Madouc.

»Keineswegs! Ich fürchte mich vor Wassersucht, Milchaugen und Blattern. Und im Moment fürchte ich mich sehr vor dem Mißfallen des Königs! Wir müssen umkehren, bevor uns jemand so weit von Sarris entfernt sieht und dies meldet!«

»Nicht so schnell!« rief Madouc. »Wenn es Zeit zum Umkehren ist, werde ich das Signal geben.« Sie studierte den Wegweiser. »Bis Flauhamet sind es nur vier Meilen.«

Pymfyd schrie entsetzt: »Vier Meilen oder vierhundert — das ist einerlei!«

»Prinz Cassander erwähnte den Jahrmarkt in Flauhamet, und er sagte, er sei sehr bunt und fröhlich.«

»Ein Jahrmarkt ist wie der andere«, erklärte Pymfyd. »Der Lieblingstreffpunkt von Schurken, Betrügern und Beutelschneidern!«

Madouc scherte sich nicht um seine Einwände. »Es sollen dort Gaukler, Possenreißer, Bänkelsänger, Stelzentänzer, Taschenspieler und Quacksalber sein.«

»Diese Leute sind im großen und ganzen gemein und verrufen«, brummte Pymfyd. »Das ist allgemein bekannt.«

»Es findet dort auch ein Turnierspiel statt. Prinz Cassander tritt vielleicht in die Schranken, falls die Mitbewerber nach seinem Geschmack sind.«

»Hmf. Das bezweifle ich.«

»Ach? Wieso?«

Pymfyd blickte über die Landschaft. »Es steht mir nicht zu, über Prinz Cassander zu sprechen.«

»Sprich! Deine Worte werden unter uns bleiben.«

»Ich bezweifle, daß er es riskieren wird, in die Schranken zu treten, wenn so viele Menschen zuschauen. Zu groß wäre die Schmach, wenn er stürzte.«

Madouc grinste. »Er ist in der Tat eitel. Wie auch immer, ich habe ohnehin keine Lust, mir das Turnierspiel anzuschauen. Ich würde lieber zwischen den Buden umherschweifen.«

Pymfyds ehrliches Gesicht bekam einen Ausdruck von bockiger Halsstarrigkeit. »Wir können nicht einfach in die Stadt reiten und uns fröhlich unter das Bauernvolk mengen! Könnt Ihr Euch das Mißfallen Ihrer Majestät vorstellen? Euch würde man ausschelten, und ich würde gepeitscht werden. Wir müssen umkehren! Der Tag rückt voran!«

»Es ist noch früh! Devonet und Chlodys setzen sich gerade erst an ihre Nadelarbeit.«

Pymfyd stieß einen Schrei der Bestürzung aus. Er deutete nach Westen, auf die Alte Straße. »Dort nahen Leute; es sind Edle, und man wird Euch erkennen! Wir müssen verschwunden sein, bevor sie hier sind!«

Madouc seufzte. Pymfyds Logik war nicht zu widerlegen. Sie wendete Tyfer und begann, den Fanship-Weg zurückzureiten. Doch schon nach wenigen Schritten hielt sie abrupt inne.

»Was ist nun wieder?« frug Pymfyd.

»Da kommt eine Gruppe den Fanship-Weg herauf. Ich erkenne Cassander auf seinem Fuchs, und der Mann, der auf dem großen schwarzen Schlachtroß reitet, ist ohne Zweifel König Casmir höchstselbst!«

Pymfyd stöhnte verzweifelt. »Wir sitzen in der Falle!«

»Mitnichten! Wir werden die Alte Straße überqueren und uns weiter oben auf dem Fanship-Weg verstecken, bis die Luft rein ist.«

»Ausnahmsweise einmal eine vernünftige Idee!« murmelte Pymfyd. »Rasch jetzt! Die Zeit drängt; wir können uns hinter jenen Bäumen dort verstecken!«

Die zwei setzten ihre Pferde mit einem Klaps in Trab und ritten über die Alte Straße hinweg und weiter nach Norden die Fortsetzung des Fanship-Weges hinauf, welcher sich alsbald zu nicht viel mehr als einem Wiesenpfad verschmälerte. Sie näherten sich einem Pappelgehölz, in welchem sie Zuflucht zu finden hofften.

Madouc rief über die Schulter: »Ich rieche Rauch!«

Pymfyd rief zurück: »Gewiß ist eine Bauernkate in der Nähe; was Ihr riecht, ist der Rauch aus ihrem Herd.«

»Ich sehe keine Hütte.«

»Das ist im Moment nicht unsere große Sorge. Hurtig nun, in das Gehölz!«

Die beiden begaben sich unter die Pappeln, wo sie den Ursprung des Rauches entdeckten: ein Feuer, über dem zwei Vagabunden ein Kaninchen rösteten. Einer war klein und dickbäuchig, mit einem runden, platten Gesicht, das von einem zottigen Kranz aus schwarzem Haupt- und Barthaar umsäumt war. Der zweite war lang und dünn wie ein Stock, mit hageren Armen und Beinen und einem langen, ausdruckslosen Gesicht, das dem eines Dorsches nicht unähnlich war. Beide trugen zerlumpte Kleider und löchrige Halbstiefel. Der lange Vagabund trug eine Zipfelmütze aus schwarzem Filz; sein fetter Kamerad hatte einen breitkrempigen Hut auf dem Kopf. Neben ihnen lagen zwei Säcke, in denen sie offenbar ihre Habseligkeiten mit sich trugen. Beim Anblick von Madouc und Pymfyd erhoben sich die zwei und schätzten die Situation ab.

Madouc inspizierte ihrerseits die beiden Landstreicher kühl und kam zu dem Ergebnis, daß sie noch nie einem widerlicheren Paar von Lumpen begegnet war.

Der kurze, fette Vagabund sprach als erster. »Und was macht ihr zwei hier, so frisch und munter?«

»Das geht Euch nichts an«, erwiderte Madouc. »Pymfyd, laß uns weiterziehen; wir stören diese Personen nur bei ihrem Mahl.«

»Überhaupt nicht«, sagte der kurze, fette Vagabund. Dann sprach er zu seinem langen, dünnen Kameraden, ohne den Blick von Madouc und Pymfyd zu wenden: »Ossip, wirf einen Blick den Weg hinunter; schau nach, wer sonst noch in der Nähe ist.«

»Alles klar; niemand in Sicht«, meldete Ossip.

»Das sind zwei prächtige Pferde«, sagte der fette Strolch. »Die Sättel und das Zaumzeug sind ebenfalls von feiner Qualität.«

»Sieh doch, Sammikin! Die rothaarige Range trägt eine goldene Klammer.«

»Ist es nicht eine Posse, Ossip? Daß manche Gold tragen, während andere leer ausgehen?«

»Das ist die Ungerechtigkeit des Lebens! Geböte ich über Macht, würde jeder gleichermaßen bestückt sein!«

»Das ist fürwahr ein nobles Konzept!«

Ossip beäugte Tyfers Zaumzeug. »Schau nur! Selbst das Pferd trägt Gold!« Er sprach mit salbungsvoller Inbrunst: »Hier ist Reichtum!«

Sammikin schnippte mit den Fingern. »Ich kann nicht umhin, mich zu freuen! Die Sonne strahlt hell, und unser Glück hat sich endlich zu unseren Gunsten gewendet!«

»Dennoch: wir müssen uns in bestimmter Weise bemühen, um unseren Ruf zu schützen.«

»Kluge Worte, Ossip!« Die zwei bewegten sich vorwärts. Pymfyd schrie Madouc zu: »Reitet geschwind davon!« Er schwenkte sein eigenes Pferd herum, aber Ossip streckte hurtig seinen langen, dürren Arm aus und fiel ihm in den Zügel. Pymfyd keilte wütend aus und traf Ossip ins Gesicht; der Strolch blinzelte und schlug sich die Hand vors Auge. »Ah, du kleine Natter; du hast deine Zähne gezeigt! O weh, mein armes Gesicht! Welch Schmerz!«

Sammikin war mit tänzelnden Schritten zu Madouc gerannt, aber sie hatte Tyfer geistesgegenwärtig die Sporen gegeben und war ein paar Schritte den Pfad hinauf geritten, wo sie jetzt stehenblieb, von peinvoller Unschlüssigkeit gequält.

Sammikin wandte sich seinem Spießgesellen zu, der immer noch, trotz seines schmerzenden Gesichts und ungeachtet der Tritte und Flüche von Pymfyd, die Zügel von Pymfyds Pferd festhielt. Sammikin trat hinterrücks an Pymfyd heran, packte ihn um den Leib und schleuderte ihn grob zu Boden. Pymfyd brüllte vor Schmerz und Wut. Er rollte sich zur Seite, ergriff einen abgebrochenen Ast, sprang auf und trat den beiden Strolchen kühn entgegen. »Hunde!« schrie er, mit hysterischem Wagemut den Ast wider die beiden schwingend. »Gewürm! Kommt her, wenn ihr es wagt!« Er blickte über die Schulter zu Madouc, die starr auf Tyfer verharrte. »Reitet los, kleine Närrin, flugs! Holt Hilfe!«

Sammikin und Ossip hoben ohne Hast ihre Stöcke auf und drangen auf Pymfyd ein, der sich aus Leibeskräften wehrte, bis schließlich Sammikins Stock seinen Ast in Stücke brach. Sammikin unternahm ein Täuschungsmanöver; Ossip hob seinen Stab hoch empor und ließ ihn mit Macht auf Pymfyds Kopf herniedersausen. Pymfyd fiel zu Boden. Wieder und wieder haute Sammikin ihn mit seinem Knüppel, während Ossip Pymfyds Pferd an einem Baum festband. Nachdem er das erledigt hatte, rannte der Strolch zu Madouc. Madouc riß sich endlich aus ihrer Betäubung, schwenkte Tyfer herum und sprengte im Galopp den Pfad hinunter.

Pymfyds Kopf hing schlaff zur Seite; Blut rann ihm aus dem Mund. Sammikin betrachte sein grausiges Werk mit einem zufriedenen Grunzen. »Der hier wird nichts mehr verpetzen! Und nun zu der anderen.«

Tief in den Sattel geduckt, flog Madouc den Pfad entlang, links und rechts eingerahmt von steinernen Umfriedungsmauern. Sie blickte über die Schulter zurück; Ossip und Sammikin verfolgten sie im Trab. Madouc stieß einen wilden, kehligen Schrei aus und trieb Tyfer zu härtester Gangart an. Ihre Absicht war, den Pfad entlangzureiten, bis sie eine Lücke in einer der Umfriedungsmauern fand, und dann quer über die Felder zur Alten Straße zurückzusprengen.

Hinter ihr kamen die Vagabunden, Ossip mit langen, stattlichen Schritten, Sammikin im Trippelschritt und mit rudernden Armen. Wie schon zuvor schienen sie keine große Eile zu haben.

Madouc schaute nach rechts und nach links. Ein mit Wasser gefüllter Graben verlief auf einer Seite zwischen Wegesrand und Steinmauer; auf der anderen Seite hatte die Mauer einer Dornenhecke Platz gemacht. Ein Stück voraus schwenkte der Pfad nach links und führte durch eine Lücke in der Steinmauer. Ohne zu zögern sprengte Madouc durch die Lücke. Bestürzt zügelte sie Tyfer: sie war in eine Schafhürde geraten. Sie spähte verzweifelt hierhin und dorthin und ringsherum, entdeckte aber keinen Ausweg.

Den Pfad herauf kamen Ossip und Sammikin, schnaufend und prustend von der Anstrengung. Ossip rief mit flötender Stimme: »Schön artig jetzt! Halte dein Pferd fein still, damit wir nicht hin und her springen müssen!«

»›Still‹ heißt die Parole!« rief Sammikin. »Es wird bald vorüber sein, und dann wirst du es sehr still finden, so hab ich vernommen.«

»So hab ich's auch gehört!« stimmte Ossip ihm zu. »Steh still und weine nicht; ich kann heulende Kinder nicht ausstehen!«

Madouc blickte verzweifelt umher, nach einer Lücke oder einer flachen Stelle suchend, über die Tyfer vielleicht hinwegspringen konnte — aber vergebens. Sie glitt aus dem Sattel und tätschelte Tyfers Hals. »Lebe wohl, mein teurer, guter Freund! Ich muß dich jetzt verlassen, um mein Leben zu retten!« Sie rannte zu der Einfriedung, klomm hinüber und entkam so aus der Schafhürde.

Ossip und Sammikin schrien wütend: »Halt! Komm zurück! Es ist alles bloß Spaß! Wir wollen dir nichts Böses tun!«

Madouc warf einen angstvollen Blick über die Schulter und floh nur um so hurtiger. Der dunkle Schatten des Waldes von Tantrevalles war nun schon sehr nah.

Wild fluchend und unter Ausstoßung der schrecklichsten Drohungen, die ihnen in den Sinn kamen, kletterten Sammikin und Ossip über die Einfriedung und machten sich an die Verfolgung.

Am Rande des Waldes angekommen, lehnte sich Madouc gegen den Stamm einer alten Eiche, um einen Moment zu verschnaufen. Die Wiese herauf, keine fünfzig Schritte von ihr entfernt, kamen Ossip und Sammikin, beide jetzt vor Erschöpfung kaum noch in der Lage zu rennen. Sammikin erblickte Madouc, die an den Baum gelehnt stand, die kupferfarbenen Locken wild zerzaust. Die beiden verlangsamten ihren Schritt und näherten, sich ihr schleichend. Sammikin rief mit sirupsüßer Stimme: »Ach, liebes Kind, wie klug du bist, auf uns zu warten! Hüte dich vor dem Wald, wo die Kobolde leben!«

Ossip fügte hinzu: »Sie werden dich bei lebendigem Leibe verspeisen und deine Knochen ausspeien! Bei uns bist du sicherer!«

»Komm, liebes kleines Küken!« rief mit lockender Stimme Sammikin. »Wir werden ein fröhliches Spiel zusammen spielen!«

Madouc wandte sich um und stürmte in den Wald. Sammikin und Ossip erhoben Schreie wütender Enttäuschung. »Komm zurück, du rothaariges kleines Balg!« »Wir sind jetzt sehr wütend; du mußt schwer bestraft werden!« »Ah, du kleines Biest, du wirst quieken und ächzen und schaudern! Auf unsere Gnade darfst du nicht rechnen! Du hattest auch mit uns keine Gnade!«

Madouc machte eine Grimasse. Sie verspürte ein beklommenes Gefühl im Magen. Was für ein schrecklicher Ort die Welt sein konnte! Sie hatten den armen Pymfyd getötet, der so gut und so brav war! Und Tyfer! Nie wieder würde sie Tyfer reiten! Und wenn sie sie fingen, würden sie ihr auf der Stelle den Hals umdrehen — so sie nicht daran dachten, sie für eine andere, unaussprechliche Belustigung zu benützen.

Madouc blieb stehen und horchte. Sie hielt den Atem an. Das stapfende und knisternde Geräusch schwerer Schritte auf totem Laub kam beängstigend nahe. Madouc stürmte weiter, schlug einen Haken und rannte um ein Dickicht aus Schlehdorn und ein weiteres aus Lorbeersträuchern herum, in der Hoffnung, ihre Verfolger in die Irre zu führen.

Der Wald wurde dichter; Laubwerk verdeckte den Himmel, außer dort, wo ein umgestürzter Baum oder ein Felsenausbiß oder andere unerklärliche Umstände eine Schneise schufen. Ein verfaulender Baumstamm versperrte Madouc den Weg; sie überkletterte ihn, rannte geduckt um einen Brombeerbusch herum und sprang über ein kleines Rinnsal, das durch Brunnenkresse tröpfelte. Sie hielt inne, um sich umzuschauen und Atem zu schöpfen. Nichts Furchterregendes war zu sehen; offenbar war sie den zwei Strolchen entronnen. Sie hielt den Atem an und lauschte.

Bum-knirsch, bum-knirsch, bum-knirsch: die Geräusche waren schwach, aber sie schienen lauter zu werden, und in der Tat, durch Zufall hatten Ossip und Sammikin das Weiß von Madoucs Wams hinter dem Gestrüpp aufleuchten sehen und waren immer noch auf ihrer Fährte.

Madouc stieß einen leisen Schrei der Enttäuschung aus. Sie wandte sich um und floh weiter, die irrigsten Pfade und die dunkelsten Schatten suchend, um den

Vagabunden zu entrinnen. Sie schlüpfte durch ein Dikkicht von Erlen, durchwatete einen träge dahinfließenden Bach, überquerte eine Lichtung und machte einen Umweg um einen großen umgestürzten Eichenbaum. Dort, wo die Wurzeln in die Luft ragten, fand sie einen dunklen kleinen Schlupfwinkel, wohl verborgen hinter einer Wand von üppig sprießendem Fingerhut. Madouc kauerte sich unter die Wurzeln.

Mehrere Minuten vergingen. Madouc wartete; sie wagte kaum zu atmen. Sie hörte Schritte; Ossip und Sammikin tappten blindlings an ihr vorbei. Madouc schloß die Augen, aus Furcht, die beiden könnten ihren Blick spüren und innehalten.

Ossip und Sammikin blieben nur kurz stehen und spähten wütend über die Lichtung. Sammikin vernahm in der Ferne ein Geräusch, deutete mit dem Finger in die Richtung und stieß einen kehligen Schrei aus; die zwei rannten weiter, in die Tiefe des Waldes hinein. Das Geräusch ihrer Schritte wurde leiser und verlor sich schließlich in der Stille.

Madouc verharrte geduckt in ihrem Versteck. Sie stellte fest, daß ihr warm und behaglich wurde; ihre Lider fielen zu; gegen ihre Absicht begann sie zu dösen.

Zeit verstrich — wieviel? Fünf Minuten? Eine halbe Stunde? Madouc erwachte, und nun fühlte sie sich verkrampft. Vorsichtig begann sie sich aus dem Versteck zu befreien. Sie hielt jäh inne, stutzte. Was war das für ein Geräusch, das sie da vernahm, so leise und hell? War es Musik?

Madouc lauschte gebannt. Die Laute schienen von einer nicht allzu fernen Quelle zu kommen, die jedoch durch das Blattwerk des Fingerhuts vor ihrem Blick verborgen war.

Madouc kauerte unschlüssig, halb in ihrem Versteck, halb draußen. Die Musik schien unkünstlerisch und einfach, ja sogar fast ein wenig frivol, mit wunderlichen kleinen Trillern und Tremoli. Solch eine Musik, dachte Madouc, konnte kaum von Bedrohlichem oder Bösem herrühren. Sie hob den Kopf und spähte durch den Fingerhut. Es wäre peinlich, in solch einer würdelosen Pose entdeckt zu werden. Sie nahm ihren Mut zusammen und stand auf. Ihre Haare ordnend und welkes Laub von ihren Kleidern klopfend, schaute sie sich auf der Lichtung um.

Zwanzig Fuß von ihr entfernt saß auf einem glatten Stein ein kleines Wesen, kaum größer als sie selbst, mit klugen meergrünen Augen, haselnußbrauner Haut und Haaren von ebensolcher Farbe. Es trug einen Anzug aus feinem braunen Stoff mit blauen und roten Streifen, eine schmucke kleine blaue Mütze mit einem Busch aus Amselfedern und Schuhe mit langen Spitzen. In einer Hand hielt es eine hölzerne Spieldose, aus der zwei Dutzend kleine Metallzungen hervorschauten; indem es die Zungen anschlug, erklang Musik aus der Dose.

Als das Wesen Madoucs ansichtig wurde, ließ es von seinem Spielen ab. Es fragte mit piepsender Fistelstimme: »Warum schläfst du, wo der Tag doch noch so jung ist? Schlafenszeit ist zu den Stunden, da die Eule wacht.«

Madouc erwiderte mit ihrer freundlichsten Stimme: »Ich schlief, weil der Schlummer mich überkam.«

»Ich verstehe — zumindest besser, als ich es zuvor tat. Warum starrst du mich so an? Vor staunender Bewunderung, darf ich wohl annehmen?«

Madouc antwortete taktvoll: »Teils aus Bewunderung und teils, weil ich selten mit Elfen spreche.«

Das Wesen sagte in mürrischem Ton: »Ich bin kein Elf, sondern ein Wefkin. Die Unterschiede sind offensichtlich.«

»Nicht für mich. Wenigstens nicht gänzlich.«

»Wefkine sind von Natur aus ruhig und gesetzt; wir sind einsiedlerische Philosophen, sozusagen. Ferner sind wir ein galantes Volk, stolz und schön, welches zu

Amouren sowohl mit Sterblichen als auch mit anderen Halblingen neigt. Wir sind wahrhaft pächtige Wesen.«

»Soviel ist nunmehr klar«, sagte Madouc. »Und was ist mit den Elfen?«

Der Wefkin machte eine verächtliche Geste. »Ein unstetes Volk, das sowohl zu Unberechenbarkeit neigt als auch dazu, vier Gedanken auf einmal zu denken. Sie sind gesellige Wesen und bedürfen der Gesellschaft von ihresgleichen; sonst verschmachten sie. Sie schwatzen und kichern; sie sind eingebildet und geziert; sie stürzen sich in grandiose Leidenschaften, die sie nach zwanzig Minuten langweilen; extravagante Unmäßigkeit ist ihre Parole! Wefkine sind Paladine der Tapferkeit und des Heldenmuts; die Elfen tun Taten von widerlicher Verdrehtheit. Hat deine Mutter dir diese Unterschiede nicht erklärt?«

»Meine Mutter hat mir gar nichts erklärt. Sie ist schon lange tot.«

»›Tot‹? Was ist das nun wieder?«

»Sie ist mausetot, und ich kann nicht umhin, das rücksichtslos von ihr zu finden.«

Der Wefkin zwinkerte mit seinen grünen Augen und spielte einen schwermütigen Triller auf seiner Musikdose. »Das ist eine traurige Nachricht, und ich bin doppelt überrascht, da ich doch erst vor vierzehn Tagen mit ihr sprach, als sie all ihren üblichen Schwung zeigte — von dem, darf ich sagen, du deinen vollen und gerechten Anteil zweifellos mitbekommen hast.«

Madouc schüttelte verblüfft den Kopf. »Du mußt mich mit jemand anderem verwechseln.«

Der Wefkin musterte sie scharf. »Bist du nicht Madouc, das schöne und begabte Kind, welches von König Bollerkopf als ›königliche Prinzessin von Lyonesse‹ angenommen ward?«

»Die bin ich«, sagte Madouc bescheiden. »Aber meine Mutter war die Prinzessin Suldrun.«

»Mitnichten! Das ist ein falsches Gerücht! Deine wahre Mutter ist die Elfe Twisk von Thripsey Shee.«

Madouc starrte den Wefkin mit offenem Mund an. »Woher weißt du das?«

»Das ist allgemein bekannt unter den Halblingen. Glaub es oder glaub es nicht, ganz wie du willst.«

»Ich stelle deine Worte nicht in Zweifel«, sagte Madouc hastig. »Aber die Nachricht erfüllt mich mit großem Erstaunen. Was ist geschehen?«

Der Wefkin setzte sich aufrecht auf seinen Stein. Er rieb sich das Kinn mit den langen grünen Fingern, dann legte er den Kopf schief und musterte Madouc. »Ja! Ich werde dir die Fakten des Falls vortragen, aber nur, wenn du mich um diesen Gefallen bittest — da ich dich nicht ohne deine ausdrückliche Erlaubnis bestürzen möchte.« Der Wefkin heftete seine großen grünen Augen auf Madoucs Gesicht. »Ist es dein Wunsch, daß ich dir diesen Gefallen erweise?«

»Ja, bitte!«

»Nun denn! Die Prinzessin Suldrun gebar einen Sohn. Der Vater war Aillas von Troicinet. Der Knabe ist jetzt als Prinz Dhrun bekannt.«

»Prinz Dhrun! Jetzt bin ich wirklich verblüfft! Wie kann das sein? Er ist viel älter als ich!«

»Geduld! Du sollst alles erfahren. Je nun. Aus Gründen der Sicherheit wurde der Säugling an einen Ort im Wald gebracht. Twisk kam zufällig des Weges und tauschte dich gegen den kleinen blonden Säugling aus, und so trug es sich zu. Du bist ein Wechselbalg. Dhrun lebte in Thripsey Shee ein Jahr und einen Tag, gerechnet nach der Zeit der Sterblichen, doch nach Elfenzeit bemessen verstrichen derweil viele Jahre: sieben, acht, vielleicht gar neun; niemand weiß das genau, da niemand Buch führt.«

Madouc starrte ihn in stummer Verwirrung an. Dann fragte sie: »Dann bin ich also von elfischem Blut?«

»Du hast lange Jahre an Menschenorten gelebt, Menschenbrot gegessen und Menschenwein getrunken. Elfenstoff ist fein und delikat; wer weiß, wieviel davon schon durch menschlichen Unrat ersetzt worden ist? So ist das nun mal; gleichwohl, alles in allem genommen, ist es kein so schlechter Zustand. Würdest du es lieber anders haben wollen?«

Madouc überlegte. »Ich würde nicht anders sein wollen als ich bin — was immer das ist. Aber in jedem Fall bin ich dir dankbar für deine Information.«

»Spar dir deinen Dank, meine Teure! Es ist nur eine kleine Gefälligkeit — kaum groß genug, um berechnet zu werden.«

»Wenn das so ist, dann sag mir, wer mein Vater sein mag.«

Der Wefkin kicherte. »Du hüllst den Satz zu Recht in diese Form! Dein Vater mag dieser sein oder jener, oder er mag jemand sein, der weit weg ist und verschwunden. Du mußt Twisk fragen, deine Mutter. Möchtest du sie kennenlernen?«

»O ja, sehr gern!«

»Ich habe ein bißchen Zeit übrig. Wenn du mich darum bittest, werde ich dich lehren, deine Mutter zu rufen.«

»O bitte, lehr es mich!«

»Dann bittest du mich also darum?«

»Natürlich!«

»Ich gehe mit Vergnügen auf deine Bitte ein, und sie wird sich nicht groß auf unserer kleinen Rechnung niederschlagen. Tritt nun zu mir.«

Madouc trat hinter dem Fingerhut hervor und näherte sich dem Wefkin, der einen harzigen Geruch absonderte, wie von zerstoßenen Kräutern und Fichtennadeln, vermengt mit Pollen und Moschus.

»Und nun gib acht!« sagte der Wefkin mit bedeutungsvoller Stimme. »Ich rupfe einen Grashalm aus; ich zwicke einen kleinen Schlitz hier hinein und einen weiteren dort hinein; dann mache ich so, und dann mache ich so. Und nun blase ich ganz behutsam — ganz leicht, ganz sanft, gegen den Halm, und erzeuge so einen Laut. Horch!« Er blies, und der Grashalm gab einen leisen Ton von sich. »So. Du mußt bloß eine ebensolche Pfeife mit deinen eigenen Händen fertigen.«

Madouc schickte sich sogleich an, die Pfeife zu machen, doch dann hielt sie plötzlich inne, beunruhigt von einem Gedanken, der schon die ganze Zeit über in ihrem Hinterkopf rumort hatte. Sie fragte: »Was meinst du damit, wenn du von ›unserer kleinen Rechnung‹ sprichst?«

Der Wefkin machte eine wegwerfende Geste mit seiner langfingrigen Hand. »Nichts von großer Bedeutung: eine Redensart, nicht mehr.«

Madouc fuhr unsicher mit ihrer Arbeit fort. Sie hielt erneut inne. »Es ist wohlbekannt, daß Elfen niemals geben, ohne zu nehmen. Gilt das gleiche auch für Wefkine?«

»Bah! Bei großen Transaktionen mag das vielleicht der Fall sein. Wefkine sind kein habsüchtiges Volk.«

Madouc glaubte zu spüren, daß der Wefkin ihr auswich. »Sag mir, was muß ich für deinen Rat bezahlen?«

Der Wefkin zupfte an seiner Mütze und kicherte, wie als sei er verlegen. »Ich werde nichts Bedeutendes annehmen. Weder Silber noch Gold noch andere kostbare Metalle. Ich bin glücklich, wenn ich jemandem, der so aufgeweckt und hübsch ist, eine kleine Gefälligkeit erweisen kann. Noch glücklicher freilich wäre ich, wenn du mich aus Dankbarkeit auf meine Nasenspitze küßtest; damit wäre unsere kleine Rechnung vollauf beglichen. Abgemacht?«

Madouc beäugte mißtrauisch den Wefkin und seine lange spitze Nase, wobei der Wefkin alberne und belanglose kleine Gesten vollführte. Madouc sagte: »Ich werde darüber mit mir zu Rate gehen. Ich küsse selten Fremdlinge, ob auf die Nase oder sonstwohin.«

Der Wefkin machte einen Schmollmund und zog

ruckartig die Knie unter das Kinn. Gleich darauf verfiel er wieder in sein schmeichlerisches Gehabe. »Du bist in dieser Hinsicht anders als deine Mutter. Nun, egal. Ich dachte nur — aber egal. Hast du deine Grasflöte fertig? Gut gemacht. Nun blase sanft, in freundlicher Manier — ah! Das ist gut. Halte nun inne und lausche meinen Anweisungen. Um deine Mutter herbeizurufen, mußt du in die Flöte blasen und diese Weise singen:

›Lirra lissa larra lass
Ich blase sanft auf diesem Gras.
Ich blase leise tirili
Und rufe Twisk in Thripsey Shee.
Lirra lissa larra piep
Madouc ruft ihre Mutter lieb!
Flieg auf dem Wind und spring übers Meer;
Und eile geschwinde zu mir her.
So singe ich, Madouc!‹«

Madouc probte den Text einmal schüchtern, dann holte sie tief Luft, um ihre Nerven zu beruhigen, blies einen leisen Ton auf der Grasflöte und sang den Vers, den der Wefkin sie gelehrt hatte.

Nichts geschah. Madouc schaute hierhin und dorthin und sprach dann zu dem Wefkin: »Habe ich die Formel richtig hergesagt?«

Eine leise Stimme antwortete hinter dem Fingerhut: »Du hast den Spruch gut gesprochen.« Hinter dem Fingerhut hervor trat das Elfenmädchen Twisk: eine biegsame Kreatur mit einem prachtvollen Schopf hellblauen Haars, der von einem Band aus Saphiren zusammengehalten wurde.

Madouc rief in ehrfurchtsvoller Entzückung: »Bist du wahrhaftig meine Mutter?«

»Eins nach dem andern«, sagte Twisk. »Zunächst: Welche Form der Entlohnung hast du mit Zocco für seine Dienste vereinbart?«

»Er wollte, daß ich seine Nase küsse, worauf ich erwiderte, daß ich darüber zu Rate gehen würde.«

»Ganz recht!« erklärte Zocco, der Wefkin. »Zu gehöriger Zeit werde ich den rechten Rat geben, und damit basta! Wir brauchen das Thema nicht weiter zu erörtern.«

»Da ich ihre Mutter bin, werde ich den Rat liefern und dir so die Mühe ersparen«, sagte Twisk.

»Das ist keine Mühe für mich! Ich bin flink und rege im Denken!«

Twisk beachtete ihn nicht. »Madouc, dies ist mein Rat: Hebe jenen Klumpen Dreck dort auf und reiche ihn dem glupschäugigen kleinen Kobold dar mit den Worten: ›Zocco, mit diesem Entgelt entlohne und entschädige ich dich voll und ganz, jetzt und für alle Zeiten, ein und für allemal, in dieser Welt und in allen anderen und in jeder anderen denkbaren Hinsicht für jeden und jedweden Dienst, den du für mich oder in meinem Namen, real oder imaginär, wo, wann und wie auch immer geleistet hast.‹«

»Schieres Gefasel und dummes Zeug!« höhnte Zocco. »Madouc, hör nicht auf das närrische Gewäsch dieser törichten blauhaarigen Ränkeschmiedin; du und ich, wir haben unsere eigene Abmachung, wie du weißt.«

Twisk trat langsam vor, und Madouc konnte sie nun klar sehen: ein liebreizendes Geschöpf mit sahnefarbener Haut und Zügen von unübertrefflicher Zartheit. Ihre Augen waren wie die Madoucs wundervolle, verträumte himmelblaue Teiche, beim Anblick derselben ein anfälliger Menschenmann leicht den Verstand verlieren konnte. Twisk sprach zu Madouc: »Ich möchte beiläufig bemerken, daß Zocco berüchtigt ist für sein liederliches Betragen. Wenn du seine Nase küßt, bist du fortan in seine Dienste gezwungen und mußt ihn auf sein Geheiß hin bald schon woanders küssen, und wer weiß was sonst noch!«

»Das ist undenkbar!« erklärte Madouc entsetzt. »Zocco schien so freundlich und höflich!«

»Das ist die übliche List.«

Madouc wandte sich zu Zocco um. »Ich bin jetzt zu Rate gegangen.« Sie hob den Klumpen Dreck auf. »Statt dich auf die Nase zu küssen, reiche ich dir dies zum Zeichen meiner Dankbarkeit dar.« Sie sprach den Text, den Twisk für sie ersonnen hatte, ungeachtet des Gequiekes und Gestöhns, mit dem Zocco seinen Protest zum Ausdruck brachte.

Mit einer mürrischen Geste warf Zocco den Klumpen Dreck beiseite. »Solche Entgelte sind nutzlos! Ich kann sie nicht essen; sie entbehren jeglicher Würze! Ich kann sie nicht am Leibe tragen; sie sind ohne jeden Stil, und sie sind in keiner Weise unterhaltsam!«

Twisk sagte:

»Schweig, Zocco; deine Klagen sind alle übertrieben!«

»Zusätzlich zu dem Entgelt«, sagte Madouc mit Würde, »und trotz deiner schreckenerregenden Pläne entbiete ich dir meinen Dank dafür, daß du mich mit meiner Mutter vereint hast, und zweifelsohne empfindet Twisk die gleiche Dankbarkeit.«

»Ach was!« sagte Twisk. »Ich hatte mir deine Existenz schon lange aus dem Sinn geschlagen. Warum, darf ich fragen, hast du mich gerufen?«

Madoucs Kinnlade fiel herunter. »Ich wollte meine Mutter kennenlernen! Ich habe die ganze Zeit gedacht, sie sei tot!«

Twisk lachte nachsichtig. »Der Irrtum ist absurd. Ich bin übervoll von Lebendigkeit jeder Art!«

»Das sehe ich wohl! Ich bedaure den Fehler, aber ich wurde falsch unterrichtet.«

»Nun denn. Du mußt lernen, skeptischer zu sein. Aber nun kennst du die Wahrheit, und ich werde nach Thripsey Shee zurückkehren!«

»Noch nicht!« schrie Madouc. »Ich bin deine geliebte Tochter, und du hast mich doch gerade erst kennengelernt! Außerdem brauche ich deine Hilfe!«

Twisk seufzte. »Ist das nicht immer so? Was willst du denn von mir?«

»Ich habe mich im Walde verirrt! Zwei Mörder töteten Pymfyd und stahlen mein Pferd Tyfer. Sie hetzten mich und machten mir große Angst; sie wollten auch mich töten; ferner schimpften sie mich ›dürres rothaariges Balg‹!«

Twisk starrte sie entsetzt und mißbilligend an. »Und du standest brav da und duldetest diese Beleidigungen?«

»Keineswegs! Ich rannte davon, so schnell ich konnte, und versteckte mich.«

»Du hättest einen Schwarm Hornissen über sie bringen müssen! Oder ihnen die Beine so kürzen, daß ihre Füße direkt aus dem Hintern gesprossen wären! Oder sie in Igel verwandeln!«

Madouc lachte verlegen. »Ich weiß nicht, wie man solche Dinge macht.«

Twisk seufzte erneut. »Ich habe deine Erziehung vernachlässigt, das kann ich nicht leugnen. Nun, es ist nie zu spät, und wir wollen sogleich damit anfangen.« Sie nahm Madoucs Hände in ihre Hand. »Was fühlst du?«

»Ein Schauer kam über mich — eine höchst eigenartige Empfindung!«

Twisk nickte und trat einen Schritt zurück. »Nun denn: halte Daumen und Finger so. Sodann wispere ›Fwip‹ und richte dein Kinn ruckartig auf das Ärgernis, das du abschaffen willst. Du kannst an Zocco üben.«

Madouc preßte Daumen und Zeigefinger zusammen. »So?«

»Genau so.«

»Und nun: ›Fwip‹?«

»Richtig.«

»Und mein Kinn ruckartig auf das Ärgernis richten — so?«

Zocco kreischte gellend auf und sprang vier Fuß hoch

in die Luft, wo er zappelnd und wild mit den Beinen strampelnd verharrte. »Hai hai kiyah!« rief Zocco. »Laß mich runter!«

»Du hast den Zauberspruch richtig ausgeführt«, lobte Twisk. »Siehst du, wie er mit den Beinen in der Luft zappelt, als ob er tanzte? Der Zauberspruch ist bekannt als der ›Zinkelzeh-Kobolz‹.«

Madouc löste Daumen und Zeigefinger voneinander, und Zocco senkte sich auf den Erdboden zurück. Seine meergrünen Augen quollen ihm aus dem Kopf, als er schrie: »Halte ein mit diesem Unfug, sofort!«

Madouc sagte zerknirscht: »Verzeih mir, Zocco! Ich glaube, ich habe mein Kinn ein wenig zu heftig wider dich gerichtet.«

»Das fand ich auch«, sagte Twisk. »Probiere es noch einmal, diesmal mit weniger Schwung.«

Diesmal sprang Zocco nur drei Fuß empor, und seine Schreie waren beträchtlich weniger schrill.

»Gut gemacht!« sagte Twisk. »Du hast eine natürliche Begabung für solche Dinge!«

»Leider erlerne ich diese Kunst zu spät«, sagte Madouc düster. »Der arme Pymfyd liegt tot im Staub, und alles nur, weil ich darauf bestand, zum Jahrmarkt nach Flauhamet zu reiten!«

Twisk machte eine weitschweifende Geste. »Hast du Pymfyd totgeschlagen?«

»Nein, Mutter.«

»Dann brauchst du auch keine Gewissensbisse zu haben.«

Madoucs Kummer war nicht gänzlich gelindert. »Alles schön und gut, aber Ossip und Sammikin, die die Schläge verübten, spüren auch keine Gewissensbisse! Sie prügelten den armen Pymfyd, bis ihm das Blut aus dem Mund quoll; dann jagten sie mich und stahlen Tyfer. Ich habe dich nun kennengelernt und bin darüber hocherfreut, aber gleichzeitig trauere ich um Pymfyd und Tyfer.«

Zocco kicherte. »Genau wie ein Weib, das sowohl Baß als auch Falsett mit demselben Atem singt!«

Twisk warf Zocco einen forschenden Blick zu. »Zocco, hast du etwas gesagt?«

Zocco fuhr sich mit der Zunge über die Lippen. »Ein eitler Gedanke, mehr nicht.«

»Da es dir an Beschäftigung gebricht, könntest du dich vielleicht um die Ärgernisse kümmern, die Madouc geschildert hat.«

Zocco versetzte grämlich: »Ich sehe keinen Grund, dir oder deinem undankbaren Balg von einer Tochter gefällig zu sein.«

»Die Wahl liegt bei dir«, entgegnete Twisk huldvoll. Und zu Madouc sagte sie: »Wefkine sind phantasielos. Zocco beispielsweise sieht eine Zukunft von wonnevoller Unbeschwertheit vor sich, ohne auch nur das leiseste Zwicken von Unbehagen. Hat er recht, oder irrt er?«

»Er irrt in der Tat.«

Zocco sprang auf. »Ich glaube, ich habe doch ein wenig Zeit übrig. Es wird gewiß nichts schaden, einen flüchtigen Blick über die Landschaft zu werfen und vielleicht die eine oder andere Sache in Ordnung zu bringen.«

Twisk nickte. »Bitte melde deine Entdeckungen unverzüglich!«

Zocco verschwand. Twisk musterte Madouc von Kopf bis Fuß. »Dies ist eine interessante Gelegenheit. Wie ich bereits erwähnte, hatte ich deine Existenz fast schon vergessen.«

Madouc sagte streng: »Es war nicht sehr nett von dir, mich wegzugeben, dein eigenes liebes kleines Kind, und ein anderes an meiner Statt anzunehmen.«

»Ja und nein«, sagte Twisk. »Du warst nicht so lieb, wie du vielleicht denken magst; tatsächlich warst du ein rechtes Rotzbalg. Dhrun dagegen war goldhaarig und von sanftem Gemüt; er gurgelte und lachte, während du kreischtest und zappeltest. Es war ein Labsal, dich los zu sein.«

Madouc hielt den Mund; Vorhaltungen, so erkannte sie, würden hier fehl am Platze sein. Sie sprach mit Würde: »Ich hoffe, ich habe dir Grund gegeben, deine Meinung zu ändern.«

»Es hätte schlimmer mit dir kommen können. Anscheinend habe ich dir eine gewisse wunderliche Intelligenz vererbt und vielleicht auch einen Hauch meiner verschwenderischen Schönheit, wenngleich dein Haar scheußlich ist.«

»Das kommt daher, daß ich in schrecklicher Angst durch den Wald gerannt bin und mich unter einem faulen Baumstumpf versteckt habe. Wenn du magst, könntest du mir vielleicht einen magischen Kamm geben, der mein Haar mit einem Strich wieder in Ordnung bringt.«

»Eine gute Idee«, sagte Twisk. »Du wirst ihn unter deinem Kissen finden, wenn du nach Sarris zurückkehrst.«

Madoucs Miene verfinsterte sich. »Soll ich nach Sarris zurück?«

»Wohin sonst?« fragte Twisk ein wenig schroff.

»Wir könnten doch zusammen in einem hübschen kleinen Schloß leben, vielleicht am Meer.«

»Das wäre nicht praktisch. Du bist in Sarris schon ganz passend untergebracht. Aber bedenke: niemand darf von unserer Begegnung erfahren — ganz besonders König Casmir nicht!«

»Warum nicht? Wenngleich ich sagen muß, ich hatte gar nicht die Absicht, es ihm zu erzählen.«

»Es ist eine verzwickte Geschichte. Er weiß, daß du ein Wechselbalg bist, aber er hat es nie vermocht, die Identität von Suldruns wahrem Kind herauszufinden, obwohl er nichts unversucht gelassen hat, diesem Rätsel auf die Spur zu kommen. Wüßte er es — und er würde die Wahrheit aus dir herauspressen —, dann würde er Meuchelmörder aussenden, und Dhrun wäre bald tot.«

Madouc schnitt eine Grimasse. »Warum sollte er so eine schreckliche Tat begehen?«

»Wegen einer Weissagung bezüglich Suldruns erstgeborenen Sohnes, welche ihm Angst macht. Nur der Priester Umphred kennt das Geheimnis, und er hütet es, zumindest für den Augenblick. Nun denn, Madouc, so interessant diese Begegnung auch gewesen sein mag ...«

»Noch nicht! Es gibt noch vieles zu bereden! Werden wir uns bald wiedersehen?«

Twisk zuckte gleichgültig die Achseln. »Ich lebe in stetigem Flusse; ich bin außerstande, feste Pläne zu machen.«

»Ich bin nicht sicher, ob ich in einem Fluß lebe oder nicht«, sagte Madouc. »Ich weiß nur, daß Devonet und Chlodys mich ›Bastard‹ heißen und behaupten, daß es mir an jeglichem Stammbaum ermangele.«

»In einem streng formalen Sinne haben sie recht, wenngleich ihre Ausdrucksweise doch ein wenig rüde ist.«

Madouc sagte traurig: »Das hatte ich schon so vermutet. Trotzdem würde ich gern den Namen meines Vaters wissen und alle näheren Einzelheiten seiner Persönlichkeit und seines Standes erfahren.«

Twisk lachte. »Da stellst du mir ein Rätsel, das ich nimmer lösen kann.«

Madouc fragte erschrocken: »Du kannst dich seines Namens nicht entsinnen?«

»Nein.«

»Noch seines Standes? Noch seiner Rasse? Noch seines Aussehens?«

»Die Episode begab sich vor langer Zeit. Ich kann mich schließlich nicht an jeden belanglosen Vorfall in meinem Leben erinnern.«

»Gleichwohl, da er mein Vater war, war er doch gewißlich ein Edelherr von Rang, mit einem sehr langen und feinen Stammbaum.«

»Ich kann mich eines solchen Individuums nicht entsinnen.«

»Dann kann ich also nicht einmal behaupten, ein Bastard von hohem Stand zu sein!«

Twisk langweilte das Thema allmählich. »Behaupte, was immer du willst; niemand kann dich widerlegen, nicht einmal ich! In jedem Fall, ob Bastard oder nicht, giltst du immer noch als Prinzessin Madouc von Lyonesse! Das ist ein beneidenswerter Rang!«

Aus dem Augenwinkel nahm Madouc etwas Grünes und Blaues wahr. »Zocco ist zurückgekommen.«

Zocco meldete seine Funde. »Weder Leichnam noch Kadaver gab sich zu erkennen, woraufhin ich entschied, daß dieser Punkt strittig ist. Auf der Alten Straße entdeckte ich zwei Halunken zu Pferde. Der feiste Sammikin saß auf einem großen braunen Roß, ganz wie ein Höcker auf einem Kamel sitzt. Ossip Langbein ritt auf einem gefleckten Pony; seine Füße schlurften beiderseits über den Erdboden.«

»O weh, der arme Tyfer!« wehklagte Madouc.

Twisk fragte: »Und wie hast du den Fall gelöst?«

»Die Pferde stehen angebunden im Gehege. Die Spitzbuben rennen über die Lanklyn-Senke, verfolgt von Bären.«

»Vielleicht hättest du Sammikin in eine Kröte verwandeln sollen und Ossip in einen Salamander«, erwog Twisk. »Auch hätte ich Pymfyds Ableben sorgfältiger überprüft, und sei es nur, um das Wunder einer wandelnden Leiche schauen zu können.«

»Vielleicht ist er gar nicht tot?« gab Madouc hoffnungsvoll zu erwägen.

»Das ist natürlich möglich«, sagte Twisk.

Zocco murrte: »Wenn er für tot gehalten werden wollte, dann hätte er an Ort und Stelle bleiben müssen.«

»Ganz recht«, sagte Twisk. »Du darfst nun deines Weges gehen. Und daß du mir künftig keine verschlagenen Tricks mehr an meiner unschuldigen jungen Tochter ausprobierst!«

Zocco maulte: »Sie ist wohl jung, aber ich bezweifle, ob sie gar so unschuldig ist. Gleichwohl sage ich euch nun Lebewohl.« Zocco schien rücklings von dem Stein herunterzufallen und war verschwunden.

»Zocco ist für einen Wefkin kein schlechter Kerl«, sagte Twisk. »Je nun, die Zeit drängt. Es war mir ein Vergnügen, dich nach so vielen Jahren wiederzusehen, aber ...«

»So warte!« schrie Madouc. »Ich weiß noch immer nichts von meinem Vater, und auch nichts über meinen Stammbaum!«

»Ich werde darüber nachsinnen. In der Zwischenzeit ...«

»Noch nicht, liebe Mutter! Ich brauche deine Hilfe noch bei ein paar anderen kleinen Dingen!«

»Was sein muß, muß sein«, sagte Twisk. »Wo drückt der Schuh?«

»Pymfyd ist vielleicht in schlimmer Verfassung, wund und krank. Gib mir etwas, womit ich ihn heilen kann.«

»Nichts leichter als das.« Twisk pflückte ein Lorbeerblatt und spie elegant darauf. Sie faltete das Blatt fein zusammen, drückte es erst an ihre Stirn, dann an Nase und Kinn und überreichte es sodann Madouc. »Reibe dies auf Pymfyds Wunden, dann wird er rasch wieder bei guter Gesundheit sein. Wünschst du sonst noch etwas? Wenn nicht ...«

»Da ist noch etwas! Kann ich den Zinkelzeh-Kobolz auch an der Lady Desdea probieren? Sie könnte vielleicht so hoch springen, daß sie sich den Kopf an der Decke stößt!«

»Du hast ein freundliches Herz«, sagte Twisk. »Was den Zinkelzeh-Kobolz anbelangt, so mußt du lernen, sowohl die Finesse deiner Geste als auch den Schwung deines Kinns exakt zu taxieren. Mit einiger Übung wirst du die Kraft ihres Sprunges so präzise bestimmen können, daß sie stets die gewünschte Höhe erreicht. Sonst noch etwas?«

Madouc überlegte. »Ich möchte einen Zauberstab, eine Tarnkappe, Flugpantoffeln, um durch die Luft reisen zu können, einen Beutel voll Gold, der sich nie erschöpft, einen Talisman, der alle zwingt, mich zu lieben, einen magischen Spiegel, der ...«

»Halt!« schrie Twisk. »Deine Wünsche sind maßlos!«

»Fragen schadet ja nicht«, sagte Madouc. »Wann werde ich dich wiedersehen?«

»Wenn nötig, komm nach Thripsey Shee.«

»Wie finde ich diesen Ort?«

»Folge der Alten Straße bis Klein-Saffeld. Biege dann auf den Timble-Weg ab, der dich nach Norden führt. Lasse zuerst Tawn Timble hinter dir, dann Glymwode, welches dicht am Wald gelegen ist. Schlage sodann die Richtung zum Wamble-Pfad ein, der geradewegs auf die Thripsey-Wiese führt. Trage Sorge dafür, daß du um Mittag dort ankommst, aber niemals bei Nacht — aus einer Reihe von Gründen. Stell dich an den Rand der Wiese, und sprich dreimal meinen Namen; dann werde ich kommen. Sollte Unfug wider dich begangen werden, rufe laut aus: ›Behelligt mich nicht, ich stehe unter dem Schutz des Elfengesetzes!‹«

Madouc schlug hoffnungsvoll vor: »Vielleicht wäre es bequemer, wenn ich dich mittels der Grasflöte riefe.«

»Bequemer für dich vielleicht, jedoch nicht unbedingt für mich.« Twisk trat vor und küßte Madouc auf die Stirn. Dann trat sie lächelnd zurück. »Ich war nachlässig, aber das ist nun einmal meine Natur, und du darfst nichts Besseres von mir erwarten.«

Sprach's und war verschwunden. Madouc stand allein auf der Lichtung, ein Kribbeln auf der Stirn. Sie schaute auf die Stelle, an der Twisk gestanden hatte, dann wandte sie sich um und ging ebenfalls davon.

4

Madouc kehrte auf demselben Weg zurück, den sie gekommen war. In der Schafhürde fand sie Tyfer und Pymfyds Braunen an einen Pfosten gebunden vor. Sie bestieg Tyfer und ritt den Pfad hinunter zur Alten Straße, den Braunen an seinem Zaumzeug mit sich führend.

Während sie dahinritt, spähte sie aufmerksam nach links und nach rechts, aber Pymfyd war nirgends zu sehen, weder lebendig noch tot. Die Umstände bereiteten Madouc sowohl Angst als auch Verwirrung. Wenn Pymfyd am Leben war, warum hatte er dann so schlaff und still im Dreck gelegen? Und wenn er tot war, warum sollte er dann weggehen?

Mit wachsamen Blicken nach rechts und nach links überquerte Madouc die Alte Straße und kam so auf den Fanship-Weg. Sie ritt weiter nach Süden und erreichte zu gehöriger Zeit Sarris. In trübsinniger Stimmung brachte sie die Pferde zu den Ställen, und hier endlich löste sich das Rätsel um Pymfyds Verschwinden. Der da untröstlich neben dem Misthaufen kauerte, war kein anderer als Pymfyd selbst.

Als er Madouc erblickte, sprang er auf. »Endlich befindet Ihr es für nötig, Euch zu zeigen!« schrie er. »Warum habt Ihr so lange gebummelt?«

Madouc erwiderte würdevoll: »Ich wurde von Ereignissen aufgehalten, die außerhalb meiner Kontrolle lagen.«

»Alles schön und gut!« grollte Pymfyd. »Unterdessen sitze ich hier auf glühenden Kohlen! Wenn König Casmir vor Eurer Rückkunft zurückgekehrt wäre, würde ich jetzt in einem dunklen Verlies schmachten!«

»Deine Sorgen scheinen viel weniger mir als deiner eigenen Person zu gelten«, sagte Madouc beleidigt.

»Gar nicht! Ich stellte mehrere Vermutungen bezüglich Eures wahrscheinlichen Schicksals an, die mich allesamt wenig ermutigten. Was genau widerfuhr Euch?«

Madouc sah keine Notwendigkeit, den vollen Umfang ihrer Abenteuer wiederzugeben. »Die Strolche jagten mich tief in den Wald hinein. Nachdem ich ihnen entwischt war, ritt ich in einem großen Bogen zur Alten Straße zurück und von dort aus heim. Das ist im großen und ganzen das, was passiert ist.« Sie stieg von Tyfer und betrachtete Pymfyd von Kopf bis Fuß. »Du scheinst bei hinlänglich guter Gesundheit zu sein. Ich befürchtete schon, du seiest tot, nach all den grausamen Schlägen, die die Schufte dir zufügten.«

»Hah!« rief Pymfyd verachtungsvoll aus. »So leicht bin ich nicht einzuschüchtern! Mein Schädel ist hart und dick!«

»Insgesamt und alles in allem genommen kann an deinem Betragen nicht gemäkelt werden«, sagte Madouc. »Du hast dich brav und nach besten Kräften geschlagen.«

»Wohl wahr! Allerdings bin ich kein Narr! Als ich sah, wie die Dinge liefen, stellte ich mich tot.«

»Hast du Prellungen? Bist du zu Schaden gekommen?«

»Ich kann nicht verhehlen, daß ich hier und da Pein verspüre. Mein Kopf brummt und dröhnt wie eine große Glocke!«

»Komm her zu mir, Pymfyd! Ich werde versuchen, dein Leid zu lindern.«

Mißtrauisch frug Pymfyd: »Was habt Ihr vor?«

»Du sollst keine Fragen stellen.«

»Ich neige zur Vorsicht in Fragen der Wundbehandlung. Ich will aber weder geschröpft noch klistiert werden.«

Madouc beachtete die Bemerkung nicht. »Komm her und zeige mir, wo es dich schmerzt.«

Pymfyd kam zögernd vor und deutete zimperlich auf seine wehen Stellen. Madouc legte die Breipackung, die sie von Twisk bekommen hatte, darauf, und Pymfyds Schmerzen verschwanden auf der Stelle.

»Das habt Ihr gut gemacht«, räumte Pymfyd widerwillig ein. »Wo habt Ihr solch einen Kunstgriff gelernt?«

»Es ist eine natürliche Kunst«, sagte Madouc. »Auch möchte ich deine Tapferkeit loben. Du kämpftest unerschrocken und gut und verdienst Anerkennung.« Sie spähte suchend hierhin und dorthin, fand aber kein Werkzeug, das für ihren Zweck geeignet war, außer der Mistgabel. »Pymfyd, knie vor mir nieder!«

Einmal mehr starrte Pymfyd sie verblüfft an. »Was habt Ihr nun wieder vor?«

»Tu, was ich sage! Es ist mein königlicher Befehl!«

Pymfyd zuckte schicksalsergeben die Achseln. »Ich muß Euch wohl gehorchen, obzwar ich keinen Grund für solche Demut sehe.«

»Hör auf zu murren!«

»Dann sputet Euch mit Eurem Spiel, was immer es auch sein mag! Ich fühle mich schon wie ein Tor.«

Madouc ergriff die Mistforke und hob sie empor. Pymfyd duckte sich und schlug erschreckt die Arme über den Kopf. »Was führt Ihr im Schilde?«

»Geduld, Pymfyd! Dieses Werkzeug versinnbildlicht ein Schwert aus feinem Stahl!« Madouc berührte Pymfyds Kopf mit den Zinken der Mistgabel. »Für deine bemerkenswerte Tapferkeit auf dem Felde der Schlacht schlage ich dich hiermit zum Ritter. Fortan sollst du unter dem Ehrentitel Sir Pom-Pom bekannt sein. Erhebet Euch, Sir Pom-Pom! Ihr habt Euren Mut unter Beweis gestellt, zumindest in meinen Augen!«

Pymfyd erhob sich, zugleich grinsend und einen Flunsch ziehend. »Die Stallburschen werden sich einen Dreck darum scheren.«

»Egal! In meinen Augen bist du jetzt ›Sir Pom-Pom‹.«

Der frischgebackene Ritter Sir Pom-Pom zuckte mit den Schultern. »Es ist zumindest ein Anfang.«

Kapitel Vier

1

Sowie Lady Desdea aus den Stallungen von Madoucs Rückkehr nach Sarris unterrichtet wurde, postierte sie sich in die Eingangshalle, um die ruchlose Prinzessin dort abzufangen.

Fünf Minuten vergingen. Lady Desdea wartete mit blitzenden Augen, die Arme über der Brust verschränkt, mit den Fingern auf ihren Ellenbogen trommelnd. Madouc, schwunglos und müde, stieß die Tür auf und betrat die Halle.

Weder nach rechts noch nach links schauend, gleich als sei sie tief in Gedanken versunken, marschierte sie zum Seitengang, Lady Desdea ignorierend, als wäre sie gar nicht vorhanden.

Ein grimmiges, gepreßtes Lächeln auf den Lippen, rief Lady Desdea: »Prinzessin Madouc! Auf ein Wort!«

Madouc blieb abrupt stehen und ließ die Schultern hängen. Widerstrebend wandte sie sich um. »Ja, Lady Desdea? Was wünscht Ihr?«

Lady Desdea sprach mit mühsam beherrschter Stimme: »Zunächst möchte ich ein paar kritische Bemerkungen zu Eurem Betragen machen, welches uns alle sehr verärgert hat. Sodann wünsche ich Euch über gewisse Pläne zu unterrichten, die für Eure Person gemacht worden sind.«

»Wenn Ihr müde seid«, sagte Madouc in resigniertem Ton, »dann könnt Ihr Euch die Bemerkungen gern ersparen. Was die Pläne betrifft, so können wir sie ein andermal erörtern.«

Lady Desdeas grimmiges Lächeln schien wie festgefroren auf ihrem Gesicht. »Wie Ihr wünscht, aber die Bemerkungen sind höchst angebracht, und die Pläne betreffen Euch sowohl direkt als auch indirekt.«

Madouc wandte sich zum Gehen. »Einen Augenblick«, sagte Lady Desdea. »Ich will nur soviel sagen: Ihre Majestäten werden Prinz Cassanders Geburtstag mit einem großen Fest feiern. Viele bedeutende Persönlichkeiten werden zugegen sein. Es wird einen förmlichen Empfang geben, bei dem Ihr zwischen den restlichen Mitgliedern der königlichen Familie sitzen werdet.«

»Nun ja, das ist wohl keine große Sache, denke ich«, sagte Madouc und wandte sich erneut zum Gehen, und wieder rief Lady Desdea sie zurück. »In der Zwischenzeit müßt Ihr Euch in den üblichen gesellschaftlichen Anstandsformen bilden, auf daß Ihr Euch auf dem Feste von Eurer vorteilhaftesten Seite zeigen könnt.«

Madouc erwiderte über die Schulter: »Da gibt es wenig für mich zu lernen, weil ich doch bloß still sitzen und von Zeit zu Zeit mit dem Kopf nicken muß.«

»Ha, das ist längst nicht alles«, belehrte sie Lady Desdea. »Die Einzelheiten werdet Ihr morgen erfahren.«

Madouc stellte sich taub und ging den Flur hinunter zu ihren Gemächern. Dort angekommen, ging sie sogleich zu ihrem Bett und schaute hinunter auf das Kissen. Was würde sie darunter finden? Langsam, voller Angst, daß sie nichts finden würde, hob sie das Kissen hoch und gewahrte einen kleinen silbernen Kamm.

Madouc stieß einen kleinen Freudenschrei aus. Twisk mochte zwar keine vorbildliche Mutter sein, aber wenigstens war sie am Leben und nicht tot wie die Prinzessin Suldrun; und Madouc war schließlich und endlich doch nicht allein auf der Welt.

An der Wand neben ihrem Toilettentisch hing ein Spiegel aus byzantinischem Glas, den Königin Sollace aufgrund einiger Sprünge und Verzerrungen verschmäht hatte, der aber als immer noch gut genug erachtet worden war für die Prinzessin Madouc, die ihn ohnehin selten benutzte.

Vor diesen Spiegel stellte sich Madouc nun. Sie betrachtete ihr Spiegelbild, und blaue Augen schauten zurück, unter einem nachlässigen Wust kupferfarbener Locken. »Mein Haar ist kein so entsetzlicher Anblick, wie die anderen es immer gern hinstellen«, sagte sich Madouc tapfer. »Es ist vielleicht nicht zu einem ebenmäßigen Bündel gezähmt, aber das würde mir auch nicht gefallen. Mal sehen, was passiert.«

Madouc zog den Kamm durch ihr Haar. Er glitt leicht durch die Strähnen, ganz ohne sich, wie sonst, zu verhaken; ihn zu benutzen war eine Freude.

Madouc hielt inne, um ihr Spiegelbild zu begutachten. Die Veränderung war zwar nicht verblüffend, aber doch eindeutig erkennbar. Die krausen Ringel wellten sich zu weichen Locken, die sich wie von selbst um ihr Gesicht herum legten. »Das ist ohne Zweifel eine Verbesserung«, sagte sich Madouc. »Besonders, wenn es mir hilft, Spott und Kritik zu entgehen. Der heutige Tag war sehr ereignisreich!«

Am nächsten Morgen nahm Madouc ihr Frühstück aus Haferbrei und gesottenem Speck in einer sonnigen kleinen Nische neben der Küche ein, wo sie sicher sein konnte, von Devonet oder Chlodys unbehelligt zu bleiben.

Madouc entschied sich, einen Pfirsich zu essen, dann verzehrte sie gemächlich ein Büschel Weintrauben. Sie war nicht überrascht, als Lady Desdea den Kopf durch die Tür steckte. »Hier versteckt Ihr Euch also.«

»Ich verstecke mich nicht«, entgegnete Madouc kühl. »Ich esse mein Frühstück.«

»Das sehe ich. Seid Ihr fertig?«

»Noch nicht ganz. Ich esse noch Trauben.«

»Wenn Ihr Euch endlich sattgegessen habt, kommt

bitte in das Morgenzimmer. Ich werde Euch dort erwarten.«

Madouc erhob sich resigniert. »Ich komme gleich mit.«

Im Morgenzimmer wies Lady Desdea auf einen Stuhl. »Ihr könnt Euch setzen.«

Lady Desdeas Ton mißfiel Madouc. Sie warf ihr einen mürrischen Blick zu, dann flegelte sie sich auf den Stuhl, streckte die Beine von sich und legte das Kinn auf die Brust.

Nach einem mißbilligenden Blick sagte Lady Desdea: »Ihre Hoheit, die Königin, findet, daß Euer Benehmen unbefriedigend ist. Ich kann ihr nur beipflichten.«

Madouc verzog den Mund zu einer schiefen Linie, sagte aber nichts.

Lady Desdea fuhr fort. »Die Situation ist weder zwanglos noch unerheblich. Von all Euren Attributen und Besitztümern ist das kostbarste Euer Ruf. Ah!« Lady Desdea schob das Gesicht vor. »Ihr blast die Wangen auf; Ihr seid im Zweifel. Indes, ich habe recht!«

»Ja, Lady Desdea.«

»Als Prinzessin von Lyonesse seid Ihr eine wichtige Persönlichkeit! Euer Ruf — im Guten wie im Schlechten — spricht sich rasch allenthalben herum, als reise er auf den Schwingen eines Vogels! Aus diesem Grunde müßt Ihr allzeit freundlich, graziös und nett sein; Ihr müßt Euren Ruf hegen, als wäre er ein Garten voller duftender Blumen!«

Madouc sagte besinnlich: »Ihr könnt dazu beitragen, indem Ihr überall gut von mir sprecht.«

»Erst müßt Ihr Euer Betragen bessern, da mir nicht der Sinn danach steht, mich zum Gespött zu machen.«

»In dem Fall solltet Ihr wohl besser schweigen.«

Lady Desdea ging zwei Schritte in eine Richtung, dann zwei Schritte in eine andere. Sie blieb stehen und schaute Madouc erneut an. »Möchtet Ihr bekannt sein als liebliche junge Prinzessin, die hoch angesehen ist für ihre Schicklichkeit, oder als haltlose Göre mit stets schmutzigem Antlitz und verschrammten Knien?«

Madouc überlegte. »Gibt es keine anderen Möglichkeiten?«

»Diese sollen im Moment genügen.«

Madouc stieß einen tiefen Seufzer aus. »Ich habe nichts dagegen, für eine liebliche junge Prinzessin gehalten zu werden, solange man nicht von mir erwartet, daß ich mich wie eine solche verhalte.«

Lady Desdea lächelte ihr grimmes Lächeln. »Das ist leider unmöglich. Ihr werdet niemals für etwas gehalten werden, das Ihr nicht seid. Da es unerläßlich ist, daß Ihr Euch während des Festes als eine holde und tugendhafte junge Prinzessin präsentiert, müßt Ihr Euch wie eine solche betragen. Da Ihr diese Fertigkeit offenbar nicht beherrscht, müßt Ihr sie erlernen. Auf den Wunsch der Königin ist es Euch ab sofort nicht mehr gestattet, auf Eurem Roß zu reiten oder auf andere Weise durch das Land zu streifen oder im Fluß zu schwimmen. Dieses Verbot soll bis nach dem Feste gelten.«

Madouc schaute Lady Desdea mit niedergeschlagenem Gesicht an. »Was werde ich mit mir anfangen?«

»Ihr werdet die Konventionen des Hofes und schickliches Betragen lernen, und Eure Lektionen beginnen in diesem Moment. Als erstes begebt Euch aus Eurer plumpen Körperhaltung und setzt Euch aufrecht hin, die Hände im Schoß gefaltet.«

2

Prinz Cassanders achtzehnter Geburtstag sollte mit einem Fest begangen werden, welches nach König Casmirs Absicht an Glanz und Pracht alle Bankette in den Schatten stellen sollte, die der Sommerpalast in Sarris je erlebt hatte.

Seit Tagen schon trafen Karren aus allen Himmelsrichtungen auf Sarris ein, vollgeladen mit Säcken, Körben und Kisten, Fässern mit gepökeltem Fisch; Gestellen, an denen Würste, Schinken und Speckseiten baumelten; Fässern mit Öl, Wein, Apfelwein und Bier; Körben voller Zwiebeln, Rüben, Kohlköpfen und Lauchstangen; Bündeln von Petersilie, Kräutern und Kresse. Tag und Nacht herrschte rühriges Getriebe in den Küchen, wurden die Herde niemals kalt. In eigens zu diesem Zwecke im Wirtschaftshof errichteten Backöfen buken fleißige Bäcker knusprige Brote, Safranbrötchen und Obsttorten; ferner Blaubeer-, Anis-, Honig- und Nußkuchen; ja sogar solche, die mit Zimt, Muskat und Nelken gewürzt waren. Einer der Öfen produzierte ausschließlich Pasteten, gefüllt mit Rindfleisch und Lauch oder mit in Wein gedünstetem Hasen oder mit Schweinefleisch und Zwiebeln oder mit Hecht in Fenchel oder mit in Dill, Butter und Pilzen gesottenem Karpfen oder mit einer Farce aus Hammel mit Gerste und Thymian.

Am Abend vor Cassanders Geburtstag wurden zwei Ochsen im Verein mit zwei Ebern und vier Schafen auf schwere Eisenstäbe gespießt und über ein Feuer gehängt. Am Morgen würden zweihundert Hühner ihnen folgen, auf daß sie zeitig zum großen Bankett gar sein würden, das um die Mittagsstunde beginnen und so lange fortdauern sollte, bis der Hunger der Gästeschar vollkommen gestillt war.

Bereits zwei Tage vor Beginn der Festlichkeiten begannen Notabeln in Sarris einzutreffen. Sie kamen aus allen Regionen Lyonesses; aus Blaloc, Pomperol und Dahaut; manche reisten gar aus so fernen Ländern wie Aquitanien, Armorica, Irland und Wales an. Die edelsten der hohen Herren und Damen wurden entweder im Ost- oder im Westflügel von Sarris selbst einquartiert; Nachzügler und Edelleute von geringerem Rang bezogen nicht minder komfortabel ausgestattete Zelte auf der Wiese neben dem Fluß. Die übrigen Würdenträger — die Barone, Rittersmänner und Marschälle sowie ihre Damen — waren gehalten, sich mit Strohbetten und Liegen in den Hallen und Galerien von Sarris zu behelfen. Der Großteil der Notabeln würde am Tage nach dem Bankett wieder abreisen; einige würden vielleicht länger verweilen, um mit König Casmir über Fragen der hohen Politik zu konferieren. Unmittelbar vor dem Bankett würde die königliche Familie einen Empfang zur förmlichen Begrüßung der Gäste abhalten. Der Empfang würde um die Mitte des Vormittags beginnen und bis zum Mittag andauern. Madouc war davon in Kenntnis gesetzt worden, daß ihre Anwesenheit bei diesem Empfang erforderlich sei, und sie war ferner darauf hingewiesen worden, daß sie sich dem feierlichen Anlaß entsprechend auf das schicklichste und sittsamste zu führen habe.

Spät am Vorabend des großen Ereignisses begab sich Lady Desdea in Madoucs Schlafgemach, wo sie Madouc das Verhalten erklärte, das man von ihr erwarten würde. Als Madouc ihren Ausführungen mit einem desinteressierten Kommentar begegnete, wurde sie mürrisch und ungehalten. »Wir werden bei dieser Gelegenheit nicht in kleinliches Gezänk um nichtige Details verfallen! Jedes für sich ist bedeutsam; und wenn Ihr Euch die Mühe macht, Euch Euren Euklid ins Gedächtnis zu rufen, dann werdet Ihr Euch entsinnen, daß das Ganze die Summe seiner Teile ist!«

»Wie Ihr meint. Jetzt bin ich müde und werde zu Bett gehen.«

»Noch nicht! Es ist unerläßlich, daß Ihr die Gründe für unsere Besorgnis begreift. Allenthalben kursieren Gerüchte von Eurem unbändigen Betragen und Eurer Wildheit. Jeder der Gäste wird Euch mit geradezu krankhafter Faszination beobachten, in Erwartung irgendeiner absonderlichen oder auch grotesken Äußerung.«

»Bah«, murmelte Madouc. »Sollen sie doch Augen

machen, soviel sie wollen; es ist mir einerlei. Seid Ihr jetzt fertig?«

»Noch nicht!« keifte Lady Desdea. »Ich bin immer noch alles andere als zufrieden mit Eurer Haltung. Darüber hinaus werden unter den Gästen einige junge Prinzen sein. Viele von ihnen werden darauf erpicht sein, sich gut zu vermählen.«

Madouc gähnte. »Das schert mich nicht im geringsten. Ihre Intrigen interessieren mich nicht.«

»Sie sollten Euch aber interessieren, und zwar gründlich! Jeder dieser Prinzen würde sich liebend gern mit dem Königshaus von Lyonesse verbinden! Sie werden Euch mit wachem Interesse beobachten, Eure Fähigkeiten abschätzen.«

»Das ist vulgäres Benehmen«, sagte Madouc.

»Ganz und gar nicht; vielmehr ist es natürlich und richtig. Sie wollen schließlich eine gute Partie für sich machen! Gegenwärtig seid Ihr noch zu jung für derlei Erwägungen, aber die Jahre fliegen schnell dahin, und wenn die Zeit kommt, da Ihr heiratsfähig sein werdet, wollen wir, daß die Prinzen sich mit Wohlwollen an Euch erinnern. Das wird König Casmir in den Stand setzen, das bestmögliche Arrangement zu treffen.«

»Narretei und Unsinn, von vorne bis hinten!« sagte Madouc ungehalten. »Wenn König Casmir so wild aufs Verheiraten ist, dann soll er doch Devonet und Chlodys verheiraten oder Prinz Cassander oder meinethalben Euch. Aber er darf nicht erwarten, daß ich an den Zeremonien teilnehme.«

Lady Desdea schrie entsetzt: »Euer Gerede ist ein Skandal!« Sie rang nach Worten. »Mehr will ich jetzt nicht sagen; Ihr dürft Euch zurückziehen. Ich hoffe nur, daß Ihr morgen früh vernünftiger seid.«

Madouc ließ sich zu keiner Erwiderung herab und begab sich schweigend zu Bett.

Am Morgen kamen Zofen und Unterzofen in großer Zahl. Warmes Wasser wurde in einen großen hölzernen

Zuber geschüttet; Madouc wurde mit weißer ägyptischer Seife eingeschäumt und hernach in klarem Wasser abgespült und mit Balsam aus Alt-Tingis parfümiert. Sodann wurde ihr Haar gebürstet, bis es glänzte, woraufhin Madouc es unauffällig noch einmal mit ihrem eigenen Kamm kämmte, so daß die kupfergoldenen Locken sich selbst auf das vorteilhafteste legten. Danach kleidete man sie in ein Gewand aus blauem Batist mit Rüschen an Schultern und Ärmeln; die Falten des Rokkes waren abwechselnd blau und weiß.

Lady Desdea begutachtete Madouc kritisch von der Seite. Das Leben auf Sarris, so überlegte sie, schien Madouc gut zu bekommen; mitunter sah die kleine Range fast hübsch aus, wenngleich ihre Konturen und ihre langen Beine nach wie vor beklagenswert knabenhaft waren.

Madouc war nicht glücklich mit dem Gewand. »Es hat zu viele Falten und Rüschen.«

»Schnickschnack!« sagte Lady Desdea. »Das Gewand macht das Beste aus Eurer knabenhaften Figur; Ihr solltet dankbar sein. Es kleidet Euch recht gut.«

Madouc ignorierte die Bemerkungen, die ihr ganz und gar nicht zusagten. Sie saß schmollend da, während ihr Haar abermals gebürstet wurde, auf daß es, wie Lady Desdea es ausdrückte, ›den letzten Schliff‹ bekomme, und schließlich unter ein silbernes, mit Cabochons aus Lapislazuli besetztes Netz gerafft wurde.

Lady Desdea gab Madouc ihre letzten Instruktionen. »Ihr werdet eine Anzahl von Standespersonen kennenlernen! Denkt daran: Ihr müßt sie mit Eurem Liebreiz fesseln und Euch ihrer äußersten Wertschätzung und allerhöchsten Meinung versichern, damit all die bösen und heimlichen Gerüchte ein für allemal Lügen gestraft und als nichtig entlarvt werden!«

»Ich kann nicht das Unmögliche erreichen«, murrte Madouc. »Wenn jemand die Absicht hat, schlecht von mir zu denken, dann wird er es tun, selbst wenn ich mich ihm zu Füßen werfe und ihn um seine respektvolle Bewunderung anflehe!«

»Solch extremes Betragen wird gewiß nicht vonnöten sein«, sagte Lady Desdea bissig. »Liebenswürdigkeit und Höflichkeit reichen gewöhnlich.«

»Ihr beschlagt gleichsam eine Kuh mit den Hufeisen eines Pferdes! Da ich die Prinzessin bin, sind die andern es, die um meine Wertschätzung buhlen müssen — und nicht ich um die ihre. Das ist klar und für jedermann einsichtig.«

Lady Desdea weigerte sich, das Thema zu vertiefen. »Gleichviel! Lauschet aufmerksam, wenn die Notabeln Euch vorgestellt werden, und begrüßt sie artig mit Titel und Namen. Sie werden Euch darob für anmutig und freundlich erachten und sofort beginnen, die bösen Gerüchte in Zweifel zu ziehen.«

Madouc gab keine Antwort, und Lady Desdea fuhr mit ihren Instruktionen fort: »Sitzt still; zappelt nicht und kratzt Euch nicht; räkelt oder lümmelt Euch nicht auf Eurem Stuhle; hampelt nicht herum. Haltet die Knie fein beieinander; streckt die Beine nicht von Euch, spreizt sie nicht und scharrt nicht mit den Füßen. Die Ellenbogen haltet dicht am Körper, auf daß sie nicht erscheinen wie die Schwingen einer Möwe, die auf den Winden gleitet. Wenn Ihr jemanden Bekanntes im Raume erblickt, erhebet kein ungestümes Geschrei; das ist kein artiges Betragen. Wischt Euch nicht die Nase am Handrücken ab. Schneidet keine Grimassen und blast nicht die Backen auf; kichert nicht, gleich ob mit oder ohne Grund. Könnt Ihr all das behalten?«

Lady Desdea erwartete eine Antwort, aber Madouc saß bloß da und starrte geistesabwesend durch den Raum. Lady Desdea rief scharf: »Nun, Prinzessin Madouc? Wollt Ihr mir wohl Antwort geben?«

»Gewiß doch! Wann immer Ihr wünscht! Sagt, was Ihr zu sagen wünscht!«

»Ich habe bereits ausführlich gesprochen.«

»Offenbar war ich mit meinen Gedanken woanders und hörte Euch daher nicht.«

Lady Desdeas Hände zuckten. Mit schneidender Stimme sagte sie: »Kommt! Der Empfang wird in Kürze beginnen. Für einmal in Eurem Leben müßt Ihr das Betragen dartun, das man von einer königlichen Prinzessin erwartet, auf daß Ihr einen guten Eindruck erweckt.«

Madouc sagte gleichmütig: »Ich bin nicht begierig darauf, einen guten Eindruck zu machen. Am Ende kriegt noch jemand den Wunsch, mich zu freien.«

Lady Desdea beschränkte ihre Erwiderung auf ein sarkastisches Naserümpfen. »Kommt; wir werden erwartet.«

Lady Desdea ging voran, den Gang hinunter, der zur Hauptgalerie und zur Großen Halle führte; Madouc folgte ihr widerwillig mit schlurfendem, nachlässigem Schritt, den Lady Desdea auf schiere Bockigkeit zurückführte und nicht beachtete.

Eine große Schar von Gästen hatte sich bereits in der Großen Halle eingefunden, wo sie in Gruppen herumstanden, Bekannte grüßten, Neuankömmlinge musterten, sich steif vor Gegnern und Widersachen verbeugten und ihre Feinde ignorierten. Jeder trug seine prachtvollsten Gewänder, in der Hoffnung, mindestens Aufmerksamkeit zu erregen oder, besser noch, Bewunderung oder, am besten, Neid. Während die Notabeln von Platz zu Platz schweiften, fing sich der Glanz des Lichtes in den kostbaren Stoffen ihrer Kleider; der Raum floß über von Farben so leuchtend und satt, daß jeder Ton eine eigene Vitalität entfaltete: Lavendel, Purpur, Pechschwarz; Sattgelb und Senfocker; Zinnober, Scharlach, Karmesin; alle Schattierungen von Blau: Himmelblau, Schmelzblau, Meerblau, Schwarzblau; Grün in allen erdenklichen Tönen.

Unter Verbeugungen, Nicken und Lächeln geleitete Lady Desdea Madouc zum königlichen Podest, wo ein hübscher kleiner Thron aus vergoldetem Holz und Elfenbein, dessen Sitzfläche und Rückenlehne mit rotem Filz bespannt waren, seiner Besetzung durch die Prinzessin harrte.

Lady Desdea sagte in vertraulichem Flüsterton: »Zu Eurer Kenntnis: Prinz Bittern von Pomperol wird heute zugegen sein; darüber hinaus werden Prinz Chalmes von Montferrone und Prinz Garcelin von Aquitanien sowie mehrere andere von hohem Stand ihre Aufwartung machen.«

Madouc starrte sie mit leerem Blick an. »Wie Ihr wißt, interessieren mich diese Personen nicht.«

Lady Desdea setzte ihr grimmiges gepreßtes Lächeln auf. »Nichtsdestoweniger werden sie vor Euch treten und Euch sorgfältig mustern, um Euren Liebreiz zu ermessen und Eure Attribute zu ergründen. Sie werden erfahren, ob Ihr picklig seid oder schielt; ob Ihr runzlig seid oder pockennarbig; ob Ihr von Krätze befallen seid oder blöde, mit hohen Ohren und fliehender Stirn. Wohlan denn! Faßt Euch und sitzt fein still.«

Madouc verzog das Gesicht. »Niemand sonst ist anwesend. Warum soll ich hier sitzen wie ein Vogel auf einer Stange? Das ist närrisch. Der Stuhl scheint mir unbequem. Warum hat man mir kein hübsches Kissen gegeben? König Casmir und Königin Sollace sitzen auf vier Zoll dicken Kissen. Auf meinem Sitz ist nur ein Stück roten Tuchs.«

»Egal! Ihr sollt schließlich Euer Hinterteil darauf pressen und nicht Eure Augen! Setzt Euch nun bitte!«

»Das ist der unbequemste Thron auf der Welt!«

»Das mag ja sein. Zappelt dennoch nicht so darauf herum, als wolltet Ihr sogleich schon auf den Abtritt.«

»Dorthin will und muß ich in der Tat.«

»Warum habt Ihr daran nicht vorher gedacht? Jetzt ist keine Zeit mehr dafür. Der König und die Königin halten bereits Einzug in den Saal!«

»Ihr könnt sicher sein, daß beide sich nach Herzenslust erleichtert haben«, sagte Madouc. »Ich will das gleiche. Ist das nicht mein gutes Vorrecht als königliche Prinzessin?«

»Wohl schon. Je nun, dann sputet Euch.«

Madouc begab sich gemächlich zum Abtritt und erledigte ohne Hast ihre Geschäfte. Unterdessen schritten der König und die Königin langsam durch den Saal, immer wieder innehaltend, um das eine oder andere Wort mit besonders hoch in ihrer Gunst stehenden Persönlichkeiten zu wechseln.

Zu gehöriger Zeit kehrte Madouc zurück. Mit einem undurchsichtigen Blick Richtung Lady Desdea setzte sie sich auf den Thron aus vergoldetem Holz und Elfenbein, und nach einem gequälten Blick zur Decke richtete sie sich darauf so gut es ging ein.

Der König und die Königin nahmen ihre Plätze ein. Prinz Cassander betrat den Saal von der Seite. Er trug eine feine Jacke aus Sämischleder, mit Gold bestickte Reithosen aus schwarzem Köper und ein weißes Batisthemd. Er marschierte mit flottem Schritt durch den Saal, erwiderte die Grüße von Freunden und Bekannten mit gefälligen Gesten und nahm seinen Platz zur Linken von König Casmir ein.

Sir Mungo von Hatch, der Oberste Majordomus, trat vor. Zwei Herolde bliesen eine Fanfare, das ›Apparens Regis‹, auf ihren Zinken, und der Saal wurde still.

In sonorem Ton sprach Sir Mungo zu der versammelten Gästeschar: »Ich spreche mit der Stimme der königlichen Familie! Wir heißen euch auf Sarris willkommen! Wir freuen uns, daß ihr dieses höchst freudige Ereignis mit uns teilt — nämlich: den achtzehnten Geburtstag unseres geliebten Prinzen Cassander!«

Madouc zog einen Flunsch und ließ das Kinn sinken, so daß es auf dem Schlüsselbein zu ruhen kam. Einer jähen Eingebung folgend, schielte sie zur Seite und gewahrte den schlangenartig starrenden Blick von Lady Desdea. Madouc seufzte und zuckte verzweiflungsvoll die Achseln. Mit größter Anstrengung straffte sie sich auf ihrem Stuhl und setzte sich gerade.

Sir Mungo beschloß seine Ansprache; die Herolde bliesen erneut eine kurze Fanfare, und der Empfang nahm seinen Beginn. Während die Gäste der Reihe nach vortraten, rief Sir Mungo ihren Namen und ihren Adelsrang aus; die solchermaßen ausgewiesenen Personen empfahlen sich erst Prinz Cassander, dann König Casmir, dann Königin Sollace, und schließlich, in mehr oder weniger beiläufigem Stil, Prinzessin Madouc, die die Respektsbezeigungen mit stumpfem Desinteresse entgegennahm, sehr zum Unmut von Königin Sollace und Lady Desdea.

Der Empfang zog sich nach Madoucs Empfinden eine Ewigkeit hin. Sir Mungos eintönige Leier wollte und wollte nicht enden; die Herren und ihre Damen, die an ihr vorüberdefilierten, schienen einander immer ähnlicher zu sehen. Schließlich begann Madouc zum Zeitvertreib jeden einzelnen Defilanten mit einem Tier oder einem Vogel zu vergleichen, so daß dieser Herr Sir Ochse war und jener Sir Wiesel, während hier Lady Papageientaucher kam und dort Lady Kohlmeise. Auf eine plötzliche Eingebung hin wandte Madouc den Blick nach rechts, wo Lady Saatkrähe sie mit drohendem Blick musterte, dann nach links, wo Königin Milchkuh saß.

Das Spiel verlor seinen Reiz. Madoucs Hinterteil begann zu schmerzen; sie räkelte sich erst zur einen Seite, dann zu anderen, dann ließ sie sich nach vorn rutschen und lümmelte sich in die Tiefen ihres Thrones. Durch Zufall bemerkte sie Lady Desdeas dräuendes Starren und beobachtete das wütende Mienenspiel einen Moment lang mit mildem Staunen. Schließlich wand sie sich mit einem gequälten Seufzen wieder in eine aufrechte Sitzhaltung hoch.

In Ermangelung einer unterhaltsameren Beschäftigung ließ Madouc nun mit mäßiger Neugier ihren Blick durch den Saal schweifen, um zu ermitteln, wer von den anwesenden Herren wohl Prinz Bittern von Pomperol sein mochte, dessen hohe Meinung von ihr Lady Desdea für so notwendig erachtete. Vielleicht hatte er sich schon vorgestellt, ohne daß sie es bemerkt hatte. Möglich, dachte Madouc. Wenn ja, dann hatte sie es gewiß versäumt, Prinz Bittern zu bestricken oder seine Bewunderung zu gewinnen.

An der Wand standen drei Jünglinge, allesamt augenscheinlich von hohem Stand, vertieft in ein Gespräch mit einem Herrn von faszinierendem Äußeren, wenn auch — so man feinen Anzeichen trauen konnte — nicht von gehobenem Rang. Er war groß und mager, und sein langes, drolliges Gesicht war von kurzen staubfarbenen Locken umrahmt. Seine hellgrauen Augen sprühten vor Lebendigkeit; sein Mund war breit und stets leicht zusammengepreßt, als suche er eine innere Belustigung zu verhehlen. Seine Kleider waren, gemessen an dem feierlichen Anlaß, nachgerade schlicht; trotz seines offenkundigen Mangels an formalem Rang war sein Betragen ohne jede Spur von Ehrerbietung vor der edlen Gesellschaft, in welcher er sich befand. Madouc beobachtete ihn mit Wohlgefallen. Er und die drei Jünglinge waren offenbar eben erst eingetroffen; sie trugen immer noch die Kleider, in denen sie gereist waren. Die drei konnten ihrem Alter nach die Prinzen sein, von denen Lady Desdea gesprochen hatte. Einer war hager, schmalschultrig und ungelenk, mit strähnigem gelben Haar, einem langen bleichen Kinn und einer lang herunterhängenden, jammervollen Nase. Konnte das Prinz Bittern sein? Just in dem Moment wandte er sich um und warf einen etwas verstohlenen Blick auf Madouc, die sogleich eine Grimasse zog, darüber verärgert, daß sie dabei ertappt worden war, wie sie in seine Richtung schaute.

Der Andrang vor dem königlichen Podest ließ nach; die drei Jünglinge rührten sich und kamen nach vorn, um der königlichen Familie ihre Aufwartung zu machen. Sir Mungo kündigte den ersten der drei an, und Madoucs Pessimismus wurde bestätigt. In pompösem Tonfall deklamierte Sir Mungo: »Wir sind geehrt von der Anwesenheit des galanten Prinz Bittern von Pomperol!«

Prinz Bittern, plump um Vertraulichkeit bemüht, begrüßte Prinz Cassander mit einem matten Lächeln und einer spaßigen Geste. Prinz Cassander zog die Brauen hoch, nickte höflich und erkundigte sich, wie die Reise des Prinzen von Pomperol nach Sarris verlaufen sei.

»Höchst erfreulich!« erklärte Prinz Bittern. »Fürwahr höchst erfreulich! Chalmes und ich hatten unerwartete Weggefährten: ausgezeichnete Burschen beidesamt!«

»Ich bemerkte schon, daß ihr in Gesellschaft gekommen seid.«

»Ja, ganz recht! Wir hatten eine vergnügliche Reise!«

»Ich bin sicher, du wirst dich auch weiterhin vergnügen.«

»Das werde ich ganz gewiß! Die Gastlichkeit Eures Hauses ist berühmt!«

»Es freut mich, das zu hören.«

Bittern ging nun weiter zu König Casmir, während Cassander seine Aufmerksamkeit Prinz Chalmes von Montferrone zuwandte.

Prinz Bittern wurde sowohl von König Casmir als auch von Königin Sollace freundlich begrüßt. Sodann wandte er sich mit kaum verhohlener Neugier Madouc zu. Einen Moment lang stand er stocksteif da, unschlüssig, welchen Ton er bei ihr anschlagen sollte.

Madouc musterte ihn ausdruckslos. Schließlich vollführte Prinz Bittern eine Verbeugung, halbherzige Galanterie mit einer Spur von eitler Herablassung verbindend. Da Madouc nur halb so alt war wie er und gerade an der Schwelle der Pubertät stand, schien ihm plump vertrauliche Witzigkeit genau das Richtige.

Madouc war weder angetan noch beeindruckt von

Prinz Bitterns gekünstelter Gespreiztheit und zeigte sich unempfänglich für seine lahmen Späße. Er verneigte sich noch einmal und entfernte sich hastig.

An seine Stelle trat nun Prinz Chalmes von Montferrone: ein stämmiger Jüngling von untersetzter Statur, mit glattem, rußschwarzem Haar und groben Zügen, die von Pickeln und Leberflecken entstellt waren. Nach Madoucs Dafürhalten war Prinz Chalmes nur unerheblich einnehmender als Prinz Bittern.

Madouc wandte den Blick auf den dritten der Gruppe, der jetzt Königin Sollace seinen Respekt zollte. In ihrer Konzentration auf die Prinzen Bittern und Chalmes hatte Madouc Sir Mungos Vorstellungsworte versäumt; gleichwohl hatte sie das Gefühl, diesen Jüngling von irgendwoher zu kennen. Seine Statur war durchschnittlich; er wirkte locker und quick, eher sehnig denn muskulös. Seine Schultern waren breit, schmal seine Hüften. Sein goldbraunes Haupthaar war über der Stirn und den Ohren kurz gestutzt; seine Augen waren graublau, seine Züge klar und ebenmäßig. Madouc entschied, daß er nicht nur ansehnlich war, sondern ohne Zweifel auch von angenehmem Wesen. Sie fand ihn auf den ersten Blick liebenswert. Wäre dieser Jüngling Prinz Bittern gewesen, der Gedanke an ein Verlöbnis wäre für sie nicht mehr gar so tragisch gewesen: zwar nicht gerade erfreulich, aber zumindest denkbar.

Der Jüngling sprach vorwurfsvoll: »Du erinnerst dich nicht mehr an mich?«

»Doch«, sagte Madouc. »Aber ich kann mich nicht entsinnen, wo und wann wir uns begegnet sind. Verrat es mir.«

»Wir sind uns in Domreis begegnet. Ich bin Dhrun.«

3

Ruhe war über die Älteren Inseln gekommen. Von Osten bis Westen, von Norden bis Süden, an den Küsten und auf den zahlreichen Inseln — nach turbulenten Jahrhunderten, die geprägt waren von Invasionen, Raubkriegen, Verrat, Fehden, Plünderungen, Brandschatzungen und Mord — herrschte Frieden allenthalben, in Stadt und Land.

Zwei abgelegene Lokalitäten waren davon ausgenommen. Die erste war Wysrod, wo König Audrys scheue Truppen in den dunklen Bergschluchten auf und ab marschierten und die steinigen Höhen durchstreiften in dem Bemühen, die derben und frechen Kelten zurückzuschlagen, die sie von den Bergeshöhen herab verhöhnten und verspotteten und sich wie Geister durch die Winternebel bewegten. Der zweite Brennpunkt des Unfriedens waren die Hochlande von Nord- und Süd-Ulfland, wo der Ska-Renegat Torqual und seine Bande von Mordbuben nach Lust und Laune gräßliche Missetaten begingen.

Ansonsten erfreuten sich die acht Reiche zumindest äußerlich eines guten Einvernehmens. Nur wenige freilich trauten diesem Frieden; die meisten hielten ihn für äußerst anfällig und prophezeiten ihm nur geringe Dauer. Der allgemeine Pessimismus gründete sich auf König Casmirs bekannte Absicht, den Thron Evandig und den Runden Tisch Cairbra an Meadhan — auch die Tafel der Notabeln genannt — an ihren rechtmäßigen Platz im Alten Palas von Burg Haidion zurückzuschaffen. König Casmirs Absichten gingen freilich noch weiter: Er beabsichtigte, die gesamten Älteren Inseln unter seine Herrschaft zu bringen.

Casmirs Pläne waren klar und schlicht. Er würde mit geballter Streitkraft in Dahaut einfallen und versuchen, König Audrys geschwächte Heere in einer schnellen Entscheidungsschlacht in die Knie zu zwingen. Sodann würde er die Kräfte Dahauts mit seinen eigenen verschmelzen und sich mit überlegener Streitmacht gegen König Aillas wenden, mit dem er, so sein Kalkül, dann leichtes Spiel hätte.

Das einzige, was ihn zaudern ließ, war die Politik von König Aillas, dessen Fähigkeiten Casmir zu respektieren gelernt hatte. Aillas hatte erklärt, daß die Sicherheit seines eigenen Reiches, das nunmehr Troicinet, die Insel Scola, Dascinet sowie Nord- und Süd-Ulfland umfaßte, von der separaten Existenz sowohl Dahauts als auch Lyonesses abhinge. Ferner hatte er unmißverständlich klargemacht, daß er sich im Falle eines Krieges unverzüglich auf die Seite der angegriffenen Partei schlagen würde, so daß der Aggressor unweigerlich besiegt und sein Reich vernichtet werden würde.

Casmir gab sich wohl nach außen hin den Anschein von gütiger Neutralität, intensivierte jedoch unverdrossen seine Kriegsvorbereitungen: er verstärkte seine Armeen, baute seine Festungen aus und legte Nachschubdepots an strategischen Punkten an. Zudem begann er, Schritt für Schritt seine Kräfte in den nordöstlichen Provinzen von Lyonesse zu konzentrieren; er tat dies jedoch so bedächtig, daß der Vorgang nicht als offene Provokation betrachtet werden konnte.

Aillas beobachtete all dies mit bösen Vorahnungen. Er machte sich keine Illusionen hinsichtlich König Casmirs und seiner Ziele; als erstes würde er Pomperol und Blaloc in sein Lager ziehen, entweder durch ein Bündnis, gefördert womöglich durch eine königliche Vermählung, oder durch Einschüchterung allein. Mittels solcher Taktik hatte er sich bereits das alte Königreich Caduz einverleibt, das jetzt eine Provinz von Lyonesse war.

Aillas entschied, daß Casmirs unheilvollem Druck entgegengewirkt werden mußte. Zu diesem Zweck sandte er Prinz Dhrun mit einer angemessenen Eskorte von Würdenträgern zuerst nach Falu Ffail in Avallon, von dort aus zu Gesprächen mit dem trunksüchtigen

König Milo nach Twissamy in Blaloc, dann zum Hof König Kestrels zu Gargano in Pomperol. Bei jedem dieser Besuche überbrachte Dhrun die gleiche Botschaft, nämlich: daß König Aillas auf den Erhalt des Friedens hoffe und sein Versprechen bekräftige, im Falle eines Angriffs aus gleichwelcher Himmelsrichtung der bedrängten Partei seine volle Unterstützung zu gewähren. Damit diese Erklärung nicht als Provokation aufgefaßt werde, hatte Dhrun Anweisung, die gleiche Zusicherung auch König Casmir von Lyonesse zu machen.

Dhrun hatte die Einladung zu Prinz Cassanders Geburtstagsfeier schon lange zuvor erhalten und eine unverbindliche Zusage gegeben. Wie es sich fügte, ging seine Mission zügiger als erwartet voran, so daß er, wenn er sich sputete, noch rechtzeitig zur Feier in Sarris eintreffen würde.

Er ritt den Icnield-Pfad hinunter bis nach Tatwillow an der Alten Straße; dort trennte er sich von seinen Begleitern, die nach Slute Skeme weiterritten, um sich dort nach Domreis einzuschiffen. Begleitet allein von seinem Schildknappen Amery, ritt Dhrun sodann westwärts auf der Alten Straße bis zu dem Dorf Tawn Twillet. Er ließ Amery im Gasthof zurück und ritt auf dem Twamble-Weg nach Norden, in den Wald von Tantrevalles hinein. Nach zwei Meilen kam er auf die Lally-Wiese, wo hinter einem Blumengarten Trilda stand, das Haus des Magiers Shimrod.

Dhrun saß am Gartentor ab. Trilda war still; eine Rauchfahne aus dem Schornstein zeigte jedoch, daß Shimrod anwesend war. Dhrun zog an einer lose herabhängenden Kette, woraufhin tief im Innern des Hauses ein hallendes Läuten ertönte.

Eine Minute verstrich. Während Dhrun wartete, bewunderte er den Garten, der, wie er wußte, nächtens von zwei Goblingärtnern gehegt wurde.

Die Tür ging auf; Shimrod erschien. Er hieß Dhrun freudig willkommen und geleitete ihn ins Haus. Wie

Dhrun erfuhr, war Shimrod gerade im Begriff, Trilda zu verlassen, zwecks Erledigung eigener Geschäfte. Er erklärte sich bereit, Dhrun erst nach Sarris zu begleiten und dann weiter zur Stadt Lyonesse. Dort würde dann jeder seiner eigenen Wege gehen: Dhrun per Schiff über den Lir nach Domreis, Shimrod nach Swer Smod, Murgens Burg an den steinigen Flanken des Teach tac Teach.

Drei Tage vergingen, und es wurde Zeit, von Trilda aufzubrechen. Shimrod stellte Wachkreaturen zum Schutze des Hauses und seines Inhalts vor Marodeuren auf, dann ritten die zwei davon.

In Tawn Twillet trafen sie eine andere Gesellschaft, die unterwegs nach Sarris war, bestehend aus Prinz Bittern von Pomperol und Prinz Chalmes von Montferrone sowie ihren jeweiligen Begleitern. Dhrun, sein Schildknappe Amery und Shimrod schlossen sich der Gruppe an, und alle reisten gemeinsam weiter.

Sofort nach ihrer Ankunft in Sarris wurden sie in die Große Halle geführt, damit sie an dem Empfang teilnehmen konnten. Sie stellten sich an die Seite des Saales und warteten auf eine Gelegenheit, sich dem königlichen Podium zu nähern. Dhrun nutzte die Gelegenheit, um die königliche Familie, die er seit vielen Jahren nicht mehr gesehen hatte, eingehend zu betrachten. König Casmir hatte sich kaum verändert; er war so, wie Dhrun ihn in Erinnerung hatte: stämmig und rotgesichtig, mit runden blauen Augen so kalt und verschlossen, als seien sie aus Glas geformt. Königin Sollace saß da wie eine große, üppige Statue — eine Spur massiger, als Dhrun sie in Erinnerung hatte. Ihre Haut war wie ehedem weiß wie Schmalz; ihr Haar, aufgerollt und hoch aufgetürmt, war eine schwellende Woge aus fahlem Gold. Prinz Cassander hatte sich zu einem prahlerischen jungen Gecken gemausert: eitel, selbstgefällig, vielleicht eine Spur arrogant. Sein Äußeres hatte sich wenig verändert; seine Locken waren so messinggelb wie eh und je; seine Augen waren wie die von König

Casmir rund, ein Jota zu eng aneinanderliegend und hatten, so schien es Dhrun, etwas Drohendes.

Und dort, am Ende des Podiums, saß Prinzessin Madouc: gelangweilt, geistesabwesend, halb schmollend und sichtlich danach schmachtend, woanders zu sein. Dhrun betrachtete sie einen Moment und fragte sich, wieviel sie über die Umstände ihrer Geburt wohl wissen mochte. Wahrscheinlich nichts, mutmaßte er; wer sollte sie auch unterrichtet haben? Ganz gewiß nicht Casmir. Dort saß sie nun also, blind gegen das Elfenblut, das in ihren Adern floß und das sie so bemerkenswert von allen anderen auf dem Podium abhob. Und in der Tat war sie, befand Dhrun, ein faszinierendes kleines Wesen, und keineswegs ungestalt.

Der Andrang vor dem königlichen Podium ließ nach; die drei Prinzen begaben sich nach vorn, um sich ihren Gastgebern vorzustellen. Der Gruß, mit dem Cassander Dhrun empfing, war kurz, aber nicht unfreundlich: »Ah, Dhrun, mein guter Gefährte! Ich bin erfreut, dich hier zu sehen! Wir müssen miteinander plaudern, ehe der Tag vorüber ist; ganz gewiß aber, bevor du scheidest!«

»Ich freue mich darauf«, sagte Dhrun.

König Casmirs Verhalten war gedämpfter, ja sogar ein wenig ironisch. »Ich hörte Berichte bezüglich Eurer Reisen. Wie es scheint, seid Ihr schon in sehr jungem Alter ein Diplomat geworden.«

»Das wohl kaum, Eure Majestät! Ich bin nicht mehr als der Botschafter von König Aillas, dessen Gefühle Euch gegenüber die gleichen sind wie jene, die er den anderen Monarchen der Älteren Inseln gegenüber zum Ausdruck gebracht hat. Er wünscht Euch eine lange und fruchtbare Regierungszeit und hofft, daß auch Ihr weiterhin den Frieden und die Wohlfahrt genießen könnt, derer wir alle uns jetzt erfreuen. Darüber hinaus versichert er, daß er Euch, so Ihr mutwillig angegriffen oder in einem Krieg verwickelt werden solltet und in Gefahr schwebt, mit der vollen Streitkraft seiner vereinten Reiche zu Hilfe eilen wird.«

Casmir nickte knapp. »Das Versprechen ist großherzig! Doch hat er auch alle Möglichkeiten und Wechselfälle bedacht? Hat er nicht die leisesten Bedenken, daß eine Garantie von solchem Ausmaß sich am Ende als zu weitreichend oder gar als gefährlich erweisen könnte?«

»Ich glaube, er ist der Überzeugung, daß wenn friedliebende Herrscher fest vereint gegen eine Bedrohung von außen zusammenstehen, sie so einander Gewähr leisten für ihrer aller Sicherheit, und daß jedes andere Verhalten Gefahr birgt. Wie könnte es anders sein?«

»Liegt das nicht auf der Hand? Niemand vermag in die Zukunft zu blicken. Könnte es nicht sein, daß König Aillas sich aufgrund seiner Zusage eines Tages zu Exkursionen verpflichtet sieht, die weit bedrohlicher sind als all jene, welche ihm jetzt vielleicht vorschweben?«

»Das ist wohl möglich, Eure Majestät! Ich werde König Aillas Eure Bedenken übermitteln. Einstweilen können wir nur hoffen, daß das Gegenteil das Wahrscheinlichere ist und daß unsere Zusicherung dazu beitragen wird, den Frieden überall auf den Älteren Inseln zu bewahren.«

König Casmir sagte tonlos: »Was ist Friede? Stellt drei eiserne Spieße aufeinander, Spitze an Spitze; obendrauf legt ein Ei — genauso schwankend und unbeständig wie dieses Gebilde ist der Friede in dieser Menschenwelt.«

Dhrun verneigte sich noch einmal und schritt dann weiter zu Königin Sollace. Sie gewährte ihm ein zerstreutes Lächeln und eine schlaffe Handbewegung. »In Anbetracht Eurer wichtigen Geschäfte hatten wir die Hoffnung, Euch zu sehen, schon aufgegeben.«

»Ich tat mein Bestes, um zeitig hier zu sein, Eure Hoheit. Es würde mich schmerzen, ein solch frohes Ereignis zu verpassen.«

»Ihr solltet uns öfter besuchen! Schließlich habt Ihr und Cassander vieles gemein.«

»Das stimmt, Eure Hoheit. Ich will versuchen, es einzurichten.«

Dhrun verbeugte sich und ging weiter zu Madouc. Der Gesichtsausdruck, mit dem sie ihn ansah, war nichtssagend.

Dhrun sprach vorwurfsvoll: »Du erinnerst dich nicht mehr an mich?«

»Doch«, sagte Madouc. »Aber ich kann mich nicht entsinnen, wo und wann wir uns begegnet sind. Verrat es mir.«

»Wir sind uns in Domreis begegnet. Ich bin Dhrun.«

Freudige Erregung hellte Madoucs Gesicht auf. »Natürlich! Du warst jünger!«

»Und du auch. Merklich jünger.«

Madouc schaute rasch zu Königin Sollace hinüber. Sie hatte sich auf ihrem Thron zurückgelehnt und sprach über die Schulter mit Vater Umphred.

Madouc sagte: »Wir sind uns sogar noch früher schon einmal begegnet, vor langer, langer Zeit, im Walde von Tantrevalles. Damals waren wir gleichaltrig! Was sagst du dazu?«

Dhrun starrte sie verblüfft an. Schließlich sagte er, bemüht, seiner Stimme einen unbeschwerten Klang zu verleihen: »An jene Begegnung kann ich mich nicht erinnern.«

»Das wundert mich nicht«, sagte Madouc. »Sie war nur von sehr kurzer Dauer. Wahrscheinlich haben wir einander lediglich flüchtig angeschaut.«

Dhrun zog eine Grimasse. Dies war kein Thema, das in König Casmirs Hörweite erörtert werden sollte. Schließlich fand er seine Stimme wieder. »Wie bist du dann auf diesen außergewöhnlichen Gedanken gekommen?«

Madouc grinste, sichtlich belustigt über Dhruns Verwirrung. »Meine Mutter hat es mir erzählt. Du kannst beruhigt sein; sie tat mir auch dar, daß ich das Geheimnis hüten muß.«

Dhrun stieß einen Seufzer aus. Madouc wußte die Wahrheit — aber wieviel von der Wahrheit? Er sagte: »Wie auch immer, wir können darüber nicht hier diskutieren.«

»Meine Mutter sagte, er...« Madouc deutete mit einer kurzen Kopfbewegung auf König Casmir »... würde dich töten, wenn er es wüßte. Ist das auch deine Auffassung?«

Dhrun blickte verstohlen zu Casmir. »Ich weiß es nicht. Wir können darüber jetzt nicht sprechen.«

Madouc nickte geistesabwesend. »Wie du wünschst. Erzähle mir etwas. Dort drüben steht ein großgewachsener Herr mit einem grünen Umhang. Wie du kommt auch er mir bekannt vor, so als hätte ich ihn irgendwann in meinem Leben schon einmal gesehen. Aber ich kann mich nicht erinnern, bei welcher Gelegenheit das gewesen sein mag.«

»Das ist der Magier Shimrod. Gewiß bist du ihm auf Burg Miraldra begegnet, zur gleichen Zeit, als du mir begegnet bist.«

»Er hat ein sehr lustiges Gesicht«, sagte Madouc. »Ich glaube, ich würde ihn mögen.«

»Dessen bin ich sicher! Er ist ein ausgezeichneter Kamerad.« Dhrun blickte zur Seite. »Ich muß weitergehen; andere warten darauf, dich zu begrüßen.«

»Einen Moment noch!« sagte Madouc. »Wirst du dich später mit mir unterhalten?«

»Wann immer du möchtest!«

Madouc warf einen raschen Blick auf Lady Desdea. »Was ich möchte, ist nicht das, was sie von mir wollen. Ich soll mich zur Schau stellen und einen guten Eindruck machen, besonders auf Prinz Bittern und Prinz Chalmes und die anderen, die versuchen, meinen Wert als Ehegemahlin zu ermessen.« Madouc sprach in bitterem Ton, und die Worte sprudelten aus ihr heraus. »Ich mag keinen von ihnen! Prinz Bittern schaut aus wie eine tote Makrele. Prinz Chalmes spreizt sich und bläst sich auf und kratzt seine Flöhe. Prinz Garcelins feiste Wampe hüpft auf und ab, wenn er geht. Prinz Dildreth von Man hat einen winzigkleinen Mund mit dicken roten Lippen und schlechten Zähnen. Prinz Morleduc von Ting hat Schwären am Hals und kleine Schlitzaugen; ich glaube, er ist bei schlechter Stimmung, aber vielleicht hat er ja auch Schwären am Hintern, die ihm beim Sitzen wehtun. Herzog Ccnac von Burg Knook ist so gelb wie ein Tartar. Herzog Femus von Galway hat eine laute Stimme und einen grauen Bart, und er sagt, er sei willens, mich sogleich zu freien.« Madouc sah Dhrun bekümmert an. »Du lachst mich aus!«

»Sind alle hier so widerlich?«

»Nicht alle.«

»Aber Prinz Dhrun ist der Schlimmste?«

Madouc preßte die Lippen zusammen, um ein Lächeln zu unterdrücken. »Er ist nicht so fett wie Garcelin; er ist munterer als Bittern; er trägt weder einen grauen Bart wie Herzog Femus, noch brüllt er so laut wie jener; und seine Laune scheint besser zu sein als die von Prinz Morleduc.«

»Das liegt daran, daß ich keine Schwären am Hintern habe.«

»Gleichwohl — alles in allem genommen ist Prinz Dhrun nicht der Schlimmste von allen.« Aus dem Augenwinkel sah Madouc, daß Königin Sollace den Kopf zu ihr herübergeneigt hatte und dem Gespräch mit beiden Ohren lauschte. Vater Umphred stand hinter ihr und strahlte, als freue er sich über einen vertraulichen Scherz.

Madouc warf den Kopf hochmütig hoch und wandte sich wieder Dhrun zu. »Ich hoffe, wir werden Gelegenheit haben, noch einmal miteinander zu sprechen.«

»Ich werde dafür sorgen, daß das möglich wird.«

Dhrun gesellte sich wieder zu Shimrod.

»Je nun: wie lief es?« fragte Shimrod.

»Die Förmlichkeiten sind abgeschlossen«, sagte Dhrun. »Ich beglückwünschte Prinz Cassander, warnte König Casmir, schmeichelte Königin Sollace und unterhielt mich mit Prinzessin Madouc, die mit weitem Abstand die lustigste von dem ganzen Haufen ist und die auch die anregendsten Dinge zu sagen hatte.«

»Ich beobachtete dich mit Bewunderung«, sagte Shimrod. »Du warst der vollendete Diplomat bis ins kleinste Detail. Ein erfahrener Mime hätte es nicht besser machen können!«

»Fühl dich nicht zurückgesetzt! Du hast noch immer Zeit genug, dich vorzustellen. Insbesondere Madouc will dich kennenlernen.«

»Wirklich? Oder ersinnst du bloß eine phantastische Mär?«

»Ganz und gar nicht! Sie findet dich sogar aus der Ferne amüsant.«

»Ist das ein Kompliment?«

»Ich nahm es für ein solches, obzwar ich sagen muß, daß Madoucs Humor einigermaßen verdreht und verblüffend ist. Sie erwähnte ganz nebenher, daß sie und ich uns schon einmal begegnet wären, im Wald von Tantrevalles. Nachdem sie das gesagt hatte, saß sie da und weidete sich wie ein boshafter Schelm an meiner Verblüffung.«

»Erstaunlich! Wie gelangte sie zu dieser Information?«

»Die Umstände sind mir nicht ganz klar. Offenbar hat sie den Wald aufgesucht und ihre Mutter getroffen, die ihr die einschlägigen Fakten darlegte.«

»Das ist keine gute Nachricht. Wenn sie so flatterhaft und unbesonnen ist, wie ihre Mutter es zu sein scheint, und sich gegenüber Casmir verplappert, ist dein Leben sofort in großer Gefahr. Wir müssen ihr einschärfen, daß sie unter allen Umständen den Mund halten muß.«

Dhrun blickte unsicher zu Madouc, die sich jetzt mit

dem Herzog Cypris von Skroy und seiner Gemahlin, der Herzogin Pargot, unterhielt. »Sie ist nicht so leichtfertig, wie sie erscheint, und sie wird mich ganz bestimmt nicht an König Casmir verraten.«

»Trotzdem werde ich sie noch einmal ermahnen.« Shimrod beobachtete Madouc einen Moment. »Sie geht sehr freundlich mit jenen beiden alten Standespersonen um, die, möchte man meinen, gewiß sehr langweilig sind.«

»Ich habe das Gefühl, daß die Gerüchte, die über sie im Umlauf sind, stark übertrieben sind.«

»So könnte man meinen. Ich finde sie recht gefällig, zumindest von weitem.«

Dhrun sagte ernst: »Eines Tages wird ein Mann tief in ihre blauen Augen schauen, und er wird darin unrettbar ertrinken.«

Der Herzog und die Herzogin von Skroy gingen weiter. Als Madouc merkte, daß sie Gegenstand der Diskussion war, nahm sie eine so spröde und aufrechte Haltung auf ihrem goldverzierten Thron ein, wie Lady Desdea es sich nicht besser hätte erhoffen können. Wie es sich traf, hatte sie einen günstigen Eindruck auf Herzog Cypris und Herzogin Pargot gemacht, und die beiden äußerten sich beifällig über sie gegenüber ihren Freunden, Lord Uls von Glyvern Ware und seiner stattlichen Gemahlin, der Lady Elsiflor. »Wie die Gerüchte über Madouc ins Kraut geschossen sind!« ereiferte sich Lady Pargot. »Es heißt, sie sei keck wie eine Straßenrange und wild wie eine Löwin. Ich behaupte, daß die Berichte entweder böswillig oder übertrieben sind!«

»Sehr wahr!« konstatierte Herzog Cypris. »Wir fanden sie so artig und unschuldig wie eine kleine Blume.«

Lady Pargot fuhr fort: »Ihr Haar ist wie ein wilder Wust von glänzendem Kupfer; sie ist fürwahr sehr bemerkenswert!«

»Aber das Mädchen ist dünn«, gab Lord Uls zu bedenken. »Ein Weib braucht, will es seinem Zwecke genügen und darüber hinaus gewinnend sein, angemessene Fülle.«

Herzog Cypris pflichtete ihm bei. »Ein gelehrter Mohr hat die exakte Formel ausgearbeitet, wenngleich mir leider die Zahlen entfallen sind: soundso viele Quadratzoll Haut zu soundso vielen Spannen Körperhöhe. Fülle ja, aber weder Breite noch Rundlichkeit, so muß es sein.«

»Ganz recht. Das hieße, die Doktrin zu weit treiben.«

Lady Elsiflor rümpfte mißfällig die Nase. »Ich würde es keinem Mohren gestatten, die Flächen meiner Haut zu zählen, ganz gleich, wie lang sein Bart wäre, noch dürfte er meine Größe in Spannen messen, als wäre ich eine Stute.«

Die Herzogin Pargot sprach in klagendem Ton: »Liegt hierin nicht ein gewisser Mangel an Würde?«

Lady Elsiflor gab ihr recht. »Was die Prinzessin angeht, so bezweifle ich, daß sie jemals dem maurischen Ideal entsprechen wird. Wäre nicht ihr hübsches Gesicht, man könnte sie fast für einen Knaben halten.«

»Gut Ding will Weile haben!« erklärte Lord Uls. »Sie ist noch jung an Jahren.«

Herzogin Pargot schielte hinüber zu König Casmir, den sie nicht mochte. »Trotzdem bieten sie sie schon jetzt feil; ich finde das sehr verfrüht.«

»Es ist nicht viel mehr als eine Zurschaustellung«, erklärte Lord Uls gutmütig. »Sie spießen den Köder auf den Haken und werfen die Angel aus, um zu sehen, welcher Fisch anbeißen wird.«

Die Herolde bliesen die sechstönige Fanfare ›Recedens Regis‹. König Casmir und Königin Sollace erhoben sich von ihren Thronen und zogen sich aus dem Saal zurück, um sich für das Bankett umzukleiden. Madouc versuchte zu entschlüpfen, aber Devonet rief: »Prinzessin Madouc, was ist mit Euch? Sollen wir zusammen beim Bankett sitzen?«

Lady Desdea trat dazwischen. »Es bestehen schon

andere Pläne. Kommt, Eure Hoheit! Ihr müßt Euch erfrischen und Euer schönes Gartenkleid anlegen.«

»Ich bin gut genug gekleidet«, murrte Madouc. »Warum also mich umziehen?«

»Eure Ansichten sind für einmal unerheblich, insofern als sie den Anweisungen der Königin zuwiderlaufen.«

»Warum beharrt sie auf Torheit und Verschwendung? Ich werde diese Kleider auftragen, indem ich sie ständig aus- und wieder anziehe!«

»Die Königin hat gute Gründe für alle ihre Entscheidungen. Kommt jetzt!«

Madouc ließ sich mürrisch ihres blauen Gewandes entledigen und in ein Kostüm kleiden, welches, wie sie widerwillig eingestehen mußte, ihr ebenso gut gefiel: eine weiße Bluse, die an den Ellenbogen mit braunen Bändern verziert war; ein Mieder aus schwarzem Samt mit einer Doppelreihe kleiner Kupfermedaillons längs der Vorderseite; ein Faltenrock, dessen rostbrauner, ins Bronzefarbene spielender Ton der Farbe ihrer Locken ähnelte.

Lady Desdea geleitete sie in den Salon der Königin, wo sie warteten, bis Königin Sollace mit dem Umkleiden fertig war. Sodann begaben sie sich, in gebührendem Abstand von Chlodys und Devonet gefolgt, zu der Rasenfläche auf der Südseite von Sarris. Hier, im Schatten dreier mächtiger alter Eichenbäume und nur wenige Schritte vom Ufer des Glame-Flusses entfernt, war auf einem langen Tisch ein verschwenderischer Imbiß aufgebaut. Hier und da über den Rasen verteilt standen kleine Tische, auf denen Weißzeug, Obstkörbe, Weinkrüge sowie Teller, Kelche, Schüssel und anderes Geschirr bereitlagen. Drei Dutzend grün und lavendelfarben livrierte Mundschenke standen steif wie Wachmänner auf ihren Posten und warteten auf das Zeichen von Sir Mungo, mit dem Auftragen zu beginnen. Die Gäste standen derweil in Gruppen und Grüppchen herum und warteten auf das Erscheinen der königlichen Familie.

Auf dem grünen Rasen und vor dem wolkenlosen Blau des Himmels gaben ihre farbenfrohen Kostüme ein gar prächtiges Bild ab. Da gab es Blautöne in allen Schattierungen: hell, dunkel, lapislazuli und türkis; purpur, magenta und grün; braungelb, orange, lohfarben, ledergelb, isabellfarben und lehmbraun; senffarben, ocker, löwenzahngelb, rosa, scharlachfarben und granatapfelrot. Da gab es Hemden und plissierte Blusen aus feinster weißer Seide oder ägyptischem Batist; stattliche Hüte mit Zierat aller Art: Bändern, Federn, Schleifen, Spitzen, Zipfeln. Lady Desdea trug eine vergleichsweise gesetzte Robe, heidegrau und mit roten und schwarzen Blumen bestickt. Als die königliche Familie auf der Rasenfläche eintraf, nutzte sie die Gelegenheit, um mit Königin Sollace zu konferieren. Die Königin erteilte ihr Anweisungen, und Lady Desdea verneigte sich gehorsam, zum Zeichen ihres Einvernehmens. Doch als sie sich zu Madouc umwandte, um ihr die Instruktionen der Königin zu übermitteln, mußte sie feststellen, daß die Prinzessin nirgends zu sehen war.

Lady Desdea tat einen Ausruf der Verärgerung und rief Devonet zu sich. »Wo ist die Prinzessin Madouc? Eben noch stand sie an meiner Seite; sie ist davongehuscht, wie ein Wiesel durch die Hecke!«

Devonet antwortete in einem Ton launenhaften Spotts: »Sie ist ohne Zweifel zum Abort gelaufen.«

»Ah! Immer zur unpassendsten Zeit!«

Devonet fuhr fort: »Sie sagte, sie habe schon zwei Stunden lang den Drang gespürt, sich zu erleichtern.«

Lady Desdea runzelte die Stirn. Devonets Art war allzu keck, allzu ungezwungen, allzu verschmitzt. Sie sagte spitz: »Trotz allem ist Prinzessin Madouc ein geschätztes Mitglied der königlichen Familie. Wir müssen jede Unehrbietigkeit in unseren Anspielungen sorgfältig vermeiden!«

»Ich habe Euch nur die Tatsachen genannt«, sagte Devonet ungerührt.

»Nun denn. Ich hoffe gleichwohl, daß du dir meine Worte zu Herzen nehmen wirst.« Lady Desdea rauschte davon und postierte sich an einem Punkt, wo sie Madouc unmittelbar nach ihrer Rückkehr aus dem Palast abfangen konnte.

Minuten verstrichen. Lady Desdea wurde ungeduldig: wo war das störrische kleine Gör? Was mochte es nun wieder anstellen?

König Casmir und Königin Sollace ließen sich am königlichen Tisch nieder; der Oberhaushofmeister nickte dem Obersten Mundschenk zu, der daraufhin in die Hände klatschte. Die Gäste, die noch auf dem Rasen herumstanden, nahmen Platz, wo immer es ihnen recht war, in Gesellschaft von Verwandten oder Freunden oder von anderen Personen, die sie zuträglich fanden. Sobald sie sich niedergelassen hatten, eilten die Mundschenke, beladen mit Tabletts und Tranchierbrettern herbei, sie zu bedienen.

Entgegen Königin Sollaces Plan geleitete Prinz Bittern die junge Herzogin Clavessa Montfoy von Sansiverre — einem kleinen Königreich nördlich von Aquitanien — zu Tisch. Die Herzogin trug eine prachtvolle scharlachrote Robe, bestickt mit schwarzen, purpurnen und grünen Pfauen, die ihre schlanke, wohlgerundete Figur auf das vorteilhafteste betonte. Sie war hochgewachsen und von quicker Geschmeidigkeit, besaß üppiges schwarzes Haar, funkelnde schwarze Augen und strahlte eine pralle, überschwengliche Lebendigkeit aus, welche Prinz Bittern zu eifrigster Geschwätzigkeit anspornte.

Königin Sollace beobachtete dies mit kaltem Mißfallen. Sie hatte vorgesehen, daß Bittern Prinzessin Madoucs Tischherr sei, auf daß er sie besser kennenlerne. Offenbar sollte das nicht sein, und Sollace bedachte Lady Desdea mit einem vorwurfsvollen Blick, welcher Lady Desdea veranlaßte, noch ernster zum Palast zu spähen. Warum säumte die Prinzessin so lange?

Tatsächlich hatte Madouc nicht eine Sekunde gesäumt. Sobald Lady Desdea ihr den Rücken zugekehrt hatte, war sie davongehuscht und hatte sich zu Dhrun und Shimrod gesellt, die neben dem entferntesten der Eichenbäume standen. Madoucs plötzliches Auftauchen überraschte sie. »Du fällst ohne Umstände und ohne jede Vorwarnung über uns her«, sagte Dhrun. »Zum Glück tauschten wir gerade keine Geheimnisse aus.«

»Ich war um größte Heimlichkeit bemüht«, sagte Madouc. »Endlich bin ich frei, so lange, bis jemand nach mir sucht.« Sie stellte sich hinter den Stamm des Eichenbaums. »Selbst jetzt bin ich noch nicht sicher; Lady Desdea kann sozusagen durch steinerne Mauern blikken.«

»In dem Fall will ich dich, ehe du wieder fortgezerrt wirst, meinem Freund, dem Meister Shimrod, vorstellen«, sagte Dhrun. »Auch er vermag durch steinerne Mauern zu blicken, und das, wann immer er will.«

Madouc machte einen gezierten Knicks, und Shimrod verneigte sich. »Es ist mir ein Vergnügen, Eure Bekanntschaft zu machen. Ich lerne nicht jeden Tag Prinzessinnen kennen!«

Madouc zog eine wehmütige Grimasse. »Ich wäre lieber Zauberin und könnte durch Wände blicken. Ist das schwierig zu erlernen?«

»Recht schwierig, aber viel hängt von dem Lehrling ab. Ich habe versucht, Dhrun den einen oder anderen Kunstgriff zu lehren — aber leider nur mit bescheidenem Erfolg.«

»Mein Geist ist nicht flexibel«, sagte Dhrun. »Ich kann nicht so viele Gedanken auf einmal hegen.«

»So geht es aber nun einmal meistens — und das zum Glück«, sagte Shimrod. »Sonst wäre doch jeder ein Magier, und die Welt wäre ein außergewöhnlicher Ort.«

Madouc überlegte. »Manchmal denke ich siebzehn Gedanken auf einmal.«

»Das nenne ich beachtlich!« rief Shimrod. »Murgen bringt es gelegentlich auf dreizehn oder gar vierzehn, aber danach fällt er jedesmal in Ohnmacht.«

Madouc sah ihn traurig an. »Ihr lacht mich aus.«

»Ich würde es niemals wagen, eine königliche Prinzessin auszulachen! Das wäre ungehörig!«

»Niemand würde sich daran stoßen. Ich bin doch nur eine königliche Prinzessin, weil Casmir dies vortäuscht — und das auch nur, damit er mich mit Prinz Bittern oder jemand Ähnlichem verheiraten kann.«

Dhrun schaute über die Wiese. »Bittern ist wankelmütig; er wäre eine schlechte Partie. Schon hat er seine Aufmerksamkeit einer andren zugewandt. Für den Augenblick bist du sicher.«

»Ich muß Euch warnen«, sagte Shimrod. »Casmir weiß, daß Ihr ein Wechselbalg seid, aber er weiß nichts von Suldruns erstgeborenem Sohn. Sollte er auch nur den leisesten Wind davon bekommen, wäre Dhrun in großer Gefahr.«

Madouc spähte um den Baum herum zu Casmir, der mit Herzog Ccnac von Burg Knook und Sir Lodweg von Cockaigne im Gespräch vertieft saß. »Meine Mutter erwähnte die gleiche Warnung. Ihr braucht euch nicht zu sorgen; das Geheimnis ist in guter Hut.«

»Wie fügte es sich, daß Ihr Eure Mutter traft?«

»Ich geriet aus Zufall in den Wald, und dort begegnete ich einem Wefkin namens Zocco, der mich lehrte, meine Mutter zu rufen; das tat ich.«

»Und sie kam?«

»Unverzüglich. Zuerst schien sie ein wenig unwirsch, aber schließlich entschloß sie sich, stolz auf mich zu sein. Sie ist schön, wenn auch ein wenig leichtsinnig in ihrem Wesen. Und ich kann auch nicht umhin, sie für launenhaft zu halten — ihr süßes Baby einfach wegzugeben, als wäre es eine Wurst! Zumal, wenn das süße

Baby ich war! Als ich das Thema anschnitt, schien sie mehr belustigt denn alles andere und behauptete, ich neige zur Launenhaftigkeit, was den Tausch nur vernünftig habe erscheinen lassen.«

»Aber Ihr habt diesen Hang zur Launenhaftigkeit abgelegt?«

»O ja, gänzlich!«

Shimrod sann über das Thema nach. »Die Gedanken einer Elfe kann man niemals erraten. Ich habe es versucht und bin gescheitert; es ist leichter, Quecksilber in den Händen festzuhalten.«

Madouc sagte weise: »Magier müssen oft mit Elfen verkehren, da doch beide Meister der magischen Künste sind.«

Shimrod schüttelte lächelnd den Kopf. »Wir verwenden unterschiedliche Magie. Als ich zum ersten Mal durch die Welt streifte, waren solche Geschöpfe neu für mich. Ich erfreute mich an ihren Possen und lustigen Schnurren. Heute bin ich gesetzter, und ich versuche nicht mehr, die Logik der Elfen zu ergründen. So Ihr wollt, werde ich Euch eines Tages den Unterschied zwischen Elfenmagie und Sandestinmagie — welches die Magie ist, die von den meisten Magiern benutzt wird — erklären.«

»Hm«, sagte Madouc. »Ich dachte immer, Magie sei Magie, und damit habe es sich!«

»Mitnichten. Manchmal scheint simple Magie schwer und schwere Magie simpel. Es ist alles sehr kompliziert. Ein Beispiel: Zu Euren Füßen sehe ich drei Löwenzahnpflanzen. Pflückt einmal ihre hübschen kleinen Blüten.«

Madouc bückte sich und brach die drei gelben Blüten.

»Haltet sie nun zwischen den Händen«, befahl Shimrod. »So, und jetzt haltet die Hände an Euer Gesicht und küsset beide Daumen zugleich.«

Madouc hob die Hände an ihr Gesicht und küßte die Daumen. Sofort wurden die weichen Blüten hart und schwer in ihren Händen. »Oh! Sie haben sich verändert! Darf ich schauen?«

»Ihr dürft schauen.«

Madouc öffnete die Hände und fand anstelle der drei Löwenzahnblüten drei schwere Goldmünzen vor. »Das ist ein feiner Trick! Kann ich ihn auch machen?«

Shimrod schüttelte den Kopf. »Nicht jetzt. Er ist nicht so leicht, wie er zu sein scheint. Aber Ihr dürft das Gold behalten.«

»Ich danke Euch«, sagte Madouc. Sie betrachtete die Goldmünzen mit skeptischem Blick. »Wenn ich nun versuchte, die Goldmünzen auszugeben, würden sie sich dann wieder in Blüten verwandeln?«

»Wenn der Trick von Elfen durchgeführt worden wäre: vielleicht, vielleicht auch nicht. Nach Sandestinmagie indessen sind Eure Münzen Gold und bleiben Gold. Tatsächlich kann es sogar gut sein, daß der Sandestin sie aus König Casmirs Schatulle stibitzt hat, um sich Mühe zu ersparen.«

Madouc lächelte. »Mehr denn je bin ich erpicht darauf, ein paar dieser Fertigkeiten zu lernen. Meine Mutter darum zu bitten ist zwecklos; sie hat überhaupt keine Geduld. Ich fragte sie nach meinem Vater, aber sie behauptete, sich nicht an ihn zu erinnern; nicht einmal an seinen Namen.«

»Eure Mutter scheint ein wenig oberflächlich zu sein, oder sogar zerstreut.«

Madouc seufzte traurig. »Zerstreut oder Schlimmeres, und ich kann immer noch keinen Stammbaum vorweisen, weder einen langen noch einen kurzen.«

»Elfen sind oft unbekümmert und fahrlässig mit ihren Verbindungen«, murmelte Shimrod. »Es ist eine traurige Sache.«

»Ganz recht. Meine Zofen nennen mich ›Bastard‹«, sagte Madouc trübselig. »Ich kann über ihre Ignoranz nur lachen, da sie auf den falschen Vater anspielen.«

»Das ist gemeines Betragen«, sagte Shimrod. »Ich

könnte mir denken, daß Königin Sollace das mißbilligen würde.«

Madouc zuckte die Achseln. »In diesen Fällen spreche ich mein eigenes Recht. Heute nacht werden Chlodys und Devonet Kröten und Schildkröten in ihren Betten finden.«

»Die Strafe ist gerecht, und man sollte meinen, daß sie ihren Zweck auch erfüllt.«

»Sie sind schwachsinnig«, sagte Madouc. »Sie weigern sich zu lernen, und morgen werde ich das gleiche wieder hören. Wie auch immer — ich will bei der ersten Gelegenheit, die sich bietet, nach meinem Stammbaum forschen, ganz gleich, wo er verborgen liegt.«

»Wo willst du suchen?« fragte Dhrun. »Die Spuren dürften spärlich sein, wenn nicht gänzlich verwischt.«

»Ich habe die Sache noch nicht durchdacht«, sagte Madouc. »Wahrscheinlich werde ich mich noch einmal an meine Mutter wenden und versuchen, ihr Gedächtnis anzuregen. Wenn alles schiefgeht ...« Madouc hielt jäh inne. »Chlodys hat mich gesehen! Seht, wie sie mit der Nachricht davonstürmt!«

Dhrun runzelte die Stirn. »Deine gegenwärtige Gesellschaft ist nicht unbedingt anstößig.«

»Gleichviel! Sie wollen, daß ich Prinz Bittern bestrikke, oder vielleicht Prinz Garcelin, der dort drüben sitzt und an einem Schweinsfuß nagt.«

»Dem ist leicht abzuhelfen«, sagte Shimrod. »Setzen wir uns zusammen an einen Tisch und nagen an unseren eigenen Schweinsfüßen. Sie werden zögern, eine solch eindeutige Gruppierung zu verändern.«

»Es ist einen Versuch wert«, stimmte Madouc zu. »Gleichwohl, ich werde keinen Schweinsfuß essen. Ich ziehe einen in Butter gebratenen Fasan vor.«

»Ich auch«, sagte Dhrun. »Dazu ein paar Stangen Lauch und einen ordentlichen Kanten Brot, das ließe ich mir jetzt so recht gefallen.«

»Nun denn: laßt uns speisen«, sagte Shimrod.

Die drei setzten sich an einen Tisch im Schatten der Eiche und wurden sogleich bedient.

Lady Desdea war unterdessen zu Königin Sollace gegangen, um neue Instruktionen einzuholen. Die zwei steckten die Köpfe zu einer hastigen Beratung zusammen, dann stapfte Lady Desdea zielstrebig über den Rasen zu dem Tisch, an dem Madouc mit Dhrun und Shimrod saß. Sie blieb neben Madouc stehen und sagte mit sorgfältig kontrollierter Stimme: »Eure Hoheit, ich muß Euch zur Kenntnis bringen, daß Prinz Bittern den dringenden Wunsch geäußert hat, Ihr mögt ihm die Ehre erweisen, in seiner Gesellschaft zu speisen. Die König wünscht, daß Ihr seinem Ersuchen stattgebt, und dies unverzüglich.«

»Ihr müßt Euch irren«, erwiderte Madouc. »Prinz Bittern ist vollkommen fasziniert von jener großen Dame mit der langen Nase.«

»Das ist die erlauchte Herzogin Clavessa Montfoy. Doch nehmt bitte zur Kenntnis: Prinz Cassander hat sie zu einer Lustpartie auf dem Fluß überredet; Prinz Bittern sitzt jetzt allein.«

Madouc wandte sich um und schaute zu dem besagten Tisch. Und in der Tat: Prinz Cassander und die Herzogin Clavessa schlenderten soeben zum Anlegeplatz, wo drei Nachen im Schatten einer Trauerweide schwankten. Die Herzogin Clavessa, obzwar verblüfft über Prinz Cassanders Vorschlag, schien gleichwohl ungehemmt in ihrem überschäumenden Temperament und schnatterte weiter fröhlich daher. Prinz Cassander war weniger überschwenglich; er gebärdete sich mit weltmännischer Höflichkeit, ließ aber wenig Begeisterung erkennen. Prinz Bittern hockte indessen mißmutig an seinem Tisch und schaute der Herzogin Clavessa mit langem Gesicht hinterher.

Lady Desdea sagte zu Madouc: »Wie Ihr seht, erwartet Prinz Bittern Euch schon voller Spannung.«

»Gar nicht! Ihr mißdeutet seine Miene. Er täte nichts

lieber, als sich Cassander und Herzogin Clavessa anzuschließen.«

Lady Desdeas Augen blitzten. »Ihr müßt der Königin gehorchen! Sie findet, daß Euer Platz bei Prinz Bittern ist!«

Dhrun sprach kühl: »Damit deutet Ihr indirekt an, daß sich die Prinzessin gegenwärtig in unpassender oder erniedrigender Gesellschaft befindet. Wenn Ihr diese Unhöflichkeit auch nur einen Deut weiter treibt, werde ich unverzüglich bei König Casmir Protest erheben und ihn bitten, diesen eklatanten Verstoß gegen die Etikette gebührend zu ahnden.«

Lady Desdea blinzelte konsterniert und wich zurück. Sie vollführte eine steife Verbeugung. »Selbstverständlich lag es nicht in meiner Absicht, unhöflich zu sein. Ich bin lediglich Übermittlerin der Wünsche Ihrer Majestät der Königin.«

»Dann muß die Königin einem Irrtum unterliegen. Die Prinzessin hat weder den Wunsch noch die Absicht, uns ihrer Gesellschaft zu berauben, und wie es scheint, fühlt sie sich in der unseren durchaus wohl; warum also ein Fiasko schaffen?«

Lady Desdea vermochte hierauf nichts zu entgegnen. Sie machte einen Knicks und entschwand.

Madouc schaute ihr mit skeptischen Blick nach. »Sie wird sich rächen — mit Nadelarbeit und wieder Nadelarbeit bis zum Überdruß.« Madouc sah Shimrod nachdenklich an. »Könnt Ihr mich nicht lehren, Lady Desdea in einen Kauz zu verwandeln, und sei es auch nur für einen Tag oder zwei?«

»Verwandlungen sind eine komplizierte Sache«, sagte Shimrod. »Jeder einzelne Schritt ist kritisch; ginge auch nur eine einzige Silbe schief, könnte sich Lady Desdea statt in einen Kauz in eine Harpye oder einen Butzkopf verwandeln und so das ganze Land in Gefahr bringen. Mit den Verwandlungen solltet Ihr daher warten, bis Ihr erfahrener in den magischen Künsten seid.«

»Den Worten meiner Mutter zufolge bin ich begabt für die Magie. Sie lehrte mich den ›Zinkelzeh-Kobolz‹, auf daß ich Banditen oder andere Lümmel abwehren kann.«

»Ich kenne diesen speziellen Zauber nicht«, sagte Shimrod. »Zumindest nicht dem Namen nach.«

»Er geht ganz einfach.« Madouc schaute hierhin und dorthin, ließ den Blick über die Wiese und hinunter zum Fluß schweifen. Nahe beim Anlegeplatz entdeckte sie Prinz Cassander, der gerade der Herzogin Clavessa galant in einen Nachen half. Madouc hielt Finger und Daumen so, wie ihre Mutter es sie gelehrt hatte, sagte leise: »Fwip!« und zuckte mit dem Kinn. Prinz Cassander stieß einen verblüfften Schrei aus und sprang in den Fluß.

»Das war die schwach wirkende Methode«, erklärte Madouc. »Die anderen zwei Methoden sind weit wirkungsvoller. Ich sah Zocco, den Wefkin, wohl sechs Fuß hoch in die Luft springen.«

»Das ist eine feine Technik«, sagte Shimrod anerkennend. »Sie ist sauber, schnell und von feiner Wirkung. Offenbar habt Ihr den ›Zinkelzeh-Kobolz‹ noch in keinem seiner Wirkungsgrade bei Lady Desdea zur Anwendung gebracht?«

»Nein. Er scheint mir ein wenig extrem, und ich würde nicht wollen, daß sie über ihr normales Vermögen hinaus springt.«

»Laßt mich überlegen«, sagte Shimrod. »Es gibt da einen geringeren Effekt, genannt der ›Sissel‹, welcher ebenfalls in drei Abstufungen praktiziert wird: dem ›Subsurrus‹, dem ›Sissel Ordinaire‹ sowie dem ›Klapperzahn‹.«

»Ich würde diesen Effekt gern lernen.«

»Der Trick ist genau umgrenzt, aber subtil. Ihr müßt zuvörderst den Aktivator wispern — *schkt* — dann mit dem kleinen Finger zeigen — so und so —, und dann müßt Ihr leise zischen — so.«

Madouc zuckte und zappelte, und ihre Zähne klapperten und ratterten. »Oh! Hoho!« sagte Madouc.

»Das«, erklärte Shimrod, »ist der erste Wirkungsgrad oder der ›Subsurrus‹. Wie Ihr bemerkt haben werdet, ist die Wirkung vergänglich. Will man eine kräftigere erzielen, benutzt man den ›Ordinaire‹, verbunden mit einem zwiefachen Zischen: ›Ssssss‹. Die dritte Stufe ist natürlich der ›Klapperzahn‹, bei welchem der Aktivator zweimal gesprochen wird.«

»Und was passiert, wenn man gleich dreimal zischt und dreimal den Aktivator spricht?« wollte Dhrun wissen.

»Gar nichts. Dann ist der Effekt verdorben. Sprecht nun einmal den Aktivator, aber zischt nicht, da Ihr sonst womöglich eine nichtsahnende Person erschreckt.«

»*Schkt*«, sagte Madouc. »War es so richtig?«

»Beinahe. Probiert es noch einmal — so: *Schkt.*«

»*Schkt.*«

»So war's genau richtig, aber Ihr müßt fleißig üben, bis es Euch in Fleisch und Blut übergegangen ist.«

»*Schkt. Schkt. Schkt.*«

»Gut gemacht! Bitte nicht zischen.«

Sie hielten inne, um zuzuschauen, wie ein triefender Prinz Cassander hängenden Hauptes über die Wiese zum Palast schlurfte. Unterdessen hatte sich die Herzogin Clavessa wieder zu Prinz Bittern gesellt und die zuvor unterbrochene Konversation zügig wieder in Gang gebracht.

»Alles hat sich bestens gefügt«, sagte Shimrod. »Und hier ist der Kellner mit einem Tablett voller gebratener Fasane. Das ist kulinarische Magie, mit der ich nicht wetteifern kann. Kellner, seid so gut und tragt uns allen von dem köstlichen Fasan auf — und nicht zu knapp, wenn ich bitten darf.«

4

Die Feier hatte ihren Lauf genommen, und auf Sarris war wieder Ruhe eingekehrt. Nach König Casmirs Gutachten war das Ereignis leidlich zufriedenstellend abgelaufen. Er hatte seine Gäste mit gebührender Fülle bewirtet, und wenn diese auch hinter dem verschwenderischen Überfluß, den Audry bei solchen Gelegenheiten aufzubieten pflegte, zurückgeblieben war, so würde sie doch ausreichen, um seinen Ruf als Geizkragen nachhaltig zu erschüttern.

Fröhlichkeit und Geselligkeit hatten die Feier regiert. Abgesehen von Cassanders unfreiwilligem Bad im Fluß hatte es keine peinlichen Zwischenfälle gegeben: weder bittere Worte noch Zwiste zwischen alten Feinden noch irgendwelche Vorfälle, die geeignet gewesen wären, neue Ressentiments auszulösen — dies alles nicht zuletzt deshalb, weil aufgrund seines, Casmirs, Beharren auf Zwanglosigkeit das Problem der Rangordnung, sonst häufig Anlaß zu peinlichen Disputen, umgangen worden war.

Ein paar Enttäuschungen freilich trübten das Gesamtbild allgemeiner Zufriedenheit. Königin Sollace hatte darauf gedrängt, daß Vater Umphred Gelegenheit gegeben werde, vor der Eröffnung des Banketts ein Dankgebet zu sprechen. Doch König Casmir, der den Priester nicht ausstehen konnte, hatte dies strikt abgelehnt, woraufhin die Königin ein beleidigtes Gesicht aufgesetzt und geschmollt hatte. Hinzu kam, daß Prinzessin Madouc ihre Aussichten nicht merklich gefördert hatte: vielleicht im Gegenteil. Es war seit langem abgemachte Sache gewesen, daß Madouc sich als ein freundliches und einnehmendes junges Mädchen präsentieren sollte, welches sich unvermeidlich zu einer reizenden Jungfrau zart entwickeln würde, berühmt für ihren Liebreiz und ihre Schicklichkeit. Diese Pläne hatte Madouc mit ihrem Betragen durchkreuzt: Hatte sie sich gegenüber den älteren Gästen noch leidlich höflich oder schlimmstenfalls lustlos verhalten, so hatte sie vor den jungen Granden, die gekommen waren, ihre Attribute zu studieren, ein höchst nachteiliges Bild von sich abgegeben: frech, eigensinnig, verstockt, sarkastisch, querköpfig, hochnäsig, mürrisch und patzig — so hatten die jungen Herren sie erlebt. Ihre Bemerkungen waren so schroff gewesen, daß sie fast an Beleidigung gegrenzt hatten. Morleducs ohnehin schon bedenkliche Stimmung war zweifellos nicht gehoben worden durch Madoucs arglose Frage, ob auch der Rest seines Körpers mit Schwären bedeckt sei. Und als der eitle und hochmütige Sir Blaise* von Benwick in Armorica sich vor ihr aufstellte, sie mit kühler Gleichgültigkeit von Kopf bis Fuß musterte und bemerkte: »Ich muß sagen, Prinzessin Madouc, Ihr ähnelt ganz und gar nicht der unartigen kleinen Range, die zu sein Euer Ruf einen glauben macht«, hatte Madouc in ihrer lieblichsten Stimme erwidert: »Das freut mich zu hören. Und Ihr erscheint mir so ganz und gar nicht als der parfümierte Laffe, als der Ihr mir beschrieben wurdet, da Euer Geruch nicht der von Parfüm ist.« Sir Blaise hatte sich ruckartig verneigt und hastig entfernt. Und so war es mit all den anderen auch gegangen, mit Ausnahme von Prinz Dhrun, ein Faktum, das König Casmir nicht zur Freude gereicht hatte. Eine Verbindung in diese Richtung würde seine Politik überhaupt nicht voranbringen — es sei denn, Madouc konnte dazu überredet werden, ihm die Staatsgeheimnisse von Troicinet zu übermitteln. König Casmir verwarf die Idee nach kurzer Erwägung.

---

* Sir Blaise würde später Sir Glahan von Benwick zeugen, der seinerseits wiederum Sir Lancelot du Lac zeugen würde, einen der besten Paladine von König Arthur. Ebenfalls bei der Feier zugegen war Sir Garstang von Twanbow, dessen Sohn einen anderen treuen Kampfgefährten von König Arthur zeugen würde, nämlich Sir Tristram von Lyonesse.

Bei der ersten sich bietenden Gelegenheit brachte Lady Desdea Madouc gegenüber ihre Unzufriedenheit zum Ausdruck. »Alle sind sehr bestürzt über Euch.«

»Was ist es nun wieder?« fragte Madouc mit unschuldigem Blick.

»Kommt, junge Dame, das wißt Ihr sehr wohl!« keifte Lady Desdea. »Ihr ignoriertet unsere Pläne und mißachtetet gröblich unsere Wünsche! Meine sorgfältigen Instruktionen waren gleichsam in den Wind gesprochen! Je nun!« Lady Desdea reckte sich zu ihrer vollen Größe auf. »Ich habe mir Rat bei der Königin geholt. Sie hat befunden, daß Euer Betragen nach Bestrafung ruft, und wünscht, daß ich in dieser Sache nach meinem besten Ermessen verfahre.«

»Ihr braucht Euch nicht anzustrengen«, sagte Madouc. »Das Fest ist vorüber; die Prinzen sind heimgereist, und mein Ruf ist gefestigt.«

»Aber es ist der falsche Ruf! Zur Strafe werde ich Eure Lektionen für den Rest des Sommers verdoppeln. Darüber hinaus ist es Euch ab sofort untersagt, Euer Pferd zu reiten oder Euch dem Stall auch nur zu nähern. Ist das klar?«

»O ja«, sagte Madouc. »Es ist sehr klar.«

»Ihr dürft Euch sofort an Eure Nadelarbeit begeben«, sagte Lady Desdea. »Ich glaube, daß Ihr Devonet und Chlodys im Salon finden werdet.«

Regnerisches Wetter kam nach Sarris und hielt drei Tage an. Madouc fügte sich wehmütig in den Stundenplan, den Lady Desdea ihr auferlegt hatte und der nicht nur endlose Stunden Nadelarbeit enthielt, sondern auch Tanzlektionen von besonders langweiliger Art. Am späten Nachmittag des dritten Tages zogen dicke graue Wolken am Himmel auf, die eine Regennacht brachten. Am Morgen hatten sich die Wolken verzogen, und die Sonne ging über einer frischen und lächelnden Welt auf, die vom Duft feuchten Laubes erfüllt war.

Lady Desdea begab sich zu dem kleinen Refektorium,

wo Madouc für gewöhnlich ihr Frühstück zu sich nahm, fand aber nur Devonet und Chlodys vor. Merkwürdig, dachte Lady Desdea. Konnte Prinzessin Madouc im Bett geblieben sein, womöglich aufgrund einer Erkrankung? Oder war sie vielleicht schon zu früher Stunde zum Konservatorium gegangen, ihre Tanzstunde zu nehmen?

Lady Desdea ging zum Refektorium, um dies zu ergründen, fand jedoch Meister Jocelyn müßig am Fenster stehend vor, während die vier Musikanten auf ihren Instrumenten Weisen aus ihrem Repertoire übten.

Auf Lady Desdeas Frage, wo die Prinzessin Madouc sei, konnte Meister Jocelyn nur mit einem Achselzucken antworten. »Und wenn sie hier wäre: was dann? Sie schert sich nicht um das, was ich sie lehre; sie springt und tollt herum; sie hüpft auf einem Bein wie ein Vogel. Ich frage: ›Wollt Ihr so beim Großen Ball tanzen?‹ Und sie erwidert: ›Ich bin keine Anhängerin dieses albernen Umherstolzierens. Ich bezweifle, daß ich dort zugegen sein werde.‹«

Lady Desdea murmelte eine Verwünschung und verließ das Konservatorium. Sie ging nach draußen und hielt Ausschau nach der Prinzessin. Und just als ihr Blick über die Terrasse glitt, sah sie Madouc auf einem Ponywagen, gezogen von Tyfer, über den Rasen entschwinden.

Lady Desdea stieß einen Schrei der Entrüstung aus und befahl einem Lakaien, unverzüglich hinter dem Ponywagen herzureiten und die pflichtvergessene Prinzessin zurückzuholen.

Ein paar Minuten später kehrte der Ponywagen zurück, auf dem Bock eine beschämt dreinblickende Prinzessin.

»Seid so gut und steigt ab«, sagte Lady Desdea.

Mit mürrischer Miene sprang Madouc von dem Karren.

»Nun, Eure Hoheit? Hatte ich Euch nicht ausdrücklich verboten, Euer Pferd zu benutzen oder Euch den Stallungen zu nähern?«

»Das habt Ihr nicht gesagt!« schrie Madouc. »Ihr sagtet, ich dürfe nicht auf Tyfer reiten, und das tue ich ja nicht! Und auch Euer zweites Verbot habe ich getreu befolgt. Ich habe mich den Stallungen keineswegs genähert. Ich schickte nach dem Stallburschen Pymfyd und bat ihn, mir den Wagen zu bringen.«

Lady Desdea starrte sie mit bebenden Lippen an. »Nun gut! Dann werde ich das Verbot neu fassen. Ihr dürft künftig weder Euer Pferd noch irgendein anderes Pferd noch sonst ein zum Reiten oder zum Ziehen von Karren geeignetes Tier, gleich ob Kuh, Ziege, Schaf, Hund oder Ochse, noch irgendein anderes Transportmittel oder Fahrzeug, gleich ob Karren, Kutsche, Wagen, Boot, Schlitten, Tragsessel oder Sänfte, benutzen. Damit dürfte der Umfang des Befehls der Königin exakt umrissen sein. Zweitens: indem Ihr versuchtet, den Befehl der Königin zu unterlaufen, habt Ihr zugleich auch Eure Lektionen mutwillig versäumt. Was habt Ihr dazu zu sagen?«

Madouc machte eine trotzige Geste. »Heute ist der Regen fort und die Sonne strahlt, und so zog ich es vor, an der frischen Luft zu sein, statt über Herodot oder Junifer Algo zu brüten oder Kalligraphie zu üben oder mir die Finger bei der Handarbeit zu zerstechen.«

Lady Desdea wandte sich ab. »Ich will mit Euch nicht über die Vorzüge fleißigen Lernens gegenüber trägem Müßiggang hadern. Was getan werden muß, werden wir tun.«

Drei Tage darauf erstattete Lady Desdea Königin Sollace sorgenvoll Bericht. »Ich tue mein Bestes bei Prinzessin Madouc, aber ich scheine nichts zu erreichen.«

»Du darfst dich nicht entmutigen lassen!« sagte die Königin.

Eine Zofe brachte eine Silberschale, auf der zwölf reife Feigen arrangiert waren. Sie stellte die Schale auf einen Hocker, der neben dem Ellenbogen der Königin stand. »Soll ich sie enthäuten, Eure Hoheit?«

»Bitte.«

Lady Desdeas Stimme wurde schriller. »Wäre es nicht despektierlich, würde ich sagen, daß Ihre Hoheit die Prinzessin eine rothaarige kleine Range ist, die nichts weiter braucht als eine anständige Tracht Prügel.«

»Sie ist zweifellos eine Heimsuchung. Doch fahre fort wie bisher und laß dir keinen Unsinn gefallen.« Königin Sollace kostete eine der Feigen und verdrehte entzückt die Augen. »Das nenne ich Vorzüglichkeit!«

»Da ist noch etwas«, sagte Lady Desdea. »Etwas sehr Seltsames, ja Beunruhigendes, das ich Euch zu Gehör bringen muß.«

Königin Sollace seufzte gequält und ließ sich in die Kissen ihres Diwans zurücksinken. »Kann ich von diesen verzwickten Verwicklungen nicht verschont werden? Manchmal, meine teure Ottile, und bei all deinen guten Absichten, wirst du mir doch sehr lästig.«

Lady Desdea hätte am liebsten losheulen mögen. »Was soll ich erst sagen! Ich bin schier verzweifelt! Was ich erlebt habe, übersteigt alles bisher Dagewesene!«

Königin Sollace nahm eine weitere reife Feige von der Zofe entgegen. »Wieso?«

»Ich will Euch alles exakt so schildern, wie es sich zutrug. Vor drei Tagen hatte ich wieder einmal Grund, Ihre Hoheit ob ihres Betragens zu rügen. Sie schien gleichgültig gegenüber meinen Vorwürfen — eher nachdenklich denn reuig. Als ich mich abwandte, durchpulste plötzlich eine außergewöhnliche Empfindung jede Faser meines Seins! Meine Haut prickelte und kribbelte, als wäre ich mit Nesselfieber geschlagen! Blaue Lichter blitzten und loderten vor meinen Augen! Meine Zähne begannen laut zu klappern, so heftig, daß ich glaubte, sie würden nie mehr aufhören! Ich versichere Euch, es war eine beängstigende Empfindung!«

Königin Sollace, genüßlich auf ihrer Feige kauend,

dachte einen Moment über Lady Desdeas Beschwerde nach. »Merkwürdig. Und du hattest einen solchen Anfall noch nie zuvor?«

»Nimmer! Aber das ist noch nicht alles! Zur nämlichen Zeit glaubte ich zu hören, wie ein leises Geräusch von Ihrer Hoheit ausging! Ein kaum hörbares Zischen!«

»Es könnte ein Ausdruck des Erschreckens oder der Verblüffung gewesen sein«, erwog Königin Sollace.

»So könnte man vermuten. Doch will ich noch einen weiteren Vorfall schildern, der sich gestern früh ereignete, als Prinzessin Madouc ihr Frühstück mit Devonet und Chlodys einnahm. Es wurde wie üblich geneckt und gekichert. Plötzlich geschah etwas Verblüffendes: Devonet hob den Milchkrug, um Milch in ihre Schüssel zu gießen. Doch mit einemmal begann ihre Hand zu zucken, und sie goß sich die Milch über den Hals und die Brust, wobei ihre Zähne klapperten wie Kastagnetten. Schließlich ließ sie den Krug fallen und stürmte aus dem Zimmer. Ich folgte ihr in dem Bestreben, den Grund für ihre seltsamen Konvulsionen zu erfahren. Devonet erklärte, daß die Prinzessin Madouc sie zu diesem Verhalten veranlaßt habe, indem sie ein leises Zischen von sich gegeben habe. Laut Devonet war dem keine wirkliche Provokation von ihrer Seite vorausgegangen. Sie berichtete: ›Ich sagte lediglich, daß es Bastarden, auch wenn sie ihre Blase in silberne Nachttöpfe entleerten, gleichwohl immer noch an dem kostbarsten aller Güter gebräche, nämlich einem feinen Stammbaum!‹ Darauf frug ich: ›Und was geschah dann?‹ ›Und dann‹, antwortete sie, ›griff ich nach dem Milchkrug; ich hob ihn hoch und besudelte mich über und über mit Milch, während Madouc grinsend dasaß und ein zischendes Geräusch machte.‹ So hat es sich zugetragen.«

Königin Sollace lutschte an ihren Fingern, dann wischte sie sie an einem damastenen Mundtuch ab. »Für mich klingt das nach schlichter Unachtsamkeit«, sagte Königin Sollace. »Devonet muß lernen, den Krug fester zu greifen.«

Lady Desdea schnaubte verächtlich. »Und was ist mit Prinzessin Madoucs rätselhaftem Grinsen?«

»Vielleicht war sie belustigt. Ist das nicht möglich?«

»Ja«, sagte Lady Desdea grimmig. »Es ist möglich. Aber nun hört Euch dies an! Zur Strafe verordnete ich Ihrer Hoheit doppelte Lektionen: in Orthographie, Grammatik, Handarbeit und Tanzen; darüber hinaus befahl ich ihr das Studium spezieller Texte in Genealogie und Astronomie sowie in den geometrischen Lehren von Aristarch, Candasces und Euklid. Außerdem hieß ich sie, sich der Lektüre der Werke von Matreo, Orgon Photis, Junifer Algo, Panis, dem Ionier, Dalziel von Avallon, Ovid und noch einem oder zwei anderen zu widmen.«

Königin Sollace schüttelte verwirrt den Kopf. »Ich fand Junifer immer schrecklich langweilig, und aus Euklid wurde ich niemals klug.«

»Ich bin sicher, Eure Majestät waren stets sehr folgsam und eifrig bei Euren Lektionen; dies zeigt sich in Eurer Konversation.«

Sollace wandte den Blick zur Decke und sprach erst, nachdem sie mit Genuß eine weitere Feige vertilgt hatte. »Nun denn: was geschah also bei dieser Lektüre?«

»Ich bevollmächtigte Chlodys, Madouc beim Lesen zu beaufsichtigen, um sicherzustellen, daß sie auch die richtigen Texte studiert. Und wie nun Chlodys heute morgen ein Werk von Dalziel aus dem Regal ziehen will, fühlt sie plötzlich, wie ein Schüttelkrampf sie überkommt, der ihre Zähne klappern macht und sie veranlaßt, das Buch hoch in die Luft zu werfen. Sobald sie sich von dem Schreck erholt hatte, kam sie zu mir gelaufen, um sich zu beklagen. Wenig später brachte ich Prinzessin Madouc zu ihrer Tanzstunde. Die Musikanten stimmten ein hübsches Lied an; Meister Jocelyn erklärte, er werde nun den Schritt vorführen, den die

Prinzessin erlernen solle. Statt dessen sprang er sechs Fuß hoch in die Luft und verharrte dort, und derweil zuckte und zappelte er wild mit den Beinen wie ein Derwisch! Als er sich endlich wieder zu Boden senkte, sagte Madouc, sie habe keine Lust, einen solchen Tanzschritt zu probieren. Sie fragte mich, ob ich den Schritt nicht vorführen wolle, aber in ihrem Lächeln war etwas, das mich veranlaßte, dies Ansinnen abzulehnen. Und nun weiß ich nicht mehr ein noch aus.«

Königin Sollace nahm eine weitere Feige von der Zofe entgegen. »Nun soll's genug sein; ich bin nahezu übersättigt von diesen wunderbaren Früchten; sie sind süß wie Honig!« Sie wandte sich Lady Desdea zu. »Mach weiter wie bisher; einen besseren Rat weiß ich mir auch nicht.«

»Aber Ihr habt die Probleme gehört!«

»Es ist vielleicht Zufall oder schiere Einbildung oder vielleicht ist sogar ein bißchen Hysterie im Spiel. Wir können uns von solchen albernen Grillen nicht von unserer Linie abbringen lassen.«

Lady Desdea öffnete den Mund, um zu protestieren, aber Königin Sollace hob die Hand. »Nein, kein Wort mehr! Ich habe genug gehört.«

Die schläfrigen Tage des Sommers verstrichen. Der frischen Kühle des Morgens, da der Tau auf den Wiesen lag und von Ferne das Zwitschern der Vögel durch die klare Luft hallte, folgten die Hitze des Tages und die goldene Wärme des Nachmittags und bald darauf der orangene, gelbe und rote Sonnenuntergang; dann kam die blaugraue Dämmerung, und schließlich senkte sich die sternenklare Nacht über das Land, mit Vega im Zenith, Antares im Süden, Altair im Osten und Spica im Westen. Lady Desdea hatte einen angemessenen Weg gefunden, mit Madouc umzugehen. Mit grimmig-monotoner Stimme legte sie die Lektionen fest und stellte den Stundenplan auf, dann drehte sie sich mit einem verächtlichem Schnauben um und scherte sich nicht weiter um Madouc oder ihre Leistungen. Madouc akzeptierte den Plan und las nur die Dinge, die sie interessierten. Lady Desdea wiederum stellte fest, daß das Leben weitaus weniger beschwerlich für sie geworden war. Königin Sollace war froh, nicht mehr die Ohren über Madoucs Missetaten vollgejammert zu bekommen, und vermied bei ihren Unterhaltungen mit Lady Desdea jede Bezugnahme auf Madouc.

Nach einer Woche relativer Ruhe erwähnte Madouc vorsichtig Tyfer und seinen Bedarf an Bewegung. Lady Desdea sagte ungehalten: »Das Verbot stammt nicht von mir, sondern von Ihrer Majestät. Ich kann Euch die Erlaubnis nicht erteilen. Wenn Ihr Euch darüber hinwegsetzt, lauft Ihr Gefahr, Euch der Königin Mißfallen zuzuziehen. Mir ist das freilich einerlei.«

»Danke«, sagte Madouc. »Ich fürchtete, Ihr würdet Schwierigkeiten machen.«

»Ha hah! Warum sollte ich mit dem Kopf gegen eine Wand rennen?« Lady Desdea machte Anstalten zu gehen, dann hielt sie inne. »Sagt: Wo habt Ihr diesen schändlichen kleinen Zaubertrick gelernt?«

»Den ›Sissel‹? Den lehrte mich Shimrod, der Magier, damit ich mich gegen Tyrannen zur Wehr setzen kann.«

»Hmf.« Lady Desdea verließ den Raum. Madouc begab sich schnurstracks zu den Stallungen, wo sie Sir Pom-Pom anwies, Tyfer zu satteln und für einen Ausflug aufs Land zu rüsten.

Kapitel Fünf

1

Shimrod ritt in Gemeinschaft mit Dhrun nach der Stadt Lyonesse, wo Dhrun und Amery eine troicische Kogge bestiegen, die sie nach Domreis bringen würde. Shimrod schaute ihnen vom Kai aus nach, bis die braungelben Segel am Horizont verschwunden waren, dann ging er zu einem nahegelegenen Gasthof und suchte sich einen schattigen Platz in der rebenumrankten Laube. Bei einem Teller mit Würsten und einem Krug Bier erwog er die Möglichkeiten der vor ihm liegenden Tage und was sie für ihn bereithalten würden.

Die Zeit war gekommen, daß er sich nach Swer Smod begab, um sich mit Murgen zu beraten und zu erfahren, was immer es zu erfahren gab. Der Gedanke an Swer Smod hob seine Laune mitnichten. Murgens düstere Stimmung paßte gut zu der trüben und trostlosen Atmosphäre von Swer Smod; sein sauertöpfisches Lächeln kam der wilden Frivolität eines anderen Menschen gleich. Shimrod wußte wohl, was er auf Swer Smod zu erwarten hatte, und stimmte sich dementsprechend darauf ein; hätte er dort Heiterkeit und Frohsinn vorgefunden, dann hätte er an Murgens Verstand gezweifelt.

Shimrod verließ die Laube und ging zum Stand eines Bäckers, wo er zwei große Honigkuchen erwarb, jeder in einem Weidenkorb verpackt. Der eine Kuchen war mit Rosinen bestreut, der andere mit Nüssen. Shimrod nahm die Kuchen und trat hinter den Stand. Der Bäcker, überzeugt, daß Shimrod seinen Darm entleeren wollte, rannte hinaus, um Einwand zu erheben. »Haltet ein, Herr! Geht Euer Geschäft woanders erledigen! Ich will

keinen Gestank in der Luft; das ist schlechte Werbung!«
Er blieb stehen, spähte nach links und nach rechts. »Wo
seid Ihr, Herr?« Er vernahm ein Murmeln, ein Wimmern, ein Rauschen von Wind. Etwas huschte verschwommen an seinen Augen vorüber und entschwand aus seinem Gesichtsfeld, aber von Shimrod war weit und breit nichts zu sehen.

Schleppenden Schritts kehrte der Bäcker zur Vorderseite seines Standes zurück, aber er erzählte niemandem von dem Vorfall, aus Furcht, man könne ihn für verrückt halten.

2

Shimrod wurde zu einer steinigen Fläche hoch an den Hängen des Teach tac Teach transportiert. Hinter ihm erhoben sich die Mauern von Swer Smod: eine Ansammlung massiger rechteckiger Formen, in- und übereinandergeschichtet, ineinander verwoben und miteinander verschmolzen, überragt von drei Türmen unterschiedlicher Höhe, die wie steinerne Wächter über das Land blickten.

Shimrods Zutritt zu der Burg wurde von einem acht Fuß hohen Steinwall gehemmt. Am Portal hing ein Schild, das er bisher noch nicht gesehen hatte. Darauf stand in bedrohlichen schwarzen Lettern geschrieben:

WARNUNG!
BESITZSTÖRER! WANDERSLEUTE! ALLE ANDERN!
BETRETEN AUF EIGENE GEFAHR!

Falls ihr diese Worte nicht lesen könnt,
ruft laut: ›KLARO!‹
und das Schild wird die Botschaft laut verkünden.

GEHT KEINEN SCHRITT WEITER! LEBENSGEFAHR!

In Notfällen konsultiert Shimrod, den Magier
in seinem Haus Trilda im Großen Wald von Tantrevalles

Shimrod blieb vor dem Portal stehen und blickte in den dahinterliegenden Hof. Seit seinem letzten Besuch hatte sich nichts verändert. Immer noch hielten dieselben beiden Greife Wacht: Der moosgrün gesprenkelte Vus und der kastanienbraune Vuwas, dessen Farbe die von geronnenem Blut oder von roher Leber war. Beide waren acht Fuß hoch, und beide besaßen mächtige Rümpfe, die mit Rückenpanzern aus hürnernen Schuppen bewehrt waren. Vus prunkte mit einem Kamm aus sechs schwarzen Stacheln, an welche er in seiner Eitelkeit eine Anzahl von Medaillen und Emblemen geheftet hatte.

Vuwas trug längs über seinen Schädel und seinen massigen Nacken eine steife Bürste aus schwarzroten Borsten. Um gegen Vus nicht zurückzustehen, hatte er diese mit feinen Perlen verziert. Vus und Vuwas saßen in diesem Moment neben ihrem Wachhaus über ein aus Eisen und Bein gefertigtes Schachbrett gebeugt. Die Figuren waren vier Zoll hoch und schrien auf, sobald sie bewegt wurden, auf diese Weise ihr Mißfallen oder ihr Entsetzen oder ihre Entrüstung oder aber auch ihr Vergnügen über den Zug kundtuend. Die Greife indes ignorierten diese Kommentare und spielten ihre Partie so, wie es ihnen richtig dünkte.

Shimrod stieß das Eisentor auf und betrat den Vorhof. Die Greife blickten von ihrem Spiel auf und starrten mit loderndem Blick über ihre zinkenbewehrten Schultern. Jeder befahl dem andern, sich zu erheben und den Eindringling zu töten; jeder erhob Einwand. »Hältst du mich für einen Narren?« schnaubte Vuwas. »In meiner Abwesenheit würdest du drei unerlaubte Züge machen und dich zweifelsohne an meinen Figuren vergehen. Du bist es, der unsere Pflicht tun und den Eindringling töten mußt, und zwar auf der Stelle.«

»Ha!« schnaubte der moosgrüne Vus zurück. »Deine Bemerkungen verraten nur, was du selbst im Sinn hast. Während ich diesen schafsgesichtigen Narren tötete, würdest du meine Dame in die Vorhölle schieben und meinen Dunkelhund auf D 7.«

Vuwas knurrte Shimrod über die Schulter zu: »Geh weg; das ist für alle am bequemsten. Wir sparen uns die Mühe, dich zu töten, und du brauchst dir nicht den Kopf darüber zu zerbrechen, wie du deinen Nachlaß regeln sollst.«

»Ausgeschlossen«, sagte Shimrod. »In bin in wichtigen Angelegenheiten hier. Erkennt ihr mich nicht? Ich bin Murgens Sproß Shimrod.«

»Wir erinnern uns an nichts«, grunzte Vuwas. »Ein Erdling sieht wie der andere aus.«

Vus deutete zu Boden. »Bleib stehen, wo du bist, bis wir unser Spiel beendet haben. Dies ist ein kritischer Spielstand!«

Shimrod schlenderte hinüber, um das Schachbrett zu studieren. Die Greife schenkten ihm gar keine Beachtung.

»Lächerlich«, sagte Shimrod nach einem Moment.

»Still!« schnarrte Vuwas, der kastanienbraune Greif. »Wir dulden keine Einmischung!«

Vus drehte sich um und sah Shimrod herausfordernd an. »Willst du uns beleidigen? Wenn ja, werden wir dich auf der Stelle in Stücke reißen!«

Shimrod fragte: »Kann man eine Kuh beleidigen, indem man sie ›Rindvieh‹ nennt? Kann man einen Vogel mit dem Wort ›flatterhaft‹ kränken? Kann man zwei aufgeblasene, törichte Mondkälber beleidigen, wenn man sie als ›lächerlich‹ bezeichnet?«

Vuwas sagte in scharfem Ton: »Deine Andeutungen sind nicht klar. Was versuchst du uns zu sagen?«

»Ganz einfach, daß jeder von euch das Spiel mit einem einzigen Zug gewinnen könnte.«

Die Greife inspizierten mißmutig das Schachbrett. »Wie das?« fragte Vus.

»In deinem Fall bräuchtest du bloß diesen Bezander mit deinem Lumpen schlagen und sodann die Erzpriesterin nach vorn ziehen, so daß sie der Schlange gegenübersteht, und der Sieg wäre dein.«

»Laß gut sein!« schnaubte Vuwas. »Wie könnte ich gewinnen?«

»Liegt das nicht klar auf der Hand? Diese Mordicks hier versperren dir den Weg. Du brauchst sie nur mit deinem Geist zu schlagen — so —, und deinen Lumpen steht das Brett offen.«

»Sehr klug«, sagte Vus, der moosgrün gesprenkelte Greif. »Diese Züge gelten jedoch auf der Welt Pharsad als unzulässig. Außerdem hast du die Figuren mit falschen Namen bezeichnet, und darüber hinaus hast du das Brett in Unordnung gebracht!«

»Das macht nichts«, sagte Shimrod. »Spielt das Spiel einfach noch einmal von vorn. Jetzt muß ich aber weiter.«

»Nicht so hastig!« schrie Vuwas. »Da wäre immer noch eine kleine Pflicht zu erledigen!«

»Wir sind nicht von gestern«, behauptete Vus. »Rüste dich für den Tod.«

Shimrod stellte die Weidenkörbe auf den Tisch. Vuwas, der dunkelrote Greif, fragte argwöhnisch: »Was ist in den Körben?«

»Sie enthalten jeder einen Honigkuchen«, sagte Shimrod. »Einer der Kuchen ist etwas größer und schmackhafter als der andere.«

»Aha!« rief Vus. »Welcher ist welcher?«

»Ihr müßt die Körbe öffnen«, sagte Shimrod. »Der größere Kuchen ist für den von euch beiden bestimmt, der seiner am würdigsten ist.«

»Was du nicht sagst!«

Shimrod schlenderte davon. Einen Moment herrschte Stille hinter ihm, dann erhob sich ein Murmeln, gefolgt von einer scharfen Bemerkung, auf die eine nicht minder scharfe Erwiderung folgte, und dann fielen die beiden Greife unter furchterregendem Schnauben und markerschütterndem Gebrüll übereinander her.

Shimrod überquerte den Vorhof und stieg drei Stufen zu einer steinernen Vorhalle hinauf. Steinerne Säulen umrahmten einen Alkoven und eine schwere Eisentür, die doppelt so hoch war wie er und breiter, als seine ausgestreckten Arme reichten. Gesichter aus schwarzem Eisen starrten durch Laubgehänge aus eisernen Reben; schwarze Eisenaugen musterten ihn mit höhnischer Neugier. Shimrod berührte einen Knauf; die Tür schwang auf mit dem mahlenden Knirschen von Eisen auf Eisen. Er trat durch die Öffnung und gelangte in eine hohe Eingangshalle. Zur Linken und zur Rechten standen auf breiten Sockeln zwei steinerne Statuen; sie waren beidesamt berobt und mit Kapuzen verhüllt, so daß ihre hageren Gesichter im Schatten blieben. Kein Diener erschien; Shimrod hatte auch keinen erwartet. Murgens Diener blieben zumeist unsichtbar.

Der Weg war Shimrod vertraut. Er durchmaß die Eingangshalle und trat in einen langen Flur. In regelmäßigen Abständen führten hohe Türen zu Räumen, die mannigfachen Zwecken dienten. Niemand war zu sehen, noch war irgendein Laut zu hören; eine beinah unnatürliche Stille lag über Swer Smod.

Shimrod schritt ohne Eile den Flur entlang, wobei er in die Räume zu beiden Seiten schaute, um zu sehen, welche Veränderungen seit seinem letzten Besuch stattgefunden hatten. Oft waren die Räume dunkel, und in der Regel waren sie leer. Einige dienten herkömmlichen Zwecken; andere waren für weniger konventionellen Gebrauch bestimmt. In einem dieser Räume entdeckte Shimrod eine große Frau, die mit dem Rücken zur Tür vor einer Staffelei stand. Sie trug ein langes Gewand aus graublauem Leinen; ihr schneeweißes Haar war im Nacken mit einem Band zu einem Schweif gerafft, der ihr über den Rücken hing. Die Staffelei trug eine viereckige hölzerne Tafel, auf deren Oberfläche die Frau vermittels einer Anzahl von Pinseln und Farben aus einem Dutzend irdener Töpfe ein Bildnis schuf.

Shimrod betrachtete das Bild einen Moment, vermochte aber seine Natur nicht klar zu definieren. Er trat in das Zimmer, um das Bild aus größerer Nähe zu betrachten und so vielleicht ein besseres Verständnis zu erlangen — jedoch ohne großen Erfolg. Die Farben sahen so aus, als seien sie allesamt von demselben tiefen Schwarz, so daß der Frau wenig Spielraum für Kontraste blieb, wie es Shimrod schien. Er trat noch einen Schritt näher heran, dann noch einen. Schließlich konnte er erkennen, daß jede einzelne Farbe in einem ihr eigenen, feinen Glanz pulsierte. Er studierte das Bild; die Formen verschwammen vor seinen Augen; weder ihre Konturen noch ihr Muster waren erkennbar.

Die Frau wandte den Kopf; mit leeren Augen sah sie Shimrod an. Ihr Gesichtsausdruck blieb vage; Shimrod war nicht sicher, ob sie ihn überhaupt sah, aber sie konnte unmöglich blind sein! Das wäre ein Widerspruch in sich selbst gewesen!

Shimrod lächelte höflich. »Eine interessante Arbeit, das«, sagte er. »Jedoch ist mir die Komposition nicht recht klar.«

Die Frau gab keine Antwort, und Shimrod fragte sich, ob sie auch taub sein mochte. In düsterer Stimmung verließ er den Raum und ging weiter den Flur hinunter zur Großen Halle. Noch immer stand kein Lakai oder Diener bereit, um ihn anzukündigen; Shimrod schritt durch das Portal und betrat eine Halle, die so hoch war, daß die Decke sich im Schatten verlor. Eine Reihe schmaler Fenster auf einer Seite des Raumes ließ fahles Licht von Norden herein; ein im Kamin züngelndes Feuer sorgte für eine etwas freundlichere Beleuchtung. Die Wände waren mit Eichenholz getäfelt, aber bar jeden Zierats. Ein schwerer Tisch stand in der Mitte des Raumes. An der entlegenen Wand standen Vitrinen mit Büchern, Kuriositäten und allerlei Krimskrams verschiedenster Art; neben dem Kaminsims hing eine mit leuchtendem grünen Plasma gefüllte Glaskugel an einem silbernen Draht von der Decke; darinnen kauerte das zu einem Kringel zusammengepferchte Skelett eines Wiesels.

Murgen stand bei dem Tisch und schaute hinunter ins Feuer: ein Mann von früher Reife, wohlgestaltet, aber ohne hervorstechende Merkmale. Dies war seine normale Erscheinungsform, in welcher er sich am wohlsten fühlte. Er nahm Shimrods Gegenwart mit einem kurzen Blick und einer beiläufigen Handbewegung zur Kenntnis.

»Setz dich«, sagte Murgen. »Ich freue mich, daß du hier bist; ich war sogar schon im Begriff, dich zu rufen, wegen einer Motte, die mich plagte.«

Shimrod setzte sich ans Feuer. Er ließ seinen Blick durch den Raum schweifen. »Ich bin hier, aber ich sehe keine Motte.«

»Sie ist verschwunden«, sagte Murgen. »Wie war deine Reise?«

»Ganz gut. Ich reiste über Burg Sarris und die Stadt Lyonesse, in Begleitung von Prinz Dhrun.«

Murgen setzte sich auf einen Stuhl neben Shimrod. »Willst du essen oder trinken?«

»Ein Kelch Wein würde gewiß meine Nerven beruhigen. Deine Teufel sind abscheulicher denn je. Du mußt ihre Händelsucht zügeln.«

Murgen machte eine gleichgültige Geste. »Sie erfüllen ihren Zweck.«

»Viel zu gut, meiner Meinung nach«, sagte Shimrod. »Sollte einer deiner Gäste einmal auf sich warten lassen, sei nicht gekränkt; wahrscheinlich haben deine Teufel ihn in Stücke zerrissen.«

»Ich bewirte selten Gäste«, sagte Murgen. »Doch da du so darauf beharrst, werde ich Vus und Vuwas dazu anhalten, daß sie ihre Wachsamkeit mäßigen.«

Eine silberhaarige, barbeinige Sylphe wehte in die Halle. Sie trug ein Tablett, auf dem eine blaue Glasflasche und zwei wunderlich geformte Pokale standen. Sie stellte das Tablett auf den Tisch, musterte Shimrod mit einem raschen Seitenblick und schenkte die Pokale mit dunklem Rotwein aus der Flasche voll. Einen davon offerierte sie Shimrod, den anderen Murgen, dann schwebte sie so lautlos, wie sie gekommen war, wieder davon.

Einen Moment lang tranken die zwei schweigend aus den gläsernen Pokalen. Shimrod studierte die grün leuchtende Kugel, die von der Decke hing. Schwarz glitzernde Kügelchen in dem kleinen Schädel des Wiesels schienen seinen prüfenden Blick zu erwidern. Shimrod fragte: »Lebt es noch?«

Murgen blickte über die Schulter. Die schwarzen Kügelchen schienen sich erneut zu bewegen, um Murgens Blick zu erwidern. »Der Abschaum von Tamurello existiert vielleicht noch: seine Tinktur sozusagen; aber vielleicht ist auch die Energie des grünen Gases dafür verantwortlich.«

»Warum zerstörst du die Kugel nicht und schaffst dir so das Problem endgültig vom Hals?«

Murgen gab einen Laut der Belustigung von sich. »Wenn ich alles wüßte, was es zu wissen gibt, würde ich das vielleicht tun — oder, andererseits, es vielleicht auch nicht tun. Folglich zaudere ich. Ich scheue mich davor, diese scheinbare Stasis zu stören.«

»Es ist also keine wirkliche Stasis?«

»Es gibt niemals eine Stasis.«

Shimrod sagte dazu nichts. Murgen fuhr fort. »Ich werde von meinen Instinkten gewarnt. Sie erzählen mir von heimlicher, langsamer Bewegung. Jemand wünscht mich zu fangen, während ich dahindöse, selbstgefällig und aufgebläht im Gefühl meiner Macht. Die Möglichkeit ist real; ich kann nicht in alle Richtungen gleichzeitig schauen.«

»Aber wer hat den Willen, eine solche Strategie in die Tat umzusetzen? Gewiß nicht Tamurello!«

»Tamurello vielleicht nicht.«

»Wer sonst?«

»Es gibt da eine Frage, die mich immer wieder plagt. Wenigstens einmal jeden Tag frage ich mich: Wo ist Desmëi?«

»Sie verschwand, nachdem sie Carfilhiot und Melancthe erschaffen hat; so wird allgemein angenommen.«

Murgens Mund verzog sich zu einer skeptischen Grimasse. »War es wirklich gar so simpel? Hat Desmëi wirklich ihre Rache solchen Kreaturen wie Carfilhiot und Melancthe anvertraut — der eine ein Monstrum, die andere eine unglückliche Träumerin?«

»Desmëis Beweggründe waren immer rätselhaft«, sagte Shimrod. »Ich habe sie zugegebenermaßen niemals intensiv studiert.«

Murgen starrte ins Feuer. »Von nichts kam viel. Ihre Bosheit wurde angefeuert von einem scheinbar trivialen Impuls: daß Tamurello sich ihrem erotischen Verlangen verweigerte. Warum dann aber die mühevollen Unterfangen? Warum hat sie sich nicht einfach an Tamurello gerächt? Sollte Melancthe als Instrument ihrer Rache dienen? Wenn ja, dann gingen ihre Pläne schief. Carfilhiot nahm den grünen Rauch in sich auf, während Melancthe kaum seinen Geruch wahrnahm.«

»Dennoch scheint die Erinnerung daran sie zu faszinieren«, sagte Shimrod.

»Man sollte glauben, daß es ein überaus verlockender Stoff ist. Tamurello verzehrte die grüne Perle; jetzt kauert er in der Kugel, und die grüne Suffusion umhüllt ihn bis zum Überdruß. Er zeigt keine Spur von Freude.«

»Das in sich könnte als die Rache Desmëis betrachtet werden.«

»Das scheint zu dürftig. Für Desmëi verkörperte Tamurello nicht nur sich selbst, sondern seine ganze Art. Es gibt keinen Maßstab, um solche Bosheit zu ermessen; man kann sie nur fühlen und staunen.«

»Und entsetzt zurückschaudern.«

»Es ist vielleicht lehrreich zu beachten, daß Desmëi

bei der Erschaffung von Melancthe und Carfilhiot eine Dämonenmagie verwandte, die von Xabiste stammt. Das grüne Gas könnte selbst Desmëi sein, in einer Form, die ihr durch die Beschaffenheit von Xabiste auferlegt wurde. Wenn das so ist, dann ist sie zweifelsohne eifrig darauf bedacht, wieder eine herkömmlichere Gestalt anzunehmen.«

»Willst du damit andeuten, daß Desmëi und Tamurello zusammen in der Kugel eingepfercht sind?«

»Es ist nur ein müßiger Gedanke. Unterdessen bewache ich Joald und beschwichtige seine monströse Masse und bewahre ihn vor allem, was seine lange feuchte Ruhe stören könnte. Wenn die Zeit es erlaubt, studiere ich die Dämonenmagie von Xabiste, die schlüpfrig und vieldeutig ist. Das sind die Dinge, mit denen ich mich vorrangig befasse.«

»Du erwähntest, daß du im Begriff warst, mich nach Swer Smod zu rufen.«

»Ganz recht. Das Betragen einer Motte bereitet mir seit kurzem Sorgen.«

»Handelt es sich um eine gewöhnliche Motte?«

»So sollte man meinen.«

»Und ich bin hier, um mich dieser Motte anzunehmen?«

»Die Motte ist bedeutsamer, als du denkst. Gestern, kurz vor der Abenddämmerung, kam ich zur Tür herein und nahm wie gewohnt Notiz von der Kugel. Da sah ich, daß sich eine Motte, offenbar angezogen von dem grünen Licht, auf der Oberfläche der Kugel niedergelassen hatte. Und wie ich so schaute, krabbelte sie zu einer Stelle der Kugel hin, von der aus sie in Tamurellos Augen schauen konnte. Ich rief sofort den Sandestin Rylf, der mich belehrte, daß es sich hier um keine Motte handele, sondern um einen Shybalt von Xabiste.«

Shimrods Kinnlade fiel herunter. »Das ist eine schlechte Nachricht.«

Murgen nickte. »Es bedeutet, daß ein Verbindungsstrang besteht — zwischen dem, was in der Kugel haust, und jemand anderem andernorts.«

»Was geschah dann?«

»Als der Motten-Shybalt wegflog, nahm Rylf die Gestalt einer Libelle an und folgte ihm. Die Motte überquerte das Gebirge und flog das Evandertal hinunter zur Stadt Ys.«

»Und dann den Strand hinunter zu Melancthens Villa?«

»Überraschenderweise nicht. Vielleicht bemerkte der Shybalt, daß er verfolgt wurde. In Ys angekommen, flog er geradewegs zu einer Fackel auf dem Platz, wo er sich unter einen Schwarm von tausend anderen Motten mengte, welche allesamt die Flamme umkreisten — zu Rylfs höchster Verwirrung. Er beobachtete scharf den Schwarm, in der Hoffnung, die Motte zu identifizieren, der er von Swer Smod gefolgt war. Und während er wartete und die schwirrende Unzahl betrachtete, fiel eine der Motten plötzlich zu Boden und verwandelte sich in einen Menschenmann. Rylf vermochte nicht zu bestimmen, ob dies die Motte war, die er verfolgt hatte, oder ein gänzlich anderes Insekt. Nach den Gesetzen der Wahrscheinlichkeit, so erwog Rylf, war die Motte, der sein Interesse galt, in der Menge verblieben; deshalb schenkte Rylf dem Manne keine sonderliche Beachtung, wenngleich genug, um eine ausführliche Beschreibung von ihm liefern zu können.«

»Das schlägt sicherlich zum Guten aus.«

»Ganz recht. Der Mann war von durchschnittlicher Statur, mit alltäglichen Kleidern angetan, unauffällig beschuht und behütet. Darüber hinaus wußte Rylf zu berichten, daß er sich zum größten der Gasthöfe am Platze begab, über welchem ein Schild hing, auf dem eine untergehende Sonne abgebildet ist.«

»Das dürfte der Gasthof ›Zum Sonnenuntergang‹ sein, der am Hafen gelegen ist.«

»Rylf behielt weiter den Mottenschwarm im Auge, in dem sich — so sein Kalkül — die Motte befand, der er von Swer Smod gefolgt war. Um Mitternacht erlosch die Fackel, und die Motten flogen in alle Himmelsrichtungen davon. Rylf entschied, daß er sein Bestes getan habe, und kehrte zurück nach Swer Smod.«

»Hmf«, sagte Shimrod. »Und nun soll ich mein Glück im Gasthof ›Zum Sonnenuntergang‹ versuchen?«

»Das ist mein Vorschlag.«

Shimrod überlegte. »Es kann kein Zufall sein, daß auch Melancthe nahe bei Ys ansässig ist.«

»Es ist an dir, das zu prüfen. Ich habe Erkundigungen eingeholt und erfahren, daß wir es mit dem Shybalt Zagzig zu tun haben, der selbst auf Xabiste keinen guten Leumund genießt.«

»Und wenn ich ihn finde?«

»Deine Aufgabe ist delikat, ja gefährlich, da wir ihn mit peinlicher Genauigkeit vernehmen wollen. Er wird deine Anweisungen ignorieren und versuchen, dich mittels irgendeiner verschlagenen List unschädlich zu machen; du mußt ihm diesen Reif aus Suheil über den Kopf werfen, sonst wird er dich mit einem Windstoß aus seinem Munde töten.«

Shimrod inspizierte mit skeptischem Blick den Reif aus feinem Draht, den Murgen auf den Tisch gelegt hatte. »Dieser Ring wird Zagzig bändigen und ihn gefügig machen?«

»So ist es. Sodann kannst du ihn nach Swer Smod bringen, wo wir ihn nach Belieben verhören können.«

»Und wenn er sich als ungebärdig erweist?«

Murgen ging zum Kaminsims und kam mit einem Kurzschwert zurück, das in einer Scheide aus abgewetztem schwarzem Leder stak. »Dies ist das Schwert Tace. Benutze es, wenn nötig, zu deinem Schutz, wenngleich ich es vorzöge, wenn du Zagzig willfährig nach Swer Smod brächtest. Komm nun in den Ankleideraum; wir müssen eine Maske für dich finden. Es wäre nicht schicklich, wenn du als Shimrod, der Magier, erkannt würdest. Wenn wir denn schon unser eigenes Edikt verletzen müssen, dann laß es uns wenigstens heimlich tun.«

Shimrod erhob sich. »Vergiß nicht, Vus und Vuwas einzuschärfen, daß sie mir bei meiner Rückkunft einen höflicheren Empfang als zuletzt bereiten.«

Murgen wischte die Beschwerde beiseite. »Eines nach dem andern. Im Moment muß unsere einzige Sorge Zigzag sein.«

»Wie du meinst.«

3

An der Stelle, wo der Evanderfluß in den Atlantischen Ozean mündete, lag eine Stadt von hohem Alter, die von den Dichtern von Wales, Irland, Dahaut, Armorica und anderswo als ›Ys, die Schöne‹ oder ›Ys, Stadt der Hundert Paläste‹ oder auch ›Ys, Stadt des Ozeans‹ besungen wurde: eine Stadt so romantisch, großartig und reich, daß alle sie nachträglich für sich beanspruchten.

Dennoch und trotz alldem war Ys keine Stadt, die ihren sagenhaften Ruf großem Gepränge oder prachtvollen Tempeln oder öffentlichen Veranstaltungen irgendwelcher Art verdankte. Was die Phantasie der Poeten allenthalben befeuerte, war vielmehr das Faktum, daß Ys mehr denn jede andere Stadt von Geheimnissen durchdrungen war, von alten und neuen. Das einzige Zugeständnis, das das Volk von Ys an stolze Zurschaustellung machte, waren die Standbilder mythischer Helden, die rings um die vier Konsankte auf der Rückseite des zentralen Hauptplatzes aufgestellt waren. Die Einwohner nannten sich — in einer Sprache, die sonst nirgends gesprochen wurde — ›Yssei‹: Leute von Ys. Der Überlieferung nach waren sie in vier Gruppen auf die Älteren Inseln gekommen; diese Gruppen hatten über die Jahrhunderte hinweg ihre jeweilige Identität bewahrt und sich de facto zu vier geheimen Gesellschaften entwikkelt, mit Funktionen und Riten, die strenger gehütet und bewahrt wurden als das Leben selbst. Aus diesem und aus anderen Gründen wurde die Gesellschaft von verzwickten Regeln und delikaten Umgangsformen beherrscht, die in ihrer verzwickten Kompliziertheit für Fremde ein Buch mit sieben Siegeln blieben.

Der Reichtum von Ys und seinen Bewohnern war sprichwörtlich und entsprang seiner Funktion als Umschlageplatz für den Handel zwischen der bekannten Welt und fernen Gegenden im Süden und Westen. Entlang dem Evanderfluß und an den Höhen zu beiden Seiten schimmerten die Paläste der Yssei weiß durch das Blattwerk der alten Gärten. Zwölf Bogenbrücken überspannten den Fluß; mit Granitfliesen belegte Alleen säumten beide Ufer; Treidelpfade folgten beiderseits dem Flußlauf, damit Kähne mit Früchten, Blumen und Erzeugnissen aller Art zu den Bewohnern befördert werden konnten, die fern vom Hauptmarkt lebten. Die größten Gebäude von Ys waren die vier Konsankte auf der Rückseite des Hauptplatzes, wo die Faktoren der vier Geschlechter ihre Geschäfte abwickelten.

Das ans Wasser grenzende Quartier wurde von den Bewohnern von Ys als eine separate Kommune betrachtet; sie nannten es ›Abri‹, oder ›Ort der Fremden‹. Im Hafenbezirk waren die Geschäfte kleiner Händler, Krämerläden, Gießereien und Schmieden, Werften, Segelmachereien, Seilerbahnen, Lagerhäuser, Tavernen und Gasthöfe.

Von diesen Gasthöfen war einer der größten und besten der Gasthof ›Zum Sonnenuntergang‹, der gekennzeichnet war durch ein Schild, auf dem eine rote Sonne abgebildet war, die vor dem Hintergrund gelber Wolken in einem ultramarinblauen Ozean versank. Vor dem ›Sonnenuntergang‹ standen Tische und Bänke für solche Gäste bereit, die vielleicht den Wunsch verspürten, Speise oder Trank im Freien einzunehmen und dabei dem Getriebe auf dem Platz zuzuschauen. Neben der Tür schmorten Sardinen über glühenden Kohlen und zogen mit ihrem köstlichen Duft Kunden an, die andernfalls womöglich achtlos vorbeigegangen wären.

Am späten Nachmittag traf Shimrod, als fahrender Rittersmann verkleidet, in Ys ein. Er hatte seine Haut dunkler gemacht, und sein Haar war jetzt schwarz; darüber hinaus hatte er mittels eines simplen Zauberspruchs von achtzehn Silben seine Züge dergestalt verändert, daß er hartgesotten, finster und verschlagen anmutete. An seinem Gürtel hingen das Kurzschwert Tace und ein Dolch: Waffen, die dem Bild entsprachen, das er zu vermitteln beabsichtigte. Er ging auf direktem Wege zum Gasthof ›Zum Sonnenuntergang‹, den, wie es Rylfs Bericht zufolge den Anschein hatte, Zagzig der Shybalt aufgesucht hatte, um sich dort mit jemandem zu treffen. Als Shimrod sich dem Gasthof näherte, erinnerte ihn der Duft von gegrillten Sardinen daran, daß er seit dem Morgen noch nichts gegessen hatte.

Shimrod ging durch die Tür und betrat den Schankraum. Er blieb stehen, um die Gäste in Augenschein zu nehmen. Welche dieser Personen, wenn überhaupt eine von ihnen, mochte der Shybalt Zagzig von Xabiste sein? Keiner saß brütend allein in einer Ecke; keiner kauerte wachsam mit verstohlen spähenden Augen über einem Weinkelch.

Shimrod ging zum Tresen. Hier stand der Wirt — ein kurzer, fetter Mann mit achtsamen schwarzen Augen in einem runden roten Gesicht. Er nickte höflich mit dem Kopf. »Ihr wünscht, Herr?«

»Zunächst einmal möchte ich Unterkunft für einen Tag oder länger«, sagte Shimrod. »Einer runden Kammer und einem Bett, das frei von Ungeziefer ist, gäbe ich den Vorzug. Sodann werde ich zu Abend essen.«

Der Wirt wischte sich die Hände an seiner Schürze ab, wobei sein Blick über Shimrods abgewetzte Kleider glitt. »Dies läßt sich einrichten, und zweifelsohne zu

Eurer vollen Zufriedenheit. Doch zuvörderst ein Detail. Über die Jahre hinweg bin ich immer wieder von vorn bis hinten und von oben bis unten von rücksichtslosen Halunken bestohlen und beraubt worden, bis meine angeborene Großherzigkeit schließlich in Verbitterung umschlug. Seither bin ich übervorsichtig. Kurz, ich möchte die Farbe Eures Geldes sehen, bevor wir handelseinig werden.«

Shimrod warf einen Silbertaler auf die Theke. »Mein Aufenthalt könnte, wie bereits angedeutet, mehrere Tage dauern. Diese Münze, die aus gutem Silber geprägt ist, sollte zur Begleichung meiner Spesen wohl hinreichen.«

»Sie wird zumindest hinreichen, um Euer Konto zu eröffnen«, sagte der Gastwirt. »Wie es sich fügt, ist soeben eine Kammer von der Art, wie Ihr sie wünscht, frei geworden und steht für Euren Einzug offen. Welchen Namen soll ich in mein Fremdenbuch eintragen?«

»Schreibt ›Tace‹ hinein«, sagte Shimrod.

»Sehr wohl, Herr Tace. Der Bursche wird Euch Eure Kammer zeigen. Fonsel! Komm sofort her! Führe Herrn Tace zum großen Westzimmer!«

»Einen Augenblick noch«, sagte Shimrod. »Ich frage mich, ob wohl ein Freund von mir gestern bei Euch abgestiegen sein könnte, etwa um diese Stunde, vielleicht auch etwas später. Ich bin nicht sicher, unter welchem Namen er reist.«

»Gestern kamen mehrere Gäste«, sagte der Wirt. »Wie sieht Euer Freund aus?«

»Er ist von durchschnittlicher Art. Er trägt Kleider, bedeckt sein Haupt mit einem Hut und ist beschuht.«

Der Wirt sann nach. »Ich kann mich eines solchen Herrn nicht entsinnen. Sir Fulk von Thwist kam am Mittag; er ist ungeheuer korpulent und hat eine große Geschwulst auf der Nase. Am Nachmittag kam ein gewisser Janglart, aber er ist lang und dünn wie eine Gerte, sehr bleich, und von seinem Kinn hängt ein langer weißer Bart herab. Der Schafhändler Mynax ist von durchschnittlicher Beschaffenheit, aber ich habe ihn noch nie mit einem Hut auf dem Kopf gesehen: er hat stets einen zylinderförmigen Helm aus Schafsleder auf. Außer diesen genannten Herren mietete sich niemand für die Nacht ein.«

»Je nun, es ist auch nicht gar so wichtig«, sagte Shimrod. Wahrscheinlich, dachte er, hatte der Shybalt es vorgezogen, die ganze lange Nacht auf einem hohen Giebel hockend zu verbringen, statt die Enge einer Kammer zu ertragen. »Mein Freund wird zu gegebener Zeit schon eintreffen.«

Shimrod folgte Fonsel die Treppe hinauf in die Kammer, die er zufriedenstellend fand. Er ging wieder nach unten, schritt zur Vorderseite des Gasthofs und ließ sich an einem Tisch nieder, wo er zu Abend speiste: zuerst ein Dutzend frisch gebratene Sardinen, dann eine Schüssel Saubohnen mit Speck mit einer Zwiebel als Beigabe, dazu einen Kanten frischen Brotes und ein Viertel würzigen Bieres.

Die Sonne versank im Meer. Gäste kamen und gingen; keiner von ihnen erregte Shimrods Verdacht. Es mochte gut sein, daß der Shybalt sein Werk bereits getan hatte und wieder abgereist war, erwog Shimrod. Seine Aufmerksamkeit mußte sich nunmehr unvermeidlich auf Melancthe konzentrieren, die kaum eine Meile von hier entfernt in einer weißen Villa am Strand residierte und die vormals — aus Gründen, die Shimrod nie hatte klären können — im Auftrage und auf das Geheiß von Tamurello gewirkt hatte. Offenbar war er niemals ihr Geliebter gewesen — er hatte ihrem Bruder Faude Carfilhiot den Vorzug gegeben. Die Beziehung mochte Desmëi gefallen haben oder auch nicht — wäre sie am Leben gewesen und der Verbindung gewahr. Es war, sann Shimrod, fürwahr ein verworrenes Knäuel von kaum plausiblen Möglichkeiten und schockierenden Realitäten. Melancthens Rolle war so undurchsichtig wie eh und je und wahrscheinlich nicht einmal für sie selbst durchschaubar. Wer hatte je auch nur die äußersten Schichten von Melancthes Bewußtsein ergründet? Er, Shimrod, ganz gewiß nicht.

Zwielicht senkte sich auf Ys, die Stadt der Hundert Paläste. Shimrod erhob sich von seinem Tisch und schlenderte den Hafenweg hinunter, der, sobald er die Docks hinter sich gelassen hatte, nach Norden schwenkte und neben dem weißen Strand verlief.

Die Stadt blieb zurück. Heute abend herrschte Windstille, und die See war ruhig. Die Brandung schwappte träge den Strand herauf, ein dumpfes, einschläferndes Geräusch erzeugend.

Shimrod näherte sich der weißen Villa. Eine brusthohe Mauer aus weißem Stein umfriedete einen Garten, in dem Lilien, Sonnenblumen, Thymian, drei schlanke Zypressen und zwei Zitronenbäume wuchsen.

Die Villa und der Garten waren Shimrod wohlbekannt. Er hatte sie zum ersten Male in einem Traum gesehen, der Nacht für Nacht wiederkehrte. In diesem Traum war ihm zum ersten Mal Melancthe erschienen: eine dunkelhaarige Jungfer von herzzerreißender Schönheit und voller Widersprüchen.

Heute abend indes schien Melancthe nicht daheim zu sein. Shimrod ging durch den Garten, überquerte die gefliese Terrasse und klopfte an der Tür. Er bekam keine Antwort, nicht einmal von der Magd. Weder Kerzen- noch Lampenschein waren drinnen auszumachen. Kein Laut war zu hören außer dem leisen Rauschen der Brandung.

Shimrod verließ die Villa und kehrte in die Stadt und zum Gasthof ›Zum Sonnenuntergang‹ zurück. In der Schankstube fand er einen unauffälligen Tisch an der Wand und nahm an ihm Platz.

Einen nach dem andern musterte er die Insassen des Raumes. In der Hauptsache schien es sich um Einheimische zu handeln: Handelsmänner, Handwerker, ein paar Bauern aus der Umgebung, einige Matrosen der im

Hafen liegenden Schiffen. Yssei sah er keine; die hielten sich fern vom Gedränge der Stadtleute.

Ein Mann, der allein ein paar Tische von ihm entfernt saß, erregte seine Aufmerksamkeit. Er war von stämmigem Körperbau, aber nur mittlerer Statur. Seine Kleider waren alltäglich: ein Bauernkittel aus grobem grauen Stoff, weite Hosen, Halbstiefel mit spitz zulaufenden, aufwärts gekrümmten Kappen und dreiwinkligen Knöchellaschen. Auf dem Kopf trug er einen schmalkrempigen schwarzen Hut mit einer hohen, nach hinten abfallenden Spitze. Sein Gesicht war sanft und ruhig, beseelt nur von den funkelnden und ständig hin und her huschenden kleinen schwarzen Knopfaugen. Auf dem Tisch vor ihm stand ein voller Krug Bier, den er nicht angerührt hatte. Seine Körperhaltung war steif und sonderbar: seine Brust schien sich weder zu heben noch zu senken. Anhand dieses und anderer Zeichen erkannte Shimrod, daß hier Zagzig saß, der Shybalt von Xabiste, unzulänglich als Erdbewohner vermummt. Shimrod fiel auf, daß Zagzig es aus Nachlässigkeit versäumt hatte, sich des mittleren Paars seiner Mottenbeine zu entledigen, welche sich von Zeit zu Zeit unter dem grauen Stoff seines Kittels regten. Auch seinen Nacken hatte er nur nachlässig und unzureichend mit menschlicher Haut verhüllt: Shimrod sah deutlich den metallischen Schimmer eines Insektenpanzers.

Shimrod entschied, daß, wie noch stets, die einfachste aller zu Gebote stehenden Wahlmöglichkeiten die beste sei: er würde warten und Zagzig im Auge behalten und schauen, was geschah.

Als Fonsel, der Schankgehilfe, mit einem vollbeladenen Tablett an Zagzig vorbeiging, stieß er aus Zufall mit dem Ellenbogen gegen des Shybalts Hut, so daß dieser herunter und auf den Tisch fiel. Dabei kam nicht nur Zagzigs braune Haarmatte zum Vorschein, sondern auch ein Paar federähnlicher Fühler, die Zagzig zu entfernen vergessen hatte. Fonsel starrte den Shybalt mit weit offenem Mund an, während Zagzig wütend den Hut packte und ihn wieder auf seinen Kopf stülpte. Er raunzte den Burschen barsch an; Fonsel schnitt eine Grimasse, nickte hastig mit dem Kopf und hastete erschreckt davon, mit einem kurzen, bestürzten Blick über die Schulter. Zagzig schaute hastig hierhin und dorthin, um festzustellen, ob irgend jemand den Zwischenfall bemerkt hatte. Shimrod wandte hurtig den Blick ab und tat so, als betrachte er interessiert ein Regal mit alten blauen Tellern, das neben ihm an der Wand hing. Zagzig entspannte sich und lehnte sich in seinen Stuhl zurück.

Zehn Minuten vergingen. Die Tür schwang auf; im Rahmen stand ein hochgewachsener Mann in schwarzen Kleidern. Er war hager, breitschultrig, straff und geschmeidig in seinen Bewegungen; seine Gesichtsfarbe war bläßlich, sein schwarzes Haar war über der Stirn gerade gestutzt und im Nacken zu einem Strang gerafft. Shimrod studierte den Neuankömmling mit Interesse; hier, dachte er, war ein Mann von flinker und rücksichtsloser Intelligenz. Eine Narbe, die sich quer über seine hagere Wange zog, unterstrich den Ausdruck von Bedrohlichkeit, den sein ohnedies schon grimmiges Gesicht vermittelte. Die Farbe seines Haars, sein bleiches Gesicht und sein hochmütiges Auftreten ließen Shimrod vermuten, daß der Neuankömmling ein Ska* von Skaghane oder aus dem Ska-Vorland war.

Der Ska schaute sich im Raum um. Er blickte erst zu

---

* Ska: die Ureinwohner Skandinaviens, deren Geschichte bis in die graue Vorzeit zurückreicht. Dreitausend Jahre zuvor war eine arische Horde, die Urgoten, von den Schwarzmeersteppen nach Skandinavien gezogen und hatte die dort seit Urzeiten ansässigen Ska verdrängt. Die Überreste der Ska hatten sich nach einigen Irrwegen schließlich in Irland niedergelassen und waren als die Söhne Parthalons in die irische Mythologie eingegangen. Nachdem sie in Irland von den Danaern in drei großen Schlachten besiegt worden waren, zogen sie südwärts und ließen sich auf Skaghane, einer der Älteren Inseln, sowie im Vorland nieder.

Shimrod, dann zu Zagzig, dann sah er sich erneut im Raum um, bevor er schließlich einen Tisch wählte und Platz nahm. Fonsel kam im Laufschritt, um sich nach seinen Wünschen zu erkundigen, und brachte ihm Bier, Sardinen und Brot.

Der Ska aß und trank ohne Hast; als er fertig war, lehnte er sich zurück und taxierte abermals erst Shimrod, dann Zagzig. Sodann legte er eine Kugel aus dunkelgrünem Serpentin von einem Zoll Durchmesser, die an einer Kette aus feinen Eisengliedern befestigt war, vor sich auf den Tisch. Shimrod hatte derlei Kugeln schon einmal gesehen; die Ska-Patrizier trugen sie als Kennzeichen ihrer Kaste.

Beim Anblick des Talismans erhob sich Zagzig von seinem Tisch und schlenderte zu dem des Ska.

Shimrod winkte Fonsel zu sich. Shimrod sagte leise: »Dreh dich nicht um, Bursche, aber sag mir den Namen jenes hochgewachsenen Ska, der dort drüben sitzt.«

»Ich kann es nicht mit Sicherheit sagen«, antwortete Fonsel. »Ich habe ihn nie zuvor gesehen. Jedoch habe ich gehört, wie jemand in der Ecke des Raums in sehr gedämpftem Ton den Namen ›Torqual‹ genannt hat. Wenn dies tatsächlich der allenthalben gefürchtete, übelbeleumundete Torqual ist, dann ist er fürwahr sehr kühn, sich hier zu zeigen, wo König Aillas ihn liebend gern erhaschen und aufknüpfen würde.«

Shimrod gab dem Burschen einen Kupferpfennig. »Deine Bemerkungen sind interessant. Bring mir nun einen Kelch guten weißen Weins.«

Vermittels eines magischen Kunstgriffs verstärkte Shimrod die Schärfe seines Gehörs so, daß er das Geflüster eines jungen Liebespaares, das in einer hinteren Ecke des Raumes saß, klar und deutlich vernehmen konnte — ebenso wie die Anweisungen, die der Wirt Fonsel bezüglich der Streckung von Shimrods Wein erteilte. Die Unterhaltung zwischen Zagzig und Torqual freilich war mittels einer Magie, die ebenso scharf war wie seine eigene, gedämpft worden, und er konnte nichts von ihrem Inhalt aufschnappen.

Fonsel servierte ihm mit schwungvoller Verbeugung den bestellten Pokal. »Bitte sehr, der Herr! Unser edelster Tropfen!«

»Das freut mich zu hören«, sagte Shimrod. »Ich bin der amtliche Wirtshausinspizient und im Auftrage von König Aillas hier. Trotzdem wird mir — möchte man's glauben? — oft minderwertiges Zeug vorgesetzt! Vor drei Tagen, in Mynault war's, überführte ich einen Gastwirt und seinen Bierkellner der Verwässerung meines Weines, eine Tat, die König Aillas per Dekret als ein Vergehen wider die Menschheit erklärt hat.«

»Wahrhaftig, Herr?« stammelte Fonsel. »Was geschah mit den beiden?«

»Die Konstabler schleppten sowohl den Gastwirt als auch den Bierkellner auf den Marktplatz und banden sie an den Schandpfahl, wo sie gehörig durchgewalkt wurden. Sie werden ihr Vergehen nicht so bald wiederholen.«

Fonsel raffte hastig den Pokal vom Tisch. »Ich sehe plötzlich, daß ich Euch versehentlich Wein aus der falschen Flasche eingeschenkt habe! Einen Moment, Herr, ich werde das unverzüglich in Ordnung bringen.«

Fonsel brachte wacker einen neuen Kelch, und einen Augenblick später erschien der Wirt selbst an Shimrods Tisch und wischte sich nervös die Hände an seiner Schürze ab. »Ich hoffe doch, daß alles in bester Ordnung ist, Herr?«

»Im Augenblick ja.«

»Gut! Fonsel ist mitunter ein wenig nachlässig und bringt unseren guten Namen in Mißkredit. Ich werde ihn heute abend für seinen Fehler prügeln.«

Shimrod ließ ein grimmiges Lachen hören. »Herr, laßt den armen Fonsel zufrieden. Er hat seinen Fehler eingesehen und verdient Nachsicht.«

Der Wirt verneigte sich. »Ich werde Euren Ratschlag

sorgfältig bedenken, Herr.« Er eilte zurück hinter seine Theke, und Shimrod wandte sich wieder der Beobachtung von Zagzig, dem Shybalt, und Torqual, dem Ska, zu.

Die Unterredung kam zum Ende. Zagzig warf einen Beutel auf den Tisch. Torqual löste die Schnur und spähte hinein, um den Inhalt zu ermessen. Er hob den Blick und bedachte Zagzig mit einem steinernen Blick des Mißvergnügens. Zagzig begegnete dem Blick mit Gleichgültigkeit, dann erhob er sich und schickte sich an, den Gasthof zu verlassen.

Shimrod war bereits vorausgegangen und wartete im Vorhof. Der Vollmond war inzwischen aufgegangen und erleuchtete den Platz; die Granitfliesen leuchteten fast so weiß wie Knochen. Shimrod duckte sich in den Schatten des Schierlings, der neben dem Gasthaus wuchs.

Zagzigs Schattenriß erschien im Türrahmen; Shimrod hielt den Reif aus Surheil-Draht bereit, den er von Murgen bekommen hatte.

Zagzig ging an ihm vorbei; Shimrod trat aus dem Schatten hervor und versuchte, den Reif über Zagzigs Kopf zu werfen. Der hohe schwarze Hut war im Wege, und der Wurf mißlang. Zagzig sprang zur Seite; der Suheil-Draht ratschte über sein Gesicht und entlockte ihm einen leisen Schrei des Entsetzens. Er wirbelte herum. »Schuft!« zischte Zagzig. »Glaubst du, du könntest mich so erhaschen? Deine Zeit ist gekommen!« Er riß den Mund weit auf, um einen Gifthauch auszustoßen. Shimrod stieß das Schwert Tace geradewegs in die schwarze Öffnung; Zagzig gab ein gurgelndes Stöhnen von sich und sank auf das mondbeschienene Pflaster, wo er zu einem Häufchen aus grünen Funken und Blitzen schrumpelte, von dem sich Shimrod peinlich fernhielt. Einen Moment später war von Zagzig nichts übriggeblieben als eine Flocke grauen Flaums, die der kühle Abendwind davontrug.

Shimrod ging zurück in die Schankstube. Ein junger Mann, gekleidet nach der Mode, die zur Zeit in Aquitanien im Schwange war, hatte sich mit seiner Laute auf einen hohen Schemel gehockt. Zu klagenden Akkorden und untermalt von melodischen Läufen, sang er Balladen, welche die Taten liebeskranker Rittersmänner und schmachtender Jungfern feierten. Von Torqual war nichts zu sehen; er hatte die Schankstube verlassen.

Shimrod rief Fonsel, der sofort gesprungen kam. »Ihr wünscht, Herr?«

»Der Mann namens Torqual: logiert er hier im ›Sonnenuntergang‹?«

»Nein, Euer Ehren! Er ist gerade erst zur Seitentür hinausgegangen. Darf ich Eurer Lordschaft noch einen Pokal Wein bringen?«

Shimrod machte eine würdevolle Geste der Bejahung. »Ich brauche wohl nicht eigens zu erwähnen, daß ich nicht nach Wasser dürste.«

»Das, Herr, versteht sich von selbst!«

Shimrod saß noch eine Stunde beim Wein und lauschte den traurigen Balladen aus Aquitanien. Schließlich befiel ihn Ruhelosigkeit, und er ging hinaus in die Nacht, wo der Mond inzwischen hoch am Himmel stand. Der Platz war verwaist; die steinernen Fliesen leuchteten so weiß wie zuvor. Shimrod spazierte zum Hafen und schlenderte die Esplanade entlang bis zu der Stelle, wo sie sich mit der Uferstraße vereinte. Hier blieb er stehen und schaute über den Strand. Nach ein paar Minuten wandte er sich zum Gehen. Es war unwahrscheinlich, daß Melancthe ihn um diese Stunde freundlich empfangen würde.

Shimrod ging zurück zum Gasthof. Der aquitanische Bänkelsänger war gegangen, und mit ihm die meisten Gäste. Torqual war nirgends zu sehen. Shimrod stieg hinauf zu seiner Kammer und begab sich zur Nachtruhe.

4

Am Morgen frühstückte Shimrod vor dem Gasthof, wo er den Platz überschauen konnte. Er verzehrte eine Birne, eine Schüssel Haferbrei mit Sahne, mehrere Scheiben gebratenen Specks, eine Schnitte dunklen Brotes mit Käse und Essigpflaumen. Die Wärme des Sonnenlichts bot angenehmen Kontrast zu der kühlen Brise, die vom Meer hereinwehte; Shimrod frühstückte ohne Hast, wachsam und doch gelassen. Heute war Markttag; ein Wirrwarr aus Bewegung, Geräuschen und Farbe belebte den Platz. Allenthalben hatten Händler Tische und Buden aufgestellt, von denen aus sie die Qualität ihrer Waren lautstark anpriesen. Fischhändler hielten ihre besten Fische empor und schlugen auf eiserne Triangeln, auf daß alle herschauten. Zwischen den Buden und Ständen drängten sich die Kunden, größtenteils Hausfrauen und Dienstmägde. Da wurde gefeilscht, verglichen, geschachert, gewogen, geprüft, gepriesen und geschimpft, daß es nur so eine Art hatte.

Doch auch anderes Volk war auf dem Platz zu sehen: ein Quartett melancholischer Priester vom Tempel der Atlante; Seeleute und Handelsmänner aus fernen Ländern; hier und da ein Yssei-Faktor auf dem Wege zum Hafen, um dortselbst eine Schiffsladung zu inspizieren; ein Baron und seine Dame, die von ihrer grimmigen Bergfeste heruntergestiegen waren, um sich mit Waren einzudecken; Hirten und Kleinbauern aus den Mooren und Bergschluchten des Teach tac Teach.

Shimrod beendete sein Frühstück, blieb aber am Tisch sitzen und überlegte, wie er mit seinen Nachforschungen am besten weitermachen sollte.

Wie er so dasaß und sann, fiel ihm eine dunkelhaarige junge Frau ins Auge, die über den Platz marschierte. Ihr orangebrauner Rock und ihre rosafarbene Bluse leuchteten im Sonnenlicht. Shimrod erkannte in ihr Melancthes Hausmädchen. Sie trug zwei leere Körbe bei sich und war offensichtlich auf dem Weg zum Markt.

Shimrod sprang auf und folgte der jungen Frau über den Platz. Am Stand eines Obsthändlers blieb sie stehen und begann, Orangen aus der Auslage auszuwählen. Shimrod sah ihr einen Moment zu, dann trat er zu ihr und berührte ihren Ellenbogen. Sie fuhr herum und schaute ihn verblüfft an; vermummt, wie Shimrod war, vermochte sie ihn nicht wiederzuerkennen.

»Komm einen Moment mit mir beiseite«, sagte Shimrod. »Ich möchte mit dir sprechen.«

Die Magd zauderte und wich ängstlich zurück. Shimrod sagte: »Mein Anliegen steht in Zusammenhang mit deiner Herrin. Dir wird kein Leid geschehen.«

Verwirrt und widerstrebend folgte das Mädchen Shimrod ein paar Schritte hinaus auf den Platz. »Was wollt Ihr von mir?«

Shimrod sprach in einem Ton, von dem er hoffte, daß er beruhigend klänge: »Ich erinnere mich nicht an deinen Namen — das heißt, so ich ihn überhaupt je wußte.«

»Ich bin Lillas. Warum solltet Ihr mich kennen? Ich kann mich Eurer nicht entsinnen.«

»Vor einiger Zeit suchte ich deine Herrin auf. Du warst es, die mir die Tür öffnete. Du erinnerst dich doch, nicht wahr?«

Lillas sah Shimrod forschend an. »Ihr kommt mir irgendwie bekannt vor, aber ich vermag nicht zu sagen, woher. Die Begegnung muß sehr lange Zeit zurückliegen.«

»Das tut sie in der Tat; aber seid Ihr immer noch im Dienste Melancthens?«

»Ja. Ich habe nichts an ihr auszusetzen — zumindest nichts, was mich dazu treiben würde, sie zu verlassen.«

»Sie ist also eine umgängliche Herrin?«

Lillas lächelte traurig. »Sie nimmt kaum wahr, ob ich hier bin oder dort, ob ich im Hause bin oder fort. Trotzdem würde sie nicht wollen, daß ich hier herumstehe und über ihre Angelegenheiten klatsche.«

Shimrod zog einen Silbertaler aus der Tasche. »Was du mir sagst, wird unter uns bleiben und kann gewiß nicht als Klatsch betrachtet werden.«

Lillas akzeptierte die Münze unsicher. »Ihr müßt wissen, ich bin besorgt um Lady Melancthe. Ich verstehe ihr Verhalten ganz und gar nicht. Oft sitzt sie stundenlang da und schaut aufs Meer. Ich gehe meiner Arbeit nach, und sie beachtet mich nicht, als ob ich unsichtbar wäre.«

»Empfängt sie oft Besucher?«

»Selten. Erst heute morgen jedoch ...« Lillas stockte und spähte über ihre Schulter.

Shimrod gab ihr einen Anstoß. »Wer hat sie heute morgen besucht?«

»Er kam sehr früh — ein großer blasser Mann mit einer Narbe im Gesicht; ein Ska wohl, würde ich vermuten. Er klopfte an die Tür; ich machte ihm auf. Er sagte: ›Sag deiner Herrin, daß Torqual hier ist.‹

Ich wich zurück, und er trat in die Halle. Ich ging zu Lady Melancthe und überbrachte ihr die Botschaft.«

»War sie überrascht?«

»Ich glaube, sie war bestürzt und nicht sehr erfreut, aber offenbar auch nicht allzu erstaunt. Sie zögerte nur einen kurzen Moment, dann ging sie in die Halle. Ich folgte ihr, blieb aber hinter dem Vorhang stehen und beobachtete sie durch einen Spalt in demselben. Die beiden schauten sich einen Moment lang an, dann sagte Torqual: ›Man sagte mir, ich müsse Euren Befehlen gehorchen. Was wißt Ihr von dieser Abmachung?‹

Die Lady Melancthe sagte: ›Ich weiß von nichts.‹

Torqual fragte: ›Habt Ihr mich nicht erwartet?‹

›Es kam ein Fingerzeig — aber nichts ist klar, und ich muß nachdenken‹, sagte die Lady Melancthe. ›Geht jetzt! So ich Befehle für Euch finde, werde ich es Euch wissen lassen.‹

Hierüber schien Torqual belustigt. ›Und wie wollt Ihr das machen?‹ fragte er.

›Vermittels eines Zeichens. Falls ich diesbezüglich eine Eingebung bekomme, wird eine schwarze Urne an der Wand neben dem Tor erscheinen. Solltet Ihr die schwarze Urne sehen, könnt Ihr wiederkommen.‹

Nun lächelte der Mann Torqual und verneigte sich, so daß er beinahe fürstlich erschien. Ohne ein weiteres Wort wandte er sich um und verließ die Villa. Nun wißt Ihr, was heute morgen geschah. Ich bin froh, es Euch erzählt zu haben, da Torqual mich in Schrecken versetzt. Bestimmt kann er der Lady Melancthe nur Unheil bringen.«

»Deine Befürchtungen sind wohlbegründet«, sagte Shimrod. »Gleichwohl kann es sein, daß sie es vorzieht, sich nicht mit Torqual einzulassen.«

»Das mag wohl sein.«

»Ist sie jetzt daheim?«

»Ja; sie sitzt wie üblich da und schaut hinaus aufs Meer.«

»Ich werde sie aufsuchen. Vielleicht kann ich die Dinge in Ordnung bringen.«

Lillas sagte mit ängstlicher Stimme: »Ihr werdet doch nicht verraten, daß wir über ihre Angelegenheiten geredet haben?«

»Ganz gewiß nicht.«

Lillas ging zum Stand des Obsthändlers zurück; Shimrod überquerte den Platz zum Hafenweg. Sein Verdacht hatte sich bestätigt. Melancthes Verwicklung in die Affäre mochte zwar bisher vielleicht nur passiver Natur sein und dies vielleicht auch bleiben; aber Melancthes einziger verläßlicher Charakterzug war ihre Unberechenbarkeit.

Shimrod schaute nach Norden zu der weißen Villa. Er konnte keinen Grund finden, warum er den Besuch hinausschieben sollte, außer seinem eigenen Widerstreben, Melancthe entgegenzutreten. Er gab sich einen Ruck und ging mit langen, zielstrebigen Schritten den Strandweg entlang nach Norden. Zu gehöriger Zeit erreichte er die weiße Steinmauer. Eine schwarze Urne, so vergewisserte er sich mit einem raschen Blick, war nirgends zu sehen.

Shimrod durchquerte den Garten. An der Tür angekommen, hob er den Klopfer und ließ ihn fallen.

Nichts regte sich.

Shimrod klopfte ein zweites Mal, mit dem gleichen Ergebnis wie zuvor.

Die Villa, so schien es, war leer.

Shimrod wandte sich langsam von der Tür ab und ging zurück zur Pforte. Er blickte den Weg hinauf nach Norden. In nicht allzu weiter Distanz gewahrte er Melancthe, die sich ohne Hast näherte. Er empfand keine Überraschung; genau so war es in seinen Träumen gewesen.

Shimrod wartete. Melancthe kam näher: eine schlanke, dunkelhaarige Maid, die ein knielanges weißes Kleid und Sandalen trug. Mit einem kurzen, teilnahmslosen Blick auf Shimrod schritt sie durch das Tor; als sie an ihm vorüberging, roch Shimrod den feinen Duft von Veilchen, der sie stets begleitete.

Melancthe ging zur Tür. Shimrod folgte ihr ruhig und betrat hinter ihr die Villa. Sie ging durch die Halle und trat in ein langes Zimmer mit einem breiten Bogenfenster, das dem Meer zugewandt war. An dieses Fenster stellte sich Melancthe und starrte versonnen zum Horizont. Shimrod verharrte in der Tür und ließ seinen Blick durch den Raum schweifen. Seit seinem letzten Besuch hatte sich wenig verändert. Die Wände waren weiß getüncht; auf dem Fliesenboden lagen drei Vorleger, in einem kühnen Muster aus Orange, Rot, Schwarz, Weiß und Grün auf isabellfarbigem Untergrund gewoben. Ein Tisch, einige schwere Stühle, ein Diwan und ein Seitentisch waren das einzige Mobiliar. Die Wände waren bar jeder Verzierung; nirgends im Raum waren Gegenstände, die etwas von Melancthes Persönlichkeit widergespiegelt hätten. Die Vorleger waren farbenfroh und lebendig und schienen Importe aus dem Atlasgebirge zu sein; höchstwahrscheinlich, vermutete Shimrod, hatte Lillas, die Dienstmagd, sie gekauft und ausgelegt, ohne daß Melancthe groß Notiz davon genommen hatte.

Schließlich wandte sich Melancthe zu Shimrod um und sah ihn mit einem merkwürdig verzerrten Lächeln an. »Sprecht, Shimrod! Warum seid Ihr hier?«

»Ihr erkennt mich trotz meiner Vermummung?«

Melancthe schien überrascht. »›Vermummung‹? Ich bemerke keine Vermummung. Ihr seid Shimrod — so sanft, schwärmerisch und unsicher wie eh und je.«

»Zweifellos«, sagte Shimrod. »Soviel also zu meiner Vermummung; ich kann meine Identität nicht verbergen. Habt Ihr Euch inzwischen für eine Identität für Melancthe entschieden?«

Melancthe machte eine ausholende Gebärde. »Solches Gerede ist fehl am Platze. Was wollt Ihr von mir? Ich bezweifle, daß Ihr gekommen seid, meinen Charakter zu analysieren.«

Shimrod deutete auf den Diwan. »Setzen wir uns; es ist langweilig, sich im Stehen zu unterhalten.«

Melancthe zuckte gleichgültig die Achseln und ließ sich auf den Diwan sinken; Shimrod setzte sich neben sie. »Ihr seid so schön wie immer.«

»Das höre ich gelegentlich.«

»Bei unserer letzten Begegnung hattet Ihr Geschmack an giftigen Blüten gewonnen. Habt Ihr diese Neigung noch immer?«

Melancthe schüttelte den Kopf. »Solche Blüten sind nicht mehr zu finden. Ich denke sehr oft an sie; sie waren auf wunderbare Weise anziehend, findet Ihr nicht auch?«

»Sie waren faszinierend, aber auch schlecht«, sagte Shimrod.

»Ich empfand sie nicht so. Die Farben waren von großer Mannigfaltigkeit, und die Düfte, die ihnen entströmten, waren ungewöhnlich.«

»Aber — das müßt Ihr mir glauben! — sie verkörperten die Aspekte des Bösen: die vielen Gerüche der Purulenz, wenn man so will.«

Melancthe lächelte und schüttelte den Kopf. »Ich kann diese langweiligen Abstraktionen nicht verstehen, und ich bezweifle, ob die Mühe, sie darzulegen, irgendwelchen Spaß zeitigen würde, da ich mich sehr leicht gelangweilt fühle.«

»Interessehalber gefragt: Kennt Ihr die Bedeutung des Wortes ›böse‹?«

»Es scheint das zu bedeuten, was man in es hineinlegt.«

»Das Wort ist unbestimmt. Wißt Ihr den Unterschied zwischen, sagen wir, Güte und Grausamkeit?«

»Ich habe noch nie daran gedacht, mir darüber Gedanken zu machen. Warum fragt Ihr?«

»Weil ich in der Tat gekommen bin, Euren Charakter zu studieren.«

»Schon wieder? Aus welchem Grunde?«

»Es drängt mich herauszufinden, ob Ihr ›gut‹ oder ›schlecht‹ seid.«

Melancthe zuckte die Achseln. »Das ist so, als ob ich Euch früge, ob Ihr ein Vogel oder ein Fisch seid — und darauf eine ernsthafte Antwort erwartete.«

Shimrod seufzte. »Ganz recht. Wie verläuft Euer Leben?«

»Ich ziehe es der Vergessenheit vor.«

»Womit beschäftigt Ihr Euch jeden einzelnen Tag?«

»Ich beobachte das Meer und den Himmel; manchmal wate ich in der Brandung und baue Straßen im Sand. Nachts betrachte ich die Sterne.«

»Ihr habt keine Freunde?«

»Nein.«

»Und was ist mit der Zukunft?«

»Die Zukunft endet beim Jetzt.«

»Was das betrifft, so bin ich nicht so sicher«, sagte Shimrod. »Es ist bestenfalls eine Halbwahrheit.«

»Und wenn? Eine halbe Wahrheit ist besser als gar keine; pflichtet Ihr mir da nicht bei?«

»Ganz und gar nicht«, sagte Shimrod. »Ich bin ein praktischer Mensch; ich versuche lieber, die Gestalt der ›Jetzts‹, die in naher Entfernung liegen, zu beeinflussen, statt mich ihnen zu unterwerfen, sowie sie sich ereignen.«

Melancthe zuckte erneut die Achseln zum Zeichen ihres Desinteresses. »Es steht Euch frei, zu tun, was Euch beliebt.« Sie ließ sich in die Kissen zurücksinken und wandte den Blick aufs Meer.

Schließlich brach Shimrod das Schweigen. »Wohlan denn: seid Ihr nun ›gut‹ oder ›schlecht‹?«

»Ich weiß es nicht.«

Shimrod wurde ärgerlich. »Mit Euch zu sprechen ist so, als besuchte man ein leeres Haus.«

Melancthe überlegte einen Moment, bevor sie antwortete. »Vielleicht«, sagte sie, »liegt es daran, daß Ihr das falsche Haus besucht. Vielleicht seid Ihr aber auch bloß der falsche Besucher.«

»Ha hah!« sagte Shimrod. »Offenbar seid Ihr doch fähig zu denken.«

»Ich denke fortwährend, Tag und Nacht.«

»Und was sind Eure Gedanken?«

»Ihr würdet sie nicht verstehen.«

»Bringen Euch Eure Gedanken Freude? Oder Frieden?«

»Wie immer stellt Ihr Fragen, die ich nicht beantworten kann.«

»Sie sind doch recht einfach, sollte man meinen.«

»Für Euch vielleicht. Was mich anbelangt, so wurde ich nackt und leer in die Welt gebracht; es wurde lediglich von mir verlangt, daß ich die Menschen imitiere, nicht aber, daß ich selbst menschlich werde. Ich weiß nicht, was für eine Art von Geschöpf ich bin. Das ist das

Thema meiner Reflektionen. Sie sind kompliziert. Da ich keine menschlichen Gefühle kenne, habe ich ein völlig neues Kompendium von Emotionen erdacht, welche nur ich fühlen kann.«

»Das ist höchst interessant! Wann benutzt Ihr diese neuen Emotionen?«

»Ich benutze sie fortwährend. Manche sind schwer, andere sind leicht und nach Wolken benannt. Manche sind konstant; andere sind flüchtig. Bisweilen erregen sie mich, und ich möchte sie für immer behalten — so wie ich danach verlangte, die wundervollen Blumen zu behalten! Aber die Stimmungen entwischen, ehe ich sie benennen und in meinem Herzen festhalten kann. Manchmal — oft — kommen sie nie wieder zurück, wie sehr ich auch nach ihnen schmachte.«

»Wie nennt Ihr diese Gefühlsregungen? Sagt es mir!«

Melancthe schüttelte den Kopf. »Die Namen würden nichts besagen. Ich habe Insekten beobachtet und mich gefragt, wie sie ihre Gefühle heißen und ob sie vielleicht so wie die meinen sind.«

»Das glaube ich nicht«, sagte Shimrod.

Melancthe ging auf diesen Einwand nicht ein. Sie fuhr fort: »Es ist möglich, daß ich anstelle von Emotionen bloß Wahrnehmungen empfinde und diese für erstere halte. So empfindet auch ein Insekt die Stimmungen seines Lebens.«

»Und habt Ihr in Eurem neuen Kompendium von Gefühlen auch Gegenstücke für ›gut‹ und ›schlecht‹?«

»Das sind keine Gefühle! Ihr versucht mich dazu zu überlisten, daß ich Eure Sprache spreche! Na schön; ich werde antworten. Ich weiß nicht, was ich von mir halten soll. Da ich kein Menschenwesen bin, frage ich mich, was ich bin und wie mein Leben verlaufen wird.«

Shimrod lehnte sich zurück und dachte nach. »Ihr dientet einmal Tamurello: warum tatet Ihr das?«

»Das war das Geheiß, welches in mein Hirn eingepflanzt war.«

»Jetzt ist er in eine Flasche eingepfercht, aber Ihr dient ihm immer noch.«

Melanchte sah Shimrod stirnrunzelnd an, den Mund mißbilligend geschürzt. »Warum sagt Ihr das?«

»Murgen hat mich unterrichtet.«

»Und was weiß er?«

»Genug, um ernste Fragen zu stellen. Wie gelangen diese Befehle zu Euch?«

»Ich erhalte keine genauen Ordern, nur Anwandlungen und Fingerzeige.«

»Wer gibt sie?«

»Manchmal glaube ich, sie kommen aus mir selbst heraus. Wenn diese Stimmungen über mich kommen, dann bin ich ausgelassen und voller Leben!«

»Jemand belohnt Euch für Euer Mitwirken. Ihr müßt auf der Hut sein! Tamurello sitzt in einer Glasflasche, mit der Nase zwischen den Knien. Wollt Ihr, daß Euch das gleiche widerfährt?«

»Das wird nicht geschehen.«

»Hat Euch Desmëi das gesagt?«

»Äußert bitte diesen Namen nicht.«

»Er muß ausgesprochen werden, da er ein Synonym für ›Verderben‹ ist. Euer Verderben, wenn Ihr Euch als ihr Werkzeug benützen laßt.«

Melanchte stand auf und ging ans Fenster.

Shimrod sprach zu ihrem Rücken: »Kommt noch einmal mit mir nach Trilda. Ich werde Euch gänzlich von dem grünen Gestank befreien. Wir werden der Hexe Desmëi einen Strich durch die Rechnung machen. Ihr werdet vollkommen frei und ganz und gar lebendig sein.«

Melanchte wandte sich zu Shimrod um. »Ich weiß nichts von irgendeinem grünen Gestank, und ich weiß nichts von Desmëi. Geht jetzt.«

Shimrod erhob sich. »Denkt heute nach über Euch und darüber, wie Ihr Euer Leben verbringen möchtet. Bei Sonnenuntergang werde ich wiederkehren, und vielleicht werdet Ihr ja mit mir kommen.«

Melancthe schien ihn nicht zu hören. Shimrod verließ den Raum und entfernte sich von der Villa.

Der Tag verging, Stunde für Stunde. Shimrod saß an seinem Tisch vor dem Gasthaus und schaute der Sonne zu, wie sie über den Himmel wanderte. Als sie nur noch knapp über dem Horizont stand, erhob er sich und ging den Strand hinauf. Wenig später erreichte er die weiße Villa. Er ging zur Vordertür und klopfte.

Die Tür öffnete sich einen Spaltbreit. Die Dienstmagd Lillas spähte durch den Spalt.

»Guten Abend«, sagte Shimrod. »Ich möchte mit deiner Herrin sprechen.«

Lillas sah ihn mit großen Augen an. »Sie ist nicht hier.«

»Wo ist sie? Draußen am Strande?«

»Sie ist fortgegangen.«

»›Fortgegangen‹?« fragte Shimrod in scharfem Ton. »Wohin?«

»Wer weiß das schon?«

»Was ist ihr zugestoßen?«

»Vor einer Stunde klopfte es an der Tür, und ich öffnete. Es war Torqual, der Ska. Er ging an mir vorbei, durch die Halle und in den Salon. Die Herrin saß auf dem Diwan; sie sprang auf. Die beiden schauten sich einen Moment lang an, und ich beobachtete sie von der Tür aus. Er sprach ein einziges Wort: ›Komm!‹ Die Herrin rührte sich nicht von der Stelle, aber sie stand da, als sei sie unschlüssig. Torqual trat vor, faßte sie bei der Hand und führte sie durch die Halle und zur Vordertür hinaus. Sie erhob keinen Einwand; sie ging mit ihm hinaus wie eine Schlafwandlerin.«

Shimrod spürte, wie etwas seinen Magen zusammenschnürte. Lillas sprudelte heraus: »Auf dem Pfad standen zwei Rösser. Torqual hob meine Herrin in den Sattel des einen; er selbst stieg auf das andere. Sie ritten nach Norden davon. Und nun weiß ich nicht, was ich tun soll!«

Shimrod fand seine Stimme wieder. »Tu, was du immer tust; du hast keine anderen Anweisungen erhalten.«

»Das ist ein guter Rat!« sagte Lillas. »Vielleicht wird sie in Kürze wieder daheim sein.«

»Vielleicht.«

Shimrod kehrte zum Gasthof Zum Sonnenuntergang zurück. Am nächsten Morgen begab er sich aufs neue zu der weißen Villa, fand jedoch nur Lillas auf dem Anwesen vor. »Du hast keine Nachricht von deiner Herrin erhalten?«

»Nein, Herr. Sie ist weit weg; das fühle ich in den Knochen.«

»Ich auch.« Shimrod bückte sich und hob einen Kieselstein vom Boden auf. Er rieb ihn zwischen den Fingern und überreichte ihn Lillas. »Sobald deine Herrin zurück ist, trage diesen Kiesel nach draußen, wirf ihn hoch in die Luft und rufe: ›Geh zu Shimrod!‹ Hast du verstanden?«

»Ja, Herr.«

»Was sollst du tun?«

»Ich soll den Kiesel in die Luft werfen und rufen: ›Geh zu Shimrod!‹«

»Richtig! Und hier ist ein Silbertaler; er soll dein Gedächtnis stützen.«

»Danke, Herr.«

5

Shimrod begab sich über die Berge zu der steinernen Fläche vor Swer Smod. Als er den Vorhof betrat, fand er die zwei Greife beim Morgenmahl sitzend; letzteres bestand aus zwei großen Rinderkeulen, vier gebratenen Hühnern, zwei Jungferkeln, zwei Lagen gebeizten Lachses, einem Rad weißen Käses und mehreren Laiben frischen Brotes. Beim Anblick Shimrods sprangen sie wutentbrannt vom Tisch auf und stürzten ihm entgegen, als wollten sie ihn in Stücke reißen.

Shimrod hob die Hand. »Mäßigt euch, wenn ich bitten darf! Hat Murgen euch nicht ein freundlicheres Benehmen befohlen?«

»Er lobte unsere Wachsamkeit«, erwiderte Vuwas. »Er riet uns lediglich zu etwas mehr Zurückhaltung gegenüber Personen von offenkundig gutem Charakter.«

»Du entsprichst nicht dieser Beschreibung«, sagte Vus. »Mithin müssen wir unsere Pflicht tun.«

»Halt! Ich bin Shimrod, und ich bin in legitimer Sache hier!«

»Das bleibt noch abzuwarten!« sagte der grüngesprenkelte Vus. Mit einer Klaue kratzte er eine Linie über das steinerne Pflaster. »Erst müssen wir uns von deinen ehrlichen Absichten überzeugen; wir werden sie prüfen, sobald wir zu Ende gespeist haben.«

»Wir haben uns schon einmal nasführen lassen«, sagte Vuwas. »Nie wieder! Wage es, auch nur einen Fuß über diese Linie zu setzen, und wir vertilgen dich als Appetithappen!«

Shimrod murmelte leise einen Zauberspruch. »Ich würde mich Eurer Prüfung lieber sogleich unterziehen, aber ihr werdet gewiß darauf brennen, euch zu euren Gästen zu gesellen.«

»›Gästen‹?« fragte Vuwas verdutzt. »Wovon redest du?«

Shimrod deutete hinter sie; die Gryphen wandten sich um und gewahrten zu ihrer Verblüffung eine Horde von acht Pavianen mit roten Hosen und runden Hüten, die sich dreist über ihre Mahlzeit hermachten. Ein paar standen an der einen Seite des Tisches, andere an der anderen, und drei standen auf dem Tisch selbst.

Vus und Vuwas stürzten wutschnaubend zum Tisch, um die Paviane zu verscheuchen, aber diese ließen sich nicht so leicht entmutigen und sprangen behende hierhin und dorthin, spazierten über den gebeizten Lachs und bewarfen die Greife mit Nahrungsmitteln. Shimrod machte sich den Tumult zunutze und durchquerte unbehelligt den Vorhof zu der hohen Eisentür. Er wurde eingelassen und marschierte zur großen Halle.

Wie schon bei seinem jüngsten Besuch brannte ein Feuer im Kamin. Die Glaskugel, die an der Decke hing, glomm in einem düsteren Grün. Murgen war nirgends zu sehen.

Shimrod setzte sich ans Feuer und wartete. Nach einer Weile wandte er den Kopf und schaute hinauf zu der Kugel. Zwei schwarze Augen funkelten ihn aus dem trüben grünen Nebel an. Shimrod wandte den Blick wieder aufs Feuer.

Murgen betrat den Raum und setzte sich zu Shimrod an den Tisch. »Du scheinst mir ein wenig niedergedrückt«, sagte Murgen. »Wie liefen die Dinge in Ys?«

»Ganz gut — in gewisser Hinsicht zumindest.« Shimrod berichtete, was sich im Gasthof ›Zum Sonnenuntergang‹ und in Melancthes Villa zugetragen hatte. »Ich erfuhr wenig, das wir nicht schon vermutet hätten, ausgenommen, daß Torqual in die Sache verwickelt ist.«

»Das ist wichtig und bedeutet, daß eine Verschwörung im Gange ist! Bedenke, er kam zuerst zu Melancthe, um zu erfahren, welche Anweisungen sie für ihn habe.«

»Aber beim zweiten Besuch ignorierte er ihre Befehle und unterwarf sie seinem Willen.«

»Es ist vielleicht zynisch festzustellen, daß er dazu keiner großen Anstrengung bedurfte.«

Shimrod starrte ins Feuer. »Was weißt du von Torqual?«

»Nicht sehr viel. Er ist von Geburt her ein Ska-Edelmann, der abtrünnig wurde; jetzt ist er ein Gesetzloser, der von Plünderung, Raub und Schrecken lebt. Seine Absichten reichen indes vermutlich entschieden weiter.«

»Wie kommst du darauf?«

»Geht das nicht aus seinem Verhalten hervor? König Casmir will, daß er die ulfischen Barone zu einer Revolte aufwiegelt; Torqual nimmt zwar Casmirs Geld, kocht aber sein eigenes Süppchen, ohne daß Casmir ein rechter Vorteil daraus erwüchse. Wenn Aillas die Kontrolle über die Berge verliert, hofft Torqual, die Herrschaft dort an sich zu reißen, und wer weiß, was dann kommt? Nord- und Süd-Ulfland? Godelia? Der Osten Dahauts?«

»Zum Glück ist dies unwahrscheinlich.«

Murgen starrte ins Feuer. »Torqual ist ein Mann ohne Gnade. Es wäre mir ein Vergnügen, ihn in eine Flasche neben Tamurello einzuzwängen. Doch leider kann ich nicht gegen mein eigenes Gesetz verstoßen — es sei denn, er liefert mir einen Grund. Dieser Grund könnte sich schon sehr bald ergeben.«

»Inwiefern?«

»Die Triebkraft hinter dieser Affäre, so sage ich mir, kann nur Desmëi sein. Wo steckt sie? Sie tarnt sich entweder mit einer unverdächtigen äußeren Form, oder sie hält sich in einem geheimen Unterschlupf verborgen. Ihre Hoffnungen blühen und schwären! Sie hat süße Rache an Tamurello geübt, aber nicht an der Menschenrasse; sie ist noch nicht saturiert.«

»Vielleicht haust sie untätig in Melancthe und beschränkt sich darauf, zu harren und zu beobachten.«

Murgen schüttelte den Kopf. »Sie wäre eingeengt und viel zu verwundbar, da ich es sofort erführe. Andererseits könnte Melancthe — oder ein Konstrukt ähnlich wie sie — das Gefäß sein, das Desmëi schlußendlich zu füllen beabsichtigt.«

»Tragisch, daß ein so schönes Geschöpf zu solch schändlichem Nutzen angewendet werden muß!« sagte Shimrod. Er lehnte sich zurück. »Aber das geht mich schließlich nichts an.«

»Ganz recht«, sagte Murgen. »Doch nun muß ich die Sache für eine Weile beiseite tun. Andere Dinge erzwingen meine Aufmerksamkeit. Der Stern Achernar ist von seltsamer Aktivität erfüllt, besonders in den äußeren Regionen. Währenddessen regt sich Joald tief im Innern. Ich muß herausbringen, ob da ein Zusammenhang besteht.«

»Was tue ich einstweilen?«

Murgen rieb sich das Kinn. »Ich werde Torquals Treiben überwachen. Wenn er Magie einsetzt, werden wir einschreiten. Wenn er jedoch bloß ein Bandit ist, ganz gleich wie grausam auch, müssen König Aillas und seine Heere ihn in Haft nehmen.«

»Ich wäre für direkteres Eingreifen.«

»Zweifellos; doch unser Bestreben ist geringstmögliche Verwicklung! Das Edikt ist eine brüchige Macht; wenn wir dabei ertappt werden, daß wir es verletzen, könnte seine hemmende Kraft sich in Rauch auflösen.«

»Ein letztes Wort! Deine Teufel sind so scheußlich wie eh und je! Sie könnten eine furchtsame Person sehr wohl zu Tode erschrecken. Du mußt ihnen unbedingt feinere Manieren beibringen.«

»Ich werde mich darum kümmern.«

Kapitel Sechs

1

Zum Ende des Sommers, da bereits der Geruch des Herbstes in der Luft hing, verließ die königliche Familie Sarris und begab sich zurück nach Haidion. Hinsichtlich der Gefühle bezüglich dieses Vorgangs herrschte keineswegs Einmütigkeit. König Casmir trennte sich nur widerstrebend von dem formlosen Lebensstil auf Sarris. Königin Sollace hingegen konnte es kaum erwarten, die Unzulänglichkeiten des Landlebens hinter sich zu lassen. Cassander war sein Aufenthaltsort mehr oder weniger einerlei: Zechkumpane, gefallsüchtige Mädchen und fröhliche Unterhaltung waren ihm auf Haidion ebenso verfügbar wie auf Sarris, vielleicht sogar in noch höherem Maße. Prinzessin Madouc indes schied von Sarris mit ebensolchem Widerstreben wie König Casmir. Sie gab Lady Desdea mehr denn einmal zu verstehen, daß ihr die Lebensumstände auf Sarris zusagten und daß sie am liebsten überhaupt nicht mehr nach Haidion zurückkehren würde. Lady Desdea schenkte dem keine Beachtung, und so wurde nichts aus Madoucs Wünschen. Mürrisch und übelgelaunt bestieg sie widerwillig die königliche Kutsche, mit tapferer, aber hohler Stimme ihre Absicht bekundend, daß sie, wenn sie denn schon nach Haidion zurück müsse, viel lieber auf Tyfer dorthin reiten würde. Sie gab zu erwägen, daß damit allen Beteiligten bestens gedient sei: die, die in der Kutsche fahren würden, hätten mehr Platz, und Tyfer würde von der Bewegung profitieren. Lady Desdea hörte den Vorschlag mit erstaunt hochgezogenen Brauen. »Das ist selbstverständlich unmöglich! Es würde als höchst unbändiges Betragen erachtet — als das Benehmen eines Wildfangs! Das Landvolk würde — so es nicht rundweg in Lachen ausbräche — verwundert gaffen, wenn es Euch so stolz durch den Staub einhertraben sähe!«

»Ich hatte nicht vor, durch den Staub zu reiten! Ich könnte ebensogut in der Vorhut reiten, vor dem Staub.«

»Und was für einen Anblick bötet Ihr dann erst, auf Eurem furchtlosen Roß Tyfer an der Spitze der Kavalkade reitend! Es überrascht mich, daß Ihr nicht plant, eine Rüstung zu tragen und ein Banner emporzuhalten, wie ein Prodromus von ehedem!«

»Ich hatte nichts dergleichen im Sinn; ich wollte nur ...«

Lady Desdea hob die Hand. »Sagt nichts mehr! Für einmal müßt Ihr Euch würdevoll betragen und mit Ihrer Majestät fahren, wie es sich geziemt. Eure Zofen dürfen zu Eurer Kurzweil neben Euch in der Kutsche sitzen.«

»Aus eben diesem Grunde will ich lieber auf Tyfer reiten.«

»Ausgeschlossen!«

So mußte sie sich denn fügen, und die Kutsche verließ Sarris mit einer mißmutigen Madouc an Bord. Ihr gegenüber saß Königin Sollace, Devonet und Chlodys reisten auf dem Sitz zu ihrer Linken.

Zu gehöriger Zeit kam die Kutsche auf Burg Haidion an, und das Leben nahm wieder seinen gewohnten Lauf. Madouc bezog wieder ihre alten Gemächer, die ihr jedoch mit einem Mal sehr beengt vorkamen. »Eigenartig!« dachte Madouc. »In einem einzigen Sommer bin ich um eine ganze Epoche gealtert, und naturgemäß bin ich weit klüger geworden. Ich frage mich ...« Sie legte die Hände auf ihre Brust und fühlte zwei kleine weiche Wölbungen, die ihr bis dato noch nicht aufgefallen waren. Sie ertastete sie ein zweites Mal, um jeden Irrtum auszuschließen. Sie waren noch immer da, klar und deutlich fühlbar. »Hm«, sagte Madouc. »Hoffentlich sehe ich nicht bald wie Chlodys aus.«

Der Herbst verging, und dann der Winter. Für Madouc war das bemerkenswerteste Ereignis das Ausscheiden von Lady Desdea, die sich unter dem Vorwand von Rückenschmerzen, nervösen Krämpfen und allgemeiner Unpäßlichkeit von ihrem Amte entbinden ließ. Gehässige Zungen wisperten, Madoucs eigensinnige Schrullen und ihre allgemeine Widerborstigkeit seien es, die Lady Desdea letztendlich überwältigt und krank gemacht hätten. Und in der Tat: im Spätwinter färbte sich Lady Desdea zitronengelb, begann in der Körpermitte anzuschwellen und starb bald darauf an Wassersucht.

Ihre Nachfolgerin war eine Edelfrau von jüngerem Lebensalter und größerer Flexibilität: Lady Lavelle, die drittgeborene Tochter des Herzogs von Wysceog.

Lady Lavelle, der die vorausgegangenen Versuche, die ungebärdige Prinzessin zu erziehen, nicht unbemerkt geblieben waren, schlug eine andere Taktik ein und ging zwangloser mit Madouc um. Sie setzte — zumindest scheinbar — als selbstverständlich voraus, daß Madouc schon um ihres eigenen Vorteils willen darauf bedacht sein würde, die Listen, Ränke und Kniffe zu erlernen, die es ihr gestatten würden, das höfische Protokoll so zweckdienlich wie irgend möglich zu handhaben. Dies setzte natürlich voraus, daß Madouc zunächst einmal die Konventionen lernen mußte, bevor sie sich daran machen konnte, zu lernen, wie sie sie am geschicktesten umging. Und so eignete sie sich denn wider ihren Willen und halb bewußt um Lady Lavelles Taktik eine oberflächliche Kenntnis des höfischen Prozederes und eine Reihe hübscher kleiner Fertigkeiten auf dem Gebiete der galanten Koketterie an.

Eine Serie von Stürmen brachte heulenden Wind und peitschenden Regen über die Stadt Lyonesse, und Madouc fand sich im Haidion eingeschlossen. Nach einem Monat flaute der Sturm ab, und die Stadt wurde von einer plötzlichen Flut bleichen Sonnenlichts überspült. Nach der langen Haft, die ihr das widrige Wetter auferlegt hatte, dürstete Madouc danach, hinauszugehen und im Freien umherzuschweifen. In Ermangelung irgendeines besseren Ziels beschloß sie, noch einmal den verborgenen Garten aufzusuchen, in dem Suldrun einst vor Gram verschmachtet war.

Nachdem sie sich vergewissert hatte, daß niemand sie beobachtete, hastete sie durch den Kreuzgang. Sie schlüpfte durch den Tunnel in Zoltra Hellsterns Wall, huschte durch die verfallene alte Tür und trat in den Garten.

Am oberen Ende des Tals hielt sie inne, um sich umzuschauen und zu lauschen. Sie sah kein Lebewesen und hörte keinen Laut außer dem fernen Rauschen der Brandung. Merkwürdig! dachte Madouc. Im blassen Wintersonnenlicht erschien ihr der Garten weniger düster, als sie ihn in Erinnerung hatte.

Madouc wanderte den Pfad hinunter zum Strand. Die Brandungswellen, vom Sturm vorwärtsgetrieben, krachten mit mächtiger Wucht auf den Strandkies. Madouc wandte sich um und blickte die Schlucht hinauf. Suldruns Verhalten erschien ihr unbegreiflicher denn je. Laut Cassander hatte sie sich nicht dazu überwinden können, sich den Fährnissen und Entbehrungen eines Lebens auf der Landstraße zu stellen. Aber was hätte ihr zustoßen sollen? Für eine kluge Person, die entschlossen war, zu überleben, gab es Mittel und Wege, die Gefahren auf ein Minimum herabzusetzen und vielleicht sogar zu umgehen. Doch Suldrun, furchtsam und apathisch, wie sie war, hatte es vorgezogen, in dem verborgenen Garten dahinzuwelken, und so war sie denn am Ende gestorben.

»Wäre ich an Suldruns Stelle gewesen«, sagte sich Madouc, »ich wäre im Nu über den Zaun geklettert und hätte mich aus dem Staub gemacht! Sodann hätte ich mich als Knabe ausgegeben, und als Aussätziger dazu! Ich hätte Schwären auf meinem Gesicht vorgetäuscht, um jeden abzuschrecken, der mir zu nahe gekommen wäre, und die, die sich nicht hätten abschrecken lassen, hätte ich mit einem Messer erstochen! Wäre ich Suldrun gewesen, ich wäre heute noch am Leben!«

Madouc machte sich auf den Rückweg. Es gab Lehren zu ziehen aus jenen tragischen Ereignissen von ehedem. Erstens: Suldrun hatte auf König Casmirs Gnade gehofft, doch umsonst. Was das bedeutete, war klar. Eine Prinzessin von Lyonesse hatte sich so zu vermählen, wie Casmir es wünschte, oder sie zog sich sein gnadenloses Mißfallen zu. Die Übereinstimmung zwischen Suldruns Fall und ihrem eigenen war viel zu groß, als daß sie Grund zum Optimismus hätte haben können. Gleichwohl, Mißfallen hin, Mißfallen her, es galt, Casmir davon abzubringen, sie in seine Herrschaftspläne einzubeziehen.

Madouc verließ den Garten und kehrte zur Burg zurück. Vom Lir her nahte eine dunkle Wolkenbank, und noch ehe Madouc Haidion erreicht hatte, fegte ihr schon ein feuchtkalter Windstoß ins Gesicht und zerrte heftig an ihren Kleidern. Es wurde dunkel, und neues Unwetter brach mit Regen, Blitz und Donner über die Stadt Lyonesse herein. Madouc fragte sich, ob der Winter jemals enden würde.

Eine Woche verging, dann noch eine, und endlich trieb die Sonne ihre Lichtspieße durch das Gewölk. Der nächste Morgen brachte strahlend klares Wetter.

König Casmir, selbst bedrückt von den langen Wochen schlechten Wetters, beschloß, mit Königin Sollace frische Luft zu schöpfen und dabei die Gelegenheit zu nutzen, sich dem Volk von Lyonesse zu zeigen. Er hieß die Prunkkutsche anspannen, die wenig später vor dem Haupttor vorfuhr. Die königliche Familie nahm ihre Plätze ein: König Casmir und Königin Sollace mit dem

Gesicht in Fahrtrichtung; Prinz Cassander und Prinzessin Madouc steif gegenüber.

Die Prozession setzte sich in Bewegung. An ihrer Spitze ritt ein Herold, der das königliche Wappen, bestehend aus einem schwarzen Lebensbaum mit zwölf scharlachfarbenen Granatäpfeln auf weißem Grund, emporhielt. Hinter ihm ritten drei beharnischte und behelmte Soldaten mit Hellebarden, gefolgt von der offenen Kutsche mit ihrer königlichen Fracht. Drei weitere gepanzerte Reiter bildeten, Seite an Seite reitend, die Nachhut.

Der Zug bewegte sich den Sfer Arct hinunter — langsam und gemessen, um den Stadtleuten Gelegenheit zu geben, aus ihren Häusern zu stürzen, um zu gaffen und den königlichen Troß gebührend zu bejubeln.

Am Fuße des Sfer Arcts schwenkte die Prozession nach rechts ab und folgte dem Chale, der Straße, die um den Halbkreis des Hafens führte, zum Bauplatz der neuen Kathedrale. Hier hielt die Kutsche, und die königliche Familie stieg aus, sich über den Fortgang der Bauarbeiten ins Bild zu setzen. Sie waren noch nicht ganz ausgestiegen, da nahte auch schon Vater Umphred.

Die Begegnung war kein Zufall. Vater Umphred und Königin Sollace hatten lange zusammen hin und her überlegt, wie es am besten anzustellen sei, König Casmirs Interesse für die Kathedrale zu gewinnen. Ihrem dabei ausgeklügelten Plan gemäß kam Vater Umphred nun wichtigtuerisch nach vorn gehastet und machte sich erbötig, die königliche Familie auf einen Besichtigungsrundgang durch das halbfertige Bauwerk zu führen.

König Casmir erteilte ihm barsch eine Abfuhr. »Ich kann von hier aus gut genug sehen.«

»Wie Eure Majestät wünscht! Doch möchte ich zu bedenken geben: die volle Größe und Pracht von Sollace Sanctissima erschließt sich wohl erst bei näherer Betrachtung.«

König Casmir schaute mißmutig über die Baustelle. »Eure Sekte ist nicht zahlreich. Das Bauwerk ist viel zu groß für seinen Zweck.«

»Wir glauben ernstlich, daß genau das Gegenteil der Fall ist«, sagte Vater Umphred fröhlich. »Und sind nicht in jedem Fall Größe und Pracht der Sollace Sanctissima eher angemessen denn irgendeine behelfsmäßige kleine Kapelle aus Stöcken und Matsch?«

»Ich bin weder von dem einen noch von dem andern beeindruckt«, sagte König Casmir. »Ich habe gehört, daß in Rom und Ravenna die Kirchen so vollgestopft sind mit Goldzierat und juwelenbesetztem Tand, daß für alles andere kein Platz mehr ist. Seid versichert, daß niemals auch nur ein Heller aus der Königlichen Schatztruhe von Lyonesse für solchen Flitterkram verausgabt werden wird.«

Vater Umphred lachte gekünstelt. »Eure Majestät, ich stelle anheim, daß die Kathedrale die Stadt sogar eher bereichern denn ärmer machen wird. Mit demselben Recht wird eine prachtvolle Kathedrale dasselbe tun, nur geschwinder.« Vater Umphred hüstelte geziert. »Ihr müßt bedenken, daß in Rom und Ravenna das Gold nicht von denen kam, die die Kathedralen erbauten, sondern von denen, die sie zum Beten aufsuchten.«

»Ha!« König Casmirs Interesse war schlagartig geweckt, seinen Vorurteilen zum Trotze. »Und wie kommt dieses Wunder zustande?«

»Darin liegt kein Geheimnis verborgen. Die Gläubigen hoffen, die Gunst der Gottheit für sich zu gewinnen, indem sie einen pekuniären Beitrag leisten.« Vater Umphred kehrte die Handflächen nach außen. »Wer weiß? Die Hoffnung kann durchaus begründet sein! Niemand hat bisher das Gegenteil bewiesen.«

»Hmf.«

»Eines ist klar! Jeder Pilger, der die Stadt Lyonesse besucht, wird, wenn er scheidet, reicher an Geist sein, wenn auch ärmer an weltlichen Gütern.«

Casmir taxierte das unvollendete Gotteshaus mit gänzlich neuen Augen. »Auf welche Weise hofft Ihr, hochmögende und freigebige Pilgersleute anzulocken?«

»Manche werden kommen, um zu beten und am Gottesdienst teilzunehmen. Andere werden in der kühlen Stille des Mittelschiffs verweilen, um sich von der heiligen Aura durchdringen zu lassen. Wieder andere werden kommen, unsere Reliquien zu bestaunen und den frommen Schauer ihrer Gegenwart zu fühlen. Diese Reliquien sind von außerordentlicher Bedeutung und locken Pilger von fern und nah mit großer Wirkungskraft an.«

»›Reliquien‹? Was sind das für Reliquien, von denen Ihr faselt? Meines Wissens nach haben wir keine.«

»Das ist ein interessantes Thema«, sagte Vater Umphred. »Es gibt viele Arten von Reliquien, und man kann sie in verschiedene Kategorien einteilen. Die ersten und köstlichsten sind jene, die direkt dem Herrn Jesus Christus zuzuordnen sind. Die zweite — und sehr hervorragende — Klasse bilden solche Gegenstände, die dem einen oder andern der Heiligen Apostel beizuordnen sind. Auf dem dritten Platz rangieren die oft sehr kostbaren und äußerst raren Reliquien aus dem Altertum: zum Beispiel der Stein, welchen David wider Goliath schleuderte, oder eine von Schadrachs Sandalen, am besten eine solche mit Brandmalen an der Sohle. Auf dem vierten Rang — und immer noch sehr fein — finden wir Gegenstände, welche mit dem einen oder andern der Heiligen in Verbindung gebracht werden. Darüber hinaus gibt es noch solche Objekte, die ich einmal als Nebenreliquien bezeichnen möchte; diese sind eher wegen ihrer Zuordnung denn aufgrund ihrer heiligen Essenz von Interesse, beispielsweise eine Klaue des Bären, welcher den heiligen Candolph vertilgte, oder eine Spange vom Arm der Hure, die Jesus vor dem Tempel verteidigte, oder ein gedörrtes Ohr von einem der gadarenischen Schweine. Leider sind viele der besten und wunderbarsten Stücke verschwunden oder wurden niemals eingesammelt. Andererseits tauchen immer wieder Artikel von garantierter Qualität auf und werden sogar zum Verkauf angeboten. Man muß natürlich scharf auf der Hut sein, wenn man solche Käufe tätigt.«

König Casmir zupfte an seinem Bart. »Wie könnt Ihr wissen, daß eine solche Reliquie echt ist?«

Vater Umphred schürzte die Lippen. »Würde ein unechter oder nachgemachter Gegenstand an einer geheiligten Stätte deponiert, führe sofort ein göttlicher Blitz hernieder, den künstlichen Artikel mitsamt dem Schwindler, der ihn gebracht, zu zerschmettern, so wurde mir berichtet. Darüber hinaus würde der ruchlose Ketzer bis in alle Ewigkeit im tiefsten Schlund der Hölle schmoren! Das ist wohlbekannt und bietet uns Garantie und Sicherheit!«

»Hmmf. Fährt dieser göttliche Blitz oft hernieder?«

»Ich habe keine Kenntnis bezüglich der Anzahl solcher Fälle.«

»Und wie gedenkt Ihr Eure Reliquien ausfindig zu machen?«

»Auf verschiedenen Wegen. Einige werden als Geschenk kommen; andere gedenken wir mit Hilfe von noch auszusendenden Agenten aufzustöbern. Die begehrteste von allen Reliquien ist der Heilige Gral, welchen der Erlöser bei seinem Letzten Abendmahl benützte und der außerdem von Joseph von Arimathea dazu verwendet wurde, das Blut aus den göttlichen Wunden aufzufangen. Später gelangte er zur Abtei von Glastonbury in Britannien; von dort aus wurde er auf eine geweihte Insel im Lough Corrib in Irland geschafft. Von dort wiederum wurde er auf die Älteren Inseln gebracht, um ihn vor den Heiden zu bewahren, aber sein gegenwärtiger Aufenthaltsort liegt im dunkeln.«

»Das ist eine interessante Mär«, sagte König Casmir. »Ihr wärt gut beraten, diesen ›Gral‹ aufzufinden und ihn auszustellen.«

»Wir können nur hoffen und träumen! Wenn der Gral in unseren Besitz gelangte, wären wir mit einem Schlag die stolzeste Kirche der Christenheit!«

Als Königin Sollace dies vernahm, entfuhr ihr ein leiser Aufschrei der Verzückung. Sie wandte ihre großen feuchten Augen auf König Casmir. »Mein Herr, seht Ihr nicht? Wir müssen die besten und köstlichsten Reliquien haben; nichts anderes wird genügen!«

König Casmir zuckte kühl die Achseln. »Macht, was ihr wollt, solange ihr nur die königliche Schatulle nicht beansprucht. Das ist mein unverrückbarer Beschluß.«

»Aber seht Ihr denn nicht? Jede kleine Summe, die jetzt verauslagt wird, wird Euch hundertfach vergolten werden! Und alles zum höheren Ruhm unserer wundervollen Kathedrale!«

»Genau!« rief Vater Umphred in seinem klangvollsten Ton. »Wie immer, liebe Frau, habt Ihr den Nagel auf den Kopf getroffen!«

»Laßt uns zur Kutsche zurückgehen«, sagte König Casmir. »Ich habe alles gesehen, was ich sehen wollte, und noch mehr gehört.«

2

Der Winter nahm seinen Lauf und wich endlich dem Frühling. Eine Reihe von Ereignissen belebte die Periode. Prinz Cassander verwickelte sich in einen schmutzigen Skandal und wurde nach der Feste Mael an der Grenze zu Blaloc geschickt, um in sich zu gehen und über seine Missetaten nachzudenken.

Aus Süd-Ulfland kamen Neuigkeiten von Torqual. Er hatte seine Bande auf einen Raubzug gegen die abgeschiedene und augenscheinlich schutzlose Burg Framm geführt und war dabei in einen von Truppen der ulfischen Wehr gelegten Hinterhalt geraten. In dem Gefecht hatte Torqual den größten Teil seiner Bande verloren und konnte von Glück reden, daß er selbst mit heiler Haut hatte entkommen können.

Ein anderes Ereignis, welches für Madouc selbst Bedeutung hatte, war die Verlobung ihrer liebenswürdigen und scheinbar nachlässigen Erzieherin Lady Lavelle. Die Vorbereitungen für die Vermählung mit Sir Garstang von Burg Twambow erforderten ihre Abreise von Haidion und Rückkehr nach Pridart.

Madoucs neue Lehrerin war Lady Vosse, die altjüngferliche, ledig gebliebene Tochter von Casmirs Vetter zweiten Grades Lord Vix von Wildmay von den Vier Türmen bei Slute Skeme. Gehässige Gerüchte behaupteten, daß Lady Vosse während der Abwesenheit Lord Vix' von Wildmay von den Vier Türmen von einem herumstreunenden Goten gezeugt worden war; was immer an dieser Geschichte wahr war, jedenfalls wies Lady Vosse keinerlei Ähnlichkeit mit ihren drei jüngeren Schwestern auf, die schlank, dunkelhaarig, sanftmütig und hinreichend hübsch waren, um unter die Haube gebracht zu werden. Lady Vosse dagegen war groß, grauhaarig und grobknochig, ausgestattet mit einem kantigen, granitartigen Gesicht, grauen Augen, die unter eisengrauen Brauen hervorstarrten, und einer Charakterart, der es gänzlich an jener Lockerheit und Ungezwungenheit mangelte, welche die Lady Lavelle ausgezeichnet hatten.

Drei Tage nach der Abreise von Lady Lavelle zitierte Königin Sollace Madouc in ihre Gemächer. »Tritt vor, Madouc! Dies ist die Lady Vosse, die die Pflichten übernehmen soll, die, wie ich fürchte, von Lady Lavelle ein wenig vernachlässigt wurden. Deine Erziehung wird künftighin von Lady Vosse beaufsichtigt werden.«

Madouc warf einen verhohlenen Blick auf Lady Vosse. »Bitte, Eure Majestät, ich glaube, daß eine solche Aufsicht nicht länger vonnöten ist.«

»Ich wäre froh, wenn es so wäre. Auf jeden Fall wird

Lady Vosse dafür Sorge tragen, daß du Fertigkeit in den maßgebenden Kategorien erlangst. Genau wie ich ist auch sie nur mit ausgezeichneten Leistungen zufriedenzustellen, und du mußt all deine Kraft diesem Ziele widmen!«

Lady Vosse sagte: »Lady Lavelle, so hörte ich, war lax in ihren Maßstäben und versäumte es, die Exaktheit jeder einzelnen Unterrichtsstunde gebührend durchzusetzen. Das Opfer dieser Laxheit ist beklagenswerter Weise Prinzessin Madouc, die in die Angewohnheit verfallen ist, ihre Zeit zu vertrödeln.«

Königin Sollace sagte: »Es freut mich, diese unverblümten Worte zu hören! Madouc konnte sich noch nie mit Präzision oder Disziplin anfreunden. Ich bin sicher, Lady Vosse, daß Ihr diesen Mangel beheben werdet.«

»Ich werde mein Bestes tun.« Lady Vosse wandte sich Madouc zu. »Prinzessin, ich verlange keine Wunderdinge! Ihr müßt nur Euer Bestes geben!«

»Ganz recht«, sekundierte Königin Sollace. »Madouc, verstehst du dieses neue Prinzip?«

Madouc sagte tapfer: »Laßt mich dies fragen: Bin ich die königliche Prinzessin?«

»Nun, ja, gewiß doch.«

»In dem Fall muß Lady Vosse meinen königlichen Befehlen gehorchen und mich das lehren, was ich zu lernen wünsche.«

»Ha hah!« sagte Königin Sollace. »Deine Argumente sind zwar bis zu einem gewissen Punkt triftig, aber du bist immer noch zu unerfahren, um beurteilen zu können, was für dich das Beste ist. Lady Vosse hingegen ist in dieser Hinsicht überaus weise und wird daher deine Erziehung lenken.«

»Aber Eure Hoheit, ich bitte Euch! Dies könnte die falsche Erziehung sein! Muß ich lernen, so zu sein wie die Lady Vosse?«

Lady Vosse sprach in gemessenem Ton: »Ihr werdet das lernen, was Euch zu lehren ich für richtig erachte! Ihr werdet es gut lernen! Und es wird Euch nützen!«

Königin Sollace wedelte mit der Hand. »Das ist alles, Madouc. Du darfst gehen. Es gibt zu dem Thema nichts mehr zu sagen.«

Fast sogleich gab Madoucs Betragen Lady Vosse Anlaß zur Klage. »Ich beabsichtige weder Zeit noch milde Worte an Euch zu verschwenden. Daß wir uns recht verstehen: entweder Ihr befolgt meine Anweisungen aufs Wort und ohne Ausflüchte, oder ich werde unverzüglich zu Königin Sollace gehen und ihre Erlaubnis einholen, Euch gehörig zu züchtigen.«

»Das wäre unschickliches Verhalten«, machte Madouc geltend.

»Da es privatim geschähe, würde es niemand außer Euch und mir erfahren. Außerdem würde es niemanden scheren — allein Euch und mich. Ich rate Euch: hütet Euch! Das Vorrecht, Euch zu prügeln, würde mir gewiß eingeräumt, und ich würde es sehr begrüßen, da Eure Aufsässigkeit ebenso widerwärtig ist wie Eure höhnische Überheblichkeit!«

Madouc sagte spröde: »Diese Bemerkungen sind unerhört, und ich verbiete Euch, mir unter die Augen zu treten, ehe Ihr Euch entschuldigt habt! Außerdem fordere ich Euch auf, öfter zu baden, da Ihr wie ein Ziegenbock riecht. Ihr seid für heute entlassen.«

Lady Vosse starrte Madouc mit offenem Mund an. Sie machte auf dem Absatz kehrt und verließ den Raum. Eine Stunde später wurde Madouc in die Gemächer von Königin Sollace zitiert, wohin sie sich lustlosen Schritts und erfüllt von bösen Vorahnungen begab. Sie fand Königin Sollace auf einem Polstersessel sitzend, während Ermelgart ihr das Haar bürstete. Zu ihrer Linken stand Vater Umphred und las aus den Psalmen vor. Zu ihrer Rechten saß still und stumm auf einer Bank die Lady Vosse.

Königin Sollace sprach in gereiztem Ton: »Madouc,

ich bin unzufrieden mit dir. Lady Vosse hat mir von deiner Frechheit und Aufsässigkeit berichtet. Beide scheinen wohlbedacht und vorsätzlich! Was hast du zu deiner Entschuldigung vorzubringen?«

»Lady Vosse ist keine nette Person.«

Königin Sollace ließ ein ungläubiges Lachen erschallen. »Selbst wenn deine Meinung zuträfe, was würde das ändern, so lange sie ihre Pflicht tut?«

Madouc bemühte sich um eine heitere Erwiderung. »Sie ist es, die sich der Anmaßung schuldig gemacht hat gegenüber mir, einer königlichen Prinzessin! So sie nicht auf der Stelle Abbitte tut, lasse ich sie einer ordentlichen Tracht Prügel unterziehen. Vater Umphred mag meinethalben die Gerte schwingen, solange er nur kräftig, oft und zielsicher zuhaut.«

»Tschah!« schrie Lady Vosse empört auf. »Welchen Unsinn das Kind doch daherplappert! Ist es von Sinnen?«

Vater Umphred konnte sich ein klangvolles Kichern nicht verkneifen. Lady Vosse warf ihm einen eisigen Blick aus ihren grauen Augen zu, und Vater Umphred verstummte jäh.

Königin Sollace sagte streng: »Madouc, dein tolles Gerede hat uns alle in Erstaunen gesetzt! Bedenke! Lady Vosse handelt an meiner Statt; wenn du ihr nicht gehorchst, gehorchst du mir nicht! Offenbar läßt du dir weder das Haupthaar ordentlich frisieren, noch bist du bereit, auf jene groben Kleider zu verzichten, die du in diesem Moment trägst. Pfui! Sie eignen sich für einen Bauernlümmel, aber nicht für eine niedliche königliche Prinzessin!«

»Genau!« rief Lady Vosse. »Sie ist kein kleines Kind mehr, sondern eine knospende Jungfer und muß jetzt die Anstandsformen beachten.«

Madouc blies empört die Backen auf. »Ich mag es nicht, wenn mein Haar so stramm gerafft wird, daß mir schier die Augen aus den Höhlen treten. Und was meine Kleider anbetrifft: ich trage, was vernünftig ist! Warum soll ich mit einem feinen Kleid in den Stall gehen, wo es nur mit Mist besudelt wird?«

Königin Sollace erwiderte scharf: »In dem Fall mußt du die Stallungen eben meiden! Siehst du mich vielleicht zwischen den Pferden herumtollen oder Lady Vosse fröhlich neben dem Misthaufen sitzen? Natürlich nicht! Wir halten uns an die feine Lebensart, die sich für Personen von Rang und Stand gehört! Und was dein Haar angeht, so will Lady Vosse es zu Recht in modischem Stil frisieren und dich elegantes Betragen lehren, auf daß die jungen Galane dich nicht für ein Monstrum halten, wenn sie dir auf einem Ball oder bei einem Scharadenspiel begegnen.«

»Sie werden mich schon nicht für ein Monstrum halten, weil ich nämlich nicht zugegen sein werde — weder bei einem Ball noch bei einem Scharadenspiel.«

Königin Sollace fixierte Madouc mit durchdringendem Blick. »Du wirst zugegen sein, wenn man es dir so befiehlt. Schon bald wird ernsthaft von Vermählung geredet werden, und du mußt vorteilhaft erscheinen. Bedenke stets: du bist Prinzessin Madouc von Lyonesse, und so mußt du erscheinen.«

»Ganz recht!« sagte Madouc. »Ich bin Prinzessin Madouc, und ich habe Rang und Gewicht! Ich habe eine Tracht Prügel für Lady Vosse angeordnet. Diese soll unverzüglich ins Werk gesetzt werden!«

»Ja«, sagte Königin Sollace grimmig. »Das soll sie in der Tat. Ermelgart, zupfe mir fünf lange Weidenruten aus dem Besen; und daß sie mir sowohl kräftig als auch biegsam sind!«

Ermelgart hastete pflichtschuldig davon. Wenig später kam sie mit den gewünschten Ruten zurück.

»Ja, die sind genau richtig«, sagte Königin Sollace. »Je nun, so lasset uns denn zur Tat schreiten! Madouc! Hierher!«

»Wozu?«

Königin Sollace wedelte mit dem Rutenbündel. »Ich bin nicht erpicht auf derlei Tun; es bringt mich ans Schwitzen. Doch ein Werk, das getan werden muß, muß gut getan werden! Komm her und entblöße dein Hinterteil!«

Madouc erwiderte mit bebender Stimme: »Ich würde mir töricht vorkommen, wenn ich täte, was Ihr vorschlagt. Es ist bei weitem vernünftiger, wenn ich mich so weit wie möglich von Euch und Eurer Rute fernhalte.«

»Willst du mir trotzen?« schrie Königin Sollace. Sie hievte sich aus dem Sessel. »Du wirst diese Rute schmecken!« Mit einem wütenden Schwenk ihres fülligen weißen Arms warf die Königin ihre Robe zurück und stapfte vorwärts. Vater Umphred klappte in erwartungsvoller Vorfreude sein Gebetsbuch zu und harrte gebannt der bevorstehenden Züchtigung; Lady Vosse saß starr und streng. Madouc blickte verzweifelt nach links und rechts. Wieder einmal schien Ungerechtigkeit zu obsiegen, waren alle begierig, ihren Stolz zu brechen!

Madouc leckte sich die Lippen, rieb die Finger aneinander und stieß ein leises Zischen aus. Königin Sollace hielt mitten im Schritt jählings inne, den Mund weit aufgerissen; sie begann am ganzen Leib zu zucken und zu beben; die Rute entfiel ihrer zitternden Hand, während ihre Zähne klapperten wie Kieselsteine, die in einer hölzernen Schachtel geschüttelt werden. Vater Umphred ließ sein Gebetsbuch fallen und sonderte ein gurgelndes Quieken ab; dann kauerte er sich nieder, wobei er schnatterte wie eine wütende Gans, und begann mit den Füßen aufzustampfen und hin und her zu zappeln, als tanze er eine keltische Gigue. Ermelgart und Lady Vosse wurden ebenfalls gehörig durchgerüttelt, gaben aber nur ein planloses Zähneklappern von sich.

Madouc wandte sich friedlich zum Gehen, doch als sie die Tür öffnete, füllte die königliche Masse Casmirs den Rahmen aus. Er hielt inne und fragte streng: »Was geht hier vor? Warum sind alle so toll und wunderlich?«

Vater Umphred brachte mit wehklagender Stimme vor: »Majestät, Prinzessin Madouc hat Hexenkünste gelernt; sie kennt einen Trick, mit dem sie uns so zu verwirren vermag, daß unsere Zähne klappern und unsere Hirne sich im Kreise drehen wie Spinnräder.«

Königin Sollace krächzte: »Vater Umphred spricht die Wahrheit! Madouc zischte oder pfiff eine seltsame Weise — ich war zu erschüttert, um es genau zu ergründen — und sogleich wurden unsere Knochen weich, und alle unsere Zähne klapperten und ratterten und knirschten wieder und wieder!«

König Casmir schaute hinunter auf Madouc. »Was ist die volle Wahrheit?«

Madouc sagte nachdenklich: »Ich glaube, daß Königin Sollace sich schlecht beraten ließ und mich hauen wollte, dann aber, von ihrem gütigen Wesen gerührt, zurückschrak. Lady Vosse war's, für die ich die Prügel anordnete; ich hoffe, daß Ihr dies jetzt in die Hand nehmen werdet.«

»Ein Gewebe von dreisten Lügen!« krähte Lady Vosse. »Dieser rasende kleine Kobold zischte, und wir alle mußten zappeln und mit den Zähnen klappern!«

»Nun, Madouc?« schnarrte König Casmir.

»Es ist wirklich nichts Wichtiges.« Madouc versuchte, sich an König Casmir vorbeizuwinden, um die Tür zu gewinnen. »Majestät, wenn es Euch recht ist, dann entschuldigt mich jetzt.«

»Es ist mir mitnichten recht! Erst muß diese Angelegenheit zu meiner Zufriedenheit geklärt sein! Was hat es mit diesem ›Zischen‹ auf sich?«

»Es ist ein kleiner Kniff, Eure Hoheit — nicht mehr.«

»›Ein kleiner Kniff‹?« zeterte Königin Sollace. »Meine Zähne wackeln und vibrieren noch jetzt! Wenn Ihr Euch erinnert, klagte Lady Desdea in Sarris über ähnliche Vorfälle!«

Casmir blickte mit gerunzelter Stirn auf Madouc herab. »Wo hast du diesen Trick gelernt?«

Madouc sagte mutig: »Majestät, es wäre das beste für alle, wenn wir die Sache als mein privates Geheimnis betrachten.«

Casmir starrte sie verblüfft an. »Wirst du schon wieder frech? Herablassung von einem naseweisen kleinen Balg — das ist unerhört! Ermelgart, bring mir die Rute!«

Madouc versuchte, an ihm vorbeizuschlüpfen und durch die Tür zu entrinnen, aber König Casmir packte sie und legte sie übers Knie. Als sie versuchte zu zischen, hielt er ihr den Mund zu und stopfte ihr ein Taschentuch zwischen die Zähne. Sodann ließ er sich die Rute von Ermelgart übergeben und züchtigte Madouc mit sechs harten, majestätischen Streichen.

König Casmir entließ Madouc aus seinem gestrengen königlichen Griff. Sie erhob sich langsam von des Monarchen Schoß; Tränen der Erniedrigung und der Wut rannen über ihre Wangen. König Casmir fragte in hohntriefendem Ton: »Und was sagst du dazu, Fräulein Schlauberger?«

Madouc hielt sich mit beiden Händen die brennenden Hinterbacken. »Daß ich meine Mutter bitten werde, mich ein paar neue Zauberkünste zu lehren.«

Casmir öffnete den Mund, dann hielt er jählings inne. Nach einem Moment gespannter Stille sagte er: »Deine Mutter ist tot.«

In ihrer rasenden Wut hatte Madouc nur noch eines im Sinn: sich gänzlich und vollkommen von Casmir und Sollace abzusetzen. »Meine Mutter war nicht Suldrun, und das wißt Ihr sehr genau.«

»Was redest du da?« brüllte Casmir. »Haben dir die sechs Streiche noch immer nicht genügt?«

Madouc zog die Nase hoch und beschloß, den Mund zu halten.

Casmir donnerte: »Wenn ich sage, deine Mutter ist tot, dann ist sie tot! Willst du noch eine Tracht Prügel?«

»Meine Mutter ist die Elfe Twisk«, sagte Madouc. »Schlagt mich, so hart und so oft Ihr wollt; es ändert nichts an den Fakten. Und was meinen Vater betrifft, so bleibt er ein Rätsel, und ich habe immer noch keinen Stammbaum.«

»Hm hah«, sagte König Casmir, über dieses und jenes nachdenkend. »Ganz recht. Ein Stammbaum ist etwas, das jeder haben sollte.«

»Ich freue mich, daß Ihr mir beipflichtet, trage ich mich doch mit der Absicht, in Bälde meinen eigenen herauszubekommen.«

»Unnötig!« erklärte König Casmir barsch. »Du bist die Prinzessin Madouc, und dein Stammbaum oder sein Fehlen braucht nimmer in Frage gestellt zu werden.«

»Ein feiner langer Stammbaum ist besser als sein Fehlen.«

»Genau.« Casmir blickte herum und stellte fest, daß alle Augen auf ihn gerichtet waren. Er bedeutete Madouc, ihm zu folgen. »Komm!«

König Casmir führte Madouc in sein privates Wohngemach. Er deutete auf das Sofa. »Setz dich!«

Madouc ließ sich zimperlich auf den Kissen nieder, den Blick wachsam auf König Casmir geheftet.

König Casmir begann, im Raum auf und ab zu schreiten. Madoucs Abstammung war irrelevant — solange niemand die wahren Umstände erfuhr. Als Prinzessin konnte Madouc dazu benutzt werden, ein wertvolles Bündnis zu zementieren. Als heimatloser Wechselbalg hingegen war sie in dieser Hinsicht ohne jeden Wert. Casmir blieb jäh stehen. »Du vermutest also, daß Suldrun nicht deine Mutter war?«

»Meine Mutter ist Twisk. Sie lebt und ist eine Elfe.«

»Ich will offen zu dir sein«, sagte Casmir. »Wir wußten in der Tat, daß du ein Wechselbalg bist, aber du warst ein so niedlicher Säugling, so drall und fein, daß wir dich nicht weggeben konnten. Wir schlossen dich als ›Prinzessin Madouc‹ in unser Herz. So stehen die

Dinge heute. Du genießt all die Privilegien echter königlicher Abkunft — und unterliegt natürlich auch den damit einhergehenden Pflichten.« Casmirs Stimme änderte sich in der Klangfarbe, und er beobachtete Madouc verstohlen. »Es sei denn, natürlich, Suldruns wirklicher Sohn tauchte plötzlich auf und machte sein Geburtsrecht geltend. Was weißt du von ihm?«

Madouc wand sich auf dem Sofa, um das schmerzhafte Brennen in ihren Hinterbacken zu mildern. »Ich fragte nach meinem Stammbaum, doch leider vergebens.«

»Du erfuhrst also nichts vom Schicksal deines Gegenparts — des Wechselbalgs, der Suldruns Sohn wäre und just so alt wie du?«

Mit großer Anstrengung unterdrückte Madouc ein Lachen. Ein Jahr auf dem Elfenhügel entsprach einer erheblich größeren Zeitspanne in der Außenwelt — vielleicht sieben Jahre oder acht oder gar neun; eine exakte Relation vermochte niemand zu nennen. Casmir wußte nichts von diesem Phänomen. »Er bedeutet mir nichts«, sagte Madouc. »Vielleicht haust er noch immer im Elfenhügel. Oder er ist schon tot; der Wald von Tantrevalles ist ein gefährlicher Ort.«

König Casmir fragte in scharfem Ton: »Warum lächelst du?«

»Ich verzog nur das Gesicht wegen der Schmerzen«, sagte Madouc. »Habt Ihr schon vergessen? Ihr verabreichtet mir sechs harte Hiebe. Ich für mein Teil habe sie nicht vergessen.«

Mit verengten Augen fragte König Casmir: »Und was willst du damit sagen?«

Madouc blickte auf und sah ihn mit blauen Unschuldsaugen an. »Ich verwende meine Worte in keiner anderen Bedeutung als jener, die ihnen innewohnt. Ist das nicht die Art, in der auch Ihr sprecht?«

König Casmir zog die Stirn kraus. »Je nun! Laß uns nicht länger über Vergangenes faseln und trauern! Vor dir liegen glückliche Zeiten! Eine Prinzessin von Lyonesse zu sein ist eine hervorragende Sache!«

»Ich hoffe, Ihr werdet dies auch der Lady Vosse verdeutlichen, auf daß sie künftig meinen Befehlen gehorcht — oder besser noch: nach Wildmay von den Vier Türmen zurückkehrt.«

König Casmir räusperte sich. »Was das betrifft — wer weiß? Königin Sollace hat hier vielleicht ein Vorzugsrecht. Ah, nun, harrumf! Natürlich können wir unsere Geheimnisse nicht weit und breit herumplaudern, gar so weit, daß das gemeine Volk davon erfährt. Vorbei wär's mit deinen Aussichten auf eine glänzende Partie! Deshalb werden wir diese Fakten tief in der Dunkelheit des Vergessens vergraben. Ich werde mit Ermelgart, dem Priester und Lady Vosse sprechen; sie werden nicht klatschen. Und du bist wie immer voll und ganz die reizende Prinzessin Madouc, die wir alle so sehr lieben.«

»Mir ist übel«, sagte Madouc. »Ich glaube, ich werde jetzt gehen.« Sie stand auf und ging zur Tür. Dort blieb sie stehen und blickte über die Schulter. König Casmir stand breitbeinig da, die Arme hinter seinem massigen Oberkörper verschränkt, und musterte sie mit brütendem Gesichtsausdruck.

Madouc sagte leise: »Vergeßt bitte nicht: ich will Lady Vosse nicht mehr sehen; sie hat sich als schändlich und untauglich erwiesen.«

König Casmir grunzte bloß: ein Laut, der fast alles bedeuten konnte. Madouc wandte sich um und verließ den Raum.

3

Ein neuer Sommer hielt Einzug, aber in diesem Jahr sollte der Umzug nach Sarris ausfallen. Die Entscheidung war von Staatsangelegenheiten diktiert worden: König Casmir war in ein gefährliches Spiel verwikkelt, welches mit Präzision und Feingefühl gesteuert werden mußte.

Das Spiel war in Gang gesetzt worden durch einen plötzlichen Tumult im Königreich Blaloc. Casmir hoffte, die Ereignisse zu seinem Vorteil manipulieren zu können, so sanft und subtil, daß weder König Audry noch König Aillas billigerweise Protest erheben konnten.

Die Schwierigkeiten in Blaloc rührten daher, daß König Milo hinfällig geworden war. Nachdem er sich lange Jahre im Übermaß den Freuden des Zechens hingegeben hatte, war er schließlich an geschwollenen Gelenken, Zipperlein und geschwollener Leber erkrankt und lag jetzt umnachtet darnieder, offensichtlich dem Tode nahe, und gab nur mehr schwache Grunzlaute von sich. Als Nahrung gestatteten die Ärzte ihm nur rohes Ei in Buttermilch geschlagen und dann und wann eine Auster, aber die Diät schien kaum heilsame Wirkung zu zeitigen.

Von den drei Söhnen König Milos war nur der jüngste, Prinz Brezante, noch am Leben und mithin gesetzmäßiger Thronerbe. Brezante gebrach es an Charakterstärke, und aus einer Reihe von Gründen war er bei vielen der Granden unbeliebt. Andere, die König Milo und dem Hause Valeu treu ergeben waren, gewährten Brezante lauwarme Unterstützung. In dem Maße, wie König Milo verfiel, wurden die streitenden Parteien immer fester und starrer in ihrer jeweiligen Haltung, und die Gerüchte von einem drohenden Bürgerkrieg wurden täglich lauter.

König Milos Autorität schwand im gleichen Maße wie seine Gesundheit, und einige Herzöge der äußeren Provinzen regierten ihre Lehen bereits wie unabhängige Monarchen.

Aus diesen heiklen Umständen hoffte Casmir für sich Gewinn herausschlagen zu können. Er inszenierte eine Reihe von kleinen aber lästigen Provokationen zwischen seinen eigenen Grenzbaronen und jenen unter den abtrünnigen Provinzfürsten Blalocs, deren Länder für die Übung geeignet waren. Jeden Tag wurde irgendein neuer kleiner Einfall nach Blaloc von den abgelegenen Winkeln Lyonesses aus unternommen. Früher oder später, so hoffte Casmir, würde sich irgendeiner der hitzköpfigen blalocschen Herzöge, um seine Hoheitsrechte besorgt, zu einem Vergeltungsschlag hinreißen lassen — woraufhin er, Casmir, unter dem Vorwand, Ruhe und Ordnung aufrechtzuerhalten, den Frieden zu bewahren und die Herrschaft König Milos zu stützen, eine überwältigende Streitmacht von der nahegelegenen Feste Mael aus in Marsch setzen und die Kontrolle über Blaloc an sich reißen würde. Sodann würde er — auf das Drängen jener Parteien hin, die gegen Prinz Brezante opponierten — sich gnädig dazu herbeilassen, die Krone von Blaloc anzunehmen und damit Blaloc Lyonesse einverleiben. Und weder König Audry von Dahaut noch König Aillas von Troicinet würden ihn ungewöhnlichen Verhaltens zeihen können.

Tage vergingen und Wochen, alldieweil König Casmir ein höchst delikates und behutsames Spiel spielte. Die sezessionistischen Herzöge von Blaloc, wennschon erzürnt über die Übergriffe aus Lyonesse, spürten die Gefahr, die ein Vergeltungsakt heraufbeschwören würde, und hielten zähneknirschend still. Prinz Brezante, der erst kürzlich an eine junge Prinzessin aus dem Königreich Bor in Südwales verheiratet worden war, machte sich lange genug von seinen ehelichen Pflichten frei, um zu der Erkenntnis zu gelangen, daß nicht alles im Lande zum besten bestellt war. Edelmänner, die treu zu König Milo standen, beknieten und bedrängten ihn solange, bis er schließlich Eilbotschaften an König Audry und König Aillas sandte, in denen er sie auf die merkwürdige Häufung von Übergriffen, Provokationen und räuberischen Einfällen entlang der Grenze zu Lyonesse aufmerksam machte.

König Audrys Antwort war in allgemeine Worte gefaßt. Er gab zu erwägen, daß König Milo und Prinz Brezante vielleicht bloß ein paar widrige, aber wahrscheinlich unbedeutende Vorfälle mißdeutet hätten, und riet Prinz Brezante zu Besonnenheit. »Vor allem«, so mahnte er, »müssen wir uns vor vorschnellen Verdächtigungen und übereilten Mutmaßungen hüten — ›Sprünge ins Dunkle‹, wie ich es auszudrücken pflege. Solch überhastetes Handeln ist oft nutzlos und allein von Inbrunst geprägt. Nicht jede Buchecker, die uns aufs Haupt fällt, sollte uns dazu treiben, lauthals zu klagen, der Himmel stürze auf uns herab. Dieses Prinzip einer starken und gleichmütigen Regierungskunst ist meine persönliche Vorliebe, und ich empfehle es auch Euch an in der Hoffnung, daß Ihr es ebenso nützlich finden möget. Seid in jedem Fall unserer wohlwollenden guten Wünsche versichert.«

König Aillas reagierte anders. Er stach von Domreis aus mit einer Flottille von neun Kriegsschiffen in See, um — wie er es nannte — ›Seemanöver‹ abzuhalten. Wie aus einer spontanen Eingebung heraus stattete er im Zuge dieser ›Manöver‹ der Stadt Lyonesse einen außerplanmäßigen Besuch an Bord der *Sangranada*, einer Dreimastgaleasse, ab.

Aillas ließ die *Sangranada* vor der Küste beidrehen und sandte ein Boot in den Hafen mit einer Depesche für König Casmir, in welcher er Erlaubnis zur Einfahrt in den Hafen erbat. Sein Besuch, führte er aus, sei, da zufälliger Natur, formlos und bar jeden Zeremoniells; gleichwohl sei ihm an einem Meinungsaustausch mit König Casmir über Angelegenheiten von beiderseitigem Interesse gelegen.

Die Genehmigung zum Einlaufen in den Hafen erfolgte postwendend; die *Sangranada* glitt durch die Hafeneinfahrt und wurde ins Dock geholt. Der Rest der Flottille ging auf Reede vor Anker.

Mit einem kleinen Gefolge schifften sich Aillas und Dhrun von der *Sangranada* aus. König Casmir erwartete sie in seiner Staatskarosse. Sie stiegen ein und fuhren den Sfer Arct hinauf zur Burg Haidion.

Unterwegs brachte Casmir Besorgnis wegen der auf Reede ankernden Schiffe zum Ausdruck. »Solange der Wind schwach ist und ablandig oder vom Westen her bläst, besteht keine Gefahr. Sollte der Wind jedoch umschlagen, müssen Eure Schiffe unverzüglich in See stechen.«

»Aus diesem Grunde wird unser Aufenthalt von kurzer Dauer sein«, sagte Aillas. »Doch dürfte das Wetter noch einen oder zwei Tage halten.«

»Es ist schade, daß Ihr so bald schon wieder aufbrechen müßt«, sagte Casmir höflich. »Vielleicht reicht die Zeit hin, um ein Turnierspiel zu arrangieren. Ihr und Prinz Dhrun könntet, so Ihr wollt, womöglich gar daran teilnehmen.«

»Ich nicht«, sagte Aillas. »Dieser Sport besteht darin, daß man harte Schläge und Knüffe einsteckt und schließlich vom Roß fällt. Das ist nichts für mich.«

»Und Dhrun?«

»Ich bin weit geschickter im Umgang mit dem Diabolo.«

»Wie ihr wünscht«, sagte König Casmir. »Unsere Zerstreuung wird also ganz zwanglos sein.«

»Das kommt mir sehr zupaß«, sagte Aillas. Wie immer, wenn er mit König Casmir sprach, staunte er über seine eigene Fähigkeit, sich zu verstellen, gab es doch auf der ganzen Welt niemanden, den er mehr haßte als Casmir. »Doch da die Winde uns nun einmal freundlicherweise an Euer Gestade geweht haben, könnten wir vielleicht eine oder zwei Stunden vorteilhaft damit verbringen, über den Lauf der Welt zu diskutieren.«

Casmir willigte ein. »So soll es sein.«

Aillas und Dhrun wurden in Gemächer im Ostturm geleitet, wo sie badeten und die Kleider wechselten. Sodann begaben sie sich zum Diner mit der königlichen Familie. Für diesen Anlaß wählte Casmir den Grünen

Palas, so geheißen wegen der Paneele aus grün gebeiztem Weidenholz und des großen graugrünen, rot geblümten Teppichs.

Als Aillas und Dhrun im Grünen Palas eintrafen, war die königliche Familie bereits zugegen. Keine sonstigen Gäste waren geladen; das Diner sollte offensichtlich vollkommen zwanglos sein. König Casmir stand am Kamin, knackte Walnüsse, verzehrte den Inhalt und schleuderte die Schalen ins Feuer. Sollace saß still dabei, würdevoll und statuesk wie immer, die blonden Haarlocken unter ein Perlennetz gerafft. Madouc stand abseits und starrte geistesabwesend ins Feuer. Sie hatte sich in ein dunkelblaues Kleid mit weißer Halskrause hüllen lassen; ein weißes Band hielt ihr Haar, so daß die kupfergoldenen Locken in geordneten Schwüngen fielen und ihr Antlitz vorteilhaft einrahmten. Dame Etarre, die Madoucs Garderobe beaufsichtigte (Madouc verwehrte Lady Vosse den Zugang zu ihren Gemächern), hatte der Königin gemeldet: »Für einmal hat sie sich dazu herabgelassen, sich so zurechtmachen zu lassen, daß sie nicht ausschaut wie eine wilde Range.«

Lady Vosse, die dabeistand, knurrte: »Ihre Launen sind unergründlich.«

»Ich will darüber nicht spekulieren«, sagte Königin Sollace mit einem Naserümpfen. »Danke, Dame Etarre; Ihr könnt gehen.« Dame Etarre verneigte sich und verließ den Raum. Sobald sie zur Tür hinaus war, fuhr Königin Sollace fort: »Bedenkt man ihren höchst zweifelhaften Hintergrund — welchen wir natürlich nicht erörtern dürfen —, kann einen ihre Flatterhaftigkeit kaum überraschen. In der Zwischenzeit müssen wir ihre Schrullen geduldig ertragen.«

Nun, da sie im Grünen Palas saß, unterzog Sollace Madouc einer verstohlenen Musterung. Sie würde niemals eine echte Schönheit sein, dachte Sollace, wenngleich sie zugegebenermaßen einen gewissen Hauch von Frische und flotter Eleganz ausstrahlte. Es war einfach zuwenig von ihr vorhanden an den Stellen, auf die es ankam, und nichts deutete darauf hin, daß sie solche Vorzüge je ihr eigen würde nennen können. Schade, dachte Sollace behaglich. Reife und Fülle waren die ersten und wesentlichsten Ingredienzen wahrer Anmut. Die Männer liebten es, etwas in der Hand zu haben: dies war Königin Sollaces Erfahrung.

Sobald Aillas und Dhrun eintrafen, begab sich die Gesellschaft zu Tisch: König Casmir setzte sich an das eine Ende der Tafel, König Aillas ans andere; Königin Sollace nahm an der einen Seite Platz, Dhrun und Madouc an der andern.

Das Diner war, wie Casmir versprochen hatte, ein vergleichsweise schlichter Imbiß: in Wein pochierter Lachs, Bauerneintopf aus Waldschnepfe, Zwiebeln und Gerste; gekochter Schafskopf mit Petersilie und Johannisbeeren; gebratene Ente gefüllt mit Oliven und Rüben; Hirschkeule in roter Soße. Zum Dessert wurden Käse, gepökelte Zunge, Birnen und Äpfel gereicht.

Madouc saß gedankenverloren bei Tisch; sie nahm lediglich einige wenige Bissen von der Waldschnepfe, einen Schluck Wein und eine Handvoll Trauben vom Tafelaufsatz zu sich. Auf Dhruns Versuche, eine Unterhaltung in Gang zu bringen, reagierte Madouc ohne jede Spontaneität, so daß Dhrun sich schließlich verwirrt fragte: hat ihr Betragen mit meiner Person zu tun, oder ist dies ihr übliches Benehmen in Gegenwart des Königs und der Königin?

Das Mahl kam zum Ende. Eine Weile noch saß die Gesellschaft beisammen und schlürfte von jenem süßen, milden Wein, der als Fialorosa bekannt war und serviert wurde in den traditionellen bauchigen Pokalen aus purpurfarbenem Glas, welches beim Blasen zu reizenden Formen verdreht und verzogen wurde, so daß nicht ein Kelch dem andern glich. Schließlich zeigte König Casmir seine Absicht an, sich zurückzuziehen; die Gäste erhoben sich von ihren Stühlen, wünschten sich eine gute Nacht und begaben sich dann in ihre Gemächer.

Am Morgen frühstückten Aillas und Dhrun mit Muße in einem kleinen, sonnendurchfluteten Morgensalon, der an ihre Gemächer grenzte. Bald darauf erschien Sir Mungo, der Majordomus, mit der Botschaft, daß König Casmir mit König Aillas zu konferieren geruhe — wenn es ihm recht sei, sogleich. Aillas willigte in den Vorschlag ein, und Sir Mungo geleitete ihn zum Privatwohngemach des Königs, wo Casmir sich erhob, ihn zu begrüßen.

»Mögt Ihr sitzen?« frug Casmir. Er deutete auf einen Stuhl. Aillas verbeugte sich und nahm Platz; Casmir ließ sich auf einem ähnlichen Stuhl ihm gegenüber nieder. Auf Casmirs Zeichen hin entfernte sich Sir Mungo.

»Dies ist nicht nur ein angenehmer Anlaß«, sagte Aillas. »Er gibt uns auch die Möglichkeit, unsere Meinungen auszutauschen. Wir kommunizieren nicht oft miteinander.«

Casmir stimmte ihm bei. »Ja, die Welt bleibt an ihrem Platze. Unser Fehlen hat zu keinen großen Umwälzungen geführt.«

»Gleichwohl wandelt sich die Welt, und nicht ein Jahr ist so wie das nächste. Fänden wir zu besserer Kommunikation miteinander und stimmten wir unsere Politik aufeinander ab, würden wir zuallermindest die Gefahr mindern, einander zu überraschen.«

König Casmir machte eine leutselige Gebärde. »Eine überzeugende Idee, wenngleich überkompliziert. Das Leben in Lyonesse verläuft in gemächlichem, alltäglichem Trott.«

»Ganz recht. Es ist erstaunlich, wie doch eine kleine oder alltägliche Episode, so unbedeutend und banal sie an sich auch sein mag, ein wichtiges Ereignis verursachen kann.«

König Casmir fragte achtsam: »Spielt Ihr auf irgendein bestimmtes Ereignis an?«

»Nichts Besonderes. Letzten Monat erfuhr ich, daß König Sigismondo, der Gote, beabsichtigte, eine Streitmacht an der Nordküste von Wysrod zu landen, um dort Land zu nehmen und König Audry herauszufordern. Was ihn allein davor zurückschrecken ließ, war die Versicherung seiner Ratgeber, daß er es unverzüglich mit der vollen Streitmacht Troicinets und den dautischen Heeren zu tun bekäme und das Unternehmen in einer sicheren Katastrophe enden würde. Sigismondo ließ sich belehren und erwägt statt dessen nunmehr eine Expedition gegen das Königreich Kharesm.«

Casmir strich sich nachdenklich über den Bart. »Ich habe davon nichts gehört.«

»Seltsam«, sagte Aillas. »Wo doch Eure Agenten bekanntermaßen so tüchtig sind.«

»Ihr seid nicht allein in Eurer Furcht vor Überraschungen«, sagte Casmir mit einem mißmutigen Lächeln.

»Außergewöhnlich, daß Ihr das sagt! Letzte Nacht war mein Geist rege, und ich lag wach und formulierte Pläne dutzendweise. Einen davon möchte ich Euch unterbreiten. In der Tat, und um Eure Worte aufzugreifen, würde er Überraschungen das Element der Furcht nehmen.«

Skeptisch fragte Casmir: »Was für eine Art Vorschlag mag das wohl sein?«

»Ich schlage rasche Konsultationen im Falle eines Notstandes — wie zum Beispiel eines gotischen Einfalls — oder jeder anderen Verletzung des Friedens vor, mit Rücksicht auf koordinierte Erwiderung.«

»Ha hm«, sagte Casmir. »Euer Plan könnte sehr wohl hinderlich sein.«

Aillas lachte höflich. »Ich hoffe, daß ich den Umfang meiner Ideen nicht übertrieben habe. Sie unterscheiden sich nicht sehr von den Zielen, die ich im letzten Jahr aufstellte. Die Älteren Inseln genießen Frieden; wir — Ihr und ich — müssen dafür Sorge tragen, daß dieser

Friede fortdauert. Letztes Jahr boten meine Abgesandten allen Reichen der Älteren Inseln Verteidigungsbündnisse an. Sowohl König Kestrel von Pomperol als auch König Milo von Blaloc akzeptierten unsere Garantien; wir werden sie daher im Falle eines Angriffs verteidigen. König Milo, so erfuhr ich, liegt krank darnieder und muß zudem mit seinen untreuen Herzögen hadern. Aus diesem Grunde wird die Flottille, die jetzt vor Eurer Küste ankert, unverzüglich nach Blaloc segeln, um unser Vertrauen in König Milo zu demonstrieren und seinen Feinden zu denken zu geben. Ich werde erbarmungslos gegen jeden vorgehen, der versucht, seine Herrschaft umzustoßen oder ihren ordnungsgemäßen Übergang zu hintertreiben. Blaloc muß unabhängig bleiben.«

Casmir hatte für den Moment keinen Kommentar parat. Schließlich sagte er: »Derartige Einzelexkursionen könnten mißverstanden werden.«

»Genau aus diesem Grund bin ich besorgt. Deshalb würde ich mich freuen, wenn ich Eure Unterstützung für das Programm gewinnen könnte, in welchem Fall jeder Irrtum ausgeschlossen wäre und König Milos Feinde sich im Handumdrehen geschlagen geben müßten.«

König Casmir lächelte spöttisch. »Sie könnten argumentieren, daß ihre Sache gerecht sei.«

»Wahrscheinlicher ist, daß sie hoffen, sich bei irgendeinem spekulativen neuen Regime einschmeicheln zu können, was nur in Unheil enden könnte. Es gibt weder Grund noch Notwendigkeit für irgend etwas anderes als eine legitime Thronfolge.«

»Unglücklicherweise ist Prinz Brezante so etwas wie ein schwankendes Rohr und nicht überall beliebt. Daher die Unruhe im Innern Blalocs.«

»Prinz Brezante genügt den Erfordernissen Blalocs, die nicht anspruchsvoll sind. Natürlich wäre es uns lieber, wenn König Milo wieder vollends genäse.«

»Seine Aussichten sind schlecht. Er nimmt jetzt nur noch täglich ein einziges in Buttermilch pochiertes Wachtelei zu sich. Aber schweifen wir nicht vom Thema ab? Was ist Euer Vorschlag?«

»Ich weise auf Offenkundiges hin, wenn ich sage, daß unsere beiden Reiche die mächtigsten der Älteren Inseln sind. Ich schlage vor, daß wir ein gemeinsames Protokoll herausgeben, in dem wir die territoriale Integrität aller Reiche auf den Älteren Inseln gewährleisten. Die Auswirkungen einer solchen Doktrin wären tiefgreifend.«

König Casmirs Gesicht war zu einer steinernen Maske erstarrt. »Eure Ziele gereichen Euch zur Ehre, aber bestimmte Voraussetzungen, von denen Ihr ausgeht, könnten unrealistisch sein.«

»Ich mache nur eine Voraussetzung von Bedeutung«, sagte Aillas. »Ich setze voraus, daß Euch der Friede ebenso am Herzen liegt wie mir. Es gibt keine andere Möglichkeit außer der gegenteiligen: daß Ihr nicht für den Frieden seid, was natürlich absurd ist.«

König Casmir lächelte ein dünnes ironisches Lächeln. »Alles schön und gut, aber würde Eure Doktrin nicht als ein wenig vage oder gar naiv betrachtet werden?«

»Das glaube ich nicht«, sagte Aillas. »Der zentrale Gedanke ist ziemlich klar. Ein potentieller Aggressor würde zurückschrecken aus Furcht vor der sicheren Niederlage im Verein mit seiner Bestrafung und dem Ende seiner Dynastie.«

»Ich werde Euren Vorschlag ganz gewiß sorgfältig in Erwägung ziehen«, sagte König Casmir hölzern.

»Mehr erwarte ich nicht«, erwiderte Aillas.

4

Während Aillas König Casmir seine unwahrscheinlichen Pläne erläuterte, gingen Dhrun und Madouc hinaus auf die Terrasse und lehnten sich an die Balustrade. Unter ihnen lag der viereckige Hof, der als ›des Königs Appellplatz‹ bekannt war, und dahinter erstreckte sich die Stadt Lyonesse. Madouc trug heute — Lady Vosses Mißbilligung zuwider — ihre übliche Kluft: ein knielanges Kleid aus hafermehlfarbenem Grobleinen, an der Hüfte gegürtet. Ein geflochtenes blaues Band hielt ihr Haar; ersteres war mit einer Quaste verziert, die neckisch neben ihrem linken Ohr baumelte. Ihre nackten Füße staken in Sandalen.

Dhrun fand die Quaste faszinierend und sah sich zu der Bemerkung bewegt: »Du trägst jene Quaste mit bemerkenswerter Eleganz.«

Madouc schützte Gleichgültigkeit vor und machte eine schnippische Gebärde. »Es ist nichts Besonderes: eine Laune, mehr nicht.«

»Es ist eine entschieden muntere Laune, mit mehr als nur einer Andeutung von elfischer Prahlerei. Deine Mutter Twisk könnte jene Quaste durchaus mit Stolz tragen.«

Madouc wiegte zweifelnd den Kopf. »Als ich sie sah, trug sie weder Quasten noch Schleifen, und ihr Haar umflorte ihr Haupt wie ein blauer Nebel.« Madouc dachte einen Moment nach. »Natürlich kenne ich die Moden der Elfen nicht gut. Es ist nicht mehr viel Elfenstoff in mir.«

Dhrun musterte sie von Kopf bis Fuß. »Was das betrifft, wäre ich nicht so sicher.«

Madouc zuckte mit den Schultern. »Bedenke: ich habe nie unter den Elfen gelebt; ich habe bisher weder Elfenbrot gegessen noch Elfenwein getrunken. Der Elfenstoff ...«

»Er wird ›Soum‹ geheißen. Es ist wahr: der ›Soum‹

verzehrt sich mit der Zeit, und zurück bleibt nur menschliche Schlacke.«

Madouc schaute sinnend über die Stadt. »Alles in allem genommen würde ich mich nicht gern als ›menschliche Schlacke‹ betrachten.«

»Natürlich nicht! Niemals würde ich dich für solche erachten!«

»Es freut mich, deine gute Meinung von mir zu hören«, sagte Madouc bescheiden.

»Die kanntest du schon vorher«, sagte Dhrun. »Überdies, wenn ich das sagen darf, bin ich erleichtert, dich bei guter Stimmung zu finden. Gestern abend warst du geradezu grämlich, und ich fragte mich, ob dich die Gesellschaft langweilte.«

»War meine Stimmung so offensichtlich?«

»Du wirktest, gelinde gesagt, ein wenig matt.«

»Aber ich war nicht gelangweilt.«

»Weshalb warst du unglücklich?«

Wieder ließ Madouc den Blick in die Ferne schweifen. »Muß ich die Wahrheit erklären?«

»Das Risiko will ich eingehen«, sagte Dhrun. »Ich kann nur hoffen, daß deine Bemerkungen nicht gar zu ätzend sind. Sag mir die Wahrheit.«

»Ich bin diejenige, die ein Risiko eingeht«, sagte Madouc. »Aber ich bin tollkühn, und ich weiß keinen anderen Rat. Die Wahrheit ist die: Ich war so froh, dich zu sehen, daß mir ganz flau und elend wurde.«

»Bemerkenswert!« sagte Dhrun. »Und wenn ich abreise, wirst du aus Kummer wohl vor Freude tanzen und singen.«

Madouc sagte traurig: »Du machst dich lustig über mich.«

»Nein. Eigentlich nicht.«

»Warum lächelst du dann?«

»Weil ich glaube, daß mehr Elfenstoff in dir ist, als du vermutest.«

Madouc nickte nachdenklich, so als hätte Dhrun einige ihrer eigenen Vermutungen angesprochen. »Du hast lange in Thripsey Shee gelebt; du selbst müßtest auch Elfenstoff in dir haben.«

»Manchmal befürchte ich, daß es so sein könnte. Ein Menschenkind, das zu lange im Elfenhügel weilt, wird verwirrt und mondsüchtig und ist hernach zu nichts anderem mehr nutze, als ausgelassene Musik auf der Bündelflöte zu spielen. Wenn es zu einer Gigue aufspielt, können die Leute nimmer vom Tanzen ablassen; sie müssen hüpfen und springen, bis ihre Schuhe durchgewetzt sind.«

Madouc musterte Dhrun mit forschendem Blick. »Auf mich wirkst du nicht mondsüchtig — obgleich, ich bin kein geeigneter Richter. Übrigens, spielst du Flöte?«

Dhrun nickte. »Eine Zeitlang spielte ich Weisen für eine Truppe tanzender Katzen. Das ist lange her. Es würde heutzutage nicht für würdiges Benehmen erachtet.«

»Wenn du spieltest, tanzten die Leute dann ungehemmt? Wenn ja, möchte ich gern, daß du, wie aus einem spontanen Impuls heraus, für den König und die Königin und die Lady Vosse aufspielst. Sir Mungo würden ein paar Kapriolen auch nicht schaden, und auch nicht Zerling, dem Scharfrichter.«

»Ich habe meine Flöte nicht mitgebracht«, sagte Dhrun. »Der Elfenhauch verfliegt allmählich, und mein Temperament ist ein wenig träge geworden. Vielleicht bin ich am Ende doch nicht mondsüchtig.«

»Denkst du oft an den Elfenhügel zurück?«

»Mitunter. Aber die Erinnerungen sind nur mehr verschwommen, als würde ich an einen Traum zurückdenken.«

»Erinnerst du dich an meine Mutter Twisk?«

»Nicht gut; eigentlich gar nicht. Ich entsinne an König Throbius' und Königin Bossums und auch eines Kobolds namens Falael, der eifersüchtig auf mich war. Ich erinnere mich an Feste im Mondenschein und daran, wie ich im Grase saß und Blumengirlanden flocht.«

»Würdest du den Elfenhügel gern noch einmal besuchen?«

Dhrun schüttelte nachdrücklich den Kopf. »Sie würden denken, ich wäre gekommen, um sie um Gefälligkeiten zu bitten, und mir ein Dutzend üble Streiche spielen.«

»Der Elfenhügel ist nicht weit von hier entfernt?«

»Er ist nördlich von Klein-Saffeld an der Alten Straße. Ein Pfad führt nach Tawn Twimble und Glymwode und weiter in den Wald, und schließlich nach Thripsey Shee auf der Madling-Wiese.«

»Das dürfte nicht allzu schwer zu finden sein.«

Dhrun sah Madouc sichtlich überrascht an. »Du hast doch nicht etwa vor, den Elfenhügel selbst zu besuchen?«

Madouc antworte ausweichend: »Ich habe keine konkreten Pläne.«

»Ich würde dir von allen derartigen Plänen, ob konkret oder vage, dringend abraten. Die Wege sind gefährlich. Der Wald ist fremd und unheimlich. Elfen darf man nicht trauen.«

Madouc schien unbesorgt. »Meine Mutter würde mich schon vor Schaden behüten.«

»Sei dir da nicht zu sicher! Wenn sie verstimmt wäre und einen schlechten Tag hätte, würde sie dir vielleicht ein Dachsgesicht oder eine lange blaue Nase verpassen, einfach so, ohne jeden Grund.«

Madouc sagte im Brustton der Überzeugung: »Meine Mutter würde niemals ihrer eignen lieben Tochter ein Leid antun!«

»Warum würdest du überhaupt erst dorthin wollen? Sie würden dich nicht freundlich empfangen.«

»Das schert mich nicht. Ich will nur in Erfahrung bringen, wer mein Vater ist und wie er heißt und welchen Standes er ist und wo er jetzt wohnt: vielleicht in einem feinen Schloß hoch über dem Meer!«

»Was sagt deine Mutter dazu?«

»Sie gibt vor, sich an nichts zu erinnern. Ich glaube, sie hat mir nicht alles gesagt, was sie weiß.«

Dhrun war skeptisch. »Warum sollte sie dir diese Information vorenthalten? Es sei denn, dein Vater war ein Tunichtgut oder ein Landstreicher, dessen sie sich schämt.«

»Hm«, sagte Madouc. »Daran habe ich noch gar nicht gedacht. Aber das ist kaum wahrscheinlich — so hoffe ich jedenfalls.«

Aus der Burg kamen König Casmir und Aillas, beide mit einer Miene förmlicher Ungerührtheit.

Aillas sagte zu Dhrun: »Der Wind scheint nach Süden zu drehen, und wir täten gut daran, die offene See zu gewinnen, bevor die Bedingungen sich verschlechtern.«

»Es ist schade, daß wir so bald scheiden müssen«, sagte Dhrun.

»Fürwahr! Doch so geht's nun einmal. Ich habe König Casmir eingeladen, zusammen mit Königin Sollace und der Prinzessin im Spätsommer eine Woche bei uns in Watershade zu verbringen.«

»Das wäre eine feine Sache!« sagte Dhrun. »Im Spätsommer ist es in Watershade immer am schönsten! Ich hoffe, Eure Majestät wird die Einladung annehmen. Es ist keine allzu beschwerliche Reise!«

»Es wäre mir ein großes Vergnügen zu kommen, falls der Druck der Regierungsgeschäfte es erlaubt«, sagte König Casmir. »Ich sehe, die Kutsche wartet bereits; ich werde mich hier und jetzt von Euch verabschieden.«

»Das ist vollauf in Ordnung«, sagte Aillas. »Auf Wiedersehen, Madouc.« Er küßte sie auf die Wange.

»Lebt wohl! Schade, daß Ihr schon so früh abreisen müßt!«

Dhrun beugte sich hinunter, küßte Madouc auf die Wange, und sagte: »Lebe wohl. Wir werden uns bald wiedersehen, vielleicht in Watershade!«

»Hoffentlich.«

Dhrun wandte sich um und folgte Aillas die Steintreppe hinunter zur Straße, wo die Kutsche für sie bereitstand.

5

König Casmir stand am Fenster seines Privatsalons, die Beine gespreizt, die Hände hinter dem Rücken verschränkt. Die troicische Flottille war ausgelaufen und soeben hinter der östlichen Landspitze verschwunden; der Lir erstreckte sich glatt und leer vor ihm. Casmir murmelte leise einige Worte in seinen Bart und wandte sich vom Fenster ab. Die Hände immer noch hinter dem Rücken verschränkt, schritt er bedächtig im Raum auf und ab, den Kopf vorwärtsgeneigt, so daß sein Bart die Brust berührte.

Königin Sollace betrat den Salon. Sie hielt inne und beobachtete König Casmirs schwerfüßige Wanderung durch den Raum. Casmir bedachte sie lediglich mit einem kurzen, eisig-blauen Blick aus seinen dunklen, brauenüberschatteten Augen und stapfte schweigend weiter auf und ab.

Mit hochmütig gerümpfter Nase marschierte Königin Sollace durch den Raum und ließ sich auf dem Sofa nieder.

König Casmir hielt schließlich inne. Nach einem weiteren Moment des Schweigens sprach er, mehr zu sich selbst als zu Sollace. »Es läßt sich nicht beiseite wischen. Wieder einmal wird mein Vorwärtskommen gehemmt und meine große Mühe zunichte gemacht — von derselben Kraft und aus denselben Gründen. Die Fakten sind klar und unverblümt. Ich muß sie hinnehmen.«

»Tatsächlich?« fragte Sollace. »Welches sind diese häßlichen Fakten, die Euch solche Betrübnis bereiten?«

»Sie betreffen meine Pläne bezüglich Blalocs«, knurrte Casmir. »Ich kann nicht einschreiten, ohne mir Aillas und seine troicischen Kriegsschiffe auf den Hals zu holen. Daraufhin würde dieser fette Schakal Audry mit Sicherheit sofort über mich herfallen, und ich kann nicht Aillas und Audry gleichzeitig widerstehen.«

»Vielleicht solltet Ihr einen anderen Plan fassen«, sagte Königin Sollace heiter. »Oder Ihr gebt Euch einfach mit dem Fehlen eines Plans zufrieden.«

»Ha!« bellte Casmir. »Das würde noch fehlen! König Aillas redet sanft und mit großer Höflichkeit; er besitzt die unangenehme Fähigkeit, jemanden einen verräterischen Lumpen, einen Lügner, einen Betrüger und Halunken zu nennen, aber es wie ein Kompliment klingen zu lassen.«

Königin Sollace schüttelte verblüfft den Kopf. »Ich bin überrascht! Ich dachte, König Aillas und Prinz Dhrun seien hergekommen, uns einen Höflichkeitsbesuch abzustatten.«

»Das war nicht sein einziger Beweggrund — das versichere ich Euch!«

Königin Sollace seufzte. »König Aillas hat seine eigenen großen Erfolge erlangt; warum kann er nicht nachsichtiger gegen Eure Hoffnungen und Träume sein? Hier muß Neid im Spiel sein.«

Casmir nickte knapp. »Wir haben nichts füreinander übrig, soviel steht fest. Gleichwohl, er tut nur das, was er muß. Er kennt mein Endziel ebensogut, wie ich es selbst kenne!«

»Aber es ist ein hehres Ziel!« blökte Königin Sollace. »Die Älteren Inseln wieder zu einem Reich zu vereinen, so wie ehedem: das ist ein nobler Traum! Es würde unserem heiligen Glauben gewiß Antrieb verleihen! Denkt nur! Eines Tages könnte Vater Umphred Erzbischof der gesamten Älteren Inseln sein!«

König Casmir sagte angewidert: »Habt Ihr Euch schon wieder von diesem käsegesichtigen Priester Flöhe ins Ohr setzen lassen! Er hat Euch schon zu Eurer Kathedrale beschwatzt; das soll genügen.«

Königin Sollace wandte ihre feuchten Augen zur Decke und sprach in geduldigem Ton: »Ganz gleich, was auch geschieht, wisset, daß meine Gebete Eurem Erfolg geweiht sind. Ihr werdet am Ende gewiß obsiegen!«

»Ich wünschte, es ginge so einfach.« König Casmir ließ sich schwer auf einen Stuhl sacken. »Noch ist nicht alles verloren. Mir sind in Blaloc die Hände gebunden, aber es gibt immer zwei Wege um die Scheune herum!«

»Der Sinn Eurer Worte entzieht sich mir.«

»Ich werde meinen Agenten neue Instruktionen erteilen. Keine Ruhestörungen und Einfälle mehr. Wenn König Milo stirbt, wird Brezante den Thron besteigen. Wir werden ihm Madouc zum Weib geben und so unsere Häuser vereinen.«

Königin Sollace erhob Einwand. »Brezante ist bereits vermählt! Er freite Glodwyn von Bor!«

»Sie war hinfällig, jung und kränklich, und sie starb im Wochenbett. Brezante ist notorisch weibstoll, und er wird gewiß bereit für eine neue Vermählung sein.«

Königin Sollace sagte trauervoll: »Die arme kleine Glodwyn! Sie war kaum mehr als ein Kind; es heißt, sie habe ihr Heimweh nie verwunden.«

Casmir zuckte die Achseln. »Wie dem auch sei, die Dinge könnten sich sehr wohl zu unserem Vorteil wenden. König Milo ist so gut wie tot. Brezante ist ziemlich dumm, ein Faktor, der für unsere Sache günstig ist. Wir müssen einen Anlaß für seinen Besuch schaffen.«

Sollace sagte skeptisch: »Brezante ist überhaupt nicht galant, und er ist weder wohlgestalt noch gar schneidig. Sein Faible für junge Mädchen ist notorisch.«

»Pah! Alt oder jung, was soll's? Könige stehen über derlei kleingeistigem Klatsch!«

Königin Sollace rümpfte die Nase. »Und Königinnen wohl auch!«

Casmir, der nachdenklich vor sich hin starrte, ignorierte die Bemerkung.

»Und noch etwas«, sagte Sollace. »Madouc ist schwierig in solchen Dingen.«

»Sie wird gehorchen, weil sie muß«, wischte Casmir den Einwand beiseite. »Ich bin hier der König, nicht Madouc!«

»Aha! Aber Madouc ist Madouc!«

»Wir können nicht Brot backen ohne Mehl. Sie mag ja eine hagere rothaarige kleine Range sein, soviel sie will: aber meinem Befehl muß sie sich trotzdem beugen.«

»Sie ist nicht häßlich«, sagte Königin Sollace. »Ihre Zeit ist gekommen, und sie entwickelt sich — langsam natürlich, und bisher mit wenig sichtbarem Erfolg. Sie wird freilich nie eine so elegante Figur wie die meine aufzuweisen haben.«

»Für Brezante wird es hinreichen.« Er hieb die Hände entschlossen auf die Armlehnen des Stuhls. »Ich bin bereit, geschwind zu handeln.«

»Eure Politik ist gewiß weise«, sagte Königin Sollace. »Jedoch ...«

»Jedoch was?«

»Ach, nichts von Bedeutung.«

König Casmir handelte ohne Verzug. Drei Kuriere ritten von Haidion in den Abend hinaus: der erste nach der Feste Mael, mit dem Befehl, zu gewohnten Verhältnissen zurückzukehren; der zweite zu einem hochgestellten Agenten in Twissamy; der dritte zu König Milo, ausgestattet mit einer Botschaft von König Casmir, in welcher dieser ihm gute Genesung wünschte, mit strengen Worten die Rohlinge geißelte, die die königliche Autorität verspotteten, und ihn und Prinz Brezante zu einem festlichen Besuch nach Haidion einlud. Oder auch Prinz Brezante allein, falls König Milos Gesundheitszustand einen solchen Besuch untunlich machen sollte.

Einige Tage später kamen die Kuriere zurück. Von der Feste Mael und dem Agenten in Twissamy kamen schlichte Bestätigungen, daß man König Casmirs Befehle erhalten habe und sie unverzüglich befolgen werde.

Von König Milo kam eine Depesche von größerer Wichtigkeit. König Milo dankte König Casmir für seine freundlichen Wünsche und seine brüderliche Rückenstärkung. Als nächstes tat er seine Rückkehr zu bester Gesundheit kund und schilderte im folgenden, wie es zu dem Umschwung gekommen war. Eines Tages, so führte König Milo aus, sei unmittelbar vor dem Mittagsmahl ein jäher, verzweifelter Spasmus über ihn gekommen. Anstelle seiner gewohnten Diät, bestehend aus einem Wachtelei und einer Achtelpinte Buttermilch, habe er eine gebratene Rinderkeule mit Meerrettich und Pudding aus Mehl und Talg, ein Jungferkel frisch vom Spieß an Bratäpfeln mit Zimt und Zucker, einen Kumpf Taubenragout sowie drei Gallonen guten roten Weines verlangt. Zum Abendessen habe er dann einen eher maßvollen Imbiß, bestehend aus vier gebratenen Hühnern, einer Schweinefleisch-Zwiebel-Pastete, einem Lachs und einer Anzahl von Würsten sowie genügend Wein zum Verdauen der genannten Speisen zu sich genommen. Nach einer Nacht tiefen, gesunden Schlafes habe er sodann zum Frühstück eine gebratene Flunder, drei Dutzend Austern, einen Rosinenkuchen, eine Terrine Saubohnen mit Schinken sowie einen oder zwei Seidel eines besonders erlesenen Weißweines verzehrt. Diese Rückkehr zu einer gesunden, bekömmlichen Diät habe, erklärte König Milo, ihn wieder zu Kräften gebracht; jetzt fühle er sich wieder so gut wie neu, wenn nicht besser. Daher, schrieb König Milo, nähmen er und der jüngst durch den schmerzlichen Verlust seiner angetrauten Gemahlin schwer geschlagene Prinz Brezante gern und mit Dank König Casmirs Einladung an. Weder er, König Milo, noch Prinz Brezante seien abgeneigt, das Thema zu erörtern, auf das König Casmir angespielt habe. Er pflichte König Casmirs Anregung, ein neues, freundlicheres Kapitel in den Beziehungen zwischen den beiden Reichen aufzuschlagen, voll und ganz bei.

Madouc erfuhr von dem geplanten Besuch aus verschiedenen Quellen, aber es blieb Devonet vorbehalten, ihr den Anlaß der Visite im Detail zu erläutern. »Ihr werdet Prinz Brezante sehr aufmerksam finden«, sagte Devonet munter. »Er wird Euch vielleicht irgendwohin alleine mitnehmen wollen, womöglich in seine Gemächer, auf ein Spielchen ›Haschmich‹ oder ›Pippidiplum‹; in diesem Fall müßt Ihr auf der Hut sein. Brezante hat eine besondere Vorliebe für junge Mägdelein. Womöglich macht er Euch sogar einen Heiratsantrag! Auf keinen Fall solltet Ihr seinen Schmeicheleien erliegen, da manche Männer bei leichten Eroberungen rasch das Interesse verlieren.«

Madouc sagte steif: »Diesbezüglich brauchst du dir keine Sorgen zu machen. Ich bin weder an Prinz Brezante noch an seinen Schmeicheleien interessiert.«

Devonet ließ die Einwendung unbeachtet. »Denkt doch bloß! Ist es nicht aufregend? Eines Tages seid Ihr vielleicht Königin Madouc von Blaloc!«

»Das glaube ich kaum.«

Devonet sagte einsichtig: »Ich räume ein, Brezante ist nicht der Allerhübscheste; im Gegenteil, er ist pummelig und gedrungen und hat einen dicken Bauch und eine große Nase. Aber, na und? Er ist ein Königssohn, und Ihr seid nur zu beneiden, will ich meinen.«

»Du redest blanken Unsinn. Ich habe nicht das leiseste Interesse an Prinz Brezante, und er auch nicht an mir.«

»Seid da mal nicht so sicher! Ihr seid ganz wie seine frühere Gemahlin. Sie war eine junge Prinzessin aus Wales — ein Flöckchen von einem Weib, kindlich und unschuldig.«

Chlodys mischte sich mit begierigem Eifer in die Unterhaltung ein. »Es heißt, sie habe unentwegt geweint, vor Heimweh und vor Kummer! Ich glaube, daß sie schließlich den Verstand verloren hat, das arme Ding. Prinz Brezante ließ sich davon überhaupt nicht beunruhigen und legte sich ihr Nacht für Nacht bei, bis sie schließlich im Wochenbett verschied.«

»Das ist eine traurige Geschichte«, sagte Madouc.

»Genau! Die kleine Prinzessin ist tot, und Prinz Brezante ist tief verzagt. Ihr müßt Euer Bestes tun, um ihn zu trösten.«

»Er wird Euch bestimmt küssen wollen«, sagte Chlodys mit einem Kichern. »Dann müßt Ihr seinen Kuß artig erwidern; auf diese Weise gewinnt man einen Ehegemahl. Hab ich nicht recht, Devonet?«

»Das ist einer der Wege, gewiß.«

Madouc sagte verächtlich: »Manchmal kann ich nur staunen über die Gedanken, die Euch durch den Kopf spuken!«

»Ach ja«, seufzte Devonet. »Es ist weniger schimpflich, es zu denken, als es zu tun.«

»Aber es macht nicht so viel Spaß«, fügte Chlodys hinzu.

»Ihr könnt beide Prinz Brezante herzlich gern haben«, sagte Madouc. »Er wird euch sicherlich interessanter finden als mich.«

Später am Tag lief Madouc König Casmir in der Säulenhalle über den Weg. Er war schon im Begriff, an ihr vorbeizugehen, den Blick in seiner gewohnten Art abgewandt, als er plötzlich abrupt innehielt. »Madouc, ich will mit dir sprechen.«

»Jawohl, Eure Hoheit.«

»Komm mit!« Casmir ging voran in ein nahegelegenes Ratszimmer; Madouc folgte ihm zaudernd mit sechs Schritten Abstand.

Casmir wartete mit einem leisen, grimmen Lächeln im Gesicht vor der Tür, bis Madouc eingetreten war, dann schloß er die Tür und ging zum Tisch, wo er stehenblieb. »Setz dich!«

Madouc setzte sich zimperlich auf einen Stuhl auf der anderen Seite des Tisches.

»Ich muß dich jetzt instruieren«, sagte Casmir gewichtig. »Hör genau zu und gib gut acht. Es stehen gewisse Ereignisse von großer Wichtigkeit bevor. König Milo von Blaloc wird in Kürze bei uns zu Gast sein, mitsamt Königin Caudabil und Prinz Brezante. Ich habe die Absicht, einen Verlobungsvertrag zwischen dir und Prinz Brezante vorzuschlagen. Die Ehe wird zu einem passenden Zeitpunkt geschlossen werden, wahrscheinlich in drei Jahren. Es wird eine bedeutsame Ehe sein, insofern als sie ein starkes Bündnis mit Blaloc stiften und konsolidieren wird, als Gegengewicht zu Pomperols Hinwendung zu Dahaut. Dies sind Staatsangelegenheiten, die du nicht verstehen wirst, aber du mußt mir glauben, daß sie von allerhöchstem Vorrang sind.«

Madouc suchte fieberhaft nach Worten, die taktvoll ihre Gefühle vermitteln würden, ohne König Casmir sogleich zu erzürnen. Mehrere Male hub sie an zu sprechen, besann sich dann jedoch eines Besseren und hielt den Mund. Schließlich sagte sie ziemlich lahm: »Vielleicht ist Prinz Brezante eine solche Verbindung gar nicht recht.«

»Das vermute ich anders. König Milo hat bereits sein Interesse an dem Arrangement bekundet. Mit allergrößter Wahrscheinlichkeit wird während des königlichen Besuchs die Verlobung bekanntgegeben werden. Brezante ist eine gute Partie für dich, und du kannst dich glücklich schätzen. Nun denn, aufgemerkt! Lady Vosse wird dich in den Anstandsformen unterweisen, die beachtet werden müssen. Ich erwarte, daß du dich bei diesem Anlaß auf das Schicklichste führst. Du darfst dich keinesfalls irgendeiner deiner berüchtigten Launen oder melancholischen Stimmungen hingeben; dies würde mein äußerstes Mißfallen erregen. Ist das durch und durch klar?«

Madouc antwortete mit zitternder Stimme: »Ja, Eure Hoheit, ich verstehe Eure Worte.« Sie holte tief Luft. »Aber sie schießen weit am Ziel vorbei. Es ist besser, wenn Ihr das schon jetzt wißt.«

König Casmir hob zu einer geharnischten Erwiderung an, aber Madouc kam ihm hurtig zuvor. »In normalen Dingen würde ich Euch wohl gehorchen, doch bedenkt: meine Ehe ist von weit größerer Bedeutung für mich, als sie es für Euch ist.«

König Casmir beugte sich langsam vor. Im Laufe der Jahre hatten Dutzende verängstigter Wichte einen solchen Ausdruck in seinem Gesicht gesehen, bevor sie zur Folter in den Verliesen unter dem Peinhador weggeschleppt wurden.

Mit einer Stimme, die tief aus seiner Kehle kam, sprach Casmir: »Du willst also meinem Willen trotzen?«

Madouc wählte ihr Worte mit größter Behutsamkeit. »Es liegen Umstände vor, Eure Hoheit, die diesen Plan unmöglich machen!«

»Was sind das für Umstände?«

»Erstens: ich verabscheue Prinz Brezante. Wenn er so erpicht aufs Heiraten ist, laßt ihn doch Lady Vosse oder Chlodys freien. Zweitens: wie Ihr Euch erinnern werdet, bin ich der Sproß einer Halblingsmutter und eines unbekannten Vaters. Mein Stammbaum fehlt; aus diesem Grunde heißen meine Zofen mich ›Bastard‹, was ich nicht in Abrede stellen kann. Wenn König Milo hiervon erführe, würde er die Verlobung als ein Possenspiel betrachten und als eine Beleidigung seines Hauses.«

König Casmir blinzelte mit den Augen und stand schweigend da. Madouc erhob sich und lehnte sich gegen den Tisch. »Deshalb, Eure Hoheit, ist die Verlobung nicht möglich. Ihr müßt andere Pläne schmieden, die mich nicht einschließen.«

»Bah!« stieß Casmir hervor. »Alle diese Umstände sind kleine Fische in einer großen Pfanne. Weder Milo noch Brezante brauchen davon zu wissen! Überhaupt: wer sollte sie ihnen zutragen?«

»Diese Aufgabe würde mir zufallen«, sagte Madouc. »Es wäre meine Pflicht und Schuldigkeit.«

»Das ist schieres Geschwätz!«

Madouc sprudelte so hastig hervor, daß sich ihre Zunge beinahe verhaspelte: »O nein, Eure Hoheit! Ich benütze lediglich jene Redlichkeit und Aufrichtigkeit, die ich von Eurem noblen Beispiel gelernt habe! Die gebührende Hochachtung vor der Ehre beider Königshäuser würde mich dazu zwingen, meinen Familienstand zu offenbaren, ohne Rücksicht auf mögliche Folgen!«

Casmir versetzte barsch: »Es hat nichts zu bedeuten; das versichere ich dir! Von Ehre zu reden ist leichtfertig und töricht! Wenn es ein Stammbaum ist, woran es dir gebricht, dann werden die Herolde sich einen passenden ausdenken, und ich werde ihn dir per Verordnung anheften!«

Madouc schüttelte lächelnd den Kopf. »Verdorbener Käse stinkt, gleich wie dünn man ihn auch schneidet. Ein solcher Stammbaum wäre eine lachhafte Täuschung. Die Leute würden Euch ein bösartiges Monstrum schimpfen, falsch wie ein Hermelin, bereit zu jeder Lüge oder Doppelzüngigkeit. Alle würden sich über Euch lustig machen, und ich würde doppelt verlacht und doppelt erniedrigt, weil ich eine solch schamlose Lüge zugelassen hätte! Sie würden Euch ferner einen Intriganten schimpfen und einen ...«

Casmir machte eine schroffe Geste. »Halt ein! Das reicht!«

Madouc sagte demutsvoll: »Ich habe nur erläutert, warum mein wahrer und ureigener Stammbaum so wichtig für mich ist.«

Casmirs Geduld neigte sich dem Ende zu. »Das ist Unsinn und geht völlig an der Sache vorbei! Ich denke nicht daran, meine Pläne von solch kleinlichen Spitzfindigkeiten zunichte machen zu lassen! Nun denn ...«

Madouc schrie mit wehklagender Stimme: »Die Tatsachen lassen sich nicht ableugnen, Eure Hoheit! Mir mangelt es an jeglichem Stammbaum.«

»Dann bastle dir einen Stammbaum oder suche dir einen, den du für angemessen erachtest, und er wird dir per Ermächtigung zugeordnet! Nur spute dich damit! Sag Spargoy, dem Obersten Herold, er soll dir dabei helfen.«

»Mir wäre lieber, wenn jemand anderes mir hülfe.«

»Nimm, wen immer du willst! Faktum oder Phantasie, es ist vollkommen einerlei; deine Grillen sind mir schnuppe. Nur schnell muß es gehen!«

»Jawohl, Eure Majestät. Ich werde tun, wie Ihr befehlt.«

Ein schmeichelnder Unterton in Madoucs Stimme machte Casmir stutzen: warum war sie plötzlich so fügsam? »In der Zwischenzeit werde ich den Meinungsaustausch bezüglich deiner Verlobung in Gang setzen. Die Sache muß zügig vonstatten gehen!«

Madouc stieß einen gequälten kleinen Protestschrei aus. »Eure Hoheit, habe ich nicht gerade dargelegt, daß das nicht gehen kann?«

Casmirs Oberkörper schien anzuschwellen. Madouc tat einen langsamen Schritt um den Tisch herum, um seinen größtmöglichen Umfang zwischen sich und König Casmir zu bringen. Sie schrie: »Nichts hat sich geändert, Eure Hoheit! Ich werde überall nach meinem Stammbaum fahnden, doch selbst wenn ich entdecken sollte, daß der König von Byzanz mein Erzeuger ist, würde das nichts daran ändern, daß ich Prinz Brezante so widerwärtig wie eh und je finde! Wenn er nur ein einziges Wort zu mir sagt, werde ich erklären, daß ich ein verwaister Bastard bin, den König Casmir ihm aus Gründen der Staatsraison andrehen will. Und ist er dann immer noch nicht abgeschreckt, werde ich ihm den ›Zinkelzeh-Kobolz‹ zeigen, auf daß er sechs Fuß hoch in die Luft springt.«

König Casmirs Wangen waren rot angelaufen, und die Augen quollen ihm blau aus dem Gesicht. Er tat drei Schritte um den Tisch herum, um Madouc zu ergreifen und gehörig zu vertrimmen. Madouc huschte wachsam weiter um den Tisch herum, so daß der Abstand zwischen ihr und dem Monarchen gewahrt blieb. Casmir setzte ihr schwerfällig nach, aber Madouc entzog sich abermals mit flinken Schritten seinem Zugriff, stets darauf bedacht, die volle Breite des Tisches zwischen sich und König Casmir zu haben.

Casmir hielt schließlich inne, schweratmend vor Erregung und Anstrengung. Madouc stieß atemlos hervor: »Ihr müßt verzeihen, Hoheit, daß ich Euch ausweiche, aber ich habe keine Lust auf eine erneute Tracht Prügel.«

»Ich werde die Lakaien rufen«, sprach der König. »Sie werden dich in eine dunkle Kammer bringen, und ich werde dich mit Muße nach Strich und Faden verdreschen. Niemand bietet mir die Stirn und kommt ungeschoren davon.« Er machte einen langsamen Schritt um den Tisch herum, Madouc mit starrem Blick fixierend, als versuche er, sie durch die schiere Kraft seines königlichen Willens zum Stehenbleiben zu zwingen.

Madouc aber entwich abermals und sprach mit bebender Stimme: »Ich beschwöre Euch, so etwas nicht zu tun, Eure Hoheit! Ihr werdet bemerken, daß ich bisher darauf verzichtet habe, meine Elfenmagie bei Euch anzuwenden, da dies unhöflich wäre. Ich beherrsche nicht nur den ›Sissel‹ und den ›Zinkelzeh-Kobolz‹, sondern auch...« Madouc rang um einen Einfall, der auch sogleich kam »... einen gar lästigen Zauber, genannt ›Kribbelkrabbel‹, anzuwenden nur wider Personen, die mich bedrohen!«

»Ach?« fragte Casmir sanft. »Erzähl mir von diesem Zauber!« Indem er sprach, machte er verstohlen einen Schritt um den Tisch.

Wachsam huschte Madouc zur Seite, den alten Abstand sogleich wiederherstellend. »Wenn ich genötigt bin, mich eines schlimmen Schuftes zu erwehren, schwärmen Insekten aus allen Richtungen auf ihn hernieder! Bei Tag und bei Nacht kommen sie, von oben und von unten, vom Himmel und aus dem Erdboden!«

»Das ist eine entmutigende Vorstellung.«

»Fürwahr, Eure Hoheit! Bitte schleicht nicht weiter um den Tisch herum, da Ihr mich erschreckt und ich womöglich aus schierem Versehen den ›Kribbelkrabbel‹ herausschwatze!«

»Tatsächlich? Erzähle mir mehr von diesem wundersamen Zauber.«

»Zuerst kommen die Fliegen! Sie krabbeln durch den goldenen Bart des schlimmen Schurken und auch durch sein Haar; sie wimmeln in seinen reichen Gewändern, bis er sich vor schierem Jucken und Kribbeln die Haut zerkratzt!«

»Lästig fürwahr! Steh still und erzähl mir mehr!« König Casmir machte einen jähen Ausfallschritt; Madouc sprang um den Tisch herum und sprach in verzweifelter Hast: »Wenn er schläft, kriechen große Spinnen über sein Gesicht! Kornwürmer graben sich in seine Haut und fallen ihm aus der Nase! Er findet Käfer in seiner Suppe und Schaben in seinem Haferbrei! Schmeißfliegen krabbeln in seinen Mund und legen Eier in seinen Ohren; wenn er nach draußen geht, wird er belagert von Schnaken und Motten und Grashüpfern; Wespen und Bienen stechen ihn blindlings und wahllos!«

König Casmir starrte sie mit finsterem Blick an. »Und du beherrschst diesen schrecklichen Zauber?«

»O ja, gewiß! Aber es kommt noch schlimmer! Sollte der schlimme Schurke zu Boden fallen, wird er sofort von einem Heer von Ameisen bedeckt! Natürlich würde ich diesen Zauber nur benutzen, um mich zu schützen!«

»Natürlich!« König Casmir lächelte ein dünnes hartes Lächeln. »Aber beherrschst du wahrhaftig einen Zauber von solcher Macht? Ich bezweifle das.«

»Ganz offen gesagt, ich habe eine oder zwei der Silben vergessen«, erwiderte Madouc tapfer. »Aber meine Mutter weiß sie bestimmt ohne weiteres herzusagen. Ich kann sie in Bedrängnis sofort rufen, und sie wird meine Feinde in Kröten, Maulwürfe oder Salamander verzaubern, ganz wie ich will, und dies müßt Ihr mir glauben, da es die Wahrheit ist!«

König Casmir starrte Madouc lange an. Dann machte er eine abrupte Geste, die ein Dutzend Gefühlsregungen kundtat. »Geh! Entferne dich aus meinem Blick.«

Madouc vollführte einen zierlichen kleinen Knicks. »Ich danke Eurer Majestät für seine freundliche Nachsicht.« Sie schlüpfte behutsam an Casmir vorbei; dann, mit einem verstohlenen Blick zurück über die Schulter, rannte sie hurtig aus dem Raum.

6

König Casmir ging mit langsamen, schweren Schritten die Säulenhalle entlang, die Treppe hinauf und — nach einem kurzen Innehalten — den Gang hinunter zum Salon der Königin. Der Lakai, der dort strammstand, stieß die Tür weit auf; König Casmir marschierte in den Raum. Als er sah, daß Königin Sollace in ernster Unterredung mit Vater Umphred vertieft war, blieb er stehen und starrte düster auf die beiden hinab. Königin und Priester fuhren herum und verstummten allsofort. Vater Umphred verneigte sich lächelnd. Casmir ignorierte den Gruß. Er marschierte quer durch den Raum zum Fenster, wo er innehielt und mit mürrischem Blick hinausschaute.

Nach einer gehörigen Anstandsfrist nahmen Königin Sollace und Vater Umphred ihre Unterhaltung wieder auf: zunächst in gedämpftem Ton, um König Casmir nicht in seinem Nachsinnen zu stören; dann, als er weder achtzugeben noch zu hören schien, wieder in ihrer normalen Lautstärke. Wie gewohnt war der Gegenstand ihrer Diskussion die neue Kathedrale. Die zwei waren sich darin einig, daß alle Pertinenzien und Einrichtungsgegenstände des Bauwerks von edelster und feinster

Qualität sein sollten; nur das allerbeste konnte für Sollace Sanctissima in Frage kommen.

»Der Brennpunkt von allem — man könnte sagen, das Zentrum der Inspiration — ist der Altar«, erklärte Vater Umphred. »Er ist der Ort, auf den alle Blicke gerichtet sind und der Quell, aus welchem das Heilige Wort erschallt! Wir müssen dafür Sorge tragen, daß er alle anderen Altäre der Christenheit in den Schatten stellt!«

»Derselben Meinung bin auch ich«, sagte Königin Sollace. »Wie sehr das Glück uns doch hold ist! Es ist eine Chance, die nur wenigen vergönnt ist!«

»Ganz recht, teure Frau!« Vater Umphred blickte verstohlen zu der massigen Gestalt am Fenster, aber König Casmir schien in seine eigenen Gedanken vertieft. »Ich habe gewisse Zeichnungen angefertigt; unglücklicherweise habe ich es versäumt, sie mitzubringen.«

Königin Sollace stieß einen leisen Schrei der Enttäuschung aus. »Dann beschreibt sie doch, wenn Ihr so lieb seid! Ich wäre sehr interessiert, Eure Pläne zu hören!«

Vater Umphred machte eine Verbeugung. »Mir schwebt ein Altar aus köstlichem, rarem Holz vor, getragen von kannelierten Säulen aus rosafarbenem kappadokischem Marmelstein. Zu beiden Seiten sollen siebenarmige Kandelaber stehen, stattlich und erhaben, verklärten lichtspendenden Engeln gleich! Solcher Art soll und wird ihre Wirkung sein! Später sollen sie aus purem Golde gehämmert sein; fürs erste begnügen wir uns mit solchen aus Blattgold auf Gips.«

»Wir werden tun, was getan werden muß!«

»Unterhalb des Altars, auf einem Tisch aus edlem Holz, verziert mit einem Fries, welcher die zwölf Erzengel darstellt, soll die Monstranz ihren Platz finden. Diese soll ein Gefäß aus Silber sein, besetzt mit Karfunkelsteinen, Lapislazuli und Jade; sie soll auf einem mit heiligen Zeichen bestickten Tuche ruhen, welches eine Nachahmung jenes heiligen Tuches, das als ›Tasthapes‹

bekannt ist, sein soll. Die Wand hinter dem Altar soll in zwölf Paneele aufgeteilt werden; jedes von diesen soll in leuchtenden Farben eine Szene aus dem Leben des Herrn darstellen, zur Freude des Betrachters und zum Ruhme des Glaubens.«

Königin Sollace sprach voller Inbrunst: »Ich kann es schon jetzt vor mir sehen, wie in einer Vision! Das Konzept rührt mich tief!«

Nach einem erneuten hastigen Blick zum Fenster sagte Vater Umphred: »Meine teure Frau, Ihr seid offenkundig empfänglich für spirituelle Einflüsse, und dies in einem Maße, das das übliche weit übersteigt! Aber laßt uns nun erwägen, wie wir unsere heiligen Reliquien am besten zur Geltung bringen können. Die Frage, die sich uns hier stellt, ist: sollen wir ein spezielles Reliquarium erstellen — zum Beispiel seitlich des Vestibulums? Oder sollen wir uns für eine mehr allgemeine Zurschaustellung in einem der Querschiffe entscheiden — oder in beiden, für den Fall, daß wir mehrere von diesen heiligen Gegenständen erwerben können?«

Königin Sollace sagte wehmütig: »Solange wir noch gar keinen dieser Gegenstände vorzuweisen haben, können wir keine ernsthaften Pläne machen.«

Vater Umphred machte eine tadelnde Geste. »Ihr müßt nur fest daran glauben, teure Frau! Habt Ihr nicht auch in der Vergangenheit stets Kraft und Stärkung im Glauben gefunden? Diese Gegenstände existieren, und wir werden sie beschaffen.«

»Aber könnt Ihr dessen gewiß sein?«

»Mit Zuversicht, Glauben und Beharrlichkeit werden wir sie finden, wo immer sie auch sein mögen! Manche sind bislang noch unentdeckt; andere wurden gehegt und sind verlorengegangen und bedürfen der Wiederentdeckung. Als Beispiel darf ich das Kreuz des Heiligen Elric anführen, der von dem Oger Magre Glied um Glied gekocht und vertilgt wurde. Um sich während dieser schweren Prüfung zu wappnen und zu stärken, fertigte der heilige Mann ein Kruzifix aus seinen von dem Oger bereits blankgenagten und fortgeworfenen Schienbeinknochen. Dieses Kruzifix war einst das Prunkstück des Klosters des Heiligen Bac in Dun Cruighre; wo ist es jetzt? Wer weiß?«

»Wie sollen wir es dann finden?«

»Durch sorgfältiges und beharrliches Suchen. Als ein weiteres Beispiel führe ich den Talisman der Heiligen Uldine an, die sich bemühte, den Troll Phogastus von Meira Tarn zum wahren Glauben zu bekehren. Ihre Anstrengungen waren umfangreich fürwahr; sie gebar Phogastus vier Trollinge*, jeder mit einem runden Blutstein anstelle eines dritten Auges. Die vier Steine wurden herausgebrochen und in einen Talisman eingesetzt, welcher jetzt irgendwo in einer der Krypten auf der Insel Whanish vergraben liegt. Dieser Talisman ist ebenfalls ein Gegenstand von mächtiger Kraft; gleichwohl könnte er von einer standhaften und unerschrockenen Person geborgen werden. In Galizien, auf dem Pico Alto, steht ein Mönchskloster, das von dem ketzerischen Bischof Sangiblas gegründet wurde. Die Mönche bewahren in ihren Krypten einen der Nägel, mit denen die Füße unseres Erlösers ans Kreuz geheftet waren. Ich könnte noch weitere solcher Reliquien anführen. Die, die nicht verlorengegangen sind, werden verehrt und auf das sorgfältigste gehütet. Sie dürften schwerlich zu erlangen sein.«

Königin Sollace sprach in entschiedenem Ton: »Kein gut Ding kommt sonder Müh' und Plag'. Das lehrt uns das Leben!«

»Wie wahr!« rief Vater Umphred. »Eure Hoheit hat knapp und bündig mit einem Schlag einen ganzen Wirrwarr von Unklarheiten erhellt und entwirrt!«

---

* Die Kinder der Heiligen Uldine waren Ignaldus, Drathe, Alleia und Bazille. Sie überlebten allesamt, und jedes ging seiner eigenen Wege und folgte seinem Schicksal. Die Chroniken dieser Ereignisse werden vielleicht eines Tages veröffentlicht werden.

Königin Sollace fragte: »Spracht Ihr nicht jüngst vom Heiligen Gral? Ich meine jenes Utensil, das der Erlöser bei seinem Letzten Abendmahl benutzte und in welchem Joseph von Arimathea das Blut aus den göttlichen Wunden auffing. Was ist aus jenem geweihten Napfe geworden?«

Vater Umphred schürzte die Lippen. »Die Berichte sind ungenau. Wir wissen, daß er von Joseph von Arimathea zur Abtei von Glastonbury gebracht wurde, von wo aus er nach Irland geschafft und in einer Kapelle auf dem Eiland Inchagoill im Lough Corrib beherbergt wurde; von dort aus wiederum wurde er aus Furcht vor den Heiden von einem Mönch mit Namen Sisembert auf die Älteren Inseln transportiert, und nun wähnt man ihn in geheimer Obhut: an einem mysteriösen Ort, den aufzusuchen sich nur die Tapfersten oder die Tollkühnsten erkühnen können!«

König Casmir hatte dem Gespräch mit halbem Ohr gelauscht. Nun wandte er sich um und stand mit dem Rücken zum Fenster, einen Ausdruck zynischer Belustigung im Gesicht. Königin Sollace warf ihm einen fragenden Blick zu, aber König Casmir schien nichts zu sagen zu haben. Sie wandte sich wieder Vater Umphred zu.

»Könnten wir doch nur eine Bruderschaft von edlen, der Königin treu ergebenen Paladinen um uns scharen! Ich würde sie aussenden auf die ruhmreiche Suche nach dem Heiligen Gral, und der, dem es gelänge, ihn zu finden, würde mit Ehren überhäuft werden!«

»Das ist ein ausgezeichneter Plan, Eure Hoheit! Er beflügelt die Phantasie!«

»Und dann, sollten wir den Gral für uns erringen, hätte ich die Gewißheit, daß mein Leben nicht umsonst gewesen ist!«

»Er ist unzweifelhaft die feinste von allen Reliquien.«

»Wir müssen ihn für uns gewinnen! Der Ruhm unserer Kathedrale würde durch die ganze Christenheit schallen!«

»Wie wahr, meine liebe Frau! Das Gefäß ist eine sehr gute Reliquie, edel und fein fürwahr. Aus aller Welt würden Pilgersleute herbeigeströmt kommen, das Wunder zu schauen und zu lobpreisen die heiligmäßige Königin, die der großen Kirche ihren Namen gab!«

König Casmir vermochte es nicht länger zu ertragen. Er trat einen Schritt vor. »Ich habe genug von eurem närrischen Geschwätz gehört!« Er stieß den Daumen wider den Priester. »Geht! Ich wünsche die Königin zu sprechen!«

»Sehr wohl, Eure Hoheit!« Vater Umphred raffte seine Kutte und schaffte seine beleibte Gestalt hurtig aus dem Salon. Gleich hinter der Tür bog er scharf nach links und hastete in einen Ankleideraum, der an den Salon der Königin grenzte. Nachdem er sich mit einem raschen Blick über die Schulter vergewissert hatte, daß niemand ihn beobachtete, schlüpfte er in einen Schrank und zog einen kleinen Pfropfen aus der Wand; an das so entstandene Loch preßte er sein Ohr.

Casmirs Stimme kam aus nächster Nähe. »... die Fakten, und sie sind unleugbar. Madouc ist ein Wechselbalg; ihre Mutter ist eine Elfe; ihr Vater ist irgendein namenloser Strolch aus dem Wald. Sie weigert sich entschieden, Brezante zu heiraten, und ich sehe schlechterdings auch keinen Weg, meinen Wunsch durchzusetzen.«

Sollace rief erregt: »Das ist Frechheit im äußersten Maße! Ihr habt König Milo und seine Königin bereits nach Haidion geladen, und den Prinzen Brezante ebenso!«

»Das ist leider wahr. Es wird nichts schaden, sie gastlich zu bewirten; gleichwohl ist es ein Ärgernis.«

»Ich bin entrüstet! Das kleine Luder darf seinen Kopf nicht durchsetzen!«

König Casmir zog eine Grimasse und zuckte die Achseln. »Wäre sie von gewöhnlichem Geblüt, würde sie sich in diesem Moment härmen. Aber ihre Mutter ist eine Elfe, und ich wage nicht, die Kraft ihrer Magie auf die Probe zu stellen. Das ist schlichte Zweckdienlichkeit.«

Königin Sollace sagte zuversichtlich: »Wenn sie getauft und in der heiligen Religion unterwiesen würde ...«

König Casmir schnitt ihr barsch das Wort ab. »Das haben wir schon einmal versucht. Der Plan ist ungeeignet.«

»Da habt Ihr wohl recht; dennoch — aber egal.«

Casmir hieb sich mit der Faust in die hohle Hand. »Ich bin geplagt von Problemen! Sie quälen mich wie eine Pest, und jedes ist schlimmer und schrecklicher als die andern, ausgenommen allein das drückendste von allen, das Tag und Nacht an mir nagt!«

»Welches Problem ist das?«

»Könnt Ihr Euch das nicht denken? Es ist das Rätsel um Suldruns Kind.«

Königin Sollace starrte König Casmir verständnislos an. »Ist das so ein arges Problem? Ich habe die Sache schon lange aus meinem Kopf verbannt.«

»Erinnert Ihr Euch denn nicht an den Fall? Suldruns erstgeborener Sohn wurde fortgeschleppt, und wir bekamen einen rothaarigen Balg.«

»Natürlich erinnere ich mich; na und?«

»Das Rätsel währt fort! Wer ist das andere Kind? Jener Knabe ist der Gegenstand von Persilians Weissagung; und immer noch weiß ich weder seinen Namen noch, wo er sich aufhält. Er wird rechtmäßig am Tische Cairbra an Meadhan sitzen und vom Thron Evandig herab herrschen. So sprach der Spiegel Persilian.«

»Die Kraft ist vielleicht inzwischen geschwunden.«

»Die Kraft solcher Weissagungen schwindet solange nicht, bis die Weissagungen sich erfüllen — oder vereitelt werden! Wenn ich den Namen des Kindes wüßte, könnte ich irgendeinen Plan ausarbeiten und das Reich bewahren.«

»Und es gibt keine Anhaltspunkte, wer und wo der Knabe sein könnte?«

»Keine. Er wurde als Knabe geboren und muß nun im selben Alter sein wie Madouc. Das ist alles, was ich weiß; ich würde viel darum geben, den Rest zu erfahren!«

»Es ist lange her«, sagte Sollace. »Es gibt niemanden mehr, der sich daran erinnert. Könntet Ihr Euch nicht um eine gefälligere Weissagung bemühen?«

Casmir gab ein trauriges, angewidertes Kichern von sich. »Es ist nicht so leicht, die Nornen zu benebeln.« Er setzte sich auf das Sofa. »Nun, trotz alldem komme ich nicht umhin, König Milo zu bewirten. Er wird mit einem Verlöbnis rechnen. Wie soll ich ihm klarmachen, daß Madouc sein Mondkalb von einem Sohn verachtet?«

Königin Sollace tat einen heiseren Ausruf. »Ha! Ich habe die Antwort! Madouc kann uns immer noch von Nutzen sein — vielleicht sogar mehr als vorher!«

»Inwiefern?«

»Ihr hörtet doch, wie wir unseren Bedarf nach heiligen Reliquien erörterten. Laßt uns öffentlich proklamieren, daß dem, der hinauszieht, eine solche Reliquie zu suchen und mit einer als echt beglaubigten zurückkehrt, eine reiche Belohnung winkt! Sollte er den Heiligen Gral selbst bringen, kann er eine große Wohltat aus der Hand des Königs verlangen, nämlich: die Hand der Prinzessin Madouc höchstselbst!«

Casmir war schon im Begriff, die Idee als lächerlich abzutun, doch dann besann er sich anders und machte den Mund wieder zu. Der Vorschlag, überlegte er, war nicht ohne Logik. Wenn Pilger Gold brachten; wenn Reliquien Pilger brachten; wenn Madouc — und sei es auch nur indirekt — Reliquien brachte, dann war das Konzept durchaus vernünftig. Casmir erhob sich. »Ich habe keine Einwände gegen den Plan.«

Königin Sollace sagte mit skeptischer Miene: »Es

könnte freilich sein, daß wir damit das Problem nur hinausschieben.«

»Inwiefern?«

»Angenommen, irgendein tapferer Rittersmann brächte den Heiligen Gral hierher und hielte sodann bei Euch um die Hand der Prinzessin Madouc an, und Ihr gewährtet ihm diesen Wunsch, aber Madouc erwiese sich als ungefügig, was sehr wohl der Fall sein könnte, was dann?«

»Ich werde den kleinen Zankteufel weggeben, ob er sich sträubt oder nicht. Sie kann zwischen Ehe oder Knechtschaft wählen, es ist mir einerlei; an dem Punkt ist für uns das Problem vom Tisch.«

Sollace klatschte in die Hände. »So werden alle unsere Probleme gelöst!«

»Nicht alle.« Casmir verließ den Raum.

Am darauffolgenden Tag fand sich Casmir auf dem Absatz der großen Treppe von Vater Umphred angesprochen. »Eure Hoheit, ich bitte untertänigst um eine Unterredung mit Euch in einer wichtigen Sache.«

Casmir maß den Priester von Kopf bis Fuß. »Was ist es jetzt schon wieder?«

Vater Umphred spähte nach links und nach rechts, um sich zu vergewissern, daß niemand ihrer Unterhaltung lauschte. »Majestät, während meiner Amtszeit auf Haidion wurde ich in meiner Eigenschaft als geistlicher Ratgeber Ihrer Majestät der Königin und in Verbindung mit meinen anderen Pflichten Zeuge und Mitwisser vieler Ereignisse von größerer oder minderer Bedeutung. Dies liegt in der Natur meines Amtes.«

Casmir grunzte mürrisch. »Was das betrifft, habe ich keinen Zweifel. Ihr wißt mehr über meine Angelegenheiten als ich selbst.«

Vater Umphred lachte höflich. »Jüngst ward mir zu verstehen gegeben, daß Ihr an Suldruns erstgeborenem Kind interessiert seid.«

König Casmir stieß scharf hervor: »Ja? Und?«

»Ich könnte vielleicht den Namen dieses Kindes und seinen gegenwärtigen Aufenthaltsort ermitteln.«

»Wie würdet Ihr das machen?«

»Das vermag ich in diesem Moment noch nicht genau zu sagen. Aber, nun ja, da wäre zuvor noch eine Kleinigkeit ...«

»Aha!« fiel Casmir ihm mit schneidender Stimme ins Wort. »Ihr wollt etwas dafür!«

»Das will ich nicht leugnen. Mein großes Ziel ist das Amt eines Erzbischofs der Diözese Lyonesse. Könnte ich den König von Lyonesse zum Christentum bekehren, wäre dies ein wichtiges Argument für meine Beförderung auf diesen Posten bei der nächsten Kardinalssynode in Rom.«

Casmir machte ein grimmiges Gesicht. »Kurz, wenn ich Christ werde, verratet Ihr mir den Namen von Suldruns Kind.«

Vater Umphred nickte und lächelte. »In seinem grundlegenden Kern verhält es sich so.«

Casmirs Stimme nahm einen drohenden Klang an. »Ihr seid ein verschlagener Teufel. Seid Ihr schon einmal auf der Folterbank gestreckt worden?«

»Nein, Eure Hoheit.«

»Ihr seid dreist bis an den Rand der Sorglosigkeit! Müßte ich nicht befürchten, daß Königin Sollace mir nie wieder Frieden geben würde, würdet Ihr mir Eure Geschichte ohne Bedingungen erzählen, unter Stöhnen und Quieken!«

Vater Umphred lächelte gequält. »Es lag gewiß nicht in meiner Absicht, dreist oder gar unehrerbietig zu scheinen; vielmehr hoffte ich, Eurer Majestät mit meinem Anerbieten eine Freude zu bereiten.«

»Noch einmal: Ihr könnt Euch glücklich schätzen, daß Königin Sollace Eure Gönnerin ist! Was ist mit einer solchen Konvertierung verbunden?«

»Lediglich eine Taufe, und Ihr müßt ein paar Worte aus der Litanei hersagen.«

»Ha hmm. Wenn's denn weiter nichts ist.« König Casmir sann einen Moment nach, dann sagte er in scharfem Ton: »Es wird sich dadurch nichts ändern, daß Euch das klar ist! Nicht ein Jota! Bildet Euch auf Euren Erfolg nur ja nichts ein! Ihr werdet keinerlei Verfügungsgewalt über die Kirchengelder haben; alle Mittel müssen in die königliche Schatulle fließen; der römische Papst wird nicht einen roten Heller kriegen!«

Vater Umphred protestierte blökend. »Eure Hoheit, das führt zu schwerfälliger Verwaltung!«

»Und zu ehrlichen Erzbischöfen. Und noch etwas: ich werde keine Horden von fahrenden Mönchen dulden, die gleich Fliegenschwärmen angelockt vom Aasgeruch hier einfallen, um auf Staatskosten zu schlemmen und zu prassen. Solche Vagabunden werden ausgepeitscht und in Knechtschaft gepreßt, auf daß sie nützliche Arbeit leisten können.«

»Eure Hoheit!« schrie der fromme Mann bestürzt. »Einige dieser wandernden Priester sind heilige Männer von erstem Range! Sie tragen die Schrift zu den wüsten Stätten der Welt!«

»Sollen sie doch weiterwandern ohne Rast und Ruh — meinethalben bis nach Tormous oder Skorne oder ins Tartarenland, solange mir nur der Anblick ihrer fetten Wänste und ihrer spiegelnden Glatzen erspart bleibt!«

Vater Umphred seufzte tief. »Ich muß einlenken; wir werden tun, was wir können.«

»Du hast allen Grund zum Frohlocken, Priester!« sagte Casmir grimmig. »Heute ist dein Glückstag! Du hast ein gutes Geschäft gemacht und deine feisten Glieder vor der Folterbank gerettet. Jetzt will ich die versprochene Information!«

»Sie muß erst verifiziert werden«, erwiderte Vater Umphred in schmeichlerischem Ton. »Ich werde sie morgen bereithalten, nach der Taufzeremonie.«

König Casmir drehte sich um und verfügte sich in seine Gemächer.

Am Mittag des folgenden Tages begab sich Casmir in die kleine Kapelle der Königin. Er verharrte schweigend, während Vater Umphred ihn mit geweihtem Wasser besprengte und mit salbungsvoller Stimme lateinische Phrasen rezitierte. Sodann murmelte er, souffliert von Vater Umphred, ein Vaterunser und eine Anzahl frommer Redensarten, die der Priester ihm ebenfalls vorsagte. Daraufhin ergriff Vater Umphred ein Kreuz und trat vor Casmir, das Kreuz hoch emporhaltend. »Auf die Knie, Bruder Casmir!« befahl der Priester. »In Demut und freudigem Entzücken küsse alljetzt das Kreuz und weihe dein Leben wohllöblichen Taten und dem Ruhme der Kirche!«

Casmir sprach gleichmütig: »Hüte deine Zunge, Priester! Ich dulde keine Narren in meiner Gegenwart.« Er ließ den Blick durch die Kapelle schweifen und machte eine gebieterische Geste wider die, die der Zeremonie beigewohnt hatten. »Verschwindet!«

Die Kapelle leerte sich bis auf Casmir, den Priester und Königin Sollace, an die Casmir sich jetzt mit den Worten wandte: »Meine liebe Königin, es wäre gut, wenn für dies eine Mal auch Ihr Euch entferntet.«

Königin Sollace gab einen lauten Schnaufer der Empörung von sich. Steif vor Entrüstung stapfte sie aus dem Gotteshaus.

König Casmir wandte sich dem Priester zu. »Wohlan! Sagt mir jetzt, was Ihr wißt! Wenn es unwahr oder töricht ist, werdet Ihr für lange Zeit im Dunkeln schmachten.«

»Eure Hoheit, hier ist die Wahrheit! Vor langer Zeit ward ein junger Prinz halb ertrunken an den Strand am Fuße von Suldruns Garten gespült. Sein Name war Aillas, welcher jetzt König von Troicinet und weiteren Landen ist. Suldrun gebar ihm einen Sohn — denselben, der zur Sicherheit in den Wald von Tantrevalles gebracht wurde. Dort wurde der Sohn, dessen Name Dhrun war, von den Elfen gegen Madouc eingetauscht.

Aillas wurde in das Verlies gesenkt, aber er entkam — wie, das übersteigt meine Kenntnis. Jetzt haßt er Euch leidenschaftlich. Auch sein Sohn, Prinz Dhrun, ist Euch mitnichten zugetan.«

Casmir lauschte den Worten des Priesters mit offenem Munde. Die Information war bei weitem überraschender, als er erwartet hatte. Er murmelte: »Wie ist das möglich? Der Sohn müßte doch im gleichen Alter wie Madouc sein!«

»Das Kind Dhrun weilte ein Jahr im Elfenhügel, nach Menschenzeit gerechnet. Aber dieses eine Jahr kam sieben oder mehr Elfenjahren gleich! So löst sich dieser Widerspruch!«

König Casmir gab eine Reihe von leisen Grunzlauten von sich. »Habt Ihr Beweise für das, was Ihr da sagt?«

»Ich habe keinen Beweis.«

Casmir beharrte nicht weiter darauf. Es gab Fakten in seinem Besitz, die ihn schon lange verwirrt hatten: warum zum Beispiel war Ehirme, Suldruns einstige Dienerin, mit ihrer gesamten Familie plötzlich nach Troicinet verschwunden und dort mit üppigem Besitz ausgestattet worden? Noch verblüffender freilich war ein Faktum, das tausend phantastische Mutmaßungen ausgelöst hatte: wie konnte Aillas seinem Sohn Dhrun an Lebensalter so nahe sein? Nun ließ sich alles erklären.

Die Fakten waren richtig und wahr. Casmir sagte düster: »Erzählt hiervon niemandem, gleich wem auch immer! Dies ist allein für meine Ohren bestimmt!«

»Eure Hoheit hat gesprochen, und ich werde gehorchen!«

»Geht!«

Vater Umphred hastete mit wichtigtuerischer Gebärde aus der Kapelle. Casmir starrte mit abwesendem Blick auf das Kreuz an der Wand, das ihm keinen Deut mehr bedeutete als am Tag zuvor. Er sprach bei sich: »Aillas haßt mich also!« Dann, mit noch leiserer Stimme: »Und Dhrun ist's, der an dem Tisch Cairbra an Meadhan sitzen wird — bevor sein Leben verronnen ist. So sei es! Und so wird er denn sitzen und wird er denn herrschen vom Thron Evandig herab, und sei's nur, um einen Pagen nach einem Schnupftuch zu schicken. Aber so wird er noch vor seinem Tode sitzen und herrschen.«

7

Abend legte sich über Burg Haidion. König Casmir saß allein im Großen Palas des Alten Turmes und verzehrte ein karges Abendmahl aus kaltem Rindfleisch und Bier.

Sobald er sein Mahl beendet hatte, schwang er auf seinem Stuhl herum und stierte grübelnd ins Feuer.

Seine Gedanken schweiften in die Vergangenheit zurück. Bilder zogen an seinem inneren Auge vorüber: Suldrun als goldhaariges Kind; Suldrun, wie er sie zum letzten Mal gesehen hatte: elend und kummervoll, aber immer noch trotzig. Als nächstes tauchte das Bild des hageren Jünglings vor ihm auf, den er mit solch rauhem Zorn in das dunkle Loch geworfen hatte. Die Zeit hatte das bleiche Antlitz verschwimmen lassen, aber jetzt erkannte er in ihm unzweifelhaft den jungen Aillas wieder. So war es also gewesen! Wie sehr Aillas ihn hassen mußte! Welch sehnliches Verlangen nach süßer Rache die Seele Aillas' beherrschen mußte!

Casmir stieß ein leises, trauriges Grunzen aus. Die jüngsten Ereignisse mußten jetzt aus einem neuen Blickwinkel betrachtet werden. Aillas hatte, indem er die Herrschaft über Nord- und Süd-Ulfland an sich gebracht hatte, seinen, Casmirs, Ambitionen einen schweren Schlag versetzt, und dasselbe hatte er erst jüngst wieder getan, nämlich in Zusammenhang mit Blaloc. Wie kunstvoll Aillas und Dhrun sich doch bei ihrem Besuch verstellt hatten! Wie schmeichlerisch sie auf Friedenspakte gedrungen hatten, während sie ihn in Wahrheit zutiefst verachteten und auf seinen Untergang hinwirkten!

Casmir stemmte sich entschlossen in seinem Stuhl hoch. Jetzt war es an der Zeit für Gegenschläge, hart und entschieden, wenngleich immer noch, wie stets, von Umsicht und Besonnenheit gezügelt; Casmir war niemand, der sich zu überstürzten Handlungen hinreißen ließ, die am Ende womöglich ihm selbst schadeten. Gleichzeitig mußte er eine Methode ersinnen, vermittels derer Persilians Weissagung null und nichtig gemacht werden konnte.

Casmir saß da und brütete, seine Möglichkeiten wägend und den Wert jeder einzelnen abschätzend. Fest stand, wenn Aillas stürbe, mußte dies Casmirs Interessen Vorschub leisten. In solch einem Fall würde Dhrun König werden. In diesem Augenblick, so kalkulierte Casmir, würde es ein leichtes sein, unter irgendeinem Vorwand ein Kolloquium nach Avallon einzuberufen. Dhrun würde an der Cairbra an Meadhan sitzen und irgendwie dazu gebracht werden, einen Befehl vom Throne Evandig aus zu erteilen. Der Rest wäre Routine: eine Bewegung im Schatten, das Schimmern von Stahl, ein Röcheln, eine Leiche am Boden — und Casmir würde seine Ziele frei von Furcht und nahezu unbehindert weiterverfolgen können.

Der Plan war schlicht und logisch und bedurfte nur noch der Ausführung.

Als erstes galt es, Aillas' Ableben zu bewirken, aber mit peinlichster Behutsamkeit und Vorsicht. Die Ermordung eines Königs ist eine riskante Sache, und ein verpfuschter Versuch hinterläßt für gewöhnlich eine deutliche Spur zum Anstifter der Tat, was, so befand Casmir, nicht günstig wäre.

Ein Name kam Casmir in den Sinn, wie von selbst.

Torqual.

Casmir überlegte eine Weile. Torquals Eignung für

ein solches Unternehmen stand außer Frage, aber er war nicht leicht zu lenken. Genaugenommen ließ er sich überhaupt nicht lenken. Torqual mutete oft eher wie ein Feind denn wie ein Verbündeter an und gab sich kaum die Mühe, auch nur einen spöttischen Anschein von Kooperationsbereitschaft zu wahren.

Mit Bedauern schlug sich Casmir den Namen ›Torqual‹ aus dem Kopf. Fast unmittelbar danach fiel ihm ein anderer Name ein, und diesmal lehnte sich Casmir in seinen Stuhl zurück, nickte versonnen und spürte nicht die geringsten Bedenken.

Der Name war ›Sir Cory von Falonges‹* — und er gehörte einem Mann, der mehr oder minder vom gleichen Schlag wie Torqual war. Im Unterschied zu letzterem indes konnte Sir Corys willfährige Mitarbeit als selbstverständlich vorausgesetzt werden, da er gegenwärtig in einem dunklen Kerker unter dem Peinhador schmorte, dem Streich von Zerlings Henkersbeil entgegenbangend. Indem er sich König Casmirs Wünschen fügte, hatte er mithin alles zu gewinnen und nichts zu verlieren.

Casmir gab dem Lakaien, der an der Tür stand, ein Zeichen. »Hol mir Sir Erls.«

Sir Erls, der Staatskanzler und einer von Casmirs treuesten Ratgebern, betrat wenig später den Palas: ein kleiner Mann von mittlerem Alter, mit wachen Augen, scharf geschnittenen Zügen, schönem silberweißen

---

* ZUR BEACHTUNG: Der Titel ›Sir‹ wird hier zur Bezeichnung von Personen von adligem Stand benutzt, ohne Rücksicht und Verweis auf ihren exakten Platz in der hierarchischen Rangskala. Die zeitgenössische Sprache benutzt eine Fülle von Titeln und Ehrenbezeichnungen zur exakten Kennzeichnung selbst der allerfeinsten Abstufungen in der Adelshierarchie; diese in der vorliegenden Chronik wiederzugeben wäre verwirrend und unpraktisch.

Aus diesem Grund wird ›Sir Cory‹ hier mit demselben Titel bezeichnet wie sein Vater, der Landbaron ›Sir Claunay‹, und sein Bruder, ›Sir Camwyd‹, obgleich sie vom absoluten Rang her weit auseinanderliegen.

Haar und bleicher, elfenbeinfarbener Haut. Casmir hatte keine sonderliche Zuneigung zu dem mäkeligen, überpeniblen Sir Erls. Aber Sir Erls diente ihm mit pingeliger Tüchtigkeit und Effizienz, und Casmir sah über alles andere hinweg.

Casmir deutete auf einen Stuhl; nach einer steifen Verbeugung setzte sich Sir Erls. Casmir fragte: »Was wißt Ihr über Sir Cory, der im Peinhador schmachtet?«

Mit unverzüglicher Gewandtheit, als hätte er die Frage erwartet, antwortete Sir Erls: »Cory ist der zweitgeborene Sohn des mittlerweile verschiedenen Sir Claunay von Falonges. Der erste Sohn, Sir Camwyd, bekam das Anwesen, das im Norden der Westprovinz im Troagh liegt, hart an der Grenze zu Ulfland. Cory konnte sich mit dem freudlosen Status des Zweitgeborenen nicht abfinden und versuchte, Sir Camwyd ums Leben zu bringen. In der Nacht, da die Bluttat geschehen sollte, jaulte ein Hund; Sir Camwyd lag schlaflos, und die Tat mißlang. Cory floh und wurde zum Gesetzlosen. Er durchstreifte den Troagh und nährte sich von hinterhältigen Überfällen entlang der Alten Straße. Schließlich wurde er von Herzog Ambryl ergriffen, welcher ihn auch im Handumdrehn gehenkt hätte, hätte Cory nicht behauptet, einer von Eurer Majestät geheimen Agenten zu sein. Ambryl setzte daraufhin die Hinrichtung aus und sandte Cory hierher, auf daß Ihr den Fall höchstselbst entschiedet. Er gilt als eine Person von Geschick und guten Manieren, wenngleich er ein bösartiger Schurke ist, reif für Zerlings Beil. Das ist die Summe meiner Kenntnisse.«

»Vielleicht hat Sir Cory am Ende doch eine richtige Vorahnung gehabt. Laßt ihn sofort herbringen«, befahl König Casmir.

»Wie Eure Majestät befiehlt.« Sir Erls' Stimme klang bedacht ausdruckslos. Er verließ den Palas.

Nach gehöriger Frist führten zwei Kerkerwärter Cory

von Falonges herein, in Ketten und mit einem Strick um den Hals.

Casmir musterte Cory mit kühlem Interesse. Cory war mittelgroß, stark und behende, ausgestattet mit einem stämmigen Rumpf und langen sehnigen Armen und Beinen. Seine Gesichtsfarbe war fahl, sein Haar dunkel, seine Züge waren finster und hart. Er hatte noch immer die Kleider an, in denen er verhaftet worden war; ursprünglich von guter Qualität, waren sie jetzt zerfetzt und schmutzig und stanken abscheulich nach Kerker. Gleichwohl ließ er König Casmirs Inspektion mit gleichgültiger Gelassenheit über sich ergehen: lebendig und wach, aber seinem Schicksal ergeben.

Die Kerkerwächter knüpften ein Ende des Stricks an einem Stuhlbein fest, um so zu verhindern, daß Cory sich womöglich unerwartet auf König Casmir stürzte; dann, auf ein Nicken von Casmir hin, verließen sie den Raum.

Casmir sprach mit ruhiger Stimme: »Ihr gabt Euch gegenüber Herzog Ambryl als Agent meines Geheimdienstes aus.«

Cory nickte mit dem Kopf. »Jawohl, Eure Hoheit.«

»War das nicht eine kühne Behauptung?«

»In Anbetracht der Umstände, unter denen ich diese Angabe machte, möchte ich sie eher als spontane Eingebung bezeichnen. Sie verdeutlicht meine wendige Intelligenz und mein Begehren, mich und meine Fähigkeiten in Euren Dienst zu stellen.«

Casmir lächelte sein dünnes kaltes Lächeln. »Ihr hattet diese Ambitionen zuvor nicht deutlich gemacht.«

»Das stimmt, Majestät! Ich habe diesen Schritt zu lange hinausgeschoben, und nun seht Ihr mich in Ketten vor Euch stehen, zu meiner großen Scham.«

»Scham ob Eurer Missetaten oder Scham ob Eures Versagens?«

»Ich kann nur sagen, Majestät, daß ich Versagen nicht gewohnt bin.«

»Ha! Das zumindest ist eine Qualität, die ich bewundere. Nun denn, was die Anstellung in meinen Dienst betrifft: es könnte ein Spiel sein, das Ihr im Ernst spielen werdet.«

»Gern, Majestät, da eine solche Tätigkeit mich wohl, zumindest vorübergehend, vor Kerker und Henkersbeil retten würde.«

»Das ist der Fall«, bestätigte König Casmir. »Ihr seid offenkundig sowohl schlau als auch skrupellos; dies sind Eigenschaften, die ich oft wertvoll finde. Wenn Ihr die Arbeit, die ich Euch vorzuschlagen gedenke, zu meiner Zufriedenheit durchführt, werdet Ihr Euch nicht nur Eure Begnadigung verdient haben, sondern darüber hinaus auch eine beträchtliche Belohnung.«

Sir Cory verneigte sich. »Eure Majestät, ich stelle mich ohne Bedenken für Eure Mission zur Verfügung.«

Casmir nickte. »Laßt uns eines im vorhinein klarstellen. Wenn Ihr mich hintergeht, werde ich Euch mit allen mir zu Gebote stehenden Mitteln jagen und zurück in den Peinhador bringen.«

Wieder verbeugte sich Cory. »Herr, als Realist, der ich bin, würde ich nichts anderes erwarten. Sagt mir nur, was ich tun muß.«

»Die Tat ist ziemlich einfach. Ihr müßt König Aillas von Troicinet, Dascinet und den Ulflanden töten. Er ist momentan mit seiner Flotte auf See, aber Ihr werdet ihn in Kürze in Doun Darric in Süd-Ulfland finden. Mein Name darf in diese Sache auf keinen Fall verwickelt werden.«

Cory preßte die Lippen zusammen, und seine Augen funkelten im Schein der Fackeln. »Das ist eine heikle Aufgabe, aber ich bin sicher, daß ich sie zu lösen vermag.«

»Das wäre alles für den Moment. Morgen werden wir uns erneut unterhalten. Wachen!«

Die Kerkerwärter kamen wieder herein. »Bringt Sir Cory zurück in den Peinhador; laßt ihn ein Bad nehmen, gebt ihm saubere Kleider, speist ihn nach seiner Wahl und bringt ihn sicher im ersten Stock unter.«

»Zu Befehl, Majestät. Los, Hundsfott, beweg dich!«

Cory sprach hochmütig: »Redet mich fortan mit ›Sir Cory‹ an, oder es wird euch leid tun!«

Der Kerkerwärter zog mit einem scharfen Ruck an dem Strick. »Wie immer du auch heißt, mach voran; wir sind nicht so gnädig wie Seine Majestät.«

Am Nachmittag des darauffolgenden Tages bestellte König Casmir Sir Sory zu einer erneuten Zusammenkunft, diesmal in den Raum der Seufzer über der Rüstkammer. Sir Cory war jetzt ordentlich gekleidet und kam ungefesselt.

König Casmir saß an seinem gewohnten Platz, neben sich den buchenhölzernen Bocksbeutel und den buchenhölzernen Weinbecher. Er bedeutete Sir Cory, auf der Bank Platz zu nehmen.

»Ich habe gewisse Vorkehrungen getroffen«, sagte Casmir. »Auf dem Tisch liegt ein Beutel mit zwanzig Silbertalern. Staffiert Euch als Händler für Heilsalben aus, mit einem Pferd, einem Packtier und angemessenem Warenvorrat. Reitet zunächst über den Sfer Arct nach Dazleby, von dort aus weiter nach Nolsby Sevan, dann auf dem Ulfenpaß nach Norden. Sobald Ihr die Tore des Zerberus und die Feste Kaul Bocach hinter Euch gelassen habt, stoßt Ihr nach etwa sechs Meilen auf einen Gasthof am Wegesrand, dessen Schild ein tanzendes Schwein zeigt. Dort werden vier Männer auf Euch warten — allesamt Schurken durch und durch wie Ihr selbst, wenn nicht gar übler. Sie sollten sich Torquals Bande anschließen, aber zuvor werden Sie Euch bei Eurem Unternehmen zur Hand gehen. Benutzt sie so, wie es Euch am richtigsten dünkt.«

Casmir schaute auf eine Liste, dann sprach er voller Abscheu: »Dies ist fürwahr eine ungewöhnliche Gruppe! Man möchte fast meinen, daß jeder einzelne von ihnen alle anderen zusammen an schierer Bösartigkeit in den Schatten stellt! Da wäre als erster Izmael der Hunne zu nennen, der aus den Wäldern des Tartarenlandes kommt. Der nächste im Bunde ist Kegan der Kelte, der so dünn wie ein Frettchen ist und nicht minder blutrünstig. Dann kommt Este der Süße mit seinem goldblonden Lockenhaar und seinem hellen Lächeln. Er ist Römer und behauptet, mit dem Hause des Dichters Ovid verwandt zu sein. Er trägt einen zierlichen Bogen, klein und zerbrechlich wie ein Spielzeug, und schießt Pfeile, die kaum größer erscheinen als ein Splitter, aber er vermag aus großer Entfernung einem Manne ein Auge damit auszuschießen. Der letzte im Bunde ist der Schwarze Galgus, der vier Messer an seinem Gürtel trägt. Das sind Eure Paladine.«

»So, wie Ihr sie schildert, möchte man sie eher für Kreaturen aus einem Alptraum halten«, sagte Cory. »Werden sie mir gehorchen?«

Casmir lächelte. »Das hoffe ich. Sie fürchten gewiß Torqual. Wenn es einen lebenden Menschen gibt, der sie schreckt, dann ist es er. Deshalb müßt Ihr in Torquals Namen handeln. Das hat noch einen Nebenvorteil: wenn Ihr erfolgreich seid, was ich hoffe, wird man Torqual die Tat anlasten und nicht mir.«

»Wie wird Torqual dieses Projekt betrachten?«

»Er wird keine Einwände erheben. Ich wiederhole: mein Name muß aus der Sache herausgehalten werden. Ist nunmehr alles klar?«

»Bis auf einen einzigen Punkt: muß ich unter Torquals Befehl arbeiten?«

»Nur, wenn es Euch die Arbeit erleichtert.«

Cory zupfte nachdenklich an seinem langen Kinn. Er fragte: »Darf ich mit aller Offenheit sprechen?«

»Bis jetzt haben wir nichts anderes getan. Sprecht!«

»Ich habe Gerüchte gehört, daß Eure geheimen Agenten selten lange genug am Leben bleiben, um die Früchte ihrer Mühen genießen zu können. Welche Garantien habe ich, daß ich meinen Erfolg auch genießen kann?«

»Ich kann darauf nur dies antworten«, sagte Casmir. »Wenn Ihr mir einmal zu meiner Zufriedenheit gedient habt, kann es durchaus sein, daß ich Euch ein weiteres Mal zu verdingen wünsche, was nicht gehen wird, wenn Ihr tot seid. Zweitens: wenn Ihr mir nicht traut, steht es Euch jederzeit frei, in den Peinhador zurückzukehren.«

Cory erhob sich lächelnd. »Eure Argumente sind überzeugend.«

Kapitel Sieben

1

Auf der Lally-Wiese, tief im Innern des Waldes von Tantrevalles, stand das Haus Trilda: ein Gebäude aus Holz und Stein, das sich just an der Stelle erhob, wo der Lillery-Bach aus dem Walde hervorsprudelte, um sich am anderen Ende der Wiese in den Yallow-Fluß zu ergießen.

Trilda war einst im Auftrag und nach den Anweisungen des Magiers Hilario errichtet worden, dessen vorherige Residenz der Scheurturm gewesen war, der auf einem Eiland vor der Nordküste Dahauts stand: ein Ort, den Hilario, eine Person von feingebildetem Geschmack, als zu rauh, zu kalt und zu beengt empfunden hatte. Mit großer Sorgfalt entwarf er seine Pläne, wobei er jedes Detail, und schien es noch so klein und unbedeutend, mit äußerster Präzision spezifizierte, stets peinlich auf höchstmögliche Ausgewogenheit zwischen jedem einzelnen Teil und dem Ganzen bedacht. Zur Durchführung der Bauarbeiten verdingte er einen Trupp von Goblin-Zimmerleuten, die sich ihm als hochqualifizierte Handwerker empfahlen. Als Hilario sich anschickte, mit Shylick, dem Meister, die Pläne zu erörtern, nahm dieser ihm die Pläne aus der Hand, überflog sie kurz und schien alles mit einem Blick aufzusaugen, und Hilario war von seinem Scharfblick sehr beeindruckt.

Die Zimmerleute machten sich sofort ans Werk; mit bemerkenswertem Eifer gruben und schippten, hackten und sägten, hämmerten und klopften, hobelten, schleiften, spleißten und feilten sie, so daß zu Hilarios Verblüffung das Werk über Nacht vollendet war, vollständig und komplett bis hin zu einem eisernen Wetterhahn auf dem Kamin.

Als die ersten roten Sonnenstrahlen auf die Lally-Wiese fielen, wischte sich Shylick, der Zimmermannsmeister, den Schweiß von der Stirn. Sodann präsentierte er mit einer schwungvollen, affektierten Gebärde Hilario die Rechnung, verbunden mit der Bitte um sofortige Begleichung, da, so machte er geltend, der Trupp einen dringenden Auftrag andernorts erledigen müsse.

Hilario indes war ein Mann von behutsamem Temperament, und er ließ sich von Shylicks gespreiztem Gehabe nicht beirren. Er lobte Shylick für seine Flinkheit und Tüchtigkeit, bestand aber darauf, das Bauwerk zu inspizieren, bevor er die Rechnung begliche. Shylick protestierte, jedoch vergebens, und begleitete widerwillig und mit mürrischem Gesicht Hilario auf seinem Inspektionsrundgang.

Fast sogleich entdeckte Hilario mehrere Fehler und Zeugnisse für überhastige, ja schlampige Methoden. Der Vertrag gebot zwingend, daß das Mauerwerk aus ›soliden, unverwüstlichen Feldsteinblöcken‹ zu erstellen sei; die Blöcke, die Hilario besichtigte, erwiesen sich als Nachahmungen, die aus verhextem Kuhmist geformt waren. Als Hilario weiter fahndete, stellte er fest, daß die in seinen Spezifikationen aufgeführten ›kräftigen Balken aus gut ausgewittertem Eichenholz‹ in Wahrheit getrocknete Wolfsmilchstengel von geringer Kraft waren, ebenfalls vermittels eines listigen Zaubers geschickt getarnt.

Hilario wies Shylick entrüstet auf diese Mängel hin und forderte, daß die Arbeit ordentlich und gewissenhaft ausgeführt werde, nach den üblichen und landläufigen Gütenormen. Shylick, jetzt mißmutig und unpäßlich, tat sein Bestes, um die zusätzliche Plackerei herumzukommen. Er führte an, daß vollkommene Präzision unmöglich und etwas dem Kosmos Unbekanntes sei. Er machte geltend, daß eine vernünftige und realistische Person einen gewissen Grad an Spielraum bei der Interpretation eines Vertragswerks akzeptiere, da diese Ungenauigkeit in der Natur des kommunikativen Prozeß liege.

Hilario aber blieb starr, und Shylick wurde immer erregter — so sehr, daß er mit seinem hohen grünen Hut auf den Boden hieb und sich schließlich in die abstrusesten Argumente verstieg. So tat er dar, daß, da der Unterschied zwischen ›Schein‹ und ›Wesen‹ in jedem Falle nicht mehr denn eine philosophische Spitzfindigkeit sei, mithin nahezu alles allem anderen äquivalent sei. Darauf erwiderte Hilario gewichtig: »In dem Fall werde ich meine Rechnung mit diesem Strohhalm bezahlen.«

»Nein«, widersprach Shylick. »Das ist nicht ganz dasselbe.« Er bestand darauf, daß Hilario — und sei es nur um der Einfachheit willen — die Rechnung flugs begleiche und sich zufrieden in seiner neue Bleibe niederlasse.

Hilario blieb stur. Er bezeichnete Shylicks Argumente von vorn bis hinten als pure Sophisterei. »Zugegeben, das Haus sieht äußerlich fein aus«, sagte Hilario. »Aber Zauberbannsprüche dieser Art sind flüchtig und neigen dazu, sich abzunutzen!«

»Nicht immer!«

»Aber oft genug! Wer garantiert mir, daß nicht beim ersten ordentlichen Regenguß der gesamte Kasten über mir zusammenbricht, womöglich noch mitten in der Nacht, während ich schlafe! Ihr müßt die Arbeit noch einmal machen, vom Anfang bis zum Ende, mit gebräuchlichen Baustoffen und unter Anwendung bewährter handwerklicher Methoden!«

Die Zimmerleute murrten, aber Hilario setzte seinen Kopf durch, und die Arbeit wurde von vorn begonnen. Drei Tage und drei Nächte lang schufteten die Gobline, und diesmal machten sie die Arbeit — aus Mutwillen oder schierem Eigensinn heraus — gleich doppelt so gut, als erforderlich war: für die Wandtäfelungen verwendeten sie Rosenholz, Madura und erlesenes Walnuß-Wurzelholz; anstelle von Marmor nahmen sie Rhodokrosit, rosaroten Porphyr und Malachit. Und die ganze Zeit über warfen sie Hilario trotzige Seitenblicke zu, als wollten sie ihm bedeuten, er solle sich nur ja unterstehen, an ihrer Arbeit herumzumäkeln.

Schließlich war das Werk vollendet, und Hilario beglich die Rechnung mit zweihundertzwölf Herzmuschelschalen und einem Festmahl aus Pökelfisch, frischgebackenem Brot, jungem Käse, Nüssen und Honig, einem Faß starken Birnenmostes und einem Faß Maulbeerweines; und die Transaktion endete in einer Atmosphäre der Gesellschaft und gegenseitigen Wertschätzung.

Hilario bezog Trilda und lebte dortselbst viele Jahre, bis er schließlich aus ungeklärten Gründen auf der Lally-Wiese verschied — möglicherweise von einem Blitz getroffen. Gerüchten zufolge hatte er sich jedoch den Unwillen des Zauberers Tamurello zugezogen. Wie auch immer, bewiesen werden konnte jedenfalls nichts.

Das Haus stand mehrere Jahre leer, bis eines Tages Shimrod auf seinen Wanderungen auf das einsame Bauwerk stieß und beschloß, es zu seinem Wohnsitz zu machen. Er baute einen Flügel an, den er als Arbeitszimmer nutzte, pflanzte Blumen vor dem Haus und Obstbäume dahinter, und Trilda war bald wieder so entzückend wie vordem.

Um Trilda instandzuhalten, es zu säubern und zu putzen, das Glas zu polieren, das Holz zu wachsen, die Gärten zu hegen und die Feuer zu hüten, verdingte Shimrod eine Familie von Merrihews (bisweilen auch Baumtrolle geheißen), die sich jüngst in der Nachbarschaft niedergelassen hatte. Diese waren kleine scheue Geschöpfe, die nur dann arbeiteten, wenn Shimrod ihnen den Rücken zukehrte, so daß er sie allenfalls aus dem Augenwinkel wahrnahm, und dann auch nur als verschwommene Schatten, die hastig zurückschraken, wenn sie feststellten, daß sie bemerkt wurden.

Die Jahre flossen nach dem festgelegten Zyklus dahin. Shimrod lebte auf Trilda größtenteils in Abgeschiedenheit, Zerstreuung allein in seiner Arbeit findend. Nur sehr selten kamen Menschen zur Lally-Wiese; gelegentlich verirrte sich vielleicht einmal ein Holzfäller oder ein Pilzsammler dorthin, und Shimrod hatte so gut wie nie Gäste. Am anderen Ende der Wiese war die Elfenburg Tuddifot Shee: für den flüchtigen Betrachter nicht mehr als eine Erhebung von schwarzem Basalt, dessen Nordseite von Flechten überzogen war. Von Zeit zu Zeit beobachtete Shimrod die Elfen bei ihren Lustbarkeiten, aber stets aus gebührender Distanz. Er hatte bereits gelernt, daß der Umgang mit Elfen zu aufwühlenden Gefühlswallungen von bittersüßer Enttäuschung führen konnte.

Shimrod hatte kürzlich auf Murgens Geheiß hin eine gewaltige Aufgabe übernommen: die Analyse und Klassifizierung von Material, das bei dem Hexer Tamurello beschlagnahmt und als völlig ungeordneter Haufen nach Trilda geliefert worden war. Tamurello war ein Magier von großer Wirkungsbreite und geballter Erfahrung gewesen; er hatte eine Unzahl von Gegenständen und magischen Paraphernalien gesammelt: einige davon ganz belanglos, andere von magischer Kraft geradezu bebend.

Shimrod erste Aufgabe im Zusammenhang mit dieser wunderbaren Sammlung war die Durchführung einer oberflächlichen Sichtung und Begutachtung von Dokumenten, Traktaten, Formelsammlungen und Akten. Diese präsentierten sich in vielerlei Form, Größe und Beschaffenheit. Da gab es Bücher alt und neu, Schriftrollen aus lange vergangenen Zeiten, kolorierte Pergamente; Mappen mit Zeichnungen, Plänen, Landkarten, Tabellen und Diagrammen; mit Blocklettern bedruckte

Stoffstücke; Papierbögen, beschrieben mit Tinten in sonderbaren Farben und in geheimnisvollen Zungen, die Shimrod vollkommen unbekannt waren.

Shimrod sortierte diese Artikel zu Stapeln, die er zum Zwecke späteren Studiums deponierte, und begab sich an die Examinierung der Maschinen, Werkzeuge, Utensilien und diversen anderen Artefakte. Viele ließen keinen augenfälligen Gebrauchswert erkennen, und Shimrod rätselte häufig über ihren Verwendungszweck respektive das Fehlen eines solchen nach. Eine bestimmte Vorrichtung studierte er seit fast einem Monat schon: eine Ansammlung von sieben Scheiben aus einem durchsichtigen Werkstoff, welche um den äußeren Rand eines kreisrunden Täfelchens aus schwarzem Onyx kreisten. Die Scheiben schimmerten in weichen Farben und wiesen pulsierende schwarze Flecken der Leere auf, die sich offenbar zufällig und wahllos bildeten, um ebenso plötzlich wieder zu entschwinden.

Shimrod vermochte sich keinen praktischen Verwendungszweck für das Gerät vorzustellen. War es eine Uhr? Ein Spielzeug? Eine Kuriosität? Eine so komplizierte Maschine, befand er, mußte zu einem bestimmten Zweck konstruiert worden sein, auch wenn sich dieser mögliche Zweck seinem Verständnis völlig entzog.

Eines Tages, als er wieder einmal dasaß und die Scheiben beobachtete, vernahm er ein Läuten. Es kam von einem großen gewölbten Spiegel, der an der gegenüberliegenden Wand hing.

Shimrod stand auf und ging zu dem Spiegel. Als er hineinschaute, sah er vor sich die Große Halle in Swer Smod. Neben dem Tisch stand Murgen. Er begrüßte Shimrod mit einem kurzen Nicken und kam ohne Umschweife zur Sache.

»Ich habe eine komplizierte Aufgabe für dich. Sie könnte sehr wohl mit körperlicher Gefahr verbunden sein. Aber sie ist von großer Wichtigkeit und muß getan werden. Da ich nicht die Zeit habe, diese Angelegenheit selbst zu erledigen, muß ich die Arbeit auf deine Schultern abwälzen.«

»Das ist der Grund meines Seins«, sagte Shimrod. »Was ist das für eine Aufgabe?«

»In der Hauptsache ist es eine Fortsetzung deiner vorherigen Tätigkeit in Ys. Du mußt deine Nachforschungen intensivieren und präzisieren. Insbesondere gilt es, den Verbleib von Desmëi zu ermitteln.«

»Hast du irgendwelche Theorien?«

»Vermutungen habe ich dutzendweise; Fakten indes keine. Die besten Möglichkeiten sind sehr wenige; faktisch sind es nach meinem Erachten nicht mehr als zwei.«

»Und zwar welche?«

»Wir beginnen mit der folgenden Annahme: Als Desmëi Melancthe und Carfilhiot erschuf, löste sie sich total auf, um auf dramatische Weise ihre Verachtung für die Menschenrasse zu demonstrieren. Wider diese These spricht indes, daß niemand sich aus ihrem Verschwinden wirklich etwas machen würde — Tamurello am allerwenigsten. Wahrscheinlicher ist daher, daß sie ihren Status veränderte, auf daß sie ihre Zeit abwarten und Rache nehmen könne, sobald sich eine günstige Gelegenheit dafür böte. Ausgehend von dieser These sollst du den Knoten aus grüner Verderbtheit entdecken, der Desmëi ist — oder welche andere Erscheinungsform sie auch immer verwendet. Wo ist ihr Unterschlupf? Was führt sie im Schilde? Ich vermute, daß ihre Agenten Melancthe und Torqual sind; wenn ja, werden sie dich zu Desmëi führen.«

»Nun denn — wie soll ich vorgehen?«

»Als erstes ändere deine Erscheinungsform, und diesmal gründlich; in der letzten hat Melancthe dich erkannt. Sodann reise zu den Hochmooren von Ulfland. Unter dem Berge Sobh in der Dagach-Schlucht ist Burg Coram; dort wirst du Melancthe und Torqual finden.«

»Und wenn ich Desmëi finde?«

»Vernichte sie — so sie nicht zuvor dich vernichtet.«

»Das ist eine Möglichkeit, deren Eintreten ich bedauern würde.«

»Dann mußt du dich gut wappnen. Sandestin-Magie kannst du nicht anwenden; sie würde dich sofort erschnüffeln, da das Grün aus dem Dämonenland kommt.«

»Aber ich bin ungeschützt gegen Dämonenmagie.«

»Nicht gänzlich. Strecke deine Hand aus.«

Shimrod tat wie geheißen, und sogleich spürte er in der hohlen Hand zwei kleine schwarze Blutsteinkugeln, die mittels einer kurzen Kette an Ohrringen befestigt waren.

»Dies sind die diesseitigen Projektionen von zwei Mang-Sieben-Effriten. Sie hassen alle Dinge sowohl von Mel als auch von Dadgath. Ihre Namen lauten Voner und Skel; du wirst sie nützlich finden. Triff nun deine Vorbereitungen; danach werde ich dir weitere Instruktionen geben.«

Der Spiegel erlosch; Shimrod sah nur mehr sein eigenes Gesicht. Er wandte sich ab und betrachtete seine Werkbank, die beladen war mit Ramschzeug und Mysterien. Er betrachtete das wirre Spiel der sieben kreisenden Scheiben und stieß ein leises Knurren ärgerliches aus. Er hätte Murgen eine Frage stellen sollen.

Es war früher Nachmittag. Shimrod ging hinaus in seinen Garten. Hoch oben am Himmel träumten Wolken im Sonnenschein. Noch nie war ihm die Lally-Wiese ruhevoller erschienen als in diesem Moment. Shimrod richtete seinen Sinn auf die Dagach-Schlucht, wo Ruhe und Frieden sicherlich etwas Unbekanntes sein würden. Aber es ließ sich nicht ändern. Was getan werden mußte, mußte getan werden.

Nun mußte er sich eine Erscheinungsform wählen, die dem Ort und den Umständen angemessen war. Da ihm seine gewohnte Magie versagt war, mußte er auf physische Fertigkeiten und auf Waffen bauen. Einige dieser Fertigkeiten waren ihm angeboren; andere mußte er jetzt in sich aufsaugen.

Er sann über die Erfordernisse seiner neuen Erscheinungsform nach. Sie mußte stark, dauerhaft, behende und tüchtig sein, ohne dabei in der Umgebung der Hochmoore aufzufallen.

Shimrod kehrte in sein Arbeitszimmer zurück, wo er eine Wesenheit ersann, die die Erfordernisse mehr als erfüllte: einen Mann, der groß und von hagerer Gestalt war, mit einem Leib, der aus Leder, Sehnen und Knochen zu bestehen schien. Der Kopf war schmal, das Gesicht scharf geschnitten, die Augen gelb und funkelnd, der Mund ein harter, böser Schlitz, die Nase dünn wie die Schneide einer Axt. Ringellocken stumpfen sandbraunen Haars umrahmten den Schädel; die wetter- und sonnengegerbte Haut war von der gleichen Farbe. An den Läppchen der kleinen Ohren hingen die Effriten Voner und Skel. Sofort hörte er ihre Stimmen; sie diskutierten anscheinend über das Wetter an Orten, die sich Shimrods Kenntnis entzogen: »... beinahe ein Rekordzyklus für Zwischenräumler, zumindest entlang des oberen Miasmas«, sagte Skel. »Doch gleich hinter dem Trittfeld der Lebenden Toten haben die Module ihre Phasen noch nicht verschoben.«

»Ich weiß wenig von Carpiskovy«, sagte Voner. »Es soll sehr schön sein, und ich bin überrascht, von solch unerfreulichen Umständen zu hören.«

»In Margaunt ist's noch ärger, und es wird Stunde um Stunde schlimmer! Ich fand ein zartes Knallgrün an der Flitterstraße.«

»›Zart‹ sagt Ihr!«

»Ganz recht! Die Grauföhren tun regelmäßig Dienst, und es kommt niemals ein Zwacken von den Rubanten.«

Shimrod machte sich mit einem Räuspern bemerkbar. »Meine Herren, ich bin euer Aufseher. Mein Name ist Shimrod; ab sofort werde ich mich jedoch als ›Travec, der Daker‹ ausgeben. Seid auf der Hut vor Plänen, die gegen Shimrod oder Travec geschmiedet werden. Ich freue mich, daß ihr mit mir zusammenarbeiten werdet, da unsere Mission von großer Wichtigkeit ist. Für den Moment muß ich euch jedoch ersuchen, still zu sein, da ich viele Informationen in mich aufnehmen muß.«

Skel sagte spöttisch: »Da habt Ihr aber gleich einen schwachen Anfang gemacht, Shimrod oder Travec oder wie immer Ihr Euch nennt. Unsere Unterhaltung bewegt sich auf hohem Niveau. Ihr tätet gut daran, uns zu lauschen.«

Shimrod sagte streng: »Meine Aufnahmefähigkeit ist begrenzt. Ich bestehe auf Gehorsam. Laßt uns dies sofort klarstellen. Sonst muß ich Murgen zu Rate ziehen.«

»Bah!« sagte Voner. »Wir sind wahrlich vom Glück nicht verwöhnt! In Shimrod finden wir schon wieder einen von diesen gestrengen Zuchtmeistern!«

»Ruhe bitte!«

»Nun gut, wenn es denn sein muß«, sagte Voner. »Skel, wir werden unser Gespräch später fortführen, wenn Shimrod weniger reizbar ist.«

»Auf alle Fälle! Die Zeit kann gar nicht schnell genug vergehen, wie man in diesem exzentrischen Universum sagt.«

Die Effriten verstummten, und bis auf ein gelegentliches Ächzen oder Murmeln war nichts mehr von ihnen zu hören. Shimrod ersann derweil eine Biographie für Travec und stattete sein Gedächtnis mit passenden Informationen aus. Als nächstes sicherte er vermittels bestimmter Maßnahmen Trilda gegen unbefugten Zutritt während seiner Abwesenheit. Eine schöne Ironie des Schicksals, wenn Desmëi, während er in den Mooren nach ihrem Versteck fahndete, nach Trilda käme und seine kostbaren magischen Schriftstücke und Gerätschaften stähle!

Als Shimrod schließlich mit seinen Vorbereitungen fertig war, trat er wieder vor den Spiegel und machte sich Murgen bemerkbar. »Ich bin bereit, zu meiner Mission aufzubrechen.«

Murgen inspizierte die ungewohnte Erscheinung, die ihm aus dem Spiegel entgegenschaute. »Die Erscheinung ist angemessen, wenn auch vielleicht ein wenig stärker in der Wirkung als notwendig. Aber wer weiß? Es könnte sich vielleicht als nützlich erweisen. Nun denn: reite den Ulfenpaß hinan; sechs Meilen hinter der Feste Kaul Bocach findest du den Gasthof ›Zum Tanzenden Schwein‹.«

»Dieses Gasthaus kenne ich.«

»Du wirst dort vier Halsabschneider vorfinden. Sie warten auf Befehle von König Casmir. Mach ihnen weis, daß König Casmir dich geschickt hat, die Gruppe zu ergänzen, und kündige an, daß in Kürze ein gewisser Cory von Falonges eintreffen werde, um bei einer speziellen Mission als ihr Anführer zu fungieren.«

»Soweit ist alles klar.«

»Du solltest keine Schwierigkeiten haben, dich Corys Bande anzuschließen. Sein Auftrag ist es, König Aillas zu meucheln und, falls möglich, Prinz Dhrun gefangenzunehmen.

Cory wird diese Bande zur Dagach-Schlucht führen. Hier könntest du unter Umständen von Corys Bande in die von Torqual überwechseln. Aber agiere behutsam und umsichtig und reize niemanden. Im Augenblick ist Desmëi arglos. Verpfusche nichts und scheuche sie nicht auf.«

Shimrod nickte. »Und danach: was wird aus Cory?«

»Er wird bedeutungslos.«

Der Spiegel erlosch.

2

Travec, der Daker, ritt auf einem hammerhäuptigen schwarzbraunen Roß auf dem Großen Ulfenpaß gen Norden. An der rechten Seite seines Sattels war eine lackierte Kapsel befestigt, welche einen kurzen Bogen und zwei Dutzend Pfeile enthielt; zu seiner Linken hing, in einer ledernen Scheide steckend, ein langer Krummsäbel mit einer schmalen Klinge. Travec, der Daker, trug ein schwarzes Hemd, weite Hosen und kniehohe schwarze Stiefel. Ein Umhang, ein Kettenhemd und ein kegelförmiger Eisenhelm ruhten, zu einem Bündel zusammengerollt, hinter dem Sattel.

Er hing vornübergekauert im Sattel, und sein Blick huschte fortwährend von einer Seite zur andern. Die Waffen, seine Kleider und sein allgemeines Gebaren wiesen ihn als einen vagabundierenden Krieger oder vielleicht gar noch Schlimmeres aus. Die, denen er unterwegs begegnete, schlugen einen großen Bogen um ihn und atmeten erleichtert auf, sobald er aus ihren Blicken entschwunden war.

Travec hatte die Feste Kaul Bocach um fast sechs Meilen hinter sich gelassen. Zur Linken ragte der mächtige Teach tac Teach auf; zur Rechten säumte der Wald von Tantrevalles den Pfad, mitunter so nah, daß sein Astwerk die Sicht zum Himmel versperrte. Ein Stück voraus tauchte ein kleines Gasthaus auf, auf dessen Schild ein tanzendes Schwein abgebildet war.

Travec zügelte sein Pferd; sofort kam eine in mürrischem Ton vorgebrachte Frage von einer der schwarzen Blutsteinkugeln an seinem Ohr: »Travec, warum haltet Ihr Euer Pferd an?«

»Weil der Gasthof ›Zum Tanzenden Schwein‹ dicht vor uns ist.«

»Das ist doch wohl ein Faktum, das ohne Belang ist.«

Nicht zum ersten Mal dachte Travec über Murgens Andeutung nach, daß die Effriten möglicherweise nicht gerade die umgänglichsten Gefährten sein würden. Während der gesamten Reise hatten sie sich, wohl um sich die Langeweile zu vertreiben, leise miteinander unterhalten. Travec hatte das unentwegte störende Gemurmel neben seinem Ohr ignoriert, so gut er konnte. Jetzt sagte er: »Hört gut zu! Ich werde euch jetzt instruieren.«

»Das ist unnötig«, sagte Voner. »Eure Instruktionen sind fehl am Platze.«

»Wieso?«

»Ist das nicht klar? Murgen wies uns an, daß wir Shimrod dienen sollen. Ihr gebt Euren Namen mit ›Travec‹ an. Diese offensichtliche Namensungleichheit kann selbst Euch nicht verborgen geblieben sein.«

Travec ließ ein grimmiges Lachen ertönen. »Einen Moment, wenn ich bitten darf! ›Travec‹ ist lediglich ein Name — eine lautliche Manifestation. Ich bin in jeder Hinsicht Shimrod. Ihr müßt mir nach besten Kräften und Fähigkeiten dienen. Erhebt ihr auch nur den leisesten Einwand, werde ich mich bei Murgen beschweren, der euch dann ohne Nachsicht züchtigen wird.«

Skel sprach salbungsvoll: »Damit ist alles hinreichend erklärt. Ihr braucht nichts zu befürchten; wir sind voll auf der Hut.«

Voner sagte: »Trotzdem solltet Ihr — nur zur Sicherheit — noch einmal alle möglichen Vorkommnisse aufzählen, auf die wir achten müssen.«

»Zuerst einmal müßt ihr mich vor allen drohenden Gefahren warnen, eingeschlossen — aber nicht beschränkt auf — Hinterhalte, Gift in meinem Wein, Waffen, die auf mich gerichtet oder angelegt sind mit dem Zweck, mich zu verletzen oder zu töten; außerdem Erdrutsche, Lawinen, Steinschläge, Fallgruben, Schlingen, Fallen jedweder Art sowie alle anderen Arten von Vorrichtungen oder Aktivitäten, die dazu geeignet sind, mich zu belästigen, zu behindern, zu verletzen, zu töten oder zu schwächen. Kurz, ihr habt für meine Sicherheit und Wohlbehaltenheit geradezustehen. Im Zweifelsfalle verhaltet euch in einer Weise, die dazu angetan ist, meine höchstmögliche Zufriedenheit herbeizuführen oder zu bewahren. Ist das klar?«

Voner fragte: »Was ist mit Dosen oder doppelten oder dreifachen Dosen von Aphrodisiaka?«

»Alle solchen Dosierungen — ob einfach, doppelt oder dreifach — gereichen mir letztlich zum Schaden. Sie fallen daher voll in die Kategorie der höchsten Gefahrenstufe. Im Zweifelsfall wendet euch an mich.«

»Wie Ihr wünscht.«

»Zweitens ...«

»Kommt etwa noch mehr?«

Travec ließ sich nicht beirren. »Zweitens: verständigt mich sofort, wenn ihr den grünen Rauch von Xabiste wittert. Wir werden dann versuchen, die Quelle zu orten und den Knoten zu zerstören.«

»Das ist recht einsichtig.«

»Drittens: offenbart euch auf keinen Fall den Dämonen von Xabiste oder Dadgath oder sonstwo. Sie könnten flüchten, ehe wir in der Lage sind, sie zu töten.«

»Ganz wie Ihr wünscht.«

»Viertens: haltet stets Ausschau nach der Hexe Desmëi, in gleichwelcher ihrer Phasen. Es könnte sogar sein, daß sie unter falschem Namen auftritt; laßt euch davon nicht verwirren! Meldet unverzüglich jeden verdächtigen Umstand.«

»Wir werden unser Bestes tun.«

Travec setzte sein Pferd wieder in Bewegung und ritt weiter den Pfad hinan, während die Effriten die einzelnen Punkte von Travecs Instruktionen erörterten, die sie offenbar verwirrend fanden, so daß Travec sich fragte, ob sie den vollen Sinn seiner Anweisungen begriffen hatten.

Als Travec sich dem Gasthaus näherte, stellte er fest, daß es sich um ein ziemlich heruntergekommenes Gebäude handelte, errichtet aus rohem, unbehauenem

Holz; das Dach war mit Stroh gedeckt, das so alt war, daß Gras aus ihm hervorsproß. An einer Seite stand ein Schuppen, in dem der Wirt sein Bier braute; hinten ging der Gasthof in die Scheune über. Dahinter arbeiteten drei Kinder auf einem kleinen Feld, das mit Gerste und Kräutern bepflanzt war. Travec bog in den Hof ein, saß ab und band sein Pferd an einem Geländer fest. Nebenan saßen zwei Männer auf einer Bank: Izmal, der Hunne, und Kegan, der Kelte, die beidesamt Travecs Ankunft mit großem Interesse beobachteten.

Travec sagte zu Izmael in seiner eigenen Sprache: »Nanu, Sproß einer geschändeten Hure: was treibst du hier, so fern der Heimat?«

»Hoy, Hundefresser! Ich gehe meinen Geschäften nach.«

»Es könnten vielleicht auch die meinen sein, also behandle mich freundlich, auch wenn ich schon Hunderten deiner Landsmänner den Kopf abgehackt habe.«

»Was geschehen ist, ist geschehen; schließlich habe ich deine Mutter und alle deine Schwestern vergewaltigt.«

»Und zweifelsohne deine eigene Mutter auch, zu Pferde.« Travec deutete mit dem Kinn auf den anderen Mann auf der Bank. »Wer ist dieser hagere Schatten von einem toten Skorpion?«

»Er nennt sich Kegan; er ist ein Kelte aus Godelia. Er schlitzt dir schneller die Gurgel auf, als du auf den Boden spucken kannst.«

Travec nickte und kehrte zur Landessprache zurück. »Ich bin hierhergeschickt worden, einen gewissen Cory von Falonges zu treffen. Wo finde ich ihn?«

»Er ist noch nicht eingetroffen. Wir dachten schon, du seist Cory. Was weißt du von dem Unternehmen?«

»Man versprach mir gute Bezahlung und viel Gefahr, mehr nicht.« Travec ging in die Gaststube und fand den Wirt, der sich bereit erklärte, ihm Logis zu bieten, und zwar in Form eines Strohbetts auf dem Speicher über der Scheune, das Travec ohne Begeisterung akzeptierte. Sodann schickte der Wirt einen Burschen los, sich um Travecs Braunen zu kümmern; Travec trug sein Bündel in den Gasthof und bestellte beim Wirt einen Humpen Bier, mit dem er sich an einem Tisch an der Wand niederließ.

Am Nebentisch saßen noch zwei Männer: Este, der Römer, ein schlanker Mann mit zierlichen Gesichtszügen und haselnußbraunen Augen, schnitzte ein Stück Holz zur Gestalt einer Harpyie zurecht. Der Schwarze Galgus von Dahaut vertrieb sich die Zeit damit, daß er Würfel über den Tisch rollte, von der einen Hand in die andere. Er hatte die abstoßende weiße Haut und das glanzlose schwarze Haar eines Arsenessers; sein Gesicht war traurig und finster. Gleich darauf setzten sich Izmael und Kegan, der Kelte, zu den zweien. Izmael murmelte ein paar Worte, und alle wandten sich um und schauten zu Travec, der die Blicke ignorierte.

Kegan begann nun mit Galgus zu würfeln, unter Einsatz kleiner Münzen, und kurz darauf schloß sich der Rest der Gruppe dem Spiel an. Travec verfolgte das Geschehen mit düsterer Aufmerksamkeit, gespannt darauf, wie die Situation ausgehen würde. Die Riege war, da führerlos, schwankend und labil; jeder war eifersüchtig um seinen Ruf besorgt. Nach einigen Minuten rief Izmael, der Hunne, zu Travec hinüber: »Warum machst du nicht mit bei unserem Spiel? Die Daker sind doch berüchtigt für ihre unstillbare Spielleidenschaft!«

»Das ist wohl wahr — zu meinem Bedauern«, antwortete Travec. »Aber ich wollte nicht uneingeladen mittun.«

»Dann betrachte dich hiermit als eingeladen. Meine Herrn, dies ist Travec, der Daker, der hier in ähnlichen Geschäften weilt wie wir. Travec, du siehst hier Este, den Süßen, der behauptet, der letzte echte Römer zu sein. Seine Waffe ist ein Bogen, welcher so klein und zerbrechlich ist, daß man glauben könnte, er sei nicht mehr als ein Spielzeug, und seine Pfeile sind kaum mehr als Splitter; trotzdem kann er sie mit großer Schnelligkeit davonschleudern und einem Mann auf eine Entfernung von fünfzig Schritt das Auge ausschießen, ohne von seinem Stuhl aufzustehen. Das hier ist Galgus; er ist Dauter und versteht wie kein anderer mit dem Messer umzugehen. Dort drüben sitzt Kegan von Godelia; er bevorzugt gar seltsame Waffen, darunter auch die Stahlrute. Ich selbst bin ein armes, verirrtes Täubchen; ich überstehe die Grausamkeiten des Lebens nur durch das Mitleid und die Nachsicht meiner Mitmenschen.«

»Ihr seid eine bemerkenswerte Gruppe«, sagte Travec. »Es ist mir eine Ehre, mit euch zu verkehren. Weiß irgendeiner von euch nähere Einzelheiten über unsere Mission?«

Galgus sagte: »Ich ahne einiges, da Casmir dahintersteckt. Doch genug geredet; lasset uns würfeln. Travec, kennst du dieses Spiel?«

»Nicht ganz, aber ich werde es rasch genug erlernen.«

»Und wie steht es bei dir mit Geld?«

»Das ist kein Problem! Ich trage zehn Goldstücke bei mir, die mir von König Casmir gezahlt wurden.«

»Das sollte genügen! Nun denn; ich werde nun die Würfel rollen. Jeder muß einen Einsatz machen, und dann rufe ich meine Zahl oder ›gerade‹ oder ›ungerade‹, und so geht das Spiel.«

Travec spielte eine Weile und erzielte bescheidenen Gewinn. Dann fing Galgus an, gezinkte Würfel zu benützen, die er mit großem Geschick gegen die guten austauschte, wenn er mit Würfeln an der Reihe war, und Travec verlor alsbald seine zehn Goldstücke. »Ich tue nicht mehr mit«, sprach Travec. »Sonst finde ich mich am Ende noch ohne Pferd wieder.«

Die Sonne war längst hinter den Bergen verschwunden. Als der Himmel sich zu verdunkeln begann, trug der Wirt das Abendbrot auf, bestehend aus Linsen und

Brot. Just als die fünf Männer ihre Mahlzeit beendet hatten, traf ein Neuankömmling auf einem feinen schwarzen Pferd am Gasthof ein. Er saß ab, band sein Pferd fest und trat in den Gasthof: ein dunkelhaariger Mann von mittlerer Statur, mit langen, sehnigen Armen und Beinen und einem harten, grausamen Gesicht. Er sprach zum Wirt: »Versorg mein Pferd, und bring mir das Beste, was Scheuern und Keller zu bieten haben, da ich einen langen und beschwerlichen Ritt hinter mir habe.« Er wandte sich um und musterte die fünf Männer; dann trat er an ihren Tisch. »Ich bin Cory von Falonges; ich bin hier auf Geheiß einer bedeutenden Person, von der ihr wißt. Mein Auftrag ist, euch bei einem wichtigen Unternehmen anzuführen. Ich erwartete vier Männer; ich finde fünf vor.«

»Ich bin Travec, der Daker. König Casmir schickte mich, eure Truppe zu ergänzen, zusammen mit einem Beutel von zehn Goldstücken, die eigentlich als Entlohnung für die anderen vier Männer vorgesehen waren. Nun habe ich jedoch heute nachmittag beim Würfelspiel mitgetan; zu meinem Bedauern verlor ich dabei alle zehn Goldstücke, so daß die Männer nun leer ausgehen müssen.«

»Was!« schrie Izmael bestürzt. »Du hast mit meinem Geld gespielt?«

Cory von Falonges sah Travec verwundert an. »Wie erklärst du dieses dein Verhalten?«

Travec zuckte die Achseln. »Ich wurde gedrängt, an dem Spiel teilzunehmen, und Casmirs Geld war nun einmal zur Hand. Ich bin schließlich ein Daker und nehme daher alle Herausforderungen an.«

Este blickte vorwurfsvoll auf Galgus. »Das Geld, das du gewonnen hast, ist rechtens mein!«

»Nicht unbedingt!« schrie Galgus. »Deine Einwendung gründet sich auf eine Hypothese. Auch darf ich dich dies fragen: hätte Travec gewonnen, würdest du mir dann jetzt meine Verluste erstatten?«

Cory sprach entschieden: »Galgus trifft in diesem Fall keine Schuld; diese liegt allein bei Travec.«

Travec, der rasch erkannte, woher der Wind wehte, sagte: »Ihr macht alle viel Aufhebens um nichts. Ich besitze fünf eigene Goldstücke; diese werde ich jetzt einsetzen.«

»Du willst weiterspielen?« fragte Galgus verblüfft.

»Warum nicht? Ich bin ein Daker! Aber wir werden ein neues Spiel spielen!« Travec stellte den irdenen Linsentopf auf den Boden und zeigte auf einen Sprung, der in einer Entfernung von etwa fünfzehn Fuß hinter dem Topf quer über den Fußboden lief. »Jeder von uns wird sich nun der Reihe nach hinter den Sprung stellen und versuchen, ein Goldstück in den Topf zu werfen. Der, dessen Münze in den Topf fällt, bekommt alle Münzen, die den Topf verfehlt haben.«

»Und wenn zwei oder mehr es schaffen, den Topf zu treffen?« fragte Este.

»Dann teilen sie sich die Beute. Wohlan, wer will als erster werfen? Galgus, du bist geschickt und vermagst Entfernungen gut abzuschätzen; du sollst der erste sein.«

Einigermaßen skeptisch nahm Galgus hinter dem Sprung Aufstellung und warf eine Münze; sie prallte gegen die Seite des Topfes und kullerte davon.

»Zu schade«, sagte Travec. »Du wirst diese Runde nicht gewinnen. Wer will als nächster sein Glück versuchen? Este?«

Este warf seine Münze, dann Izmael, dann Kegan; alle ihre Münzen flogen weit am Topf vorbei, obschon es so schien, als hätten sie gut gezielt und als hätte erst im letzten Moment irgendeine unsichtbare Kraft die Münzen aus der Bahn gelenkt. Travec warf als letzter, und seine Münze landete rasselnd im Topf. »Diesmal bin ich der Glückliche«, sagte Travec und sammelte seinen Gewinn ein. »So, und wer fängt jetzt an? Wieder Galgus?«

Erneut trat Galgus hinter den Sprung, und mit wohlbemessenem Schwung warf er seine Münze, aber sie segelte weit über den Topf hinweg, gleichsam als hätte sie Flügel. Estes Münze schien einen Moment lang in die Öffnung fallen zu wollen, ehe auch sie abschweifte. Izmaels und Kegans Versuche gingen ebenfalls fehl, während Travecs Münze sich wie schon beim ersten Mal mit einem hellen Klirren in den Topf senkte, als wäre sie von eigenem Willen dort hineingezogen worden.

Abermals raffte Travec seinen Gewinn zusammen. Er zählte zehn Goldstücke ab und überreichte sie Cory. »Nun besteht wohl kein Grund mehr zur Klage!« Er wandte sich seinen Kumpanen zu. »Sollen wir noch eine Runde versuchen?«

»Ohne mich«, sagte Este. »Mir ist der Arm müde von soviel Anstrengung.«

»Ohne mich«, sprach auch Kegan. »Ich bin verwirrt ob des launenhaften Fluges meiner Münzen. Sie schnellen unstet hierhin und dorthin gleich Stallschwalben; sie scheuen vor dem Napf zurück, als wäre er ein Höllenschlund!«

Kegan ging zu dem Topf, hob ihn auf und spähte hinein. Eine schwarze Hand zuckte aus dem Innern hervor und zwickte ihn in die Nase. Er tat einen erschreckten Aufschrei und ließ den Topf fallen; der zerbrach in tausend Stücke. Niemand hatte den Vorfall bemerkt, und seine Erklärungen stießen auf Skepsis. Travec sagte: »Das Bier des Wirts ist stark! Gewiß hast du seine Wirkung gespürt!«

Der Wirt trat jetzt vor. »Warum hast du meinen wertvollen Topf zerbrochen? Ich verlange Entschädigung!«

»Entschädigung?« brüllte Kegan. »Dein Topf ist mich heute abend schon teuer genug zu stehen gekommen! Ich werde nicht einen roten Heller bezahlen, solange du mir meinen Verlust nicht erstattest!«

Cory trat vor. »Wirt, beruhige dich! Ich bin der Anführer dieser Gruppe und ich werde dir deinen Topf ersetzen. Sei nun so gut und bring uns mehr Bier, und dann laß uns in Frieden.«

Mit einem mürrischen Achselzucken stapfte der Wirt hinter seinen Tresen zurück und kam kurz darauf mit frisch gefüllten Humpen zurück. Unterdessen hatte Cory sich umgewandt, um Travec zu taxieren. »Du bist geschickt mit deinem Münzenwerfen. Kannst du auch noch andere Fertigkeiten demonstrieren?«

Travec ließ ein Lächeln aufblitzen. »An wem?«

»Ich bin neutral und amtiere als Schiedsrichter«, sagte Cory.

Travec schaute von einem zum andern. »Izmael, du hast gewiß starke Nerven; andernfalls hätten die Taten, die du getan hast, dich schon um den Verstand gebracht.«

»Das mag wohl wahr sein.«

»Dann stell dich hierhin, an diese Stelle.«

»Sag mir erst, was du im Sinn hast. Wenn du vorhast, meine Skalplocke abzuschneiden, dann muß ich mir dieses entschieden verbitten.«

»Keine Sorge! Wir werden — mit soviel gutem Einvernehmen, wie zwischen einem Daker und einem Hunnen nur möglich ist — die Feinheiten des Zweikampfs, wie wir ihn in der Steppe kennen, demonstrieren.«

»Wie du möchtest.« Izmael schlurfte mit schleppendem Schritt zu der vereinbarten Stelle.

Cory wandte sich zu Travec um. Er fragte in scharfem Ton: »Was für ein Unfug ist dies nun wieder? Du trägst weder Knüttel noch Keule; weder an deinem Gürtel noch in deinem Stiefel ist eine Klinge!«

Travec ging nicht auf Corys Einwand ein. Er instruierte Izmael: »Du lauerst im Hinterhalt. Halte dein Messer bereit und stoße zu, wenn ich vorübergehe.«

»Wie du wünschst.«

Travc ging an Izmael, dem Hunnen, vorbei. Was dann geschah, ging so schnell, daß es mit den Augen kaum zu verfolgen war: Travecs Arm schnellte heraus; ein Messer erschien auf wundersame Weise in seiner Hand; der Knauf ward gegen Izmaels Nacken gepreßt; die Klinge blitzte im Lampenlicht auf. Izmaels Arm wurde zur Seite geschlagen; sein Messer fiel mit einem Klirren auf den Steinboden. Gleichzeitig hob er das Bein. Eine furchterregende doppelzinkige Klinge ragte aus der Spitze seines weichen Filzschuhs hervor. Er trat nach Travecs Gemächte; Travec packte mit der andern Hand Izmael blitzschnell beim Fußgelenk, und Izmael sah sich gezwungen, wollte er nicht hintüber zu Boden stürzen, rückwärts zum Kamin hin zu hüpfen; hätte Travec seinen Fuß emporgerissen, er wäre rücklings in das lodernde Feuer gefallen.

Travec jedoch ließ Izamels Fuß fahren und setzte sich wieder an seinen Platz am Tisch. Izmael hob teilnahmslos sein Messer vom Boden auf und kehrte ebenfalls an seinen Platz zurück. »So gehen die Dinge in der Steppe«, sagte Izmael ohne Groll.

Este, der Süße, sagte in sanftem Ton: »Das ist fürwahr meisterhafte Messerarbeit, und selbst Galgus, der sich für den Besten hält, wird dies einräumen. Hab ich recht, Galgus?«

Alle Augen richteten sich auf Galgus, der brütend dasaß, das bleiche Gesicht zu einer mürrischen Maske verkniffen. »Es ist leicht, einen Gegner zu düpieren, wenn man ein Messer im Ärmel hat«, sagte Galgus. »Was jedoch das Werfen eines Messers anbetrifft, das ist eine hohe Kunst, in der ich mich auszeichne.«

Este fragte: »Nun, Travec, wie steht's damit? Kannst du das Messer auch werfen?«

»Nach dakischen Maßstäben gelte ich als passabler Messerwerfer. Welcher von uns beiden ist der bessere Mann? Dies läßt sich nicht ermitteln, ohne daß einem von uns beiden oder gar beiden das Messer in der Gurgel zittert; lassen wir es also auf den Vergleich nicht ankommen.«

»Ah, aber es gibt einen Weg herauszufinden, wer der Bessere ist«, sagte Galgus. »Es handelt sich um ein Verfahren, das ich schon oft bei Wettstreiten zwischen Meistern gesehen habe. Wirt, bring uns ein Stück dünner Schnur!«

Der Wirt verschwand unter mürrischem Grunzen und kam mit einem Knäuel Bindfaden zurück. »Ihr müßt mir jetzt einen Silbertaler bezahlen, der mich auch für meinen Topf entschädigt.«

Cory warf ihm verächtlich eine Münze hin. »Nimm dies, und hör mit dem Gejammer auf! Geiz steht einem Wirt schlecht zu Gesicht; Wirtsleute sollten stets großzügig, bescheiden und freigebig sein.«

»Solche Wirte gibt es nicht«, brummte der Wirt. »Alle, die auf diese Beschreibung passen, ziehen jetzt als bettelarme Tröpfe herum.«

Galgus hatte inzwischen die Schnur quer über einen sechs Fuß langen Querbalken am anderen Ende des Raumes gespannt. In der Mitte hängte er einen großen Knochen auf, an dem die Hunde genagt hatten, dann ging er zu seinen Kumpanen zurück.

»Nun denn«, sagte Galgus. »Wir stellen uns an diesem Sprung auf, mit dem Rücken zur Schnur. Auf das Zeichen hin drehen wir uns um und werfen unsere Messer. Travec zielt auf die Schnur zwei Fuß rechts von dem Knochen; ich ziele auf einen Punkt zwei Fuß links von dem Knochen. Sollten wir beide die Schnur treffen, wird eines der beiden Messer sie einen Wimpernschlag früher durchschneiden als das andere, und der Knochen wird zur Seite schwingen, bevor er fällt und uns so klar anzeigen, welches Messer zuerst traf — das heißt, falls einer von uns beiden so tüchtig ist, das Ziel überhaupt erst zu treffen.«

»Ich kann nur mein Bestes versuchen«, sagte Travec. »Zunächst einmal muß ich ein Messer zum Werfen finden, da ich mein Ärmelmesser nicht für solch grobe Arbeit benutzen möchte.« Er sah sich im Raum um. »Ich werde mein Glück mit diesem alten Käsemesser versuchen; es wird seinen Zweck so gut wie jedes andere erfüllen.«

»Was?« schrie Galgus. »Die Klinge ist aus Kupfer und Blei oder aus irgendeinem anderen minderen Metall; damit kannst du allenfalls durch ein Stück Käse schneiden!«

»Wie auch immer, sie muß genügen, da ich keine andere habe. Este, du sollst Schiedsrichter sein. Geh und finde die exakte Senkrechte, damit wir auf Haaresbreite genau ermitteln können, wer der bessere von uns zweien ist.«

»In Ordnung.« Nach mehrmaligem Probieren markierte Este einen Punkt auf dem Fußboden. »Hier ist die Stelle, an welcher es sich entscheiden wird! Kegan, komm du auch her; wir kauern uns auf den Boden und behalten die Stelle scharf im Auge, und wenn der Knochen fällt, werden wir die Entscheidung fällen.«

Kegan und Este knieten sich unter den Knochen. »Wir sind bereit.«

Galgus und Travec bezogen Stellung vor dem Sprung, den Rücken dem hölzernen Querbalken zugewandt. Cory sagte: »Ich werde jetzt mit den Knöcheln auf den Tisch klopfen — in folgendem Takt: eins-zwei-drei-vier-fünf. Beim fünften Klopfen müßt ihr euch umdrehen und werfen. Seid ihr bereit?«

»Bereit!« sagte Galgus.

»Bereit!« sagte Travec.

»Dann habt acht! Ich fange jetzt an zu zählen!« Cory klopfte mit den Knöcheln auf den Tisch. Klopf. Klopf. Klopf. Klopf. Klopf. Mit der Schnelligkeit einer zustoßenden Schlange wirbelte Galgus herum; Metall zischte blitzend durch die Luft; die Klinge blieb zitternd im Holz stecken. Aber der Knochen rührte sich nicht; die Klinge war zwar genau an der von Galgus anvisierten Stelle in den Balken gedrungen, aber quer und mithin parallel zur Schnur. Travec, der sich ohne Hast umgedreht hatte, sagte: »Das war nicht schlecht; aber wollen wir schauen, ob ich es mit diesem alten Käsemesser nicht besser machen kann.« Er wiegte den hölzernen Griff in der Hand, zielte, warf. Das Messer segelte durch die Luft, zerschlitzte die Schnur; der Knochen fiel zur Seite. Este und Kegan erhoben sich. »Es scheint, daß in diesem Fall Travec zum Sieger des Wettstreits erklärt werden muß.«

Galgus murmelte etwas in seinen Bart und ging zu dem Balken, sein Messer wiederzuholen. Cory sprach kurz angebunden: »Genug jetzt mit diesen Wettstreiten und Prüfungen; gewiß seid ihr allesamt tüchtige Kerle, wenn es darum geht, Gurgeln aufzuschlitzen und alte Weiber zu ersäufen. Ob ihr auch anstrengendere Leistungen zustandebringen könnt, bleibt abzuwarten. Je nun; setzt euch hin und hört mir aufmerksam zu, und ich werde euch sagen, was ich von euch erwarte. Wirt, bring uns Bier, und dann entferne dich aus dem Raum, da wir uns privatim unterhalten möchten.«

Cory wartete, bis der Wirt seinen Anweisungen Folge geleistet hatte, dann legte er einen Fuß auf eine Bank und sprach in gebieterischem Ton: »Wir sind eine ungleiche Gruppe, die nichts Gemeinsames verbindet außer ihrer Schändlichkeit und ihrer Habgier. Dies sind zweifellos dürftige Bande, aber sie müssen ausreichen, da wir keine anderen haben. Es ist unerläßlich, daß wir an einem Strang ziehen; unsere Mission wird für uns alle in einer Katastrophe enden, wenn wir nicht diszipliniert zu Werke gehen.«

Kegan rief: »Was ist das für eine Mission? Das ist es doch, was wir wissen müssen!«

»Ich kann euch zu diesem Zeitpunkt noch keine Einzelheiten dartun. Ich kann nur sagen, daß sie gefährlich, heimtückisch und im Interesse von König Casmir ist — aber das wißt ihr ja bereits, und vielleicht könnt ihr erahnen, was von uns verlangt wird. Gleichwohl ziehe ich es vor, eine exakte Definition unseres Zieles zu vermeiden, bis wir einige Schritte weiter sind. Aber dieses eine kann ich euch schon jetzt sagen: wenn wir erfolgreich sind, werden wir reich belohnt werden und brauchen nie wieder zu rauben oder zu plündern, es sei denn zum Zeitvertreib.«

Este fragte: »Alles schön und gut, aber worin besteht dieser Lohn? In ein paar Goldstücken mehr?«

»Mitnichten. Was mich anbelangt, so wird mir das Baronat von Falonges zurückerstattet werden. Jeder von euch kann damit rechnen, in den Rang und Stand eines Ritters erhoben zu werden, in einem Bezirk eurer Wahl. So habe ich es zumindest verstanden.«

»Was geschieht denn nun als nächstes?« fragte Este.

»Das Programm ist simpel: ihr braucht nur meinen Befehlen zu gehorchen.«

»Das ist vielleicht eine Spur zu simpel. Schließlich sind wir keine blutigen Anfänger.«

»Die Einzelheiten sind folgende: morgen ziehen wir über die Berge zu einem Treffpunkt mit anderen von unserem Schlag. Dort werden wir uns Rat holen und unsere Pläne vervollkommnen. Und dann endlich werden wir handeln, und wenn wir unser Werk mit Entschlossenheit verrichten, sind wir bald fertig.«

Galgus sagte höhnisch: »So wie du es erklärst, ist es geradezu ein Kinderspiel.«

Cory ging auf die Bemerkung nicht ein. »Hört mir nun gut zu. Ich verlange nur wenig von euch. Ich erheische weder Liebe noch Schmeichelei noch bevorzugte Behandlung. Ich verlange Disziplin und die bedingungslose Befolgung meiner Befehle — ohne Zaudern, ohne Debatten, ohne Murren. Ihr seid gewiß die furchterregendste Bande von Scheusalen, die man sich vorstellen kann, aber ich bin noch bösartiger als alle fünf zusammengenommen — wenn meine Befehle nicht ausgeführt werden. Nun denn — hier und jetzt! Entscheidet euch! Wer meint, diese Bedingungen nicht akzeptieren zu können, dem steht es frei zu gehen; es heißt jetzt oder nie! Travec, akzeptierst du meine Vorschriften?«

»Ich bin ein Schwarzer Adler aus den Karpaten! Niemand ist mein Herr!«

»Während dieses Unternehmens bin ich dein Herr. Nimm dies hin, oder geh deiner Wege.«

»Wenn alle anderen mittun, werde ich mich deinen Regeln fügen.«

»Este?«

»Ich akzeptiere die Bedingungen. Irgendeiner muß schließlich der Anführer sein.«

»Genau. Izmael?«

»Ich werde deinen Befehlen gehorchen.«

»Kegan?«

»Ha! Wenn ich muß, dann muß ich eben, auch wenn die Geister meiner Vorfahren aufheulen ob dieser Schmach.«

»Galgus?«

»Ich unterwerfe mich deiner Führerschaft.«

»Travec, der Daker; zum letzten Mal: fügst du dich?«

»Du sollst der Anführer sein. Ich werde dir deine Führerschaft nicht streitig machen.«

»Das ist immer noch zweideutig. Ein und für allemal, wirst du meinem Befehl gehorchen oder nicht?«

Travec sagte mit steinerner Miene: »Ich werde gehorchen.«

3

Eine Stunde nach Tagesanbruch verließen Cory von Falonges und seine schaurige Riege das Gasthaus ›Zum Tanzenden Schwein‹. Tern, der älteste Sohn des Wirts, diente ihnen als Lotse und führte ein Paar Packpferde. Er hatte angegeben, daß die Reise nur zwei Tage dauern würde, wenn nicht irgendwelche widrigen Umstände eintreten und die Stürme vom Atlantik nicht mit voller Kraft blasen würden.

Die Kolonne ritt nordwärts, vorbei an der Talschlucht, die unter dem Tac Tor her ins Evandertal und weiter führte; dann bog sie auf einen Pfad, der eine steile Bergschlucht hinaufführte. Hin und her schlängelte sich der Pfad, zwischen Felsbrocken, Erlendickichten und Dorngestrüpp hindurch, mehrere Male hart an einen kleinen Fluß stoßend, der gurgelnd und plätschernd zu Tale stürzte. Nach einer Meile verließ der Pfad den Fluß und klomm in scharfen Serpentinen den Berghang hinan, um schließlich auf der oberen Wand eines Gebirgsvorsprungs zu münden.

Die Gruppe hielt eine kurze Rast, dann setzte sie den Anstieg fort: den Buckel des Vorsprungs hinauf, über geröllübersäte Schräghänge, durch enge, von Zedern und Föhren überschattete Täler, über schmale, windumtoste Grate, dann wieder zurück auf die Basismasse des Teach tac Teach, in mühseligem Auf und Ab über unwegsame Halden von Gehängeschutt und durch schwindelerregende Klüfte — bis sie schließlich kurz vor Sonnenuntergang auf den Hochmooren auskam, wo sie im Schutz von dreizehn hohen Dolmen das Nachtlager aufschlug.

Am Morgen ging die Sonne rot im Osten auf, während ein aus Westen blasender Wind tiefhängende Wolken über das Moor trieb. Die Gruppe kauerte sich eng um das Feuer, jeder seinen eigenen Gedanken nachhängend und Speckstreifen auf einem Spieß röstend, während im Topf Haferbrei brodelte. Nach dem Essen wurden die Pferde gesattelt; tief geduckt im Sattel kauernd, um dem kalten Wind zu trotzen, machte sich die Truppe auf den Weg über das Moor. Die schroff aufragenden Gipfel des Teach tac Teach schwanden einer nach dem andern links und rechts aus ihren Blicken, und alsbald erhob sich vor ihnen der Berg Sobh.

Der Pfad war jetzt verschwunden; die Gruppe ritt

über das offene Moor, um die Flanken des Berges Sobh herum, und dann wieder ein Stück bergab durch ein Gehölz verkrüppelter Föhren, bis sie schließlich an einer Stelle auskamen, wo sich unvermittelt ein gewaltiges Panorama vor ihnen auftat: Grate, Kämme, Anhöhen und Senken, dunkle, mit Nadelbäumen zugewachsene Täler, dann die Niedermoore und dahinter ein trüber Dunst, wo der Blick die Ferne nicht mehr zu durchdringen vermochte.

Von irgendwoher war wieder ein Pfad aufgetaucht, der schräg den Hang hinunter verlief und in einen Wald von Kiefern und Zedern führte.

Etwas Weißes schimmerte ein Stück vor ihnen durch die Bäume. Als sie näher kamen, erkannten sie darin den Schädel eines Elches, der an den Stamm einer Kiefer genagelt war. An dieser Stelle hielt Tern, der Wirtssohn, sein Pferd an.

Cory ritt an seine Seite. »Was ist?«

»Ich reite nicht weiter«, antwortete Tern. »Hinter dem Baum hängt ein messingnes Waldhorn; stoßt dort dreimal hinein und wartet.«

Cory entlohnte ihn mit Silbertalern. »Du hast uns gut geführt; viel Glück.«

Tern wendete sein Pferd und ritt von dannen, gefolgt von seinen zwei Packpferden.

Cory ließ den Blick über seine Gruppe schweifen. »Este von Rom! Du giltst als ein passabler Musikant! Finde das Horn und stoße dreimal hinein, aber kräftig, auf daß es laut durch das Tal hallt!«

Este stieg von seinem Roß und ging zu dem Baum, wo er ein dreifach gewundenes Messinghorn an einem Pflock hängend vorfand. Er setzte es an die Lippen und blies drei wohlklingende, satte Töne, die schier endlos widerzuhallen schienen.

Zehn Minuten verflossen. Travec lenkte seinen hammerhäuptigen Braunen ein Stück beiseite, weg von den anderen. Er murmelte: »Voner! Skel! Hört ihr mich?«

»Natürlich hören wir Euch — laut und klar.«

»Habt ihr Kenntnis von diesem Ort?«

»Er ist eine große aufwärtsweisende Falte im Mutterstoff der Welt. Ein Grind von Vegetation bedeckt sie hier und da. Drei verschlagene Halunken spähen aus dem Schatten zu uns herüber.«

»Was ist mit dem grünen Qualm von Xabiste?«

»Nichts von Belang«, sagte Voner. »Eine Fahne von dem Stoff kräuselt sich von jenem Abhang dort drüben, mehr nicht.«

»Nicht genug, um unser Interesse zu erregen«, sagte Skel.

Travec sagte: »Macht mich dennoch von jetzt an auf jeden grünen Hauch aufmerksam, da er auf einen Knoten von Grün hinweisen könnte.«

»Ganz wie Ihr wollt. Sollen wir den Stoff vernichten?«

»Noch nicht. Zuvörderst müssen wir mehr darüber herausbringen, wo und wie er entsteht.«

»Wie Ihr wünscht.«

Hinter Travec ertönte eine schnarrende Stimme; er wandte sich um und schaute in das Gesicht von Kegan, dem Kelten. »Wie erfreulich muß doch der Trost dieser intimen Unterredungen mit dir selbst sein!«

»Ich wiederhole meine glückbringenden Wahlsprüche; was hast du dagegen?«

»Ganz und gar nichts«, sagte Kegan. »Ich selbst habe auch meine närrischen Marotten. So kann ich zum Beispiel nie eine Frau töten, ohne zuvor ein Gebet an die Göttin Quincubile zu richten.«

»Das ist nur vernünftig. Wie ich sehe, haben Estes Hornstöße Reaktion gezeitigt.«

Aus dem Wald kam ein gelbhaariger, gelbbärtiger Mann, groß und massig, angetan mit einem dreispitzigen Eisenhelm, einem Kettenhemd und schwarzen Lederhosen. An seinem Gürtel hingen drei Schwerter von unterschiedlicher Länge. Er rief Cory mit Stentorstimme entgegen: »Nennt eure Namen und erklärt, warum ihr in das Horn gestoßen habt.«

»Ich bin Cory von Falonges; ich wurde hierhergesandt von einer Person von hohem Rang, um mit Torqual zu Rate zu gehen. Dies sind meine Begleiter; die Namen werden dir nichts sagen.«

»Weiß Torqual von eurem Kommen?«

»Das kann ich nicht sagen. Es ist möglich.«

»Folgt mir. Und daß ihr mir nicht einen Fußbreit vom Pfad abweicht!«

Die Gruppe ritt im Gänsemarsch einen schmalen Pfad entlang, der erst durch einen dichten Tann führte, dann über einen kahlen Berghang, dann einen Hohlweg hinan zu einer kleinen steinigen Ebene, von dort aus einen schmalen Grat hinauf, der zu beiden Seiten steil abfiel, bevor er schließlich auf einer kleinen Wiese direkt unter einem Felsen mündete. Eine alte, halbverfallene Festung beherrschte den Zugang. »Ihr steht auf der Neep-Wiese, und dort ist Burg Coram«, sagte der gelbblonde Gesetzlose. »Ihr könnt absitzen und entweder im Stehen warten oder euch auf die Bänke dort setzen. Ich werde Torqual von eurem Kommen unterrichten.« Er verschwand hinter dem verfallenen Gemäuer der alten Burg.

Travec saß mit den anderen ab und ließ den Blick über die Wiese schweifen. Unter der Felswand standen mehrere Dutzend primitive Steinhütten, deren Dächer mit Gras bedeckt waren. Hier hausten vermutlich Torquals Gefolgsleute. Im Innern der Hütten erspähte Travec eine Anzahl zerlumpter Weiber und mehrere Kinder, die im Dreck spielten. Neben den Hütten stand ein aus rohen Lehmziegeln gebauter Ofen zum Backen von Brot.

Travec schlenderte zum Rand der Wiese und blickte hinunter in die Dagach-Schlucht, die steil zu den Niedermooren hin abfiel. Er sprach mit gedämpfter Stimme: »Voner! Skel! Was ist mit dem Grün?«

»Ich gewahre eine nicht unbeträchtliche Konzentration von dem Stoff im Innern der Burg«, sagte Voner.

Skel fügte hinzu: »Und eine dünne Ranke führt anderswohin.«

»Könnt ihr ihren Ursprung ausmachen?«

»Nein.«

»Gibt es noch andere Knoten von dem grünen Giftstoff?«

»Es gibt einen solchen Knoten in Swer Smod; andere sind nicht offensichtlich.«

Aus der Burg trat jetzt Torqual, angetan mit den schwarzen Kleidern eines Ska-Edlen. Er näherte sich den Ankömmlingen. Cory trat vor. »Torqual, ich bin Cory von Falonges.«

»Ich kenne deinen Leumund. Es heißt, du habest den Troagh wie ein gieriger Wolf durchstreift. Wer sind die andern?«

Cory machte eine nichtssagende Geste. »Sie sind begabte Schurken, und jeder ist einzigartig. Der da ist Kegan, der Kelte. Der da ist Este, der Süße, der von sich behauptet, ein Römer zu sein, und es womöglich auch ist. Dort steht Travec, der Daker, und der dort ist Galgus von Dahaut, und jenes ungestalte Bündel aus schierer Schlechtigkeit und Bösartigkeit ist Izmael, der Hunne. Sie alle kennen nur zwei Beweggründe: Furcht und Habgier.«

»Das ist alles, was sie zu kennen brauchen«, sagte Torqual. »Jeder anderen Regung mißtraue ich. Was führt euch hierher?«

Cory nahm Torqual beiseite. Travec setzte sich auf die Bank. Er wisperte: »Voner! Skel! Torqual und Cory sprechen miteinander; übermittelt mir ihre Konversation, aber nur für meine Ohren hörbar, so daß niemand merkt, daß ich lausche.«

Skel sagte: »Es ist langweiliges und belangloses Geschwätz; sie sprechen hiervon und davon.«

»Ich möchte es dennoch hören.«

»Ganz wie Ihr wünscht.«

In Travecs Ohr drang Torquals Stimme: »... keine Mittel für mich gesandt?«

»Nur fünfzehn Goldmünzen«, sagte Cory. »Travec hat ebenfalls Geld von Casmir mitgebracht — zehn Goldkronen —, aber er sagte, es sei für die Truppe bestimmt. Vielleicht war es für dich bestimmt. Hier! Nimm den ganzen Haufen!«

»Es ist ein Hungerlohn!« sagte Torqual empört. »Dies ist Casmirs sorgfältig ausgeklügelter Plan: mich von meinen eigenen Plänen abzubringen, damit ich im Einklang mit seinen arbeite.«

»Kennt er deine Pläne?«

»Vielleicht ahnt er sie.« Torqual wandte sich ab und blickte die Dagach-Schlucht hinunter. »Ich habe kein großes Geheimnis aus ihnen gemacht.«

»Und — aus reiner Neugier gefragt — welches sind deine Pläne?«

Torqual sagte tonlos: »Ich werde die Herrschaft über diese Berge an mich reißen, durch Verheerung und Terror. Dann werde ich beide Ulflande, Nord und Süd, erobern. Ich werde die Ska zu einem neuen Krieg aufrütteln. Als erstes nehmen wir Godelia ein, dann Dahaut, und schließlich die gesamten Älteren Inseln. Dann greifen wir die Welt an. In einem gewaltigen Eroberungsfeldzug werden wir ein Reich schaffen, wie es die Welt noch nicht gesehen hat! Das ist mein Plan. Doch einstweilen muß ich noch bei Casmir um Männer und Waffen betteln, damit ich über diese schwierigen ersten Zeiten komme.«

Cory sagte mit leiser Stimme: »Dein Plan hat, wenn sonst nichts, so doch den Vorzug visionärer Größe.«

Torqual sagte gleichgültig: »Es ist etwas, das verwirklicht werden kann. Also muß es verwirklicht werden.«

»Die Umstände — zumal die Übermacht deiner Feinde — scheinen gegen dich zu sprechen.«

»Solche Umstände sind schwer zu berechnen. Sie

können sich über Nacht verändern. Aillas ist mein wichtigster und schlimmster Feind. Man könnte meinen, mit seinem Heer und seiner Kriegsflotte sei er schier unbezwingbar, aber er ist unsensibel; er ignoriert den Groll der Ulf gegen seine troicische Herrschaft. Die Barone verübeln ihm, daß sie sich seinem Regime unterworfen haben; viele von ihnen würden sich lieber heute als morgen gegen ihn auflehnen.«

»Und du würdest sie führen?«

»Es ist notwendig. Sich selbst überlassen, sind sie ein stolzer und zänkischer Haufe; sie murren, weil Aillas ihren Fehden Einhalt geboten hat! Ha! Wenn ich sie erst führe, werden sie erfahren, was Ska-Disziplin heißt! Im Vergleich mit mir wird ihnen Aillas wie ein Engel der Barmherzigkeit erscheinen!«

Cory gab einen unverbindlichen Grunzlaut von sich. »Mein Auftrag ist, Aillas ums Leben zu bringen. Ich befehlige fünf Mörder, die dies um des schieren Spaßes willen tun werden — wenngleich sie alle auch auf Belohnung hoffen.«

»Das ist ein Witz«, sagte Torqual. »Casmir belohnt seine treuen Diener gemeinhin mit dem Strick. Er spendet ungern Gut und Geld, wenn die Tat erst vollbracht ist.«

Cory nickte. »Wenn ich so erfolgreich bin, wie ich hoffe, kann ich Casmir hübsch pressen, indem ich Prinz Dhrun als Gefangenen festhalte. Für den Moment zumindest laufen unsere Interessen parallel. Ich hoffe daher, daß du mich mit Rat und tatkräftiger Mitarbeit unterstützt.«

Torqual grübelte einen Moment, dann fragte er: »Wie gedenkst du vorzugehen?«

»Ich bin ein Mann von Sorgfalt. Ich werde Aillas' Gewohnheiten und Bewegungen ausspionieren. Ich werde herausfinden, wo er ißt, schläft und sein Pferd reitet; ob er eine Geliebte benützt oder die Einsamkeit vorzieht — und das gleiche gilt für Dhrun. Wenn ich ein Muster oder eine günstige Gelegenheit entdecke, werde ich mein Werk tun.«

»Das ist ein methodischer Plan«, sagte Torqual. »Aber er wird viel Zeit und Mühe erfordern, und er könnte sehr wohl Verdacht erregen. Ich kann dir eine unmittelbarere Gelegenheit nennen.«

»Ich bin sehr gespannt, sie zu hören.«

»Morgen breche ich zu einem einträglichen Unternehmen auf. Die Stadt Willow Wyngate wird von Burg Willow bewacht. Lord Minch, seine Söhne und seine Ritter sind nach Doun Darric gereist; dort werden sie König Aillas begrüßen, der soeben erst aus dem Ausland zurückgekehrt ist. Der Weg ist nicht weit: nur zwanzig Meilen, und sie wähnen die Burg in ihrer Abwesenheit sicher. Sie irren; wir werden Burg Willow einnehmen und die Stadt ebenfalls plündern. Je nun! Aillas und Lord Minch werden davon in Kenntnis gesetzt werden, daß Burg Willow angegriffen wurde; sie werden unverzüglich losreiten, die Burg zu entsetzen. Dies könnte deine Stunde sein, da der Weg Spielraum für Hinterhalte bietet. Ein einziger Pfeil, und Aillas ist tot.«

»Und was ist mit Prinz Dhrun?«

»Hier liegt das Reizvolle an der Situation. Dhrun fiel von einem Pferd und brach sich eine Rippe; er wird in Doun Darric bleiben. Wenn ihr geschwind aus eurem Hinterhalt dorthin reitet, könnt ihr Dhrun vielleicht auch noch kriegen.«

»Das ist fürwahr ein kühner Gedanke.«

»Ich werde euch einen Späher mitgeben. Der wird euch zeigen, wo die günstigste Stelle für euren Hinterhalt ist, und euch sodann nach Doun Darric führen. Er weiß auch, wo Dhrun beherbergt wird.«

Cory zupfte sich am Kinn. »Wenn alles gutgeht, profitieren wir gemeinsam davon — zu unser beider Gewinn, und vielleicht erwächst daraus weitere Zusammenarbeit.«

Torqual nickte. »Das mag gut sein. Wir brechen morgen nachmittag auf, so daß wir Burg Willow im Morgengrauen angreifen können.« Er wandte den Blick zum Himmel. »Vom Meer her kommen Wolken, und bald wird Regen auf die Neep-Wiese herniederprasseln. Du kannst deine Männer in die Burg bringen, wo sie am Feuer schlafen können.«

Cory kehrte zu seinen Mannen zurück. Er sagte gewichtig: »Ich werde euch jetzt über unser Unternehmen aufklären. Wir sollen König Aillas mit einem Pfeil töten.«

Este erwiderte mit einem dürren Lächeln: »Diese Nachricht überrascht uns nicht.«

Galgus fragte barsch: »Wie sieht der Plan aus? Wir sind dafür gerüstet, Gefahren auf uns zu nehmen, aber wir sind einzig deshalb heute noch am Leben, weil wir es stets verstanden haben, Wagemut im rechten Maße mit Vorsicht zu würzen.«

»Gut gesprochen«, stimmte ihm Travec bei. »Ich bin nicht erpicht darauf, mein Leben in diesen feuchtkalten Mooren zu lassen.«

»Darauf bin ich genauso wenig erpicht wie ihr«, sagte Cory. »Der Plan verspricht Erfolg. Wir schlagen heimtückisch aus dem Hinterhalt zu und fliehen dann wie wilde Vögel, um unserer Strafe zu entgehen.«

»Das ist ein vernünftiges Verfahren«, sagte Izmael. »Genauso pflegen wir es in der Steppe zu tun.«

»Ihr könnt jetzt die Pferde einstellen und euer Zeug in die Burg bringen, wo wir am Feuer schlafen werden. Dort werde ich dann die genauen Einzelheiten des Plans erläutern.«

Travec brachte sein hammerhäuptiges Pferd zu den Ställen und verharrte noch einen Moment, nachdem die andern gegangen waren. Er flüsterte: »Skel! Ihr müßt eine Botschaft befördern!«

»Kann das nicht warten? Sowohl Voner als auch ich sind dieser ewigen Schinderei überdrüssig. Wir trugen uns mit der Absicht, eine oder zwei Stunden unseren Illusionen nachzuspüren.«

»Das muß warten, bis ihr eure Arbeit getan habt. Begebt euch schnurstracks zur Stadt Doun Darric, die nordwestlich von hier gelegen ist. Sucht König Aillas auf und überbringt ihm unverzüglich die folgende Nachricht ...«

4

Am späten Nachmittag trieben Regenschleier die Dagach-Schlucht herauf und erreichten alsbald die Neep-Wiese. Cory und seine Mannen versammelten sich in der großen Halle der alten Burg, wo Flammen hoch im Kamin loderten und rötlich flackerndes Licht gegen die Wände warfen. Sie bekamen eine Abendmahlzeit aus Brot, Käse, Wildeintopf und herbem Rotwein, der ihnen in einem ledernen Schlauch dargereicht wurde.

Nach dem Essen wurde die Gruppe unruhig. Galgus holte seine Würfel hervor, aber niemand hatte Lust zu spielen. Kegan schaute aus purer Langeweile in eine verstaubte Kammer unter der alten Treppe, wo er unter dem Gerümpel von unzähligen Jahren einen Schrank aus ausgedörrtem Holz fand. Er räumte das Gerümpel beiseite und öffnete die verzogenen Türen, aber in dem trüben Licht sah er lediglich leere Fächer. Als er sich umwandte, fiel sein Blick auf einen Gegenstand an der Rückwand des untersten Fachs. Er langte hinunter und zog eine längliche Dose hervor. Die Dose war groß und schwer und aus Zedernkernholz zusammengefügt.

Kegan trug die Dose zu dem Tisch vor dem Feuer und brach unter den neugierigen Blicken seiner Spießgesellen den Deckel auf. Alle Augen spähten hinunter auf den Gegenstand, der im Innern der Dose ruhte: ein sorgfältig geschnitztes Fabrikat aus Specksteinblöcken und anderen Stücken, schwarz angemalt und besetzt mit hundert kunstvollen Verzierungen aus Onyx, Gagat und Achat. Cory trat zu ihnen. »Das ist ein kleiner Katafalk im Stil von ehedem — eine Miniatur oder ein Modell oder vielleicht ein Spielzeug.« Er streckte die Hand aus, den Gegenstand aus der Dose zu heben, aber Kegan hielt seinen Arm zurück. »Halt! Es könnte ein Zauberding sein oder ein verwunschener Gegenstand! Besser, niemand rührt es an!«

Torqual trat jetzt in die Halle, gefolgt von einer schlanken, dunkelhaarigen Frau von äußerster Schönheit.

Cory lenkte Torquals Aufmerksamkeit auf den Miniaturkatafalk. »Was weißt du darüber? Kegan fand es unter der Treppe.«

Torqual spähte stirnrunzelnd in die Dose. »Es sagt mir nichts.«

Este erklärte: »In einem feinen Haus in Rom könnte dieser Gegenstand durchaus als stilvolles Salznäpfchen benützt werden.«

»Es könnte auch ein Schrein für jemandes Lieblingskatze sein«, erwog Galgus, der Daut. »In Falu Ffail kleidet König Audry seine Wachtelhunde in Hosen aus purpurnem Sammet.«

»Tut ihn weg«, sagte Torqual brüsk. »Von solchen Dingen läßt man am besten die Finger.« Er wandte sich der Frau zu. »Melancthe, dies ist Cory von Falonges, und dies sind seine Gefährten. Ich habe ihre Namen vergessen, aber der hier ist ein Hunne, der dort ein Römer, dieser hier ist ein Kelte, und jener dort ist ein Daut, und jene Kreatur da — halb Falke, halb Wolf — behauptet, ein Daker zu sein. Was ist deine Ansicht von der Gruppe? Scheue dich nicht, offen deine Meinung auszusprechen; sie sind bar jeglicher Illusionen.«

»Sie interessieren mich nicht.« Melancthe setzte sich allein ans Ende des Tisches und starrte ins Feuer.

Travec flüsterte: »Voner! Was seht Ihr?«

»Es ist Grünes in der Frau. Eine Ranke berührt sie; sie huscht so jäh und geschwind, daß ich ihr nicht nachspüren kann.«

»Was bedeutet das? Ist sie ein Kraftknoten?«

»Sie ist eine Hülse.«

Travec beobachtete sie einen Moment. Sie hob den Kopf und blickte mit gerunzelter Stirn durch den Raum. Travec wandte den Blick ab. Er wisperte: »Was nun? Hat sie meine Gegenwart erspürt?«

»Sie empfindet Unbehagen, aber sie weiß nicht, warum. Starrt sie nicht an.«

»Warum nicht?« murmelte Travec. »Alle andern tun das auch. Sie ist die schönste Frau von der Welt.«

»Von solchen Dingen verstehe ich nichts.«

Einen Moment später erhob sich Melancthe und verließ den Raum. Torqual und Cory besprachen sich eine halbe Stunde lang abseits von den andern, dann schied auch Torqual.

»Was nun?« frug Galgus. »Zum Schlafengehen ist es zu früh, und der Wein schmeckt abscheulich. Wer will ein Spielchen mit mir wagen?«

Este war aufgestanden, einen Blick in die Zedernholzdose zu werfen. »Viel spannender ist: wer will den Deckel dieses Spielzeugkatafalks lüften, um zu schauen, was sich darinnen verbirgt?«

»Ich nicht«, sagte Galgus.

»Berühre das Ding ja nicht«, sagte Izmael, der Hunne, zu Este. »Du wirst einen Fluch über uns alle bringen.«

»Mitnichten«, widersprach Este. »Es ist ganz klar ein makabrer Scherz in Form einer Juwelenschachtel, worin sich womöglich Saphire und Smaragde in Hülle und Fülle verbergen.«

Diese Bemerkung weckte Kegans Interesse. »Das ist ein Gedanke, der nicht so leicht von der Hand zu weisen ist. Vielleicht wage ich mal einen raschen Blick, nur zur Vergewisserung.«

Galgus schaute zu Travec. »Und was sagst du diesmal zu dir selbst, Travec?«

»Ich murmele meinen Zauberspruch gegen Todesmagie«, sagte Travec.

»Ah, pah, Schnickschnack! Trau dich, Kegan! Nur einen kurzen Blick; das kann doch gewiß nichts schaden!«

Mit seinem langen gelben Daumennagel hob Kegan den Specksteindeckel an. Er neigte den Kopf so tief, daß seine dünne Hakennase fast in den Spalt hineinragte, und äugte hinein. Dann zog er langsam den Kopf zurück und schloß den Deckel wieder.

»Nun denn, Kegan!« rief Cory. »Spann uns nicht auf die Folter! Was hast du gesehen?«

»Nichts.«

»Warum dann dieses ganze Drama?«

»Es ist ein feines Spielzeug«, sagte Kegan. »Ich werde es als Andenken mitnehmen.«

Cory schaute ihn verwundert an. »Ganz wie du möchtest.«

Am Mittag des darauffolgenden Tages brachen die beiden Gruppen von der Neep-Wiese auf und ritten die Dagachschlucht hinunter. An der Stelle, wo die Schlucht sich zum Niedermoor hin öffnete, trennten sich die Gruppen. Cory, seine fünf Schurken und der Späher, ein bleicher, verschlagen dreinblickender junger Bursche namens Idis, wandten sich nach Nordwesten, um ihren Hinterhalt zu legen. Torqual und seine fünfunddreißig Spießgesellen ritten weiter nach Westen, zur Stadt Willow Wyngate. Zwei Stunden warteten sie im Schutz eines Waldes, und sobald der Abend dämmerte, setzten sie ihren Weg fort: über die Niedermoore und in das Tal des Flusses Wirl.

Die Truppe ritt in sorgfältig bemessenem Tempo, so daß sie just beim ersten Licht des Morgengrauens den Park erreichte, der Burg Willow umgab, und den imposanten, beiderseits von Pappeln gesäumten Zufahrtsweg entlangritt.

Kurz hinter einer Wegbiegung hielt die Truppe bestürzt an. Ein Dutzend Ritter auf Schlachtrössern versperrte mit gesenkten Lanzen den Weg.

Die Ritter stürmten vorwärts. Die Banditen machten kehrt, um die Flucht zu ergreifen, aber ein gleichstarker Trupp von Rittern versperrte ihnen den Rückweg. Zugleich traten hinter den Pappeln Bogenschützen hervor und feuerten Salve um Salve in den schreienden Haufen. Torqual brach geistesgegenwärtig seitwärts durch eine Lücke in den Pappeln und galoppierte, tief geduckt im Sattel kauernd, wie ein Rasender in wilder Flucht davon. Sir Minch, der die Truppe befehligte, sandte zehn Mann hinter ihm her, mit dem Befehl, Torqual, wenn nötig, bis ans Ende der Welt zu verfolgen. Die wenigen Gesetzlosen, die das Gemetzel überlebt hatten, verurteilte er zum Tod an Ort und Stelle, um sich die Mühe des Aufhängens zu ersparen. Schwerter wurden erhoben; Schwerter fielen; Köpfe rollten, und Torquals Truppe und seine Träume von der Weltherrschaft wurden gleichzeitig zunichte gemacht.

Die zehn Ritter setzten Torqual bis in die Dagachschlucht nach, wo er Felsbrocken auf sie hinunterrollte und zwei von ihnen tötete. Als die anderen schließlich auf der Neep-Wiese ankamen, fanden sie nur die Dienstweiber und ein paar kleine Kinder vor. Torqual und Melancthe waren bereits auf geheimen Pfaden zu den Hochmooren und den Schluchten auf der Rückseite des Berges Sobh geflohen. Sie jetzt noch weiter zu verfolgen, war sinnlos, auch wenn der Berg Sobh beileibe noch nicht das Ende der Welt war.

5

In der Stadt Lyonesse war alles in hektischem Fluß: Der dreitägige Staatsbesuch von König Milo, Königin Caudabil und Prinz Brezante stand ins Haus, und König Casmir hatte kurzfristig verfügt, daß zu ihren Ehren ein Fest durchgeführt werde.

Die Idee zu diesem Fest war dem König gekommen, nachdem seine Hoffnungen, Madouc nutzbringend zu vermählen, so jählings zerstoben waren. Seine Begeisterung für den Besuch hatte sich abgekühlt, und besonders zuwider war ihm die Vorstellung, seine Gäste drei volle Tage lang mit einer Serie von ausgedehnten, kostspieligen Banketten zu beköstigen, bei denen König Milo, ein an allen Höfen gefürchteter Schlemmer, und Königin Caudabil, die ihrem Gemahl in puncto Freßlust nur unwesentlich nachstand, sich an gewaltigen Platten feiner Köstlichkeiten und beträchtlichen Mengen von Haidions besten Weinen gütlich tun würden. König Casmir ließ daher ein Fest vorbereiten, bei welchem alle Arten von Belustigungen, Spielen und Wettbewerben zu Ehren der königlichen Besucher stattfinden würden: Hochspringen, Sackhüpfen, Wettrennen, Ringkämpfe, Steinstoßen, Fechten mit abgepolsterten Stäben auf einer Planke über einer Matschgrube, welche außerdem bei Tauzieh-Wettkämpfen benützt würde. Musikanten würden zum fröhlichen Tanz aufspielen; eine Stierhetze würde zur allgemeinen Belustigung beitragen; bei Wettkämpfen im Bogenschießen und einem Turnierspiel mit stumpfen Lanzen würde sich das Jungvolk im Wettstreit messen. Das Programm war dergestalt arrangiert, daß König Milo und Königin Caudabil unentwegt damit beschäftigt sein würden, Lobreden zu lauschen, bei Wettstreiten als Schiedsrichter zu fungieren, Preise zu verleihen, Sieger zu dekorieren und Verlierer zu trösten. Bei all diesen Wettkämpfen mußten König Milo und Königin Caudabil als königliche Schirmherrn zugegen sein und all ihre Aufmerksamkeit aufbieten, so daß keine Zeit blieb für lange und üppige Bankette, bei denen König Milo seine notorische Trinkfestigkeit unter Beweis hätte stellen können. Statt dessen mußten die zwei sich mit hastigen Imbissen, bestehend aus kaltem Schinken, Brot und Käse, nähren und zum Herunterspülen dieser herzhaften und wohlfeilen Kost mit Bier vorliebnehmen.

König Casmir war hochzufrieden mit diesem seinem listigen Plan. Endlose Stunden tödlicher Langeweile würden ihm auf diese Weise erspart bleiben; darüber hinaus würde das Fest seine Umgänglichkeit und königliche Lustigkeit demonstrieren. Um das Begrüßungsbankett freilich würde er nicht herumkommen, ebensowenig wie um den Abschiedsschmaus — wenngleich das erstere, so sein Kalkül, vielleicht unter dem Vorwand gekürzt werden konnte, daß man der königlichen Familie Gelegenheit geben wolle, sich von den Strapazen der langen Reise zu erholen. Vielleicht ließ sich aus ähnlichen Gründen auch das Abschiedsbankett auf ein Minimum reduzieren, überlegte Casmir hoffnungsfroh.

Die Vorbereitungen für das Fest wurden unverzüglich zur Ausführung gebracht, mit dem Ziel, das alte graue Lyonesse in eine Kulisse für frohsinnige Vergnüglichkeit zu verwandeln. Rings um des Königs Appellplatz wurden Flaggen aufgezogen, und zur Bequemlichkeit der königlichen Familien wurde eine Tribüne errichtet. An der Seite des Gevierts, dort, wo es an den Sfer Arct grenzte, würden auf einem Gestell zwei große Fässer Bier lagern, die jeden Morgen für diejenigen angezapft würden, die entweder König Milo oder König Casmir oder beiden ihren Gruß zu entbieten wünschten.

Entlang dem Sfer Arct wurden Buden zum Verkauf von Würsten, Bratfisch, Spießbratenbrötchen, Torten und Gebäck aufgebaut. Jeder Budenbesitzer war aufgefordert, die sichtbaren Stellen seiner Bude mit bunten Tüchern und Bändern zu schmücken, und die Läden entlang der Allee waren angehalten, das gleiche zu tun.

Zur festgesetzten Stunde trafen König Milo, Königin Caudabil und Prinz Brezante auf Burg Haidion ein. Vorneweg ritten sechs Ritter in schimmernder Paraderüstung, mit schwarzen und ockerfarbenen Wimpeln an den Spitzen ihrer Lanzen. Weitere sechs Ritter, gleichermaßen ausstaffiert, bildeten die Nachhut. In einem schaukelnden, ungefederten Vehikel, das mehr Karren als Kutsche war, saßen König Milo und Königin Caudabil auf einer breiten, gepolsterten Couch, beschirmt von einem grünen, mit hundert Troddeln verzierten Baldachin. König Milo und Königin Caudabil waren beide wohlbeleibt, weißhaarig und rundgesichtig und wirkten eher wie sparsame alte Bauersleute auf dem Weg zum Markt denn wie die Herrscher eines uralten Königreiches. Neben ihnen ritt Prinz Brezante auf einem enormen Fuchswallach mit einem eigentümlich ausladenden Steiß. Wie er so dahockte auf seinem mächtigen Roß, gab Brezante, der feist und birnenförmig von Gestalt war, nicht gerade das stattlichste Bild ab. Seine Nase, die in einer schmalen, fliehenden Stirn wurzelte, krümmte sich hakenförmig über seinen vollen Mund; seine Augen waren groß, rund und von blöder Starrheit. Sein schwarzes Haupthaar war schütter; das gleiche galt für seinen Kinnbart. Trotz alledem hielt sich Brezante für einen Kavalier von romantischer Anziehungskraft und gab sich große Mühe mit seiner Kleidung. Er trug ein Wams aus rostbraunem Barchent mit Puffärmeln aus schwarzem und rotem Stoff. Eine schmucke rote Försterkappe saß schief auf seinem Kopf; anstelle des üblichen Federbuschs zierte sie eine Rabenschwinge.

Die Kavalkade bewegte sich den Sfer Arct hinunter. Je sechs Herolde in scharlachroten Wappenröcken und enganliegenden gelben Hosen standen zu beiden Seiten der Straße. Als die Kutsche vorbeirumpelte, schwenkten sie ihre Zinken himmelwärts und bliesen eine Begrüßungsfanfare.

Die Kutsche bog vom Sfer Arct auf des Königs Appellplatz und hielt vor Burg Haidion an. König Casmir, Königin Sollace und Prinzessin Madouc standen wartend auf der Terrasse. König Casmir hob den Arm zum freundlichen Willkommensgruß; König Milo erwiderte den Gruß in gleicher Weise wie auch — nach einem kurzen Blick zu Madouc — Prinz Brezante. Und so nahm der königliche Besuch seinen Anfang.

Beim Abendbankett blieben Madoucs Proteste unbeachtet, und so mußte sie zwischen Prinz Brezante zu ihrer Linken und Herzog Damar von Lalanq zu ihrer Rechten sitzen. Während des Mahls starrte Madouc unverwandt auf die Obstschale in der Mitte der Tafel, so als wäre Prinz Brezante überhaupt nicht anwesend, was diesen nicht davon abhielt, sie fortwährend mit seinen großen runden Augen anzuglotzen. Madouc sprach wenig; sie reagierte auf Brezantes Versuche, sie mit spaßigen Bemerkungen aus der Reserve zu locken, mit geistesabwesender Einsilbigkeit, was dazu führte, daß Brezante sich schließlich schmollend abwandte, worauf Madouc mit heiterer Gelassenheit reagierte. Aus dem Augenwinkel bemerkte sie, daß sowohl König Casmir als auch Königin Sollace ihr Gebaren bewußt ignorierten; offenbar hatten sie ihre Einstellung akzeptiert und würden sie, so hoffte sie, nun endlich in Frieden lassen.

Madoucs Triumph war indes nur von kurzer Dauer. Am nächsten Morgen begaben sich die beiden königlichen Familien hinunter zum Festzelt auf des Königs Appellplatz, um dort dem Beginn der Wettspiele beizuwohnen. Einmal mehr verhallte Madoucs Begehren, man möge sie von der Teilnahme entbinden, ungehört. Lady Vosse erklärte im Namen der Königin, Madouc müsse an den Feierlichkeiten teilnehmen, und dies unbedingt. Schmollend und nörgelnd marschierte Madouc daraufhin zum Festzelt und lümmelte sich auf den Stuhl neben Königin Caudabil, der eigentlich für König Milo bestimmt war, so daß Milo genötigt war, an der anderen Seite seiner Gemahlin Platz zu nehmen und Prinz Brezante mit dem Platz am anderen Ende der Tribüne neben König Casmir vorliebnehmen mußte. Wiederum war Madouc erfreut, wenn auch ein wenig verblüfft darüber, daß König Casmir und Königin Sollace auf ihr eigensinniges Benehmen keine Reaktion zeigten. Was lag da in der Luft, daß sie sich so unheilverkündend zurückhielten?

Die Antwort auf ihre Frage ließ nicht lange auf sich warten. Sobald die königliche Riege Platz genommen hatte, trat Spargoy, der Oberste Herold, vor die Tribüne und wandte sich der Menge zu, die das Viereck füllte. Zwei junge Herolde bliesen die Fanfare, die gemeinhin als Aufforderung zur Aufmerksamkeit bekannt war, und das Volk auf des Königs Appellplatz verstummte.

Spargoy entrollte ein Pergament. »Ich verlese nun den exakten Wortlaut jener Proklamation, welche an diesem heutigen Tage von Seiner Königlichen Majestät, König Casmir, herausgegeben wurde. Alle sollen seinen bedeutsamen Worten mit höchster Aufmerksamkeit Gehör schenken. Ich beginne alljetzt.« Spargoy hob das Pergament an seine Augen und las:

»Ich, König Casmir, Monarch von Lyonesse sowie seinen verschiedenen Territorien und Provinzen, tue hiermit kund:

In der Stadt Lyonesse entsteht ein Bauwerk von erhabenem Range: die neue Kathedrale Sollace Sanctissima, welche dazu ausersehen ist, weltweiten Ruhm ob des Reichtums ihrer Pertinenzstücke zu erlangen. Auf daß es seine Funktion auf das Beste erfüllen kann, muß das Gebäude ausgestattet werden mit solchen Gegenständen, die für heilig und wohllöblich in sich selbst erachtet werden — nämlich: jene raren und köstlichen Reliquien oder andere Objekte, welche mit vergangenen Personen und Ereignissen des christlichen Glaubens in Verbindung gebracht werden können.

Es ward uns versichert, daß diese Reliquien es wert sind, daß wir danach trachten, sie zu erlangen; aus diesem Grunde sind wir bereit, unsere königliche Dankbarkeit solchen Personen zu entbieten, die uns mit guten und heiligen Reliquien ausstatten, auf daß wir unsere neue Kathedrale zu einem Bauwerk machen können, das alle andern in den Schatten stellt.

Unsere Dankbarkeit ist abhängig von der Echtheit der beigebrachten Objekte. Ein unechter oder nachgemachter Gegenstand wird nicht nur unser königliches Mißvergnügen erregen, sondern auch die furchtbare Geißel göttlichen Zorns über den Bringer des gefälschten oder nachgemachten Gegenstandes heraufbeschwören! Daher an alle, die zu Büberei neigen, dies Wort zur Warnung: Wehe euch!

Besonders erfreuen würde unser Herz die Beschaffung des Kreuzes des Heiligen Elric, des Talismans der Heiligen Uldine, des Heiligen Nagels und — des begehrtesten Stückes von allen — jenes Kelches, welcher bekannt ist als der Heilige Gral. Die Belohnung soll dem Wert der Reliquie in nichts nachstehen: wer immer uns den Heiligen Gral bringt, darf jede Wohltat von uns erbitten, die sein Herz begehrt, eingeschlossen den kostbarsten Schatz, den das Königreich besitzt: die Hand der Prinzessin Madouc. Sollte jedoch der Heilige Gral nicht zu erringen sein, so soll auch der, der uns das nach dem Gral nächstheilige und nächsthehre Relikt bringt, nicht ohne höchsten Lohn bleiben: auch er darf von uns fordern, was sein Herz begehrt, eingeschlossen die Hand unserer schönen und anmutigen Tochter Prinzessin Madouc, nach einer gehörigen und schicklichen Verlobung.

Ich richte diese Proklamation an alle, die Ohren haben, zu hören, und Kraft, die Suche durchzuführen! Aus jedem Lande, gleich ob hoch oder niedrig — keiner soll aufgrund seines Ortes, seines Alters oder seines Standes abgewiesen werden. Mögen alle Menschen von Wagemut und Unternehmungsgeist ausziehen, den Gral zu suchen, oder andere heilige Objekte, die für den Erwerb verfügbar sind, zum Ruhm und zur Ehre der Kathedrale der Allerheiligsten Sollace!

So verkünde ich, König Casmir von Lyonesse; mögen meine Worte in aller Ohren widerhallen!«

Wieder schmetterten die Zinken; Sir Spargoy rollte das Pergament zusammen und zog sich zurück.

Madouc vernahm die Proklamation mit Verblüffung. Was für ein Unfug war das nun wieder? Mußten ihr Name und ihre körperlichen Attribute — oder das Fehlen derselben — jetzt im Lande herumposaunt und von jedem kümmerlichen Ritter, Hohlkopf, Mondkalb, Halunken und Banditen erörtert und durchgekaut werden? Der Umfang des Erlasses machte sie sprachlos. Sie saß steif und still da, jedoch gewahr der vielen Blicke, die sie jetzt begutachteten. Ein Skandal und eine Vergewaltigung sondergleichen! dachte Madouc. Warum hatte man sie nicht zu Rate gezogen?

Sir Spargoy hatte unterdessen damit begonnen, König Milo und Königin Caudabil vorzustellen, die er als Schirmherrn und Schirmherrin des Festes beschrieb, als Schiedrichter aller Wettbewerbe und Stifter aller Preise. Bei dieser Information wanden sich sowohl König Milo als auch Königin Caudabil unbehaglich auf ihren Sitzen.

Die Wettspiele begannen. König Casmir schaute ein paar Minuten zu, dann verließ er das Festzelt unauffällig über die Treppe, die hinauf zur Terrasse führte, wenig später gefolgt von Prinz Brezante. Als Madouc feststellte, daß ihr niemand Aufmerksamkeit widmete, entfernte sie sich ebenfalls. Als sie auf der Terrasse ankam, fand sie dort Prinz Brezante vor; er stand über die Balustrade gelehnt und schaute hinunter auf das Treiben auf dem Appellplatz.

Brezante hatte in der Zwischenzeit von Madoucs Weigerung erfahren, seinem Heiratsantrag stattzugeben. Er sprach zu ihr in sanft neckendem Ton: »Je nun, Prinzessin! Wie es aussieht, werdet Ihr nun wohl doch vermählt werden! Ich beglückwünsche schon hier und jetzt diesen noch unbekannten Kämpen, wer immer er auch sein mag! Ihr werdet hinfort in köstlicher Spannung leben. Nun denn? Habe ich recht?«

Madouc erwiderte leise: »Herr, Eure Vorstellungen sind in jeder Hinsicht unzutreffend.«

Brezante zog die Brauen hoch. »Aber seid Ihr denn nicht erregt bei dem Gedanken, daß so viele Männer, vom edlen Ritter bis hin zum heißspornigen Junker, sich auf die Suche nach dem Gral machen werden, auf daß sie Euch zum Eheweib fordern können?«

»Wenn ich überhaupt etwas fühle, dann ist es allenfalls Kummer darüber, daß so viele Leute sich umsonst bemühen werden.«

Prinz Brezante fragte verdutzt: »Was hat diese Bemerkung zu bedeuten?«

»Sie bedeutet, was sie bedeutet.«

»Ha«, murmelte Brezante. »Irgendwo entdecke ich hier eine Zweideutigkeit.«

Madouc zuckte die Achseln und wandte sich ab. Als sie sich vergewissert hatte, daß Brezante ihr nicht folgte, ging sie um die Vorderseite der Burg herum zum Anfang des Kreuzgangs und bog dort seitwärts in die Orangerie ab. Sie zog sich in eine Ecke zurück und legte sich ins sonnenbeschienene Gras.

Sie lag eine ganze Weile da und sann. Schließlich setzte sie sich auf. Es war anstrengend, gleichzeitig so viele Gedanken zu denken und so viele Entscheidungen zu fällen.

Eines nach dem andern, dachte Madouc. Sie erhob sich und klopfte sich das Gras vom Kleid. Sodann begab sie sich in den Salon der Königin.

Sollace hatte sich ebenfalls von der Tribüne entschuldigt, unter dem Vorwand dringender Besprechungen. Sie hatte sich in ihren Salon verfügt und war dort eingedöst. Als Madouc hereinkam, blinzelte sie schlaftrunken zwischen ihren Kissen hervor. »Was ist denn nun schon wieder?«

»Eure Majestät, ich bin beunruhigt ob der Proklamation des Königs.«

Königin Sollace war immer noch ein wenig benommen und daher noch einigermaßen begriffsstutzig. »Ich vermag deine Besorgnis nicht zu begreifen. Jede Kathedrale von Rang ist berühmt für die Güte ihrer Reliquien.«

»Das mag wohl sein. Trotzdem hoffe ich, daß Ihr Euch beim König dafür ins Mittel legen werdet, daß meine Hand nicht zu den Wohltaten gehören möge, die den Findern solcher Reliquien erwiesen werden. Ich möchte nicht gegen einen alten Schuh oder einen Zahn oder sonstwelchen Trödelkram eingetauscht werden.«

Sollace sagte ernst: »Es steht nicht in meiner Macht, solche Veränderungen zu bewirken. Der König hat seine Politik wohl durchdacht.«

Madouc machte eine schmollende Miene. »Zumindest hätte er mich vorher fragen können. Ich habe kein Interesse an einer Ehe. Sie erscheint mir in gewisser Weise vulgär und schmutzig.«

Königin Sollace stemmte sich ein wenig höher zwischen ihren Kissen. »Wie du wissen mußt, bin ich mit Seiner Majestät dem König vermählt. Betrachtest du mich als ›vulgär und schmutzig‹?«

Madouc schürzte die Lippen. »Ich kann nur mutmaßen, daß Ihr als Königin von solchen Urteilen ausgenommen seid.«

Königin Sollace ließ sich schmunzelnd in ihre Kissen zurücksinken. »Zu gehöriger Zeit wirst du diese Dinge mit größerer Klarheit verstehen.«

»Vor allem«, schrie Madouc, »ist es unglaublich, daß ich irgendeinen hergelaufenen Tölpel heiraten sollte, bloß weil er euch einen rostigen Nagel bringt, den er womöglich gerade hinter dem Stall gefunden hat!«

»Höchst unwahrscheinlich! Der Verbrecher würde von einem göttlichen Bannstrahl getroffen werden. Ich weiß von Vater Umphred, daß in der Hölle eigens ein Stockwerk für jene geschaffen wurde, die Reliquien fälschen. In jedem Fall ist es ein Risiko, das wir eingehen müssen.«

»Pah!« murmelte Madouc. »Der Plan ist abgeschmackt.«

Wieder wuchtete sich die Königin hoch. »Ich habe deine Bemerkung nicht verstanden.«

»Es war nichts Wichtiges.«

Die Königin nickte majestätisch mit dem Haupt. »Auf jeden Fall mußt du dich der Anordnung des Königs fügen.«

»Jawohl, Eure Hoheit!« sagte Madouc mit jähem Nachdruck. »Genau das werde ich tun! Bitte entschuldigt mich jetzt; ich muß unverzüglich meine Vorbereitungen treffen.«

Madouc machte einen Knicks, wandte sich um und verließ den Raum. Sollace schaute ihr verwundert nach. »Was meint sie mit ›Vorbereitungen treffen‹? So unmittelbar bevor steht die Hochzeit doch nun auch wieder nicht! Und wie in aller Welt würde sie sich bloß darauf vorbereiten wollen?«

6

Madouc lief in flinkem Trabe die Haupthalle hinunter: vorbei an Standbildern altertümlicher Helden, an Urnen, die höher waren als sie selbst, an Nischen, die mit reich gezierten Tischen und Stühlen mit hohen Lehnen möbliert waren. In regelmäßigen Abständen standen Ritter in der scharlach- und goldfarbenen Livree Haidions stramm und regungslos mit aufgestützter

Hellebarde auf ihrem Wachtposten. Nur ihre Augen bewegten sich, als Madouc an ihnen vorbeilief.

An einer hohen, schmalen Flügeltür hielt Madouc jäh inne. Sie zögerte einen Moment, dann stieß sie einen der Flügel auf und spähte durch den Spalt in ein langes, dunkles Zimmer, das lediglich durch ein einzelnes schmales Fenster in der hinteren Wand trübe Beleuchtung erhielt. Dies war die Burgbibliothek. Ein blasser Lichtstrahl fiel schräg auf einen Tisch in der Mitte des Raumes; dort saß Kerce, der Bibliothekar, ein Mann von vorgerücktem Alter, aber immer noch gerade und aufrecht, mit einem sanften Mund und der Stirn eines Träumers in einem ansonsten strengen Antlitz. Madouc wußte wenig von Kerce, außer daß er der Sohn eines irischen Druiden und ein Poet besonderer Art sein sollte.

Nach einem einzigen kurzen Seitenblick zur Tür fuhr Kerce mit seiner Arbeit fort. Madouc ging langsam in den Raum. Die Luft war schwanger von dem aromatischen Duft von altem Holz, Wachs und Lavendelöl und dem süßen, modrigen Geruch von gut gegerbtem Leder. Tische zur Linken und zur Rechten trugen mächtige, in schlaffem Leder oder schwerem schwarzen Filz gebundene Folianten von zwei oder drei Fuß Höhe und drei Zoll Dicke. An den Wänden waren Regale, vollgestopft mit Schriftrollen, Pergamenten in Zedernholzkästen, zu Packen gebundenen Schriften und Büchern, die zwischen sorgfältig gepunzten Buchenholzdeckeln eingezwängt waren.

Madouc näherte sich Kerce mit zögernden Schritten. Schließlich richtete er sich auf seinem Stuhl auf und wandte den Kopf zur Seite, um ihr Nahen zu beobachten — nicht ohne eine leise Spur von skeptischem Argwohn, denn Madoucs Ruf war sogar bis in die stillen Tiefen der Bibliothek vorgedrungen.

Madouc blieb neben dem Tisch stehen und blickte hinunter auf das Manuskript, an dem Kerce gearbeitet hatte. Sie fragte: »Was macht Ihr da?«

Kerce schaute mit kritischem Blick auf das Manuskript. »Vor zweihundert Jahren bestrich irgendein namenloser Tölpel diese Seite mit einer Paste aus zu Pulver zerstoßener Kreide, vermengt mit Sauermilch und Seetangharz. Dann versuchte er, die *Ode an den Morgen* von Merosthenes niederzuschreiben, die dieser der Nymphe Laloe gewidmet hatte, nachdem er sie eines Sommermorgens beim Pflücken von Granatäpfeln in seinem Garten beobachtet hatte. Der Tölpel ging ohne jede Sorgfalt zu Werke, und seine Buchstaben schauen aus, wie Ihr seht, als ob ein Vogel seinen Kot auf dem Blatte abgesetzt hätte. Ich tilge nun sein Gekritzel aus und entferne seinen abscheulichen Kompost, aber mit allerhöchster Behutsamkeit, denn darunter könnten sich bis zu fünf Schichten noch älterer und fesselnder Mysterien verbergen. Oder aber ich finde zu meinem Leidwesen noch weitere Zeugnisse von Schlampigkeit oder Stümperei. Gleichwohl muß ich jede Schicht sorgfältig examinieren. Wer weiß? Ich könnte womöglich einen von Jirolamos verschollenen Gesängen freilegen. Nun wißt Ihr es: ich bin ein Entdecker von uralten Mysterien; das ist mein Beruf und zugleich mein großes Abenteuer.«

Madouc betrachtete das Manuskript mit neuem Interesse. »Ich hatte keine Ahnung, daß Ihr so ein aufregendes Leben führt!«

Kerce sprach feierlich: »Ich bin unerschrocken, und ich trotze jeder Herausforderung! Ich schabe an der Oberfläche dieses Blattes mit dem Feingefühl eines Wundarztes, der den Karbunkel eines zornigen Königs aufschneidet! Aber meine Hand ist geschickt, und meine Werkzeuge sind fein und verläßlich! Schaut sie Euch an, treue Kameraden allesamt: mein wackerer Dachshaarpinsel, mein braves Napfschneckenöl, meine Feuerkieselschneide und meine gefährlichen Knochennadeln, meine zuverlässigen Schabehölzchen! Sie alle sind treue Paladine, die mir stets gut gedient haben! Gemeinsam haben wir schon viele weite Reisen gemacht und unbekannte Länder besucht!«

»Und seid noch stets heil und wohlbehalten zurückgekommen!«

Kerce warf ihr einen halb spöttischen, halb fragenden Blick zu, die eine Braue hochgezogen, die andere zu einem schiefen Haken gekrümmt. »Ich verstehe nicht ganz, was Ihr damit meint.«

Madouc lachte. »Ihr seid heute schon der zweite, der mir dieses sagt.«

»Und welches war Eure Antwort?«

»Ich erklärte, daß meine Worte das bedeuteten, was sie bedeuteten.«

»Ihr habt seltsame Einfälle in Eurem Kopf für eine so junge Person.« Kerce schwenkte auf seinem Stuhl herum und widmete ihr seine volle Aufmerksamkeit. »Und was führt Euch hierher? Ist es eine Laune oder das Werk der Vorsehung?«

Madouc sagte nüchtern: »Ich habe eine Frage, die Ihr mir, so hoffe ich, beantworten werdet.«

»Dann fragt nur frisch heraus; ich werde all mein Wissen vor Euch ausbreiten.«

»In jüngster Zeit ist hier auf Haidion oft die Rede von Reliquien. Nun hat insbesondere jene Reliquie, die man den Heiligen Gral nennt, meine Neugier geweckt. Gibt es in der Tat einen solchen Gegenstand? Wenn ja, wie sieht er aus, und wo könnte er zu finden sein?«

»Vom Heiligen Gral kann ich Euch nur einige wenige karge Fakten berichten«, sagte Kerce. »Ich weiß zwar von hundert Religionen, doch Glauben schenke ich keiner davon. Der Heilige Gral ist angeblich der Kelch, den Jesus Christus benützte, als er zum letzten Mal mit seinen Jüngern zu Abend speiste. Der Kelch geriet in die Hände von Joseph von Arimathea, der, so die Überlieferung, das Blut, welches aus den Wunden des gekreuzigten Christus quoll, darin auffing. Später zog Joseph von Arimathea durch die Welt und kam schließlich nach Irland, wo er den Gral auf dem Eiland Inchagoill im nördlich von Galway gelegenen Lough Corrib hinterlegte. Als eine Bande heidnischer Kelten die Inselkapelle bedrohte, brachte ein Mönch namens Vater Sisembert den Kelch auf die Älteren Inseln, und von diesem Punkte an werden die Berichte widersprüchlich. Laut dem einen ist der Kelch in einer Krypta auf der Insel Weamish vergraben. Der andere besagt, daß Vater Sisembert auf seinem Wege durch den Wald von Tantrevalles einem schrecklichen Oger begegnete, der ihn unter dem Vorwand, er hätte es ihm, dem Oger, gegenüber, an der gebotenen Höflichkeit fehlen lassen, auf das übelste mißbrauchte. Eines der drei Häupter des Oger trank des frommen Mannes Blut; ein anderes vertilgte seine Leber. Der dritte Kopf litt an Zahnweh, und da es ihm an Appetit mangelte, fertigte er Würfel aus Sisemberts Knöcheln. Aber vielleicht ist das auch nur eine Schauermär, die sich die Leute in stürmischen Nächten am Feuer erzählen.«

»Und wer mag die Wahrheit kennen?«

Kerce machte eine nachdenkliche Geste. »Wer weiß? Vielleicht ist am Ende alles nicht mehr als eine Legende. Viele edle Ritter haben schon kreuz und quer durch die gesamte Christenwelt nach dem Gral gefahndet, und manch einer von ihnen hat auf seiner Suche auch die Älteren Inseln durchstreift. Einige reisten unglücklich und mit leeren Händen wieder ab; andere starben im Zweikampf oder fielen einem Zauber anheim; wieder andere verschwanden und wurden nie wieder gesehen. Es scheint wahrhaftig mit tödlicher Gefahr verbunden zu sein, den Gral zu suchen!«

»Warum sollte das sein — wenn er nicht irgendwo mit großer Eifersucht gehütet und bewacht wird?«

»Hierzu vermag ich keine Auskunft zu geben. Und vergeßt auch niemals, daß die Suche schließlich und endlich vielleicht nur die Jagd nach einem Traumbild ist!«

»Glaubt Ihr das?«

»Ich habe in dieser Hinsicht keine Meinung. Warum interessiert Euch der Gral so?«

»Königin Sollace will ihre neue Kathedrale mit dem Heiligen Gral schmücken. Sie geht so weit, daß sie dem, der ihr diesen Gegenstand bringt, meine Hand als Belohnung anbietet! Meine eigenen Wünsche wurden selbstverständlich nicht berücksichtigt.«

Kerce gab ein trockenes Kichern von sich. »Langsam verstehe ich Euer Interesse!«

»Wenn ich den Gral selbst fände, wäre ich von diesem Ärgernis befreit.«

»So wäre es wohl — indes, der Gral existiert vielleicht gar nicht mehr.«

»In dem Falle könnte es sehr gut sein, daß irgend jemand der Königin einen falschen Gral anschleppt. Sie würde es nicht merken.«

»Aber ich«, sagte Kerce. »Der Kniff würde nicht gelingen, das kann ich Euch versichern!«

Madouc warf ihm einen schiefen Blick zu. »Wie könnt Ihr da so sicher sein?«

Kerce preßte die Lippen zusammen, als hätte er mehr gesagt, als er eigentlich gewollt hatte. »Es ist ein Geheimnis. Ich werde es mit Euch teilen, wenn Ihr es fest bei Euch behaltet.«

»Ich verspreche es.«

Kerce erhob sich von seinem Stuhl und ging zu einem Schrank. Diesem entnahm er eine Mappe, aus der er eine Zeichnung hervorzog, die er zum Tisch brachte und darauf ausbreitete. Es war die Abbildung eines auf einem Fuß ruhenden hellblauen Kelches von acht Zoll Höhe, beiderseits mit einem Henkel versehen. Die Henkel wichen in Größe und Form leicht voneinander ab. Ein dunkelblauer Streifen zierte den oberen Rand des Kelches; der Fuß wies einen Ring von der gleichen Farbe auf.

»Dies ist eine Zeichnung des Grals. Sie wurde vor langer Zeit von Irland nach dem Kloster auf der Insel

Weamish gesandt und von einem der Mönche vor den Goten gerettet. Es ist eine getreue Abbildung, exakt bis hin zu dieser Kerbe im Fuß und der unterschiedlichen Größe der Henkel.« Kerce steckte die Zeichnung in die Mappe zurück und deponierte diese wieder im Schrank. »Jetzt wißt Ihr, was es von dem Gral zu wissen gibt. Ich ziehe es vor, die Zeichnung unter Verschluß zu halten — aus verschiedenen Gründen.«

»Ich werde stillschweigen«, beteuerte Madouc. »Es sei denn, die Königin versucht, mich an jemanden zu verheiraten, der ihr einen falschen Gral bringt; in dem Fall, und wenn alle Stricke reißen ...«

Kerce wedelte mit der Hand. »Sagt nichts mehr. Ich werde eine getreue und akkurate Kopie von der Zeichnung anfertigen, welche als Attest dienen mag, sollte ein solches vonnöten sein.«

Madouc verließ die Bibliothek und schlüpfte unbeobachtet zu den Stallungen. Sir Pom-Pom war nirgends zu sehen. Madouc schaute zu Tyfer hinein und rieb seine Nase, dann kehrte sie in die Burg zurück.

Zu Mittag speiste Madouc mit ihren sechs Zofen im Kleinen Refektorium. Die Mädchen waren ungewöhnlich redselig, gab es doch viel zu beschwatzen. Das beherrschende Thema der Unterhaltung war naturgemäß König Casmirs Proklamation. Elissia bemerkte — vielleicht sogar in aufrichtiger Absicht —, daß Madouc fortan als eine berühmte Person anzusehen sei, deren Name gewiß noch in Jahrhunderten in aller Munde sein würde. »Denkt euch nur!« seufzte Elissia. »Hier ist der Stoff, aus dem romantische Erzählungen gesponnen werden! Legenden werden berichten, wie schöne Ritter von nah und fern Feuer, Eis, Drachen und Troll trotzten; wie sie gegen den wilden Kelten und den grimmen Goten fochten, und alles aus Liebe zu der schönen rothaarigen Prinzessin!«

Madouc brachte eine kleine Korrektur vor. »Mein Haar ist nicht exakt rot. Es ist von einer höchst ungewöhnlichen Farbe, wie von Kupfer, vermengt mit Gold.«

Chlodys sagte: »Nichtsdestoweniger wird man Euch um der Legende willen als rothaarig und schön beschreiben, ohne jede Rücksicht auf die Wahrheit.«

Devonet machte einen gedankentiefen Einwand. »So wie die Dinge liegen, können wir nicht absolut sicher sein, ob es überhaupt je zu dieser Legende kommen wird.«

»Wieso?« fragte Ydraint.

»Viel hängt von den Umständen ab. Angenommen, irgendein tapferer und schöner Ritter bringt Königin Sollace den Heiligen Gral. König Casmir fragt ihn, was für eine Belohnung er begehrt. An diesem Punkt hängt der Fortgang der Ereignisse in der Schwebe. Ist der tapfere Ritter der Ehe abgeneigt, dann bittet er den König vielleicht um ein prächtiges Pferd oder um ein Paar tüchtiger Jagdhunde — was natürlich wenig Stoff für eine Legende böte.«

Chlodys sagte scharfsinnig: »Das ist eine heikle Situation.«

Felice sprach: »Und noch etwas! Es ist die beste Reliquie, die die Belohnung gewinnt — so heißt es in der Proklamation! Nun könnte es freilich sehr wohl sein, daß trotz größter Mühen und eifrigster Suche die beste Reliquie, die der Königin vorgelegt wird, sagen wir einmal, ein Haar vom Schweif des Löwen ist, der die Heilige Milicia in der römischen Arena fraß. Kümmerliches Zeug, gewiß, aber Madouc muß dennoch den Tropf freien, der einen solchen Gegenstand vorgelegt hat.«

Madouc warf den Kopf zurück. »Ich bin nicht so fügsam, wie ihr gerne glauben möchtet.«

Devonet sagte mit würdevoller Miene: »Ich will Euch einen Rat geben! Seid demütig, bescheiden und duldsam! Fügt Euch artig den Geboten des Königs! Es ist nicht nur Eure Pflicht; es ist auch ein Gebot der Klugheit. Das ist mein vernünftiger Rat.«

Madouc hörte ohne große Aufmerksamkeit zu. »Du mußt selbstverständlich das tun, was du für richtig hältst.«

»Noch etwas! Der König hat verkündet, wenn Ihr mault oder nörgelt oder versucht, Euch zu drücken oder seinem Edikt zu trotzen, dann wird er Euch schlicht in Knechtschaft weggeben!«

Chlodys wandte sich zu Madouc, die gleichgültig ihren Rosinenpudding löffelte. »Und was sagt Ihr dazu?«

»Nichts.«

»Aber was werdet Ihr tun?«

»Das werdet ihr schon sehen.«

7

Am zweiten Tag des Festes wurden König Milo und Königin Caudabil früh aus dem Bett geholt und mit einem hastigen Frühstück aus Quark und Hafergrütze abgespeist, auf daß sie zeitig zur Stelle seien, um das Startkommando zum Tauziehwettkampf zwischen den Mitgliedern der Fischhändlerzunft und denen der Steinhauerzunft zu geben.

Auch Madouc war schon früh auf den Beinen, noch bevor Lady Vosse ihr die Wünsche von Königin Sollace überbringen konnte.

Madouc ging auf direktem Wege zu den Stallungen. Heute fand sie auch Sir Pom-Pom vor: er war damit beschäftigt, Mist aus den Ställen in eine Karre zu schippen. »Sir Pom-Pom!« rief Madouc. »Komm bitte nach draußen, wo die Luft weniger dick ist.«

»Ihr müßt Euch gedulden«, antwortete Sir Pom-Pom. »Die Karre ist voll, und ich muß sie hinaus zum Misthaufen schieben. Erst dann werde ich Euch einen Moment meiner Zeit widmen können.«

Madouc preßte die Lippen zusammen, wartete aber

geduldig, bis Sir Pom-Pom mit gemessener Bedächtigkeit die Karre beiseite stellte und hinaus auf den Stallhof kam. »Ganz gleich, welche Grillen Ihr auch haben mögt, auf mich könnt Ihr bei ihrer Ausführung fürderhin nicht mehr zählen« sprach Sir Pom-Pom.

Madouc versetzte streng: »Dein Betragen scheint mir grob und schroff! Ich möchte dich ungern als einen Grobian betrachten. Warum sprichst du so barsch?«

Sir Pom-Pom lachte ein kurzes, bellendes Lachen. »Hah! Das ist ganz einfach! Habt Ihr nicht die Proklamation des Königs vernommen?«

»Doch, das habe ich.«

»Auch ich habe sie gehört. Morgen lasse ich meinen Posten als königlicher Stallbursche und Lakai der Prinzessin fahren. Übermorgen werde ich die Gelegenheit beim Schopfe fassen und mich auf die Suche nach dem Heiligen Gral oder irgendeiner anderen frommen Reliquie machen, auf die ich meine Hand legen kann. Es kann sehr wohl die Gelegenheit meines Lebens sein.«

Madouc nickte langsam. »Ich verstehe deinen Ehrgeiz. Aber ist es nicht traurig, daß du deine gute und sichere Stellung aufgeben mußt, um einem Irrlicht nachzujagen? Mich dünkt dies als ein Akt von tollkühner Narrheit.«

»Das mag wohl so sein«, erwiderte Pom-Pom verbissen. »Doch sind solche Chancen, Ruhm und Vermögen zu erlangen, dünn gesät. Man muß sie beim Schopf pakken.«

»Ganz recht. Doch könnte ich dir helfen, das Beste von beiden Welten zu haben, vorausgesetzt, du mäßigst dein ungehobeltes Betragen.«

Sir Pom-Pom zeigte vorsichtiges Interesse. »Wie das und in welchem Maße?«

»Du mußt zuvor schwören, Stillschweigen über das zu bewahren, was ich dir jetzt sage.«

»Hm. Wird dieses Geheimnis mich in Schwierigkeiten verwickeln?«

»Ich glaube nicht.«

»Na schön. Ich werde den Mund halten. Ich habe das vorher getan, und ich denke, ich kann es auch wieder tun.«

»Dann höre mir gut zu! Der König hat mir aufgetragen, auszuziehen und meinen Stammbaum zu suchen, und dies ohne Verzug. Zwar befand er sich in einem Zustand der Entrüstung, als er dies sagte, aber seine Befehle waren klar und eindeutig und schlossen den Dienst eines geeigneten Begleiters ein. Deshalb befehle ich, daß du mir in dieser Eigenschaft dienst. Wenn du gehorchst, wirst du deine Stellung behalten und trotzdem die Möglichkeit haben, den Heiligen Gral zu suchen.«

Sir Pom-Pom schaute blinzelnd ins Sonnenlicht. »Der Vorschlag scheint, oberflächlich betrachtet, billig zu sein. Doch was, wenn unsere Suche uns in unterschiedliche Richtungen führt?«

Madouc wischte den Einwand beiseite. »Warum sich schon im voraus sorgen? Es leuchtet wohl ein, daß wir nicht jede plötzliche Wendung des Schicksals voraussehen können, solange wir nicht einmal mit unseren Vorbereitungen begonnen haben.«

Sir Pom-Pom runzelte verstockt die Stirn. »Trotzdem finde ich, wir sollten uns auf einen Plan einigen.«

»Pah«, sagte Madouc. »Mit großer Wahrscheinlichkeit wird sich die Frage überhaupt nie stellen. Und wenn doch, dann werden wir uns dort und dann damit befassen.«

»Von all dem einmal abgesehen«, murrte Sir Pom-Pom. »Ich fühlte mich wohler, wenn ich ausdrückliche Anweisungen aus dem Munde des Königs selbst hätte.«

Madouc schüttelte entschieden den Kopf. »Ich habe die Erlaubnis, zu gehen — ohne jede Einschränkung; das ist genug. Ich will die Diskussion nicht erneut anfangen und irgendeine törichte Beschränkung riskieren.«

Sir Pom-Pom warf einen unsicheren Blick über seine Schulter. »Es stimmt wohl, daß ich althergebrachte Anweisungen habe, Euch zu begleiten, wohin auch immer Ihr reitet, und daß sie niemals widerrufen wurden. Es ist daher meine Pflicht, Euch zu folgen, wohin Ihr geht, und Euch nach besten Kräften zu dienen. Wann wünscht Ihr aufzubrechen?«

»Morgen früh.«

»Unmöglich! Es ist bereits spät am Tag; ich werde es in der Kürze der Zeit nicht schaffen, die nötigen Vorbereitungen zu treffen!«

»Na schön. Dann werden wir eben übermorgen früh aufbrechen, eine halbe Stunde vor Morgengrauen. Sorge dafür, daß Tyfer gesattelt bereitsteht und auch du gerüstet bist.«

»Je nun«, sagte Sir Pom-Pom, »wir müssen in diesem Punkt klar denken. Auch wenn Ihr behauptet, Seine Majestät der König habe Euch die Erlaubnis erteilt, zu diesem Unternehmen aufzubrechen — besteht nicht die Möglichkeit, daß er unbedacht oder in Hast gesprochen hat oder daß er es sich vielleicht noch einmal anders überlegt?«

»Alles ist möglich«, sagte Madouc hochmütig. »Ich kann mir nicht über jeden Schwenk des Wetterhahns den Kopf zerbrechen.«

»Was, wenn er plötzlich entdeckt, daß seine geliebte Madouc fehlt, und seine Ritter und seine Herolde ausschickt, sie zurückzubringen? Sie hätten leichtes Spiel, Euch aufzuspüren, wenn Ihr auf dem gescheckten Pony Tyfer rittet, mit dem kostbaren Sattel und dem fransenbesetzten Zaumzeug. Nein, Prinzessin! Wir müssen so reiten, wie wenn wir Bauernkinder wären; unsere Pferde dürfen keine Aufmerksamkeit erregen; sonst hat man uns schon aufgegriffen, noch ehe wir auch nur bis Froschmarschen gelangt sind.«

Madouc versuchte mit dem Argument, das Pferd Tyfer würde sich mit seinem gescheckten Fell trefflich in die Schattierungen der Landschaft einfügen und sei daher unauffällig, Sir Pom-Poms Bedenken zu zerstreuen, aber der wollte davon nichts hören. »Ich werde die geeigneten Rösser auswählen; Ihr braucht Euch über das Thema keine Gedanken mehr zu machen.«

»Wenn es denn so sein muß, dann soll es so sein«, fügte sich Madouc. »Aber versäume nicht, die Satteltaschen gut zu füllen, mit Brot, Käse, gedörrtem Fisch, Rosinen, Oliven und Wein. Du wirst diese Nahrungsmittel in der königlichen Speisekammer finden, in die du, wie du ja aus langer Erfahrung weißt, durch das rückwärtige Fenster gelangst. Bring auch Waffen oder wenigstens ein Messer zum Käseschneiden und eine Axt zum Holzhacken mit. Hast du noch irgendwelche Fragen?«

»Wie steht es mit Geld? Wir können schwerlich durch das Land ziehen, ohne einen Vorrat an guten Silbertalern im Beutel zu tragen.«

»Ich werde drei Goldstücke in meinem Ranzen mitführen. Die sollten mehr als hinreichen.«

»Das sollten sie wohl — wenn wir sie nur ausgeben könnten.«

»Das Gold ist gutes reines Gold, weich und gelb, auch wenn es von Shimrod stammt.«

»Daran habe ich keinen Zweifel; aber wie wollt Ihr solches Gold ausgeben? Um ein Büschel Heu für die Pferde zu erwerben? Oder einen Teller Bohnen für unsere eigene Beköstigung? Wer würde uns unser gebührendes Wechselgeld herausgeben? Sie würden uns vielleicht für Diebe halten und uns in den nächstbesten Kerker werfen.«

Madouc schaute nachdenklich über den Stallhof. »Dies hatte ich wirklich nicht bedacht. Was ist also zu tun?«

Sir Pom-Pom machte eine weise Gebärde. »Zum Glück weiß ich, wie man dieses Problem lösen kann. Holt rasch Eure drei Goldstücke her.«

»Oh?« Madouc zog verdutzt die Brauen hoch. »Und was dann?«

»Wie es sich so fügt, brauche ich zufällig ein Paar Stiefel, fest und dauerhaft und am Knie gebauscht, wie es jetzt Mode ist, und jeder mit einer passenden Schnalle versehen. Ich werde die Stiefel, die für die Reise nötig sind, kaufen und mit einem Goldstück bezahlen. Der Schuster muß mir das Wechselgeld in Silber und Kupfermünzen herausgeben, welche wir sodann zur Begleichung unserer Unkosten verwenden können.«

Madouc warf einen Blick auf die Halbstiefel, die Sir Pom-Pom zur Zeit trug. »Du scheinst mir angemessen beschuht.«

»Aber wir reiten weithin und müssen unsere Würde wahren!«

»Was kosten solche eleganten neuen Stiefel?«

»Einen Silbertaler!« sagte Sir Pom-Pom mit Verachtung. »Ist das wirklich so viel, wenn man sowohl Stil als auch Güte fordert?«

Madouc stieß einen Seufzer aus. »Wohl nicht. Was ist mit den zwei anderen Goldstücken?«

»Habt keine Furcht! Ich werde einen Plan ersinnen, der unseren Zwecken dienen wird! Aber Ihr müßt das Gold sofort bringen, damit ich mit den Verhandlungen beginnen kann!«

»Wie du wünschst, aber führe sie mit gutem Erfolg! Wir müssen Haidion verlassen, bevor etwas geschieht, das unsere Pläne durchkreuzt!«

Sir Pom-Pom, immer noch skeptisch bezüglich des Unternehmens, schaute sich auf dem Stallhof um. »Welches ist unser erstes Ziel?«

»Wir reiten als erstes nach Thripsey Shee, wo ich Rat von meiner Mutter einholen werde.«

Sir Pom-Pom nickte widerwillig. »Sie weiß vielleicht sogar etwas über den Heiligen Gral.«

»Das ist möglich.«

»So sei's denn!« verkündete Sir Pom-Pom mit plötzlichem Schwung. »Ich bin keiner, der den Ruf des Schicksals ignoriert!«

»Brav gesprochen, Sir Pom-Pom! Ich bin gleichen Sinnes.«

Sir Pom-Pom sah Madouc mit einem schelmischen Grinsen an. »Wenn ich den Preis erringe, werde ich berechtigt sein, die königliche Prinzessin zu freien!«

Madouc schürzte die Lippen, um ein Lächeln zu überspielen. »Hierzu kann ich nichts sagen. Aber bestimmt würdest du bei Hofe empfangen, wo du dir eine von meinen Zofen zum Weibe erwählen könntest.«

»Zuerst muß ich den Gral in meinen Besitz bringen«, sagte Sir Pom-Pom. »Dann werde ich meine Wahl treffen. Aber jetzt holt erst einmal das Gold, und ich kümmere mich um mein Geschäft.«

Madouc rannte geschwind zu ihren Gemächern. Sie holte die drei Goldmünzen aus einem geheimen Versteck unter ihrem Bett hervor und brachte sie zu den Stallungen. Sir Pom-Pom wog sie prüfend in der Hand, um ihr Gewicht zu ermessen, inspizierte sie auf beiden Seiten, biß auf sie und war schließlich zufrieden. »Jetzt muß ich hinunter in die Stadt laufen, um meine Stiefel zu kaufen. Wenn Ihr Euch für die Reise rüstet, kleidet Euch wie eine Bäurin. Ihr könnt nicht als die stolze Prinzessin Madouc durch das Land reiten.«

»Na schön! Wir treffen uns zur verabredeten Zeit. Paß auf, daß du nicht erwischt wirst, wenn du in die Speisekammer steigst!«

Als Madouc zu ihren Gemächern zurückkehrte, trat Lady Vosse ihr in den Weg und fragte in scharfem Ton: »Wo habt Ihr gesteckt? Seid Ihr denn bar jeden Pflichtgefühls?«

Madouc schaute verwundert auf, das Gesicht zu einer Unschuldsmiene verziehend. »Was soll ich jetzt wieder angestellt haben?«

»Ihr werdet Euch ganz gewiß erinnern! Ich habe Euch selbst instruiert! Ihr müßt Euch stets bei unseren Gästen aufhalten! Das ist ein Gebot der Etikette; auch ist es der Wunsch der Königin.«

»Die Königin hat diese Leute schließlich hierher eingeladen, nicht ich«, maulte Madouc. »Holt doch sie aus dem Bett, wenn sie so erpicht darauf ist, daß sie ständig unterhalten werden.«

Lady Vosse prallte zurück, so verdattert, daß sie vorübergehen um eine Erwiderung verlegen war. Dann, sich rasch wieder sammelnd, unterzog sie Madouc einer Musterung. Sie rümpfte angewidert die Nase. »Euer Kleid ist beschmutzt, und Ihr stinkt nach Pferd! Ich hätte mir denken können, daß Ihr Euch wieder in den Stallungen herumtreibt! Hurtig nun! Auf Euer Zimmer und geschwind frische Sachen angezogen — vielleicht Euer neues blaues Kleid. Nun macht zu, wacker! Wir haben keine Zeit zu verlieren!«

Zehn Minuten später trafen Madouc und Lady Vosse auf der Tribüne ein, wo König Milo und Königin Caudabil den Steinwurfbewerb verfolgten, wenn auch mit sichtlich mattem Interesse.

Als der Mittag nahte, begannen ein paar Bedienstete damit, einen Imbiß aus kaltem Rindfleisch und Käse auf einem Bock hinter der Tribüne aufzutischen, um so König Milo und Königin Caudabil die Möglichkeit zu eröffnen, dem Wettkampf ohne die störende Unterbrechung durch eine vollständige Mahlzeit beizuwohnen. Als die beiden Majestäten diese Vorbereitungen gewahrten, unterredeten sie sich kurz im Flüsterton, woraufhin Milo sich plötzlich an die Seite griff und ein hohles Stöhnen anstimmte.

Königin Caudabil rief Sir Mungo, den Majordomus, herbei:

»O weh! König Milo hat einen Anfall erlitten! Es ist ein altes Übel. Wir können keine Spiele und Wettstreite mehr verfolgen! Er muß sich sofort in unsere Gemächer zurückziehen, zwecks strikter Ruhe und angemessener Heilbehandlung!«

In ihrem Quartier angekommen, bestellte Königin Caudabil sogleich eine Mahlzeit von acht Gängen und eine hinreichende Menge guten Weines, welches, so versicherte sie, das bestmögliche Heilmittel für ihren siechen Gemahl wäre.

Am frühen Nachmittag überbrachte Prinz Brezante König Casmir eine Botschaft des Inhalts, daß König Milo sich so weit wiederhergestellt fühle, daß er König Casmir beim Abendbankett Gesellschaft leisten könne, und so fügte es sich denn, daß König Casmir und Königin Sollace mit einem sichtlich wiedererstarkten und kräftig zulangenden Milo und einer fröhlichen Caudabil bis spät in den Abend hinein zu Tisch zu sitzen das Vergnügen hatten.

Da König Milo sich am nächsten Morgen aus Furcht vor einem erneuten Rückfall nicht erheben mochte, fiel es König Casmir und Königin Sollace zu, stellvertretend für das blalocsche Monarchenpaar als Schiedsrichter bei den Wettrennen zu fungieren. Unterdessen sprachen König Milo und Königin Caudabil einem herzhaften Frühstück zu und waren danach wieder so weit gesundet, daß sie bekundeten, ihrer Teilnahme an einem Mittagsmahl von normalen oder gar festlichen Proportionen stünde nichts im Wege; der Genesungsprozeß sei gleichwohl noch nicht so weit fortgeschritten, daß sie sich schon wieder für das Amt des Schiedsrichters bei den Wettspielen gerüstet fühlten. Als Ersatz mußte diesmal Sir Mungo einspringen, unterstützt von einigen Hofbeamten.

Am späten Nachmittag waren alle Spiele und Wettbewerbe beendet, und es galt nur noch, die Sieger zu ehren und mit ihren Preisen zu behängen. Die beiden königlichen Familien versammelten sich auf der einen Seite der Tribüne; auf der anderen scharten sich die, die in den verschiedenen Bewerben gesiegt hatten. Jeder von ihnen trug jetzt einen Lorbeerkranz und grinste mit einer Mischung aus Verlegenheit und Siegerstolz der

Menge zu, die sich im Geviert eingefunden hatte, sie zu feiern.

Schließlich war alles zur Siegerehrung bereit. Madouc fand sich neben Brezante sitzend, dessen Bemühungen um Konversation planlos und ohne Schwung waren.

Vier Unterherolde bliesen eine Fanfare, und Sir Mungo trat vor die Tribüne. »Dies ist ein glücklicher Tag! Unsere königlichen Gäste aus Blaloc müssen bedauerlicherweise morgen abreisen, aber wir hoffen, daß sie sich auf das beste ergötzt haben an den hervorragenden Demonstrationen von Schnelligkeit, Ausdauer und Geschicklichkeit, welche unsere Mannen von Lyonesse während der letzten drei Tage dargeboten haben! Ich werde nun die Namen der Sieger verkünden, und jedem von ihnen wird König Milo den so wohlverdienten und so stolz errungenen Preis verleihen! Und so laßt uns denn nun ohne weitere Umschweife ...« Sir Mungo hob die Hand in einer dramatischen Gebärde. Er schaute einmal im Kreis herum, blickte den Sfer Arct hinauf, und die Stimme erstarb ihm in der Kehle. Langsam sank seine Hand herunter und verharrte zitternd in einer zeigenden Geste.

Den Sfer Arct herunter kam ein gar seltsames Beförderungsmittel: ein schwarzer Katafalk, der auf den Schultern von vier wandelnden Leichen ruhte, welche einstmals auf die Namen Izmael der Hunne, Este der Süße, Galgus von Dahaut und Kegan der Kelte gehört hatten. Obenauf stand eine fünfte Leiche: der bleiche junge Späher Idis, der jetzt eine Peitsche schwang und die vier wandelnden Kadaver mittels kräftiger Hiebe zu zügiger Gangart antrieb.

Näher und näher kamen die Leichname mit ihrer bemerkenswerten Traglast. Mit wildem Peitschenknall dirigierte der fahle Idis sie auf des Königs Appellplatz, während die entsetzten Massen voller Grauen zurückwichen.

Vor der Tribüne angekommen, wankten die Träger

und brachen zusammen. Der Katafalk fiel auf das Pflaster und sprang auf; heraus kullerte ein weiterer Leichnam: Cory von Falonges.

8

Die königliche Familie von Blaloc verzehrte in Gesellschaft von König Casmir und Königin Sollace ein letztes Frühstück auf Haidion. Die Stimmung war getrübt. Die beiden Königinnen übten sich in höflicher Konversation, aber die beiden Monarchen hatten sich nur wenig zu sagen, und Prinz Brezante saß da in düsterem Schweigen. Prinzessin Madouc war nicht zum Frühstück erschienen, aber niemand machte sich die Umstände, ihr Fehlen zu hinterfragen.

Nach dem Frühstück tauschten König Milo, Königin Caudabil und Prinz Brezante letzte Artigkeiten mit König Casmir und Königin Sollace aus und empfahlen sich. König Casmir und Königin Sollace traten hinaus auf die Terrasse und verfolgten den Abmarsch der Kolonne.

Lady Vosse kam aus der Burg und näherte sich König Casmir. »Eure Hoheit, ich bemerkte die Abwesenheit von Prinzessin Madouc bei der Abschiednahme und ging zu ihren Gemächern, den Grund für dieses ihr Versäumnis zu erforschen. Dort fand ich dieses Sendschreiben, welches, wie Ihr seht, an Euch adressiert ist.«

König Casmir runzelte die Stirn in mechanischem Mißfallen, erbrach das Siegel und entfaltete das Pergament. Er las:

›An Seine Königliche Hoheit mit meinen besten Grüßen! Eurem Geheiß entsprechend habe ich mich aufgemacht, den Namen und den Stand meines Vaters zu erkunden, und auch die näheren Einzelheiten meines Stammbaums. Eure Instruktionen waren eindeutig und präzis; ich habe mir die Dienste eines Begleiters zur Verfügung genommen. Sobald als der Zweck meiner Reise erfüllt ist, werde ich zurückkommen. Ich habe Königin Sollace von meiner Absicht unterrichtet, den Anweisungen Eurer Majestät in dieser Sache Folge zu leisten. Ich breche unverzüglich auf.

Madouc‹

König Casmir schaute Königin Sollace fassungslos an.
»Madouc ist fort.«
»›Fort‹? Wohin?«
»Irgendwohin — um ihren Stammbaum zu suchen, sagt sie.« Casmir las das Schriftstück laut vor.
»Das also hat das kleine Biest gemeint!« schrie Sollace. »Und nun — was gedenkt Ihr zu tun?«
»Ich muß nachdenken. Vielleicht gar nichts.«

Kapitel Acht

1

Eine Stunde vor Morgengrauen, als die Burg noch in tiefer Stille lag, stieg Madouc aus dem Bett. Einen Moment lang stand sie unschlüssig da, die Arme schützend um den Körper geschlungen, zitternd von dem kühlen Lufthauch, der um ihre dünnen Unterschenkel strich.

Sie ging ans Fenster; der Tag versprach schön zu werden; zu dieser düsteren Stunde indes schien die Welt noch freudlos und unsympathisch. Zweifel schlichen sich in ihren Geist; konnte es sein, daß sie einen törichten, schrecklichen Fehler beging?

Madouc schauderte zusammen und hüpfte vom Fenster weg. Vor ihrem Bett blieb sie stehen und überlegte. Nichts hatte sich verändert. Sie blickte finster und preßte entschlossen die Lippen zusammen. Entscheidungen waren gefällt worden; sie waren unwiderruflich.

Madouc kleidete sich hurtig in einen knielangen Bauernkittel, Baststrümpfe, Halbstiefel und eine weiche Kappe, die sie sich tief ins Gesicht zog, um ihre Locken zu verbergen. Dann klemmte sie sich ihr kleines Bündel unter den Arm und verließ entschlossen ihr Zimmer. Sie stahl sich durch den dunklen Korridor, ging die Treppe hinunter und trat durch einen Hinterausgang in die kühle frühmorgendliche Stille. Sie hielt inne und horchte, aber es war niemand draußen. So weit, so gut. Sie ging um die Burg herum zu den Stallungen.

Am Rande des Wirtschaftshofes hielt sie erneut im Schatten inne; nur das allerschärfste Auge hätte in diesem dünnen, verstohlen um sich spähenden Bauernjungen die Prinzessin Madouc erkennen können.

In der Küche waren bereits die Küchenjungen bei der Arbeit; bald würden die Mägde zum Abholen der Speisen herauskommen. Im Moment war der Wirtschaftshof leer; Madouc huschte über die offene Fläche und gelangte so ungesehen zu den Ställen. Hier erwartete sie Sir Pom-Pom mit zwei gesattelten Pferden. Madouc examinierte die Pferde ohne Begeisterung. Das eine war eine Fuchsstute vorgerückten Alters mit durchhängendem Rücken, einem Glasauge und einem jammervoll schütteren Schweif; das andere ein nicht minder betagter grauer Wallach mit fülligem Rumpf und dünnen Schenkeln. Sir Pom-Pom hatte sein erklärtes Ziel, stolze Zurschaustellung zu vermeiden, mit der Wahl dieser Klepper voll erreicht.

Madoucs Sattel hatte er der Fuchsstute aufgelegt; das Reittier seiner Wahl war offenbar der graue Wallach. Sir Pom-Pom selbst trug nicht seine gewohnte Kluft, sondern ein fesches Wams aus gutem blauen Tuch, eine blaue Kappe mit einer flotten roten Feder und ein Paar glänzender neuer Stiefel mit modischen Kniestulpen und schmucken zinnernen Schnallen am Spann.

»Deine Kleider sind stilvoll«, stellte Madouc fest. »Du würdest beinah elegant ausschauen, wäre da nicht immer noch das Gesicht von Sir Pom-Pom.«

Sir Pom-Pom sah beleidigt drein. »Mein Gesicht kann ich nicht verändern.«

»Waren diese Kleider nicht teuer?«

Sir Pom-Pom machte eine schneidige Geste. »Das ist alles relativ. Kennt Ihr nicht das Sprichwort: ›Ist Notwendigkeit im Anmarsch, muß die Frage nach den Kosten in den Hintergrund treten‹?«

Madouc setzte ein sauertöpfisches Gesicht auf. »Wer immer diesen Unfug ersonnen hat, er war entweder ein Verschwender oder ein Narr.«

»Mitnichten! Das Sprichwort ist zutreffend! Um die

Goldstücke umzuwechseln, erwarb ich notwendige Gegenstände! Man begibt sich nicht auf eine so bedeutsame Suche und schaut aus wie ein linkischer Tropf.«

»Ich verstehe. Wo ist der Rest des Geldes?«

»Den trage ich in meinem Beutel, wo er in sicherem Gewahrsam ist.«

Madouc streckte die Hand aus. »Gib das Geld her, Sir Pom-Pom — sofort!«

Sir Pom-Pom langte schmollend in seinen Beutel, griff ein paar Münzen heraus und überreichte sie Madouc. Sie errechnete die Summe und sah wieder Sir Pom-Pom an. »Es ist doch gewiß noch mehr Geld übriggeblieben!«

»Möglich, aber ich behalte es bei mir, zur Sicherheit.«

»Das ist unnötig. Du kannst mir getrost das gesamte Wechselgeld geben.«

Sir Pom-Pom warf ihr seinen Beutel zu. »Nehmt heraus, was Ihr wollt.«

Madouc öffnete den Beutel und zählte die Münzen. »Das ist doch gewiß nicht alles?«

»Bah!« knurrte Sir Pom-Pom. »Mag sein, daß ich noch einige vereinzelte Münzen in meiner Hosentasche habe.«

»Gib sie heraus — bis auf den letzten Heller!«

Sir Pom-Pom sagte würdevoll: »Ich werde einen Silbertaler und drei Kupferheller behalten, zum Bestreiten von unvorhergesehenen Ausgaben.« Er händigte ihr weitere Münzen aus. Madouc ließ sie in ihren Beutel gleiten und gab Sir Pom-Pom den seinen zurück. »Wir werden später eine Abrechnung vornehmen«, kündigte Madouc an. »Das letzte Wort hierüber ist noch nicht gesprochen, Sir Pom-Pom.«

»Bah«, murmelte Sir Pom-Pom. »Es ist doch wirklich keine große Sache. Laßt uns nun endlich aufbrechen. Die Fuchsstute soll Euer Reittier sein. Ihr Name ist Juno.«

Madouc rümpfte verächtlich die Nase. »Ihr Bauch hängt durch! Wird sie mein Gewicht tragen?«

Sir Pom-Pom lächelte grimmig. »Vergeßt nicht, Ihr

seid keine stolze Prinzessin mehr! Ihr seid jetzt ein Landstreicher!«

»Aber ich bin ein stolzer Landstreicher. Daran denke stets.«

Sir Pom-Pom zuckte die Achseln. »Juno hat einen freundlichen Gang. Sie vermag zwar keinen Zaun mehr zu überspringen, aber sie schwankt weder, noch scheut sie. Mein Pferd hier heißt Fustis. Er war einstmals ein Streitroß von hohem Ruf; er braucht den Druck kräftiger Schenkel und eine starke Hand.« Sir Pom-Pom stolzierte in seinen neuen Stiefeln zu Fustis; mit einem einzigen stattlichen Sprung schwang er sich in den Sattel. Madouc bestieg Juno in bedächtiger Manier, und die beiden machten sich auf den Weg: den Sfer Arct hinauf in die hügelige Region nördlich der Stadt Lyonesse.

Nach zwei Stunden erreichten sie das Dorf Swallywasser, wo sie auf eine Kreuzung stießen. Madouc studierte den Wegweiser. »Wenn wir nach Osten reiten, gelangen wir zu dem Dorf Fring; wir werden diesen Pfad bis nach Fring nehmen und dort nach Norden abbiegen, um so auf die Alte Straße zu gelangen.«

»Der Weg ist um einige Meilen länger, als wenn wir geradeaus weiterritten«, gab Sir Pom-Pom zu bedenken.

»Möglich, aber indem wir uns auf den Nebenpfaden halten, verringern wir die Gefahr, etwaigen Häschern des Königs in die Arme zu laufen.«

Sir Pom-Pom stieß einen Grunzlaut aus. »Ich dachte, Seine Majestät hätte Euch seinen Segen zu der Reise gegeben.«

»So interpretiere ich zumindest seine Befehle«, sagte Madouc. »Aber ich ziehe es vor, nichts als selbstverständlich vorauszusetzen.«

Sir Pom-Pom überdachte die Bemerkung sorgfältig, dann sagte er ein wenig säuerlich: »Ich hoffe, ich finde den Heiligen Gral, bevor wir in eine Situation geraten, in der sich erweisen muß, ob Eure Interpretation richtig war.«

Madouc würdigte ihn keiner Erwiderung.

Um die Mittagsstunde erreichten die zwei das Dorf Fring, und da sie keinen Pfad fanden, der nach Nordosten führte, ritten sie weiter nach Osten durch eine freundliche Landschaft mit Bauernhöfen und Wiesen. Wenig später kamen sie in die Stadt Abatty Dell, wo gerade ein Jahrmarkt im Gange war. Auf Sir Pom-Poms Drängen hin saßen sie ab, banden ihre Pferde an einer Stange vor dem Wirtshaus fest und gingen zum Platz, um den Darbietungen der Spaßmacher und Gaukler zuzuschauen. Sir Pom-Pom tat einen Ausruf des Erstaunens. »Schaut nur! Dort drüben! Der Mann mit dem roten Hut stößt sich gerade eine lodernde Fackel in den Rachen! Seht! Jetzt tut er es wieder! Es ist ein Wunder! Sein Schlund muß aus schierem Eisen sein!«

»Fürwahr ein ungewöhnliches Talent«, sagte Madouc.

Unterdessen hatte eine andere Darbietung Sir Pom-Poms Aufmerksamkeit erregt. »Seht doch! Dort! Ah! Das nenne ich hohe Kunst! Aha, habt Ihr gesehen? Das war fürwahr ein beachtlicher Stoß!«

Madouc schaute in die Richtung, in die Sir Pom-Pom aufgeregt zeigte. Dort lagen ein Mann und eine Frau auf dem Rücken, etwa fünfzehn Fuß voneinander entfernt. Vermittels kräftiger Stöße mit den Füßen schleuderten sie einen kleinen Knaben durch die Luft hin und her, ihn mit jedem Stoß höher empor werfend. Der Knabe, der von mickriger Statur war und lediglich einen zerlumpten Lendenschurz trug, zappelte und wand sich verzweifelt im Fluge, um jedesmal mit dem Hintern auf den angezogenen Beinen des jeweiligen Stoßenden zu landen. Dieser ließ dann, sobald er den Knaben mit flinken Füßen aufgeschnappt hatte, die Beine ruckartig herausschnellen, um ihn in dieselbe Richtung zurückzuschleudern, aus der er geflogen gekommen war.

Nach Beendigung der Darbietung schrie der Mann: »Mikelaus wird jetzt eure Spenden entgegennehmen!«

Der Knabe mischte sich mit seiner Mütze unter die Zuschauer, um Münzen einzusammeln.

»Ha hah!« rief Sir Pom-Pom. »Das Kunststück ist wahrlich einen Heller wert!« Er langte in eine seiner Seitentaschen und zog eine Kupfermünze hervor, die er in die speckige Mütze des Knaben Mikelaus warf. Madouc verfolgte dies mit hochgezogenen Augenbrauen.

Die drei Darsteller rüsteten sich jetzt zu einem neuen Kunststück. Der Mann legte ein flaches Brett von zwei Fuß Länge auf die Spitze einer acht Fuß langen Stange; sodann hob die Frau Mikelaus auf das Brett. Der Mann stieß die Stange mitsamt dem Brett und Mikelaus hoch in die Luft. Die Frau steckte eine zweite Stange unter die erste, so daß Mikelaus noch höher in die Luft gestemmt wurde, während der Mann die schwankende Stange mit geschickten Seitwärtsbewegungen balancierte. Die Frau verlängerte die Stange abermals; Mikelaus schwebte nun zwanzig Fuß hoch in der Luft. Vorsichtig erhob er sich aus seiner Hockstellung und stellte sich auf das Brett auf der Spitze der schwankenden Stange. Die Frau blies einen Tusch auf einer Bündelflöte, und Mikelaus sang dazu mit schriller, heiserer Stimme die folgende Weise:

> Ecce voluspo
> Sorarsio normal
> Radne malengro.
>   Oh! Oh! Toomish!
>   Geltner givim.

(Die Frau blies einen Tusch auf der Bündelflöte.)

> Bowner buder diper
> Eljus noop or bark
> Esgracio delila.
>   Oh! Oh! Toomish!
>   Silvish givim.

(Die Frau blies einen Tusch auf der Bündelflöte.)

>Slova solypa
>Trater no bulditch
>Ki-yi-yi minkins.
>>Regular toomish.
>>Copriote givim.

Die Frau blies einen abschließenden Tusch und rief: »Bravo, Mikelaus! Dein Lied hat uns alle bewegt, und du verdienst eine großzügige Belohnung! Nun darfst du herunterkommen! Wohlan denn: Uuups! Ah la la la! Und runter!«

Der Mann rannte drei kurze Schritte vorwärts und stieß die Stange mit Macht empor; Mikelaus sauste durch die Luft. Die Frau rannte mit einem Netz zu dem Ort seiner voraussichtlichen Landung, aber unterwegs stolperte sie über einen Köter, und Mikelaus krachte mit konsterniertem Gesicht kopfüber auf den Boden, wo er sich etliche Male überschlug, ehe er gut zwanzig Fuß entfernt zu liegen kam.

Die Frau machte gute Miene zu dem bösen Mißgeschick. »Das nächste Mal klappt's gewiß besser! Nun denn, Mikelaus: zurück an die Arbeit!«

Mikelaus rappelte sich auf, lüftete seine Mütze und humpelte zu den Zuschauern, den Obolus zu kassieren; auf dem Wege dorthin blieb er nur einmal kurz stehen, um dem Köter einen Tritt zu versetzen.

»Hah!« sagte Sir Pom-Pom. »Auch dies war ein feines Kunststück!«

»Komm!« sagte Madouc. »Wir haben genug von diesen Kapriolen gesehen. Es ist Zeit, daß wir uns wieder auf den Weg machen!«

»Noch nicht«, widersprach Sir Pom-Pom. »Die Buden dort schauen interessant aus; gewiß können wir uns noch einen Augenblick gönnen.«

Madouc gab Sir Pom-Poms Wunsch statt, und sie

spazierten um den Platz herum, die feilgebotenen Waren begutachtend.

An der Bude eines Eisenwarenhändlers blieb Sir Pom-Pom stehen, um die dort zum Verkauf ausgestellten Messer zu studieren. Eine Kollektion von feinen Damaszenerdolchen in kunstvoll gearbeiteten ledernen Scheiden erregten sein besonderes Interesse, und er ging sogar so weit, sich nach den Preisen zu erkundigen. Nach reiflicher Überlegung entschied er sich schließlich für einen der Dolche und schickte sich an, den Kauf zu tätigen. Da rief Madouc in entsetztem Staunen: »Darf ich fragen, was du da tust?«

»Ist das nicht klar?« krähte Sir Pom-Pom. »Ich brauche dringend einen Dolch von guter Qualität und hübscher Ausführung. Dieser Artikel hier ist meinen Bedürfnissen genau angemessen.«

»Und wie willst du ihn bezahlen?«

Sir Pom-Pom schaute blinzelnd himmelwärts. »Ich habe eine kleine Rücklage für just einen solchen Fall wie diesen bei mir behalten.«

»Bevor du dir auch nur eine Nuß kaufst, müssen wir einen Kassensturz vornehmen. Zeige mir deine Rücklage.«

»Ihr stürzt mich in peinliche Verlegenheit!« zeterte Sir Pom-Pom. »Was soll der Eisenwarenhändler jetzt nur von mir denken!«

»Das ist mir gleich! Gib mir sofort diese sogenannte Rücklage heraus!«

»Laßt uns vernünftig sein! Das Geld ist bei mir sicherer aufgehoben! Ich bin älter als Ihr und weder zerstreut noch verträumt. Kein Beutelschneider würde es wagen, sich an mich heranzumachen, und schon gar nicht, wenn er einen feinen Dolch an meinem Gürtel sähe. Es ist nur vernünftig und klug, wenn ich das Geld aufbewahre und die Ausgaben plane.«

»Deine Argumente sind klug«, sagte Madouc. »Allein, sie gehen ins Leere, weil das Geld mein ist.«

Sir Pom-Pom überreichte ihr wütend eine Handvoll Münzen — sowohl silberne als auch kupferne. »Da! Dann nehmt das Geld halt!«

Etwas in Sir Pom-Poms Gebaren erweckte Madoucs Argwohn. Sie streckte die Hand aus. »Gib mir den Rest heraus!«

Sir Pom-Pom händigte ihr mürrisch weitere Münzen aus. »Nun denn!« sprach Madouc. »Ist das alles?«

Sir Pom-Pom zeigte ihr murrend einen Silbertaler und ein paar Kupferheller. »Ich behalte nur meine Rücklage. Dies Geld wird wenigstens sicher sein.«

»Und das ist alles?«

»Ja, das ist alles, verflixt und zugenäht!«

»Du brauchst diesen feschen Dolch nicht. Außerdem ist er viel zu teuer.«

»Nicht, wenn ich ihn mit Eurem Geld erwerbe!«

Madouc überging die Bemerkung. »Komm jetzt! Laß uns aufbrechen!«

»Ich habe Hunger«, maulte Sir Pom-Pom. »Wir könnten doch eine jener Schweinspasteten dort zu Mittag essen. Außerdem möchte ich den Hanswursten bei ihren Possen zuschauen. Schaut doch nur, was sie gerade treiben! Sie schmeißen Mikelaus hoch in die Luft und lassen ihn fallen. Nein! Im letzten Moment fängt der Mann ihn mit dem Netz auf! Ist das nicht komisch?«

»Na schön, Sir Pom-Pom. Du sollst deine Schweinspastete haben, aber dann machen wir uns auf den Weg! Junos einzige Gangart ist ein behäbiger Paßgang; wir müssen lange reiten, um weit zu kommen.«

Sir Pom-Pom zupfte verdrießlich an der Spitze seiner neuen Kappe. »Der Tag ist schon weit vorangeschritten! Wir sollten uns für die Nacht in einem der hiesigen Gasthöfe einmieten. Dann können wir den Jahrmarkt in aller Muße genießen.«

»Die Gasthöfe sind bestimmt voll; wir werden weiterreiten.«

»Das ist töricht! Die nächste Stadt ist zehn Meilen

entfernt; wir schaffen es nie und nimmer vor Einbruch der Nacht bis dorthin, und womöglich sind auch dort die Gasthöfe voll.«

»In dem Fall schlafen wir eben im Freien, wie echte Vagabunden.«

Darauf wußte Sir Pom-Pom nichts zu erwidern; die zwei verließen Abatty Dell und ritten weiter. Als die Sonne im Westen versank, bogen sie vom Pfad ab und ritten eine Viertelmeile über die Wiesen zu einem kleinen Gehölz am Ufer eines Baches. Hier entfachte Sir Pom-Pom ein Feuer und band die Pferde an, während Madouc Speck röstete, den sie mit Brot und Käse zu Abend aßen.

Madouc hatte ihre Kappe abgenommen. Sir Pom-Pom betrachtete sie im Feuerschein. »Irgendwie schaut Ihr anders aus! Ha! Jetzt sehe ich's! Ihr habt Euer Haar gestutzt.«

»Wie hätte es sonst unter die Kappe passen sollen?«

»Ihr seht mehr denn je wie ein Halbling aus.«

Madouc hatte die Arme um die Knie geschlungen und schaute ins Feuer. Mit einem Unterton von Wehmut sagte sie: »Das ist nur äußerlich. Mit jedem Tag, der vergeht, singt mein menschliches Blut ein lauteres Lied. Das ist immer so, wenn jemand, der so ist wie ich, den Elfenhügel verläßt und bei den Menschen lebt.«

»Und wenn Ihr im Elfenhügel geblieben wärt: was dann?«

Madouc umschlang ihre Knie noch enger. »Ich weiß nicht, was dann aus mir geworden wäre. Vielleicht hätten die Elfen mir wegen meines gemischten Blutes Streiche gespielt und mich gemieden.«

»Trotzdem: Menschen sterben, und Elfen tanzen und spielen für alle Zeit.«

»Mitnichten«, belehrte ihn Madouc. »Auch Elfen sterben. Manchmal singen sie traurige Lieder beim Mondenschein und verschmachten vor schierem Gram! Manchmal ertränken sie sich aus Liebeskummer. Mitunter werden sie auch von wütenden Hummeln zu Tode gestochen, oder sie werden von Trollen entführt und gemordet, die Elfenknochen zu einer Würze zerstoßen, mit der sie ihre Soßen und Ragouts verfeinern.«

Sir Pom-Pom gähnte und streckte seine Beine zum Feuer. »Das wäre nun doch kein Leben für mich.«

»Für mich auch nicht«, sagte Madouc. »Ich bin schon viel zu sehr Mensch!«

Am Morgen ging die Sonne an einem wolkenlosen Himmel auf, und der Tag wurde warm. Am späten Vormittag kamen sie an einen Fluß, und Madouc konnte der Versuchung nicht widerstehen, ein Bad zu nehmen. Sie ließ Sir Pom-Pom bei den Pferden zurück und kletterte die von Erlen bewachsene Uferböschung hinunter zum Wasser. Hier legte sie ihre Kleider ab und sprang ins Wasser, um nach Herzenslust zu tauchen und zu planschen und die erfrischende Kühle zu genießen. Als sie zufällig die Böschung hinaufblickte, ertappte sie Sir Pom-Pom dabei, wie er durch das Laubwerk zu ihr herunter spähte.

Mit zorniger Stimme fuhr sie ihn an: »Was gibt es da zu glotzen, Sir Pom-Pom? Hast du noch nie ein nacktes Mädchen gesehen?«

»Jedenfalls noch nie eine nackte Prinzessin«, erwiderte Sir Pom-Pom grinsend.

»Das ist schierer Unsinn«, rief Madouc entrüstet. »Wir sind alle gleich, ob Prinzessin oder nicht. Es gibt wahrlich nichts Bemerkenswertes zu sehen.«

»Trotzdem finde ich es immer noch interessanter, als das Hinterteil von Juno zu betrachten.«

»Gaff, soviel du willst«, sagte Madouc. »Was schert mich deine Torheit?«

»Das ist ganz und gar keine Torheit«, sagte Sir Pom-Pom. »Ich habe schließlich einen triftigen Grund für meine Inspektion.«

»Und der wäre?«

»Sollte ich mit dem Heiligen Gral zurückkommen,

hätte ich damit das Recht erworben, um die Hand der königlichen Prinzessin anzuhalten. Deshalb hielt ich es für vernünftig, mich durch Augenschein zu vergewissern, welche Vorteile eine solche Wahl mit sich bringen würde. Ich muß jedoch feststellen, daß ich nichts sehe, was große Begeisterung in mir entfachen könnte.«

Madouc rang nach Worten. Schließlich sagte sie: »Da du ganz offenbar unbeschäftigt bist, schlage ich vor, daß du Feuer machst und eine Suppe für unser Mittagsmahl kochst.«

Sir Pom-Poms Gesicht verschwand hinter dem Blattwerk. Madouc entstieg dem Wasser, kleidete sich an und kehrte zum Pfad zurück.

Während die zwei im Schatten einer großen Ulme ihre Suppe aßen, bemerkten sie drei Personen, die sich zu Fuß näherten: einen kleinen dicken Mann, eine Frau von ähnlichen Proportionen und einen mickrigen Bengel mit kränklich grauer Haut, der nur aus Kopf und Beinen zu bestehen schien. Als die drei näher kamen, erkannte Madouc in ihnen die drei Spaßmacher wieder, die auf dem Jahrmarkt in Abatty Dell ihre Kunststücke vorgeführt hatten.

Die drei traten zu ihnen und blieben stehen. »Einen guten Tag euch zweien«, sagte der Mann, der ein rundes Gesicht, zottiges schwarzes Haar, eine Knollennase und leuchtende schwarze Glotzaugen hatte.

»Ich schließe mich diesem Gruße an«, erklärte die Frau, die wie der Mann ein rundes, weiches Gesicht, schwarzes Haar, runde schwarze Augen und eine rosige Stupsnase besaß.

»Auch euch einen guten Tag«, sagte Madouc.

Der Mann spähte in den Topf, in dem die Suppe wallte. »Dürfen wir uns zu euch in den Schatten setzen und uns einen kurzen Moment von unserem beschwerlichen Fußmarsch erholen?«

»Der Schatten ist frei«, sagte Sir Pom-Pom. »Rastet, wo es euch gefällt.«

»Eure Worte klingen freundlich im Ohr!« sagte die Frau dankbar. »Der Weg ist lang, und aufgrund meines Leidens fällt mir das Gehen schwer, und bisweilen bereitet es mir auch Schmerzen.«

Die drei ließen sich mit übereinandergeschlagenen Beinen im Schatten der Ulme nieder. »Gestattet, daß wir uns vorzustellen«, sagte der Mann. »Ich bin Filemon, Meister des Frohsinns. Hier sitzt Dame Corcas, die nicht minder bewandert ist in fröhlichen Possen. Und hier, kurz aber wacker, ist unser kleiner Mikelaus. Er ist nicht allzu fröhlich und womöglich gar ein wenig unpäßlich, da er heute kein Frühstück hatte. Hab ich recht, armer Mikelaus, du trauriger kleiner Wicht?«

»Arum. Boskatch. Gaspa confaga.«

Sir Pom-Pom blinzelte verwirrt. »Was hat er denn gesagt?«

Filemon schmunzelte. »Mikelaus hat eine seltsame Art zu sprechen, die nicht jedem verständlich ist.«

Dame Corcas übersetzte die Worte des Bengels: »Er fragt: ›Was brodelt da in dem Topf?‹«

»Das ist unser Mittagsmahl«, erklärte Sir Pom-Pom. »Ich habe eine Suppe aus Schinken, Zwiebeln und Bohnen bereitet.«

Wieder ließ sich Mikelaus vernehmen. »Vogenard. Fistilla.«

Filemon sagte mißbilligend: »Unmöglich, Mikelaus! Das ist nicht unsere Speise, ganz gleich, wie sehr du auch nach Nahrung lechzt.«

Dame Corcas sagte: »Vielleicht können diese guten Leute ja einen kleinen Happen für ihn erübrigen, auf daß der Lebensfunken in seiner armen kleinen Seele nicht gänzlich erlischt.«

Madouc antwortete: »Ich denke, das läßt sich ermöglichen. Sir Pom-Pom, gib der armen Kreatur eine Portion von der Suppe.«

Sir Pom-Pom tat mürrisch wie geheißen. Dame Corcas nahm den Napf entgegen. »Ich muß prüfen, ob sie nicht zu heiß ist; sonst verbrennt sich Mikelaus den Mund.« Sie tunkte den Löffel tief in die dampfende Suppe, wobei sie es geschickt verstand, auch ein ordentliches Stück Schinken mit herauszufischen, und kostete. »Sie ist noch viel zu heiß für Mikelaus!«

Filemon spottete über ihre Vorsicht. »Bestimmt nicht! Mikelaus hat den Schlund eines Salamanders! Laß mich die Temperatur prüfen.« Er nahm den Napf und hob ihn an die Lippen. »Die Suppe ist ausgezeichnet, aber du hast recht; sie ist viel zu heiß für Mikelaus.«

»Jetzt ist nicht mehr viel in dem Napf«, sagte Sir Pom-Pom.

Mikelaus sagte: »Gamkarch noop. Bosumelists.«

»Du mußt nicht so gierig sein!« schalt ihn Dame Corcas. »Der junge Herr hier wird bestimmt noch mehr Suppe kochen, wenn nicht genug da ist.«

Madouc sah jetzt, woher der Wind wehte, und sagte mit einem Seufzen: »Na schön, Sir Pom-Pom. So gib denn jedem einen Napf. Ich kann nicht essen, wenn diese hungrigen Kreaturen mir jeden Bissen schier aus dem Mund gucken.«

Sir Pom-Pom knurrte: »Was ich gekocht habe, langt gerade für uns.«

»Kein Problem!« erklärte Filemon schwungvoll. »Wenn gute Kameraden sich auf der Straße begegnen, teilen sie alles brüderlich miteinander, und jeder bekommt seinen gerechten Anteil von dem, was jeder einzelne beizusteuern hat! Ich sehe dort ein feines Ende Schinken, Zwiebeln, Brot, Käse, und wenn mein Blick mich nicht trügt, sogar eine Flasche Wein! Wir werden ein rechtes Festmahl abhalten, hier auf der Straße, zu welchem jeder sein Bestes beisteuern soll! Corcas, du mußt dich nützlich machen! Geh dem jungen Herrn mit den feinen Stiefeln wacker zur Hand!«

Dame Corcas sprang auf, und so hurtig, daß Sir Pom-Pom den flinken Bewegungen ihrer Hände kaum zu folgen vermochte, warf sie große Stücke Schinken, ein halbes Dutzend Zwiebeln und drei Hände voll Hafermehl in den Topf. Während Sir Pom-Pom und Madouc noch verdutzt zuschauten, hatte Filemon schon die Flasche Wein erbrochen und sich einen kräftigen Schluck von ihrem Inhalt einverleibt.

Mikelaus sprach: »Arum. Cangel.«

»Warum nicht?« sagte Filemon. »Du bist arm, elend und ungestalt, und nur zwei Fuß groß; doch warum solltest du nicht trotzdem dann und wann einen Schluck Wein genießen können, im Verein mit dem Rest deiner lustigen Kameraden?« Er reichte die Flasche Mikelaus, der sie an den Mund setzte und hoch in die Luft neigte.

»Genug!« schrie Dame Coras. »Während ich hier stehe und die Suppe umrühre und der Rauch mir in den Augen brennt, sauft ihr zwei den ganzen Wein aus! Stellt die Flasche weg! Unterhaltet diese zwei feinen Leute mit euren fröhlichen Possen.«

»Noch einen kleinen Schluck«, bettelte Filemon. »Er wird meine Lippen für die Querpfeife ölen.«

Er nahm einen weiteren kräftigen Schluck, dann holte er seine Querpfeife hervor. »Wohlan, Mikelaus! Du mußt dir deine Suppe verdienen! Zeig uns deinen besten Seemannstanz!«

Filemon stimmte eine flotte Weise an, mit perlenden Läufen und schrillen Crescendi, mit Trillern hoch und Schnörkeln tief, während Mikelaus mit schwingenden Armen und wirbelnden Beinen einen wilden Hupfauf tanzte, den er mit einem tollkühnen Salto abschloß.

»Gute Arbeit, Mikelaus!« schrie Dame Corcas. »Vielleicht werden unsere Freunde dich mit ein paar Münzen belohnen, wie es unter feinen Leuten Sitte ist!«

Sir Pom-Pom brummte: »Seid zufrieden, daß ihr unsere Suppe essen und unseren Wein saufen dürft.«

Filemon bedachte ihn mit einem vorwurfsvollen Blick aus seinen großen runden Augen. »Wir sind Kameraden der Straße — Vagabunden derselben fernen Horizonte!

Heißt es nicht, teilst du mit einem, teilst du mit allen? Das sind die Regeln der braven Wandersleute!«

»Wenn das so ist, dann bin ich lieber kein braver Wandersmann«, murmelte Sir Pom-Pom.

Dame Corcas stöhnte plötzlich auf. »Ah! Wieder diese stechenden, zwackenden Schmerzen! Es ist mein Leiden; ich habe mich überanstrengt, wie es meine Gewohnheit ist! Immer tue ich zuviel für andere! Filemon, rasch, meine Arznei! Wo ist sie?«

»In deiner Tasche, meine Teure, wie immer!«

»Ah, in der Tat! Ich muß meine Anstrengungen mindern, sonst werde ich noch ganz krank!«

Sir Pom-Pom sagte: »Wir schauten Euch auf dem Jahrmarkt zu. Ihr tolltet mit großer Behendigkeit herum. Filemon warf Mikelaus hoch in die Luft, und Ihr ranntet schnell wie der Wind, ihn mit dem Netz zu erhaschen.«

»Gurgo arraska, selvo sorarsio!« ließ sich Mikelaus vernehmen.

Dame Corcas sagte: »Ja, es war ein schmählicher Fehler, an welchem wir dem Hund die Schuld geben müssen.«

»Bismal darstid: mango ki-yi-yi.«

»Wie auch immer«, sagte Dame Corcas, »das Kunststück verlangt mir viel ab! Ich leide noch Tage danach, aber unser Publikum fordert das Spektakel; es kennt uns von altersher, und wir können es nicht enttäuschen!«

Filemon lachte leise. »Es gibt noch eine Abwandlung dieses Kunststückes, bei welcher wir so tun, als wären wir drei unfähige Narren, welche Mikelaus absichtlich fallen lassen, wenngleich wir so tun, als wollten wir ihn auffangen, was uns jedoch wegen der einen oder anderen unserer drolligen Possen mißlingt.«

»Dasa miago lou-lou. Yi. Tinka.«

»Ganz recht!« sagte Filemon. »Und die Suppe ist jetzt fertig, ganz nach Dame Corcas' anspruchsvollen Maßstäben. Ich trage sie euch mit unseren besten Komplimenten auf! Langt tüchtig zu! Auch du, Mikelaus; für einmal in deinem armseligen kleinen Leben sollst du dich so recht nach Herzenslust satt essen!«

»Arum.«

Nach dem Mahl rüsteten Madouc und Sir Pom-Pom sich zur Weiterreise. Filemon rief mit fröhlicher Stimme: »Wenn wir dürfen, ziehen wir mit euch zusammen weiter und beleben so die Reise!«

»Natürlich reisen wir gemeinsam!« verkündete Dame Corcas entschieden. »Es wäre in der Tat traurig, wenn wir jetzt voneinander Abschied nähmen, nachdem wir eine solch fröhliche Zeit miteinander verbracht haben.«

»Dann ist es so entschieden, nach mehrheitlichem Votum!« erklärte Filemon.

»Wir werden als kleine Gruppe von lustigen Kumpanen reisen«, erklärte Dame Corcas. »Wiewohl ihr zwei auf feinen Rössern reitet, während wir zu Fuß gehen — oder im Falle des armen Mikelaus: trippeln und traben — müssen. Sei tapfer, guter Mikelaus! Eines Tages wird das Schicksal sich auch für dich zum Guten wenden und dir eine feine Belohnung für alle deine großherzigen Taten spenden.«

»Yi arum bosko.«

Die Gruppe machte sich auf den Weg: Sir Pom-Pom ritt auf Fustis vorneweg; dahinter folgte Madouc auf Juno, beide in einer Gangart, die gemächlich genug war, daß Filemon und Dame Corcas, die hinter ihnen herstapften, mühelos Schritt halten konnten und selbst Mikelaus, indem er zuerst mit äußerster Geschwindigkeit vorausrannte und dann zum Verschnaufen innehielt, nur unwesentlich zurückfiel.

Der Pfad schlängelte sich über Berge und durch Täler: zwischen Hagedornhecken oder niedrigen Zäunen aus bemoostem Feldstein hindurch; vorbei an Weinbergen und Obstgärten, Gerstenfeldern und blumengesprenkelten Wiesen; in den Schatten kleiner Wälder und wieder hinaus ins offene Sonnenlicht.

Nachdem sie so zwei Stunden gereist waren, gab Dame Corcas urplötzlich einen erstickten Schrei von sich, faßte sich an die Brust und sank auf die Knie, wo sie röchelnd und schluchzend verharrte. Filemon stürzte unverzüglich zu ihr, um sie zu pflegen. »Meine teure Corcas, was ist es diesmal? Wieder einer von deinen Anfällen?«

Dame Corcas schaffte es nach einiger Mühe, zu sprechen. »Ich fürchte es. Zum Glück scheint es diesmal nicht gar so arg wie sonst, und ich brauche meine Arznei nicht. Trotzdem muß ich mich eine Weile ausruhen. Du und der liebe Mikelaus müßt ohne mich nach Biddle Bray weiterziehen und alle nötigen Vorkehrungen für die Festveranstaltung treffen. Sobald ich mich besser fühle, werde ich allein weiterkriechen, in meinem eigenen Tempo, und wenn die Parzen mir wohlgesonnen sind, werde ich noch rechtzeitig eintreffen, um meinen Part bei der Vorstellung zu erfüllen.«

»Undenkbar!« erklärte Filemon standhaft. »Bestimmt gibt es eine bessere Lösung für das Problem! Laß uns den Rat unserer Freunde einholen.« Er wandte sich an Sir Pom-Pom. »Was meint Ihr?«

»Ich möchte nicht gern einen Rat erteilen.«

Filemon hieb sich mit der Faust in die offene Hand. »Ich hab's!« Er wandte sich Madouc zu. »Vielleicht könntet Ihr so gütig sein, Dame Corcas an Eurer Statt bis nach Biddle Bray weiterreiten zu lassen. Es ist nicht mehr allzu weit bis dorthin.«

»Das wäre höchst kameradschaftlich und gütig«, schrie Dame Corcas leidenschaftlich. »Ich fürchte, daß ich sonst die ganze Nacht hier auf der Straße liegen muß, bis ich wieder bei Kräften bin.«

Madouc saß mißmutig ab. »Ich denke, es wird mir nicht allzu sehr schaden, ein wenig zu Fuß zu gehen.«

»Ich danke Euch von ganzem Herzen!« schrie Dame Corcas. Mit erstaunlicher Behendigkeit trat sie an Junos Seite und schwang sich in den Sattel. »Ah! Schon fühle ich mich besser! Filemon, sollen wir ein flottes Liedchen singen, um unsere Lebensgeister anzufachen?«

»Gern, meine Teure! Welches soll's denn sein?«

»›Das Lied von den Drei Lustigen Vagabunden‹ natürlich.«

»Sehr gut.« Filemon klatschte in die Hände, um den Takt anzugeben; dann sangen sie — Filemon in schneidigem Bariton, Dame Corcas in schrillem Sopran — ›Das Lied von den Drei Lustigen Vagabunden‹:

> Leer sind uns're Taschen, und der Magen auch
> Ha'm wir nichts zum Naschen, knurrt uns arg der Bauch
> Fehlt für die Herberg' uns das Geld
> Kampier'n wir unterm Himmelszelt!

Refrain (gesungen von Mikelaus):

> Sigmo chaska yi yi yi
> Varmous varmous oglethorpe.

> Fern am Horizonte lacht vielleicht das Glück
> Auch wenn wir's nie finden, gibt es kein Zurück
> Und wenn der Hunger noch so nagt
> Wir suchen weiter unverzagt!

Refrain (gesungen von Mikelaus):

> Poxin mowgar yi yi yi
> Vislish hoy kazinga.

So ging es weiter, sechzehn Strophen lang, und jedesmal krähte Mikelaus von hinten einen Refrain.

Danach wurden weitere Lieder gesungen, und dies mit solchem Schwung, daß Madouc schließlich zu Dame Corcas rief: »Wie es scheint, seid Ihr wieder recht bei Kräften.«

»Nur bis zu einem bestimmten Grade, meine Liebe! Aber es geht auf den Nachmittag zu, und ich muß jetzt meine Arznei einnehmen, um einem neuen Anfall vorzubeugen. Ich glaube, ich habe den Beutel bequem zur Hand.« Dame Corcas kramte in ihrem Beutel, dann stieß sie einen Schrei der Bestürzung aus. »Welch schreckliche Entdeckung!«

»Was ist es denn nun wieder, meine Teure?« schrie Filemon.

»Ich vergaß meine Arznei an der Stelle, wo wir unser Mittagsmahl abhielten! Ich entsinne mich genau, daß ich sie in eine Astgabel der Ulme gesteckt habe.«

»Das ist höchst mißlich! Du mußt deine Arznei haben, wenn du die Nacht überleben willst!«

»Es gibt nur eine Lösung!« erklärte Dame Corcas fest entschlossen. »Ich werde flugs zurückreiten, die Arznei zu bergen. Ihr müßt unterdessen weiterziehen zu der alten Hütte, wo wir schon einmal die Nacht verbracht haben; sie ist nur eine Meile von hier entfernt. Ihr könnt uns dort schon hübsche Strohlager für die Nacht bereiten, und ich werde gewiß noch vor Sonnenuntergang wieder zu euch gestoßen sein.«

»Es scheint dies die einzige Möglichkeit zu sein«, sagte Filemon. »Reite so schnell, wie du kannst; aber hetze das Pferd nicht über Gebühr, auch wenn es ein wackeres Tier ist!«

»Ich weiß, wie man das Äußerste aus einem solchen Roß herausholt, ohne es zuschanden zu reiten«, sagte Dame Corcas. »Bis bald!« Sie wendete das Pferd und spornte es an, erst zum Trab, dann zu einem schwankenden Galopp, und war gleich darauf den verdutzten Blicken Madoucs und Sir Pom-Poms entschwunden.

»Kommt«, sagte Filemon. »Wie Dame Corcas erwähnte, steht nicht weit von hier eine verlassene Hütte, die uns Obdach für die Nacht bieten wird.«

Die Gruppe setzte sich wieder in Marsch, angeführt von Sir Pom-Pom auf dem Wallach Fustis. Zwanzig Minuten später kamen sie an eine verlassene alte Hütte, welche nur wenige Schritte abseits des Weges im Schatten zweier riesiger Eichenbäume stand.

»Da sind wir«, sagte Filemon. »Es ist kein Palast, aber es ist besser als nichts, und im Schober findet sich sauberes Stroh.« Er wandte sich zu Mikelaus um, der schon eine Weile versucht hatte, seine Aufmerksamkeit zu gewinnen. »Was ist, Mikelaus?«

»Fidix. Waskin. Bolosio.«

Filemon starrte erschrocken auf ihn hinunter. »Kann das denn wahr sein?«

»Arum. Fooner.«

»Ich kann mich daran nicht erinnern! Trotzdem will ich meinen Ranzen durchstöbern.« Schon nach kurzem Suchen entdeckte Filemon ein mit einer schwarzen Kordel verschnürtes Päckchen. »Du hast recht, Mikelaus! Ich habe versehentlich Dame Corcas' Arznei an mich genommen und in meinen Ranzen gesteckt! O weh! Die arme Frau! Sie wird unverdrossen weitersuchen, solange das Licht es erlaubt, und womöglich vor lauter Sorge einen schweren Anfall erleiden; du erinnerst dich gewiß noch an jenen Vorfall in Cwimbry.«

»Arum.«

»Mir bleibt keine andere Wahl, als schnurstracks hinter ihr herzusprengen, will ich verhindern, daß sie in tiefe Verzweiflung fällt und womöglich einen neuerlichen schweren Anfall erleidet! Zum Glück ist sie noch nicht weit!« Er wandte sich an Sir Pom-Pom. »Herr, ich muß Euch bitten, mir Euer Pferd Fustis zu leihen! Mich allein trifft die Schuld an dem ganzen Mißgeschick! Aber Mikelaus wird sich während meiner kurzen Abwesenheit nützlich machen. Mikelaus, hör mir gut zu! Daß du dich nicht vor der Arbeit drückst! Ich will bei meiner Rückkunft keine Klagen hören! Zeige diesem freundlichen Herrn den Heuschober, und danach sammle Reisig für das Feuer! Darüber hinaus vertraue ich dir einen Krug meines Spezialwachses an. Ich will, daß du die

Stiefel dieses Herrn polierst, und zwar so blitzblank, daß man sich darin spiegeln kann. Das ist das mindeste, was du für unsere Freunde tun kannst, bis ich mit Dame Corcas zurückkehre!« Er schwang sich in den Sattel, den Sir Pom-Pom eben erst geräumt hatte, und sprengte in wildem Galopp davon.

»Hoy!« schrie Sir Pom-Pom hinter ihm her. »Laßt wenigstens die Satteltaschen hier, damit wir in Eurer Abwesenheit schon das Abendessen bereiten können!«

Aber Filemon hörte ihn nicht oder wollte ihn nicht hören und war flugs aus ihrem Blickfeld entschwunden.

Sir Pom-Pom spähte in die Hütte und prallte zurück. »Ich glaube, ich schlafe doch lieber im Freien, wo der Modergestank weniger streng ist.«

»Ich werde es dir nachtun, da die Nacht mild und klar zu werden verspricht«, sagte Madouc.

Sir Pom-Pom und Mikelaus holten Stroh aus einem alten Schober und schichteten es zu weichen, wohlriechenden Betten. Sodann entzündete Sir Pom-Pom ein Feuer, aber ohne den Inhalt der Satteltaschen konnten sie nur verdrießlich in die Flammen starren und geduldig auf die Rückkehr von Filemon und Dame Corcas mit den Pferden harren.

Die Sonne sank am Horizont und verschwand schließlich hinter den fernen Hügeln. Sir Pom-Pom stand auf und spähte den Pfad hinunter, aber von Dame Corcas und Filemon war weder etwas zu sehen noch etwas zu hören.

Sir Pom-Pom ging zum Feuer zurück und zog seine Stiefel aus. Mikelaus nahm sie sofort beiseite und machte sich daran, sie mit Filemons Spezialwachs zu polieren. Sir Pom-Pom sprach säuerlich: »Ich habe keine Lust, bis Mitternacht hier herumzusitzen. Ich lege mich jetzt schlafen; das ist die beste Medizin für einen leeren Magen.«

»Ich glaube, ich lege mich auch schlafen«, sagte Madouc. »Mikelaus kann gerne aufbleiben und warten; er kann sich ja mit dem Wichsen deiner Stiefel die Zeit vertreiben.«

Eine Weile noch lag Madouc wach und beobachtete die Sterne, wie sie am Himmel vorüberzogen, doch schließlich wurden ihr die Lider schwer, und sie schlummerte ein. Und so verging die Nacht.

Am Morgen erhoben sich Madouc und Sir Pom-Pom von ihren Strohlagern und schauten sich um. Von Filemon, Dame Corcas und den Pferden war immer noch nichts zu sehen. Als sie nach Mikelaus Ausschau hielten, mußten sie feststellen, daß auch er fehlte — und mit ihm Sir Pom-Poms Stiefel.

Madouc sprach: »Ich fange an, die Redlichkeit von Filemon und Dame Corcas in Zweifel zu ziehen.«

»Nehmt den Knirps Mikelaus nicht von Euren Erwägungen aus«, sprach zähneknirschend Sir Pom-Pom. »Es steht außer Zweifel, daß er sich mit meinen neuen Stiefeln aus dem Staub gemacht hat.«

Madouc holte tief Luft. »Es ist wohl zwecklos, unseren Verlust zu bejammern. In Biddle Bray werden wir dir robuste Halbschuhe und ein Paar gute Strümpfe kaufen. Bis dahin mußt du barfuß gehen.«

2

Madouc und Sir Pom-Pom stapften mißmutig in das Dorf Biddle Bray; sogar die rote Feder an Sir Pom-Poms Mütze hing in trostloser Schlaffheit zur Seite. In der Schenke Zum Hundskopf aßen sie Erbsenbrei zum Frühstück; danach begaben sie sich zu einem Schuster, wo Sir Pom-Pom derbes Schuhwerk erhielt. Als der Schuster sein Geld verlangte, wies Sir Pom-Pom auf Madouc. »Ihr müßt die Angelegenheit mit ihr ausmachen.«

Madouc starrte ihn mißvergnügt an. »Wieso?«

»Weil Ihr darauf beharrt habt, die Geldmittel zu tragen.«

»Und was ist mit dem Silbertaler und den drei Kupferhellern?«

Sir Pom-Poms Miene trübte sich. »Ich tat drei Münzen in meinen Beutel, den ich an den Knopf meines Sattels band. Filemon sprang auf Fustis und ritt von dannen wie ein Wirbelwind, und mit ihm Roß, Beutel und Geld.«

Madouc enthielt sich einer Bemerkung und überreichte dem Schuster sein Geld. »Was vergangen ist, ist vergangen. Machen wir uns auf den Weg.«

Die zwei Abenteurer verließen Biddle Bray auf dem Bidbottle-Weg, der nordwärts nach Modoiry führte, einem Weiler an der Alten Straße. Nach einer oder zwei Meilen fand Sir Pom-Pom etwas von seiner guten Laune wieder. Er begann ein Liedchen zu pfeifen, und gleich darauf sagte er: »Ihr habt recht gesprochen! Was vergangen ist, ist vergangen; heute ist heute! Die Straße liegt uns offen; die Sonne strahlt hell, und irgendwo wartet der Heilige Gral auf mein Kommen!«

»Das mag wohl sein«, sagte Madouc.

»Zu Fuß zu gehen ist gar nicht so schlecht«, fuhr Sir Pom-Pom fort. »Ich sehe viele Vorteile darin. Futter und Trank für die Pferde bekümmern uns nicht länger, noch scheren uns die Ärgernisse mit Zügel, Decke und Sattel. Auch können wir alle Furcht vor Pferdedieben fahrenlassen.«

»Wie auch immer, ob auf Pferdesrücken oder zu Fuße, bis nach Thripsey Shee ist es nicht mehr weit«, sagte Madouc.

»Dies braucht gleichwohl nicht unser erstes Ziel zu sein«, sprach Sir Pom-Pom. »Ich brenne darauf, nach dem Heiligen Gral zu forschen: zuerst in den Krypten auf dem Eiland Weamish, wo, wie ich vermute, wir eine geheime Kammer finden werden.«

Madouc erwiderte mit Entschiedenheit: »Zuerst reisen wir nach Thripsey Shee, und dort werden wir Rat von meiner Mutter einholen.«

Sir Pom-Pom setzte eine mürrische Miene auf und stieß mit dem Fuß einen Kiesel weg.

»Es hat überhaupt keinen Zweck, zu schmollen und zu hadern«, sagte Madouc. »Wir werden wachsam nach links und nach rechts Ausschau halten, während wir gehen.«

Sir Pom-Pom warf Madouc einen mißmutigen Seitenblick zu. »Eure Mütze ist tief heruntergezogen und ruht auf Euren Ohren und Eurer Nase. Ich frage mich, wie Ihr da den Pfad vor Euren Füßen sehen wollt, ganz zu schweigen von der Landschaft zur Linken und zur Rechten.«

»Du gibst Obacht auf die Landschaft, und ich führe uns nach Thripsey Shee«, sagte Madouc. »Und was ich jetzt vor uns sehe, ist eine Brombeerhecke voll mit reifen Früchten. Es wäre eine Schande, an ihr vorbeizugehen, ohne davon gekostet zu haben.«

Sir Pom-Pom zeigte mit dem Finger in die angesprochene Richtung. »Dort ist schon jemand bei der Ernte. Vielleicht bewacht er sogar die Hecke vor Vagabunden wie uns.«

Madouc musterte prüfend die Person, auf die sich Sir Pom-Poms Bemerkung bezog. »Ich würde ihn für einen freundlichen alten Herrn halten, der einen kleinen Bummel unternommen hat und stehengeblieben ist, um ein paar Beeren in seinen Hut zu pflücken. Nichtsdestoweniger will ich ihn fragen, ob wir von den Beeren naschen dürfen.«

Als Madouc sich der Hecke näherte, hielt der Mann, der nach der Art des niedrigen Landadels gekleidet und von reifem Alter war, in seiner Arbeit inne. Witterung und Sonne hatten seine Haut gebräunt und sein Haar gebleicht; seine Züge waren eben und regelmäßig; der Blick seiner grauen Augen war so mild, daß Madouc keine Hemmung spürte, ihn anzusprechen. »Herr, sind diese Beeren unter Eurer Aufsicht oder stehen sie auch anderen zu Gebote?«

»Ich muß sowohl mit ›ja‹ als auch mit ›nein‹ antworten. Auf die Beeren, die bereits gepflückt und in meinem Hute sind, erhebe ich Besitzanspruch. Die Beeren aber, die noch an dem Busch hängen, unterliegen keiner Beschränkung.«

»In dem Fall werde ich ein paar Beeren auf eigene Rechnung ernten, wie auch Sir Pom-Pom hier.«

»›Sir Pom-Pom‹, sagt Ihr? Da ich es hier wohl mit der Aristokratie zu tun habe, muß ich auf meine Manieren achten.«

»Ich bin kein wirklicher Ritter«, sagte Sir Pom-Pom bescheiden. »Es ist nur so eine Redensart.«

»Hier in den Büschen spielt das keine Rolle«, sagte der betagte Mann. »Ob Ritter oder Gemeiner, beide schreien gleich laut ›Ai karai!‹, wenn der Dorn sie sticht, und der Geschmack der Beeren ist für beider Zungen gleich süß. Was mich betrifft, ich bin Travante; mein Rang respektive sein Fehlen sind gleichermaßen belanglos.« Travante kehrte den Blick auf Madouc, die begonnen hatte, von einem Zweig unweit von ihm Beeren zu pflücken. »Unter jener Kappe gewahre ich rote Locken und auch zwei äußerst blaue Augen.«

»Mein Haar ist eher kupfergold denn rot.«

»Das sehe ich bei näherer Betrachtung. Und wie lautet Euer Name?«

»Ich bin Madouc.«

Die drei pflückten Brombeeren, dann setzten sie sich zusammen an den Rand des Weges und verzehrten ihre Ernte. Travante fragte: »Da ihr aus dem Süden kamt, reist ihr wohl gen Norden. Wo wollt ihr hin?«

»Zuerst nach Modoiry an der Alten Straße«, antwortete Madouc. »Um die Wahrheit zu sagen, wir sind so etwas wie Vagabunden, Sir Pom-Pom und ich, und jeder von uns ist auf der Suche nach etwas.«

»Auch ich bin Vagabund«, sagte Travante. »Auch ich

befinde mich auf einer Suche — einer, die sinnlos und hoffnungslos ist; so sagen es jedenfalls jene, die daheimgeblieben sind. Wenn ihr erlaubt, werde ich euch begleiten, zumindest ein Stück Weges.«

»Das erlauben wir gern, und Ihr seid herzlich willkommen«, sagte Madouc. »Was ist das für eine Suche, die Euch so weit und breit durch die Lande führt?«

Travante schaute versonnen in die Ferne und lächelte. »Es ist eine außergewöhnliche Suche. Ich suche nach meiner verlorenen Jugend.«

»Ach wirklich!« rief Madouc aus. »Wie habt Ihr sie verloren?«

Travante hob die Hände in einer Geste der Verblüffung. »Dies kann ich nicht sicher beantworten. Im einen Moment hatte ich sie noch, und im nächsten glaubte ich zu bemerken, daß sie mir abhanden gekommen war.«

Madouc schaute zu Sir Pom-Pom, der Travante verdutzt anstarrte. Sie fragte: »Ihr seid dessen sicher?«

»O ja! Ich entsinne mich ganz genau! Es war, als ginge ich um den Tisch herum und — *puff!* — war ich ein alter Mann.«

»Aber es müssen doch die üblichen und normalen Abstände dazwischen gelegen haben!«

»Träume, meine Liebe. Figmente, Phantasien, manchmal ein Nachtmahr. Aber was ist mit Euch? Wonach sucht Ihr?«

»Das ist einfach. Ich kenne meinen Vater nicht. Meine Mutter ist eine Elfe von Thripsey Shee. Ich suche meinen Vater und mit ihm meinen Stammbaum.«

»Und Sir Pom-Pom: was sucht er?«

»Sir Pom-Pom sucht den Heiligen Gral, entsprechend König Casmirs Proklamation.«

»Ach! Er ist fromm?«

»Mitnichten«, sagte Sir Pom-Pom. »Wenn ich Königin Sollace den Heiligen Gral vorlege, wird sie mir eine Belohnung gewähren. Ich wäre vielleicht bereit, die Prinzessin Madouc zu freien, wiewohl sie so anmaßend und eitel ist wie die listige kleine Range, die jetzt neben Euch sitzt.«

Travante blickte auf Madouc hinunter. »Könnte sie womöglich ein und dasselbe Individuum sein?«

Sir Pom-Pom setzte seine grimmigste Miene auf. »Es gibt gewisse Fakten, deren Verbreitung wir nicht wünschen. Aber soviel kann ich sagen: Ihr habt gut geraten.«

Madouc sagte zu Travante: »Es gibt da noch ein Faktum, das nicht allgemein bekannt ist, besonders nicht Sir Pom-Pom. Er muß lernen, daß seine Träume von Heirat und der Belohnung nichts mit mir zu tun haben.«

Sir Pom-Pom sagte störrisch: »Ich kann mich nur auf die Zusicherungen berufen, die Königin Sollace diesbezüglich gemacht hat.«

»Solange ich über den Zinkelzeh-Kobolz gebiete, werde ich das letzte Wort in dieser Angelegenheit haben«, sagte Madouc. Sie erhob sich. »Es ist Zeit, daß wir uns auf den Weg machen.«

Travante sagte: »Sir Pom-Pom, ich vermute stark, daß Ihr Madouc niemals freien werdet. Ich rate Euch, auf ein leichter erreichbares Ziel hinzuarbeiten.«

»Ich werde es mir durch den Kopf gehen lassen«, brummte Sir Pom-Pom.

Die drei brachen auf und folgten dem Bidbottle-Pfad nach Norden. »Wir sind eine bemerkenswerte Gruppe«, erklärte Travante. »Ich bin, wie ich bin! Sir Pom-Pom ist stark und wacker, während Madouc klug und findig ist; auch ist sie mit ihren kupfergoldenen Locken, ihrem pfiffigen kleinen Antlitz und ihren Augen von herzensbrechendem Blau sowohl putzig als auch unerhört anziehend.«

»Sie kann aber auch ein Biest sein, wenn ihr danach zumute ist«, sagte Sir Pom-Pom.

3

Der Bidbottle-Pfad wand sich nach Norden durch das Land: bergan und bergab, in den Schatten des Eichenwaldes von Wanswold und weiter durch die Scrimsour-Senke. Am Himmel zog weißes Gewölk träge dahin und warf seinen Schatten über die Landschaft. Die Sonne klomm den Himmel hinauf; als sie den Zenit erreichte, kamen die drei Wanderer nach Modoiry, wo der Bidbottle-Pfad auf die Alte Straße stieß.

Madouc und Sir Pom-Pom wollten noch drei Meilen ostwärts bis nach Klein-Saffeld wandern, um sodann dem Timble-Fluß gen Norden zu folgen und so zu gehöriger Zeit den Wald von Tantrevalles zu gewinnen. Travante hatte die Absicht, der Alten Straße über Klein-Saffeld hinaus nach Osten bis zur Langen Heide zu folgen, um zwischen den Dolmen des Stollshot-Platzes nach seiner verlorenen Jugend zu fahnden.

Als die drei sich Klein-Saffeld näherten, fühlte sich Madouc in zunehmendem Maße beunruhigt von dem Gedanken, sich von Travante zu trennen, dessen Gesellschaft sie ebenso beruhigend wie erheiternd fand; darüber hinaus schien seine Gegenwart Sir Pom-Poms gelegentlich sich manifestierenden Hang zur Großspurigkeit zu bremsen. Und so schlug Madouc schließlich vor, daß Travante sie weiter begleite, zumindest bis Thripsey Shee.

Travante sann über den Vorschlag nach. Schließlich sagte er mit einer gewissen Skepsis in der Stimme: »Ich weiß so gar nichts von Halblingen; im Gegenteil: mein ganzes Leben lang habe ich mich vor ihnen in acht genommen. Man erzählt sich zu viele Geschichten über ihre Launenhaftigkeit und ihr übertriebenes Betragen.«

»In diesem Fall habt Ihr nichts zu befürchten«, verkündete Madouc zuversichtlich. »Meine Mutter ist sowohl gütig als auch schön! Sie wird bestimmt entzückt sein, mich zu sehen, und meine Freunde ebenso —

obzwar ich zugebe, daß letzteres nicht ganz so gewiß ist. Doch vielleicht kann sie Euch Rat hinsichtlich Eurer Suche geben.«

Sir Pom-Pom fragte kläglich: »Und was ist mit mir? Auch ich bin mit einer Suche beschäftigt.«

»Geduld, Sir Pom-Pom! Deine Wünsche sind bekannt!«

Travante kam zu einer Entscheidung. »Je nun, warum nicht? Mir ist jeder Rat willkommen, habe ich doch bis dato mit dem Suchen auf eigene Faust herzlich wenig Glück gehabt.«

»Dann werdet Ihr also mit uns kommen!«

»Nur für ein Stück, bis ihr meiner überdrüssig seid.«

»Ich bezweifle, daß dieser Fall je eintreten wird«, sagte Madouc. »Ich genieße Eure Gesellschaft, und ich bin sicher, Sir Pom-Pom empfindet das gleiche.«

»Wirklich?« Travante schaute halb ungläubig vom einen zum andern. »Ich erachte mich als fade und uninteressant.«

»Diese Worte würde ich niemals benutzen«, sagte Madouc. »Ich halte Euch für einen Träumer, vielleicht ein bißchen — sagen wir: unpraktisch, aber Eure Gedanken sind nie langweilig.«

»Es freut mich, das von Euch zu hören. Wie ich schon sagte, ich habe keine hohe Meinung von mir selbst.«

»Warum nicht?«

»Aus dem normalsten aller Gründe: ich tue mich in nichts hervor. Ich bin weder ein Philosoph noch ein Geometer noch gar ein Poet. Noch nie habe ich eine Horde grimmiger Feinde vernichtet, noch je ein edles Monument errichtet, noch habe ich mich zu den fernen Orten der Welt gewagt. Mir fehlt jegliche Größe.«

»Da steht Ihr nicht allein«, sagte Madouc. »Nur wenige können solche Leistungen geltend machen.«

»Das heißt für mich nichts! Ich bin ich; ich stehe Rede und Antwort für mich selbst und richte mich nicht nach andern. Ich bin der festen Überzeugung, daß eine Lebensspanne nicht sinnlos oder leer sein sollte! Aus diesem Grunde suche ich meine verlorene Jugend, und dies mit solch besonderem Eifer.«

»Und wenn Ihr sie finden solltet, was würdet Ihr dann tun?«

»Ich würde alles anders machen! Ich würde ein Mann von Wagemut und Unternehmungsgeist werden; ich würde jeden Tag als vergeudet betrachten, an dem ich nicht irgendeinen wundervollen Plan fasse oder einen feinen Gegenstand fertige oder irgendein Unrecht wiedergutmache! So würde ein jeder Tag vergehen, angefüllt mit großartigen Taten. Und dann würde ich jeden Abend meine Freunde um mich versammeln, zu einem Ereignis, an das sie sich bis ans Ende ihrer Tage erinnern würden! So sollte das Leben gelebt werden, nach besten Kräften und bestem Vermögen! Nun, da ich diese Wahrheit weiß, ist es zu spät dafür — es sei denn, ich finde, was ich suche.«

Madouc wandte sich Sir Pom-Pom zu. »Hast du gut Obacht gegeben? Dies sind Lehren, die du dir zu Herzen nehmen solltest, und sei's auch nur, damit du eines Tages nicht die Reue zu spüren brauchst, die Herrn Travante jetzt plagt.«

»Es ist eine vernünftige und stichhaltige Philosophie«, sagte Sir Pom-Pom. »Ich habe gelegentlich ähnliche Gedanken angestellt. Doch während ich in den königlichen Stallungen schuftete, konnte ich dergleichen Theorien nicht in die Praxis umsetzen. Wenn ich den Heiligen Gral finde und eine Belohnung kriege, werde ich mich bemühen, ein glorreicheres Leben zu führen.«

Die drei waren unterdessen in Klein-Saffeld angekommen. Es war später Nachmittag: zu spät, um noch weiter zu wandern. Die drei verfügten sich zum ›Schwarzen Ochsen‹, wo sie indessen alle Kammern belegt fanden. Sie wurden vor die Wahl gestellt, auf Strohlagern in der Dachkammer bei den Ratten zu nächtigen oder auf der Tenne über der Schankstube im Heu, welche letztere Möglichkeit sie vorzogen.

Früh am Morgen brachen die drei auf und wanderten den Timble-Pfad hinauf nach Norden. Sie kamen zuerst durch das Dorf Tawn Timble und dann durch den Weiler Glymwode; nicht weit entfernt erhob sich düster und drohend der Wald von Tantrevalles.

Auf einem Feld fanden sie einen Bauern beim Rübenziehen, der ihnen den Weg nach Thripsey Shee auf der Madling-Wiese wies. »Es ist nicht so weit weg, wie der Hund läuft, aber der Pfad zieht sich kurvenreich dahin und führt euch immer tiefer in den Wald, wobei er immer schmaler wird. Ihr werdet schließlich an eine Holzfällerhütte gelangen; danach verjüngt sich der Pfad zu kaum mehr als einer schwachen Fährte, aber ihr müßt immer noch weiter gehen, bis der Wald sich auftut und ihr schließlich auf der Madling-Wiese steht.«

»Das klingt recht simpel«, sagte Travante.

»So ist es, aber hütet euch vor den Elfen von Thripsey Shee! Vor allem lungert nicht nach dem Einbruch der Dunkelheit dort herum, sonst werden euch die Kobolde einen bösen Streich spielen! Dem armen Fottern haben sie Eselsohren aufgesetzt, bloß weil er auf der Wiese sein Wasser abgeschlagen hat.«

»Wir werden bestimmt manierlicher sein«, sagte Madouc.

Die drei gingen vorwärts; dunkel und still lag der Wald vor ihnen. Der Pfad, nunmehr eine schmale Fährte, schwenkte nach Osten, um kurz darauf nach einer weiteren Biegung in den Wald einzutauchen. Geäst wölbte sich über ihren Köpfen; Blattwerk versperrte die Sicht zum Himmel; das offene Land verschwand hinter ihnen aus dem Blick.

Der Pfad führte tief in den Wald hinein. Die Luft wurde kühl und schwanger vom Duft hundert verschiedener Kräuter. Im Walde veränderten sich alle Farben. Grün zeigte sich in mannigfachen Schattierungen: von

Moos und Farn, von Kraut, Malve, Ampfer und Laub. Die Brauntöne waren schwer und satt: schwarzbraun und umbra waren die Stämme des Eichenbaumes, rostbraun und lohfarben der Waldboden. In den Dickichten, wo die Bäume eng beisammen standen und das Laub üppig und schwer hing, waren die Schatten tief und getönt mit Kastanienbraun, Indigo und Schwarzgrün.

Die drei passierten die Holzfällerhütte; der Pfad verringerte sich zu einer Spur, wand sich zwischen Stämmen hindurch, durch düstere Mulden, über schwarzen Felsen und mündete schließlich auf einer Lichtung: der Madling-Wiese. Madouc hielt an und sagte zu ihren Gefährten: »Ihr zwei müßt eine Weile hier warten, indessen ich meine Mutter ausfindig mache. Dies dürfte die geringste Unruhe verursachen.«

Sir Pom-Pom sagte unzufrieden: »Das ist womöglich nicht die beste Idee! Ich will meine Fragen so bald als möglich stellen — sozusagen das Eisen schmieden, solange es heiß ist!«

»Das ist nicht die rechte Manier, mit Elfen umzugehen«, beschied ihm Madouc. »Wenn man versucht, sie zu lenken oder ihnen seinen Willen aufzunötigen, dann lachen sie nur und drücken sich und springen davon, und womöglich weigern sie sich, überhaupt mit einem zu sprechen.«

»Zumindest kann ich sie höflich fragen, ob sie überhaupt etwas von dem Gral wissen. Wenn nicht, verschwenden wir hier nur unsere Zeit und sollten schleunigst nach dem Eiland Weamish weiterziehen.«

»Hab Geduld, Sir Pom-Pom! Vergiß nicht, wir haben es mit Elfen zu tun! Du mußt deinen Eifer bezähmen, bis ich erkundet habe, wie die Dinge liegen.«

Sir Pom-Pom sagte pikiert: »Ich bin schließlich kein Bauerntölpel; ich weiß auch, wie man mit Elfen umgeht.«

Madouc wurde ärgerlich. »Entweder du bleibst hier stehen und rührst dich nicht vom Fleck, oder du gehst zurück nach Lyonesse und fragst deine eigene Mutter!«

Sir Pom-Pom brummelte: »Das wage ich nicht; sie würde sich kranklachen ob meines Parts bei dieser Expedition und mich ausschicken, einen Eimer voll Mondstrahlen zu holen.« Er setzte sich auf einen umgestürzten Baumstamm, auf dem sich gleich darauf auch Travante niederließ. »Sputet Euch bitte; und wenn sich die Gelegenheit bietet, erkundigt Euch nach dem Heiligen Gral!«

»Ihr könntet vielleicht auch mein Anliegen zur Sprache bringen«, sagte Travante, »falls sich eine Lücke in der Unterhaltung auftut.«

»Ich werde tun, was ich kann.«

Madouc trat vorsichtig zum Rand des Waldes vor, wo sie ihre Kappe abnahm und ihre Locken ausschüttelte. Im Schatten einer weitausladenden Buche hielt sie inne und spähte über die Wiese, eine kreisförmige Fläche von hundert Schritt Durchmesser. In der Mitte erhob sich ein kleiner Hügel, in dem sich eine verkrüppelte Eiche mit den Wurzeln festkrallte. Madouc ließ den Blick prüfend über die Wiese gleiten, sah aber nur Blumen, die in der Brise mit den Köpfen nickten. Der einzige vernehmbare Laut war ein leises Murmeln, welches auch das Summen von Bienen und das Zirpen von Insekten hätte sein können; Madouc wußte gleichwohl, daß sie nicht allein war, erst recht, als ihr eine kecke Hand erst in die eine Backe ihres kleinen runden Hinterteils zwickte und gleich darauf in die andere. Eine Stimme kicherte leise; eine andere wisperte: »Unreife Äpfel, unreife Äpfel!«

Die erste Stimme flüsterte: »Wann wird sie es erfahren?«

Madouc rief entrüstet aus: »Von Elfenrechts wegen fordere ich euch auf: Ärgert mich nicht!«

Die Stimmen wurden höhnisch. »Und hochnäsig ist sie obendrein!« mokierte sich die erste.

»Mit der ist nicht gut Kirschen essen!« sagte die andere.

Madouc ignorierte die Bemerkungen. Sie schaute zum Himmel und entschied, daß es fast Mittag war. Mit leiser Stimme rief sie: »Twisk! Twisk! Twisk!«

Ein Moment verging. Als wäre ihr Blick plötzlich scharf geworden, sah Madouc vor sich auf der Wiese hundert schleierhafte Gestalten in unergründlichem Treiben. Über dem Hügel in der Mitte stieg wirbelnd ein Nebelschleier auf.

Madouc wartete und schaute dem Treiben mit kribbelnden Nerven zu. Wo war Twisk? Eine der Gestalten kam mit trägem Schritt auf sie zu geschlendert; im Näherkommen gewann sie zunehmend an Substanz, und schließlich erkannte Madouc die bezaubernden Züge der Elfe Twisk. Sie trug ein knielanges Gewand aus hauchfeinem Flor, das die Wirkung ihrer biegsamen und faszinierenden Konturen auf das vorteilhafteste unterstrich. Heute hatte sie ein blasses Lavendel als passende Farbe für ihr Haar gewählt; wie schon bei der ersten Begegnung umschwebte es ihren Kopf und ihr Antlitz wie eine weiche Wolke. Madouc sah das Gesicht forschend an, in der Hoffnung, darin Anzeichen von mütterlicher Güte zu entdecken. Twisks Gesichtsausdruck war jedoch teilnahmslos.

»Mutter!« schrie Madouc. »Ich bin glücklich, dich wiederzusehen!«

Twisk blieb stehen und maß Madouc von Kopf bis Fuß. »Dein Haar schaut aus wie ein Dohlennest«, hielt sie ihr vor. »Wo ist der Kamm, den ich dir geschenkt habe?«

Madouc antwortete hastig: »Ein paar Hanswurste vom Jahrmarkt haben mir mein Pferd Juno gestohlen, mitsamt Satteltasche, Sattel und Kamm.«

»Hanswurste und Unterhaltungskünstler sind ein unzuverlässiges Volk; laß dir dies eine Lehre sein. Auf jeden Fall mußt du dich fein machen, schon gar, wenn du an den Lustbarkeiten auf unserem großen Fest teilnehmen willst! Wie du sehen kannst, ist das fröhliche Treiben schon im Gange.«

»Ich weiß nichts von dem Fest, liebe Mutter. Auf Lustbarkeiten war ich nicht gefaßt.«

»Ach? Es wird eine großartige Festlichkeit werden! Schau doch nur, wie hübsch alles geschmückt ist!«

Madouc blickte über die Wiese und bemerkte, daß sich unterdessen alles verändert hatte. Die wirbelnden Nebelschwaden über dem Hügel hatten sich zu einer hohen Burg mit zwanzig Türmen verdichtet, an deren Spitzen lange Wimpel fröhlich im Winde flatterten. Vor der Burg waren Pfosten aus schneckenförmig gezogenem Silber und Eisen in die Erde gerammt worden, die, miteinander verbunden durch Blumengewinde, schmuckvoll einen langen Tisch umfriedeten, der sich unter der Last von köstlichen Speisen und geistigen Getränken in großen Flaschen schier bog.

Das Fest hatte offenbar noch nicht begonnen, wenngleich schon jetzt Elfen heiter und frohgelaunt auf der Wiese lustwandelten und tollten — bis auf einen, der auf einem Pfosten kauerte und sich unverwandt mit großer Emsigkeit kratzte.

»Ich bin wohl in einem glücklichen Augenblick angekommen«, sagte Madouc. »Was ist der Anlaß zu diesem frohen Fest?«

»Wir feiern ein bemerkenswertes Ereignis«, sagte Twisk. »Es ist die Befreiung Falaels von sieben langen Jahren des stetigen Juckens; König Throbius bestrafte ihn damit einst für seine Boshaftigkeit und Mutwilligkeit. Der Bannfluch wird bald abgelaufen sein; bis dahin sitzt Falael auf jenem Pfosten dort und kratzt sich so eifrig wie eh und je. So, und nun sage ich dir wieder einmal Lebewohl und wünsche dir eine glückliche Zukunft.«

»Warte!« schrie Madouc. »Freut es dich nicht, mich zu sehen, deine eigene liebe Tochter?«

»Nicht sonderlich, um die Wahrheit zu sagen. Deine

Geburt war schwer und wehvoll, höchst unerfreulich, und deine Gegenwart erinnert mich an die ganzen leidigen Umstände.«

Madouc schürzte die Lippen. »Ich werde sie aus meinem Kopf verbannen, wenn du das gleiche tust.«

Twisk lachte: ein heiteres, silberhelles Geläut. »Brav gesprochen! Meine Laune ist ein wenig aufgehellt! Was führt dich hierher?«

»Der übliche Grund. Ich bedarf deines mütterlichen Rates.«

»Richtig und normal! Schildere deine Not! Es ist doch nicht etwa eine Herzenssache!«

»Nein, Mutter! Ich will nur meinen Vater finden, damit ich endlich meinen Stammbaum kenne.«

Twisk stieß einen schallenden Schrei des Mißvergnügens aus. »Das Thema ist vollkommen uninteressant! Ich habe die Umstände längst vergessen! Ich erinnere mich an nichts!«

»Bestimmt wirst du dich an irgend etwas erinnern!« schrie Madouc.

Twisk machte eine beiläufige Geste. »Ein Augenblick der Leichtfertigkeit, ein Lachen, ein Kuß; warum sollte irgend jemand solche Dinge nach Ort, Datum, Mondphase und Banalitäten wie Namen oder gar Rang katalogisieren wollen? Begnüge dich mit dem Wissen, daß eine solche Begebenheit zu deiner Geburt führte; das ist genug.«

»Für dich, aber nicht für mich! Ich bin gespannt auf meine Identität, mithin den Namen meines Vaters.«

Twisk lachte ein glucksendes Spottlachen. »Ich kann ja nicht einmal meinen eigenen Vater namentlich benennen, geschweige denn deinen!«

»Aber mein Vater schenkte dir ein liebliches Kind; dies muß sich doch in dein Gedächtnis eingeprägt haben!«

»Hmmm. Das sollte man vermuten.« Twisk schaute über die Wiese. »Du hast mein Gedächtnis gekitzelt! Die

Begebenheit war fürwahr einzigartig. Ich kann dir dies sagen ...« Twisk schaute an Madouc vorbei in den Wald. »Wer sind diese ernsten Vaganten? Ihre Gegenwart drückt auf die Stimmung des Festes!«

Als Madouc sich umwandte, sah sie, daß Sir Pom-Pom aus dem Walde hervorgeschlichen war und jetzt nahe bei ihr stand. Nicht weit dahinter, aber noch im Schatten der Bäume, stand Travante.

Madouc wandte sich wieder Twisk zu. »Das sind meine Gefährten; auch sie suchen nach wichtigen Dingen. Sir Pom-Pom sucht den Heiligen Gral; Travante fahndet nach seiner Jugend, die ihm in einem Moment der Unachtsamkeit abhanden gekommen ist.«

Twisk sagte hochmütig: »Hättest du dich nicht für sie verwendet, wären sie womöglich zu Schaden gekommen!«

Ungeachtet des lodernden Blickes, mit dem Madouc ihn eben davon abzuhalten trachtete, trat Sir Pom-Pom vor. »O Elfendame von den Silbernen Augen, gestattet mir, Euch eine Frage zu stellen — nämlich diese: wo soll ich den Heiligen Gral suchen?«

»Ermittelt seinen Lageort und begebt Euch zu der Stelle; das ist mein kluger Rat.«

Travante sprach zaghaft: »Wenn Ihr mir den Weg zu meiner verlorenen Jugend weisen könntet, wäre ich Euch sehr dankbar.«

Twisk sprang hoch in die Luft, drehte sich wirbelnd im Kreise und landete sanft wieder auf dem Erdboden. »Ich bin doch kein Wegweiser. Ich weiß weder irgend etwas von christlichen Töpferwaren noch von verschleuderter Zeit! Und nun: Ruhe! König Throbius ist erschienen und wird seine Amnestie über Falael verhängen!«

Sir Pom-Pom murmelte: »Ich sehe nichts als Schatten und verschwommenes Gewölk.«

Travante wisperte beeindruckt: »Schaut noch einmal hin! Alles wird jetzt klar! Ich sehe die Burg und tausend bunte Ergötzlichkeiten!«

»Wahrhaftig! Jetzt sehe ich dasselbe!« stieß Sir Pom-Pom in atemlosem Erstaunen hervor.

»Psst! Kein Laut mehr!«

Das Burgportal, gefertigt aus perlenbesetztem Alabaster, schwang auf, und heraus trat mit majestätischen Schritten König Throbius, gefolgt von einem Dutzend rundgesichtiger Winzkobolde, die den Saum seiner langen purpurnen Schleppe hielten. Dem festlichen Anlaß entsprechend trug er eine Krone mit sechzehn silbernen Zacken, welche sich nach außen bogen und in funkelnden Spitzen aus weißem Feuer endeten.

König Throbius schritt bis an die Balustrade und hielt dort inne. Er ließ den Blick über die Wiese schweifen, wo alles ehrfurchtsvoll verstummte. Selbst Falael ließ für einen Moment von seinem Gekratze ab, um den König der Elfen zu bestaunen.

König Throbius hob die Hand. »Der heutige Tag markiert eine bedeutsame Epoche in unserem Leben, insofern als wir die Wiedergeburt von einem der Unseren feiern! Falael, du bist auf Abwegen gewandelt! Du hast dutzendfach Bosheiten ausgeheckt und Ränke geschmiedet und viele dieser Schliche und Machenschaften in die Tat umgesetzt! Für diese Vergehen wurdest du mit einem heilsamen Zustand bestraft, welcher zuallermindest deine Aufmerksamkeit voll in Anspruch genommen und zu einer erfreulichen Beendigung deines ränkevollen Treibens geführt hat! Je nun, Falael! Ich bat dich, vor dieser Versammlung zu sprechen und ihr von deiner Wiederherstellung zu berichten! Sprich! Bist du gerüstet für die Aufhebung des ›Bannfluchs des Scheußlichen Juckreizes‹?«

»Ich bin gerüstet!« schrie Falael mit Inbrunst. »In jeder Hinsicht und Beziehung und allseits, oben und unten, links und rechts, inwendig und auswendig: ich bin bereit!«

»Sehr gut! Hiermit hebe ich ...«

»Einen Augenblick!« rief Falael. »Ich verspüre ein

ganz besonders quälendes Jucken, das ich noch rasch zu lindern wünsche, bevor der Fluch aufgehoben wird.« Mit großem Eifer kratzte sich Falael an einer Stelle am Bauch. »Wohlan, Eure Majestät! Ich bin bereit!«

»Sehr gut! Hiermit hebe ich den Fluch von dir, und ich hoffe, Falael, daß die Unannehmlichkeiten deiner Strafe dich zu Geduld, Freundlichkeit und Selbstbeherrschung erzogen und dir deinen Hang zu üblen Streichen nachhaltig ausgetrieben haben!«

»Absolut, Eure Majestät! Alles ist jetzt anders! Man soll mich fürderhin nur noch als Falael, den Guten, kennen!«

»Das ist ein nobler Vorsatz, den ich gutheiße und lobe. Sieh zu, daß du ihn stets beherzigst! Nun denn! Das Fest soll beginnen! Alle müssen an Falaels Glück teilhaben! Ein letztes Wort noch! Da drüben stehen, wie ich bemerke, drei Wichte aus der Welt der Menschen — zwei Sterbliche und die geliebte Tochter unserer teuren Twisk! In unserer festlichen Stimmung heißen wir sie willkommen; daß mir sie ja keiner behelligt oder mit Streichen plagt, ganz gleich, wieviel Spaß dies auch bereiten mag! Heute regiert der Frohsinn, und alle sollen daran teilhaben!«

König Throbius erhob die Hand zum Gruße und begab sich zurück in die Burg.

Madouc hatte höflich den Ausführungen von König Throbius gelauscht; als sie sich wieder umwandte, sah sie, daß Twisk im Begriff war, sich davonzustehlen. Da rief sie angstvoll: »Mutter, wohin gehst du?«

Twisk schaute sich überrascht um. »Zu den andern, wohin sonst? Heut gibt es Tanz und Elfenwein die Fülle; Seine Majestät der König hat dir gestattet mitzufeiern; wirst du das tun?«

»Nein, Mutter! Tränke ich Elfenwein, würde mir schwindlig, und wer weiß, was dann womöglich passieren würde?«

»Aber willst du denn nicht wenigstens tanzen?«

Madouc schüttelte daraufhin lächelnd den Kopf. »Ich habe gehört, daß die, die mit den Elfen tanzen, nimmermehr aufhören können. Ich werde weder Wein trinken noch tanzen, und Sir Pom-Pom und Travante auch nicht.«

»Wie du willst. In dem Fall ...«

»Du wolltest mir doch von meinem Vater erzählen!«

Sir Pom-Pom trat vor. »Auch könntet Ihr vielleicht des Näheren erläutern, wie ich den Lageort des Heiligen Grals ermitteln soll, damit ich dort hingehen und ihn finden kann.«

Und Travante sagte zaghaft: »Ich würde schon einen vagen Fingerzeig bezüglich des Verweilortes meiner verlorenen Jugend begrüßen!«

»Ihr seid mir lästig mit Eurem ewigen Bohren«, sagte Twisk verdrießlich. »Fragt mich ein andermal.«

Madouc wandte sich zur Burg und schrie: »König Throbius! König Throbius! Wo seid Ihr? Kommt bitte sofort her!«

Twisk prallte bestürzt zurück. »Warum benimmst du dich so wunderlich? Solch Verhalten ist hier nicht Brauch!«

Eine tiefe Stimme ertönte; König Throbius höchstselbst stand zur Hand. »Wer ruft da meinen Namen mit solch unschicklichem Gekreisch, wie bei dräuendem Unheil?«

Twisk sprach mit honigsüßer Stimme: »Eure Majestät, es war nur ein Überschwappen von mädchenhafter Erregung; es tut uns leid, daß Ihr gestört wurdet.«

»Gar nicht«, sagte Madouc.

»Nun bin ich verwirrt«, sagte König Throbius. »Was denn nun: Warst du nicht erregt oder tut es dir nicht leid?«

»Weder noch, Eure Hoheit!«

»Nun denn — was trieb dich dann zu einem solch wilden Ausbruch?«

»In Wahrheit, Eure Hoheit, hatte ich den Wunsch,

meine Mutter in Eurer Gegenwart zu befragen, damit Ihr ihrem Gedächtnis vielleicht auf die Sprünge helfen könntet, sollte es stocken oder gar versagen.«

König Throbius nickte weise. »Und was für Erinnerungen wolltest du erforschen?«

»Die Identität meines Vaters und die Natur meines Stammbaums.«

König Throbius schaute Twisk finster an. »Soweit ich mich entsinne, gereichte dir die Episode nicht gerade zur Ehre.«

»Das wohl nicht, aber zur Schande nun auch nicht unbedingt«, sagte Twisk, jetzt sichtbar beschämt. »Es war wie es war, und Schluß.«

»Und wie verlief jene Episode im einzelnen?« fragte Madouc.

»Das ist eine Geschichte, die nicht für unreife Ohren geeignet ist«, sagte König Throbius. »Aber in diesem Fall müssen wir eine Ausnahme machen. Twisk, willst du die Geschichte erzählen, oder muß ich diese Pflicht auf mich nehmen?«

Twisks Antwort war mürrisch. »Die Geschehnisse sind sowohl lächerlich als auch peinlich. Sie sind nicht so, daß man sie stolz hinausposaunen wollte, weshalb ich es vorziehe, mich in Zurückhaltung zu üben.«

»Dann werde ich die Episode erzählen. Zuvörderst jedoch will ich darauf aufmerksam machen, daß Verlegenheit die Kehrseite von Eitelkeit ist.«

»Ich hege eine tiefe Bewunderung für mich selbst«, sagte Twisk. »Ist das Eitelkeit? Hierüber ließe sich gewiß streiten.«

»Der Begriff mag zutreffend sein oder auch nicht. Ich werde nun in eine Zeit zurückgehen, die einige Jahre zurückliegt. Twisk hielt sich schon damals — wie heute — für eine große Schönheit — die sie zweifelsohne war und ist. In ihrer Tollheit reizte und neckte sie den Troll Mangeon, indem sie ihm erst stolz ihre Reize zur Schau stellte, um dann behende seinem Zugriff zu entspringen und sich schadenfroh und hohnvoll an seiner Liebespein zu weiden. Mangeon, zutiefst in seinem Mannesstolz gekränkt, geriet darob in hitzige Wut und beschloß, ihr freches Betragen zu ahnden. Eines Tages schlich er sich unbemerkt an Twisk heran, ergriff sie, schleppte sie den Wamble-Pfad hinauf zum Munkins-Weg und kettete sie an den Pfosten Idilra, der neben der Kreuzung steht. Sodann sprach der Troll Mangeon einen Zauberspruch des Inhalts, daß die Ketten erst dann gelöst werden könnten, wenn Twisk drei Wandersleute dazu bewegt hätte, einen erotischen Akt an ihr zu vollziehen. Twisk mag sich nun, so sie dazu geneigt ist, ausführlich über die Begebenheit auslassen.«

»Ich bin nicht dazu geneigt«, sagte Twisk ungehalten. »Gleichwohl werde ich — in der Hoffnung, daß meine Tochter aus meinem Irrtum lernt — die genauen Umstände detailliert darlegen.«

»Sprich«, sagte König Throbius.

»Da gibt es wenig zu erzählen. Der erste, der des Weges kam, war der Ritter Sir Jaucinet von Wolkenburg in Dahaut. Er war sowohl höflich als auch einfühlend und hätte auch länger bei mir verharrt, als vielleicht eigentlich nötig gewesen wäre, aber ich entließ ihn schließlich, da es zu dämmern begann und ich nicht andere Wandersleute abschrecken wollte. Der zweite, der vorüberkam, war Nisby, ein Ackerknecht, der auf dem Heimweg vom Felde war. Er war höchst hilfreich — in einer ungestümen und ungeschlachten, aber kraftvollen Manier. Er verschwendete keine Zeit, da er, wie er erklärte, Speck zum Abendbrot erwartete. Ich war wild darauf erpicht, noch vor Einbruch der Nacht freizukommen, und daher erleichtert, als er schließlich schied. Doch weh! Ich sollte schwer enttäuscht werden! Die Dämmerung wich der Nacht; der Mond war voll; er schien so hell als wie ein Wappenschild aus blankem Silber vom Himmel herab. Des Weges kam jetzt eine schattenhafte, schwarz verhüllte Männergestalt mit einem breitkrempigen Hut auf dem Haupt, welcher ihr Gesicht gegen das Mondlicht abschirmte, so daß ihre Züge nicht zu erkennen waren. Der Mann kam langsam näher, nach jedem dritten Schritt kurz innehaltend, aus Wachsamkeit oder vielleicht aus einer achtlosen Gewohnheit heraus. Ich fand ihn bar jeden Liebreizes und rief ihn nicht an, daß er mich von dem Pfosten befreie. Dessen ungeachtet erblickte er mich im Mondlicht und blieb jählings stehen, mich zu taxieren. Weder seine Haltung noch sein Schweigen vermochten meine bösen Ahnungen zu vertreiben; aber ich konnte mich ja wegen der Kette und ihrer Verknüpfung mit dem Pfosten Idilra nicht entfernen. Also machte ich aus der Not eine Tugend und blieb, wo ich war. Mit langsamem und bedächtigem Schritt näherte sich der fremde Wandersmann mir und zwang mir schließlich seinen Willen auf. Wo Nisby grob und hastig gewesen war und der Ritter Sir Jaucinet elegant und gefällig, da ging der dunkle Fremdling mit einem furiosen Eifer zu Werke, dem es an jeder Empfindsamkeit fehlte; nicht einmal seinen Hut nahm er ab! Und er nannte weder seinen Namen noch sprach er sonst auch nur ein einziges Wort. Unter diesen Umständen blieb meine Reaktion auf kalte Verachtung beschränkt.«

»Die Sache nahm schließlich ihren Lauf, und ich war frei. Der dunkle Mann ging durch das Mondlicht davon; sein Gang war noch langsamer und bedächtiger als vorher. Ich eilte zurück nach Thripsey Shee.«

In diesem Moment gesellte sich Königin Bossum, gehüllt in ein prächtiges, mit funkelnden Saphiren besetztes Gewand aus schimmerndem Spinngewebe, zu König Throbius, der sich umwandte und sie mit vollendeter Höflichkeit begrüßte.

Twisk fuhr mit ihrer Erzählung fort. »Nach gehöriger Frist wurde ich von einem Mägdelein entbunden, welches mich aufgrund seiner Abkunft weder mit Freude noch mit Stolz erfüllte. Bei der erstbesten Gelegenheit und ohne sonderliche Reue vertauschte ich es gegen den Knaben Dhrun, und der ganze Rest ist bekannt.«

Madouc seufzte bekümmert. »Der Fall ist noch verworrener als zuvor! Bei wem soll ich nun meinen Stammbaum suchen? Bei Nisby? Bei Sir Jaucinet? Bei dem dunklen Wesen aus den Schatten? Muß es einer von diesen dreien sein?«

»Das möchte ich annehmen«, sagte Twisk. »Garantieren kann ich freilich nichts.«

»Das ist alles höchst unerquicklich«, sagte Madouc.

Twisk sagte ungeduldig: »Damals ist damals! Jetzt ist jetzt, und jetzt ist das Fest! Die Luft prickelt schier vor Munterkeit; sieh, wie die Elfen tanzen und spielen! Beachte Falael und die lustigen Kapriolen, die er macht! Wie er sich über seine Befreiung freut!«

Madouc wandte den Blick auf das fröhliche Treiben. »Er ist in der Tat sehr rege. Dennoch, liebe Mutter, bevor du dich dem Gelage hingibst, brauche ich einen weiteren Rat von dir.«

»Den sollst du gern bekommen! Ich rate dir, die Madling-Wiese schnurstracks zu verlassen! Der Tag schwindet, und bald wird die Musik beginnen. Wenn du trödelst, könnte es dir womöglich widerfahren, daß du die ganze Nacht lang hier zu verweilen genötigt bist — was zu deinem Leidwesen wäre. Deshalb sage ich dir jetzt Lebewohl!«

König Throbius war unterdessen mit seiner galanten Begrüßung zum Ende gekommen und hatte sich rechtzeitig wieder umgewandt, um Twisks Rat an Madouc mitzuhören. Was er vernahm, erregte seinen Mißmut. Er rief: »Twisk, ich heiße dich bleiben!« Er schritt vorwärts, und die zwölf rundgesichtigen Winzkobolde, die seine Schleppe trugen, mußten hastig trippeln und hüpfen, um Schritt zu halten.

König Throbius blieb stehen und machte eine majestätische Geste der Ermahnung. »Twisk, dein Betragen erzeugt einen Mißklang an diesem Freudentag. In

Thripsey Shee sind ›Redlichkeit‹, ›Treue‹ und ›Wahrheit‹ nicht bloß Schlagworte, die man bei der erstbesten Unannehmlichkeit mißachten darf! Du mußt deiner Tochter pflichtgetreu beistehen, auch wenn sie eine seltsame kleine Schrulle sein mag!«

Twisk reckte verzweifelt die Arme in die Luft. »Majestät, ich bin ihren Wünschen bereits bis zum Überdruß entgegengekommen! Bis gerade eben hatte sie keine Eltern, bis auf mich, ihre Mutter; nun kann sie wählen zwischen drei Vätern, jeder mit seinem eigenen Stammbaum. Ich hätte ihr kaum eine größere Auswahl bieten und dabei dennoch meine Würde wahren können.«

König Throbius nickte beifällig. »Ich lobe dein Feingefühl.«

»Danke, Eure Majestät! Darf ich jetzt zu den Feiernden stoßen?«

»Noch nicht! Wir sind uns bis zu diesem Grade einig: Madouc hat eine breite Auswahl. Wollen wir nun hören, ob sie damit zufrieden ist.«

»Überhaupt nicht!« schrie Madouc. »Der Fall ist vertrackter denn je!«

»Wieso?«

»Ich habe Wahlmöglichkeiten, aber wohin führen sie? Mich schaudert bei dem Gedanken an den Stammbaum, den ich von der dunklen Gestalt bekommen könnte.«

»Aha! Ich glaube, ich verstehe dein Dilemma!« König Throbius wandte sich zu Twisk. »Kannst du dieses Problem lösen, oder muß ich mich einschalten?«

Twisk zuckte die Achseln. »Meine Bemühungen haben offenbar nichts gefruchtet. Madouc, Seine Hoheit hat dir ihren Beistand angeboten; ich schlage vor, daß du ihn annimmst, jedoch nicht, ohne dich zuvor zu erkundigen, welche Gegenleistung er fordert. Das ist der kluge Rat einer Mutter.«

König Throbius sprach ernst: »An diesem Freudentage werde ich tun, was getan werden muß, und nichts als Gegenleistung fordern! So lausche nun meinen Anweisungen! Bring deine drei mutmaßlichen Väter hierher, an diese Stelle: Nisby, Sir Jaucinet und das dunkle Wesen. Stelle sie nebeneinander, Seite an Seite; ich werde augenblicklich deinen Vater identifizieren und die Länge seines Stammbaums ermitteln!«

Madouc überlegte einen Moment. »Alles schön und gut, aber was, wenn die drei sich weigern, nach Thripsey Shee zu kommen?«

König Throbius bückte sich und hob einen Kiesel vom Erdboden auf. Er hielt ihn an seine Stirn, an seine Nase, an sein Kinn und schließlich an die Spitze seiner Elfenzunge. Dann überreichte er den Kiesel Madouc. »Wen du mit diesem Stein berührst, der muß dir folgen, wohin immer du ihn führst, oder auf dein Geheiß stillstehen, bis du sein Hinterteil mit diesem selben Stein berührst und ausrufst: ›Hebe dich hinweg!‹ Vermittels dieses Kieselsteines kannst du die drei dazu bewegen, mit dir hierher zu kommen.«

»Danke, Eure Hoheit! Doch bleibt noch immer ein Detail ungeklärt.«

»Und das wäre?«

»Wo soll ich diese Individuen finden?«

König Throbius zog die Stirn kraus. »Das ist eine gute Frage. Twisk, was ist deine Meinung dazu?«

»Eure Majestät, ich weiß nichts mit Sicherheit. Nisby kam aus der Richtung der Dilly-Heide; Sir Jaucinet erwähnte die Wolkenburg in Dahaut; und was den dritten anbelangt, so weiß ich überhaupt nichts.«

König Throbius bedeutete Madouc, für einen Moment beiseite zu treten. Die zwei berieten sich mehrere Minuten, dann winkte der König Madouc wieder zu sich. »Das Problem hat — wie immer — eine Lösung.«

»Das ist eine gute Kunde!« rief Madouc. »Gewiß hat meine liebe Mutter Twisk sich erboten, die drei zu suchen!«

König Throbius hob die Hand, um Twisks unverzüglichen Protestschrei zu ersticken. »Die Möglichkeit wurde diskutiert und verworfen. Unser Plan ist weitaus listiger! Nicht du sollst nach diesen drei Individuen fahnden; sie sollen statt dessen nach dir suchen!«

Madouc ließ verdutzt die Kinnlade fallen. »Ich verstehe nicht.«

»Dies ist der Plan: ich werde in alle Himmelsrichtungen eine Information ausstreuen. Bosnip! Wo ist Bosnip?«

»Hier bin ich, Majestät!«

»Verfertige ein exaktes Protokoll des folgenden Dekrets. Bist du bereit?«

Bosnip, der Königliche Schreiber, zog einen Bogen Maulbeerpapier, ein Fäßchen Küchenschabentinte und einen langen Federkiel hervor. »Majestät, ich bin bereit!«

»Dies ist das Dekret; schreibe in deiner besten Schnörkelschrift:

Kann irgend jemand die Strafe vergessen, mit welcher einst der Stolz und der Hochmut der Elfe Twisk an dem Pfosten Idilra geahndet ward? Nun muß auch ihre gleichermaßen schöne Tochter gezüchtigt werden; ist es nicht eine Schande? Wie Twisk reizte und neckte sie, um dann davonzurennen und sich zu verbergen. Die Strafe ist gerecht: wie Twisk wird sie an den Pfosten Idilra gefesselt, bis sie, wie weiland ihre Mutter, von einem mitfühlenden Passanten erlöst wird.

So spreche ich, Throbius von Thripsey Shee, der König.

Bosnip schrieb mit Konzentration; die Spitze seines schwarzen Federkiels huschte hurtig über das Papier. König Throbius fragte: »Hast du diese Worte übertragen?«

»Im exakten Wortlaut und in feinster Schrift, Majestät!«

»Das also soll mein Erlaß sein«, sagte König Throbius. »Er soll allen zur Kenntnis gebracht werden, außer den Ogern Fuluot, Carabara, Gois sowie dem dreiköpfigen Throop. Nisby wird ihn vernehmen, Sir Jaucinet und auch das dunkle Wesen, wie immer sein Name lauten und welcher Natur auch immer es sein mag.«

Während Madouc der Verlautbarung lauschte, war ihr abermals vor Staunen der Mund aufgegangen. Schließlich fragte sie mit erstickter Stimme: »Besteht das der listige Plan darin, daß ich an den Pfosten Idilra gekettet und dort unaussprechlichen Handlungen unterworfen werden soll?«

König Throbius erläuterte die Details seines Plans mit geduldiger, wenn auch etwas dröhnender Stimme: »Unsere Theorie ist, daß die drei Personen, die Twisk befreiten, den Wunsch verspüren werden, dir in gleicher Manier behilflich zu sein. Wenn sie sich nähern, erpicht darauf, ihre guten Dienste zu vollziehen, brauchst du sie bloß mit dem Kiesel zu berühren, und schon hast du sie in deiner Gewalt.«

Madouc entdeckte eine schwache Stelle an dem Plan. »Habt Ihr es noch nicht bemerkt? Mir fehlen die Attribute meiner Mutter Twisk! Wird einer der drei die Neigung verspüren, sich dem Pfosten auch nur zu nähern? Ich sehe sie schon vor meinen Augen, wie sie des Weges gehastet kommen, mich wahrnehmen, jählings innehalten, sich abwenden und wieder davonlaufen, unbekümmert um mein Schicksal.«

»Der Einwand ist nicht von der Hand zu weisen«, sagte König Throbius. »Ich werde einen Blendzauber über dich werfen, auf daß die Leute in Bann geschlagen sind und dich fälschlich für ein Wesen von verführerischem Liebreiz halten.«

»Hmmf«, sagte Madouc. »So wird es denn wohl sein müssen.«

»Der Plan ist vernünftig«, sagte Twisk.

Madouc war gleichwohl immer noch nicht vollständig überzeugt. »Könnte es nicht sein, daß unser Plan auf irgendeine unvorhergesehene Weise fehlschlägt? Angenommen, der Kiesel verlöre seine Kraft, so daß ich wohl oder übel befreit würde, obgleich ich einer solchen Hilfe gar nicht bedürfte?«

»Das Risiko müssen wir eingehen«, sagte König Throbius. Er trat einen Schritt vor, bewegte hurtig die Finger über Madoucs Haupt, als streue er eine unsichtbare Substanz darauf, murmelte einen Kantrap von neunzehn Silben, berührte ihr Kinn und trat wieder zurück. »Der Blendzauber ist nun geworfen. Willst du seine Wirkung entfachen, ziehe mit den Fingern deiner rechten Hand an deinem linken Ohr. Willst du ihn außer Kraft zu setzen, zupfe mit den Fingern deiner linken Hand an deinem rechten Ohr.«

Madouc fragte eifrig: »Soll ich es einmal probieren?«

»Wie du möchtest! Du wirst die Veränderung jedoch nur in Bezug auf ihre Wirkung auf andere wahrnehmen; du selbst wandelst dich nicht.«

»Dann will ich den Blendzauber nun einmal probehalber in seiner Wirkung überprüfen.« Madouc zupfte mit den Fingern der rechten Hand an ihrem linken Ohr und wandte sich Sir Pom-Pom und Travante zu. »Könnt ihr eine Veränderung feststellen?«

Sir Pom-Pom sog tief Luft ein und schien die Zähne aufeinanderzupressen. »Die Wandlung ist unübersehbar.«

Travante vollführte eine ungestüme, wenn auch beherrschte Geste. »Laßt mich den Wandel beschreiben. Ihr seid nun ein schlankes Mägdelein von vollkommener Gestalt. Eure Augen sind so blau wie das warme Sommermeer; sie sind sanft und gütig und blicken aus einem Antlitz von herber Süße heraus, einem Antlitz, welches klug ist und schelmisch und von nachgerade quälender Faszination. Weich schwingende, kupfergoldene Locken umrahmen dieses Antlitz; das Haar duftet nach dem Aroma von Zitronenblüten. Eure Gestalt reicht hin, um selbst den stärksten Mann schwach zu machen. Der Blendzauber ist höchst wirksam.«

Madouc zog mit den Fingern der linken Hand an ihrem rechten Ohr. »Bin ich jetzt wieder ich?«

»Ja«, sagte Sir Pom-Pom mit Bedauern. »Ihr seid wieder wie immer.«

Madouc stieß einen Seufzer der Erleichterung aus. »Mit dem Blendzauber über mir fühle ich mich doch ziemlich auffällig.«

König Throbius lächelte. »Du mußt lernen, dieses Empfinden zu ignorieren, ist doch in deinem Fall der Blendzauber nicht mehr denn eine Widerspiegelung der nahen Zukunft.« Er wandte den Blick himmelwärts und gab ein Zeichen. Herunter flog ein kleiner grüner Faylet mit flordünnen Schwingen. König Throbius instruierte ihn: »Rufe deine Vettern zusammen und fliegt hierhin und dorthin, auf daß alle Kreaturen in der Umgebung, mit Ausnahme Fuluots, Carabaras, Gois' sowie des dreiköpfigen Throop, den Wortlaut des Dekrets erfahren, welches Bosnip dir jetzt vorlesen wird. Drei insbesondere müssen es hören: Sir Jaucinet von Wolkenburg, der Ackerknecht Nisby und das gesichtslose Wesen, das beim Mondschein draußen umherwandelt und einen breitkrempigen schwarzen Hut aufhat.«

Der Faylet flog davon. König Throbius entbot Madouc einen feierlichen Abschiedsgruß. »Ich bin sicher, unsere kleine List wird ihren Zweck erfüllen, ohne Fehler oder Schwierigkeit. Zu gehöriger Zeit ...« Ein plötzlicher Tumult auf der anderen Seite der Wiese erregte seine Aufmerksamkeit. Er sprach verblüfft: »Ist das möglich? Shemus und Womin, beidesamt Beamte von hohem Rang, liegen miteinander im Hader!«

König Throbius marschierte über die Wiese, so geschwind, daß die Winzkobolde, die seine Schleppe trugen, von den Füßen gerissen wurden und im hohen Bogen durch die Luft segelten.

König Throbius schritt zu einem Areal, auf welchem ein langer Tisch mit einer reichen Auswahl feiner Nahrungsmittel stand: Götterblut und Weine in kuriosen

Glasflaschen; Backwerk, das mit Pollen von Löwenzahn, Butterblume und Krokus bestreut und mit schneckenhausförmigen Häubchen von Wolfsmilchsahne allerliebst verziert war; Torten von roter und schwarzer Johannisbeere; kandierte Holzäpfel und Gelees; kandierter Nektar von Zaunrose, Rose und Veilchen. Neben dem Tisch hatte sich ein Wortwechsel unversehens in ein Getümmel aus Schreien, Hieben und Flüchen verwandelt. Die streitenden Parteien waren Womin, seines Zeichens Königlicher Registrator von Rechtmäßigkeiten, und Shemus, der Königliche Ritualienverwalter. Shemus hatte mit einer Hand Womin beim Bart gepackt und haute ihm mit der anderen kraftvoll einen hölzernen Becher auf den Kopf, aus dem er zuvor Pastinakbier getrunken hatte.

König Throbius fragte barsch: »Was soll dieses gemeine Geprügel? Dieses Benehmen ist schimpflich an einem solchen Freudentag wie dem heutigen!«

Shemus schrie wutentbrannt: »Ich würde Euch da in jeder Hinsicht beipflichten, Eure Hoheit, hätte ich nicht einen scheußlichen Affront von diesem rattenzahnigen alten Aasgeier erleiden müssen!«

»Was hat sich zugetragen? Beschreibe doch dein Leiden!«

»Nur zu gern! Dieser verkommene Registrator glaubte, mir einen üblen Streich spielen zu müssen! Als ich mich für einen Moment abwandte, steckte er mir seinen stinkenden Strumpf in meinen Becher Pastinakbier.«

König Throbius wandte sich Womin zu. »Und welches war dein Beweggrund?«

»Ich hatte keinen Beweggrund!«

»Keinen?«

»Keinen! Und zwar aus diesem Grund: ich war nicht an der Tat beteiligt! Die Anschuldigung ist ungerechtfertigt! Dort sitzt Falael, der den gesamten Vorgang mit eigenen Augen verfolgte; er wird meine Unschuld bezeugen!«

König Throbius schwang seinen Leib herum. »Nun denn, Falael: laß uns dein Zeugnis hören.«

»Ich flocht just in dem Moment eine Gänseblümchenkette«, sagte Falael. »Meine Konzentration war ganz auf mein Werk gerichtet; ich sah nichts von dem Vorfall.«

»Wie auch immer, ich bin schuldlos«, erklärte Womin. »Angesichts meiner Reputation kann nur jemand, der anstelle eines Hirns Kochkäse im Kopfe hat, etwas anderes denken.«

»Von wegen!« zeterte erbost Shemus. »Wenn du unschuldig bist, warum trägst du dann bloß einen Strumpf? Und wie kommt es, daß der Strumpf, den ich in meinem Bier vorfand, von der gleichen dunkelbraunen Farbe ist wie der an deinem Bein?«

»Das ist mir ein Rätsel!« behauptete Womin. »Eure Hoheit, hört mich zu Ende an! Die schuldige Partei ist zweifelsohne diese versoffene alte Kröte, die hier herumwettert, als sei sie von Sinnen! Er versetzte mir mehrere harte Hiebe und tunkte unterdessen meinen Strumpf in sein widerliches Gesöff, in das er zweifellos zuvor hineingeschnieft und -geschneuzt hatte.«

Shemus stampfte zornentbrannt mit dem Fuß auf. »Diese Bemerkung ist eine weitere Provokation, die mindestens noch zwei zusätzliche Hiebe verdient!« Shemus hätte Womin aufs neue gezüchtigt, wäre nicht König Throbius machtvoll dazwischengetreten.

»Hört sofort mit dieser Narretei auf! Offensichtlich ist ein Irrtum geschehen; laßt uns die Sache nicht noch weiter treiben!«

Womin und Shemus drehten einander den Rücken zu, und der Friede war wiederhergestellt. König Throbius kehrte zu Madouc zurück und sprach: »Ich sage dir einstweilen Lebewohl. Wenn du mit deinen drei Herren zurückkehrst, werden wir einen von ihnen gewiß als deinen Vater identifizieren, und du wirst deinen Stammbaum kennenlernen.«

Sir Pom-Pom vermochte seine eigenen drängenden

Nöte nicht länger zu bezähmen. »Bitte, Eure Hoheit! Auch ich benötige Instruktionen! Wie soll ich den Heiligen Gral finden?«

König Throbius schaute verdutzt Twisk an. »Was ist denn der ›Heilige Gral‹?«

»Ich habe von dem Gegenstand schon einmal gehört, Eure Hoheit. Vor langer Zeit einmal sprach Sir Pellinore von einem solchen Artikel. Ich glaube, es ist ein Pokal oder etwas in der Art.«

»Es ist ein Kelch, der den Christen heilig ist«, erläuterte Sir Pom-Pom. »Ich bin sehr erpicht darauf, ihn zu finden, auf daß ich mir eine königliche Belohnung verdiene.«

König Throbius zupfte sich am Bart. »Ich weiß nichts von einem solchen Gefäß; du mußt dich anderswo erkundigen.«

Auch Travante erkühnte sich, eine Frage zu stellen. »Vielleicht kann Eure Hoheit mir sagen, wo ich nach meiner verlorenen Jugend suchen könnte.«

Wieder zupfte König Throbius an seinem Bart. »Hast du sie verlegt oder wahrhaftig verloren? Erinnerst du dich an irgendwelche der mit dem Verlust zusammenhängenden Umstände?«

»Zu meinem Leidwesen nicht, Eure Hoheit. Ich hatte sie; ich verlor sie; weg war sie.«

König Throbius schüttelte skeptisch den Kopf. »Nach solch langer Vernachlässigung kann sie fast überall sein. Ich rate dir, halte beim Wandern aufmerksam nach ihr Ausschau. Und ich sage dir ferner: wenn du sie findest, sei flink und ergreife sie hurtig!« König Throbius langte hoch in die Luft und holte einen silbernen Reif von zwei Fuß Durchmesser herunter. »Wenn du findest, was du suchst, fang es mit diesem Reif. Er gehörte einstmals der Nymphe Atalanta und ist schon in sich eine große Besonderheit.«

»Ich danke Eurer Hoheit.« Travante hängte sich den Reif behutsam über die Schulter.

König Throbius und Königin Bossum verabschiedeten sich mit einer würdevollen Verbeugung und schlenderten davon. Noch während sie über die Wiese dahinschritten, brach ein neuer Tumult in der Nähe des langen Tisches aus, und wieder war Womin darin verwickelt. Der Tumult bestand aus Schreien, wütendem Gekeife und empörten Gebärden. Allem Anschein nach hatte irgend jemand den Strumpf, der Womin noch verblieben war, in geschickter Manier stibitzt und an den kunstvoll frisierten Haarschopf der Kastellanin Batinka geheftet, wo er einen lächerlichen und demütigenden Anblick bot. Als Batinka des Streiches innegeworden war, hatte sie Womin herb gescholten und in die Nase gezwickt. Der für gewöhnlich sanftmütige Womin hatte daraufhin — nach Rücksprache mit dem vorgeblichen Augenzeugen Falael — dergestalt Vergeltung geübt, daß er Batinkas Gesicht in einen Napf mit Pudding getunkt hatte. An diesem Punkt intervenierte König Throbius. Batinka führte Womins Missetaten auf, die Womin allesamt leugnete, ausgenommen den Zwischenfall mit dem Pudding. Und wieder behauptete er, daß Falael seine Schuldlosigkeit bezeugen könne. Wie schon zuvor forderte König Throbius Falael auf, den exakten Tathergang zu schildern, und wie beim ersten Mal sagte Falael aus, er sei so sehr in die Fertigung seiner Gänseblümchenkette vertieft gewesen, daß ihm alle anderen Vorkommnisse in seiner Umgebung entgangen seien.

König Throbius dachte einen Moment lang über den Fall nach, dann wandte er sich wieder an Falael: »Wo ist die Gänseblümchenkette, mit deren Fertigung du so emsig beschäftigt warst?«

Falael war verblüfft ob dieser unerwarteten Frage. Er blickte hierhin und dorthin und schrie schließlich: »Aha! Hier ist sie!«

»Was du nicht sagst! Bist du sicher?«

»Natürlich!«

»Und du hast also während beider Zwischenfälle mit

Womin eifrig an dieser Girlande geflochten, ohne auch nur einmal den Blick zu heben? So jedenfalls hast du es bezeugt.«

»Dann muß es wohl auch so sein, ist es doch allgemein bekannt, daß ich in derlei Dingen ein rechter Kleinigkeitskrämer bin.«

»Ich zähle neun Blumen an dieser Girlande. Es sind Ringelblumen und keine Gänseblümchen. Was sagst du dazu?«

Falael schaute nervös in die eine Richtung und dann in die andere. »Ich habe nicht groß Obacht gegeben, Eure Majestät.«

»Falael, alle Anzeichen lassen darauf schließen, daß du die Unwahrheit gesagt, falsches Zeugnis abgelegt, üble Streiche begangen und versucht hast, deinen König zu täuschen.«

»Es ist gewiß ein Irrtum, Eure Hoheit!« schrie Falael, und seine Miene troff von lauterster Unschuld.

Aber König Throbius ließ sich nicht hinters Licht führen. Mit grabesschwerer Stimme und ungeachtet Falaels schriller Proteste verhängte er eine Strafe von abermals sieben Jahren quälenden Juckreizes gegen den Missetäter. Falael schlich kummervoll zu seinem Pfosten, kauerte sich darauf und begann sogleich wieder, sich heftig und ausgiebig zu kratzen.

König Throbius rief: »Möge das Fest weitergehen, auch wenn wir es nunmehr eher als eine Feier der Hoffnung denn als eine der Vollbringung betrachten müssen!«

Unterdessen hatte Twisk Madouc und ihren Begleitern Lebewohl gesagt. »Es war ein Vergnügen, dich wiedergesehen zu haben! Vielleicht werden wir uns eines Tages in einer anderen Zeit ...«

»Aber gute Mutter Twisk!« schrie Madouc. »Hast du denn schon vergessen? Ich werde bald nach Thripsey Shee zurückkehren!«

»Das stimmt«, seufzte Twisk, »vorausgesetzt, du bleibst von den Gefahren des Waldes verschont.«

»Sind die denn so schlimm?«

»Manchmal ist der Wald lieblich und heiter«, sagte Twisk. »Manchmal jedoch lauert das Böse hinter jedem Baumstumpf. Erforsche nur ja nicht den Morast, der den Wamble-Pfad säumt; die langhalsigen Hezeptoren werden aus dem Schleim emportauchen. In der Wasserrinne unweit des Morastes haust der Troll Mangeon; meide auch ihn. Wandere nicht westwärts auf dem Munkins-Weg; du kämest zur Burg Doldil, dem Sitz des dreiköpfigen Ogers Throop. Er hat schon manch tapferen Rittersmann eingesperrt und viele verzehrt, unter anderem wohl auch den braven Sir Pellinore.«

»Und wo sollen wir des Nachts schlafen?«

»Nehmt keine Gastfreundschaft an! Das käme euch teuer zu stehen! Nimm dieses Schnupftuch.« Twisk überreichte Madouc ein viereckiges Tuch aus rosafarbener und weißer Seide. »Breite es bei Sonnenuntergang auf dem Gras aus und rufe ›Aroisus!‹ Es wird sich in ein Zelt verwandeln, das euch sowohl Obdach als auch sicheren Schutz gewährt. Am Morgen rufe dann: ›Deplectus!‹, und das Zelt wird wieder zum Schnupftuch schrumpfen. Und nun ...«

»Warte! Welches ist der Weg zum Pfosten Idilra?«

»Du mußt die Wiese überqueren und unter dem hohen Eschenbaum hindurchgehen. Doch achte beim Gehen nicht auf das Fest! Koste keinen Wein; und laß dich nicht dazu verleiten, auch nur den kleinen Zeh zur Elfenmusik zu bewegen! Neben dem Eschenbaum führt der Wamble-Pfad nach Norden; nach zwölf Meilen kommst du an die Stelle, da er den Munkins-Weg kreuzt, und da steht der Pfosten Idilra, der Ort meiner schweren Prüfungen.«

Madouc sagte in begütigendem Ton: »Es war letztendlich eigentlich doch ein glückliches Ereignis, wäre ich doch ohne es jetzt nicht hier und erfreute dein Herz!«

Twisk konnte ein Lächeln nicht unterdrücken. »Du

kannst bisweilen ganz anziehend sein, mit deinen traurigen blauen Augen und deinem wunderlichen kleinen Gesicht! Leb wohl, und paß auf dich auf!«

Madouc, Sir Pom-Pom und Travante gingen über die Madling-Wiese zu dem Eschenbaum und wanderten auf dem Wamble-Pfad nach Norden. Als die Sonne sank, legte Madouc das Schnupftuch auf das Gras einer kleinen Lichtung am Wegesrand und rief: »Aroisus!« Sofort wurde aus dem Schnupftuch ein Zelt, das mit drei weichen Betten sowie einem Tisch möbliert war, auf dem nahrhafte Speisen und Flaschen mit Wein und Bitterbier zum Verzehr bereitstanden.

Während der Nacht waren eigenartige Geräusche aus dem Wald zu hören, und mehr als einmal drang das Stapfen von schweren Schritten vom Wamble-Pfad durch den dünnen Zeltstoff an ihre Ohren. Und bei jedem Mal blieb das Wesen stehen, um das Zelt zu besichtigen, und ging dann nach einem Moment des Überlegens weiter, seinem unbekannten Geschäft nach.

4

Die Strahlen der Morgensonne fielen durch die Baumwipfel und malten leuchtend rote Kleckse auf die rosafarbene und weiße Seide des Zeltes. Madouc, Sir Pom-Pom und Travante erhoben sich aus ihren Betten. Auf dem Gras vor dem Zelt glitzerte Tau. Der Wald war still; nur hier und da zwitscherte ein Vogel.

Die drei frühstückten an dem üppig gedeckten Tisch, dann rüsteten sie sich zum Aufbruch. Madouc rief: »Deplectus!«, und das Zelt schrumpfte zu einem rosafarbenen und weißen Schnupftuch, das Madouc in ihren Ranzen steckte.

Die drei wanderten weiter den Wamble-Pfad hinauf. Den Rat König Throbius' beherzigend, hielten sowohl

Sir Pom-Pom als auch Travante sorgfältig Ausschau nach den Gegenständen ihrer jeweiligen Suche.

Der Pfad führte hart am Rande eines gurgelnden schwarzen Sumpfes entlang, der von Prielen dunklen Wassers durchzogen war. Büschel von Schilf, Kletten und Seegras sprenkelten die Oberfläche des Sumpfes, und hier und da ragte eine verkrüppelte Weide oder halbverfaulte Erle aus der stinkenden Brühe. Blasen stiegen aus dem Schleim empor, und aus einem der größeren Büschel kam eine krächzende Stimme, deren Worte den drei Wanderern unverständlich blieben. Sie beschleunigten ihren Schritt nur um so mehr und erreichten ohne widrige Zwischenfälle alsbald das Ende des Sumpfes.

Wenig später machte der Wamble-Pfad einen Schwenk, um einem steil aufragenden Hügel auszuweichen, dessen Gipfel sich zu einer schroffen Klippe aus schwarzem Basalt zuspitzte. Ein mit schwarzen Kopfsteinen gepflasterter Weg führte hier in eine schattige Bergschlucht. Neben dem Pfad befand sich ein Schild, auf dem zwei holprige, in roten und schwarzen Lettern geschriebene Vierzeiler mit Knüttelversen zur Erbauung der Vorüberkommenden prangten:

ACHTUNG!

Wanderer, aufgepaßt! Dieses Schilt euch informiert,
Daß Mangeon der Fabelhafte hier residiert!
Wenn Mangeon wütend ist, seine Feinde vor Ankst erbeben;
Aber seine Freunde tun auf sein Wohl mit ihm einen heben.

Sein Andlitz ist schön, fein ist sein Benemen;
Wenn er sie berührt, die Damen vor Wonne tun stöhnen.
Sie betteln, das er sie liebkoßt; wenn er geht, sie weinen vor Kummer;
Und gans oft murmeln sie seinen Nahmen des Nachts im Schlummer.

Die drei passierten das Schild und den Kopfsteinweg, ohne zu stocken, und wanderten zügig weiter den Wamble-Pfad entlang nach Norden.

Als die Sonne den Himmel zur Hälfte erklommen hatte, gelangten sie an die Kreuzung mit dem Munkins-Weg. Neben der Kreuzung stand ein mächtiger Eisenpfahl von fast einem Fuß Dicke und gut acht Fuß Höhe: der Pfosten Idilra.

Madouc beäugte den Pfahl mit Mißfallen. »Alles in allem genommen ist die Situation nicht nach meinem Geschmack. Aber ich komme wohl nicht umhin, meinen Part bei der Scharade zu erfüllen, Zweifel hin, Zweifel her.«

»Wozu sonst seid Ihr hier?« brummte Sir Pom-Pom.

Madouc ließ sich zu keiner Erwiderung herab. »Ich werde nun den Blendzauber über mich werfen!« Sie kniff sich mit den Fingern der rechten Hand ins linke Ohr, dann sah sie ihre Gefährten erwartungsvoll an. »Nun, ist der Zauber wirksam geworden?«

»Sichtbar«, sagte Travante. »Ihr habt Euch in ein Mägdelein von faszinierendem Liebreiz verwandelt.«

Sir Pom-Pom fragte: »Wie wollt Ihr Euch an den Pfahl binden, wo wir doch weder Kette noch Strick besitzen?«

»Dann muß es eben ohne Kette oder Strick gehen«, sagte Madouc entschieden. »Sollte es Fragen geben, dann werde ich eine Ausrede ersinnen.«

Travante äußerte eine Warnung: »Haltet Euren magischen Stein parat, und paßt nur ja auf, daß Ihr ihn nicht fallen laßt!«

»Das ist ein guter Rat«, sagte Madouc. »Und nun geht und versteckt euch!«

Sir Pom-Pom wurde eigensinnig und wollte sich gleich hinter dem nächsten Busch verbergen, damit ihm nur ja nichts entginge, aber Madouc wollte davon nichts wissen. »Geh sofort! Und zeige dich erst, wenn ich dich rufe! Und unterstehe dich, zu spähen und zu spitzen!«

Sir Pom-Pom knurrte mürrisch: »Was werdet Ihr denn tun, daß solche Heimlichkeit vonnöten ist?«

»Das geht dich nichts an!«

»Da bin ich nicht so sicher, besonders, falls ich die königliche Belohnung verdienen sollte.« Sir Pom-Pom zeigte ein schelmisches Grinsen. »Und ganz besonders, da Ihr nun über den Blendzauber gebietet.«

»Die Belohnung wird meine Person nicht einschließen; in diesem Punkt kannst du ganz beruhigt sein! Und nun verschwinde, oder ich berühre dich mit dem Kiesel und belege dich mit einen Lähmungs-Bann!«

Sir Pom-Pom und Travante marschierten den Munkins-Weg hinunter und verschwanden hinter einer Biegung. Sie fanden eine kleine Lichtung unweit vom Weg und setzten sich auf einen umgestürzten Baumstamm, wo sie von Passanten nicht gesehen werden konnten.

Madouc stand allein auf der Kreuzung. Sie spähte in alle Richtungen und horchte, ob Schritte nahten. Nichts war zu sehen oder zu hören. Sie ging zum Pfosten Idilra und ließ sich behutsam an seinem Fuß nieder.

Die Zeit verrann: lange Minuten und Stunden. Die Sonne erreichte ihren Zenit und begann ihren langsamen Abstieg nach Westen. Niemand kam, niemand ging; nur einmal tauchte Sir Pom-Pom auf und spähte verstohlen um die Wegbiegung, um zu erkunden, ob irgend etwas passiert war. Madouc sandte ihn mit einem scharfen Verweis zurück in sein Versteck.

Eine weitere Stunde verfloß. Da vernahm Madouc ein leises Pfeifen, das sich von Osten her näherte. Das Lied war munter, wenngleich ein wenig zaghaft vorgetragen, als sei der Pfeifer unsicher oder furchtsam.

Madouc stand auf und wartete. Das Pfeifen wurde lauter. Den Munkins-Weg herauf kam ein junger Bursche von strammer und kräftiger Statur, mit einem breiten, braven Gesicht und einem Schopf von kastanienbraunem Haar. Seine Kleider und seine verschmutzten Wildlederstiefel wiesen ihn als einen Bauersmann aus.

Auf der Kreuzung angekommen, hielt er inne und musterte Madouc mit unverhohlener Neugier. Schließlich sprach er: »Mägdelein, bist du wider deinen Willen hier angeheftet? Ich sehe keine Kette!«

»Es ist eine magische Kette, und ich komme erst frei, wenn drei Personen meine Losbindung bewirkt haben, und zwar vermittels einer unkonventionellen Methode.«

»In der Tat? Und was für ein grausiges Verbrechen könnte ein so liebliches Wesen begangen haben?«

»Ich bin dreier Vergehen schuldig: Leichtfertigkeit, Eitelkeit und Torheit.«

Der Bauer fragte verdutzt: »Wie können derart leichte Vergehen eine solch herbe Strafe zeitigen?«

»So ist nun mal der Lauf der Welt«, sagte Madouc. »Eine gewisse stolze Person wollte mir gegenüber allzu liebenswürdig werden, worauf ich sie verlachte und auf ihren Mangel an Anziehungskraft und Liebreiz hinwies. Da verfügte die Person meine Erniedrigung, und so warte ich denn nun hier auf die barmherzige Zuwendung dreier Fremder.«

Der junge Bauersmann trat vor. »Wie viele haben dir bis jetzt schon beigewohnt?«

»Du bist der erste, der, seit ich hier harre, des Weges kommt.«

»Wie es der Zufall will, bin ich ein mitfühlender Mensch. Deine mißliche Lage hat mein Mitleid erregt, und darüber hinaus auch noch etwas anderes. Wenn du so freundlich bist, dich nun zu entblößen, werden wir eine heitere Episode miteinander verbringen, bevor ich nach Hause muß, meine Kühe zu melken.«

»Tritt ein Stück näher heran«, sagte Madouc. »Wie heißt du?«

»Ich bin Nisby vom Fobwiler-Hof.«

»Sehr gut«, sagte Madouc. »Komm noch ein Stück näher.«

Nisby tat brav wie geheißen. Madouc nahm den Kiesel und berührte sein Kinn. Sofort erstarrte Nisby. »Folge mir«, befahl Madouc. Sie führte ihn vom Pfad herunter und hinter ein kleines Gehölz. Dann breitete sie das rosafarbene und weiße Schnupftuch auf dem Erdboden aus und sprach: »Aroisus!«

Das Schnupftuch wurde zu einem Zelt. »Tritt hinein«, sagte Madouc. »Setz dich auf den Boden und gib keinen Laut von dir.«

Madouc kehrte zum Pfosten Idilra zurück und ließ sich erneut am Fuße desselben nieder. Die Stunden verflossen zäh, und einmal mehr konnte Sir Pom-Pom seine Neugierde nicht im Zaum halten; Madouc sah sein Gesicht durch das Blattwerk hervorlugen. Sie tat so, als hätte sie ihn nicht bemerkt, pfiff leise durch die Zähne und brachte so den Zinkelzeh-Kobolz zur Wirkung. Sir Pom-Pom sprang mit einem mächtigen Satz hinter dem Gesträuch hervor und schnellte drei Fuß hoch in die Luft. Madouc rief: »Was führst du nun wieder im Schilde, Sir Pom-Pom, daß du so wild herumhüpfst? Habe ich dich nicht gebeten, außer Sicht zu bleiben, bis ich dich rufe?«

»Ich wollte mich nur vergewissern, ob Ihr wohlbehalten seid!« erwiderte Sir Pom-Pom verdrießlich. »Ich hatte nicht die Absicht, Euch zu stören, ganz gleich, was auch immer Ihr treibt; trotzdem ward ich aus irgendeinem Grund genötigt, in die Luft zu springen.«

»Bitte bemühe dich nicht noch einmal«, sagte Madouc. »Geh zurück zu Travante.«

Sir Pom-Pom trollte sich widerwillig, und Madouc widmete sich wieder dem Warten.

Fünfzehn Minuten vergingen. Ein Geklingel und Gebimmel wie von Glöckchen drang an ihre Ohren. Sie stand auf und spähte in die Richtung, aus der das Geräusch kam. Von Norden her den Wamble-Pfad herunter kam eine Kreatur, die sich auf acht auswärts gespreizten Beinen vorwärtsbewegte. Ihr Kopf, der an den eines großen Seepferdes erinnerte, saß auf einem langen, geschwungenen Hals, der in einem mächtigen, braun geschuppten Rumpf wurzelte. Auf dem Rücken der Kreatur ritt ein Faun mit einem verschmitzten braunen Gesicht, kleinen Hörnern und von struppigem braunem Fell überwucherten Gliedmaßen. An seinem

Sattel und seinem Zaumzeug hingen hundert kleine Glöckchen, die im Huftakt seines bizarren Reittiers bimmelten.

Der Faun brachte die Kreatur zum Stehen und starrte Madouc an. »Warum sitzest du so still beim Pfosten Idilra?«

»Ich bin von Natur aus still.«

»Das ist ein so guter Grund wie jeder andere. Was hältst du von meinem edlen Reittier?«

»Ich habe noch nie zuvor eine solche Kreatur gesehen.«

»Ich auch nicht, aber sie ist recht fügsam. Möchtest du mit mir reiten? Ich bin auf dem Weg zu der Insel im Weiher Kallimanthos, wo die wilden Trauben in dichten Büscheln hängen.«

»Ich muß hier warten.«

»Wie du möchtest.« Der Faun setzte sein Reittier in Bewegung. Bald war er außer Sicht, und das Gebimmel seiner Glöckchen verhallte.

Die Sonne neigte sich dem westlichen Horizont zu. Madouc begann zu hadern; sie hatte keine Lust, die ganze Nacht hindurch beim Pfosten Idilra zu sitzen.

Von Osten her näherte sich das Geräusch von galoppierenden Hufen. Kurz vor der Kreuzung verlangsamte sich der Hufschlag, als das Pferd von Galopp in Schritt fiel. Einen Moment später kam ein leichtgepanzerter Ritter auf einem prächtigen Braunen in Madoucs Gesichtsfeld.

Der Ritter brachte sein Pferd zum Stehen. Er musterte Madouc einen Moment lang, dann saß er ab und band das Pferd an einen Baum. Er lüftete seinen Helm und hängte ihn an den Sattel. Madouc sah einen Herrn, der die erste Blüte der Jugend bereits ein Stück hinter sich gelassen hatte — ein Faktum, welches sich in lichtem gelbem Haar und einem langen, traurigen Gesicht manifestierte. Seine schweren Lider hingen an den Augenwinkeln welk herab; ein schütterer gelber Schnauzbart wölbte sich erschlafften Vogelschwingen gleich über die Winkel seines Mundes, einen Eindruck von liebenswerter Ungeschicklichkeit hervorrufend.

Er wandte sich zu Madouc und vollführte eine höfliche Verbeugung. »Gestattet, daß ich mich bekannt mache. Ich bin Sir Jaucinet von Wolkenburg und ein Edelmann von vollendeter Ritterlichkeit. Darf ich mich nach Eurem Namen und Eurem Stand erkundigen, und wie es kommt, daß ich Euch in einer solch mißlichen Lage vorfinde, indem Ihr wie um Beistand verlegen hier am Pfosten Idilra steht?«

»Gewiß dürft Ihr Euch danach erkundigen«, antwortete Madouc. »Ich würde Euch gerne ausführlich Auskunft geben, ginge es nicht auf die Dämmerung zu, und je eher ich meine beklagenswerte Pflicht hinter mich gebracht habe, desto besser.«

»Gut gesprochen!« rief Sir Jaucinet. »Ich nehme an, daß ich Euch dabei behilflich sein kann?«

»So ist es. Seid so gut und tretet ein Stück näher. Nein; Ihr braucht Euren Panzer jetzt noch nicht abzulegen.«

»Seid Ihr sicher?« fragte Sir Jaucinet skeptisch.

»Ganz sicher, wenn Ihr nur ein paar Schritte nähertreten wollt.«

»Mit Vergnügen! Ihr seid eine äußerst schöne Maid; erlaubt mir, Euch zu küssen!«

»Sir Jaucinet, unter anderen Umständen würde ich Euer Verhalten als höchst überstürzt, wenn nicht gar forsch empfinden. Aber ...«

Sir Jaucinet trat zu ihr und leistete gleich darauf Nisby im Zelt Gesellschaft.

Madouc setzte sich wieder an den Fuß des Pfostens Idilra und wartete. Die Sonne sank tiefer, und einmal mehr zeigte sich Sir Pom-Pom, diesmal frech mitten auf dem Weg. Er rief: »Wie lange müssen wir hier noch herumtrödeln? Die Dunkelheit naht; ich will nicht draußen unter den Wesen der Nacht schlafen!«

»Dann komm«, sagte Madouc. »Hol Travante; ihr zwei dürft euch ins Zelt setzen.«

Sir Pom-Pom und Travante beeilten sich, dem Vorschlag nachzukommen, und nun stellte sich heraus, daß das Zelt sich um eine weitere Kammer vermehrt hatte, in der Nisby und Sir Jaucinet im Zustand der Apathie saßen.

Die Sonne verschwand hinter den Bäumen. Madouc streckte ihre verkrampften Muskeln, ging drei Schritte in alle Richtungen und spähte in alle vier Wege, aber die rasch sinkende Dämmerung beschränkte ihre Sicht, und sie entdeckte nichts.

Madouc ging zurück zum Pfosten Idilra und wartete mit wachsendem Unbehagen.

Zwielicht hüllte den Wald von Tantrevalles ein. Eine Weile beobachtete Madouc die Fledermäuse, wie sie über ihr durch das Astwerk schwirrten. Das Zwielicht schwand, und der Himmel wurde erst dunkel und hellte sich dann im Osten auf, als der Mond aufging.

Die kühle Nachtluft machte Madouc frösteln. Sie fragte sich, ob sie wirklich länger im bleichen Mondschein beim Pfosten Idilra verharren wollte.

Eigentlich nicht. Sie grübelte über die Gründe nach, die sie hierhergeführt hatten, und sie dachte an Nisby und Sir Jaucinet, die jetzt sicher im Zelt saßen: zwei von den dreien, die in Frage kamen. Madouc seufzte und spähte einmal mehr bange in alle Richtungen. Alle Farben waren verschwunden, gebleicht vom Mondenschein. Die Pfade waren silbergrau, die Schatten schwarz.

Der Mond klomm langsam den Himmel hinauf.

Eine Eule flog über den Wald und zeichnete sich kurz als Silhouette vor der kaltweißen Scheibe des Mondes ab.

Madouc sah eine Sternschnuppe.

Aus der Tiefe des Waldes kam ein schauriges Heulen.

Der wandelnde Schatten, auf den Madouc gewartet

hatte, kam mit langsamen Schritten den Pfad herauf. Fünfzehn Fuß vor dem Pfosten Idilra blieb er stehen. Ein schwarzer Umhang umhüllte den Körper; ein breitkrempiger Hut überschattete das Gesicht. Madouc wich stumm gegen den Pfosten zurück; jeder Muskel ihres Körpers war angespannt.

Die Schattengestalt verharrte reglos. Madouc sog langsam Luft ein. Sie spähte angestrengt in die Dunkelheit, bemüht, ein Gesicht unter dem Hut auszumachen. Sie sah nichts. Die Stelle, an der das Gesicht hätte sein müssen, war leer, als starre sie in ein Loch.

Madouc sprach mit bebender Stimme: »Wer bist du, dunkler Schatten?«

Die Gestalt gab keine Antwort.

Madouc versuchte es aufs neue: »Bist du stumm? Warum willst du nicht sprechen?«

Der Schatten flüsterte: »Ich bin gekommen, dich von dem Pfosten zu befreien. Vor langer Zeit tat ich schon einmal das gleiche für die eigensinnige Elfe Twisk — zu ihrer großen Zufriedenheit. Dir soll die gleiche Wonne zuteil werden. Entledige dich deiner Kleider, auf daß ich deine Gestalt im Mondlicht begutachten kann.«

Madouc umklammerte den Kieselstein so fest, daß sie fürchtete, sie könne ihn fallenlassen. Sie sagte mit zitternder Stimme: »Es gilt als fein, daß der Herr sich zuerst entkleidet.«

»Das ist nicht wichtig«, wisperte die dunkle Gestalt. »Es ist Zeit, zur Tat zu schreiten.«

Die Kreatur glitt vorwärts und streckte die Hand nach Madoucs Gewand aus, in der Absicht, es ihr vom Leibe zu zerren. Madouc stieß den Kieselstein wider das dunkle Antlitz des Wesens, traf aber nur Leere. Von Panik ergriffen, stieß sie mit dem Kiesel nach den tastenden Händen, aber die Ärmel des Umhangs vereitelten ihre Bemühung. Der Schatten wischte ihren Arm zur Seite und drückte sie zu Boden; der Kiesel entglitt ihrer Hand und kullerte weg. Madouc stieß einen leisen

Schrei der Verzweiflung aus und lag für einen Moment kraftlos am Boden; es war fast ihr Verderben. Doch dann, mit einer Kraft, die aus Verzweiflung geboren war, wand sie sich frei und tastete nach dem Kiesel. Der Schatten packte ihr Bein. »Warum so feurig und zapplig? Beruhige dich und lieg still! Sonst wird der Akt gar zu mühselig!«

»Einen Moment!« keuchte Madouc. »Der Akt schreitet schon jetzt viel zu hurtig voran!«

»Nun lieg still, damit wir zügig zu Werke gehen können!«

Madoucs Finger schlossen sich um den Kiesel. Sie stieß ihn in den schwarzen Schatten und berührte die Kreatur an einem ihrer Körperteile. Sofort erschlaffte sie.

Madouc raffte sich erleichtert auf. Sie strich ihr Gewand glatt und fuhr sich mit den Fingern durch das Haar, dann blickte sie hinunter auf die schlaffe Gestalt. »Erhebe dich; folge mir!«

Sie führte die willenlose Kreatur in das Nebenzimmer des Zeltes, wo Nisby und Sir Jaucinet saßen und ins Nichts starrten. »Tritt ein; setz dich; rühre dich nicht vom Fleck, bevor ich es dir befehle!«

Madouc verharrte einen Moment lang im Mondlicht und schaute zur Kreuzung. Sie sagte bei sich: »Ich habe die drei in meine Gewalt gebracht, aber nun habe ich fast Angst, die Wahrheit zu erfahren. Sir Jaucinet scheint der Edelste zu sein, wohingegen der Schatten der Geheimnisvollste ist. Für Nisby spricht wenig, abgesehen von seiner bäuerlichen Schlichtheit.«

Der Blendzauber fiel ihr ein. »Offenbar macht er mich auffälliger, als mir lieb ist; fürs erste habe ich genug davon.« Mit den Fingern der linken Hand zwickte sie sich ins rechte Ohrläppchen. »Ist er weg?« fragte sie sich. »Ich spüre keine Veränderung in mir.« Als sie das Zelt betrat, verriet ihr jedoch der Gesichtsausdruck von Sir Pom-Pom und Travante, daß der Blendzauber von ihr gegangen war, was ihr einen schmerzhaften, wenngleich unlogischen kleinen Stich versetzte.

5

Am Morgen frühstückten Madouc, Sir Pom-Pom und Travante im Zelt. Man hielt es für das Beste, weder Nisby noch Sir Jaucinet zwecks Einnahme von Nahrung aus ihrer Starre zu wecken, war es doch zweifelhaft, daß sie überhaupt Hunger verspürten. Die gleichen Erwägungen trafen auf noch überzeugendere Weise auf die Schattengestalt im schwarzen Umhang zu, die bei Tageslicht ebenso bizarr und unbegreiflich anmutete wie bei Nacht. Unter der breiten Krempe ihres Hutes tat sich eine Leere auf, in die keiner einen allzu tiefen Blick werfen mochte.

Nach dem Frühstück bugsierte Madouc Nisby, Sir Jaucinet und das namenlose Schattenwesen hinaus auf den Pfad. Sir Jaucinets Roß hatte sich in der Nacht losgerissen und war nirgends zu sehen.

Madouc ließ das Zelt wieder zum Schnupftuch schrumpfen; die Gruppe machte sich auf den Weg, den Wamble-Pfad hinunter nach Süden. Sir Pom-Pom und Travante schritten vorneweg, dahinter ging Madouc, gefolgt von Nisby, Sir Jaucinet und dem schattenhaften Individuum im schwarzen Umhang.

Kurz vor Mittag erreichte die Gruppe die Madling-Wiese, die jetzt wieder eine gewöhnliche Grasfläche mit einem Hügel in der Mitte war. Madouc rief leise: »Twisk! Twisk! Twisk!«

Dämpfe und Dünste ließen ihre Sicht verschwimmen; als sie sich wieder verzogen, erhob sich vor ihren Augen die fahnengeschmückte, vieltürmige Elfenburg. Der Festschmuck aus Anlaß von Falaels Rehabilitierung war entfernt worden; Falael selbst hatte seinen Pfosten für den Moment verlassen und saß unter einer Birke am Rande der Wiese, wo er sich mit einem Zweig die unzugänglichen Stellen seines Rückens kratzte.

Twisk tauchte neben Madouc auf; heute trug sie hellblaue, tief auf den Hüften sitzende Pumphosen und ein Hemd aus weißem Flor. »Du hast keine Zeit verschwendet«, sagte Twisk. Sie musterte Madoucs Gefangene. »Wie der Anblick jener drei meine Erinnerung wiederaufleben macht! Aber sie haben sich verändert! Nisby ist zum Manne gereift; Sir Jaucinet scheint sich dem wehmütigen Schmachten hingegeben zu haben.«

Madouc sagte: »Dieser Eindruck rührt von dem kummervollen Blick seiner Augen und den welk herabhängenden Schnurrbartenden her.«

Twisk wandte den Blick von dem dritten Mitglied der Gruppe ab. »Was jene seltsame Kreatur dort anbelangt, so soll König Throbius entscheiden. Komm, wir müssen ihn bei seinen Betrachtungen stören, aber anders geht's nun einmal nicht.«

Die Gruppe überquerte die Wiese und hielt vor der Burg an. Elfen kamen aus allen Richtungen gerannt, gehüpft, gepurzelt und gesprungen und drängten sich neugierig plappernd um die Gruppe; manche zwickten, andere knufften, wieder andere zupften die Neuankömmlinge. Von seinem Platz unter der Birke kam Falael herbeigeflitzt und kletterte auf seinen Pfosten, um das Geschehen besser beobachten zu können.

Vor dem Hauptportal der Burg standen zwei junge Herolde stolz auf ihrem Posten. In ihrer schmucken schwarz und gelb gemusterten Livree und mit ihren aus Elfensilber gedrehten Zinken gaben sie ein gar prachtvolles Bild ab. Auf Twisks Geheiß hin wandten sie sich zur Burg um und schmetterten drei gleißende Fanfaren von bestrickendem Wohlklang.

Die Herolde ließen ihre Zinken wieder sinken und wischten sich den Mund mit dem Handrücken ab, wobei sie Twisk unverwandt angrinsten.

Erwartungsvolle Stille lag über der Menge, unterbrochen nur durch das Gekichere dreier Winzkobolde, die versuchten, kleine grüne Frösche an Sir Jaucinets Schnurrbartenden zu befestigen. Twisk schimpfte die Winzkobolde aus und jagte sie fort. Madouc ging zu Sir Jaucinet, die Frösche zu entfernen, wurde darin aber unterbrochen durch das Erscheinen von König Throbius auf einem Balkon fünfzig Fuß hoch über der Wiese. Mit gestrenger Stimme fragte er die Herolde: »Was bedeutet dieser übermütige Trompetentusch? Ich war in tiefsinnige Betrachtungen versunken!«

Einer der Herolde rief zum Balkon hinauf: »Es war Twisk! Sie befahl uns, Eure Ruhe zu stören!«

Der andere Herold bestätigte diese Aussage. »Sie hieß uns, einen mächtigen Tusch zu schmettern, der Euch aus dem Bett hochschrecken würde.«

Twisk zuckte gelassen die Achseln. »Schiebt mir ruhig die Schuld zu, wenn Ihr mögt; ich handelte jedoch auf das hartnäckige Betreiben von Madouc, an die Ihr Euch vielleicht erinnert.«

Mit einem gekränkten Blick auf Twisk trat Madouc vor. »Hier bin ich!«

»Das sehe ich! Na und?«

»Entsinnt Ihr Euch denn nicht? Ich ging zum Pfosten Idilra, um die Identität meines Vaters zu ermitteln!« Sie deutete auf die drei Individuen hinter ihr. »Hier ist Nisby, der Bauer, und hier ist Sir Jaucinet, der Rittersmann; und dies hier ist die geheimnisvolle Schattengestalt, die weder Namen noch Gesicht hat.«

»Ich entsinne mich des Falles sehr genau!« sagte König Throbius. Er ließ den Blick mißbilligend über das Areal schweifen. »Elfen! Warum drängt und schiebt und drückt ihr mit solch rohem Ungestüm? Tretet zurück, alle miteinander! Wohlan denn: Twisk! Du mußt eine sorgfältige Inspektion vornehmen.«

»Ein kurzer Blick war genug«, sagte Twisk.

»Und was hast du herausgefunden?«

»Ich erkenne Nisby und Sir Jaucinet wieder. Was die Schattengestalt anbelangt, so ist ihr Antlitz unsichtbar, was für sich genommen schon ein vielsagender Hinweis ist.«

»Es ist in der Tat einzigartig. Der Fall hat interessante Aspekte.«

König Throbius trat vom Balkon zurück und erschien wenig später auf der Wiese. Wieder drängten die Elfen schnatternd und kichernd, zwickend und knuffend nach vorn, bis es König Throbius zu bunt wurde und er sie mit solch donnernder Stimme anherrschte, daß sie bestürzt zurückwichen.

»Je nun!« sprach König Throbius. »So lasset uns denn zur Tat schreiten. Madouc, für dich muß dies ein freudiges Ereignis sein! Bald wirst du einen von diesen dreien als deinen geliebten Vater beanspruchen können.«

Madouc wog skeptisch die Möglichkeiten ab. »Sir Jaucinet hat zweifellos den besten Stammbaum aufzuweisen; doch kann ich nicht glauben, daß ich mit jemandem verwandt bin, der wie ein krankes Schaf aussieht.«

»Es wird alles ans Licht kommen«, sagte König Throbius zuversichtlich. Er schaute nach links und nach rechts. »Osfer! Wo steckst du?«

»Ich habe Euren Ruf schon erwartet, Eure Hoheit! Ich stehe direkt hinter Eurem königlichen Rücken!«

»Tritt vor, Osfer, in das Blickfeld meiner Augen. Wir müssen uns deiner Kunst bedienen. Madoucs Herkunft ist zweifelhaft, und wir müssen die Frage eindeutig klären.«

Osfer trat vor: ein Elf von mittlerem Alter, mit brauner Haut, knorrigen Gliedmaßen, bernsteinfarbenen Augen und einer gewaltigen Hakennase, deren Spitze fast die seines vorspringenden Kinns berührte. »Majestät, Eure Befehle?«

»Geh in deine Werkstatt; kehre zurück mit Schalen aus matronischem Beilstein, und zwar fünf an der Zahl;

bringe außerdem Lanzetten, Wundscheren und ein Viertel von deinem Elixier Nummer Sechs mit.«

»Eure Hoheit, ich habe mir erlaubt, Eure Befehle vorauszusehen, und die genannten Gegenstände bereits mitgebracht.«

»Sehr gut, Osfer. Heiße nun deine Knappen einen Tisch hierherbringen; darauf sollen sie ein Tuch aus grauem Murvaillestoff ausbreiten.«

»Auch dieser Befehl ist bereits ausgeführt, Majestät. Der Tisch steht fertig zu Eurer Linken.«

König Throbius wandte sich um, die Vorkehrungen zu begutachten. »Gut gemacht, Osfer. Nun denn: hole deinen besten Schröpfkopf hervor; wir brauchen Proben von arteriellem wie von venösem Blut. Wenn alles fertig ist, werden wir unsere Matrices erstellen.«

»Das wird im Nu der Fall sein, Eure Hoheit! Ich arbeite schnell wie der Blitz, wenn dringende Eile das Gebot ist!«

»Dann hurtig ans Werk! Madouc hat alle Mühe, ihre Neugier zu bezähmen; es ist, als tanze sie auf Dornen.«

»Ein erschütternder Fall, fürwahr«, sagte Osfer. »Aber schon in Kürze wird sie ihren Vater in die Arme schließen können.«

Mit gedämpfter Stimme sagte Madouc zu König Throbius: »Klärt mich auf, Eure Hoheit! Wie werdet Ihr den Nachweis führen?«

»Sei achtsam; es wird alles ans Licht kommen. Twisk, warum bist du so aufgebracht?«

»Osfer belästigt mich!«

»Gar nicht, Eure Hoheit! Ihr wart im Begriff, die Erstellung von Matrices anzuordnen; ich habe bereits damit begonnen, Twisk zu schröpfen.«

»Natürlich. Twisk, wir benötigen drei Sechzigsteldrachmen von deinem Blut; halte still.«

»Ich bin nicht gewillt, dieses Martyrium zu erdulden! Ist es denn wirklich vonnöten?«

König Throbius machte eine bedeutungsvolle Gebärde; mit zusammengebissenen Zähnen und zugekniffenen Augen ließ Twisk die Schröpfprozedur über sich ergehen. Osfer zapfte ein Quantum Blut von ihrem zierlichen Handgelenk ab und ließ es in eine der Beilsteinschalen rinnen. Vermittels verwirrender Manipulationen, welche zu hurtig vonstatten gingen, als daß Madouc ihnen hätte folgen können, nährte er mit dem Blut ein zartes Gefüge aus Fasern und kleinen blauen, roten und grünen Plasmen.

Stolz wandte Osfer sich zu König Throbius um. »Dies ist Vollkommenheit in jedweder Hinsicht! Jeder Zug und jede Phase von Twisks recht ausgefallener Natur sind jetzt der Untersuchung zugänglich.«

»Du hast gute Arbeit geleistet.« König Throbius wandte sich Madouc zu. »Jetzt bist du dran; mit deinem Blut wird Osfer eine Matrix züchten, die allein die deinige ist.«

Madouc preßte zwischen zusammengebissenen Zähnen hervor: »Ich war schon dran! Er hat mich bereits geschröpft!«

Kurz darauf erschien auf einer zweiten Schale eine Matrix, die der von Twisk stammenden recht ähnlich war.

»Nehmen wir uns nun Sir Jaucinet vor!« sagte König Throbius. »Bald werden wir wissen, wer hier Vater von wem ist!«

Osfer zapfte Blut aus Sir Jaucinets kraftlosem Arm und erstellte die Matrix, die dem Herrn von Wolkenburg eigentümlich war.

König Throbius wandte sich wieder Madouc zu. »Hier siehst du nun drei Matrices, welche das innerste Gewebe von deiner Person, deiner Mutter Twisk und diesem edlen Ritter verkörpern. Vermittels feinster Methoden wird Osfer nun den Einfluß von Twisk von deiner Matrix subtrahieren und so eine neue Matrix erschaffen. Wenn dein Vater Sir Jaucinet ist, wird die so entstandene, neue Matrix mit seiner identisch sein und du wirst die Wahrheit über deine Abkunft wissen. Osfer, ans Werk!«

»Majestät, ich habe die Prozedur bereits durchgeführt. Seht, hier sind die beiden Matrices!«

»Ich nehme an, sie sind identisch?« sagte König Throbius.

»Ganz und gar nicht! Nicht in einem einzigen Punkt!«

»Aha!« sagte König Throbius. »Soviel zu Sir Jaucinet; er scheidet also aus. Entlasse ihn aus deinem Bann, Madouc; er mag seines Weges gehen.«

Madouc tat wie geheißen. Sir Jaucinet erhob sogleich hochverärgert Beschwerde und begehrte die Gründe für die vielen Unannehmlichkeiten zu erfahren, denen man ihn ausgesetzt hatte.

»Ich kann Euch hierauf keine simple Antwort geben«, sagte Madouc. »Es ist eine lange und komplizierte Geschichte.«

»Und was ist mit den Fröschen in meinem Schnurrbart?« fragte Sir Jaucinet mißmutig. »Gehört ihre Gegenwart zu dieser komplizierten Angelegenheit?«

»Nun, das wohl nicht«, räumte Madouc ein. »Nichtsdestominder, König Throbius hat Eure Abreise befohlen, und Ihr tätet gut daran, Euch zu sputen, da der Nachmittag zu Ende geht und Ihr einen weiten Weg vor Euch habt.«

Sir Jaucinet wandte sich mit einer Miene tiefer Verärgerung zum Gehen. »Wartet!« rief König Throbius. »Osfer, wende die ›Vierfach-Formel‹ an, auf daß der gute Sir Jaucinet flugs vorankommt.«

»Tatsächlich habe ich, während er sich noch mit Madouc unterhielt, bereits die ›Sechsfach-Formel‹ gesprochen, Majestät«, sagte Osfer.

»Gute Arbeit, Osfer!« König Throbius sprach zu Sir Jaucinet: »Sowie Ihr nun nach Hause marschiert, wird Euch jeder Schritt, den Ihr tut, sechs Ellen weit tragen, und Ihr werdet weit vor der veranschlagten Stunde auf Wolkenburg eintreffen.«

Sir Jaucinet verbeugte sich steif: erst vor König Throbius, dann vor Osfer. Für Madouc hatte er bloß einen vorwurfsvollen Blick aus feuchten Augen übrig; dann entschwand er mit mächtigen, raumgreifenden Sätzen über die Madling-Wiese und war gleich darauf außer Sicht.

König Throbius wandte sich erneut an Osfer. »Je nun: prüfen wir nun den Bauern Nisby.«

»Majestät, in dieser Schale hier findet Ihr die Matrix des Bauern Nisby, die zu erstellen ich mir bereits die Freiheit genommen habe.«

Madouc inspizierte den Inhalt der Schale. Zu ihrem Entsetzen ähnelte Nisbys Matrix der ihren nicht im geringsten, und alle stimmten darin überein, daß der Keim ihres Seins gewiß woanders als bei Nisby zu suchen sei. Betrübt befreite Madouc ihn aus seiner kraftlosen Apathie; Osfer expedierte ihn mittels der ›Sechsfach-Formel‹ zurück zum Fobwiler-Hof.

König Throbius sprach mit düsterer Stimme zu Madouc: »Meine Liebe, ich habe mir dein Interesse zu Herzen genommen, und ich kann nicht behaupten, daß ich über den Befund unserer Untersuchungen erfreut bin. Du bist weder von Sir Jaucinet noch von Nisby gezeugt worden; mithin bleibt nur noch dieser schattenhafte Fremdling, der anstelle eines Gesichtes ein Loch hat, übrig. Das Dritte Gesetz der Logik, auch bekannt als ›Gesetz der Ausschließung‹, zwingt mich, ihn zu deinem Vater zu erklären. Du kannst ihn aus seiner Erstarrung erlösen und deine Wiedervereinigung mit ihm feiern, wo und wann immer du möchtest; zweifelsohne werdet ihr euch viel zu erzählen haben.«

Madouc schrie mit banger Stimme: »Eure Logik ist gewiß vorzüglich, aber sollten wir nicht auch die Matrix dieses Schattenwesens prüfen?«

König Throbius wandte sich an Osfer: »Was ist deine Meinung?«

»Ich schlage die Erstellung einer dritten Matrix vor,

und sei es auch nur um der philosophischen Ausgewogenheit willen.«

König Throbius sprach: »Ich habe nichts dagegen einzuwenden, wenngleich die Probe überflüssig sein wird. Dessenungeachtet magst du an Madoucs Vater herantreten, ihm drei Sechzigsteldrachmen Blutes entnehmen und eine Matrix erschaffen, auf daß alle sich mit eigenen Augen von seiner Vaterschaft überzeugen können.«

Osfer näherte sich behutsam der schwarz vermummten Gestalt und blieb verwirrt stehen.

König Throbius rief: »Warum zauderst du? Alle warten in banger Spannung auf den Nachweis von Madoucs Abkunft!«

»Ich bin in Verlegenheit«, sagte Osfer. »Er trägt Mantel, Stiefel und Handschuhe; Hals, Gesicht und Kopfhaut fehlen ihm indessen. Um ihn schröpfen zu können, muß ich den Umhang entfernen und seinen Leib entblößen. Soll ich zur Tat schreiten?«

»Schreite zur Tat, ohne Umschweife!« befahl König Throbius.

»Normalerweise würden wir auf sein Schamempfinden Rücksicht nehmen, aber in diesem Fall muß alles Zartgefühl beiseite gelegt werden, zusammen mit dem Mantel. Madouc, du kannst, so du möchtest, den Blick abwenden.«

»Ich will sehen, was gesehen werden muß«, erwiderte Madouc tapfer, Sir Pom-Poms verächtliches Schnauben ignorierend. »Fahrt fort mit Eurem Werk.«

Mit spitzen Fingern, in der Manier eines pingeligen Schneiders, löste Osfer die Schnalle am Kragen des Umhangs, der sich daraufhin ein wenig öffnete. Osfer spähte in den Spalt und gab einen Ausruf der Verblüffung von sich. Mit einer schwungvollen Handbewegung zog er den Umhang weg, und zum Vorschein kam ein pummeliger, graugesichtiger Troll mit einer Schnapsnase, Hängebacken und Augen, die wie kleine schwarze Glaskugeln anmuteten. Seine Arme waren lang und knorrig; seine auswärts gespreizten Beine verschwanden in hohen Stiefeln. Osfer schrie: »Es ist Mangeon, der Troll!«

Twisk stieß einen dünnen, wimmernden Schrei des Entsetzens aus. »Jetzt begreife ich alles! Mit welch schimpflicher Arglist er seine liederliche Rache nahm!«

Madouc stammelte: »Logik hin, Logik her, kann diese schaurige Kreatur wirklich mein Vater sein?«

»Wir werden sehen!« sagte König Throbius. »Osfer, erstelle die Matrix!«

»Majestät, ich bin Eurem Befehl vorausgeeilt! Die Matrix ist bereits errichtet! Ihr könnt sie examinieren, so Ihr dies wünscht, und sie mit der von Madouc vergleichen.«

König Throbius nahm die beiden Matrices in Augenschein. Verblüfft fragte er: »Wie kann das angehen? Regiert Tollheit die Welt? Geht die Sonne im Westen auf? Ist Wasser naß und Feuer heiß, oder verhält es sich umgekehrt? Die Logik hat uns alle an der Nase herumgeführt! Diese Matrix hat mit der von Madouc noch weniger gemein als die beiden anderen zusammengenommen! Ich bin fassungslos!«

Madouc konnte sich einen schrillen Schrei freudiger Erleichterung nicht verkneifen. »Sir Jaucinet ist nicht mein Vater. Nisby ist nicht mein Vater. Dieser widerwärtige Halbling ist nicht mein Vater. Wer ist dann mein Vater?«

König Throbius musterte Twisk mit nachdenklichem Blick. »Kannst du Licht in dieses Rätsel bringen?«

Die arg niedergeschlagene Twisk konnte nur den Kopf schütteln. »Es ist so lange her. Ich kann mich nicht an jede Lappalie erinnern.«

»Aus einer dieser ›Lappalien‹ ist gleichwohl Madouc hervorgegangen.«

»Das muß ich wohl einräumen«, sagte Twisk. »Aber Erinnerungen vermengen sich; Gesichter verschmelzen miteinander. Wenn ich die Augen schließe, höre ich wispernde Stimmen — Schmeicheleien, Worte der Bewunderung, Seufzer der Liebe und der Leidenschaft — aber ich finde keinen Namen für diese Stimmen.«

König Throbius bemerkte Madoucs untröstlichen Gesichtsausdruck. Er sprach: »Verzweifle nicht! Es ist noch immer ein Pfeil im Köcher! Aber zuerst muß ich mich um diesen ekelhaften Troll kümmern.«

Twisk sagte mit Inbrunst: »Er verdient kein Erbarmen; er hat mir übel mitgespielt.«

König Throbius zupfte sich am Bart. »Das ist eine komplizierte Situation, da ich nicht entscheiden kann, welche unserer Gesetze er verletzt hat. Seine Gaunerei war zum Teil von Twisk selbst hervorgerufen, aber seine Reaktion scheint mir unmäßig grob. Courschneider haben bekanntermaßen seit jeher Sonderrechte genossen.« König Throbius schritt auf und ab, und die Winzkobolde, die seine Schleppe trugen, hatten ihre liebe Not damit, auf den Beinen zu bleiben. Osfer nahm unterdessen Mangeon ein Stück beiseite, zusammen mit mehreren seiner thaumaturgischen Instrumente.

König Throbius hielt in seinem Schreiten inne. Er hob die Hand in einer majestätischen Geste. »Ich bin zu einem Urteil gelangt. Mangeons Betragen war gemein und schimpflich. Zudem hat er die Würde von Thripsey Shee verletzt. Die Strafe muß dem Vergehen angemessen sein; gleichwohl dürfen wir die Umstände, die zu seinem verwerflichen Akt beigetragen haben, nicht außer acht lassen. Wir werden Mangeon daher die Möglichkeit gewähren, sein Tun in Stille und Gemütsruhe zu bereuen; wir werden ihn, ob ihm dies schmeckt oder nicht, auf den schmalen Pfad der Zucht und der Selbstbeherrschung zwingen. Osfer, verstehst du die Natur meiner Andeutung, oder muß ich sie ausdrücklich und in allen Einzelheiten dartun?«

»Majestät, ich habe Euch voll und ganz verstanden, und in der Tat habe ich Euren Urteilsspruch bereits in Wirkung gesetzt, in vollem und gleichgültigem Ausmaß.«

»Osfer, du bist fürwahr ein Muster an Tüchtigkeit!« König Throbius wandte sich Madouc zu. »Du kannst Mangeon jetzt aus seiner Lähmung erlösen.«

Madouc berührte Mangeon mit dem Kieselstein. Sofort erging der Troll sich in wütenden Protesten. »Ich mißbillige auf das allerschärfste die Greueltaten, die an meiner Person verübt wurden! Sie sind Ausgeburt einer verantwortungslosen Philosophie!«

König Throbius sprach würdevoll: »Du kannst frei und unbehelligt deines Weges ziehen; sei darob froh!«

»Ich bin frei, aber wozu?« brüllte Mangeon. »Wie soll ich nun die langen Tages- und Nachtstunden ausfüllen? Mit dem Abfassen von Gedichten? Oder indem ich den Flug der Schmetterlinge studiere? Euer Urteil war irrig!«

König Throbius machte eine gebieterische Geste. »Ich will nichts mehr hören! Hebe dich hinweg zu deinem übelriechenden Schuppen!«

Mangeon warf die Arme empor und rannte über die Wiese davon, um auf dem Wamble-Pfad zu entschwinden.

König Throbius wandte sich wieder Madouc zu. »Wir müssen deinen Fall neu prüfen. Osfer, ich schlage Simulacra und den Subtraktionseffekt vor.«

»Genau meine Meinung, Eure Hoheit! Ich habe bereits die nötigen Vorbereitungen für das Verfahren getroffen.«

»Dann führe es nun bitte durch.«

Osfer stellte drei Silberteller auf den Tisch. Twisk beobachtete dies mit einem Ausdruck bangen Unbehagens. »Was hat es mit diesem neuen Plan auf sich, und was hat er zur Folge?«

Osfer antwortete in beschwichtigendem Ton: »Es ist die eleganteste und heikelste Prozedur von allen! Gleich wirst du in das Antlitz von Madoucs Vater schauen!«

Twisk runzelte mißmutig die Stirn. »Warum hast du diesen Kunstgriff nicht schon vorher angewandt und mir die Pein des Schröpfens erspart?«

»Es ist nicht so einfach, wie wir es vielleicht gern hätten. Tritt bitte vor.«

»Was? Nicht schon wieder! Du kriegst keinen Tropfen mehr von meinen Lebenssäften! Willst du, daß ich zu einem Hauch schwinde, zu einem Geist, zu einem ausgedörrten Nichts?«

König Throbius rief einen barschen Befehl, und Twisk ließ sich unter Stöhnen und Winden weitere drei Sechzigsteldrachmen von ihrem Blut abzapfen.

Osfer führte seinen Zauber durch, und von dem Teller erhob sich ein Simulacrum von Twisks reizendem Haupt.

Als nächstes winkte Osfer Madouc zu sich. »Komm.«

Madouc schrie: »Ich bin schon zu sehr geschwächt! Wenn Ihr Blut braucht, dann schröpft Sir Pom-Pom oder meinethalben König Throbius selbst!«

»Das ist ein unpraktischer Vorschlag«, sagte König Throbius. »Es ist dein Blut, das benötigt wird! Wacker! Wir können nicht den ganzen Tag vergeuden!«

Murrend und mit ängstlich zusammengekniffenen Augen ließ sich Madouc von Osfer drei Sechzigsteldrachmen ihres Blutes abzapfen, aus welchem Osfer hurtig ein zweites Simulacrum fertigte.

»Nun denn!« sagte Osfer. »Wir verfahren nun wie folgt: Madouc ist die Summe aus Twisk und einem unbekannten Vater. Ergo: wenn wir nun den Einfluß Twisks von Madouc subtrahieren, wird das, was übrigbleibt, das Antlitz von Madoucs Vater darstellen, zumindest im groben und vielleicht auch von gewissen Diskrepanzen getrübt. So denn, tretet nun alle zurück, da ich mit äußerstem Feingefühl arbeiten muß!«

Osfer drehte die beiden Abbilder so, daß sie einander anschauten, sodann arrangierte er vier Nesseltücher dergestalt, daß sie eine Blende um die zwei Köpfe bildeten. »Ich beschwöre nun alle, äußerste Stille zu bewahren! Jede Ablenkung wird die Präzision meiner Arbeit beeinträchtigen!«

Osfer legte seine Instrumente zurecht, stieß stakkatoartig acht Silben hervor und klatschte in die Hände. »Der Zauber ist jetzt vollbracht.« Osfer entfernte die Nesseltücher. Einer der Silberteller war leer. »Twisks Abbild ist von dem Madoucs subtrahiert worden. Übriggeblieben ist das Portrait von Madoucs Erzeuger!«

Madouc starrte auf das zurückgebliebene Antlitz. Verringert um die Hälfte seiner Substanz, war es verschwommen und farblos, wie aus Nebelschwaden geformt. Es war das Gesicht eines jungen Mannes. Die Züge waren hager und ziemlich unebenmäßig und strahlten unbekümmerten, ja sorglosen Optimismus aus. Sein Haar war nach aquitanischem Stil geschnitten, und sein Kinn zierte ein kurz gestutzter, modischer Kinnbart. Das Gesicht, wenngleich nicht ungestalt, ermangelte indessen eines aristokratischen Anflugs. Selbst in seiner verschwommenen Beschaffenheit löste es in Madouc eine Woge von warmherzigen Regungen aus.

Twisk starrte das Gesicht fasziniert an. Madouc fragte: »Wie lautet sein Name?«

Twisk machte eine kapriziöse Gebärde und warf den Kopf zur Seite. »Sein Name? Es könnte jeder beliebige sein. Die Züge sind unklar; es ist, als ob man durch Nebel schaut.«

»Du erkennst ihn doch wohl wieder?« schrie Madouc. »Er kommt ja selbst mir halb vertraut vor.«

Twisk zuckte schnippisch die Achseln. »Wie sollte er das auch nicht? Schließlich siehst du zur Hälfte dein eigenes Gesicht.«

»Wie auch immer, kannst du seinen Namen nennen?«

Twisk sagte unbekümmert: »Ich bin dieser Sache wirklich überdrüssig! Ich kann kaum ein Gesicht erkennen in jenem Pfuhl von Nebelschwaden; wie soll ich ihm da erst einen Namen geben können?«

»Aber ist er dir denn gar nicht vertraut?«

»Ich könnte ›ja‹ sagen und ich könnte ›nein‹ sagen.«

König Throbius sagte leise: »Wie Falael attestieren wird, kennt meine Geduld eine Grenze. Wenn du keine Lust hast, auf einem Pfahl zu sitzen und dir mit beiden Händen deine zarte Haut zu kratzen, dann wirst du jetzt auf Madoucs Fragen rasch und präzise antworten, ohne Ausflüchte oder Vieldeutigkeiten. Habe ich mich klar ausgedrückt?«

Twisk stieß einen Schrei schmerzlicher Erregung aus. »O weh! Wie sehr Ihr mir Unrecht tut, geht es mir doch einzig um die Wahrheit!«

»Fasse deine Erläuterungen bitte weniger abstrakt!«

Twisk blinzelte. »Entschuldigt, Eure Hoheit, ich habe Euren Befehl nicht ganz verstanden!«

»Drück dich klarer aus!«

»Sehr wohl, aber jetzt habe ich die Frage vergessen.«

König Throbius sprach mit mühsam beherrschter Stimme. »Erkennst du das Gesicht wieder?«

»Natürlich! Wie konnte ich es nur vergessen? Er war ein tapferer Ritter mit Feuer und von höchst phantastischer Denkungsart! Meine schwere Prüfung am Pfosten Idilra folgte unmittelbar auf diese Begegnung und tilgte sie aus meiner Erinnerung.«

»Sehr gut; soviel steht also fest. Nenne uns nun den Namen dieses tapferen Ritters.«

Twisk sagte mit reuevoller Stimme: »Das steht außerhalb meiner Macht.«

König Throbius musterte sie mit hochgezogenen Augenbrauen. »Ist dein Gedächtnis so schwach?«

»Überhaupt nicht, Majestät! Er benützte wohl einen Namen, aber wir spielten das Spiel, das da heißt ›Liebe‹, und bei diesem Spiel nimmt man es mit der Wahrheit gemeinhin nicht so genau. So wollten wir es, und so spielten wir das Spiel. Ich gab mich als Lady Lis von den Weißen Opalen aus, und er nannte sich Sir Pellinore von den fernen Gestaden Aquitaniens, und wer weiß? Vielleicht war es so.«

»Höchst seltsam«, sagte König Throbius. »Außergewöhnlich — in jeder Hinsicht.«

Königin Bossum ergriff das Wort. »Ich frage Eure Majestät dies: offenbaren Herren ihren Liebesgespielinnen stets ihren vollen Namen und ihren Titel, ungeachtet, wie erhaben oder poetisch der Anlaß sein mag?«

»Ich akzeptiere diese Deutung«, sagte König Throbius. »Nennen wir diesen Rittersmann also fürs erste ›Sir Pellinore‹.«

Madouc frug neugierig: »Wie beschrieb sich Sir Pellinore sonst noch?«

»Seine Bemerkungen waren stets extravagant! Er bezeichnete sich als wandernden Troubadour, der sich den Idealen der Ritterlichkeit verschworen habe. Er fragte mich, ob ich von irgendwelchen schurkischen Rittern wüßte, die der Züchtigung bedürften, und erkundigte sich nach Jungfrauen, die es zu erretten gelte. Ich erwähnte den Oger Throop mit den drei Köpfen und schilderte die Missetaten, die Throop all den edlen Rittern angetan hatte, die gekommen waren, den Heiligen Gral zu suchen. Sir Pellinore war entsetzt, als er meine Schilderungen vernahm, und schwor Throop bittere Feindschaft, aber wer weiß? Sir Pellinore war mit der Laute gewiß geschickter als mit dem Schwert! Trotzdem kannte er keine Furcht! Schließlich schieden wir voneinander und gingen unserer Wege, und ich sah Sir Pellinore nie wieder.«

»Wohin ging er?« fragte Madouc. »Was wurde aus ihm?«

»Ich zaudere, darüber nachzudenken«, sagte Twisk. »Er mag nach Norden, nach Avallon, weitergezogen oder heim nach Aquitanien gereist sein, aber ich vermute, daß sein Haßgelöbnis ihn nach Burg Doldil führte, um dort Vergeltung an Throop zu üben. Wenn es so war, dann muß er gescheitert sein, da Throop bis zum heutigen Tage weiterlebt! Womöglich ward Sir Pellinore gesotten und verspeist, oder vielleicht schmachtet er auch in einem Bauer und muß Throop beim Abendessen mit Liedern und Lautenspiel erheitern.«

Madouc klappte vor Bestürzung der Mund auf. »Kann das möglich sein?«

»Ganz gewiß! Sir Pellinore spielte die Laute mit köstlicher Grazie, und seine Weisen waren so süß, daß sie selbst einen Bären zu Tränen gerührt hätten.«

Madouc mühte sich, ihre Erregung im Zaum zu halten. »Warum hast du nicht versucht, den armen Sir Pellinore, den du so geliebt hast, zu retten?«

Twisk plusterte ihr lavendelfarbenes Haar auf. »Meine Aufmerksamkeit war durch andere Ereignisse in Anspruch genommen, nicht zuletzt durch die Sache am Pfosten Idilra. Eine wie ich lebt von Augenblick zu Augenblick, jeden letzten Tropfen Sklemik* aus dem Abenteuer des Lebens wringend. So vergehen die Stunden und die Tage, und manchmal kann ich mich nicht erinnern, was was war oder was als nächstes kommt.«

Madouc sagte ohne Begeisterung: »Ungeachtet deiner Fehler oder Torheiten bist du meine Mutter, und ich muß dich so hinnehmen, wie du bist, mitsamt deinem lavendelfarbenen Haar und deinen Marotten.«

»Eine pflichtgetreue und gehorsame Tochter ist auch nicht das Schlechteste«, sagte Twisk. »Ich höre deine Komplimente mit Wohlgefallen.«

---

* Ein unübersetzbarer Begriff aus der Elfensprache. Er bedeutet erstens: leidenschaftliche Empfänglichkeit für jeden einzelnen Moment des Lebens, etwa im Sinne des Horazschen *carpe diem;* und zweitens: eine Art euphorischen Hochgefühls, welches hervorgerufen wird durch das gespannte Obachtgeben auf unvorhersehbare Veränderungen in der wahrgenommenen Umgebung während des Überganges von einem Moment zum nächsten; eine hingebungsvolle Bewußtheit des JETZT; eine Empfindlichkeit für die verschiedenen Elemente des JETZT. Der Begriff des Sklemik ist relativ einfach und völlig frei von Mystizismus oder Symbolik.

Kapitel Neun

1

König Throbius wurde müde und beschloß, sich zu setzen. Mit gebieterischer Geste ließ er einen Thron aus der Burg holen und direkt hinter seinem Rücken aufstellen. Die Winzkobolde, die seine Schleppe trugen, trippelten in panischer Hast zur Seite, um zu verhindern, daß die königliche Schleppe zwischen Thron und Erdboden eingeklemmt wurde, wäre dies doch mit schmerzhaften Konsequenzen auch für sie selbst verbunden gewesen.

König Throbius ließ sich auf dem Thron nieder, einer Konstruktion aus Ebenholz, welche mit Rosetten aus schwarzem Eisen und Perlen verziert war und überragt wurde von einem gewaltigen Fächer aus Straußenfedern. Für einen Moment verharrte König Throbius aufrecht sitzend, während die Winzkobolde mit gewohnter Flinkheit, wenn auch nicht ohne Gezeter und Gezerre, seine Schleppe richteten. Dann lehnte er sich zurück und machte es sich behaglich.

Königin Bossum schlenderte vorbei auf ihrem Weg zur Burg, wo sie in ein den Vorhaben des Nachmittags gemäßes Kostüm schlüpfen würde. Neben dem Thron hielt sie inne und unterbreitete König Throbius einen Vorschlag, den dieser überzeugend fand. Königin Bossum setzte ihren Weg zur Burg fort, und König Throbius zitierte drei seiner Beamten zu sich: Triollet, den Großhofmeister; Mipps, den Königlichen Oberproviantmeister; und Chaskervil, den Kellerverwalter.

Die drei eilten dienstfertig herbei und lauschten in

ehrfurchtsvollem Schweigen, während König Throbius seine Anweisungen erteilte. »Heute ist ein Glückstag«, sagte König Throbius im Ton satter Zufriedenheit. »Wir haben den Troll Mangeon entmutigt und seine Vorliebe für gewisse üble Streiche auf ein Mindestmaß herabgesetzt. Mangeon wird es sich zweimal überlegen, bevor er neue Affronts wider uns begeht!«

»Es ist ein stolzer Tag«, erklärte Mipps.

»Ein Tag des Triumphs!« schrie Triollet feurig.

»Ich stimme meinen beiden Kollegen in jeder Hinsicht bei«, äußerte Chaskervil.

»Ganz recht«, sagte König Throbius. »Wir werden das Ereignis mit einem kleinen, aber superben Bankett von zwanzig Gängen, aufzutragen auf der Burgterrasse, dreißig Gästen und fünfhundert Flackerlampen feiern. Widmet euch allnun der Vorbereitung dieses Ereignisses!«

»Wir werden unser Bestes geben!« schrie Triollet.

Die drei Beamten eilten davon, die königliche Anweisung zur Ausführung zu bringen. König Throbius ließ sich in seinen Thron zurücksinken. Er ließ den Blick über die Wiese schweifen, um das Betragen seiner Untertanen zu begutachten. Dabei bemerkte er Madouc, die an Osfers Tisch stand und mit betrübter Miene zusah, wie Sir Pellinores Antlitz sich in Dunst auflöste.

»Hm«, sprach König Throbius bei sich. Er erhob sich vom Thron und näherte sich mit majestätischem Schritt dem Tisch. »Madouc, ich bemerke, daß dein Gesicht wenig Freude zeigt, wiewohl doch deine glühendste Hoffnung erfüllt wurde. Du hast die Identität deines Vaters erfahren, und deine Neugier ist mithin gestillt; habe ich nicht recht?«

Madouc schüttelte bekümmert den Kopf. »Ich muß jetzt herausbringen, ob er lebendig oder tot ist, und sofern er lebt, wo er weilt. Meine Suche ist schwieriger denn je geworden.«

»Nichtsdestotrotz solltest du vor Freude in deine

hübschen Hände klatschen! Wir haben nachgewiesen, daß der Troll Mangeon mitnichten zum Kreise deiner Ahnen zählt. Dieses Faktum allein sollte schon hinreichen, ein geradezu rauschhaftes Hochgefühl in dir zu entfachen.«

Madouc brachte ein gequältes Lächeln zuwege. »Was diesen Punkt angeht, Eure Hoheit, so bin ich in der Tat über alle Maßen froh.«

»Gut!« König Throbius zupfte sich am Bart und spähte erneut über die Wiese, den Verbleib von Königin Bossum zu erkunden. Im Augenblick war sie nirgends zu sehen. König Throbius sprach mit etwas frohgemuterer Stimme als vorher: »Heute abend werden wir die Niederlage des Trolls Mangeon feiern! Wir werden ein sowohl geschmackvolles als auch exklusives Festmahl abhalten; nur Persönlichkeiten von besonderem Ansehen werden daran teilnehmen, alle in ihrem erlesensten Feierputz. Wir werden auf der Terrasse unter fünfhundert Geisterlaternen speisen; die Viktualien werden von allerhöchster Erlesenheit sein, und die Weine ebenso. Der Festschmaus wird bis Mitternacht dauern; danach findet eine Pavane im Mondschein statt, zu Klängen von höchster Süße.«

»Das klingt sehr schön«, sagte Madouc.

»Das ist unser Ziel. Nun denn: Da du den Elfenhügel in einer besonderen Eigenschaft besuchst und ein gewisses Ansehen erlangt hast, soll es dir gestattet sein, dem Bankett beizuwohnen.« König Throbius trat einen Schritt zurück und spielte lächelnd mit seinem Bart. »Du hast die Einladung vernommen; wirst du sie annehmen?«

Madouc schaute verlegen über die Wiese, unsicher, wie sie am besten antworten sollte. Sie spürte den Blick des Königs auf ihrem Gesicht; als sie einen kurzen verstohlenen Blick auf ihn warf, entdeckte sie einen Gesichtsausdruck, der sie überraschte. Er war wie der, den sie einst in den rotbraunen Augen eines Fuchses erblickt hatte. Madouc blinzelte; als sie erneut hinschaute, war König Throbius' Miene wieder so sanft und würdevoll wie eh und je.

Abermals fragte König Throbius: »Nun, wie entscheidest du dich? Willst du an dem Festschmaus teilnehmen? Die Leibschneiderin der Königin wird dir dein Gewand beistellen — vielleicht ein köstliches Nichts, gewoben aus Löwenzahnflaum, oder ein hauchdünnes Fähnchen aus Spinnenseide, gefärbt mit Granatapfelessenz.«

Madouc schüttelte den Kopf. »Ich danke Eurer Hoheit, aber ich bin für eine solch rauschende Feier nicht gerüstet. Eure Gäste wären mir fremd, mit Bräuchen und Sitten, die mir unbekannt sind, und ich könnte womöglich unbeabsichtigt Anstoß erregen oder mich zur Närrin machen.«

»Elfen sind ebenso tolerant, wie sie mitfühlend sind«, sagte König Throbius.

»Sie sind freilich auch für ihre Streiche berüchtigt und gefürchtet. Ich fürchte mich vor jeglicher Elfenlustbarkeit. Wer weiß, womöglich wache ich am nächsten Morgen als runzlige alte Vettel von vierzig Jahren auf! Vielen Dank, Eure Hoheit! Aber ich muß die Einladung ausschlagen.«

König Throbius, nach wie vor mit einem freundlichen Lächeln auf dem Gesicht, machte eine Gebärde des Gleichmuts. »Du mußt das tun, was dir lieb ist. Der Nachmittag naht. Dort drüben steht Twisk; geh zu ihr und sag ihr Lebewohl; dann darfst du von Thripsey Shee scheiden.«

»Eine Frage noch, Majestät: Was ist mit den magischen Angebinden, die Ihr mir gewährt habt?«

»Sie sind von vergänglicher Art. Der Kiesel hat seine Kraft bereits verloren. Der Blendzauber wirkt noch ein wenig fort, aber schon morgen wirst du dich vergeblich am Ohr zupfen. Und nun geh und konsultiere deine widerborstige Mutter.«

Madouc trat zu Twisk, die so tat, als gelte ihr ganzes Interesse dem Schimmer ihrer silbernen Fingernägel.
»Mutter! Ich werde bald von Thripsey Shee scheiden!«
»Ein weiser Entschluß. Leb wohl!«
»Zuerst, liebe Mutter, mußt du mir mehr von Sir Pellinore erzählen.«
»Wie du möchtest«, sagte Twisk ohne Begeisterung. »Die Sonne ist warm; setzen wir uns in den Schatten der Buche.«

Die zwei ließen sich mit übereinandergeschlagenen Beinen im Gras nieder. Sogleich fanden sie sich von Elfen umringt, die neugierig die Ohren spitzten, um nur ja jedes Wort ihres Gesprächs mitzubekommen. Auch Sir Pom-Pom schlenderte herbei und lehnte sich gegen die Buche, wo ihm gleich darauf Travante Gesellschaft leistete.

Twisk kaute gedankenvoll auf einem Grashalm. »Da gibt es wenig zu erzählen; das meiste weißt du bereits. Nun denn: Folgendes also trug sich damals zu.«

Twisk erzählte die Geschichte mit nachdenklicher Stimme, so als dächte sie an die Ereignisse eines bittersüßen Traumes zurück. Sie gab zu, den Troll Mangeon verhöhnt zu haben, indem sie sein wahnschaffenes Gesicht gelästert und seine Verbrechen gebrandmarkt hatte, zu welchen auch die hinterhältige Taktik gehörte, sich hinterrücks an irgendein argloses Elfenmägdelein heranzuschleichen, es in einem Netz zu fangen und zu seinem, des Trolls, trostlosen Schuppen zu verbringen, woselbst es sodann seinen üblen Zwecken dienen mußte, bis es auf das ärgste zugerichtet und er seiner überdrüssig war.

Eines Tages, als Twisk durch den Wald spazierte, schlich sich der Troll Mangeon auch an sie hinterrücks heran und warf sein Netz nach ihr aus, aber Twisk sprang flink beiseite und floh, verfolgt von dem wutschnaubenden Troll.

Twisk entwischte ihm ohne Mühe, indem sie sich hinter einem Baum versteckte, während Mangeon vorbeitappte. Twisk lachte sich fröhlich eins ins Fäustchen und machte sich auf den Weg zurück zur Madling-Wiese. Unterwegs kam sie über eine lauschige Lichtung, wo sie auf Sir Pellinore stieß, der an einem stillen Weiher saß und dem Treiben der Libellen zuschaute, während er müßig Akkorde auf seiner Laute zupfte. Sir Pellinore trug lediglich ein Kurzschwert und war ohne Schild, aber über einen Zweig zu seiner Seite hatte er einen schwarzen Umhang gehängt, auf welchen sein Wappen gestickt war: drei rote Rosen auf blauem Grund.

Twisk war angetan von Sir Pellinores Erscheinung und näherte sich ihm zaghaft. Sir Pellinore sprang auf und hieß sie willkommen mit einer netten Mischung aus Höflichkeit und redlicher Bewunderung, was sie so stark einnahm, daß sie sich zu ihm an den Weiher gesellte, wo sie Seite an Seite auf einem umgestürzten Baumstamm saßen. Twisk fragte ihn nach seinem Namen und warum er sich so tief in den Wald von Tantrevalles wagte.

Nach einem Moment des Zögerns antwortete er: »Ihr könnt mich Sir Pellinore heißen; ich bin ein fahrender Ritter aus Aquitanien auf der Suche nach romantischem Abenteuer.«

»Ihr weilt fern von Eurer Heimat«, bemerkte Twisk.

»Für einen Vagabunden ist das ›Hier‹ so gut wie das ›Dort‹«, erwiderte Sir Pellinore. »Überdies — wer weiß? — finde ich vielleicht mein Glück in diesem verwunschenen alten Wald — habe ich doch schon jetzt das schönste Geschöpf entdeckt, das je meine Phantasie befeuert hat!«

Twisk lächelte und schaute ihn durch halb gesenkte Wimpern an. »Eure Bemerkungen sind ermutigend, aber sie gehen Euch so leicht von der Zunge, daß ich mich frage, ob sie wahrhaftig Eurer tiefsten Überzeugung entspringen. Können sie wirklich aufrichtig gemeint sein?«

»Und wenn ich gar aus Stein wäre, wäre ich gleichwohl von Eurer Schönheit überzeugt! Wenngleich meine Stimme dann vielleicht weniger melodisch klänge.«

Twisk lachte leise und streifte mit der Schulter ganz leicht die von Sir Pellinore. »Was das Glück anbelangt, das Ihr womöglich in diesem Wald zu finden hofft: Der Oger Gois hat sich dreißig Tonnen Gold zusammengeraubt und -gerafft und es in seiner Eitelkeit dazu verwendet, ein monumentales Standbild von sich zu erschaffen. Der Oger Carabara besitzt eine Krähe, die zehn Sprachen spricht, das Wetter vorhersagt und des Würfelspielens in einem solchen Maße kundig ist, daß sie große Summen von jedem gewinnt, mit dem sie spielt. Der Oger Throop ist Gebieter über ein Dutzend Schätze, unter anderem über einen Wandbehang, der täglich ein neues Motiv aufweist, ein Feuer, das ohne Brennstoff brennt, und ein Bett aus Luft, auf welchem er in aller Bequemlichkeit ruht. Einem Gerücht zufolge nahm er einem flüchtigen Mönch einen Kelch ab, der den Christen heilig ist, und viele brave Rittersmänner aus der ganzen Christenheit haben seither versucht, Throop dieses Gefäß wieder zu entreißen.«

»Und wie ist es ihnen ergangen?«

»Nicht gut. Manche fordern Throop zum Kampf heraus; für gewöhnlich werden sie von zwei Goblinrittern gemetzelt. Andere, die Geschenke mitbringen, werden in die Burg Doldil eingelassen, aber mit welchem Ergebnis? Sie enden allesamt entweder in Throops großem schwarzen Suppentopf oder in einem Käfig, wo sie Throop und alle seine drei Köpfe beim Speisen erheitern müssen. Sucht Euer Glück anderswo; das ist mein Rat.«

»Ich habe das Gefühl, daß ich das wunderbarste Glück, das die Welt zu bieten hat, hier auf dieser Lichtung gefunden habe«, sagte Sir Pellinore.

»Das ist eine holde Gesinnung.«

Sir Pellinore ergriff Twisks zierliche Hand. »Ich würde liebend gern diesen Moment des Glücks vertiefen, hätte ich nicht solch große Ehrfurcht vor Eurer elfischen Schönheit und auch vor Eurer Elfenmagie.«

»Eure Befürchtungen sind absurd«, sagte Twisk.

Und so tändelten die beiden denn eine Weile auf der Lichtung, bis sie schließlich ermattet waren.

Twisk kitzelte Sir Pellinores Ohr mit einem Grashalm. »Und wenn Ihr diese Lichtung verlaßt, wohin werdet Ihr Euch dann wenden?«

»Vielleicht nach Norden, vielleicht nach Süden. Vielleicht werde ich Throop in seiner Höhle aufsuchen und seine Missetaten ahnden und ihn auch seines Reichtums berauben.«

Twisk schrie traurig: »Ihr seid sowohl tapfer als auch unerschrocken, aber Ihr würdet nur das schreckliche Los all der andern teilen!«

»Gibt es keinen Weg, diese böse Kreatur zu besiegen?«

»Ihr könnt vielleicht ein wenig Zeit mit Hilfe einer List gewinnen, aber am Ende wird er Euch seinerseits überlisten.«

»Was hat es auf sich mit der List?«

»Erscheint vor Burg Doldil mit einem Geschenk. Er muß Euch dann seine Gastfreundschaft anbieten und Euch Euer Geschenk mit einem gleichwertigen Gastgebergeschenk vergelten. Er wird Euch Speise und Trank anbieten, aber Ihr dürft nur das nehmen, was er Euch gibt, und nicht einen Krümel mehr; sonst wird er Euch mit großem Gebrüll des Diebstahls bezichtigen, und das wäre Euer Verderben. Beherzigt meinen Rat, Sir Pellinore! Sucht anderswo nach Rache und nach Eurem Glück!«

»Ihr seid überzeugend!« Sir Pellinore beugte sich herüber, das schöne Antlitz zu küssen, das so dicht an seinem war, aber Twisk sah, als sie über die Schulter blickte, das verzerrte Gesicht des Trolls Mangeons durch das Laubwerk spähen. Sie stieß einen erschreckten Schrei aus und berichtete Sir Pellinore, was sie gesehen hatte, doch als der Ritter aufsprang und sein Schwert zückte, um sie vor dem Troll zu beschützen, war dieser bereits verschwunden.

Twisk und Sir Pellinore schieden schließlich voneinander. Twisk kehrte nach Thripsey Shee zurück; was Sir Pellinore anbelangte, so konnte sie nur hoffen, daß er sich nicht nach Burg Doldil begeben hatte, seiner erklärten Neigung entsprechend. »Das«, sagte Twisk, »ist alles, was ich von Sir Pellinore weiß.«

»Aber wo soll ich suchen, um ihn jetzt zu finden?«

Twisk zuckte die Achseln. »Wer weiß? Vielleicht hat er sich aufgemacht, Throop niederzuwerfen; vielleicht auch nicht. Allein Throop wird die Wahrheit wissen.«

»Ob Throop sich nach so langer Zeit noch daran erinnern würde?«

»Die Schilde aller seiner Opfer zieren die Wände seiner Halle; will Throop sich erinnern, braucht er bloß den Blick über die Reihen der Wappen schweifen zu lassen. Aber er gäbe dir nur Auskunft, wenn du ihm als Gegenleistung etwas von gleichrangiger Bedeutsamkeit erzählen würdest.«

Madouc zog die Stirn kraus. »Ergriffe er mich nicht womöglich einfach und würfe mich in seinen Suppentopf?«

»O ja! Wenn du dich an seinem Eigentum vergriffest.« Twisk stand auf. »Mein bester Rat ist dieser: Meide Burg Doldil. Throops drei Häupter sind allesamt gnadenlos.«

»Aber es drängt mich, das Schicksal von Sir Pellinore zu erfahren.«

»O weh!« seufzte Twisk. »Einen bessern Rat kann ich dir nicht erteilen. Solltest du in deiner törichten Halsstarrigkeit das Wagnis doch riskieren, dann denk daran, was ich Sir Pellinore riet. Zuvor jedoch mußt du ein Paar Goblinritter überwinden, die auf Greifen reiten.«

»Wie soll ich das anstellen?«

Twisk sprach in gereiztem Ton: »Habe ich dich nicht

den Zinkelzeh-Kobolz gelehrt? Wende ihn in dreifacher Stärke an. Sobald du an den Goblinrittern und ihren schrecklichen Reittieren vorbei bist, kannst du Zugang zur Burg Doldil erheischen. Throop wird dich mit Vergnügen einlassen. Grüß jeden der drei Köpfe, da sie eifrig bedacht auf ihren Status sind. Der zur Linken ist Pism, der in der Mitte ist Pasm, der zur Rechten ist Posm. Du mußt dartun, daß du als Gast kommst und daß du ein Gastgeschenk mitbringst. Danach nimm nur das an, was dir bereitwillig gegeben wird, und kein Jota mehr! Wenn du dieser Regel gehorchst, ist Throop aufgrund eines vor langer Zeit über ihn verhängten Zauberbanns außerstande, dir ein Leid anzutun. Wenn er dir eine Traube anbietet, nimm nicht den Stiel. Gewährt er dir eine Schüssel kalten Haferschleims, und du entdeckst einen Kornwurm darinnen, leg ihn sorgfältig beiseite oder erkundige dich, wo du ihn hintun sollst. Nimm kein Geschenk an, für das du keine angemessene Gegenleistung erbringen kannst. Wenn du dein Gastgeschenk als erste überreichst, muß er es dir mit einem Gegengeschenk von gleichem Wert vergelten. Vor allem aber versuch nicht, Throop irgend etwas zu stehlen, denn seine Augen sind überall.«

Sir Pom-Pom ließ sich vernehmen. »Hält Throop tatsächlich den Heiligen Gral in seiner Obhut?«

»Möglich. Schon viele haben ihr Leben bei der Suche nach diesem Gefäß gelassen.«

Nun stellte Travante eine Frage. »Welche Gastgeschenke sollten wir Throop mitbringen, um seine Wut im Zaum zu halten?«

Überrascht fragte Twisk: »Habt etwa auch Ihr vor, Euer Leben aufs Spiel zu setzen?«

»Warum nicht? Ist es nicht denkbar, daß Throop meine verlorene Jugend in seiner großen Kiste verwahrt, zusammen mit seinen anderen Wertsachen?«

»Es ist nicht undenkbar, aber auch nicht wahrscheinlich«, erwiderte Twisk.

»Wie auch immer; ich werde suchen, wo ich kann: an den wahrscheinlichsten Stellen zuerst.«

Twisk fragte halb spöttisch: »Und welches Geschenk von gleichem Wert werdet Ihr Throop als Gegenleistung anbieten?«

Travante sann nach. »Das, was ich suche, ist in seinem Wert nicht zu ermessen. Ich muß sorgfältig abwägen.«

Sir Pom-Pom frug: »Was kann ich Throop anbieten, daß er sich von dem Heiligen Gral trennt?«

Die Elfen, die gekommen waren, um zu lauschen, hatten das Interesse verloren und sich einer nach dem anderen davongetrollt, bis nur noch drei Winzkobolde übriggeblieben waren. Die tuschelten jetzt miteinander und bogen sich darauf vor Lachen. Twisk wandte sich zur Seite, um sie auszuschelten. »Was seid ihr mit einem Mal so fröhlich?«

Einer der Winzkobolde rannte zu ihr und flüsterte ihr kichernd und glucksend etwas ins Ohr, und nun begann Twisk selbst zu lächeln. Sie blickte über die Wiese; König Throbius und Königin Bossum besprachen noch immer mit ihren Beamten das bevorstehende Bankett. Twisk gab den Winzkobolden Anweisungen; alle drei trippelten hurtig davon und rannten in einem weiten Bogen hinter die Burg. Twisk unterrichtete unterdessen sowohl Travante als auch Sir Pom-Pom bezüglich der Gastgeschenke, die sie Throop darbieten mußten.

Die Winzkobolde kamen zurück, wieder auf einem indirekten, weit abschweifenden Weg, und jetzt trugen sie ein in einen Fetzen aus purpurfarbener Seide eingeschlagenes Bündel. Sie näherten sich verstohlen und hielten sich im Schatten des Waldes, von wo aus sie Twisk leise zuriefen: »Komm! Komm! Komm!«

Twisk sprach zu den drei Abenteurern: »Laßt uns an einen abgeschiedenen Ort wechseln. König Throbius ist äußerst großzügig, ganz besonders dann, wenn er von seinen Geschenken nichts weiß.«

Vor unerwünschten Blicken geschützt, enthüllte Twisk das Paket. Zum Vorschein kam ein goldenes, mit Karneolen und Opalen besetztes Gefäß. Drei Schnäbel ragten aus seiner Spitze, jeder in eine andere Richtung weisend.

»Dies ist ein Gefäß von großer Nützlichkeit«, erklärte Twisk. »Der erste Schnabel spendet Met, der zweite frisches Bier und der dritte Wein von guter Qualität. Das Gefäß besitzt ein unerwartetes Zubehör zur Vorbeugung gegen unbefugte Benutzung. Drückt man auf diese Onyxperle, verändert sich die Qualität aller drei Getränke zum Schlechteren. Der Met verwandelt sich in eine übelschmeckende, an Spülicht gemahnende Brühe; das Bier bekommt einen Geschmack, wie als wäre es aus Mäusekot gebraut; der Wein wird zu einer ätzenden Säure, vermengt mit Tinktur von Blasenkäfern. Will man den Tränken ihre alte Güte wieder zurückgeben, muß man nur auf diese Perle aus Granat drücken, und alles ist gut. Wird die Granatperle während des normalen Gebrauchs gedrückt, verdoppelt sich die Qualität der Tropfen. Der Met, so heißt es, wird zu einem Nektar von mit Sonnenlicht reich verwöhnten Blüten. Das Bier erlangt eine Würze von feinster Herbheit, während der Wein wie das berühmte Lebenselixier mundet.«

Madouc betrachtete das Gefäß mit Ehrfurcht. »Und was würde geschehen, drückte man die Granatperle gleich zweimal?«

»Niemand wagt es, über diese Ebenen der Vollkommenheit auch nur nachzudenken. Sie sind für die Hehren Wesenheiten reserviert.«

»Und was, wenn man die Onyxperle zweimal drückte?«

»Dunkle Pestjauche, Kakodyl und Kadaverschleim — das sind die Flüssigkeiten, die den Schnäbeln in dem Falle entquöllen.«

»Und drückte man sie dreimal?« erwog Sir Pom-Pom.

Twisk machte eine unwirsche Handbewegung. »Sol-

che Details brauchen uns jetzt nicht zu kümmern. Throop wird nach dem Gefäß trachten, und es wird euer Gastgeschenk sein. Ich kann nicht mehr tun, als euch noch einmal danach zu drängen, nach Süden weiterzuziehen und nicht nach Norden, nach der Burg Doldil. Und nun: Der Nachmittag ist im Schwinden begriffen!«
Twisk küßte Madouc und sagte: »Das rosafarbene und weiße Schnupftuch magst du behalten; es wird dir Obdach spenden. Wenn du am Leben bleibst, sehen wir uns vielleicht irgendwann einmal wieder.«

2

Madouc und Travante wickelten das goldene Gefäß wieder in das purpurfarbene Seidentuch ein und hängten es über Sir Pom-Poms kräftige Schultern. Sodann umrundeten sie ohne weitere Umstände die Madling-Wiese und machten sich auf den Weg nach Norden, den Wamble-Pfad hinauf.

An diesem freundlichen Nachmittag herrschte Verkehr auf dem Weg. Sie waren nur eine Meile gewandert, als weit vorn das schrille Schmettern von Elfentrompeten erscholl, das mit jedem Augenblick lauter und gleißender wurde. Den Weg herunter stob eine Kavalkade von sechs Elfenreitern in Trachten aus schwarzer Seide und mit Helmen von kunstvoller Gestaltung. Sie ritten auf schwarzen Streitrössern von fremder Art: breitbrüstig, mit krallenbewehrten Läufen und Köpfen wie schwarze Schafschädel mit lodernden grünen Augen. In kunterbuntem Holterdipolter sprengten die sechs Elfenritter vorüber, tief in die Sättel geduckt, mit wehenden schwarzen Umhängen, ein sardonisches Lächeln auf den bleichen Gesichtern. Das Trommeln der wirbelnden Tatzen verebbte; das Schmettern der Trompeten verhallte in der Ferne; die drei Wanderer setzten ihren Marsch nach Norden fort.

Travante blieb plötzlich stehen, eilte zum Wegesrand und spähte in den Wald hinein. Nach einem Moment kam er zurück und schüttelte den Kopf. »Manchmal habe ich das Gefühl, sie folgt mir dichtauf, sei es aus Einsamkeit oder aus einem drängenden Bedürfnis heraus, das ich nicht verstehen kann. Oft glaube ich sie aus dem Augenwinkel wahrzunehmen, doch wenn ich hinschaue, ist sie weg.«

Madouc spähte in den Wald. »Ich könnte besser Obacht geben, wenn ich wüßte, wonach ich Ausschau halten soll.«

»Sie ist inzwischen ein bißchen beschmutzt und etwas zerlumpt«, sagte Travante. »Dennoch, alles in allem betrachtet fände ich sie nützlich und würde mich über ihren Besitz freuen.«

»Wir werden scharf Ausschau halten«, versprach Madouc und fügte nachdenklich hinzu: »Ich hoffe, daß ich meine Jugend nicht auf die gleiche Weise verliere.«

Travante schüttelte den Kopf. »Nie und nimmer! Ihr seid viel verantwortungsvoller als ich in Eurem Alter.«

Madouc lachte traurig. »Das entspricht so gar nicht meinem Ruf. Auch mache ich mir Sorgen um Sir Pom-Pom; er ist schwermütiger, als ein Bursche in seinem Alter sein sollte. Vielleicht rührt es daher, daß er zu lange im Stall gearbeitet hat.«

»Das mag wohl sein«, sagte Travante. »Die Zukunft wird sicherlich voller Überraschungen sein. Wer weiß, was wir finden, sollte Throop seine große Schatztruhe öffnen.«

»Höchst unwahrscheinlich. Wenngleich Sir Pom-Pom ein gar feines Gastgeschenk mitbringt.«

»Mein Geschenk ist weniger auffällig in seinem Wert, obwohl Twisk versicherte, daß es ganz passend sei.«

»Meines ist wenig besser«, sagte Madouc. Sie deutete auf Sir Pom-Pom, der zwanzig Schritt weiter vorn lief.

»Seht, wie alert Sir Pom-Pom plötzlich geworden ist! Was könnte sein Interesse so sehr geweckt haben?«

Das fragliche Objekt kam gleich darauf in Sicht: eine Sylphe von überragender Schönheit, die im Damensitz auf einem weißen Einhorn ritt, ein Knie angezogen, ein schlankes Bein nachlässig baumeln lassend. Sie trug lediglich die goldenen Strähnen ihres langen Haars und lenkte das Einhorn durch leichtes Zupfen an der Mähne. Die zwei gaben ein prachtvolles Bild ab, und Sir Pom-Pom war tief beeindruckt und höchst angetan.

Die Sylphe hielt ihr weißes Reittier an und musterte die drei Wanderer mit unverhohlener Neugier. »Ich wünsche euch einen guten Tag«, sagte sie. »Wohin des Weges?«

»Wir sind Vagabunden, und jeder von uns jagt einem Traum nach«, sagte Travante. »Im Moment führt uns unsere Suche nach Burg Doldil.«

Die Sylphe lächelte ein sanftes Lächeln. »Was ihr dort findet, ist womöglich nicht das, was ihr sucht.«

»Wir werden achtsam Artigkeiten mit Herrn Throop austauschen«, sagte Travante. »Jeder von uns hat ein wertvolles Gastgeschenk dabei, und wir rechnen mit freundlicher Aufnahme.«

Die Sylphe schüttelte skeptisch den Kopf. »Ich habe Jammerschreie, Wehklagen, Ächzen und Stöhnen aus Burg Doldil vernommen, aber noch nie ein fröhliches Geräusch.«

»Herrn Throops Wesen ist vielleicht übermäßig ernst«, sagte Travante.

»Herrn Throops Wesen ist grimmig und seine Gastfreundschaft zweifelhaft. Doch kennt ihr zweifellos eure eigenen Angelegenheiten selbst am besten. Ich muß nun weiterreiten. Der Festschmaus beginnt, wenn die Leuchtkäfer herauskommen, und ich möchte nicht zu spät kommen.« Sie zupfte an der Mähne des Einhorns.

»Einen Augenblick!« schrie Sir Pom-Pom. »Müßt Ihr denn so bald schon scheiden?«

Die Sylphe zog an der Mähne; das Einhorn neigte den Kopf und scharrte auf dem Boden. »Was ist Euer Begehr?«

Madouc ergriff das Wort. »Es ist nichts Bedeutsames. Sir Pom-Pom hier bewundert das Spiel des Lichtes in Eurem langen güldenen Haar.«

Sir Pom-Pom preßte die Lippen zusammen. »Ich ließe wohl den Heiligen Gral und alles andere fahren, könnte ich mit Euch nach Thripsey Shee reiten.«

Madouc sprach barsch: »Zügle deine Bewunderung, Sir Pom-Pom! Diese Dame hat Besseres zu tun, als sich auf dem ganzen Weg zur Madling-Wiese von deinen kalten Händen die Brust begrapschen zu lassen!«

Die Sylphe brach in ein fröhliches Lachen aus. »Ich muß mich sputen! Lebt wohl, lebt wohl! Denn ich werde euch niemals wiedersehen!« Sie zupfte an der weißen Mähne, und das Einhorn trabte davon, den Wamble-Weg hinunter.

»Komm, Sir Pom-Pom«, sagte Madouc, »du mußt nicht gar so ernst den Weg hinunter starren.«

Travante sagte würdevoll: »Sir Pom-Pom bewundert des Einhorns prächtigen weißen Schweif.«

»Hmf«, machte Madouc.

Sir Pom-Pom erläuterte sein Interesse. »Ich habe mich bloß gewundert, wie sie sich warmhält, wenn der Wind kalt und feucht bläst.«

»Um die Wahrheit zu sagen«, sprach Travante, »genau dies habe auch ich mich gefragt.«

»Ich habe genau hingeschaut«, sagte Sir Pom-Pom. »Ich sah keine Spur von Gänsehaut.«

»Das Thema ist nicht von Belang«, entschied Madouc. »Sollen wir jetzt weiterziehen?«

Die drei wanderten weiter den Wamble-Pfad hinauf. Als die Sonne hinter den Bäumen verschwand, wählte Madouc eine offene Fläche ein paar Schritte abseits des Weges aus, breitete das rosafarbene und weiße Schnupftuch aus und ließ es vermittels des Ausrufs

›Aroisus‹ einmal mehr zum rosa und weiß gestreiften Zelt schwellen.

Die drei traten ein und fanden wie immer drei weiche Betten, einen reich gedeckten Tisch sowie vier bronzene Gestelle mit Lampen darauf vor. Sie speisten mit Muße, aber in einigermaßen gedrückter Stimmung, weilten ihre Gedanken doch schon bei Burg Doldil und der zweifelhaften Gastfreundschaft des dreiköpfigen Ogers Throop. Und als sie sich schließlich zu Bett begaben, fand keiner von ihnen rasch Schlaf.

Am Morgen standen die drei Abenteurer auf, frühstückten und brachen das Zelt ab und nach Norden auf; wenig später erreichten sie die Kreuzung, an welcher der Pfosten Idilra stand. Zur Rechten zweigte der Munkins-Weg ab, der nach Osten führte, bis er schließlich auf den Icnield-Pfad stoßen würde. Zur Linken ging der Munkins-Weg ab, der tief in den Wald von Tantrevalles hineinführte.

Die drei Wanderer verharrten für einen Augenblick beim Pfosten Idilra; dann, tapfer in das Unvermeidliche sich schickend, bogen sie in den Munkins-Weg und marschierten mit fatalistischen Schritten vorwärts.

Um die Mitte des Vormittags kamen die drei an eine Lichtung von stattlichen Ausmaßen, an deren Seite ein Fluß floß. Neben dem Fluß türmte sich die dunkle Masse von Burg Doldil. Sie blieben stehen und betrachteten den düstergrauen Bergfried und die Wiese davor, auf der schon so viele brave Rittersmänner zu Schaden gekommen waren. Madouc schaute von Sir Pom-Pom zu Travante. »Bedenkt! Nehmt nichts außer dem, was euch gegeben wird! Throop wird alle Arten von Schlichen probieren, und wir müssen zehnfach auf der Hut sein. Sind wir bereit?«

»Ich bin bereit«, sagte Travante.

»Ich bin nun schon so weit gekommen«, sagte Sir Pom-Pom mit hohler Stimme. »Da möcht' ich nimmer umkehren.«

Die drei verließen den Schutz des Waldes und näherten sich der Burg. Sofort ratterte ein Fallgatter hoch, und zwei gedrungene Ritter in schwarzem Panzer und mit geschlossenem Helmvisier galoppierten mit gesenkten Lanzen aus dem Burghof. Sie ritten auf schwarzgrün vierbeinigen geschuppten Greifen: halb Drachen, halb Wespen, mit eisernen Dornen anstelle der Flügel.

Einer der Ritter brüllte mit donnernder Stentorstimme: »Welch freche Tollheit führt Eindringlinge auf diesen Privatgrund? Wir fordern euch heraus; keine Ausflucht lassen wir gelten! Wer von euch will es wagen, uns im Kampfe zu trotzen?«

»Keiner«, erwiderte Madouc. »Wir sind arglose Wanderer, und wir möchten dem berühmten Herrn Throop von den Drei Köpfen unsere Aufwartung machen.«

»Das ist alles schön und gut, aber was bringt ihr mit, das Herrn Throop entweder bereichert oder aber belustigt?«

»In der Hauptsache die Munterkeit unserer Konversation und das Vergnügen unserer Gesellschaft.«

»Das ist nicht sehr viel.«

»Wir tragen auch Geschenke für Herrn Throop bei uns. Deren Wert liegt freilich mehr in unserer freundlichen Absicht denn in der ihnen innewohnenden Güte.«

»Euer Beschreibung nach zu urteilen scheinen sie dann wohl armselig und mickrig zu sein.«

»Immerhin wollen wir nichts dafür zurückbekommen.«

»Nichts?«

»Nichts.«

Die Goblinritter berieten sich einen Moment lang leise; dann sagte der erste: »Wir sind zu dem Schluß gelangt, daß ihr nicht mehr denn abgezehrte Halunken und Landstreicher seid. Wir sind oft genötigt, den guten Herrn Throop vor solchen wie euch zu beschützen. Rüstet euch zum Kampf! Wer will als erster im Lanzenstechen gegen uns antreten?«

»Ich schon mal nicht«, sagte Madouc. »Ich trage keine Lanze.«

»Ich auch nicht«, sagte Sir Pom-Pom. »Ich reite kein Pferd.«

»Ich auch nicht«, sagte Travante. »Ich trage weder Panzer noch Helm noch Schild.«

»Dann werden wir uns eben gegenseitig mit Schwerthieben traktieren, bis die eine oder andere Partei in Stücke gehauen ist.«

»Habt ihr denn nicht bemerkt, daß wir keine Schwerter tragen?« frug Travante.

»Wie ihr wollt! Dann hauen wir uns eben mit Knütteln auf den Kopf, bis Blut und Hirn diese grüne Wiese besudeln.«

Madouc verlor nun die Geduld und richtete den Zinkelzeh-Kobolz wider das furchtbare Reittier des ersten Ritters. Es stieß einen vibrierenden Schrei aus und sprang hoch in die Luft; sobald es wieder gelandet war, hüpfte es bockend und keilend hierhin und dorthin und fiel schließlich in den Fluß, wo der Ritter, hinuntergezogen von seinem schweren Panzer, rasch versank. Der zweite Ritter stieß einen wilden Schlachtruf aus und stürmte mit gesenkter Lanze vorwärts. Madouc kehrte den Zinkelzeh-Kobolz hurtig gegen den zweiten Greif, der mit noch größerem Schwung als der erste emporsprang, ausschlug und bockte, so daß der Goblinritter hoch in die Luft gewirbelt wurde und auf den Kopf fiel, worauf er reglos liegenblieb.

»So«, sagte Madouc. »Versuchen wir nun unser Glück mit Herrn Throops Gastfreundschaft.«

Die drei gingen unter dem Fallgatter hindurch und kamen auf einen übelriechenden Hof, der von einer fünfzig Fuß hohen und von einer Brustwehr gekrönten Mauer umfriedet war. An einer hohen eisenbeschlagenen Holztür hing ein massiver Klopfer in der Form eines Höllenhundkopfes. Unter Aufbietung seiner ganzen Kraft hob Sir Pom-Pom den Klopfer und ließ ihn fallen.

Ein Moment verging. Über der Brustwehr erschienen ein großer Rumpf und drei spähende Köpfe. Der mittlere Kopf rief mit schnarrender Reibeisenstimme: »Wer macht dort diesen rücksichtslosen Lärm, der mich in meiner Ruhe gestört hat? Haben meine Günstlinge euch nicht zu wissen gegeben, daß ich um diese Zeit zu ruhen pflege?«

Madouc antwortete so artig, wie ihre zitternde Stimme es zuließ: »Sie gewahrten uns, Herr Throop, und stoben entsetzt davon.«

»Das ist außergewöhnliches Betragen! Welche Art von Personen seid ihr?«

»Arglose Wanderer, mehr nicht«, sagte Travante. »Da wir nun einmal hier vorbeikamen, hielten wir es für schicklich, Euch unsere Aufwartung zu machen. Solltet Ihr geruhen, uns Eure Gastfreundschaft zu entbieten — wir bringen Gastgeschenke, wie es in dieser Gegend Usus ist.«

Pism, der linke Kopf, stieß einen Fluch aus: »Busta batasta! Ich halte nur einen einzigen Dienstboten — meinen Hausmeier Naupt. Er ist alt und gebrechlich; ihr dürft ihm keinen Ärger bereiten und ihm auch keine Lasten auf die müden alten Schultern laden! Und untersteht euch ja nicht, meine wertvollen Besitzstücke zu klauen! Dies würde mein äußerstes Mißfallen erregen.«

»Habt diesetwegen keine Befürchtungen«, erklärte Travante. »Wir sind so ehrbar, wie der Tag lang ist.«

»Das freut mich zu hören. Schaut zu, daß euer Tun Hand in Hand mit euren prahlerischen Worten geht.«

Die Köpfe verschwanden hinter der Brüstung. Einen Moment später rief eine mächtige, dröhnende Stimme in schroffem Befehlston: »Naupt, wo steckst du? Ah, du träge alte Natter, wo versteckst du dich? Komm sofort her, willst du nicht grün und blau geschlagen werden!«

»Ich bin hier!« schrie eine Stimme. »Wie stets bereit zum Dienen!«

»Bah batasta! Öffne das Portal und laß die Gäste ein,

die draußen harren! Sodann grab Rüben für den großen schwarzen Topf aus!«

»Soll ich auch Lauchstangen schneiden, Euer Ehren?«

»Schneide zwanzig Stück Lauchstangen; sie werden der Suppe schmackhafte Würze verleihen! Doch als erstes laß die Gäste herein!«

Einen Moment später schwang die hohe Tür quietschend und ächzend auf. In der Öffnung stand Naupt, der Hausmeier: eine Mischung aus Troll, Menschenmann und Wefkin. In der Statur überragte er Sir Pom-Pom um einen Zoll, an Korpulenz jedoch übertraf er Sir Pom-Pom um gewiß mehr als das Eineinhalbfache. Graue Barchentkniehosen umhüllten seine dünnen Beine und knorrigen Knie; eine enge graue Jacke tat das gleiche mit den dünnen Armen und spitzen Ellbogen. Eine Anzahl fettiger schwarzer Locken hing ihm in die Stirn; runde schwarze Glupschaugen flankierten die lange krumme Nase. Der Mund war eine graue Rosenknospe über einem klitzekleinen spitzen Kinn, zu dessen Seiten dicke schlaffe Backen sackartig herunterhingen.

»Tretet ein!« befahl Naupt. »Welche Namen soll ich Herrn Throop melden?«

»Ich bin die Prinzessin Madouc. Dies ist Sir Pom-Pom von Burg Haidion — oder zumindest ihren Hintergebäuden; und dies ist Travante, der Weise.«

»Sehr wohl, Eure Ehrwürden. Folgt mir bitte! Setzt die Füße behutsam auf, damit ihr das Pflaster nicht über Gebühr abwetzt.«

Auf Zehenspitzen trippelnd, führte Naupt die drei durch einen dunklen hohen Gang, der von süß-säuerlichem Modergeruch erfüllt war. Feuchtigkeit sickerte aus Ritzen und Spalten im Mauerwerk; graugrüner Schimmel wucherte dort, wo der Dreck von Jahrhunderten sich in den Ritzen festgesetzt hatte.

Der Gang machte eine Kurve, dann noch eine und mündete in eine riesige Halle, die so hoch war, daß die

Decke sich im Schatten verlor. Auf einem Sims, der sich über die gesamte Rückwand zog, standen Käfige in einer Reihe; sie waren zur Zeit leer. An den Wänden hingen hundert Schilde, verziert mit ebenso vielen unterschiedlichen Emblemen. Über jedem Schild hing ein menschlicher Schädel, bedeckt mit einem stählernen Ritterhelm, und starrte aus leeren Augenhöhlen in die Halle.

Throops Möblierung war plump, spärlich und nicht allzu sauber. Ein Tisch aus massiven Eichenbohlen stand vor dem Kamin, in dem acht Holzscheite brannten. Der Tisch wurde flankiert von einem Dutzend Stühlen; ein dreizehnter, dreimal so groß wie ein gewöhnlicher, stand am Kopf des Tisches.

Naupt geleitete die drei zur Mitte der Halle, wo er ihnen stehenzubleiben bedeutete, wobei er auf dünnen Beinen herumhüpfte. »Ich werde nun Herrn Throop eure Ankunft melden. Ihr seid die Prinzessin Madouc, Ihr seid Sir Pom-Pom und Ihr seid Travante, der Weise; richtig?«

»Beinahe richtig«, sagte Madouc. »Das ist Travante, der Weise, und ich bin die Prinzessin Madouc!«

»Ah! Jetzt ist alles klar! Ich werde Herrn Throop rufen; dann muß ich die Vorbereitungen für Herrn Throops Abendmahl treffen. Ihr könnt hier warten. Paßt auf, daß ihr nichts nehmt, das nicht euch gehört.«

»Natürlich nicht«, sagte Travante pikiert. »Ich fange an, mich an diesen Bezichtigungen zu stoßen.«

»Schon gut, schon gut! Wenn es soweit ist, könnt ihr jedenfalls nicht geltend machen, man hätte euch nicht gewarnt.« Naupt trippelte auf dünnen Beinen davon.

»Die Halle ist kalt«, nörgelte Sir Pom-Pom. »Laßt uns ans Feuer treten!«

»Auf keinen Fall!« schrie Madouc. »Willst du die Suppe von Herrn Throops Abendmahlzeit werden? Die Scheite, die das Feuer nähren, sind nicht unser Eigentum; wir müssen vermeiden, die Wärme, die sie spenden, zu unserem ganz persönlichen Nutzen zu verwenden.«

»Dies ist eine äußerst heikle Situation«, knurrte Sir Pom-Pom. »Ich wundere mich, daß wir es unter diesen Umständen überhaupt wagen, die Luft zu atmen.«

»Das dürfen wir sehr wohl, da die Luft allumfassend und nicht Herrn Throops ausschließliches Eigentum ist.«

»Das ist eine beruhigende Nachricht.« Sir Pom-Pom wandte sich um. »Ich höre Schritte nahen. Throop ist auf dem Weg zu uns.«

Throop betrat die Halle. Er tat fünf schwere lange Schritte vorwärts und inspizierte seine Gäste mit der vollen Aufmerksamkeit seiner drei Häupter. Throop war groß und massig; er war zehn Fuß hoch, ausgestattet mit dem Brustkasten eines Bullen, großen runden Armen und knorrigen Beinen, jedes so dick wie ein Baumstamm. Die Köpfe waren rund und grobknochig und hatten runde weißgraue Augen, Stupsnasen und purpurfarbene dicklippige Münder. Jeder Kopf hatte einen spitzen Hut auf. Der von Pism war grün; der von Pasm war leberfarbig; der von Posm war von einem feschen Senfgelb.

Die drei Köpfe waren mit ihrer Begutachtung fertig. Pasm, der mittlere, sprach: »Was wollt ihr hier, daß ihr in meiner Burg Doldil Raum einnehmt und Obdach beziehet?«

»Wir kamen, um Euch unsere Aufwartung zu machen, in der Weise, wie es die Höflichkeit gebietet«, sagte Madouc. »Eure Einladung zum Eintreten ließ uns keine andere Wahl, als Raum einzunehmen und Obdach zu beziehen.«

»Bah batasta! Das ist eine zungenfertige Erwiderung. Warum steht ihr da wie Stöcke?«

»Wir sind sorgsam darauf bedacht, Eure Gastfreiheit nicht zu mißbrauchen. Deshalb erwarten wir genaue Anweisungen.«

Throop marschierte zum Kopf des Tisches und ließ sich auf dem großen Stuhl nieder. »Ihr dürft euch zu mir an den Tisch gesellen.«

»Dürfen wir auf den Stühlen Platz nehmen, Sir Throop, ungeachtet der Abnützung des Holzes, die damit einhergeht?«

»Bah! Ihr müßt achtsam sein! Die Stühle sind kostbare Antiquitäten.«

»In welchem Fall die Sorge um Euch und um Euren Besitz dafür spräche, daß wir stehen.«

»Ihr könnt euch setzen.«

»In die Wärme des Feuers oder an eine andere Stelle?«

»Das steht euch frei.«

Madouc entdeckte eine listige Zweideutigkeit in der Äußerung. Sie frug: »Ohne irgendwelche Verpflichtungen oder Nachteile?«

Alle drei Köpfe zogen einen Flunsch. »In eurem Fall will ich eine Ausnahme machen und keine Gebühr für den Nießnutz der Feuerwärme oder des Feuerscheins erheben.«

»Danke, Herr Throop.« Die drei nahmen vorsichtig Platz und beobachteten Throop in respektvollem Schweigen.

Posm fragte: »Seid ihr hungrig?«

»Nicht sonderlich«, sagte Madouc. »Da wir zufällige Gäste sind, ist uns daran gelegen, keine Viktualien zu verzehren, die Ihr womöglich für Euch selbst oder für Naupt aufgespart habt.«

»Ihr seid die Höflichkeit in Person. Nun denn, wir wollen sehen.« Pism verrenkte den stämmigen Hals und rief an Pasms Ohr vorbei: »Naupt! Bring Obst! In Fülle und reicher Auswahl!«

Naupt trat an den Tisch mit einem Zinntablett, auf dem sich saftige Birnen, Pfirsiche, Kirschen Trauben und Pflaumen in üppiger Fülle türmten. Er bot das Tablett zuerst Throop dar. »Ich werde eine Birne essen«, sagte Pism. »Für mich ein Dutzend von jenen leckeren Kirschen«, sagte Pasm. »Heute werde ich eine oder zwei Pflaumen vertilgen«, sagte Posm.

Naupt hielt das Tablett jetzt Madouc hin, die jedoch lächelnd ablehnte. »Vielen Dank, aber unsere guten Manieren zwingen uns, das Angebot auszuschlagen, da wir nichts haben, womit wir es vergüten könnten.«

Posm sagte mit breitem Grinsen: »Jeder von euch darf unverbindlich eine Traube kosten.«

Madouc schüttelte den Kopf. »Wir könnten versehentlich den Stiel abbrechen oder einen Samenkern verschlucken und so den Wert Eures Geschenks überschreiten.«

Pism zog ein finsteres Gesicht. »Eure Manieren sind sehr gut, aber ein wenig lästig, da sie unser eigenes Mahl verzögern.«

Posm sagte: »All dies beiseite genommen — war da nicht die Rede von Gastgeschenken?«

»Stimmt«, sagte Madouc. »Wie Ihr wohl sehen könnt, sind wir bescheidene Leute, und unsere Gastgeschenke, wiewohl nicht von großem Wert, kommen gleichwohl von Herzen.«

Travante fügte hinzu: »Solche Geschenke sind letztlich die besten. Sie verdienen größere Beachtung als Darreichungen von Juwelen oder Fläschchen mit seltenen Riechstoffen.«

»Batasta«, sagte Pism. »Jedes hat seinen Platz im Plan der Dinge. Was habt ihr denn nun zu unserer Erbauung mitgebracht?«

»Alles zu seiner Zeit«, sagte Madouc. »Im Moment dürstet mich, und ich wünsche zu trinken.«

»Dem läßt sich leicht abhelfen«, erklärte Pism gutgelaunt. »Habe ich nicht recht mit dieser Bemerkung, Posm?«

»Je eher, desto besser«, sagte Posm. »Der Tag neigt sich dem Ende zu, und wir haben noch immer nicht den Topf aufgesetzt.«

Pasm rief: »Naupt, entferne das Obst; bring hurtig Pokale, damit wir trinken können!«

Naupt hastete mit dem Obst davon und kehrte mit einem Tablett voller Kelche zurück, die er auf den Tisch stellte. Madouc sagte höflich zu Throop: »Diese Pokale sind von hoher Güte! Erlaubt Ihr uns, sie frei und unverbindlich zu benützen?«

»Wir sind keine weltfremden Theoretiker«, erklärte Pasm jovial. »Zum Trinken braucht man ein geeignetes Behältnis, welches tunlichst von kelchähnlicher Form sein sollte. Ansonsten fällt die Flüssigkeit, sobald sie eingeschenkt wird, auf den Boden.«

»Kurz, ihr dürft diese Pokale unentgeltlich benützen«, resümierte Pism.

»Naupt, bring den Holunderbeerwein!« rief Posm. »Wir wünschen unseren Durst zu löschen.«

Madouc sagte: »Während wir trinken, könnt Ihr Euch auch schon einmal Gedanken über das Gastgebergeschenk machen, welches Ihr uns als Gegenleistung anbieten müßt. Nach den Regeln der Höflichkeit sollten solche Gastgebergeschenke von gleichem Wert wie das Gastgeschenk sein.«

Pasm brüllte: »Welch närrischer Unfug ist das nun wieder?«

Pism sprach mit größerer Selbstbeherrschung und ging sogar so weit, seinen Brüdern zuzuzwinkern. »Es ist nichts Schlimmes an einer solchen Diskussion. Vergeßt niemals unsere übliche Gewohnheit!«

»Wohl wahr«, kicherte Posm. »Naupt, hast du genügend Zwiebeln für die Suppe geschält?«

»Ja, Euer Ehren.«

»Leg sie für den Moment beiseite; es wird eine kurze Verzögerung geben, und die Zwiebeln sollten nicht verkochen.«

»Sehr wohl, Euer Ehren.«

»Du kannst jetzt den Holunderbeerwein kredenzen, den unsere Gäste zum Stillen ihres Durstes verlangt haben.«

»Keinesfalls!« sagte Madouc. »Wir würden niemals auch nur daran denken, Eure Gastfreundschaft über Gebühr zu strapazieren! Sir Pom-Pom, hol unser goldenes Gefäß hervor. Ich will Met trinken.«

Sir Pom-Pom stellte das Gefäß auf und schenkte aus dem ersten Schnabel Met für Madouc ein.

Travante sagte: »Mir steht heute der Sinn nach einem guten Rotwein.«

Sir Pom-Pom füllte Travantes Pokal aus dem entsprechenden Schnabel. »Was mich betrifft, so werde ich ein schönes kühles Bier trinken.«

Aus dem letzten Schnabel schenkte sich Sir Pom-Pom ein schäumendes Bier in seinen Kelch.

Throops drei Häupter verfolgten den Vorgang mit Staunen, dann raunten sie sich gegenseitig in die Ohren. Pasm sagte laut: »Das ist ein ausgezeichnetes Gefäß!«

»Das kann man wohl sagen«, bestätigte Sir Pom-Pom. »Und da wir schon einmal bei dem Thema sind: Was wißt Ihr vom Heiligen Gral?«

Alle drei Köpfe reckten sich augenblicklich vor und starrten Sir Pom-Pom an. »Wie bitte?« fragte Pism. »Hast du eine Frage gestellt?«

»Nein!« schrie Madouc. »Natürlich nicht! Niemals! Nicht ein Jota! Ihr habt Sir Pom-Pom mißverstanden. Er sagte, sein Bier munde ihm überaus trefflich.«

»Hmf. Zu schade!« sagte Pasm.

»Information ist wertvoll«, sagte Posm. »Wir schätzen sie teuer.«

Pism sagte: »Da euch die freie und unentgeltliche Benutzung der Kelche gestattet wurde, ließet ihr uns vielleicht von den Produkten jenes bemerkenswerten Gefäßes kosten?«

»Gewiß«, sagte Madouc. »Das ist nur höflich und schicklich. Wozu neigen Eure Geschmäcker?«

»Ich werde Met trinken«, sagte Pism.

»Ich werde Wein trinken«, sagte Pasm.

»Ich werde von dem famosen Bier kosten«, sagte Posm.

Naupt brachte Kelche, die Sir Pom-Pom den Wünschen der Köpfe entsprechend vollschenkte. Sodann servierte Naupt jedem der Köpfe den verlangten Trunk.

»Ausgezeichnet!« erklärte Pism.

»Körperreich und von hoher Qualität!« befand Pasm.

»Batasta!« schrie Posm. »Ein solch exzellentes Bier habe ich seit Jahren nicht mehr getrunken!«

Madouc sagte: »Vielleicht sollten wir jetzt unsere Gastgeschenke darreichen. Darauf könnt Ihr dann Eure Gastgeber-Gegengeschenke offerieren, und wir setzen unsere Reise fort.«

»Bah batasta!« grunzte Pasm. »Dieses ständige Gerede von Gastgebergeschenken kratzt hart in meinem Ohr.«

Pism zwinkerte erneut mit seinem großen weißen Auge. »Hast du unseren kleinen Spaß vergessen?«

Posm sagte: »Gleichviel! Wir dürfen unsere Gäste nicht stutzig machen. Prinzessin Madouc, so zart und süß! Was hast du für ein Gastgeschenk?«

»Mein Angebot ist wertvoll; es ist frische Kunde von Eurem geliebten Bruder, dem Oger Higlauf. Letzten Monat besiegte er einen Trupp von sechzehn starken Kämpen unter den Klippen von Kholensk. Der König von Muskovien trägt sich mit der Absicht, ihn mit einer von sechs weißen Bären gezogenen Kutsche zu belohnen, mit einer Flankeneskorte von zwölf persischen Pfauen. Higlauf trägt einen neuen Mantel aus Rotfuchspelz und hohe Pelzmützen auf allen seinen Köpfen. Er ist wohlauf bis auf eine Fistel an seinem mittleren Hals; auch ist sein Bein ein wenig wund vom Biß eines tollwütigen Hundes. Er übermittelt Euch seine brüderlichen Grüße und lädt Euch zu einem Besuch auf seine Burg in Tromsk am Udowna-Fluß ein. Und diese Zeitung, die Euch hoffentlich Freude bereiten wird, ist mein Gastgeschenk.«

Alle drei Köpfe blinzelten mit den Augen und rümpften geringschätzig die Nase. »Ah bah!« machte Posm. »Das Geschenk ist von geringem Wert; es interessiert mich nicht die Bohne, ob Higlauf sein Bein weh tut oder nicht, noch neide ich ihm seine Bären.«

»Ich habe mein Bestes getan«, sagte Madouc. »Was ist mit meinem Gegengeschenk?«

»Es soll ein Artikel von gleichem Wert sein und nicht ein Schnurrbarthaar mehr.«

»Wie Ihr wollt. Ihr könntet mir Kunde vom Verbleib meines Freundes Sir Pellinore von Aquitanien geben, der vor einigen Jahren hier vorbeikam.«

»Sir Pellinore von Aquitanien?« Die drei Köpfe grübelten und berieten sich untereinander. »Pism, kannst du dich an einen Sir Pellinore erinnern?«

»Ich verwechsle ihn mit Sir Priddelot aus der Lombardei, der so zäh war. Posm, was ist eigentlich mit dir?«

»Ich kann den Namen nicht zuordnen. Wie war sein Wappen?«

»Drei rote Rosen auf blauem Grund.«

»Ich erinnere mich weder an den Namen noch an das Wappen. Viele, wenn nicht die meisten — oder sogar alle — Besucher von Burg Doldil ermangeln jeglicher Tugendhaftigkeit und sind entweder auf Stehlen oder auf Akte des Verrats aus. Diese Verbrecher werden allesamt bestraft und zu einer nahrhaften Suppe verkocht, was in den meisten Fällen die bemerkenswerteste Leistung ihres ansonsten unnützen Lebens ist. Ihre Wappen hängen an den Wänden dieser Halle. Sieh dich frei und unverbindlich um: Entdeckst du irgendwo die drei roten Rosen deines Freundes Sir Pellinore?«

»Nein«, sagte Madouc. »Nichts dergleichen fällt mir ins Auge.«

Posm rief: »Naupt, wo steckst du?«

»Hier, Euer Ehren!«

»Schau in das große Register! Erkunde, ob wir schon

einmal einen gewissen ›Sir Pellinore von Aquitanien‹ zu Gast gehabt haben.«

Naupt hoppelte aus der Halle und kam kurz darauf wieder. »Ein solcher Name ist nirgends verzeichnet, weder im Index noch in der Rezeptesammlung. Sir Pellinore ist uns nicht bekannt.«

»Dann ist das die Antwort, die ich geben muß, und sie erfüllt voll und ganz die Erfordernis. Nun denn, Travante, der Weise: Was hast du als Gastgeschenk mitgebracht?«

»Es ist ein Artikel von enormem Wert, so er korrekt benutzt wird; tatsächlich habe ich mein ganzes Leben für seinen Erwerb geopfert, Herr Throop, als mein Gastgeschenk überreiche ich Euch meine hart errungene Senilität, mein hohes Alter und die Hochachtung, die ihm gebührt. Es ist fürwahr ein teuerwertes Präsent.«

Throops drei Köpfe zogen eine Grimasse, und die dicken Arme zupften der Reihe nach an den drei Bärten. Posm sagte: »Wie kannst du freiwillig und ohne Not ein solch wertvolles Geschenk hergeben?«

»Ich tue dies aus Ehrfurcht vor Euch, meinem Gastgeber, in der Hoffnung, daß es Euch den gleichen Gewinn bringt, den es mir gebracht hat. Was Euer Gegengeschenk betrifft, so könnt Ihr mir den unreifen und faden Zustand der Jugend zurückerstatten, da ich meine eigene irgendwo auf dem Weg verloren habe. Sollte zufällig meine verlorene Jugend in einer Eurer Rumpelkammern zur Aufbewahrung lagern, so werde ich sie gern sogleich wieder in meine Obhut nehmen.«

Pism rief: »Naupt, hierher!«

»Ja, Euer Ehren?«

»Du hast Travantes Bedürfnisse vernommen; bewahren wir irgend etwas, auf das diese Beschreibung passen könnte, beim Burggerümpel auf?«

»Ganz gewiß nicht, Herr.«

Throop wandte seine drei Köpfe wieder zu Travante. »In dem Fall mußt du dein Senilitätspräsent behalten, da ich kein gehöriges Gegengeschenk darbieten kann, und damit soll die Transaktion denn auch abgeschlossen sein. Nun denn, Sir Pom-Pom: Was hast du zu bieten?«

»Ehrlich gesagt habe ich nichts außer meinem goldenen Gefäß.«

Posm sagte schnell: »Du brauchst dich nicht zu entschuldigen; das dürfte hinreichend sein.«

»Dem stimme ich zu«, sagte Pasm. »'s ist ein Geschenk von großer Nützlichkeit, im Gegensatz zu den eher abstrakten Mitbringseln der Prinzessin Madouc und Travantes, des Weisen.«

»Es gibt nur ein Problem«, sagte Sir Pom-Pom. »Ich hätte danach kein Utensil mehr, aus dem ich trinken könnte. Wenn Ihr mir einen angemessenen Ersatz stellen könntet — ein gewöhnlicher oder meinethalben auch antiker Pokal mit zwei Henkeln und, wenn möglich, von blauer Farbe würde mir schon genügen — dann könnte ich mich wohl von meinem eigenen Gefäß trennen und es Euch als Gastgeschenk darbieten.«

Pism rief: »Naupt? Wo treibst du dich herum? Schläfst du wieder hinterm Ofen? Du mußt dich künftig besser schicken, sonst wird es dir schlecht ergehen.«

»Ich tue wie stets mein Bestes, Euer Ehrwürden!«

»Hör zu! Sir Pom-Pom braucht ein Gefäß, aus dem er trinken kann. Statte ihn mit einem Artikel nach seinem Geschmack aus.«

»Sehr wohl, Euer Ehren! Sir Pom-Pom, was für ein Gefäß schwebt Euch vor?«

»Ach, bloß irgendein schlichter alter Kelch, mit zwei Henkeln und von blauer Farbe.«

»Ich werde den Schrank durchsuchen, und vielleicht kann ich ein Gefäß nach Eurem Geschmack entdecken.«

Naupt hastete davon und kehrte gleich darauf mit einer Anzahl von Pokalen, Bechern und ein paar Kelchen zurück. Keines dieser Gefäße sagte Sir Pom-Pom zu. Einige waren zu groß, andere waren zu klein; einige waren zu schwer, andere hatten nicht die passende Farbe.

Naupt rannte hin und her, bis der Tisch schließlich voll von Trinkgefäßen war.

Throop wurde mürrisch. Posm fungierte als Sprachrohr. »Sir Pom-Pom, in diesem Sortiment muß sich doch wohl ein Gefäß finden lassen, das deinen Ansprüchen genügt!«

»Leider nicht. Dieses hier ist zu groß. Jenes dort ist zu gedrungen. Und dieses wiederum ist mit Verzierungen geschmückt, die so gar nicht meinem Geschmack entsprechen.«

»Batasta, bist du aber pingelig mit deinem Trinken! Wir haben keine anderen mehr, die wir dir zeigen könnten.«

»Ich würde womöglich sogar etwas im irischen Stil akzeptieren«, sagte Sir Pom-Pom.

»Ah!« schrie Naupt. »Erinnert Ihr Euch an jenen seltsamen alten Kelch, den wir vor langer Zeit dem irischen Mönch wegnahmen? Vielleicht ist der nach Sir Pom-Poms Geschmack.«

»Das wäre vorstellbar«, sagte Sir Pom-Pom. »Bringt ihn halt her und laßt mich ihn anschauen.«

»Ich überlege, wo ich das alte Stück aufbewahrt haben könnte«, sagte Naupt mit grüblerischer Miene. »Ich glaube, er ist in dem Schrank neben dem Eingang zu den Verliesen.«

Naupt rannte davon und kam nach gehöriger Zeit mit einem verstaubten alten Kelch mit zwei Henkeln, von mittlerer Größe und blaßblauer Farbe zurück.

Madouc bemerkte, daß der Rand an einer Stelle angeschlagen war und daß der Kelch ansonsten der Zeichnung ähnelte, die sie in der Bibliothek in Haidion gesehen hatte. Sie sagte: »Wenn ich du wäre, Sir Pom-Pom, würde ich diesen alten Kelch annehmen und nicht länger schwanken, auch wenn er alt und angeschlagen und ohne jeden Wert ist.«

Sir Pom-Pom nahm den Kelch mit zitternden Händen auf. »Ich denke, ich werde mich damit begnügen.«

»Gut«, sagte Pasm. »Damit ist dieses lästige Hin und Her von Geschenken und Gegengeschenken nun endlich beendet, und wir können uns anderen Dingen widmen.«

Posm rief Naupt zu: »Hast du schon eine Schadensrechnung aufgestellt?«

»Noch nicht, Euer Ehren.«

»Du mußt Gebühren für die Zeit, die wir mit der Prinzessin Madouc und Travante, dem Weisen, verschwendet haben, mitberechnen. Sir Pom-Pom hat einen Gegenstand von Wert gebracht; sowohl Madouc als auch Travante versuchten, uns mit schönem Gerede und Unfug zu umgarnen. Sie müssen die gerechte Strafe für ihren Täuschungsversuch bezahlen.«

Posm sagte: »Tu die Zwiebeln in den Topf und bereite die Küche für unser Werk vor.«

Madouc leckte sich nervös die Lippen und sprach mit stockender Stimme: »Ihr werdet doch nicht etwa das vorhaben, was ich vermute?«

»Hah batasta!« schnarrte Pism. »Dein Verdacht ist vielleicht gar nicht so weit von der Wahrheit entfernt.«

»Aber wir sind Eure Gäste!«

»Und darum ganz gewiß nicht weniger schmackhaft, besonders mit Meerrettichsoße und Feldsalat genossen.«

Pasm sagte: »Bevor wir mit der Arbeit beginnen, sollten wir uns vielleicht noch einen Schluck oder zwei aus unserem neuen goldenen Füllhorn gönnen.«

»Eine gute Idee«, pflichtete Posm ihm bei.

Sir Pom-Pom stand auf. »Ich werde Euch die beste Methode des Einschenkens vorführen. Naupt, bringt Seidel von ordentlichem Fassungsvermögen! Pism, Pasm und Posm wollen einen tiefen Zug von dem Trunk nehmen, den sie am meisten schätzen.«

»Sehr richtig«, sagte Pasm. »Naupt, bring die großen Zinnseidel, damit wir kräftig schlucken können.«

»Jawohl, Euer Ehren.«

Sir Pom-Pom machte sich an dem goldenen Gefäß zu schaffen. »Was will jeder von euch trinken?«

Pism sagte: »Ich nehme Met, und nicht zu knapp!«

Pasm sagte: »Ich trinke wieder Rotwein — und in reichlich bemessener Menge!«

Posm sagte: »Ich giere nach mehr von jenem würzigen Bier, und daß ich ja nicht bloß Schaum im Seidel habe!«

Sir Pom-Pom schenkte die Seidel aus den entsprechenden Schnäbeln voll, und Naupt trug sie zu Throop von den Drei Köpfen. »Stemmt Eure Seidel nur hoch empor und trinkt in tiefen Zügen! Es bleibt noch reichlich im Gefäß übrig.«

»Ha hah batasta!« schrie Pasm. »Alle miteinander: gut Schluck!«

Throops zwei Hände erhoben die drei Seidel und gossen den Inhalt in die Kehlen von Pism, Pasm und Posm.

Drei Sekunden vergingen. Pisms großes rundes Gesicht lief rot an, und die Augen quollen ihm drei Zoll aus dem Kopf hervor, während ihm die Zähne herausfielen und auf den Boden klirrten. Pasms Antlitz schien zu pulsieren und sich gleichsam auf den Kopf zu stellen. Posms Gesicht wurde schwarz wie Kohle, und rote Flammen schossen ihm aus den Augen. Throop erhob sich schwankend auf die Beine. In seinem Bauch erklang erst ein Rumpeln, dann eine gedämpfte Detonation, und dann fiel er rücklings auf den Boden, wo er zu einem Gewirr aus scheinbar unzusammenhängenden Körperteilen zusammensank. Travante trat vor, ergriff Throops mächtiges Schwert und hackte ihm alle drei Köpfe ab. »Naupt, wo steckst du?«

»Hier, Herr!«

»Heb diese drei Köpfe auf und wirf sie unverzüglich ins Feuer, auf daß sie vertilgt werden.«

»Wie Ihr wünscht, Herr!« Naupt trug die Köpfe zum Kamin und warf sie in die Flammen. »Bleib stehen und sorg dafür, daß sie gänzlich verbrennen!« befahl Travante. »Je nun: Schmachten in den Kerkern gegenwärtig Häftlinge?«

»Nein, Euer Gnaden! Throop hat sie allesamt aufgefressen, jeden einzelnen.«

»In dem Fall gibt es nichts mehr, was uns hier noch hält.«

»Im Gegenteil«, sagte Madouc mit dünner Stimme. »Sir Pom-Pom, du hast den Onyxknopf nicht nur einmal, sondern zweimal gedrückt, richtig?«

»O nein«, erklärte Sir Pom-Pom, »ich habe ihn fünfmal gedrückt, und, um ganz sicher zu gehen, auch noch ein sechstes Mal. Ich sehe, daß das Gefäß zu einem Häufchen Rost zerfallen ist.«

»Es hat seinen Zweck voll erfüllt«, sagte Madouc. »Naupt, wir schenken dir dein armseliges Leben, aber du mußt dich bessern.«

»Mit Vergnügen und Dankbarkeit, Euer Gnaden!«

»Fortan mußt du deine Zeit guten Werken und der gastfreundlichen Bewirtung von Wandersleuten widmen.«

»Jawohl! Wie köstlich ist es doch, von der Knechtschaft entbunden zu sein!«

»Nichts hält uns mehr hier«, sagte Madouc. »Sir Pom-Pom hat das Objekt seiner Suche gefunden; ich habe erfahren, daß Sir Pellinore andernorts weilt; Travante ist um die Gewißheit reicher, daß seine verlorene Jugend sich nicht zwischen dem Gerümpel und den vergessenen Ramschwaren von Burg Doldil verbirgt.«

»Das ist nicht viel, aber immerhin etwas«, seufzte Travante. »Ich muß meine Suche anderswo fortsetzen.«

»Kommt!« sagte Madouc. »Laßt uns spornstreichs von hier scheiden! Mir ist von der Luft schon ganz blümerant!«

3

Die drei Wanderer verließen Burg Doldil im Geschwindschritt, einen weiten Bogen um den Leichnam des Goblinritters mit dem gebrochenen Hals schlagend. Sie marschierten schweigend westwärts auf dem Munkins-Weg, der Naupt zufolge nach kurzer Zeit auf die Große Nord-Süd-Straße münden würde. Manch einen bangen Blick warfen sie zurück, so als rechneten sie damit, daß irgend etwas Schreckliches sie verfolge. Aber der Weg blieb still und friedlich, und das einzige Geräusch, das zu vernehmen war, rührte her vom Zwitschern der Vögel im Walde.

Die drei marschierten wacker voran, Meile um Meile, jeder mit seinen eigenen Sorgen und Gedanken beschäftigt. Schließlich sprach Madouc zu Travante: »Ich habe, wenn ich's recht betrachte, einen gewissen Nutzen aus diesem schauerlichen Ereignis gezogen. Ich kann zumindest meinem Vater jetzt einen Namen geben, und wie es scheint, ist er noch am Leben. Deshalb habe ich nicht vergebens gesucht. Auf Haidion werde ich Nachforschungen anstellen, und bestimmt wird irgendein Grande aus Aquitanien mir Auskunft über Sir Pellinore geben können.«

»Auch meine Suche ist ein Stück vorangekommen«, sagte Travante ohne große Überzeugung. »Ich kann Burg Doldil von allen künftigen Erwägungen ausnehmen. Das ist ein kleiner, aber unzweifelhafter Gewinn.«

»Es ist gewiß besser als gar nichts«, sagte Madouc. Sie rief Sir Pom-Pom an, der ein Stück vor ihnen ging. »Wie steht's mit dir, Sir Pom-Pom? Du hast den Heiligen Gral gefunden und mithin deine Suche erfolgreich abgeschlossen.«

»Ich bin ganz betäubt von den Ereignissen. Ich kann es noch immer kaum glauben.«

»Es ist Wirklichkeit. Du besitzest den Gral und kannst jetzt auf den Großmut des Königs zählen.«

»Ich muß mir die Sache ernsthaft überlegen.«

»Aber verfall nur ja nicht auf die Idee, die Hand der königlichen Prinzessin zu fordern«, warnte Madouc. »Gar manche Maid seufzt und zagt; sie aber benutzt sowohl den Zinkelzeh-Kobolz als auch den Sissel gnadenlos und ohne die leiseste Reue.«

»Was diesen Punkt angeht, habe ich bereits eine Entscheidung getroffen«, sagte Sir Pom-Pom barsch. »Ich will kein Gespons, das so eigensinnig und rücksichtslos ist wie die königliche Prinzessin.«

Travante sagte lächelnd: »Vielleicht wird Madouc, ist sie erst einmal vermählt, artig und folgsam.«

»Ich für mein Teil ginge ein solches Risiko nicht ein«, erwiderte Sir Pom-Pom. »Vielleicht freie ich Devonet, die sehr hübsch und bemerkenswert niedlich ist, wenn auch ein wenig scharfzüngig. Sie schalt mich einmal bitterlich wegen eines lockeren Sattelgurtes aus. Solche kleinen Mängel lassen sich jedoch mit einer Tracht Prügel rasch kurieren.« Sir Pom-Pom nickte bedächtig und versonnen. »Ich muß die Sache gut bedenken.«

Eine Weile folgte der Weg dem Fluß: vorbei an Weihern, von Trauerweiden überdacht; an Stromabschnitten entlang, wo Röhricht in der Strömung bebte und wippte. An einem Felsvorsprung schwenkte der Fluß nach Süden; der Pfad schlängelte sich eine Anhöhe hinauf, stieß steil in eine Senke hinunter, machte einen Schwenk und führte unter riesigen Ulmen entlang, deren Laub im Licht der Nachmittagssonne in allen denkbaren Schattierungen von Grün leuchtete.

Die Sonne ging unter, und die Abenddämmerung senkte sich über das Land. Als Schatten über den Wald fielen, mündete der Weg auf eine stille Lichtung, die bis auf die Ruinen eines alten Steinkottens leer war. Travante spähte durch die Türöffnung. Auf dem dick mit Staub und faulendem Laub bedeckten Boden standen ein alter Tisch und ein Schrank, der wie durch ein Wunder immer noch seine Tür hatte. Travante öffnete die

Tür und fand in einem hohen Fach ein Büchlein aus steifem Pergament, dessen Seiten zwischen Platten aus grauem Schiefer gebunden waren. Er gab das Büchlein Madouc. »Meine Augen taugen nicht mehr zum Lesen. Die Wörter verschwimmen und enthüllen keines ihrer Geheimnisse. In den alten Zeiten, bevor meine Jugend entschlüpfte, war das nicht so.«

»Ihr habt einen schweren Verlust erlitten«, sagte Madouc. »Was die Abhilfe anbelangt, könnt Ihr gewiß nicht mehr tun als das, was Ihr tut.«

»Das ist auch mein Gefühl«, sagte Travante. »Ich lasse den Mut nicht sinken.«

Madouc ließ den Blick über die Lichtung schweifen. »Dies scheint ein geeigneter Platz zum Übernachten, zumal die Dämmerung schon bald den Weg verdunkeln wird.«

»Einverstanden«, sagte Travante. »Ich bin bereit zum Rasten.«

»Und ich bin bereit zum Essen«, sagte Sir Pom-Pom. »Wir haben heute keine Nahrung angeboten bekommen bis auf Throops Trauben, die wir zurückwiesen. Jetzt habe ich Hunger.«

»Dank meiner lieben Mutter können wir sowohl rasten als auch speisen«, sagte Madouc. Sie breitete das rosafarbene und weiße Schnupftuch auf dem Erdboden aus und schrie: »Aroisus!« Das Schnupftuch verwandelte sich einmal mehr in ein Zelt. Beim Eintreten fanden die drei Reisenden den Tisch wie üblich mit einer reichen Fülle erlesener Eßwaren beladen: ein Rinderbraten an Pudding aus Mehl und Talg; frisch geröstetes Geflügel und knuspriger Bratfisch; ein Ragout vom Hasen und ein zweites von Tauben; eine große Schüssel mit Miesmuscheln, gedünstet in einem Sud aus Butter, Knoblauch und Kräutern; Kressesalat; Butter und Brot, Pökelfisch, eingelegte Gurken, drei Sorten Käse; Milch, Wein, Honig; Pfannkuchen, wilde Erdbeeren mit Sahne und vieles andere mehr. Die drei erfrischten sich in Bekken mit parfümiertem Wasser, dann schmausten sie bis zur Sättigung.

Im Schein der vier Bronzelampen untersuchte Madouc das Büchlein aus dem Kotten. »Es scheint so etwas wie ein Almanach zu sein oder eine Sammlung von Aufzeichnungen und Ratschlägen. Verfaßt wurde es von einer Maid, die in dem Kotten lebte. Hier ist ihr Rezept für eine feine Gesichtsfarbe: ›Es heißt, daß Mandelcreme, vermengt mit Öl vom Mohn, sehr gut sei, sofern die Mixtur gewissenhaft aufgetragen wird; nicht minder gut ist auch eine Lotion von Alyssumblüten, getränkt in der Milch einer weißen Füchsin (O weh! Wo sollte eine weiße Füchsin zu finden sein?), sodann vermengt mit einer Prise feingemahlener Kreide. Was mich betrifft, so verfüge ich über keine dieser Ingredienzen und würde sie, selbst wenn ich sie zur Hand hätte, wohl auch nicht benutzen, da ohnehin niemand zugegen ist, der es bemerken würde.‹ Hmm.« Madouc blätterte eine Seite weiter.

»Hier ist eine Anleitung, wie man Krähen das Sprechen lehrt. ›Zunächst finde eine Jungkrähe von munterem Wesen, fidel und begabt. Du mußt sie nett behandeln, wenngleich du nicht umhinkommen wirst, ihr die Flügel zu stutzen, damit sie nicht entfleucht. Einen Monat lang mußt du ihrer normalen Nahrung einen Absud von gutem Baldrian beimengen, in welchem du zuvor sechs Haare vom Bart eines weisen Philosophen gekocht hast. Am Ende des Monats mußt du sagen: *Krähe, liebe Krähe: hör mich nun an! Wenn ich den Finger hebe, mußt du sprechen! Mögen deine Worte klug und triftig sein, zu unser beider Freude, da wir so einander vielleicht in unserer Einsamkeit trösten können! Sprich, Krähe!*

›Ich befolgte die Anleitung auf das sorgfältigste, aber meine Krähen blieben allesamt stumm und sprachlos, und meine Einsamkeit ward nimmer gelindert.‹«

»Höchst merkwürdig«, sagte Sir Pom-Pom mit nachdenklich gekräuselter Stirn. »Ich vermute, daß der ›Philosoph‹, aus dessen Bart sie die sechs Haare zupfte, nicht wirklich weise war oder aber daß er sie bezüglich seiner Qualifikation hinters Licht führte.«

»Das wäre möglich«, sagte Madouc.

»An einem so einsamen Ort kann ein argloses Mägdelein leicht getäuscht werden«, sagte Travante. »Sogar von einem Philosophen.«

Madouc wandte sich wieder dem Büchlein zu. »Hier ist noch ein Rezept. Es heißt: ›Unfehlbares Mittel, einem, den man liebt, Eherne Treue und Glühende Liebe einzuflößen.‹«

»Das dürfte interessant sein«, sagte Sir Pom-Pom. »Seid so gut und lest das Rezept vor, und bitte mit exakter Sorgfalt und Genauigkeit!«

Madouc las: »›Wenn der schwindende Mond tief am Himmel steht und einem Geisterschiff gleich durch die Wolken schwimmt, dann ist es Zeit, sich bereitzuhalten, denn oft verdichtet sich ein Dunsthauch und rinnt an der leuchtenden Hülse herunter, um am unteren Horn als Tropfen zu hangen. Dort schwillt er mählich an, bis er schließlich herunterfällt, und wenn jemand, der drunten steht, den Tropfen in einer silbernen Schale aufzufangen vermag, dann hat er ein Elixier von höchster Vortrefflichkeit gewonnen. Wird nun ein Tropfen von diesem Safte in einen Kelch weißen Weines gemengt, und trinken zwei zusammen aus diesem Kelch, dann entbrennen diese zwei unweigerlich in süßer Liebe zueinander. So habe ich denn nun meinen Entschluß gefällt: Eines Nachts, wenn der Mond tief am Himmel wandert, werde ich mit meiner Schale von diesem Orte fortrennen und nicht rasten, bis ich unter dem Horn des Mondes stehe, und dort werde ich warten, bis der wunderbare Tropfen herunterfällt, und ihn auffangen.‹«

Travante frug: »Finden sich hierzu noch weitere Aufzeichnungen?«

»Nein; das ist das ganze Rezept.«

»Ich frage mich, ob die Maid wahrhaftig durch die

Nacht gerannt ist und ob sie am Ende ihren köstlichen Tropfen aufgefangen hat.«

Madouc blätterte die pergamentenen Seiten weiter. »Mehr steht hier nicht; der Regen hat den Rest verwischt.«

Sir Pom-Pom rieb sich das Kinn. Er spähte hinüber zu dem heiligen Kelch, der auf einem Kissen ruhte; dann erhob er sich, trat zur Tür des Zeltes und blickte über die Lichtung.

Travante fragte: »Nun, wie ist die Nacht, Sir Pom-Pom?«

»Der Mond ist beinahe voll, und der Himmel ist klar.«

»Aha! Dann wird es heute nacht also keinen Mondsirup geben.«

Madouc fragte Sir Pom-Pom: »Hattest du etwa vor, mit einer Schale durch den Wald zu rennen, um Sickerwasser vom Mond aufzufangen?«

Sir Pom-Pom erwiderte würdevoll: »Warum nicht? Ein oder zwei Tropfen von dem wundersamen Mondelixier könnten vielleicht eines Tages noch ganz nützlich sein.« Er warf einen kurzen Blick auf Madouc. »Ich bin immer noch unschlüssig hinsichtlich der Belohnung, die ich verlangen werde.«

»Ich dachte, du hättest beschlossen, Baron zu werden und Devonet zu freien.«

»Die Vermählung mit einer königlichen Prinzessin könnte womöglich höheres Ansehen zeitigen, wenn Ihr versteht, was ich meine.«

Madouc lachte. »Ich verstehe sehr wohl, was du meinst, Sir Pom-Pom, und deshalb werde ich auf der Hut vor deinem Weißwein sein, und wenn du ihn selbst gallonenweise und auf den Knien vor mir liegend darbötest.«

»Bah!« stieß Sir Pom-Pom beleidigt hervor. »Ihr seid absolut unvernünftig.«

»Wohl wahr«, seufzte Madouc. »Du mußt eben mit Devonet vorliebnehmen.«

»Ich werde es mir überlegen.«

Am Morgen brachen die drei zeitig auf und zogen weiter auf dem Munkins-Weg. Sie waren eine Stunde gewandert, als Travante plötzlich einen erschreckten Schrei ausstieß. Madouc fuhr herum und sah ihn in den Wald starren.

»Ich habe sie gesehen!« schrie Travante. »Ich bin ganz sicher! Dort drüben ist sie! Überzeugt Euch mit eigenen Augen!« Er deutete aufgeregt auf eine Stelle im Wald, und als Madouc hinschaute, sah sie gerade noch, wie etwas hinter den Bäumen verschwand. Travante schrie: »Halt! So bleib doch stehen! Ich bin's, Travante!« Er stürmte in den Wald und schrie: »Entfleuch mir doch jetzt nicht! Ich sehe dich ganz klar und deutlich! Warum hältst du nicht inne? Warum fliehst du mich?«

Madouc und Sir Pom-Pom folgten ihm ein Stück, dann blieben sie stehen und horchten, in der Hoffnung, Travante werde zurückkommen, aber seine Rufe wurden immer leiser und waren schließlich nicht mehr zu hören.

Die zwei kehrten langsam zum Pfad zurück. Sie blieben immer wieder stehen und lauschten, ob Travante zurückkäme, aber der Wald war still geworden. Auf dem Pfad angekommen, verharrten sie noch eine Stunde lang in banger Erwartung, doch schließlich erschien ihnen das Warten immer aussichtsloser, und sie marschierten widerstrebend weiter nach Westen.

Am Mittag erreichten sie die Große Nord-Süd-Straße, wo sie sich nach Süden wandten, Sir Pom-Pom wie immer vorneweg.

Schließlich blieb Sir Pom-Pom stehen und schaute verärgert über die Schulter zurück. »Ich habe den Wald satt! Das offene Land liegt vor uns; warum bummelt Ihr so?«

»Es geschieht ohne mein Wissen«, sagte Madouc. »Der Grund ist vermutlich dieser: Jeder Schritt bringt mich Haidion näher, und ich bin zu dem Schluß gelangt, daß ich zur Vagabundin besser tauge denn zur Prinzessin.«

Sir Pom-Pom ließ ein verächtliches Grunzen hören. »Ich für mein Teil bin es leid, ständig durch den Dreck zu stapfen! Die Pfade nehmen nie ein Ende; sie münden einfach in einen anderen Pfad, so daß ein Wanderer nimmer ans Ziel seiner Reise gelangt.«

»Das ist das Wesen des Vagabundentums.«

»Bah! Das ist nichts für mich! Die Landschaft verändert sich alle zehn Schritte; noch ehe man beginnen kann, den Anblick zu genießen, ist er auch schon wieder verschwunden!«

Madouc seufzte. »Ich verstehe deine Ungeduld. Sie ist nur billig. Du willst so schnell als möglich den Heiligen Gral präsentieren und große Ehren einheimsen.«

»Die Ehren brauchen so groß gar nicht zu sein«, entgegnete Sir Pom-Pom. »Der Rang eines Barons oder Ritters, ein kleines Gut mit einem Herrenhaus, Ställen, einer Scheune, einem Schweinekoben, Vieh, Geflügel und Bienenkörben, einem kleinen Wald und einem fischreichen Bach würden mir schon genügen.«

»All dies magst du wohl bekommen«, sagte Madouc. »Was mich betrifft, so würde ich, wenn ich nicht wollte, daß Spargoy, der Oberste Herold, Sir Pellinore für mich identifiziert, wohl gar nicht mehr nach Haidion zurückkehren.«

»Das ist närrisch«, sagte Sir Pom-Pom.

»Das mag wohl sein«, sagte Madouc.

»Jedenfalls, da wir nun einmal beschlossen haben, zurückzukehren, sollten wir uns denn auch sputen und nicht bummeln.«

4

An der Alten Straße wandten sich Madouc und Sir Pom-Pom nach Westen und erreichten beizeiten das Dorf Froschmarschen und die Straße Richtung Süden, auch bekannt als die ›Untere Straße‹, die nach der Stadt Lyonesse führte.

Im Lauf des Nachmittags türmten sich im Westen dunkle Wolkenberge auf, und als es auf den Abend zuging, peitschten Regenschauer das Land. Auf einer kleinen Wiese hinter einem Gehölz von Ölbäumen schlug Madouc das Zelt auf, und die zwei rasteten in Wärme und Geborgenheit, während der Regen auf das Zelt trommelte. Fast die ganze Nacht hindurch zuckten die Blitze und rollte der Donner, doch am Morgen hatten die Wolken sich verzogen, und die Sonne strahlte hell auf eine frische und feuchte Welt.

Madouc ließ das Zelt wieder zum Schnupftuch schrumpfen, und die zwei setzten ihren Marsch fort. Der Weg führte zuerst durch ein Gebiet mit Felsen und Schluchten, zwischen den Zwillingsklippen Maegher und Yax hindurch, dann einen langgezogenen welligen Hang hinunter, von dem aus in der Ferne die schimmernde Fläche des Lir zu sehen war.

Von hinten nahte das Dröhnen galoppierender Hufe heran. Die zwei wichen an den Wegesrand, und die Reiter sprengten vorüber: drei schneidige Junker, gefolgt von drei Stallbediensteten. Madouc schaute im selben Moment auf, als Prinz Cassander zur Seite und in ihr Gesicht blickte. Für einen kurzen Moment trafen sich ihre Blicke, und in dieser winzigen Zeitspanne verwandelte sich Cassanders Gesicht in eine Maske schierer Verblüffung. Mit wild fuchtelndem Arm bedeutete er seinen Kameraden anzuhalten, dann riß er sein Pferd herum und trabte zurück, um zu prüfen, ob ihn seine Augen getrogen hatten oder nicht.

Cassander zügelte sein Roß vor Madouc, und sein

Gesichtsausdruck verwandelte sich von einem der Verblüffung in einen solchen von halb herablassender, halb mitleidiger Belustigung. Er musterte Madouc von Kopf bis Fuß, warf einen knappen Blick auf Sir Pom-Pom, dann lachte er ungläubig. »Entweder unterliege ich einer Sinnestäuschung, oder diese ungekämmte, zerlumpte Gestalt, die da in der Gosse herumlungert, ist wahrhaftig die Prinzessin Madouc! Auch bekannt als Madouc von den Hundert Törichten Streichen und den Fünfzig Übeltaten!«

Madouc versetzte mürrisch: »Du kannst diesen anmaßenden Ton ruhig ablegen, da ich weder eine Närrin noch eine Übeltäterin bin; auch ›lungere‹ ich nicht herum.«

Cassander sprang von seinem Pferd. Die Jahre hatten ihn verändert, dachte Madouc, und nicht zu seinem Besseren. Seine Freundlichkeit war unter einer Schale von Eitelkeit verschwunden; sein aufgesetztes Gebaren machte ihn großspurig; mit dem roten Gesicht, den dichten messingfarbenen Locken, dem Schmollmund und den harten blauen Augen wirkte er wie eine unausgegorene Kopie seines Vaters. In gemäßigtem Ton antwortete er Madouc: »Dein Zustand ist würdelos; du bringst Spott über uns alle.«

Madouc zuckte bloß die Achseln und versetzte kühl: »Wenn dir mein Anblick nicht zusagt, dann schau halt woanders hin.«

Cassander warf den Kopf zurück und lachte. »Dein Aussehen ist freilich gar nicht so schlimm; im Gegenteil, das Reisen scheint dir zu bekommen! Aber deine Taten gereichen dem Königshaus zum Schaden.«

»Ha!« stieß Madouc höhnisch hervor. »Deine eigenen Taten sind auch nicht über Kritik erhaben. Mehr noch, sie sind ein Skandal, wie jedermann weiß.«

Cassander lachte wieder, wenn auch ein wenig verunsichert. Seine Kameraden stimmten in sein Lachen ein. »Ich spreche von unterschiedlichen Taten«, sagte

Cassander. »Soll ich sie aufzählen? Erstens: Du löstest mit deinem Verschwinden ein wahres Furore von hysterischen Nachforschungen aus. Zweitens: Du verursachtest eine Flut von Beschuldigungen und Gegenbeschuldigungen, die wohl oder übel in alle Richtungen ausgestoßen wurden. Drittens: Du hast eine Fülle von Zorn, Groll, Kummer, Weh und schlimmen Gefühlsregungen genährt. Viertens: du hast dich zur Zielscheibe für eine Flut von bittern Vorwürfen, Drohungen, Flüchen und Verwünschungen gemacht. Viertens: ...«

»Genug!« sagte Madouc. »Es scheint, daß ich nicht beliebt auf Haidion bin; du brauchst nicht fortzufahren. Dies alles ist unerheblich, und du selbst sprichst in Unkenntnis.«

»Ganz recht. Dem Fuchs im Hühnerstall kann man nicht das Gackern der Hühnchen zur Last legen.«

»Deine Witze sind zu luftig, als daß ich sie verstehen könnte.«

»Das macht nichts«, sagte Cassander. Er deutete mit dem Daumen auf Sir Pom-Pom. »Ist das nicht einer der Stallburschen?«

»Na und? König Casmir gestand mir Pferde und einen Begleiter zu. Unsere Pferde wurden uns gestohlen, also gehen wir jetzt zu Fuß.«

»Für eine königliche Prinzessin ist ein Stallbursche kein angemessener Begleiter.«

»Ich kann mich nicht beklagen. Sir Pom-Pom — oder Pymfyd, wie du ihn kennst — hat sich gut geführt, und unsere Suche ist größtenteils erfolgreich verlaufen.«

Prinz Cassander schüttelte verwundert den Kopf. »Und was war das für eine wunderbare Suche, daß Seine Majestät sie so bereitwillig billigen sollte?«

»Sir Pom-Pom fahndete nach heiligen Reliquien, gemäß der Proklamation des Königs. Ich für mein Teil zog aus — auf des Königs eigenes Geheiß —, meinen Stammbaum zu ermitteln.«

»Merkwürdig, äußerst merkwürdig!« sagte Cassander. »Vielleicht war der König zerstreut und gab keine Acht; er muß an viele Dinge denken. Wir werden in ein paar Tagen zu einem großen Kolloquium nach Avallon reisen, und Seine Majestät hat vielleicht nicht verstanden, was im Gange war. Was nun deinen Stammbaum anbelangt: Was hast du — wenn überhaupt — herausgebracht?«

Madouc maß Cassanders grinsende Gefährten mit einem hochmütigen Blick. »Das ist keine Angelegenheit, die man vor Untergebenen erörtern kann.«

Der Frohsinn von Cassanders Freunden erstarrte ihnen auf dem Gesicht.

»Wie du möchtest«, sagte Cassander. Er wandte den Blick auf die drei Stallbedienten. »Du, Parlitz, sitzest ab und reitest auf Ondels Pferd mit; die Prinzessin wird auf deinem Pferd reiten. Du, Bursche« — er zeigte auf Sir Pom-Pom —, »kannst dich hinter Wullam auf den Braunen setzen. Los jetzt, hurtig! Wir müssen bis zum Mittag daheim sein.«

Auf dem Weg ritt Cassander an Madoucs Seite und versuchte, sie in ein Gespräch zu verwickeln. »Wie hast du deinen Stammbaum ermittelt?«

»Ich konsultierte meine Mutter.«

»Wie fandest du sie?«

»Wir gingen zur Madling-Wiese, die tief im Wald von Tantrevalles ist.«

»Aha! Ist das nicht gefährlich?«

»Sehr sogar, wenn man leichtsinnig ist.«

»Hmf! Und gerietet ihr in solche gefährlichen Situationen?«

»Das taten wir in der Tat.«

»Und wie entranntet ihr ihnen?«

»Meine Mutter hat mich ein paar Tricks aus der Elfenmagie gelehrt.«

»Erzähl mir von dieser Magie!«

»Sie möchte nicht, daß ich über solche Dinge spreche. Doch Geduld, irgendwann werde ich dir von unseren

Abenteuern berichten. Jetzt freilich habe ich keine Lust dazu.«

Cassander sprach streng: »Du bist ein wunderliches kleines Wesen. Ich frage mich, was aus dir wohl werden wird.«

»Dasselbe frage ich mich auch oft.«

»Ha bah!« schnarrte Cassander in seiner selbstherrlichsten Manier. »Eines ist sicher: Das Schicksal schaut mit Mißfallen auf unfolgsame kleine Frauenzimmer herab, die erwarten, daß jeder nach ihrer Pfeife tanzt!«

»So einfach ist das nicht«, sagte Madouc ohne großes Interesse.

Cassander verstummte, und so ritt die Gruppe weiter nach der Stadt Lyonesse. Nach einer Weile ließ sich Cassander erneut vernehmen. »Erwarte keinen Galaempfang — und sei's auch nur, weil wir übermorgen nach Avallon aufbrechen.«

»Ich frage mich schon seit einiger Zeit, welchen Zweck diese Reise haben mag. Was ist der Anlaß?«

»Es findet dort ein großes Kolloquium statt, einberufen von König Audry auf König Casmirs Vorschlag, und alle Könige der Älteren Inseln werden daran teilnehmen.«

Madouc sagte: »Dann komme ich ja in einem günstigen Moment zurück. Hätte ich zwei Tage länger gesäumt, dann wäre ich zu spät für die Reise gekommen.« Nach einer gedankenvollen Pause fügte sie hinzu: »Und die Geschichte der Älteren Insel hätte womöglich eine andere Richtung eingeschlagen.«

»Eh? Was redest du da?«

»Es betrifft ein Konzept, das du erst vor wenigen Augenblicken erwähnt hast.«

»Ich erinnere mich an kein solches Konzept.«

»Du verwandtest den Begriff ›Schicksal‹.«

»Oh, ah! Das tat ich in der Tat! Aber ich bin immer noch verwirrt. Wo ist der Zusammenhang?«

»Ach, nichts. Ich redete nur so daher.«

Cassander sagte mit spitzer Höflichkeit: »Ich bin genötigt, noch einmal darauf hinzuweisen, daß du auf Haidion in keinem guten Rufe stehst und daß niemand darauf erpicht sein wird, deinen Wünschen zu willfahren.«

»Was willst du damit sagen?«

»Es kann sein, daß du nicht gebeten wirst, dich der königlichen Delegation anzuschließen.«

»Wir werden sehen.«

Die Gruppe ritt den Sfer Arct hinunter, umrundete den unter dem Namen Skansea-Kliff bekannten baumbewachsenen Felsenvorsprung, und vor ihren Augen lag die Stadt Lyonesse in ihrer ganzen Länge und Breite, beherrscht von der wuchtigen Masse von Burg Haidion. Zehn Minuten später bog die Gruppe auf den Paradeplatz des Königs ein und hielt vor der Burg an. Cassander sprang vom Pferd und half Madouc galant beim Absitzen. »Nun werden wir ja sehen«, sagte Cassander. »Erwarte keinen warmen Empfang, dann wirst du auch nicht enttäuscht sein. Der mildeste Ausdruck, den ich gehört habe, wenn die Sprache auf dich und dein Betragen kam, war ›rücksichtslos unbotmäßig‹.«

»Diese Vorstellungen sind nicht richtig, wie ich dir bereits dargelegt habe.«

Cassander lachte hämisch. »Du mußt dich darauf gefaßt machen, daß du es noch einmal darlegen mußt, und zwar mit erheblich mehr Demut, würde ich dir nahelegen.«

Madouc enthielt sich eines Kommentars. Mit nicht unfreundlicher Stimme sagte Cassander: »Komm! Ich werde dich zum König und zur Königin geleiten, und vielleicht gelingt es mir ja, ihren Schreck bis zu einem gewissen Grad zu mildern.«

Madouc gab Sir Pom-Pom ein Zeichen. »Du muß auch mitkommen. Wir werden zusammen hineingehen.«

Cassander schaute von Madouc auf Sir Pom-Pom.

»Das ist unnötig.« Er vollführte eine wedelnde Handbewegung in die Richtung von Sir Pom-Pom. »Verschwinde, Bursche; wir brauchen dich nicht mehr. Begib dich so hurtig und verstohlen wie möglich wieder an deine Arbeit und sieh zu, daß du den Stallmeister versöhnlich stimmst.«

»O nein!« rief Madouc. »Sir Pom-Pom muß mitkommen, und zwar aus einem höchst wichtigen Grund, wie du gleich sehen wirst.«

Cassander zuckte die Achseln. »Wie du möchtest; gehen wir nun, das zu tun, was getan werden muß.«

Die drei betraten die Burg. In der großen Säulenhalle begegneten sie Sir Mungo, dem Majordomus. Cassander fragte: »Wo sind der König und die Königin zu finden?«

»Ihr werdet sie im Grünen Salon antreffen, Eure Hoheit. Sie haben gerade ihr Mahl beendet und sitzen jetzt bei Käse und Wein.«

»Danke, guter Sir Mungo.« Angeführt von Cassander, begaben sich die drei zum Grünen Salon, wo sie jedoch feststellen mußten, daß König Casmirs Platz verwaist war. Königin Sollace saß mit drei ihrer Zofen zusammen und naschte mit ihnen Trauben aus einem großen Weidenkorb. Cassander trat vor und verbeugte sich höflich: erst vor der Königin, dann vor den anderen Damen. Die Unterhaltung verstummte jäh. Cassander frug: »Wo, darf ich fragen, ist Seine Hoheit, der König?«

Königin Sollace, die Madoucs Anwesenheit noch nicht bemerkt hatte, sagte: »Er hat sich bereits frühzeitig zu seinem Richterstuhl verfügt, damit er seine notwendigen Akte der Rechtssprechung vollziehen kann, noch bevor wir nach Avallon aufbrechen.«

Cassander brachte Madouc nach vorn und verkündete mit ziemlich gezwungener Witzigkeit: »Ich habe hier eine angenehme Überraschung. Seht, wen wir unterwegs gefunden haben!«

Königin Sollace starrte Madouc mit offenem Mund

an. Die Zofen machten leise zischende Geräusche und kicherten vor Staunen und Verblüffung. Königin Sollace klappte mit einem schnappenden Geräusch den Mund zu. »Die kleine Ausreißerin hat also geruht, sich wieder einzufinden!«

Cassander sagte in höflichem Ton: »Eure Hoheit, ich nehme an, Ihr wollt Euch privatim mit der Prinzessin unterreden.«

»Ganz recht«, sagte Sollace. »Meine Damen, seid so gut und laßt uns allein.«

Mit verhohlenen Blicken der Neugier in Richtung Madouc und Mienen, die den Verdruß über Cassander nur mühsam verbargen, verließen die Damen das Gemach.

Königin Sollace wandte den Blick wieder auf Madouc. »Nun denn, vielleicht willst du dein Wegbleiben erklären! Es hat große Sorge bei uns ausgelöst. Sag an: Wo hast du dich versteckt gehalten?«

»Mit allem Respekt, Eure Hoheit, ich muß mich gegen die Wahl Eurer Worte verwahren. Ich hielt mich weder versteckt, noch habe ich irgendwelches Unheil angerichtet. Vielmehr zog ich zu einer Suchexpedition aus, welche von Seiner Majestät dem König genehmigt war, und ich wurde aus Eurer Gegenwart und aus Haidion durch Eure eigenen Worte vertrieben.«

Königin Sollace blinzelte. »Ich kann mich dessen nicht entsinnen. Du formulierst gehässige und boshafte Märchen. Der König war genauso verblüfft wie ich.«

»Bestimmt wird er sich an die Umstände erinnern. Auf sein Geheiß hin machte ich mich auf, die Identität meines Vaters und die Beschaffenheit meines Stammbaums zu erkunden. Ich agierte nur innerhalb des Spielraums, den Ew. Majestäten mir zugestanden hatten.«

Sollaces Miene wurde störrisch. »Es ist möglich, daß einer oder der andere einmal eine geistesabwesende Bemerkung fallen ließ, die du dir deinen eigenen Wünschen gemäß zurechtbogst. Ich mißbillige solche Taktiken!«

»Es tut mir leid, das zu hören, Eure Majestät, dies besonders, als diese Taktik zu Eurem großen Fromme gewirkt hat!«

Wieder starrte Königin Sollace erstaunt drein. »Höre ich recht?«

»O ja, Eure Hoheit! Macht Euch auf eine Verkündigung gefaßt, die Euch vor Glück und Freude schier betäuben wird!«

»Ha!« stieß Sollace mürrisch hervor. »Ich kann nicht sagen, daß ich diesbezüglich große Hoffnungen hege.«

Prinz Cassander, der abseits stand und hochmütig lächelte, sagte: »Wir lauschen in gespannter Erwartung.«

Madouc brachte Sir Pom-Pom nach vorn. »Eure Hoheit, erlaubt mir, Euch Pymfyd vorzustellen, den ich wegen der Tapferkeit, die er in meinen Diensten an den Tag gelegt hat, zum Ritter schlug und auf den Ehrennamen ›Sir Pom-Pom‹ taufte. Sir Pom-Pom diente mir als treuer Begleiter und forschte überdies in Eurem Interesse. Auf Thripsey Shee hörten wir, wie der Heilige Gral erwähnt wurde, und wurden sofort hellhörig.«

Königin Sollace fuhr ruckartig hoch. »Was? Kann es wahr sein? Fahr fort, hurtig! Du sprichst die teuersten Worte, die mein Ohr hören könnte! War die Information ausführlich? Berichte mir exakt, was du erfahren hast!«

»Wir hörten ein Gerücht, daß der Gral von dem Oger Throop von den Drei Häuptern gehütet werde und daß schon hundert tapfere Recken bei dem Versuch, ihn ihm zu entreißen, ums Leben gekommen seien.«

»Und wo ist er jetzt? Rede! Sag es mir sofort! Ich bin außer mir vor Erregung.«

»Jawohl, Eure Hoheit! Throop barg den Gral in einem Schrank in seiner Burg Doldil, tief im Wald von Tantrevalles.«

»Das ist eine Nachricht von ungeheurer Wichtigkeit! Wir müssen ein Heer von mutigen Rittern zusammenziehen und nach der Burg Doldil marschieren, um Throop das heilige Gefäß zu entreißen. Cassander, lauf sofort zu Seiner Hoheit, dem König, und sag ihm Bescheid! Alles andere ist jetzt unerheblich.«

»Hört mich zu Ende an, Eure Hoheit!« schrie Madouc. »Ich bin noch nicht fertig. Ausgestattet mit dem Rat meiner Mutter, begaben Sir Pom-Pom und ich uns zur Burg Doldil; und dort brachte Sir Pom-Pom Throop mit unerhörter Beherztheit zu Tode und errang den Heiligen Gral, den er, eingeschlagen in ein Tuch aus purpurner Seide, nach der Stadt Lyonesse trug und den er Euch jetzt vorlegen wird. Sir Pom-Pom, du kannst nun den Heiligen Gral überreichen.«

»Ich kann es nicht glauben!« schrie Königin Sollace. »Ich bin in einem Zustand der Verzückung oder der Ekstase neunten Grades!«

Sir Pom-Pom trat vor und entfernte feierlich die Hülle aus purpurner Seide von dem Kelch; auf den Knien liegend stellte er den heiligen Gegenstand auf den Tisch vor Königin Sollace. »Eure Majestät, hiermit biete ich Euch diesen Heiligen Gral dar. Ich hoffe, daß Ihr ihn mit Freude hüten und hegen werdet, und auch, daß Ihr mir die Belohnung meiner Wahl gewähren werdet, wie in der Proklamation des Königs angegeben.«

Königin Sollace, den Blick starr auf den Gral gerichtet, war für alles andere taub. »Glorie aller Glorien! Ich vermag es nicht zu fassen, daß diese Salbung mir zuteil wurde. Ich bin benommen vor Entzücken. Es ist unglaublich! Es ist ein Wunder.«

Madouc sagte spröde: »Eure Hoheit, ich muß Euch darauf aufmerksam machen, daß Ihr Sir Pom-Pom für die Überreichung dieses Grals zu danken habt.«

»Das muß ich fürwahr! Er hat der Kirche einen großartigen Dienst erwiesen, und im Namen der Kirche spreche ich ihm meinen vollen und königlichen Dank aus. Er wird reich belohnt werden. Cassander, überreich dem Burschen sofort ein Goldstück zum Zeichen meiner Gunst!«

Cassander nestelte ein Goldstück aus seinem Beutel

und drückte es Sir Pom-Pom in die Hand. »Dank nicht mir; dank der Königin für ihre Großzügigkeit!«

Königin Sollace rief dem Lakeien zu, der unbeweglich an der Tür stand: »Bring sofort Vater Umphred hierher, auf daß er an unserer Freude teilhaben kann! Spute dich, renne so hurtig, wie deine Füße dich tragen! Sag Vater Umphred nur, daß glorreiche Zeitung ihn erwartet!«

Sir Mungo, der Majordomus, trat in den Salon. »Eure Hoheit, ich habe Seine Majestät über die Rückkehr der Prinzessin Madouc in Kenntnis gesetzt. Er wünscht, daß ich sie und ihren Begleiter zum Gerichtssaal bringe.«

Königin Sollace machte eine zerstreute Geste. »Ihr habt meine Erlaubnis zu gehen. Madouc, auch du hast zum Guten gewirkt, und in meiner großen Glückseligkeit spreche ich dich von der Schuld an deinen Vergehen frei. Aber in Zukunft mußt du lernen, folgsam zu sein.«

Sir Pom-Pom frug schüchtern: »Eure Hoheit, was ist nun mit der Belohnung, die der König versprochen hat? Wann soll ich meine Wünsche kundtun, und wann wird die Belohnung ausgehändigt?«

Königin Sollace zog ungehalten die Stirn kraus. »Wir werden zu gegebener Zeit hierüber Erwägungen anstellen. Einstweilen hast du schon einmal das, was das Beste von allem ist: nämlich, das Bewußtsein, unserer Kirche und unserem Glauben gut gedient zu haben.«

Sir Pom-Pom stammelte etwas Unzusammenhängendes, dann verbeugte er sich und zog sich zurück. Sir Mungo sagte: »Prinzessin Madouc, Ihr könnt jetzt mit mir kommen, zusammen mit Eurem Begleiter.«

Sir Mungo führte die zwei durch einen Seitengang in den altehrwürdigen Alten Palas, dann durch ein Portal in einer feuchten Steinwand auf einen Treppenabsatz, von dem aus eine steinerne Treppe an monumentalen Steinsäulen vorbei hinabführte, um schließlich in den weihevollen Weiten des Gerichtssaals zu münden.

Auf einem niedrigen Podium saß König Casmir, angetan mit dem traditionellen Ornat der Rechtssprechung: einer schwarzen Robe mit schwarzen Handschuhen und einem Viereck aus schwarzem Samt mit goldenen Troddeln auf dem Kopf. Er saß auf einem mächtigen Thron vor einem kleinen Tisch; zu beiden Seiten des Podiums stand ein Paar bewaffneter Wächter, bekleidet mit Hemden und Hosen aus schwarzem Leder und Epauletten und Armbändern aus schwarzem Eisen. Helme aus Eisen und Leder umfingen ihre Gesichter und verliehen ihnen ein finsteres Aussehen. Die unglückseligen Individuen, die ihrer Verurteilung harrten, saßen trübsinnig auf einer Bank an der Seite des Saales. Diejenigen, die bereits gefoltert worden waren, starrten abwesend ins Nichts, die Augen so leer wie Astlöcher.

Sir Mungo brachte Madouc und Sir Pom-Pom vor den König. »Eure Hoheit, ich bringe Euch hier die Prinzessin Madouc und ihren Begleiter, wie Ihr befohlen habt.«

König Casmir lehnte sich in seinen Thron zurück und musterte die zwei mit gerunzelter Stirn.

Madouc vollführte einen förmlichen Knicks. »Ich hoffe, Eure Majestät erfreut sich guter Gesundheit.«

König Casmirs Miene veränderte sich nicht um einen Deut. Schließlich sprach er: »Wie ich höre, hat Prinz Cassander dich am Wegesrand überrascht. Wo bist du gewesen, und welchen Unfug hast du zur Schande des Königshauses angerichtet?«

Madouc erwiderte hochmütig: »Eure Majestät ist in schändlicher Weise fehlunterrichtet worden! Wir waren weit davon entfernt, von Prinz Cassander ›überrascht‹ zu werden; vielmehr strebten wir strammen Schritts heimwärts nach der Stadt Lyonesse. Prinz Cassander und seine Freunde überholten uns auf dem Wege. Keineswegs lungerten, lauerten oder kauerten wir, noch verbargen wir uns oder flohen gar, noch verhielten wir uns sonst in irgendeiner Weise, die dazu angetan gewesen wäre, unsere Würde zu kompromittieren. Was den

›Unfug‹ und die ›Schande‹ anbelangt, die Eure Majestät erwähnten, so unterliegt Eure Majestät auch hier einer Fehlinformation, da ich nichts weiter getan habe, als Euren Anweisungen Folge zu leisten.«

König Casmir beugte sich vor; sein ohnehin schon von Natur aus gerötetes Gesicht verfärbte sich zusehends. »Ich soll dich angewiesen haben, in die Wildnis zu schweifen, ohne gehörige Begleitung oder angemessenen Schutz?«

»Ganz recht, Eure Majestät! Ihr befahlt mir, nach meinem Stammbaum zu fahnden und Euch nicht mit den Einzelheiten zu behelligen.«

König Casmir wandte langsam den Kopf, so daß er Sir Pom-Pom anstarrte. »Du bist der Stallbursche, der die Pferde beigestellt hat?«

»Jawohl, Eure Majestät.«

»Deine Tollheit in dieser Hinsicht grenzt an verbrecherische Fahrlässigkeit. Hältst du dich für einen gehörigen und angemessenen Begleiter für eine königliche Prinzessin unter solchen Umständen?«

»Ja, Eure Majestät, da dies mein Amt und Beruf war. Schon lange diene ich treu der Prinzessin, und es hat noch nie etwas anderes als Beifall für die Güte meines Dienstes gegeben.«

König Casmir lehnte sich einmal mehr zurück. Mit bedächtiger Stimme frug er: »Du siehst nicht mehr Gefahr in einer langen Reise bei Tag und bei Nacht, durch fremde Gegenden und gefährliche Wildnis, denn in einem nachmittäglichen Ausritt in den Fluren und Matten von Sarris?«

»Da besteht in der Tat ein Unterschied, Herr. Aber Ihr müßt wissen, daß ich auf der Grundlage Eurer Proklamation bereits vorher beschlossen hatte, auszuziehen, um nach heiligen Reliquien zu suchen.«

»Das ändert nichts an der Ungesetzlichkeit deines Betragens.«

Madouc sprach wütend: »Eure Majestät, ich war es,

die ihm dieses sein Tun befahl; wenn er sich schuldig gemacht hat, so allenfalls der Ausführung meiner Befehle.«

»Haha! Und wenn du ihm befohlen hättest, Burg Haidion anzuzünden, auf daß sie in lodernden Flammen aufgehe, und er diesen deinen Befehl befolgt hätte, wäre er dann auch nicht mehr als ein pflichtgetreuer Diener?«

»Nein, Eure Majestät, aber ...«

»Als pflichtgetreuer Diener hätte er jemanden von Autorität von deinem Begehr in Kenntnis setzen und um offizielle Erlaubnis nachsuchen müssen. Ich habe genug gehört. Büttel, schaff diesen Burschen in den Peinhador und laß ihm sieben kräftige Hiebe verabreichen, auf daß er lerne, sich künftighin besonnener zu verhalten!«

Madouc schrie: »Eure Majestät, einen Augenblick! Ihr fällt Euer Urteil zu rasch. Sowohl Pymfyd als auch ich begaben uns auf eine Suche, jeder auf eine eigene, und beide waren wir erfolgreich. Ich erfuhr den Namen meines Vaters, während Pymfyd Euch und der Königin einen bemerkenswerten Dienst erwies; er tötete den Oger Throop und erlangte den Heiligen Gral, den er eben erst Ihrer Majestät überreicht hat. Sie ist außer sich vor Freude. Gemäß Eurer Proklamation hat Sir Pom-Pom sich eine Belohnung verdient.«

König Casmir lächelte süffisant. »Büttel, mindere die Bestrafung um einen Streich auf deren sechs und gestatte dem Burschen die Wiederübernahme seiner Stellung im Stall. Das soll seine Belohnung sein.«

»Komm, Früchtchen!« sprach der Büttel. »Hier entlang!« Er führte Sir Pom-Pom aus dem Saal.

Madouc starrte König Casmir entgeistert an. »Aber Ihr erteiltet mir die volle Genehmigung für das, was ich tat! Ihr hießet mich, einen Begleiter zu nehmen, und ich hatte ihn zuvor immer als solchen genommen.«

König Casmir machte eine heftige Geste mit der geballten rechten Hand. »Genug! Du mußt lernen, die Bedeutung von Worten zu verstehen, statt dich sklavisch an ihre Buchstaben zu klammern. Du suchtest mich zu hintergehen, und das war ein Fehler.«

Madouc schaute Casmir in die Augen und sah neue Bedeutungen und gewann neue Einsichten, die sie zurückschrecken ließen. Doch obwohl sie Casmir jetzt mit jeder Faser ihres Seins haßte, bewahrte sie nach außen hin Gleichmut.

König Casmir sprach: »Du hast also die Identität deines Vaters herausgefunden. Wie heißt er?«

»Er ist ein gewisser Sir Pellinore von Aquitanien, Eure Majestät.«

König Casmir dachte nach. »Sir Pellinore? Der Name kommt mir bekannt vor. Ich habe ihn irgendwo schon einmal gehört; womöglich vor langer Zeit.« Er wandte sich an den Majordomus. »Bringt mir Spargoy, den Herold!«

Wenig später fand sich Spargoy ein, der Oberste Herold. »Ihr wünscht, Herr?«

»Wer ist Sir Pellinore von Aquitanien? Wo ist sein Sitz, und welches sind seine Verbindungen?«

»›Sir Pellinore‹, Majestät? Da muß jemand im Scherz gesprochen haben.«

»Was meint Ihr damit?«

»Sir Pellinore ist ein Geschöpf der Phantasie! Er existiert nur in den romantischen Sagen Aquitaniens, wo er wundersame Taten vollbringt und liebliche Maiden umbuhlt und durch die Welt zieht, um Lindwürmer zu töten und andere gefährliche Abenteuer zu bestehen. Das ist alles.«

König Casmir sah Madouc an. »Nun? Was sagst du jetzt?«

»Nichts«, sagte Madouc. »Darf ich gehen?«

»Geh!«

5

Madouc ging mit langsamen Schritten zu ihren alten Gemächern. Im Türrahmen verharrte sie und schaute nach links und nach rechts auf Gegenstände und Sachen, die ihr einstmals Trost gebracht hatten. Die Zimmer, die sie als groß und luftig in Erinnerung hatte, erschienen ihr als kaum mehr angemessen. Sie rief eine Zofe und trug ihr auf, ein heißes Bad zu bereiten. Mit milder gelber Importseife aus Andalusien schäumte sie sich den Körper und die kupferfarbenen Locken ein; den Schaum spülte sie mit Lavendelwasser ab. Als sie sich ankleiden wollte, stellte sie fest, daß ihre alten Kleider fast alle zu eng geworden waren. Seltsam, dachte Madouc, wie schnell die Zeit doch geht! Sie betrachtete ihre Beine; sie waren immer noch straff und schlank, aber — oder war es nur Einbildung? — sie schauten irgendwie anders aus, als sie sie in Erinnerung hatte; und ihre Brüste waren zumindest wahrnehmbar, sollte sich irgend jemand die Mühe machen, genau hinzuschauen.

Madouc stieß einen fatalistischen Seufzer aus. Die Veränderungen vollzogen sich rascher, als ihr lieb war. Nach einigem Suchen fand sie schließlich ein Kostüm, das ihr noch immer gut paßte: ein weiter Rock aus grobem hellblauen Wollstoff und eine weiße, mit blauen Blumen bestickte Bluse. Sie bürstete die Locken aus und raffte sie im Nacken mit einem blauen Band zusammen. Dann setzte sie sich auf ihren Stuhl und schaute zum Fenster hinaus.

Es gab vieles, worüber sie nachdenken mußte: so viel, daß ihre Gedanken von Ort zu Ort huschten und ihr eine Fülle von Bildern durch den Kopf stürmten, welche gleichwohl niemals so lange verharrten, als daß sie volle Gestalt hätten annehmen können. Sie dachte an Sir Pellinore, an Twisk, an König Casmir in seiner schwarzen Robe und an den armen Sir Pom-Pom mit seinem niedergeschlagenen Gesicht. Hier wandte sie ihren Geist rasch ab, da sie fürchtete, daß ihr übel würde. Zerling — falls er derjenige sein würde, der die Züchtigung vornahm — würde dies gewiß ohne übermäßigen Kraftaufwand tun.

Gedanken schwirrten um den Rand ihres Bewußtseins wie Motten um eine Flamme. Einer dieser Gedankenschwärme war beharrlicher als die andern und nagte an ihrer Wahrnehmung, auf seiner Wichtigkeit beharrend. Diese Gedanken standen im Zusammenhang mit der bevorstehenden Visite der Königsfamilie in Avallon. Madouc war nicht dazu eingeladen worden, an der Visite teilzunehmen, und sie hegte den Verdacht, daß weder König Casmir noch Königin Sollace sich dazu herbeilassen würden, sie einzuladen — wenngleich Prinz Cassander dabei zugegen sein würde, zusammen mit Prinzen von anderen Höfen der Älteren Inseln einschließlich Prinz Dhrun von Troicinet. Und sie würde nicht da sein! Der Gedanke versetzte ihr einen sonderbaren kleinen Stich, von einer Art, wie sie sie noch nie zuvor erlebt hatte.

Für eine Weile saß Madouc da und schaute aus dem Fenster, das Bild Dhruns vor ihrem inneren Auge. Und ihr wurde bewußt, daß sie sich nach seiner Gesellschaft sehnte. Es war ein melancholisches und schmerzhaftes Gefühl, doch zugleich war es auch irgendwie angenehm, und so saß Madouc da und träumte.

Ein anderer Gedanke kam ihr in den Sinn: eine Vorstellung, die zuerst unbestimmt und beiläufig war, um dann, ganz allmählich, in dem Maße, wie sie feste Konturen annahm, harsch und grimm zu werden. In Falu Ffail standen der Runde Tisch Cairbra an Meadhan und Evandig, der uralte Thron der palämonischen Könige. Der erstgeborene Sohn Suldruns — so ging der Reim von Persilian, dem Magischen Spiegel — würde an der Cairbra an Meadhan sitzen und vor seinem Tod vom Throne Evandig herab herrschen. Diese Prophezeiung war laut Twisk zu König Casmirs Obsession und zum

Gegenstand seines gesamten Denkens und Grübelns geworden, so daß seine Tage ausgefüllt waren mit abwegigen Ränken und verschlungenen Intrigen und seine Nächte mit dem Ersinnen von Mordkomplotten.

Auf Falu Ffail würden sich König Casmir, der Runde Tisch, der Thron Evandig und Prinz Dhrun in unmittelbarer Nähe zueinander befinden. Diese Situation konnte der Aufmerksamkeit König Casmirs nicht entgangen sein; im Gegenteil: Laut Cassander war er es, der König Audry das Kolloquium vorgeschlagen hatte.

Madouc sprang auf. Sie mußte mit zu der Gesellschaft gehören, die nach Avallon reiste. Wenn nicht, dann würde sie sich erneut von Haidion empfehlen, und diesmal würde sie nicht mehr zurückkommen.

Madaouc fand die Königin in ihrem Privatsalon vor, in Gesellschaft von Vater Umphred. Madouc trat so unauffällig ein, daß Königin Sollace ihr Kommen gar nicht bemerkte. In der Mitte des Tisches ruhte auf einem goldenen Tablett der heilige blaue Kelch. Königin Sollace saß davor und betrachtete das ruhmvolle Gefäß mit einem Gesichtsausdruck andächtiger Verzückung. Neben ihr stand, die feisten Arme hinter dem Rücken verschränkt, Vater Umphred, ebenfalls in die Betrachtung des Grals versunken. Um sie herum, in respektvoller Distanz, saßen mehrere der Busenfreundinnen der Königin und tuschelten miteinander im Flüsterton, um die Königin nicht in ihrer Reverie zu stören.

Vater Umphred bemerkte Madoucs Kommen. Er beugte sich hinunter und flüsterte der Königin ins Ohr. Sollace hob den Kopf und schaute sich halb verwirrt im Raum um. Sie sah Madouc und winkte sie zu sich. »Komm hierher, Prinzessin! Es gibt so vieles, das wir wissen möchten.«

Madouc trat vor und vollführte einen würdevollen Knicks. »Ich stehe Eurer Hoheit selbstverständlich zu Gebote, und ich habe in der Tat viel zu erzählen. Es wird Euch ganz sicher sehr faszinieren.«

»Sprich! Wir wollen alles hören.«

»Eure Hoheit, gestattet mir einen Vorschlag! Die Schilderung wird Euch die Langeweile auf der Reise nach Avallon vertreiben. Wenn ich Euch freilich unsere Erlebnisse und Eindrücke stückweise schildere, wird Euch der Genuß versagt bleiben, unser Abenteuer in seiner ganzen Fülle in Euch aufzunehmen und nachzuerleben, insbesondere die tollkühne Manier, in welcher wir den Heiligen Gral errangen.«

»Ha, hm«, sagte Königin Sollace. »Ich hatte nicht damit gerechnet, daß du uns auf unserer Reise begleiten würdest. Doch nun, da ich darüber nachdenke, scheint es mir ganz passend. Es wird eine Reihe von Notabeln an König Audrys Hof zugegen sein, und vielleicht wirst du einen günstigen Eindruck hervorrufen.«

»In dem Fall, Eure Hoheit, muß ich unverzüglich meine Garderobe erweitern, da keines meiner alten Gewänder mehr angemessen ist.«

»Wir werden diese Sache sofort in die Hand nehmen. Zwei Nächte und ein Tag liegen noch vor unserer Abreise; das dürfte Zeit genug sein.« Königin Sollace winkte eine ihrer Zofen zu sich. »Sag den Schneiderinnen, sie sollen sich sofort ans Werk machen. Ich bedinge mir nicht nur Hast und lobenswerte Ausführung aus, sondern auch eine Madoucs Alter und Unschuld angemessene Farb- und Stilwahl. Es bedarf keines prunkvollen Putzes aus köstlichen Steinen oder gelbem Gold; solcher Zierat würde an diesem schmächtigen, noch kaum weiblich zu nennenden Mägdelein unbemerkt bleiben.«

»Wie Eure Hoheit befiehlt. Ich schlage vor, daß die Prinzessin gleich mit mir kommt, auf daß die Arbeit schleunigst beginnen kann.«

»Vernünftig und sachdienlich! Madouc, du hast meine Erlaubnis zu gehen.«

6

Die Schneiderinnen holten ihre Stoffe hervor und berieten sich hinsichtlich der Natur und des Umfanges ihres Unternehmens. Madouc, die immer noch Schmerzen wegen Königin Sollaces kränkender Instruktionen litt, lauschte aufmerksam. Schließlich mischte sie sich ein. »Ihr redet für den Wind. Ich will keines von euren fahlen Gelbs oder bläßlichen Graus oder kränklichen Grüns, und ihr müßt euch andere Stile überlegen.«

Hulda, die Oberschneiderin, sprach besorgt: »Wieso, Eure Hoheit? Wir sind angehalten, Kleider zu nähen, die fein und zweckmäßig sind!«

»Ihr seid angehalten, das zu nähen, was ich zu tragen bereit bin; andernfalls ist eure Arbeit verschwendet.«

»Natürlich, Eure Hoheit! Wir wollen doch, daß Ihr Euch glücklich und wohl in Euren Kleidern fühlt!«

»Dann müßt ihr so nähen, wie ich es bestimme. Ich werde auf keinen Fall diese scheußlichen Hosen oder diese farblosen Leibchen anziehen, die euch vorschweben.«

»Ah, Eure Hoheit, aber das sind die Kleider, die Mägdelein Eures Alters jetzt tragen.«

»Das schert mich nicht.«

Hulda seufzte. »Na schön! Wie wünscht Eure Hoheit sich denn zu kleiden?«

Madouc zeigte auf eine Rolle kornblumenblauen Leinens und auf eine andere von weißem Leinen. »Nehmt dies und jenes. Und hier: Was ist das?« Sie zog eine etwas kärgliche Rolle von dunkelrotem Samt aus dem Fach. Das Rot war so dunkel, daß es fast an Schwarz grenzte.

»Dieser Farbton wird ›Schwarze Rose‹ genannt«, sagte Hulda mit mutloser Stimme. »Er ist ganz unpassend für eine Person Eures Alters; zudem ist es kaum mehr als ein Rest.«

Madouc schenkte dem keine Beachtung. »Das ist ein ungemein schöner Stoff. Auch scheint mir, daß er gerade noch hinreicht für ein Kleid in meiner Größe.«

Hulda sagte hastig: »Der Stoff reicht keinesfalls für ein schickliches Mädchenkleid mit solchen Falten, Krausen, Rüschen und Falbeln, wie Stil und Sittsamkeit sie gebieten.«

»Dann fertigt mir ein Gewand ohne diese Verzierungen, da ich von der Farbe entzückt bin.«

Hulda versuchte zu protestieren, aber Madouc wollte nicht hören. Sie wies darauf hin, daß die Zeit drängte, und bestand darauf, daß das Gewand aus schwarzrotem Samt vor allen andern zugeschnitten und genäht werde, und so geschah es denn auch, trotz Huldas Bedenken. »Wirklich, das Material ist mehr als knapp! Das Gewand wird Euren Körper enger umspannen, als Euer Alter es notwendig machen würde.«

»Das mag wohl so sein«, sagte Madouc. »Ich glaube, das Gewand wird großen Liebreiz besitzen, und aus irgendeinem merkwürdigen Grund ist die Farbe in Einklang mit meinem Haar.«

»Ich muß einräumen, daß das Gewand Euch wahrscheinlich gut stehen wird«, sagte Hulda widerwillig. »Wenn auch auf eine etwas frühreife Art.«

Kapitel Zehn

1

Die Sonne ging an einem trüben Himmel auf; vom Lir hereinziehende Wolken verhießen Stürme und Regen für die Reise nach Avallon. Ungeachtet dieser düsteren Aussichten waren König Casmir und Prinz Cassander schon vor dem Morgengrauen losgeritten, um unterwegs der Feste Mael einen Besuch abzustatten. Bei der Burg Ronart Cinquelon, in der Nähe von Tatwillow, wo die Alte Straße auf den Icnield-Pfad traf, würden sie wieder zur Hauptgruppe stoßen und die Reise nach Norden fortsetzen.

Zu gehöriger Zeit stieg Königin Sollace müde und gähnend aus dem Bett. Zum Frühstück verzehrte sie eine Schüssel Haferbrei mit Sahne, ein Dutzend mit Weichkäse gefüllte Datteln und eine stattliche Portion in Milch und Zimt gesottenes Kalbsbries. Während sie speiste, kam Sir Mungo, der Majordomus, um sie zu unterrichten, daß die königlichen Kutschen, die Eskorte sowie das übrige Gefolge auf dem Paradeplatz des Königs zum Abmarsch bereitständen.

Königin Sollace reagierte mit einer säuerlichen Grimasse. »Erinnert mich nicht daran, guter Sir Mungo! Ich ahne nur Mißbehagen, üble Gerüche und Eintönigkeit voraus; warum konnte das Kolloquium nicht nach Haidion einberufen werden, und sei es bloß um meinetwillen?«

»Das, Eure Majestät, entzieht sich ganz meiner Kenntnis.«

»Ah! Was ist, das ist! Dies habe ich mit brutalem

Nachdruck mit den Jahren gelernt. So ist es halt nun, und ich muß das Ärgernis mit guter Miene ertragen.«

Sir Mungo verbeugte sich. »Ich werde Eure Majestät im Oktagon erwarten.«

Sollace wurde angekleidet; das Haar wurde aufgedreht und frisiert; das Gesicht und die Hände wurden mit Mandelbalsam erfrischt, und schließlich war sie reisefertig.

Die Kutschen warteten unterhalb der Terrasse, auf dem Paradeplatz des Königs. König Sollace trat aus der Burg und überquerte die Terrasse, gelegentlich innehaltend, um letzte Instruktionen an Sir Mungo zu richten, der jede ihrer Anweisungen mit dem selben höflichen Gleichmut entgegennahm.

Königin Sollace stieg zum Paradeplatz hinunter und ließ sich in die königliche Equipage helfen. Sie sank in die Kissen, und dienstbeflissene Hände legten ihr einen Mantel aus dem Fell eines Jungfuchses über den Schoß.

Sodann bestieg Madouc die Kutsche, gefolgt von Lady Tryffyn und Lady Sipple. Als letzter Passagier stieg ein gewisses Fräulein Kylas hinzu, welches jüngst zu Madoucs Zofe bestimmt worden war.

Als alles zur Abfahrt gerüstet war, nickte Königin Sollace Sir Mungo zu, der daraufhin einen Schritt zurücktrat und den Herolden ein Zeichen gab. Diese bliesen drei Fanfaren, und der Zug setzte sich in Bewegung.

Die Prozession bog auf den Sfer Arct, und die Gesellschaft richtete sich für die Reise ein. Madouc saß neben Königin Sollace. Ihr gegenüber saß Fräulein Kylas, eine Jungfer von sechzehn Jahren, hehren Prinzipien und allerhöchster Rechtschaffenheit. Madouc freilich fand sie langweilig, witzlos und bar jeden Liebreizes. Sei es aus Eitelkeit, sei es aus übersteigerter Empfindsamkeit heraus argwöhnte Kylas, daß alle Männer, gleich ob jung oder alt, die an ihr vorübergingen, nichts anderes im Sinn hätten, als ihr schöne Augen oder womöglich gar unziemliche Avancen zu machen. Diese Überzeugung führte dazu, daß sie, sobald ein Mann in ihre Nähe kam, sofort pikiert den Kopf hochwarf und empört den Blick abwandte, ganz gleich, ob der Mann in ihre Richtung schaute oder nicht. Diese Angewohnheit verwunderte Madouc, da ihre knochigen Schultern und vorspringenden Hüften im Verein mit dem düsteren Gesicht, der langen Nase, den schwarzen Glupschaugen und den dicken Packen drahtiger schwarzer Locken, die ihr an den Schläfen heruntertbaumelten wie Kiepen an den Flanken eines Maulesels, keinesfalls der landläufigen Vorstellung von bemerkenswerter Schönheit entsprachen. Eine weitere Angewohnheit des Fräulein Kylas bestand darin, Objekte ihres Interesses mit starrem und unerschütterlichem Blick zu fixieren. Madouc, die ihr direkt gegenüber saß, war außerstande, ihrem prüfenden Blick auszuweichen. Sie beschloß, Feuer mit Feuer zu bekämpfen, und heftete den Blick fünf Minuten lang starr auf Kylas' Nasenspitze, wovon das Fräulein sich indes nicht beeindrucken ließ. Madouc wurde des Spiels schließlich überdrüssig und gab sich geschlagen.

Die Prozession erreichte die Zwillingsklippen Maegher und Yax; zur gleichen Zeit schlug das Wetter, das am Morgen noch das Schlimmste hatte vermuten lassen, zum Besseren um: Die Wolken und der Nebel lösten sich auf; die Sonne schien hell auf das Land. Dies veranlaßte Königin Sollace zu der selbstzufriedenen Bemerkung: »Heute morgen habe ich gebetet, daß das Wetter uns wohlgesonnen sein und unsere Reise sicher und angenehm machen möge, und just so ist es nun gekommen.«

Lady Tryffyn, Lady Sipple und Kylas äußerten angemessene Laute des Erstaunens und der Genugtuung. Königin Sollace deponierte einen Korb mit honiggeträntken Feigen auf ihrem Schoß, dergestalt, daß sie die Früchte bequem mit der Hand erreichen konnte, und sprach zu Madouc: »Und nun, meine Teure, kannst du uns alles über die wundersame Wiedererlangung des Heiligen Grals erzählen!«

Madouc musterte ihre Mitinsassinnen. Kylas starrte sie nach wie vor mit eulenhafter Eindringlichkeit an; die beiden Hofdamen versuchten vergeblich, ihre Sensationsgier hinter einer Maske des Wohlwollens zu verbergen. Hier war kostbarer Rohstoff für Klatsch und Tratsch zu erwarten!

Madouc wandte sich an Königin Sollace. »Solche Informationen, Eure Hoheit, sind nur für Eure königlichen Ohren geeignet! Sie enthalten Geheimnisse, die das gemeine Volk nicht hören sollte.«

»Bah!« knurrte Sollace. »Lady Tryffyn und Lady Sipple sind altvertraute Busenfreundinnen; sie können kaum als ›gemeines Volk‹ bezeichnet werden! Kylas ist eine getaufte Christin; sie ist an nichts anderem als dem Heiligen Gral selbst interessiert.«

»Das mag ja sein«, sagte Madouc. »Gleichwohl bin ich befangen.«

»Unsinn! Beginne mit deiner Schilderung!«

»Ich traue mich nicht, Eure Hoheit. Wenn Ihr den Wunsch habt, meine Vorsicht voll und ganz zu verstehen, dann kommt mit mir, Ihr und ich selbander, tief in den Wald von Tantrevalles.«

»Allein? Ohne Eskorte? Das ist Wahnsinn!« Sollace zog an der Glockenschnur; die Kutsche hielt an, und ein livrierter Diener sprang herunter und schaute durchs Fenster. »Was wünscht Eure Majestät?«

»Diese Damen werden für eine Weile in einer der anderen Kutschen fahren. Narcissa, Dansy, Kylas; seid so lieb und tut mir für dieses eine Mal den Gefallen. Wie Madouc andeutet, gibt es hier womöglich gewisse Dinge, die nicht zur allgemeinen Verbreitung geeignet sind.«

Widerwillig stiegen die beiden Damen und Fräulein Kylas aus und verfügten sich in eine andere Kutsche. Madouc nahm rasch den Platz gegenüber von Königin

Sollace ein, den Lady Sipple geräumt hatte, und der Zug setzte sich wieder in Bewegung. »Nun denn«, sagte Sollace, während sie geräuschvoll auf einer Feige kaute, »du kannst anfangen. Offen gesagt ist es mir auch lieber, deine Schilderung vertraulich zu hören. Und laß mir ja kein Detail aus!«

Madouc sah keinen Grund, irgendeinen Aspekt ihres Abenteuers zu verheimlichen. Sie erzählte die Geschichte so ausführlich, wie sie konnte, und schaffte es, Königin Sollace in Staunen zu versetzen. Am Ende betrachtete sie Madouc fast mit so etwas wie Ehrfurcht. »Erstaunlich! Wenn die Hälfte deines Blutes von Elfen abstammt, verspürst du dann nicht die Sehnsucht, zum Elfenhügel zurückzukehren?«

Madouc schüttelte den Kopf. »Niemals. Wenn ich in der Elfenburg verblieben wäre und Elfenbrot äße und Elfenwein tränke, dann wüchse ich zu einem Wesen heran, das einer Elfe sehr nahekäme, außer daß der Tod mich rascher ereilen würde. Heute haben fast alle Elfen Spuren von menschlichem Blut in den Adern, weshalb man sie auch Halblinge nennt. Mit der Zeit, so heißt es, wird sich die Rasse immer mehr verwässern, und eines Tages wird es keine Elfen mehr geben, und unter den Menschenmännern und Menschenfrauen wird niemand mehr wissen, daß ihre Schrullen und Wunderlichkeiten ihrem elfischen Erbe geschuldet sind. Was mich betrifft, so bin ich zum großen Teil eine Sterbliche, und ich kann mich nicht ändern. Und so werde ich denn leben und sterben, und meine Kinder werden es auch, und bald wird die elfische Abstammung in Vergessenheit geraten.«

»Recht so, und zum höheren Ruhme des Wahren Glaubens!« erklärte Sollace. »Vater Umphred sagt, daß die Bewohner des Waldes von Tantrevalles Teufel und satanische Kobolde sind. Zusammen mit den Ketzern, den Heiden, den Gottesleugnern, den Verstockten und den Götzendienern sind all diese Kreaturen dazu bestimmt, dereinst in den tiefsten Schlünden der Hölle zu schmoren.«

»Ich vermute, daß Vater Umphred hier irrt«, sagte Madouc.

»Unmöglich! Er ist bewandert in allen Bereichen der Gottesgelehrtheit!«

»Es existieren auch noch andere Lehren — und andere gelehrte Männer.«

»Die sind allesamt ketzerisch und falsch«, erklärte Königin Sollace. »Schon die Logik erzwingt diese Überzeugung! Höre! Wo wären die Vorteile für die Anhänger des Wahren Glaubens, wenn alle gleichermaßen der Köstlichkeiten des Jenseits teilhaftig würden? Das hieße, die Großzügigkeit zu weit treiben!«

Madouc konnte nicht umhin, die Logik anzuerkennen, die der Bemerkung innewohnte. »Gleichwie, ich habe das Thema nicht studiert, und meine Ansichten haben wenig Gewicht.«

Als Königin Sollace das Thema endlich zu ihrer Zufriedenheit diskutiert hatte, hielt sie den Zug erneut an und erlaubte Kylas und den Ladies Tryffyn und Sipple, die alle drei etwas verstimmt waren, wieder in die Kutsche zu steigen. Madouc rutschte hinüber an den Rand der Sitzbank. Lady Tryffyn und Kylas nahmen ihre alten Plätze wieder ein, und Lady Sipple ließ sich notgedrungen auf Madoucs ursprünglichen Platz gegenüber von Kylas nieder, zu Madoucs großer Zufriedenheit.

Königin Sollace sagte: »Prinzessin Madouc ging recht in ihren Annahmen. Sie sprach von gewissen Angelegenheiten, die wirklich besser nicht an die Öffentlichkeit dringen sollten.«

»Es muß so sein, wie Eure Majestät versichert«, sagte Lady Tryffyn mit gespitztem Mund. »Es sollte indes zur Kenntnis genommen werden, daß zumindest ich berüchtigt für meine Verschwiegenheit bin.«

Lady Sipple sagte würdevoll: »Auf Burg Daun, wo ich meinen Haushalt führe, werden wir von drei Geistern heimgesucht. Sie kommen bei Neumond, um ihr Leid zu klagen. Sie haben mich noch stets ohne Bedenken in höchst intime Einzelheiten eingeweiht.«

»So ist die Welt«, sagte Königin Sollace betrübt. »Keiner von uns ist überklug. Selbst Madouc räumt dies ein.«

Kylas sprach mit ihrer leisen, etwas kehligen Stimme: »Es überrascht mich angenehm zu erfahren, daß auch der Charakterzug der Bescheidenheit zu den vielen Tugenden von Prinzessin Madouc gehört.«

»Falsch, falsch und aberfalsch«, sagte Madouc in gelangweilter Monotonie. »Ich besitze nur wenige Tugenden, und Bescheidenheit gehört nicht dazu.«

»Haha!« lachte Königin Sollace. »So muß es wohl sein, kennt sich Madouc doch selbst am besten!«

2

Während König Casmir und Prinz Cassander die Feste Mael besuchten, rasteten Königin Sollace und ihr Gefolge auf Ronart Cinquelon, dem Sitz von Herzog Thauberet von Moncrif.

König Casmir und Cassander inspizierten die Befestigungsanlagen der Feste Mael, musterten die Truppen und waren im großen und ganzen zufrieden mit dem, was sie sahen. Sie verließen die Feste am frühen Nachmittag und erreichten vermöge eines scharfen Ritts Ronart Cinquelon noch vor Einbruch der Nacht.

Am Morgen entdeckte König Casmir, daß Madouc mit von der Partie war; er gewahrte sie, als sie sich gerade anschickte, in die Kutsche zu steigen. Casmir hielt jäh inne, überrascht und ungehalten. Madouc vollführte einen höflichen Knicks. »Guten Morgen, Eure Majestät.«

Für einen Moment schien Casmir geneigt, einen harschen Befehl auszustoßen, doch dann machte er auf dem Absatz kehrt und schlenderte von dannen.

Madouc lächelte nachdenklich und stieg in die Kutsche.

Die Gruppe machte sich auf den Weg, den Icnield-Pfad hinauf. Der Zug umfaßte jetzt König Casmir, Prinz Cassander, die Kutsche, zwei königliche Stallbediente, eine Eskorte von sechs Rittern und eine Gruppe von vier bewaffneten Reitern, die am Ende der Kolonne ritten und sich abseits von den andern hielten. Madouc empfand diese vier als eine sonderbare Gruppe, ließ sie es doch an jeglicher militärischer Disziplin fehlen und gebärdete sich überaus lässig, ja beinahe schon respektlos. Eigenartig, dachte Madouc. Nach ein paar Meilen hatte König Casmir ihr Betragen satt und schickte Cassander nach hinten, sie zu mahnen, woraufhin sie in besserer Ordnung ritten.

Am dritten Tag nach der Abreise von Ronart Cinquelon erreichte die Partie die Landspitze von Kogstein an der Cambermündung. Eine Fähre, die von der Gezeitenströmung erst in die eine, dann in die andere Richtung getragen wurde, transportierte die Gesellschaft über das Wasser zum nördlichen Ufer. Eine Stunde später traf die Gruppe in Avallonein, der Stadt der Hohen Türme.

Am Stadttor wurde die Gruppe von einer Abteilung von Audrys Elitegarde in Empfang genommen; die Soldaten waren prachtvoll anzuschauen in ihren graugrünen Uniformen und ihren blitzenden Silberhelmen. Zu den Klängen von Pfeifen, Flöten und Trommeln wurde die Delegation aus Lyonesse zuerst durch eine breite Prachtstraße eskortiert, dann durch den Ziergarten auf der Vorderseite von Falu Ffail zum Hauptportal, wo König Audry sie mit feierlichen Worten willkommen hieß.

Sodann wurde die königliche Riege zu einer im Ostflügel des Palasts gelegenen Flucht von Gemächern geleitet, die hufeisenförmig einen Ziergarten umgaben, an dessen Ecken Orangenbäume standen und dessen Zentrum ein Springbrunnen schmückte. Madoucs Unterkunft übertraf an Pracht und Üppigkeit alles, was sie je bis dahin gesehen hatte. Ein schwerer Teppich aus grünem Plüsch bedeckte den Fußboden ihres Salons; die Möbel waren von lichtem und zierlichem Stil: weiß lackiert und mit blauen und grünen Kissen gepolstert. An zwei von den Wänden hingen Gemälde, die Nymphen beim Spielen in einer idyllischen Landschaft darstellten; auf einem Beistelltisch stand eine Vase aus blauer Majolika, aus der ein Strauß bunter Blumen ragte. Madouc fand den Gesamteindruck sowohl ungewöhnlich als auch angenehm. Über den Salon hinaus bot das Quartier noch ein Schlafgemach, ein Badezimmer mit Inventar aus blaßrotem Porphyr sowie ein Ankleidezimmer mit einem großen byzantinischen Spiegel an der Wand. Ein Regal enthielt eine reiche Auswahl an Duftstoffen, Ölen, Salben und Essenzen.

Madouc entdeckte nur einen einzigen Nachteil an dem Quartier: nämlich, daß die Unterkunft, die Fräulein Kylas zugewiesen worden war, unmittelbar an die ihre grenzte und zudem durch eine Tür mit ihrem, Madoucs, Salon verbunden war. Aus welchen Gründen auch immer übte Kylas ihren Dienst mit voller Hingabe aus, gleich, als sei es ihr Amt, Wacht über Madouc zu halten. Wohin auch immer Madouc sich wandte, der leuchtende schwarze Blick folgte ihr.

Madouc sandte Kylas schließlich zu einem Botengang aus. Sie wartete, bis Kylas aus ihrem Blick entschwunden war, dann huschte sie aus dem Gemach und verließ mit dem Höchstmaß an Hurtigkeit, das mit ihrer Würde als königlicher Prinzessin vereinbar war, den Ostflügel.

Wenig später fand sie sich in der großen Säulenhalle Falu Ffails wieder, die sich wie die Haidions über die gesamte Länge des Palasts erstreckte. In der Empfangshalle angekommen, näherte sie sich einem stattlichen jungen Unterkämmerer, angetan mit einer prächtigen grauen und grünen Livree und einer weichen flachen Kappe aus scharlachrotem Samt, die er sich keck über das rechte Ohr gezogen hatte. Er maß das schlanke Mägdelein mit den kupfergoldenen Locken und den himmelblauen Augen mit wohlgefälligem Blick und informierte es mit freundlicher Beflissenheit, daß weder König Aillas noch Prinz Dhrun bisher eingetroffen seien. »Prinz Dhrun wird bald hier sein; König Aillas wurde leider aufgehalten und wird wohl nicht vor morgen eintreffen.«

»Wieso?« frug Madouc verblüfft. »Warum kommen sie nicht selbst?«

»Das ist eine komplizierte Geschichte. Prinz Dhrun reist an Bord seines Schiffes *Nementhe* an, auf dem er als erster Offizier dient. König Aillas wurde offenbar in Domreis aufgehalten. Seine junge Königin ist im achten Monat schwanger, und es war zunächst fraglich, ob König Aillas überhaupt kommen würde. Aber wir haben frische Kunde erhalten, daß er unterwegs ist. Prinz Dhrun indes müßte jeden Moment eintreffen; sein Schiff ist heute morgen mit der Flut in die Cambermündung eingelaufen.«

Madouc wandte sich um und ließ den Blick durch die Halle schweifen. Am fernen Ende führte ein Bogengang in ein Atrium, das durch hohe Oberlichter erhellt wurde. Zu beiden Seiten standen in langer Reihe, paarweise einander zugewandt, mächtige Statuen.

Der Unterkämmerer beobachtete die Richtung von Madoucs Blick. »Ihr schaut in die Halle der Toten Götter. Die Standbilder sind sehr alt.«

»Wie will man wissen, daß diese Götter tot sind? Oder wahrhaft tot, genau gesagt?«

Der Unterkämmerer zuckte die Achseln. »Ich habe mich niemals eingehender mit dem Thema befaßt. Vielleicht ist es so, daß Götter, die nicht mehr verehrt werden, verblassen oder dahinschwinden. Die Statuen dort wurden von den alten Evadnioi angebetet, die den Pelasgianern vorausgingen. In Troicinet gilt Gaea noch heute als die Große Göttin, und am Strande bei Ys steht ein Tempel, der der Göttin Atlante geweiht ist. Möchtet Ihr sie Euch von nahmen anschauen? Ich habe noch einen Moment Zeit, bevor die nächste Gruppe von Würdenträgern eintrifft.«

»Warum nicht? Kylas wird bestimmt nicht zurückkommen, um mich unter den ›Toten Göttern‹ zu suchen.«

Der Unterkämmerer führte Madouc in die Halle der Toten Götter. »Schaut! Dort steht Cron, der Unerkennbare, und ihm gegenüber steht seine furchtbare Gemahlin Hec, die Göttin des Schicksals. Um sich die Zeit zu vertreiben, schufen sie den Unterschied zwischen ›ja‹ und ›nein‹; dann, als sie dieses Spiels schließlich überdrüssig wurden, verfügten sie den Unterschied zwischen ›etwas‹ und ›nichts‹. Als auch dieser Zeitvertreib seinen Reiz verlor, öffneten sie die Hände und ließen Materie, Zeit, Raum und Licht durch die Finger rieseln, bis sie schließlich genug geschaffen hatten, um ihr Interesse wachzuhalten.«

»Alles schön und gut«, sagte Madouc. »Aber wo lernten sie diese schwierige und knifflige Kunst?«

»Aha!« sagte der Unterkämmerer mit weiser Miene. »Eben da beginnt das Rätsel. Fragt man Theologen nach dem Ursprung von Cron und Hec, dann zupfen sie sich an den Bärten und wechseln das Thema. Und über meinen Verstand geht es ganz gewiß. Was wir ganz sicher wissen: daß Cron und Hec Vater und Mutter von allen anderen sind. Dort seht Ihr Atlante, dort Gaea; dort steht Fantares, dort Aeris. Sie sind die Gottheiten des Wassers, der Erde, des Feuers und der Luft. Apoll der Glorreiche ist der Gott der Sonne; Drethre die Schöne ist die Göttin des Mondes. Dort seht Ihr Fluns, den Herrn des Krieges; ihm gegenüber steht Palas, die Göttin der Ernte. Und schließlich: Adace und Aronice, die ebenfalls in Opposition zueinander stehen — und dies aus gutem Grund! Für sechs Monate eines jeden Jahres ist Adace der Gott des Schmerzes, der Grausamkeit und des Übels, während Aronice die Göttin der Liebe und der Güte ist. Bei jeder Tagundnachtgleiche tauschen sie die Rollen, und für die nächsten sechs Monate ist Adace der Gott der Tapferkeit, der Tugend und der Gnade, wohingegen Aronice die Göttin der Bosheit, des Hasses und der Tücke ist. Aus diesem Grund werden sie ›das Launische Paar‹ geheißen.«

»Gewöhnliche Menschen wandeln sich stündlich oder sogar minütlich«, sagte Madouc. »Damit verglichen, mögen einem Adace und Aronice geradezu als standhaft erscheinen. Dennoch hätte ich keine Lust, Mitglied ihrer Familie zu sein.«

»Das ist eine scharfsinnige Beobachtung«, lobte der Unterkämmerer. Er musterte sie erneut. »Täusche ich mich, oder seid Ihr womöglich die berühmte Prinzessin Madouc von Lyonesse?«

»Als diese bin ich bekannt, zumindest für den Moment.«

Der Unterkämmerer machte eine Verbeugung. »Ich heiße Tibalt und stehe im Range eines Junkers. Ich bin glücklich, Eurer Hoheit behilflich sein zu dürfen. Bitte teilt mir mit, ob ich Euch weiterhin zu Diensten sein darf!«

Madouc fragte: »Aus purer Neugier heraus gefragt: Wo ist der Tisch Cairbra an Meadhan?«

Mit einem schneidigen Schwenk richtete Junker Tibalt den ausgestreckten Zeigefinger auf eine Tür. »Das Portal dort drüben führt in den Heldensaal.«

Madouc sagte: »Seid so gut und geleitet mich zu diesem Saal!«

»Mit Vergnügen.«

Links und rechts des Portals, die Hellebarden mit ausgestreckten Arm senkrecht aufgestützt haltend, standen zwei Wächter regungslos Posten; ihr Blick blieb starr nach vorn gerichtet, als Madouc und Tibalt nahten; die zwei gelangten unangefochten in den Heldensaal.

Tibalt sprach: »Dies ist der älteste Teil von Falu Ffail. Niemand weiß, wer diese großen Steine einst gemauert hat! Ihr werdet bemerkt haben, daß der Raum kreisförmig ist und einen Durchmesser von dreiunddreißig Schritten aufweist. Und dort ist der Runde Tisch: Cairbra an Meadhan!«

»Das sehe ich.«

»Der Gesamtdurchmesser beträgt vierzehn Schritt und elf Ellen. Der äußere Ring mißt fünf Fuß in der Breite, ist aus Rüsternholz gefertigt und ruht auf einer Unterlage aus Eichenbalken. In der Mitte ist eine Öffnung ausgespart; diese mißt etwa elf Schritt im Durchmesser.«

Tibalt führte Madouc um den Tisch herum. »Beachtet die bronzenen Schmucktafeln: Auf ihnen stehen die Namen von Paladinen aus längst vergangenen Zeiten, und sie zeigen ihren jeweiligen Platz am Tisch an.«

Madouc beugte sich hinunter, um eine der Tafeln zu studieren. »Die Lettern sind von archaischem Stil, aber lesbar. Auf dieser Tafel hier steht: ›Hier sitzt Sir Gahun von Hack, grimmig wie der Nordwind und schonungslos in der Schlacht‹.«

Tibalt war beeindruckt. »Ihr seid bewandert in der Kunst des Lesens! Doch je nun, das ist das Privilegium einer Prinzessin!«

»Wohl wahr«, sagte Madouc. »Doch viele Gemeine können es ebenfalls, so sie sich befleißigen. Ich empfehle Euch, diese Kunst auch zu erlernen; 's ist nicht so schwer, sind einem die vielen eigenartigen Formen erst vertraut geworden.«

»Eure Hoheit hat mich inspiriert«, erklärte Tibalt. »Ich werde sofort damit beginnen, mir diese Fähigkeit anzueignen. Nun denn!« Tibalt wies mit dem Finger quer durch den Raum. »Dort seht Ihr Evandig, den Thron der Älteren Könige. Wir stehen sozusagen im

Angesicht der Mächtigen! Es heißt, daß sich einmal in jedem Jahre ihre Geister in dieser Halle versammeln, um alte Freundschaften zu erneuern. Und was nun? Wollt Ihr mehr von dieser Halle sehen? Sie ist ein bißchen düster und wird nur bei staatlichen Anlässen benutzt.«

»Wird sie auch bei den bevorstehenden Gesprächen benutzt?«

»Aber gewiß!«

»Wo wird König Casmir sitzen und wo König Aillas und Prinz Dhrun?«

»Dazu vermag ich nichts zu sagen; das schlägt in den Aufgabenbereich des Hausmeiers und der Herolde. Wollt Ihr noch mehr sehen?«

»Nein danke.«

Tibalt geleitete Madouc zurück durch das Portal und in die Halle der Toten Götter. Aus der Empfangshalle drang Stimmengewirr.

Tibalt sagte aufgeregt: »Entschuldigt mich bitte, ich habe mich von meinem Posten absentiert! Jemand ist angekommen, und ich möchte vermuten, daß es Prinz Dhrun mit seiner Eskorte ist.«

Tibalt rannte hurtig zurück in die Empfangshalle; Madouc folgte ihm auf den Fersen. Als sie die Empfangshalle gewann, gewahrte sie Prinz Dhrun und drei troicische Würdenträger in Gesellschaft von König Audry, zusammen mit den Prinzen Dorcas, Whemus und Jaswyn sowie den beiden Prinzessinnen Cloire und Mahaeve. Madouc schlängelte sich durch das Gedränge der Höflinge, um näher an Dhrun heranzukommen, aber es blieb beim Versuch: Er und seine Begleiter wurden von König Audry weggeführt.

Madouc kehrte ohne Hast zu ihrem Quartier zurück. Sie fand Kylas mit steinerner Miene im Salon sitzend.

Kylas sprach in spitzem Ton: »Als ich von dem Botengang zurückkam, wart Ihr fort. Wo wart Ihr?«

»Das ist unwichtig«, erwiderte Madouc. »Ihr braucht Euch mit Einzelheiten dieser Art nicht zu behelligen.«

»Es ist meines Amtes, Euch zu bedienen«, beharrte Kylas.

»Wenn ich Eure Hilfe benötige, werde ich Euch in Kenntnis setzen. Ihr dürft Euch jetzt zurückziehen.«

Kylas erhob sich. »Ich werde gleich zurück sein. Man hat Euch eine Zofe zugewiesen, die Euch beim Ankleiden für das Abendbankett behilflich sein wird; die Königin hat angeregt, daß ich Euch beim Auswählen eines passenden Gewandes aus Eurer Garderobe zur Seite stehe.«

»Das ist Unsinn«, sagte Madouc. »Ich brauche keinen Rat. Kommt erst, wenn ich Euch rufe!«

Kylas stolzierte aus dem Raum.

Madouc kleidete sich früh an, und nach einem nur winzigen Moment der Unschlüssigkeit entschied sie sich für das Kleid aus schwarzrotem Samt. Sie machte sich früh und allein auf den Weg in die Große Halle, wo sie Dhrun vor der Eröffnung des Banketts vorzufinden hoffte.

Dhrun war jedoch noch nicht zugegen. Prinz Jaswyn, Audrys drittgeborener Sohn, ein dunkelhaariger Jüngling von fünfzehn Jahren, trat vor und geleitete sie zu einem Platz an der Tafel neben seinem eigenen; den Platz an ihrer anderen Seite nahm Prinz Raven von Pomperol ein.

Dhrun erschien schließlich und wurde zu einem Stuhl geführt, der auf der gegenüberliegenden Seite des Tisches und sechs Plätze seitlich von ihr stand. Er hatte seine Reisekleidung gegen ein indigoblaues Wams und ein weißes Hemd ausgetauscht — ein schlichtes Kostüm, das seine helle Gesichtsfarbe und seine hübsche Kappe dunkelblonden Haares vorteilhaft zur Geltung brachte. Er bemerkte Madouc und winkte ihr zu, wurde jedoch danach sogleich von der Prinzessin Cloire in ein Gespräch verwickelt; und in den Pausen, wenn sie ihre

Aufmerksamkeit lockerte, sah er sich von Königin Linnet von Pomperol mit Beschlag belegt.

Das Bankett nahm seinen Lauf, Gang um Gang; Madouc hörte schon bald auf, von den Gerichten zu essen oder auch nur zu kosten. Die vier Pokale vor ihr enthielten zwei Sorten Rotwein, einen milden Weißwein und einen herben grünen Wein; sie wurden aufgefüllt, sobald Madouc auch nur daran nippte, und sie ließ bald davon ab, aus Furcht, sie könne einen Schwips bekommen. Prinz Jaswyn war ein unterhaltsamer Tischgesellschafter, wie auch Prinz Raven, der jüngste Sohn von König Kestrel und Bruder des entsetzlichen Bittern, den ein Schnupfen im Verein mit Asthma von der Reise nach Avallon abgehalten hatte. Mehrere Male während des Banketts fand Madouc Königin Sollaces eisigen Blick auf sich geheftet, aber sie tat so, als bemerke sie es nicht.

König Audry erhob sich schließlich, zum Zeichen, daß das Bankett beendet und die Tafel aufgehoben sei. Aus dem angrenzenden Ballsaal schallten sofort die leisen Klänge von Lauten herüber. Madouc entschuldigte sich hastig bei den Prinzen Jaswyn und Raven, schlüpfte von ihrem Stuhl und schickte sich an, um den Tisch herum zu rennen, um sich Dhrun zu nähern. An diesem Vorhaben wurde sie zunächst von Prinz Whemus gehindert, der den Wunsch hatte, sie zu beehren und ein Gespräch mit ihr anzufangen. So schnell und höflich wie möglich riß Madouc sich los, doch als sie zu Dhrun blickte, war dieser nirgends mehr zu sehen. Ah, dort war er ja, auf der anderen Seite des Tisches! Madouc ging denselben Weg zurück, doch nur, um Kylas in die Arme zu laufen, die mit einer dringenden Nachricht aufwartete, welche sie mit kaum verhohlener Befriedigung übermittelte. »Königin Sollace findet Euer Gewand ungenügend.«

»Sie irrt! Ihr könnt Ihr ausrichten, daß ich ganz zufrieden damit bin.«

»Aber sie, die Königin, ist es nicht. Sie findet das Gewand unpassend für eine Person von Eurem Alter und Eurer Unerfahrenheit. Sie wünscht, daß Ihr und ich sofort Eure Gemächer aufsuchen, woselbst ich Euch bei der Auswahl einer maßvolleren und Eurem jugendlichen Alter gemäßeren Kluft assistieren soll. Kommt, wir müssen sofort gehen!«

Madouc sprach bündig: »Ich bedaure, daß die Königin mißvergnügt ist, aber ich bin sicher, daß Ihr ihre Instruktionen mißverstanden habt. Sie dürfte wohl kaum von mir erwarten, daß ich mich jetzt umkleide, zumal dieses Gewand ganz angemessen ist.«

»Das ist es ganz und gar nicht.«

»Wie auch immer, Ihr müßt jetzt beiseite stehen; dort ist jemand, mit dem ich sprechen möchte.«

»Wer mag das sein?«

»Wirklich, Kylas! Eure Frage ist unverschämt!« Madouc drängte sich an dem Fräulein vorbei, doch nur, um festzustellen, daß Dhrun erneut in dem Gedränge aus Höflingen und Würdenträgern verschollen war.

Madouc stellte sich an den Rand des Saales und hielt aufmerksam Ausschau. Das Licht von tausend Kerzen, die in fünf schweren Deckenkandelabern staken, schien herab auf tausend Farben, die sich einem bunten Strom gleich an ihr vorüberwälzten: feuerrot und safrangelb; stahlblau und moosgrün; zitronengelb, kastanienbraun, umbra und rosa; dazwischen glitzerte Silber und schimmerte Gold, und allenthalben funkelten Juwelen. Gesichter schwammen im Kerzenlicht wie bleiche Medusen in einer leuchtenden Flut: Gesichter aller Arten, jedes ein Symbol für die Seele, die es verbarg. Doch keines davon war das Gesicht von Dhrun.

Eine Stimme dicht an ihrem Ohr sprach: »Warum fliehst du mich so? Bin ich neuerdings dein verhaßter Feind?«

Madouc wandte sich und schaute geradewegs in das Gesicht von Dhrun. »Dhrun!« Nur mit Mühe unterdrückte sie den Impuls, ihm um den Hals zu fallen. »Ich habe überall nach dir gesucht — ohne Erfolg! Wohin auch immer ich ging, du warst schon wieder fort; es war, als jage ich einem Schatten nach.«

»Nun hast du mich endlich gefunden, und ich habe dich gefunden, und ich bin fürbaß erstaunt.«

Madouc schaute zu ihm auf, vor Glück schier strahlend. »Sag mir, warum!«

»Du weißt schon, warum. Wenn ich noch mehr sagte, würde ich verlegen.«

»Sag's mir trotzdem!«

»Na schön. Ich wußte schon vor langer Zeit, daß du schön werden würdest — aber ich hätte nicht geglaubt, daß es so schnell geschehen würde.«

Madouc lachte leise. »Bist du nun verlegen?«

Nun lachte auch Dhrun. »Du scheinst nicht beleidigt zu sein oder peinlich berührt.«

»Dann werde ich nun etwas sagen, und vielleicht werde ich verlegen sein.«

Dhrun ergriff ihre Hände. »Ich werde lauschen, und ich verspreche dir, ich werde keinen Anstoß nehmen.«

Madouc sagte leise, fast flüsternd: »Ich bin glücklich über deine Worte, da mich keine andere Meinung kümmert als deine.«

Dhrun sagte impulsiv: »Wenn ich es nur wagte, würde ich dich jetzt küssen!«

Scheu überkam Madouc. »Nicht jetzt! Alle sähen es!«

»Gewiß! Und wenn?«

Madouc drückte fest seine Hände. »Hör zu! Ich habe dir etwas sehr Wichtiges mitzuteilen, und du mußt mir genau zuhören!«

»Ich bin ganz Ohr!«

Jemand stand dicht neben Madoucs Schulter. Madouc wandte sich zur Seite und blickte direkt in Kylas' neugierige schwarze Augen.

Kylas fragte: »Kommt Ihr nun endlich, Euer Gewand zu wechseln, wie Ihre Hoheit es wünscht?«

»Nicht gerade jetzt«, sagte Madouc. »Ihr könnt Ihrer Hoheit ausrichten, daß Prinz Dhrun und ich im Gespräch vertieft sind und er mich gewiß wunderlich fände, wenn ich plötzlich davonrennte, um mich umzuziehen.« Sie nahm Dhrun beim Ellenbogen und ließ Kylas kurzerhand stehen, so daß der nichts anderes übrigblieb, als ihr verdutzt nachzustarren.

Madouc sagte: »Kylas ist eine ziemliche Plage. Sie observiert mich auf Schritt und Tritt und meldet alles, was ich tue, sofort der Königin — zu welchem Zweck, vermag ich nicht zu sagen, da die Königin keine Ahnung davon hat, was ich dir erzählen will.«

»Nun erzähl's mir schon! Was ist so wichtig?«

»Dein Leben! Ich könnte es nicht ertragen, wenn du es verlörest!«

»Ich empfinde genau das gleiche. Sprich weiter!«

»Hast du schon einmal von Persilian gehört, dem Magischen Spiegel?«

»Dem Namen nach; mein Vater erwähnte ihn einmal.«

König Audry näherte sich den beiden und blieb stehen. Er musterte Madouc von Kopf bis Fuß. »Wer ist diese kleine Sylphe mit dem rotgoldenen Haarschopf? Sie ist mir bereits an der Tafel ins Auge gefallen, als sie mit Prinz Jaswyn plauderte.«

»Eure Hoheit, erlaubt mir, Euch Prinzessin Madouc von Lyonesse vorzustellen.«

König Audry zog die Brauen hoch und zupfte sich am prachtvollen Schnauzbart. »Kann dies das Geschöpf sein, von dem wir solch bemerkenswerte Geschichten gehört haben? Ich bin erstaunt.«

Madouc sagte höflich: »Die Geschichten waren sicherlich übertrieben, Eure Hoheit.«

»Alle?«

»Zuweilen hat es meinem Betragen vielleicht an Sanftmut und artiger Vernunft gemangelt; darunter hat mein Ruf gelitten.«

König Audry schüttelte den Kopf und strich sich durch den Bart. »Eine traurige Situation fürwahr! Aber es ist noch immer Zeit für Wiedergutmachung.«

Madouc sagte gesetzt: »Eure Majestät hat mich zur Hoffnung ermutigt; ich werde mich nicht der Verzweiflung hingeben.«

»Es wäre auch schade, wenn Ihr das tätet«, erklärte König Audry. »Laßt uns nun in den Ballsaal schreiten, wo gleich das Tanzen beginnen wird. Was, wenn ich fragen darf, ist Euer Lieblingstanz?«

»Ich habe keinen, Eure Hoheit! Ich habe mir nie die Mühe gemacht, es zu lernen, und ich kann keinen Tanz vom andern unterscheiden.«

»Aber Ihr könnt doch gewiß die Pavane schreiten?«

»Jawohl, Eure Hoheit.«

»Sie ist einer meiner Lieblingstänze, ist sie doch ebenso feierlich wie heiter und darüber hinaus anfällig für tausend hübsche Feinheiten und Verschlingungen, und deshalb soll sie der erste von allen Tänzen sein.«

Prinz Jaswyn, der die ganze Zeit über dabeigestanden hatte, verneigte sich vor Madouc. »Darf ich die Ehre haben, die Pavane mit Eurer Hoheit zu schreiten?«

Madouc warf Dhrun einen raschen Blick des Bedauerns zu, dann sagte sie: »Es wird mir ein Vergnügen sein, Prinz Jaswyn.«

Die Pavane ging zu Ende. Prinz Jaswyn geleitete Madouc zur Seite des Saales. Sie hielt nach Dhrun Ausschau; wie schon zuvor war er nicht sofort zu entdecken, und Madouc schnalzte verärgert mit der Zunge. Warum konnte er nicht an Ort und Stelle verharren? Anerkannte er denn nicht die Dringlichkeit dessen, was sie ihm zu sagen hatte? Madouc schaute in alle Richtungen, versuchte, über die Häupter der Galane hinweg und an den Roben ihrer Damen vorbei zu spähen. Schließlich entdeckte sie Dhrun in Gesellschaft von Prinz Cassander; die beiden betraten gerade den Saal. Madouc entschuldigte sich hastig bei Prinz Jaswyn und marschierte durch den Raum, die beiden Prinzen zu erhaschen, bevor sie womöglich wieder ihrem Blick entschwanden.

Cassander sah ihr Nahen ohne Vergnügen. Entsprechend hochmütig fiel seine Begrüßung aus. »Je nun, Madouc! Ich wollte meinen, daß du in deinem Element wärest! Hier hast du die Gelegenheit, dich unter die hohe Gesellschaft von Avallon zu mischen.«

»Das habe ich bereits getan.«

»Warum tanzt du dann nicht und tollst herum und beeindruckst das junge Volk mit deinem Witz?«

»Dasselbe könnte ich dich fragen.«

Cassander versetzte kurzangebunden: »Derlei Belustigung paßt heute abend weder zu meiner Stimmung noch zu der von Prinz Dhrun. Da das so ist...«

Madouc schaute Dhrun an. »Auch du bist also saturiert und weltmüde?«

»Vielleicht nicht in dem Maße, wie Prinz Cassander es schildert«, sagte Dhrun grinsend.

Cassander runzelte die Stirn. Er sagte zu Madouc: »Dort drüben steht Prinz Raven von Pomperol. Warum erörterst du deine Theorien nicht mit ihm?«

»Nicht unbedingt jetzt. Auch ich fühle mich ein wenig blasiert. Wohin seid ihr zwei denn gegangen, um den gesellschaftlichen Ansprüchen zu entrinnen?«

Cassander sagte kalt: »Wir sind woandershin gegangen, um ein paar Augenblicke der Ruhe zu genießen.«

»Cassander, du bist wahrlich findig! Wo findet man denn bei einer Lustbarkeit von diesem Umfang Ruhe und Abgeschiedenheit?«

»Hier, da, an dem einen oder anderen Ort«, sagte Cassander. »Es ist ganz unerheblich.«

»Ich bin trotzdem neugierig.«

Dhrun sagte: »Prinz Cassander äußerte den Wunsch, den Heldensaal Heroen zu besichtigen, um eine alte Tradition in Ehren zu halten.«

»Ha! Da kommt die Wahrheit denn ans Licht«, sagte

Madouc. »Cassander ist nicht so unbekümmert, wie er tut. Welche Tradition ist es denn, die in Ehren zu halten Cassander sich verpflichtet fühlte?«

Cassander sprach gereizt: »Es ist bloß eine Grille, nicht mehr. Prinzen von königlichem Blut, die selbst nur für einen kurzen Moment auf dem Thron Evandig sitzen, sind ein langes Leben und eine glückliche Regierungszeit zugesichert — so geht die Legende.«

»Das ist eine sehr obskure Legende«, sagte Madouc. »Dhrun, hast du ebenfalls dieser Tradition die Ehre erwiesen?«

Dhrun lachte unbehaglich. »Prinz Cassander bestand darauf, daß ich dieses Privilegium mit ihm teile.«

»Das war nett von Prinz Cassander. Und hast du auch am Runden Tisch gesessen?«

»Ganz kurz.«

Madouc stieß einen Seufzer aus. »Nun denn, da du ja nun durch den Genuß der Abgeschiedenheit beschwichtigt bist, erinnerst du dich noch daran, daß du mir einen Tanz versprochen hast?«

Dhrun schaute sie verdutzt an, doch nur für einen Moment; dann sagte er: »O ja, das habe ich! Prinz Cassander, wenn ich mich entschuldigen dürfte?«

Cassander nickte kurz. »Nur zu!«

Madouc führte Dhrun jedoch nicht auf die Tanzfläche, sondern in den Schatten an der Seite des Saales. »Denk scharf nach!« verlangte sie. »Als du auf dem Thron saßest — hast du da gesprochen?«

»Nur um die Bedingungen der Tradition zu erfüllen, so wie Cassander sie mir erläuterte. Als er auf dem Thron saß, sprach er einen Befehl, nämlich, daß ich einen Schritt vortreten solle. Ich tat dasselbe, als ich an der Reihe war.«

Madouc nickte schicksalsschwer. »Dann mußt du jetzt um dein Leben bangen. Du kannst jeden Augenblick verscheiden.«

»Wieso?«

»Ich habe versucht, dir von Persilians Weissagung zu erzählen. Sie bestimmt jede Stunde deines Lebens!«

»Wie lautet diese Prophezeiung?«

»Sie besagt, daß der erstgeborene Sohn von Prinzessin Suldrun — also du — vor seinem Tod seinen rechtmäßigen Platz an der Cairbra an Meadhan einnehmen und vom Thron Evandig herab regieren wird. Du hast diese Prophezeiung jetzt erfüllt! Du hast an dem Tisch gesessen, und du hast einen Befehl erteilt, während du auf dem Thron Evandig saßest, und jetzt wird Casmir seine Meuchelmörder auf dich hetzen. Du wirst womöglich noch in dieser selben Nacht gemeuchelt werden.«

Dhrun blieb für einen Moment stumm. »Mir kam in der Tat Cassanders Benehmen schon einigermaßen seltsam vor! Weiß er um die Prophezeiung?«

»Das ist schwer zu sagen. Er ist eitel und töricht, aber nicht gänzlich rücksichtslos. Gleichwohl würde er Casmirs Befehlen bedingungslos Folge leisten, ganz gleich, wohin sie führen.«

»Auch wenn sie zum Mord führten?«

»Er würde Casmirs Befehle befolgen. Aber das braucht er gar nicht, da Casmir andere mitgebracht hat, die über alle einschlägigen Fertigkeiten verfügen.«

»'s ist ein schauriger Gedanke! Ich werde auf der Hut sein! Drei tapfere Recken aus Troicinet sind bei mir, und sie werden nicht von meiner Seite weichen.«

»Wann wird dein Vater eintreffen?«

»Morgen, denke ich. Ich werde froh sein, ihn zu sehen!«

»Ich auch.«

Dhrun blickte hinunter in Madoucs Gesicht. Er beugte den Kopf und küßte sie auf die Stirn. »Du hast dein möglichstes getan, um mir diese Gefahr zu ersparen. Ich danke dir, meine liebe Madouc! Du bist ebenso klug, wie du hübsch bist!«

»Dies ist ein höchst gelungenes Gewand«, sagte Madouc. »Die Farbe heißt Schwarze Rose, und aus irgendeiner Laune des Zufalls heraus paßt sie gut zu meinem Haar. Auch scheint der Stil des Kleides das zu verstärken, was ich wohl meine Figur nennen muß. Ich staune, ich staune!«

»Worüber?«

»Du wirst dich gewiß an König Throbius erinnern.«

»Ich erinnere mich sehr gut an ihn. Alles in allem war er gütig, wenn auch vielleicht ein bißchen töricht.«

»Ganz recht. Aus bestimmten Gründen warf er einen Blendzauber über mich, welcher große Aufregung verursachte und, um die Wahrheit zu sagen, mich mit seiner fürchterlichen Macht in Furcht versetzte. Mich von der Kraft dieses Zaubers zu befreien, ward ich angewiesen, mit den Fingern meiner linken Hand an meinem rechten Ohr zu ziehen. Und nun frage ich mich, ob ich wohl fest genug gezogen habe.«

»Hmm«, sagte Dhrun. »Das ist schwer zu beantworten.«

»Ich könnte noch einmal daran ziehen, um der Ehrlichkeit und der Beruhigung willen. Andererseits, verwandelte ich mich daraufhin umgehend wieder in ein kümmerliches Pflänzchen, so daß mein schönes Gewand schlaff um mich herumschlotterte, wäre ich bekümmert — erst recht, wenn du dich von mir zurückzögest und alle deine Komplimente zurücknähmest.«

»Schlafende Hunde sollte man besser nicht wecken«, sagte Dhrun. »Gleichwohl vermute ich, daß das, was hier vor mir steht, voll und ganz du bist.«

»Trotzdem will ich mir ein für allemal Gewißheit verschaffen. Das gebietet mir schon meine Redlichkeit. Paßt du auf?«

»Sehr genau.«

»Sei auf das Schlimmste gefaßt!« Mit den Fingern der linken Hand zog sich Madouc kräftig am rechten Ohr. »Kannst du eine Veränderung feststellen?«

»Nicht die Spur einer solchen.«

»Das erleichtert mich. Laß uns nach dort drüben gehen und uns auf das Sofa setzen, und ich werde dir von meinen Abenteuern im Wald von Tantrevalles erzählen.«

3

Die Nacht verging ohne Zwischenfall. Die Sonne ging mandarinenrot im Osten auf, und der Tag begann. Madouc wachte früh auf und blieb noch eine Weile im Bett, um nachzudenken. Dann schwang sie sich unvermittelt aus den Federn, rief ihre Zofe, badete in dem Zuber aus rosafarbenem Porphyr und kleidete sich in ein blaues Leinenkleid mit weißem Kragen. Die Zofe bürstete ihr das Haar, bis die kupferfarbenen Ringellöckchen gebändigt waren und in seidig schimmernden Wellen fielen, welche sie raffte und mit einem blauen Band schnürte.

Es klopfte an der Tür. Madouc legte den Kopf schief, um zu lauschen, dann gab sie der Zofe rasch Anweisungen. Jetzt klopfte es erneut, hart und gebieterisch. Die Zofe öffnete die Tür einen Spaltbreit und fand sich von zwei schwarzen Augen angestarrt, die aus einem fahlen Gesicht mit einer langen Nase auf sie herablodern. Die Zofe rief: »Habt Ihr keinen Respekt vor Ihrer Hoheit? Die Prinzessin empfängt niemanden zu solch früher Stunde! Geht weg!« Sie schloß die Tür, woraufhin durch diese unverzüglich Proteste hallten: »Ich bin es, das Fräulein Kylas! Ich bin eine Standesperson! Öffnet die Tür, auf daß ich eintreten kann!«

Als sie keinen Widerhall fand, stapfte Kylas ergrimmt in ihr eigenes Quartier, wo sie ihr Glück an der Tür versuchte, die zu Madoucs Salon führte, doch nur um festzustellen, daß sie verschlossen war.

Kylas pochte erneut und rief: »So öffnet doch! Ich bin's, Kylas!«

Statt der Forderung nachzukommen, machte Madouc sich hurtig aus dem Staub. Sie schlüpfte durch die andere Tür nach draußen und rannte zum Ende des Gartenhofs und von dort aus in die Ostgalerie.

Abermals klopfte Kylas. »Öffnet sofort! Ich bringe eine Botschaft von Königin Sollace!«

Endlich entriegelte die Zofe die Tür; Kylas stürmte in den Salon. »Madouc? Prinzessin Madouc!« Sie lief ins Schlafgemach, spähte nach links und nach rechts, fand es leer und hastete in den Ankleideraum. Als sie auch hier keine Spur von ihrer Beute entdeckte, rief sie zum Badezimmer hin: »Prinzessin Madouc! Seid Ihr dort drinnen? Ihre Majestät besteht darauf, daß Ihr sie unverzüglich aufsucht, damit sie Euch Instruktionen für den Tag erteilen kann, Prinzessin Madouc?« Kylas spähte ins Badezimmer, dann wandte sie sich wütend der Zofe zu. »Wo ist die Prinzessin?«

»Sie ist bereits ausgegangen, gnädiges Fräulein.«

»Das sehe ich selbst. Aber wohin ist sie gegangen?«

»Das vermag ich nicht zu sagen.«

Kylas gab ein Krächzen der Entrüstung von sich und stürmte davon.

Madouc hatte sich in den Morgensalon begeben, wie am Abend zuvor von Prinz Jaswyn empfohlen. Dies war ein großer Raum, angenehm und luftig, durch dessen hohe Glasfenster eitel Sonnenlicht hereinflutete. Auf einem Kredenztisch, der eine gesamte Seite des Raumes ausfüllte, standen hundert Schüsseln, Teller, Näpfe und Tranchierbretter mit Speisen aller Art.

König Audry und Prinz Jaswyn saßen bereits beim Frühstück, als Madouc hereinkam. Prinz Jaswyn sprang galant auf und führte Madouc zu einem Platz an seinem Tisch.

»Beim Frühstück geht es zwanglos zu«, sagte König Audry. »Ihr könnt Euch selbst auftragen oder Euch von den Mundschenken bedienen lassen, ganz, wie Ihr wollt. Ganz besonders empfehlen kann ich Euch heute die Fettammern und die Waldschnepfe; beide sind vorzüglich. Ich hatte auch Hase und Eber bestellt, aber meine Jäger waren glücklos, und so müssen wir heute darauf verzichten — wie leider auch auf Wildbret, das allerdings auch zum Frühstück ein wenig mächtig ist, besonders in einem Ragout. Denkt jedoch bitte nicht geringer von mir ob meiner dürftigen Tafel; auf Haidion bekommt Ihr gewiß größere Auswahl und Fülle geboten.«

»Gewöhnlich finde ich genug zu essen, auf die eine oder andere Weise«, sagte Madouc. »Ich neige nicht zum Mäkeln, es sei denn, die Hafergrütze ist angebrannt.«

»Der letzte Koch, der den Haferbrei anbrennen ließ, wurde ausgepeitscht«, sagte König Audry. »Seither haben wir keine Beschwerden mehr gehabt.«

Madouc wandelte am Buffet entlang und trug sich vier dicke Fettammern, ein Omelette von Morcheln und Petersilie, Weizenmehlküchlein mit Butter und einen Napf Erdbeeren mit Sahne auf.

»Was? Kein Fisch?« schrie König Audry entsetzt. »Der ist unser ganzer Stolz! Mundschenk! Bring der Prinzessin etwas Lachs in Weinsoße mit jungen Erbsen und eine ordentliche Portion von dem Hummer in Safranrahm; außerdem — warum nicht? — je ein Dutzend von den Herzmuscheln und von den Uferschnecken, und laß es nicht an Knoblauchbutter fehlen!«

Madouc blickte skeptisch auf die Teller, die vor sie gestellt wurden. »Ich fürchte, ich würde kugelrund werden, wenn ich regelmäßig mit Euch speiste!«

»Das ist ein köstliches Risiko«, sagte König Audry. Er wandte sich einem Beamten zu, der in diesem Moment an ihn herantrat. »Je nun, Evian: Was bringt Ihr für Kunde?«

»Die *Flor Velas* wurde soeben in der Cambermündung gesichtet, Eure Majestät. König Aillas wird in Kürze hier sein, so er nicht durch einen Landwind gehemmt wird.«

»Wie bläst der Wind zur Zeit?«

»Unstet, Eure Majestät; er bläst mal von Norden, mal von Nordwesten, mit einer gelegentlichen kräftigen Bö von Westen. Die Wetterhähne sind treulos.«

»Das ist kein günstiger Wind«, konstatierte König Audry. »Gleichwohl müssen wir unsere Konferenz nach Plan eröffnen; ein zeitiger Beginn ist die beste Voraussetzung für einen erfolgreichen Verlauf. Habe ich nicht recht, Prinzessin?«

»Das ist auch meine Meinung, Eure Majestät. Die Fettammern sind wirklich vorzüglich.«

»Kluges Mädchen! Nun ja, ich hatte gehofft, daß König Aillas bei der Eröffnungszeremonie zugegen sein würde, aber wir werden nicht säumen, und er wird nichts Wesentliches verpassen, da wir ohnehin zunächst einmal die üblichen Begrüßungen, Lobreden, Laudationes, Enkomien und dergleichen absolvieren müssen. Bis König Aillas eintrifft, wird Prinz Dhrun mit den Ohren Troicinets lauschen und die offiziellen troicischen Elogen sprechen. Er ist zwar noch ein wenig zu jung für ein solches Amt, aber es wird eine gute Schule für ihn sein.«

In diesem Moment betrat Dhrun mit seinen drei Begleitern den Morgensalon. Sie traten an König Audrys Tisch. »Guten Morgen, Eure Hoheit«, begrüßte Dhrun höflich den Monarchen. »Guten Morgen, Prinz Jaswyn, und einen guten Morgen auch dir, Prinzessin Madouc.«

»Auch Euch einen guten Morgen«, sagte König Audry. »Das Schiff Eures Vaters ist in der Cambermündung gesichtet worden, und er wird in Kürze hier sein — gewiß noch ehe der Tag zu Ende geht.«

»Das ist gute Kunde.«

»Inzwischen beginnt das Kolloquium wie geplant. Bis König Aillas ankommt, müßt Ihr an seiner Statt walten. Rüstet Euch deshalb dafür, eine klangvolle und mitreißende Eingangsrede zu halten.«

»Das ist mißliche Kunde.«

König Audry kicherte verschmitzt in sich hinein. »Die

Pflichten, die mit der Königswürde einhergehen, sind nicht alle gleichermaßen reizvoll.«

»Diesen Verdacht hege ich schon seit langem, Eure Hoheit, und die Beobachtung meines Vaters bestärkt mich mehr und mehr darin.«

»Sicher ist Jaswyn auch schon zu diesem Schluß gelangt«, sagte König Audry schmunzelnd. »Habe ich recht, Jaswyn?«

»Unbedingt, Herr.«

König Audry nickte mild und wandte sich wieder Dhrun zu. »Ich halte Euch von Eurem Frühstück ab. Stärkt Euch gut!«

Madouc rief: »König Audry empfiehlt die Fettammern und die Waldschnepfe. Ferner bestand er darauf, daß ich Herzmuscheln und Uferschnecken gleich dutzendweise verzehre.«

»Ich werde deinen Rat wie stets beherzigen«, sagte Dhrun. Er und seine Gefährten begaben sich zum Kredenztisch. Einen Moment darauf betrat Prinz Cassander mit seinem Freund Sir Camrols den Speisesaal. Cassander blieb stehen und ließ den Blick durch den Raum schweifen; er erblickte König Audry und trat zu ihm, um ihm seine Aufwartung zu machen. »König Casmir und Königin Sollace nehmen das Frühstück in ihren Gemächern ein; sie werden zur verabredeten Zeit im Heldensaal erscheinen.«

»Die Zeit ist nicht mehr weit«, sagte König Audry. »Der Morgen ist geschwind vorangeschritten.«

Cassander wandte sich an Madouc. »Königin Sollace wünscht, daß du dich sofort bei ihr einfindest. Ich muß dich warnen: sie ist nicht erfreut über dein launisches Betragen, das an krasse Auflehnung grenzt.«

»Die Königin muß ihre Kritik aufschieben oder, besser noch, ganz beiseite tun«, erwiderte Madouc. »Ich frühstücke gerade mit König Audry und Prinz Jaswyn; es wäre ein Akt unaussprechlicher Unhöflichkeit, wenn ich jetzt aufspränge und die Tafel verließe. Überdies,

Cassander, lassen deine eigenen Manieren sehr zu wünschen übrig. An erster Stelle ...«

Cassander, der König Audrys Vergnügen bemerkte, wurde wütend. »Genug; vielmehr, mehr als genug! Was Manieren betrifft, so bist du es, nicht ich, die nach Haidion zurückgeschickt werden wird, noch ehe diese Stunde um ist.«

»Unmöglich!« sagte Madouc. »König Audry besteht darauf, daß ich bei dem Kolloquium zugegen bin, um meiner Bildung willen! Ich wage es nicht, ihm ungehorsam zu sein!«

»Natürlich nicht«, sagte König Audry mit freundlicher Stimme. »Kommt schon, Prinz Cassander, ich bitte Euch, seid mild und nachsichtig! Die Welt geht wegen Madoucs Frohnatur schon nicht unter. Laßt sie sich doch ohne Tadel ergötzen.«

Cassander verbeugte sich mit einer Miene kalter Höflichkeit. »Es soll sein, wie Eure Majestät wünscht.« Cassander und Sir Camrols entfernten sich und bedienten sich vom Buffet.

Eine halbe Stunde verging. Sir Tramador, der Oberhofmeister auf Falu Ffail, trat an den Tisch und sprach leise mit König Audry, der sich seufzend erhob. »Wahrhaftig, der Morgensalon ist mir weit lieber als der Heldensaal, und desgleichen ziehe ich das Buffet der Cairbra an Meadhan vor!«

Madouc schlug vor: »Warum das Kolloquium dann nicht hier anstatt dort abhalten? Dann könnten doch die, die die Reden langweilig finden, sich zur Zerstreuung an einer Fettammer gütlich tun.«

»Der Gedanke ist grundsätzlich nicht schlecht«, sagte König Audry. »Indessen, der Plan ist fest gefügt und kann nicht mehr umgeworfen werden, ohne daß höchste Verwirrung entstünde. Prinz Dhrun, kommt Ihr?«

»Ich bin bereit, Eure Majestät.«

Im Gang wartete Dhrun auf Madouc. »Ich bin zu einer wichtigen Person geworden — zumindest so lange, bis mein Vater eintrifft. Es kann sein, daß ich ersucht werde, vor der Versammlung zu sprechen. Natürlich wird niemand zuhören, was freilich nicht weiter schlimm ist, da ich ohnehin nichts zu sagen habe.«

»Es ist ganz einfach. Du mußt jedem eine lange Regierungszeit wünschen und hoffen, daß die Goten woanders einfallen.«

»Das sollte genügen. Außerdem ist es möglich, daß mein Vater eintreffen wird, bevor ich zum Reden aufgefordert werde, woraufhin ich meinen Platz am Tisch dankbar räumen werde.«

Madouc blieb jäh stehen. Dhrun sah sie erstaunt an. »Was beunruhigt dich jetzt?«

»Gestern abend, so sagtest du mir, hast du am Runden Tisch gesessen.«

»Ganz recht.«

»Aber aller Wahrscheinlichkeit nach hast du nicht an dem Platz gesessen, der heute dein ›rechtmäßiger‹ sein wird! Die Weissagung ist noch nicht erfüllt! Ich werde dafür sorgen, daß Casmir dessen gewahr wird!«

Dhrun überlegte einen Moment lang. »Es ändert nicht viel, da ich mich ja jetzt anschicke, diesen ›rechtmäßigen Platz‹ einzunehmen.«

»Aber das darfst du nicht! Dein Leben ist in Gefahr.«

Dhrun sprach mit hohler Stimme: »Ich kann dies schlechterdings nicht ablehnen.«

König Audry blickte über die Schulter. »Kommt schon, ihr zwei! Es ist keine Zeit mehr für Geheimnisse. Das Kolloquium fängt gleich an.«

»Ja, Eure Hoheit«, sagte Dhrun. Madouc schwieg.

Die zwei betraten den Heldensaal, der jetzt illuminiert war von vier Eisenkandelabern, welche an eisernen Ketten über dem Runden Tisch hingen. An jedem Platz lag eine silberne Platte über der alten, in das Holz des Tisches eingelassenen Bronzetafel.

Ringsherum an der Wand der Halle standen die Könige und Königinnen der Älteren Inseln, eine beträchtliche Zahl von Prinzen und Prinzessinnen und hochrangige Edelleute. König Audry bestieg das niedrige Podest, auf dem der Thron Evandig ruhte. Er sprach zu der Versammlung:

»Endlich sind wir hier, in voller Stärke, die Monarchen der gesamten Älteren Inseln! Wir sind vielleicht aus vielen Gründen gekommen, auf daß wir unsere teuersten Hoffnungen und Sehnsüchte darlegen können; auch damit jeder den anderen die Früchte seiner besonderen Weisheit darbieten kann. Es ist wahrlich ein bemerkenswertes Ereignis, eines, an das die Geschichtskundler noch lange erinnern werden. Denkt nach, jeder einzelne von euch! Es ist viele Jahre her, seit unser Land zum letzten Mal eine so volle Versammlung erlebt hat. Jedes Königreich ist vertreten, mit Ausnahme von Skaghane, wo das Volk sich noch immer von jedem Kontakt fernhält. Ferner weise ich darauf hin, daß König Aillas noch nicht zugegen ist; aber Prinz Dhrun wird mit der Stimme Troicinets sprechen, bis sein Vater bei uns eintrifft.

Was das Zustandekommen dieses Kolloquiums betrifft, so müssen wir die Initiative und die Tatkraft von König Casmir lobend anerkennen. Er war es, der das Konzept vorlegte, der die Notwendigkeit für umfassende und unbeschwerte Kontakte zwischen den Herrschern der einzelnen Staaten verfocht. Ich stimme ihm in jeder Hinsicht zu. Die Zeit ist reif für freimütige Diskussionen, in denen wir ohne Zögern unsere Meinungsverschiedenheiten darlegen und jeder, wenn nötig, die Kompromisse schließt und die Angleichungen vornimmt, die Redlichkeit und Gerechtigkeit gebieten.

Nun, da dies gesagt ist — und da noch so vieles zu sagen ist —, lasset uns denn an der Cairbra an Meadhan Platz nehmen. Herolde werden jeden zu seinem Platz führen, der gekennzeichnet ist durch eine silberne Tafel, in die sein Name eingeprägt ist. Alle andern werden auf den Polsterbänken an der Wand Platz nehmen.«

König Audry stieg vom Podest herab und trat zum Runden Tisch; die anderen Monarchen und ihre Ratgeber folgten seinem Beispiel. Herolde in grauer und grüner Livree geleiteten die Würdenträger zu ihren Plätzen. Einer der Herolde kam zu Dhrun, ihn zu seinem Platz zu führen, aber er konnte die silberne Tafel mit seinem Namen nicht finden. Er umrundete den Tisch und las die Namen, doch der von Dhrun war nicht darunter.

An einem Platz fehlte die silberne Tafel, und nur die alte, in das schwarze Holz eingelassene Bronzetafel war da. Der Herold hielt an diesem Platz inne, an dem keiner saß, las die Inschrift auf der Bronzetafel, beugte sich ungläubig vor und las sie ein zweites Mal. Daraufbegab er sich zu König Audry und führte ihn zu dem leeren Platz.

König Audry las die Inschrift, stutzte, las sie noch einmal. Inzwischen hatte sich die Aufmerksamkeit aller im Saal Anwesenden auf ihn geheftet. Langsam richtete er sich auf und sprach zu der Versammlung: »Meine Herren und Damen, die Cairbra an Meadhan ist durchdrungen von Magie, und einmal mehr war sie am Werk. An diesem Platz ist keine silberne Tafel mehr; sie ist verschwunden. Die Inschrift auf der Bronzetafel, die seit Jahrhunderten diesen Platz gekennzeichnet hat, lautet nunmehr: ›HIER IST DER PLATZ VON DHRUN, WO ER BEI ZEITEN SITZEN WIRD‹.«

Totenstille legte sich über den Saal. König Audry fuhr fort: »Ich vermag die Bedeutung dieser Magie nicht zu erahnen noch den exakten Sinn der Worte. Eines jedoch ist klar: Der Tisch erkennt die Gegenwart von Prinz Dhrun an und weist ihm seinen rechtmäßigen Platz zu. Prinz Dhrun, Ihr könnt Euch setzen!«

Dhrun trat mit zögernden Schritten vor. Hinter dem Stuhl blieb er stehen und sagte zu König Audry: »Majestät, heute ziehe ich es vor, mich nicht zu setzen! Ich werde stehen, wenn es recht ist.«

König Audry sprach entrüstet: »Ihr müßt sitzen! Wir

alle warten darauf, daß Ihr Euren rechtmäßigen Platz einnehmt.«

»Majestät, ich bin nicht gewillt, zum jetzigen Zeitpunkt an Euren erlauchten Beratungen teilzunehmen. Es ist angebrachter, daß ich bis zur Ankunft meines Vaters stehe.«

König Casmir sprach mit einer Stimme, die trotz seiner Bemühungen, ihr einen ruhigen und gelassenen Klang zu verleihen, vor Härte schnarrte: »Kommt! Laßt uns nicht noch mehr Zeit vergeuden! Setzt Euch, Prinz Dhrun! Das erwarten wir von Euch!«

»Ganz recht«, sagte König Audry. »Wir mögen nicht beraten, während wir auf einen leeren Platz starren. Ihr müßt Euch setzen.«

Madouc konnte sich nicht mehr beherrschen. Sie rief: »Dhrun, nimm nicht Platz! Heute will ich an deiner Statt sitzen und deine Bevollmächtigte sein!« Sie stürmte zum Tisch und schlüpfte auf den Platz, den die Bronzetafel als den Dhruns auswies.

Dhrun stand dicht hinter dem Stuhl. Er sprach zu König Audry: »Eure Majestät, so soll es sein, nach meiner Wahl! Heute soll Prinzessin Madouc meine Stellvertreterin sein und auf meinem Platz sitzen und, so erforderlich, mit meiner Stimme sprechen. Den Formalitäten ist damit Genüge getan, und das Kolloquium kann wie geplant beginnen.«

König Audry erhob sich bestürzt. »Euer Betragen ist höchst eigenartig! Ich kann nicht begreifen, was hier vor sich geht!«

König Casmir donnerte: »Es ist absurd! Madouc, hebe dich hinweg, und dies hurtig, oder du sollst mein volles und schreckliches Mißfallen kennenlernen!«

»Nein, Eure Majestät. Ich werde hier sitzen. Heute ist nicht der rechte Moment für Dhrun, seinen rechtmäßigen Platz an der Cairbra an Meadhan einzunehmen.«

König Casmir wandte sich in kalter Wut an König Audry: »Eure Majestät, ich ersuche Euch dringend, Eure

Lakeien zu rufen, auf daß sie dieses närrische Mädchen von dem Stuhl entfernen, damit Prinz Dhrun seinen Platz einnehmen kann! Andernfalls kann das Kolloquium nicht würdig beginnen.«

König Audry frug in bekümmertem Ton: »Madouc, ist dies eine Eurer berühmten Grillen?«

»Eure Majestät, ich versichere Euch das Gegenteil. Ich sitze hier nur, damit Prinz Dhrun heute seinen Platz nicht einzunehmen braucht.«

»Aber Madouc! Schaut auf die Bronzetafel! Sie besagt, daß dort Dhruns Platz ist.«

»›Bei Zeiten‹, steht dort geschrieben! Aber nicht heute!«

König Audry warf in einer Geste der Resignation die Arme hoch. »Ich sehe eigentlich nichts Schlimmes in der Situation. Die Prinzessin sitzt nach dem erklärten und ausdrücklichen Willen von Prinz Dhrun auf dem Platz.«

Wieder sprach König Casmir. »Madouc, ich heiße dich abermals, den Platz von Prinz Dhrun zu räumen, auf daß er sich setzen kann.«

König Audry ließ den Blick durch die Runde schweifen. Einige Gesichter waren zu Mienen des Unwillens verzogen, andere waren belustigt, wieder andere schienen gleichgültig. Er wandte sich an König Casmir. »Eure Majestät, ich neige zu der Ansicht, daß nichts Schlimmes dabei ist, wenn wir der Prinzessin Madouc gestatten, zu sitzen, wie sie es wünscht.«

König Casmir erwiderte: »Mit Eurer Erlaubnis werde ich die Sache selbst regeln. Cassander, sei so gut und bring Madouc zu ihrem Gemach! Falls erforderlich, bitte Sir Camrols um Beistand!«

Mit klarem Blick verfolgte Madouc das Herannahen Cassanders und des kräftigen Sir Camrols von Corton Banwald. Sie machte eine kleine Gebärde und stieß einen zischenden Laut aus; Sir Camrols sprang hoch in die Luft, wo er für einen Moment zu hangen schien, wobei seine Beine sich schnell umeinander wanden. Er fiel herunter und landete auf Händen und Knien, wo er verharrte und Madouc bestürzt anstarrte. Madouc sah Cassander an und zischte erneut, ebenso leise wie zuvor. Cassander vollführte einen absonderlich verqueren Hupfer, als wolle er in zwei Richtungen zugleich springen, und purzelte der Länge nach zu Boden.

Dhrun sagte: »Prinz Cassander und Sir Camrols haben sich offenbar dazu entschieden, uns lieber mit ihren gymnastischen Kunststücken zu erbauen, als die Prinzessin zu behelligen; ich beglückwünsche sie zu ihrem klugen Urteil und schlage vor, daß wir die Angelegenheit nunmehr auf sich beruhen lassen.«

»Ich bin ebenfalls dieser Meinung«, sagte König Audry. »Die Prinzessin hat offenbar guten Grund für ihre scheinbare Laune. Vielleicht wird sie uns ja irgendwann über ihr Verhalten aufklären; habe ich recht, Prinzessin?«

»Das ist durchaus möglich, Eure Majestät.«

Erneut ergriff König Casmir das Wort. »Dies ist ein Possenspiel. Da sitzen wir nun hier herum und trödeln, die Herrscher bedeutender Reiche, während dieses freche und aufsässige Balg unsere gesamte Aufmerksamkeit mit Beschlag belegt.«

»Das braucht nicht so zu sein«, wandte Dhrun nüchtern ein. »Möge das Kolloquium endlich beginnen!«

König Casmir hieb mit der Faust auf den Tisch. »Ich bin aufgebracht und entrüstet! Ich werde so lange nicht an dem Kolloquium teilnehmen, wie Prinz Dhrun nicht seinen rechtmäßigen Platz eingenommen hat.«

Madouc sagte mit durchdringender Stimme: »Ich sehe, ich muß mein Verhalten und die Gründe für König Casmirs Entrüstung darlegen. Vielleicht ist es letztendlich doch besser, wenn die Fakten bekanntgemacht werden. So lauschet denn nun, und ich werde euch die Informationen erzählen, die ich von meiner Mutter erhielt.«

Vor langer Zeit hörte König Casmir eine Weissagung von Persilian, dem Magischen Spiegel. Er erfuhr von dem Spiegel, daß der erstgeborene Sohn von Prinzessin Suldrun vor seinem Tod an seinem rechtmäßigen Platz an der Cairbra an Meadhan sitzen und von dem Thron Evandig herab regieren werde. Wenn dies eintreffe, werde König Casmirs Sehnsucht, alle Länder zu erobern und über die Älteren Inseln zu herrschen, niemals erfüllt werden!

König Casmir erfuhr nie den Namen von Suldruns erstem und einzigem Sohn, und er lebte in einem Zustand stetigen Bangens. Erst vor kurzem enthüllte der Priester Umphred König Casmir die Wahrheit und verriet ihm, daß Suldruns Sohn kein anderer als Prinz Dhrun ist. Seither sucht Casmir fieberhaft nach einem Weg, wie er die Prophezeiung ungültig machen kann.

Aus diesem Grund verlangte er ein Kolloquium hier auf Falu Ffail. Ihn kümmern nicht gutes Einvernehmen oder Frieden; ihm kam es allein darauf an, daß Dhrun die Weissagung erfülle, so daß er sodann gemeuchelt werden kann.

Gestern abend überredete Prinz Cassander Dhrun, sich auf den Thron Evandig zu setzen und einen Befehl zu äußern. Heute braucht Dhrun nur noch seinen Platz am Runden Tisch einzunehmen, um die Bedingungen der Prophezeiung zu erfüllen; darnach könnte er gefahrlos ermordet werden, womöglich gar noch in dieser heutigen Nacht. Ein Pfeil aus einer Hecke oder ein Messer aus dem Schatten, und Dhrun ist tot. Wer würde die Tat begehen? Da waren vier, die mit uns nach Norden ritten; ich wage es nicht, sie Schurken und Mörder zu schimpfen, aus Furcht, ich könnte ihnen Unrecht tun, aber sie waren weder Ritter noch Soldaten.

Nun wissen alle, was ich weiß, und warum ich Dhrun seinen Platz verwehre. Urteilt selbst, ob mein Betragen launisch ist; dann möge das Kolloquium seinen Lauf nehmen.«

Grabesstille herrschte im Heldensaal.

Es war schließlich König Audry, der das Schweigen brach. Er sagte mit beklommener Stimme: »Die Versammlung ist sowohl bestürzt als auch verwirrt ob Eurer Enthüllungen. Wir haben eine höchst ungewöhnliche Reihe von Beschuldigungen gehört, die bedauerlicherweise glaubwürdig klingen. Aber vielleicht kann König Casmir ja diese Anschuldigungen widerlegen. Was, Casmir von Lyonesse, sagt Ihr zu diesen Vorwürfen?«

»Ich sage, daß diese hinterhältige kleine Schlange das Blaue vom Himmel herunterlügt, unter schändlicher und niederträchtiger Mißachtung der Wahrheit und mit einem noch schändlicheren und niederträchtigeren Vergnügen am Geschmack der puren Schlechtigkeit und Verworfenheit. Nach unserer Rückkehr nach Lyonesse wird sie eingehend in der Tugend der Wahrheitsliebe unterwiesen werden.«

Madouc stieß ein höhnisches Lachen aus. »Haltet Ihr mich für wahnsinnig? Ich werde nicht nach Lyonesse zurückkehren.«

»Ich halte dich in der Tat für wahnsinnig«, schnaubte Casmir. »Deine Märchen sind das irre Gefasel einer Geistesgestörten. Ich weiß nichts von Persilian, dem Magischen Spiegel, noch gar von seiner Prophezeiung.«

Eine neue Stimme ließ sich vernehmen. »Casmir, Ihr lügt, und Ihr seid der Lügner!« Aillas trat langsam in den Heldensaal. »Ich selbst stahl Persilian, den Magischen Spiegel, mit meinen eigenen Händen aus Eurer geheimen Kammer und vergrub ihn unter dem Limonenbaum in Suldruns Garten. Das einzige, was ich bisher noch nicht wußte, ist das, was Madouc soeben über den Priester Umphred erzählt hat, der schon Suldrun unermeßliches Leid zugefügt hatte. Eines Tages werde ich mit dem Priester Umphred abrechnen.«

König Casmir saß schweigend da, mit rot angelaufenem Gesicht. König Audry sagte: »Ich hatte gehofft, daß dieses Kolloquium zu einem neuen Gefühl von Kameradschaft zwischen den Königen der Älteren Inseln führen werde, und vielleicht auch zu einer Beilegung unserer alten Zwiste, so daß wir unsere Heere verkleinern und unsere Festungen aufgeben und unsere Freisassen heimschicken könnten, auf daß sie zur höheren Wohlfahrt aller die Scholle beackern. Vielleicht bin ich zu idealistisch in dieser Hoffnung.«

»Überhaupt nicht«, sagte Aillas. »Ich will offen gestehen, daß ich den Menschen Casmir verachte. Seine Akte der Grausamkeit kann ich weder vergeben noch vergessen. Jedoch muß ich mit Casmir, dem König von Lyonesse, zu Rande kommen, und das werde ich in aller gebotenen Form tun, wenn es meiner Politik förderlich ist. Diese will ich hier und jetzt noch einmal darlegen, da sie einfach ist und alle sie begreifen sollten. Wir werden nicht zulassen, daß ein starkes, angriffslustiges Land ein passives friedliches Land attackiert. Sollte also beispielsweise Dahaut eine große Streitmacht aufstellen und sie wider Lyonesse schicken, würden wir sofort auf der Seite von Lyonesse kämpfen. Sollte Lyonesse törichterweise auf die Idee kommen, in Dahaut einzufallen, würden unsere Truppen postwendend auf Lyonesse marschieren. Solange der Friede regiert, werden wir den Frieden wahren und stützen. Das ist unsere nationale Politik.«

König Kestrel von Pomperol wandte skeptisch ein: »Das klingt ja alles schön und gut. Dennoch habt Ihr erst Süd-Ulfland und dann Nord-Ulfland an Euch gerissen.«

»Mitnichten! Ich bin nach den Gesetzen der Abstammung der rechtmäßige König von Süd-Ulfland. Die Königswürde von Nord-Ulfland wurde mir von König Gax angeheftet, als er im Sterben lag, auf daß ich die Ska zurückdränge. Das tat ich, und die Ulflande sind jetzt frei von ihren alten Ängsten.«

König Audry sagte mißmutig: »Ihr haltet Gebiete in meinen westlichen Marken besetzt und weigert Euch, sie mir zurückzugeben.«

»Ich eroberte die Feste Poëlitetz von den Ska, was Ihr nicht zuwege brachtet, und halte sie nun, weil sie die natürliche Grenze zwischen unseren Ländern bildet. Poëlitetz dient so indirekt zum Schutze von Dahaut selbst.«

»Hmf«, machte König Audry. »Ich will die Sache hier nicht weiter bestreiten; es ist mehr oder minder eine nebensächliche Angelegenheit. Laßt uns nun der Reihe nach die Meinung jedes einzelnen Teilnehmers dieses Kolloquiums hören.«

In der Folge kam jeder der am Tisch Sitzenden zu Wort; die meisten sprachen maßvoll freundlich und brachten ihre grundsätzliche Bereitschaft zur gütlichen Beilegung von bestehenden Meinungsverschiedenheiten zum Ausdruck. Schließlich gelangte das Wort an den Platz von Dhrun. Madouc schrie: »Da ich hier als Bevollmächtigte von Prinz Dhrun sitze, werde ich in seinem Namen der Politik von König Aillas beipflichten. Doch will ich noch ein Wort in meinem eigenen Namen hinzufügen, als Prinzessin Madouc von Lyonesse: Ich verurteile und verdamme auf das schärfste den ...«

König Casmir brüllte in jäh aufflammender Wut: »Schweig still, Madouc! Von diesem Moment an bist du die längste Zeit Prinzessin auf Haidion oder gleich wo sonst gewesen! Du bist das namenlose Balg irgendeiner geilen Halblingsmetze und eines hergelaufenen Vagabunden, ohne Stammbaum oder bekannte Abkunft! Als solches hast du keine persönliche Stimme an dieser Tafel der Angesehenen; schweig also!«

König Audry räusperte sich. »Der Einwand, den König Casmir hier erhebt, ist nicht von der Hand zu weisen, auch wenn er in der Wahl seiner Worte unmäßig war. Ich verfüge, daß das Mädchen Madouc nicht länger in seinem eigenen Namen auf diesem Kolloquium sprechen darf, ganz gleich, wie unterhaltsam seine Einlassungen auch immer sein mögen.«

»Sehr wohl, Eure Majestät«, sagte Madouc. »Ich werde nichts mehr sagen.«

König Casmir sprach mit dröhnender Stimme: »Ich sehe keinen Sinn darin, diese Diskussion weiter auszudehnen, ganz gewiß nicht unter solchen Umständen, wie sie jetzt herrschen.«

König Audry sagte traurig: »Wir haben heute einige unterschiedliche Standpunkte gehört und wahrlich nicht wenige Funken von Hader aufblitzen sehen. Aber vielleicht können bei einer späteren Sitzung diese Wunden gelindert und unsere Differenzen beigelegt werden — vielleicht am Ende des Nachmittags oder auch morgen. Bis dahin werden wir unsere Gemüter besänftigt und uns bezüglich der Konzessionen entschieden haben, welche wir alle für das Gemeinwohl werden machen wollen.«

»›Konzessionen‹?« schnaubte der stämmige König Dartweg von Godelia. »Ich habe keine Konzessionen zu machen. Im Gegenteil! Ich verlange, daß Audry seine Hüter der Grenzmarken straft! Wir haben keine nennenswerten Wälder in Godelia, und wenn unsere Waidmänner sich nach Dahaut vorwagen, um einem prächtigen Hirsch nachzuspüren, werden sie von den verfluchten dautischen Patrouillen gehetzt. Dieser lümmelhaften Praxis muß Einhalt geboten werden.«

»Dies Ansinnen ist ganz unmäßig«, versetzte König Audry kalt. »Ich erhebe eine weit dringendere Klage gegen Euch: nämlich, daß Ihr die Rebellen von Wysrod unterstützt, die uns nach wie vor belästigen.«

»Sie sind gute Kelten«, erklärte König Dartweg. »Sie haben Anspruch auf Land, und Wysrod ist das Land ihrer Wahl. Jeder aufrechte Mensch sollte ihnen behilflich sein. Es ist schimpflich, daß Ihr, König Audry, diesen Fall hier aufwerft.«

König Audry sprach erzürnt: »Mein Versuch, weise

Männer für ein Festmahl der Logik und ein Bankett der Vernunft zusammenzubringen, hat eine Anzahl von Dummköpfen und Mondkälbern in unsere erlauchte Gegenwart gelockt, wenn auch das Protokoll es mir verbietet, Namen zu nennen. Ich habe alle Hoffnung, allen Glauben und alle Geduld verloren und erkläre hiermit das Kolloquium für beendet.«

4

Die Würdenträger und ihre Damen, die sich im Heldensaal versammelt hatten, zogen im Gänsemarsch aus: durch die Halle der Toten Götter in die Empfangshalle, wo sie sich mit manch verstohlenem Blick nach links und nach rechts zu unbeständigen Gruppen zusammenfanden, um mit gedämpfter Stimme die Ereignisse des Morgens zu erörtern. Wann immer die Damen sich zu Gehör meldeten, drehten sich ihre Bemerkungen vorwiegend um Madouc. Ihr Betragen wurde aus einem Dutzend Richtungen analysiert; es fielen Begriffe wie ›tapfer‹, ›stur‹, ›theatralisch‹, ›eitel‹, ›übermütig‹ und ›unlenksam‹, wie auch die Vokabel ›altklug‹. Zwar vermochte niemand genau die Art und Weise zu definieren, in welcher das Wort anwendbar war, aber alle stimmten stillschweigend darin überein, daß es angemessen war.

Was Madouc selbst anging, so zog sie sich unauffällig und bescheiden in einen Winkel der Empfangshalle zurück, wo sie sich zusammen mit Prinz Jaswyn auf einer Bank niederließ. Eine Zeitlang saßen die zwei schweigend da, während Madouc trübsinnig darüber nachsann, was nun aus ihr werden würde.

Prinz Jaswyn fand alsbald seine Stimme wieder und stellte ihr zaghaft eine Frage bezüglich des Mysteriums, das ihre Geburt umgab. »Deine Mutter ist tatsächlich eine Elfe?«

»Ja. Sie ist Twisk, die Blauhaarige.«

»Liebst du sie, und liebt sie dich?«

Madouc zuckte die Achseln. »Das Wort bedeutet für Elfen etwas anderes als für dich — oder für mich.«

»Ich habe es früher nie bemerkt oder mir auch nur Gedanken darüber gemacht, aber nun, da ich dich anschaue, fällt mir der elfische Zug in deinem Gesicht deutlich ins Auge, ebenso wie eine gewisse fröhliche Unbeschwertheit, wie sie nur Elfen eigen sein kann.«

Madouc lächelte matt und blickte quer durch den Saal zu Casmir, der mit König Dartweg von Godelia zusammenstand. »Im Moment fühle ich mich alles andere als unbeschwert, und von Fröhlichkeit bin ich weit entfernt. Mein Elfenblut fließt nur noch dünn; ich habe viel zu lange fern vom Elfenhügel und unter Menschen gelebt.«

»Und dein Vater: ist er Mensch oder Elf?«

»Sein Name ist Sir Pellinore; so jedenfalls stellte er sich meiner Mutter vor, aber beide waren in schwärmerischer Stimmung. Ich habe erfahren, daß ›Sir Pellinore‹ eine Sagengestalt ist — ein fahrender Ritter, der Drachen tötet, schurkische Ritter dutzendweise bestraft und schöne Mägdelein aus gar schrecklichen Zauberbannen errettet. Auch spielt er die Laute und singt traurige Lieder, und er spricht die Sprache der Blumen.«

»Und dieser vorgebliche Sir Pellinore bestrickte deine Mutter mit erfundenen Heldentaten.«

»Nein«, sagte Madouc. »So war es mitnichten. Er sprach in romantischer Schwärmerei und ahnte nicht, daß ich eines Tages den Wunsch haben könnte, ihn zu finden.« Bei einem erneuten Blick durch die Halle bemerkte Madouc, daß Fräulein Kylas sich ihr näherte. »Was wollen sie wohl jetzt wieder von mir?«

Prinz Jaswyn lachte leise in sich hinein. »Ich bin überrascht, daß sie deine Existenz überhaupt noch anerkennen.«

»Sie werden mich so schnell nicht vergessen«, sagte Madouc.

Kylas blieb stehen und studierte Madouc mit Sorgfalt. Schließlich sagte sie: »Seltsame Dinge werden über Euch erzählt.«

Madouc antwortete mit tonloser Stimme: »Das interessiert mich nicht. Wenn das alles ist, was Ihr mir sagen wolltet, dann könnt Ihr wieder gehen.«

Kylas überging die Bemerkung. »Ich bringe Nachricht von der Königin. Sie befiehlt, daß Ihr Euch unverzüglich zur Abreise bereitmacht. Wir werden in Kürze von hier scheiden. Ihr sollt Euch sofort in Eure Gemächer begeben.«

Madouc lachte. »Ich bin nicht mehr Prinzessin von Lyonesse. Ich habe keinen Platz in der Gesellschaft der Königin.«

»Gleich wie auch immer, Ihr habt den Befehl der Königin vernommen. Ich werde Euch begleiten.«

»Nicht nötig. Ich kehre nicht nach Haidion zurück.«

Kylas starrte sie mit weitaufgerissenem Mund an. »Ihr widersetzt Euch also dem Willen der Königin, rundweg und unverblümt?«

»Nennt es, wie Ihr wollt.«

Kylas fuhr herum und stapfte davon. Kurze Zeit später sah Madouc, wie Königin Sollace wütend zu König Casmir marschierte, der immer noch im Gespräch mit König Dartweg vertieft war. Die Königin sprach zu ihm und gestikulierte heftig mit ihren weißen Fingern in Madoucs Richtung. König Casmir warf Madouc einen einzigen Blick zu; der Ausdruck in seinen Augen sandte Madouc einen kalten Schauer über den Rücken, und sie spürte, wie ihr Magen sich zusammenkrampfte. Casmir sprach ein paar kurze Worte mit Königin Sollace, dann wandte er sich wieder König Dartweg zu.

Jemand war an Madoucs Seite getreten. Sie blickte

auf; es war Dhrun. Er verbeugte sich in aller Förmlichkeit vor ihr. »Wenn Prinz Jaswyn mein Eindringen verzeiht, ich lüde dich gern zu einem kleinen Spaziergang durch die Gärten ein.«

Madouc blickte zu Prinz Jaswyn, der sich höflich erhob. »Aber selbstverständlich! Unsere Gärten sind berühmt. Ihr werdet sie erquickend und wohltuend finden nach dem Tumult von heute morgen.«

»Vielen Dank für dein freundliches Entgegenkommen, lieber Jaswyn«, sagte Dhrun.

Jaswyn entfernte sich. Dhrun und Madouc begaben sich nach draußen in die Gärten, die Falu Ffail umgaben, und schlenderten zwischen den Springbrunnen, Statuen, Blumenbeeten, Formsträuchern und Rasenflächen einher. Dhrun sagte: »Ich bemerkte, daß das Fräulein Kylas zu dir sprach. Welches war seine Botschaft?«

»Sie überbrachte mir der Königin Geheiß. Ich wurde angewiesen, mich auf meine Gemächer zu begeben und mich für die Rückreise nach Haidion zu rüsten.«

Dhrun lachte ungläubig. »Und was hast du gesagt?«

»Ich sagte natürlich nein. Kylas war verblüfft und entfernte sich erschreckt. Ein paar Augenblicke später sah ich, wie Königin Sollace sich beim König über mich beklagte. Er blickte mich an, und ich bekam sehr große Angst.«

Dhrun nahm ihre Hand. »Du wirst nach Troicinet mitkommen. Sind wir uns darin einig?«

»Ja, zumal ich nirgendwo sonst hin kann. Ich bezweifle, daß ich jemals meinen Vater finden werde, was wohl für alle das beste ist.«

Dhrun führte sie zu einer Bank; die zwei setzten sich. Er frug: »Warum sagst du das?«

»Weil ich mich, ehrlich gesagt, vor dem fürchte, was ich womöglich finden würde. Als Sir Pellinore meiner Mutter begegnete, war er unbeschwert und voll von verschmitzter Fröhlichkeit. Jetzt ist alles anders. Die Jahre sind gekommen und gegangen; vielleicht ist er ernst und abweisend geworden oder starr und gesetzt, oder er hat eine Frau von strengem Charakter gefreit, die ihm mehrere unerfreuliche Kinder geschenkt hat. Keiner von ihnen würde mich mögen, geschweige denn warm in die Familie aufnehmen.«

»Solltest du diesen unglückseligen Mann einmal finden, wärest du gut beraten, wenn du dich ihm unerkannt und mit großer Vorsicht nähertest.«

»Wie auch immer, letztendlich wäre ich doch genötigt, mich ihm zu offenbaren. Gewiß würde er darauf bestehen, daß ich mich wohl oder übel seinem gemeinen Haushalt anschlösse, und dies würde mir womöglich widerstreben.«

»Vielleicht wäre es gar nicht so schlimm, wie du denkst.«

»Mag sein. Vielleicht wäre es noch schlimmer, zu meinem großen Kummer. Ich bin nicht sehr eingenommen für Leute, die grimmig und streng sind. Ich bevorzuge phantasiereiche und fröhliche Leute, die mich zum Lachen bringen.«

»Hmf«, sagte Dhrun. »Dann scheine ich, was dies betrifft, wohl ein Versager zu sein — just wie der arme unglückselige Sir Pellinore mit seinem zänkischen Weib und seinen übelriechenden Kindern. Ich sehe dich selten lachen.«

»Ich lache jetzt. Manchmal lächle ich still, wenn du nicht hinschaust oder wenn ich an dich denke.«

Dhrun wandte den Kopf und schaute ihr ins Gesicht. Er sprach: »Ich bedaure den armen Teufel, den du eines Tages heiraten wirst; er wird in einem stetigen Zustand nervöser Erregung sein.«

»Überhaupt nicht!« versetzte Madouc munter. »Ich würde ihn abrichten, und es dürfte ziemlich leicht sein, sobald er erst einige simple Regeln gelernt hätte. Er würde regelmäßig zu essen bekommen, und ich würde bei ihm sitzen, wenn seine Manieren höflich wären. Er dürfte freilich nicht schnarchen oder sich die Nase am

Ärmel abputzen oder laut grölen, wenn er über seinem Bier sitzt, noch dürfte er Hunde im Haus halten. Um meine Gunst zu gewinnen, würde er lernen, artig vor mir niederzuknien, auf daß er mir eine Rose darreiche oder vielleicht einen Strauß Veilchen, und dann würde er mit seiner sanftesten Stimme darum betteln, daß ich ihn mit meiner Hand berühre.«

»Und dann?«

»Es käme auf die Umstände an.«

»Hm«, sagte Dhrun. »Der Gemahl deiner Träume, so wie du ihn schilderst, käme mir doch arg idealistisch und ziemlich sanftmütig vor.«

»Nicht gänzlich und nicht immer.«

»Er würde gewiß ein interessantes Leben führen.«

»Das erwarte ich. Natürlich habe ich über das Thema noch nicht ernsthaft nachgedacht, außer daß ich entschieden habe, wen ich freien werde, wenn die Zeit kommt.«

Dhrun sagte: »Auch ich weiß, wen ich heiraten werde. Sie hat blaue Augen, die so klar und sanft sind wie der Himmel, und rote Locken.«

»Sie sind eigentlich mehr kupferfarben, mit einem Schimmer von Gold, nicht wahr?«

»Ganz recht, und auch wenn sie noch sehr jung ist, wird sie doch von Minute zu Minute hübscher, und ich weiß nicht, wie lange ich es noch schaffen werde, den Versuchungen zu widerstehen, die mich bestürmen.«

Madouc blickte zu ihm auf. »Möchtest du mich jetzt küssen, nur so zur Übung?«

»Gewiß.« Dhrun küßte sie, und für eine Weile saßen sie eng aneinandergeschmiegt. Schließlich fragte Dhrun: »Sag an: Hast du immer noch Angst vor Casmir?«

Madouc seufzte. »O ja! Ich fürchte mich sehr vor ihm! Aber für einen Moment hatte ich ihn vergessen.«

Dhrun stand auf. »Er kann dir nichts antun, so du nicht seinen Befehlen gehorchst.«

»Ich werde ihm nicht gehorchen; das wäre schiere Tollheit.«

»Mit dem Kolloquium ist's vorbei, und mein Vater möchte König Audry nicht in Verlegenheit bringen, indem er noch länger hier verweilt. Er will so bald wie möglich aufbrechen, womöglich noch binnen der nächsten Stunde, um mit der Ebbe auszulaufen.«

»Ich werde nur ein paar Minuten brauchen, um mich umzuziehen und noch ein paar Sachen zusammenzupacken.«

»Komm, ich bringe dich zu deinem Quartier!«

Dhrun begleitete Madouc zum Ostflügel und zu ihrer Tür. »Ich werde in zehn Minuten wieder hier sein. Denk daran: Gewähre niemandem Einlaß, außer deiner Zofe.«

Als Dhrun zehn Minuten später zurückkam, berichtete die Zofe, daß Madouc fort sei; sie habe nur wenige Minuten zuvor ihre Gemächer verlassen, begleitet von drei bewaffneten Rittern von Lyonesse.

Dhrun stöhnte. »Ich hatte ihr eingeschärft, sie solle die Tür verriegeln und niemanden einlassen!«

»Sie hielt sich auch an Eure Instruktionen, Herr, aber die Männer kamen aus dem Gemach nebenan. Das Fräulein Kylas öffnete ihnen die Verbindungstür.«

Dhrun rannte zurück zur Empfangshalle. König Casmir war nicht mehr da; dasselbe galt für König Audry wie auch für Aillas.

Dhrun zog eilig Erkundigungen über den Verbleib seines Vaters ein und entdeckte ihn schließlich in einer kleinen Kammer neben der Empfangshalle, im Gespräch mit König Audry.

Dhrun platzte erregt dazwischen. »Casmir hat Madouc gewaltsam fortgeschleppt! Wir hatten vereinbart, daß sie mit uns reiten werde, doch nun ist sie weg!«

Aillas sprang auf, das Gesicht weiß vor Wut. »Casmir hat den Palast vor fünf Minuten verlassen! Wir müssen sie stellen, bevor sie den Fluß überqueren! Audry, gewährt mir umgehend acht schnelle Rosse!«

»Die sollt Ihr haben, so hurtig es geht!«

Aillas sandte Boten zu den Rittern seines Gefolges mit dem Befehl, sich unverzüglich vor dem Palast einzufinden.

Die Pferde wurden aus den Stallungen herangeführt; Aillas, Dhrun und die sechs troicischen Ritter aus ihrer Eskorte schwangen sich in die Sättel und sprengten in voller Karriere davon, die Straße zur Camberfähre hinunter. Weit vor ihnen war der Trupp aus Lyonesse zu erkennen, auch er in vollem Galopp dahinfliegend.

Dhrun rief Aillas über die Schulter zu: »Wir werden sie nimmermehr einholen! Wenn wir ankommen, werden sie an Bord der Fähre und auf und davon sein!«

»Wie viele sind es?«

»Das kann ich nicht erkennen. Sie sind zu weit entfernt.«

»Es sieht so aus, als sei der Trupp etwa so groß wie unserer. Casmir wird es nicht wagen, sich zum Kampf zu stellen.«

»Warum sollte er auch kämpfen, wenn er uns doch mit der Fähre entrinnen kann?«

»Das stimmt.«

Dhrun schrie in plötzlich aufwallendem Zorn: »Er wird sie peinigen und auf irgendeine grausige Weise Rache an ihr nehmen!«

Aillas nickte knapp, gab aber keinen Kommentar.

Weit vorn sprengte Casmirs Trupp das Felsenufer hinauf, das den Fluß säumte, und verschwand hinter der Kuppe.

Fünf Minuten später erreichten die Troicer den Kamm der Böschung, von wo aus sie den Fluß überschauen konnten. Eine Hanftrosse spannte sich in schräger Linie von einem steinernen Strebepfeiler ganz in ihrer Nähe quer über den Fluß zu einem ähnlichen Pfeiler auf der Landspitze von Kogstein. Die Fähre, die mittelst eines Taus und einer an der Trosse entlanglaufenden Rolle mit der ersteren verbunden war, wurde infolge der Schrägneigung der Trosse vorangetrieben. Bei Ebbe wurde die Fähre nach Süden gesogen; die Flut trug sie sodann wieder zurück nach Norden über den Fluß. Eine halbe Meile weiter westlich lief eine zweite Trosse in entgegengesetzter Schrägrichtung, so daß bei jedem Gezeitenwechsel die Fähren die Cambermündung in entgegengesetzten Richtungen überquerten.

Die Fähre, die Casmir und sein Gefolge trug, legte gerade vom Ufer ab. Seine Reiter waren abgesessen und banden ihre Pferde an einer Reling fest. Eine schlanke, in braunes Tuch gehüllte Gestalt verriet die Konturen Madoucs. Ihr Mund schien zugebunden oder gar mit einem Knebel verstopft.

Dhrun starrte hoffnungslos auf die Fähre. Casmir blickte einmal zurück, sein Gesicht eine unbewegliche weiße Maske. »Sie sind uns entwischt«, sagte Dhrun. »Zu dem Zeitpunkt, da wir endlich den Fluß überqueren können, werden sie bereits auf der anderen Seite von Pomperol sein.«

»Komm!« rief Aillas in plötzlichem Triumph. »Noch sind sie uns nicht entronnen!«

Er sprengte Hals über Kopf die Böschung entlang zu dem Stützpfeiler, der die Trosse hielt. Er sprang vom Pferd, zückte sein Schwert und hieb auf das straff gespannte Tau. Strang um Strang, Windung um Windung riß die schwere Trosse. Der Fährmann steckte den Kopf aus seiner Hütte und stimmte wütendes Protestgeheul an, dem Aillas keine Beachtung schenkte. Er hackte, sägte und schnitt; die Trosse sang und drehte sich, als die Spannung die Fasern zu überfordern begann. Schließlich riß die Trosse. Das lose Ende schlängelte sich die Böschung hinunter und klatschte ins Wasser. Die Fähre, nicht länger vorangetrieben vom seitlichen Schub der Strömung, trieb die Flußmündung hinunter auf die offene See zu. Die Trosse glitt surrend durch die Rolle und fiel schließlich ganz heraus.

Die Fähre trieb ruhig in der Strömung. Casmir und

seine Leute standen mit hängenden Schultern auf dem Deck und schauten hilflos zum Ufer.

»Kommt!« sagte Aillas. »Wir reiten zur *Flor Velas;* sie erwartet unsere Ankunft.«

Der Trupp ritt die Böschung entlang zum Hafen, wo die *Flor Velas,* eine Galeasse von achtzig Fuß Länge mit einem Rahsegel, einem Paar Lateinsegeln und fünfzig Rudern, an ihrem Liegeplatz ruhte.

Aillas' Mannen saßen ab, gaben dem Hafenmeister die Pferde in Obhut und stiegen an Bord. Aillas gab unverzüglich den Befehl zum Ablegen.

Die Halteleinen wurden von den Pollern gelöst; die Segel wurden losgemacht und füllten sich sogleich mit einem günstigen Nordwind, und das Schiff glitt hinaus in die Flußmündung.

Eine halbe Stunde später legte sich die *Flor Velas* längsseits an die Fähre und machte mit Enterhaken an ihr fest. Aillas stand mit Dhrun auf dem Achterdeck; die zwei blickten mit ausdrucksloser Miene auf Casmirs verdrießliches Gesicht hinab. Cassander probierte einen schnippischen Salut, den sowohl Aillas als auch Dhrun übersahen, woraufhin Cassander ihnen hochmütig den Rücken zukehrte.

Vom Mittschiffsdeck der Galeasse wurde eine Leiter auf das Deck der Fähre heruntergelassen; vier Bewaffnete stiegen herab. Ohne die andern eines Blickes zu würdigen, traten sie zu Madouc, zogen ihr die Binde vom Mund und führten sie zu der Leiter. Dhrun eilte vom Achterdeck herunter und half ihr an Bord.

Die Ritter klommen zurück an Bord der *Flor Velas.* Casmir stand breitbeinig abseits und verfolgte das Geschehen mit ausdruckslosem Gesicht.

Kein Wort war gefallen, weder von der Galeasse noch von der Fähre. Aillas blieb noch für einen Moment an der Reling stehen und schaute auf Casmirs Truppe hinunter. Er sagte zu Dhrun: »Wenn ich ein wirklich weiser König wäre, würde ich Casmir hier und jetzt töten, und

Cassander am besten gleich mit, und so ihrem Geschlecht ein Ende machen. Schau dir Casmir an; er erwartet es fast! Er selbst hätte nicht die leisesten Skrupel, wäre er an meiner Statt; er würde uns beidesamt metzeln und hätte noch Freude an der Tat.« Aillas gab seinem Kopf einen Ruck. »Ich kann es nicht. Vielleicht werde ich meine Schwäche eines Tages noch bereuen, aber ich kann nicht kaltblütig jemanden töten.«

Er gab ein Zeichen. Die Enterhaken wurden eingeholt und an Bord der Galeasse gebracht, die von der Fähre abfiel. Wind bauschte die Segel; Kielwasser gurgelte achteraus, und die Galeasse fuhr die Cambermündung hinunter und gewann alsbald die offene See.

Vom dautischen Ufer legten zwei Großboote ab, jedes mit einem Dutzend Ruderern bemannt, und nahmen Kurs auf die Fähre. Sie nahmen sie in Schlepp und brachten sie mit Unterstützung der Flut zum Anlegeplatz zurück.

Kapitel Elf

1

Sobald König Casmir nach Burg Haidion zurückgekehrt war, zog er sich in Abgeschiedenheit zurück. Er nahm keine höfischen Pflichten wahr, empfing keine Besucher, gewährte keine Audienzen. Die meiste Zeit über hielt er sich in seinen Privatgemächern auf, wo er in seinem Salon auf und ab schritt und nur dann und wann am Fenster innehielt, um hinaus auf die Stadt und den graublauen Lir dahinter zu schauen. Königin Sollace speiste zwar allabendlich mit ihm, aber Casmir hatte wenig Lust zu reden, so daß Sollace meistens rasch in beleidigtes Schweigen verfiel.

Nach vier Tagen des Brütens zitierte Casmir Sir Baltasar zu sich, einen altvertrauten Ratgeber und Bevollmächtigten. Casmir gab Sir Baltasar detaillierte Anweisungen und sandte ihn auf eine geheime Mission nach Godelia.

Nach der Abreise Sir Baltasars nahm Casmir viele seiner Alltagsgeschäfte und Amtspflichten wieder auf, aber seine Stimmung hatte sich verändert. Er war barsch und einsilbig geworden, schroff und harsch in seinen Befehlen, bitter in seinen Urteilen, und die, die das Unglück hatten, mit ihm aneinanderzugeraten, hatten mehr denn je Grund zum Kummer.

Zu gehöriger Zeit kehrte Sir Baltasar zurück, staubig und abgehärmt vom scharfen Reiten. Er erstattete Casmir unverzüglich Bericht. »Ich erreichte Dun Cruighre ohne Zwischenfall. Die Stadt ist bar jeden Liebreizes; das gleiche gilt für den Königspalast, der so unwirtlich ist, daß man ihn kaum den Pferden als Stall zumuten möchte.

König Dartweg wollte mich nicht sofort empfangen. Zuerst wähnte ich dahinter schiere keltische Halsstarrigkeit, doch später erfuhr ich, daß er gewisse Granden aus Irland zu Gast hatte und alle betrunken waren. Schließlich ließ er sich dazu herab, mich zu empfangen, doch auch dann ließ er mich zunächst unbeachtet am Rande seiner Halle stehen, während er einen Streit schlichtete, der sich um die Begattung einer Kuh drehte. Das Gezänk dauerte über eine Stunde und wurde zweimal von Balgereien unterbrochen. Ich versuchte, dem Rechtsstreit zu folgen, was mir freilich nicht gelang, da er über meinen Verstand ging. Die Kuh war von einem preisgekrönten Bullen besprungen worden, ohne Ermächtigung und unentgeltlich, aufgrund einer Lücke im Zaun; der Besitzer der Kuh verweigerte nicht nur die Entrichtung der Beschälungsgebühr, sondern erheischte darüber hinaus auch noch eine Entschädigung für die rechtswidrige Übervorteilung seiner Kuh durch den liebestollen Bullen. König Dartweg nagte unterdessen an einem Knochen und trank Met aus einem Horn. Er entschied die Sache in einer Weise, die ich immer noch verblüffend finde, die aber gerecht gewesen sein muß, da das Urteil beiden Kontrahenten mißfiel.

Schließlich wurde ich vor den König geführt, der inzwischen völlig trunken war. Er frug mich nach meinem Anliegen; ich sagte ihm, daß ich eine Privataudienz wünschte, auf daß ich die vertrauliche Botschaft übermitteln könne, die mir von Ew. Majestät anvertraut worden sei. Er wedelte mit dem Knochen in der Luft herum und erklärte, er sähe keinen Grund für solchen ›Firlefanz‹; ich müsse frei von der Leber weg sprechen, kühn und beherzt wie ein guter Kelte. Heimlichkeit und verstohlene Schüchternheit seien nutzlos, behauptete er; und Verschwiegenheit sei zwecklos, da jeder mein Anliegen ebensogut kennte wie ich selbst; ja er könne mir sogar seine Antwort geben, ohne auch nur eine Andeutung von meiner Mission zu machen; ob das angemessen sei? Er finde, ja, da es die Angelegenheit beschleunigen würde, wodurch mehr Zeit zum Stülpen des Trinkhorns übrig bliebe.

Ich bewahrte so viel Würde, wie unter den Umständen möglich war, und führte an, daß das Protokoll mich zwinge, eine Privataudienz zu erbitten. Er überreichte mir ein Horn voll Met und wies mich an, es in einem Zug zu leeren, und dies brachte ich zuwege, wodurch ich König Dartwegs Gunst errang und die Möglichkeit, ihm meine Botschaft ins Ohr zu flüstern.

Insgesamt hatte ich drei Unterredungen mit König Dartweg. Bei jedem Mal trachtete er mich mit starkem Met abzufüllen, offenbar in der Hoffnung, ich würde närrisch werden und eine Gigue tanzen oder meine Geheimnisse ausplappern. Selbstredend war der Versuch fruchtlos, und schließlich begann er mich fade zu finden, ob berauscht oder nüchtern, und wurde sauertöpfisch. Bei unserer letzten Begegnung platzte er dann mit seinen starren und festgelegten politischen Grundsätzen heraus. Diese bestehen im wesentlichen darin, daß er zwar die Früchte des Sieges genießen will, aber keine der zu seiner Erringung notwendigen Risiken zu tragen bereit ist. Er wird sich unserer Sache mit Freude anschließen, sobald wir beweisen, daß wir die Oberhand über unsere Feinde gewonnen haben.«

»Das ist zweifellos eine Politik der Vorsicht«, sagte Casmir. »Er hat alles zu gewinnen und nichts zu verlieren.«

»Das räumte er ein und sagte, es sei im besten Interesse seiner Gesundheit, da nur ein Programm dieser Art es ihm erlaube, des Nachts gut zu schlafen.

Ich sprach von der Notwendigkeit für ein spezifisches Unternehmen; er machte nur eine wegwerfende Handbewegung und sagte, Ihr bräuchtet Euch seinetwegen keine Sorgen zu machen. Er behauptete, er werde schon den Moment erkennen, wann die Zeit reif sei, und dann werde er mit voller Kraft auf den Plan treten und ins Geschehen eingreifen.«

König Casmir grunzte. »Hier hören wir die Stimme eines opportunistischen Prahlhanses! Was tatet Ihr als nächstes?«

»Von Dun Cruighre aus reiste ich mit dem Schiff nach Skaghane, wo ich ein Dutzend Enttäuschungen erlebte, aber keinen Nutzen gewann. Die Ska sind nicht nur unverständlich und undurchsichtig in ihrem Reden, sondern auch großspurig in ihrem Auftreten. Sie wollen weder Bündnisse, noch brauchen sie welche und hegen eine unumstößliche Abneigung gegen alle Nicht-Ska. Ich brachte die vorliegende Angelegenheit zur Sprache, aber sie wischten sie beiseite und sagten weder ja noch nein, so als sei die Sache ausgemachter Unsinn. Aus Skaghane bringe ich daher überhaupt keine Nachricht mit.«

Casmir erhob sich und begann auf und ab zu schreiten. Dann sprach er, mehr zu sich selbst als zu Sir Baltasar: »Sicher sind wir nur unserer selbst. Dartweg und seine Kelten werden uns letztendlich dienen, aus purer Habgier heraus. Pomperol und Blaloc werden stillhalten, gelähmt von Furcht. Ich hatte auf Verwirrung oder gar Aufruhr und Rebellion unter den Ulf gehofft, aber sie verkriechen sich nur wie störrische Tiere in ihren Hochtälern. Torqual hat trotz meiner hohen Auslagen nichts getan. Er und sein Hexenweib sind flüchtig; sie marodieren bei Nacht in den Mooren und verstecken sich bei Tag. Die Bauern betrachten sie als greuliche Dämonen. Früher oder später wird man sie stellen und abschlachten wie wilde Tiere. Niemand wird ihnen nachtrauern.«

2

Shimrod saß in seinem Garten und döste schläfrig im Schatten eines Lorbeerbaums. Sein Garten war in bestem Zustand. Rosafarbene Stockrosen standen wie schüchterne Mägdelein in einer Reihe vor der Vorderseite seines Hauses; woanders wuchsen blauer Rittersporn, Gänseblümchen, Ringelblumen, Alyssum, Eisenkraut, Goldlack und viele andere Blumen und Kräuter in planlosen Büscheln.

Shimrod saß mit halbgeschlossenen Augen da und ließ seine Gedanken ziellos und ungehemmt schweifen. Und wie sie so schweiften und wanderten, kam ihm eine interessante Idee: Wenn Gerüche durch Farben veranschaulicht werden konnten, dann konnte der Duft von Gras nichts anderes als ein frisches Grün sein. In gleicher Weise mußte der Wohlgeruch einer Rose seine optische Verkörperung unvermeidlich in einem samtenen Rot finden, und das Aroma einer Sonnenblume mußte ein hinreißendes Violett sein.

Shimrod dachte sich ein Dutzend weiterer solcher Entsprechungen aus und war überrascht, wie oft und wie stark seine mittels Induktion hergeleiteten Farben mit der natürlichen und unwiderleglichen Farbe des Gegenstandes übereinstimmten, von welchem der Geruch ausging. Es war fürwahr eine bemerkenswerte Übereinstimmung! Konnte sie schlichter Koinzidenz zugeschrieben werden? Selbst der herbe Geruch des Maßliebchens schien in vollkommenem Einklang mit dem so spröden und klaren Weiß der Blume selbst zu stehen.

Shimrod lächelte und fragte sich, ob hinsichtlich der anderen Sinne ähnliche Korrespondenzen existieren mochten. Der Geist ist ein wunderbares Instrument, dachte Shimrod; ließ man ihn ungezügelt wandern, gelangte er mitunter zu den wunderlichsten Orten.

Shimrod schaute einer Lerche nach, die über die Wiese flog. Die Szene war friedvoll. Vielleicht zu friedvoll, zu idyllisch, zu heiter. Es war leicht, melancholisch zu werden, wenn man daran dachte, wie schnell die Tage dahinflossen. Was auf Trilda fehlte, waren die heiteren Geräusche von lustiger Geselligkeit, der Klang fröhlicher Stimmen.

Shimrod richtete sich in seinem Stuhl auf. Die Arbeit mußte getan werden, je früher, desto besser. Er erhob sich, warf einen letzten Blick über die Lally-Wiese und ging in sein Arbeitszimmer.

Die Tische, einst vollgepackt mit einer Fülle von Gegenständen, waren inzwischen zu einem großen Teil von ihrer Last befreit. Vieles von dem, was übriggeblieben war, war seiner Deutung hartnäckig sich widersetzendes Zeug: obskur, geheimnisvoll oder von seinem Wesen her überkompliziert; vielleicht auch durch einen von Tamurellos unheimlichen magischen Winkelzügen unbegreiflich gemacht.

Einem der Artikel, die es noch zu erforschen galt, hatte Shimrod den Namen ›Lucanor‹ gegeben, nach dem druidischen Gott des Ursprungs aller Dinge.*

---

* Lucanor oblagen drei Pflichten: Er legte die Gestalt der Konstellationen fest und veränderte, falls erforderlich, die Position der Sterne; er ordnete jedem Ding der Welt den geheimen Namen zu, durch welchen seine Existenz bestätigt oder dementiert wurde; er regulierte den Zyklus, nach welchen das Ende der Zukunft in den Beginn der Vergangenheit überging. Auf druidischen Abbildungen trug Lucanor Schuhe, die sowohl vorn als auch hinten Spitzen aufwiesen; der Grund hierfür lag darin, daß auch seine Fersen mit Zehen bestückt waren. Ein mit sieben goldenen Scheiben verzierter Eisenreif umspannte sein Antlitz. Lucanor war ein einsiedlerischer Gott, der sich fernhielt von den geringeren Göttern des druidischen Pantheons, welchen er Ehrfurcht und Angst einflößte.

Eine alte Druidenlegende schildert, wie Lucanor einst zu den andern Göttern herniederstieg, als sie gerade bei einem Bankett saßen und sich an Strömen von Met gütlich taten, was die verblüffende Folge hatte, daß, während einige auf unerklärliche Weise nüchtern blieben, andere bald sturztrunken waren; konnte es sein, daß manche insgeheim mehr von dem köstlichen Trunk in sich hineinsoffen, als ihnen zustand? Die Disparität zwischen Nüchternen und Trunkenen

Lucanor — das magische Artefakt oder Spielzeug — bestand aus sieben transparenten Scheiben mit einem Durchmesser von einer Handbreite. Sie rollten in unterschiedlichen und wechselnden Geschwindigkeiten entlang dem Rand einer runden Platte aus schwarzem Onyx. Die Scheiben schimmerten in sanften Farben und wiesen gelegentlich pulsierende schwarze Flecken der Leere auf, die scheinbar zufällig auftauchten und wieder verschwanden.

Für Shimrod waren die Scheiben ein Quell der Verblüffung. Sie bewegten sich allem Anschein nach unabhängig voneinander, so daß es geschehen konnte, daß sie bei ihrer Kreisbahn um den Rand der Platte einander überholten. Mitunter zogen zwei Scheiben selbander ihre Bahn, dergestalt, daß eine auf der anderen haftete, gleich als ob eine unergründliche Anziehungskraft sie für kurze Zeit zusammenhalte — bis sie sich schließlich wieder voneinander lösten und jede einmal mehr ihrem eigenen Kurs folgte. Hin und wieder kam es sogar vor, daß eine dritte Scheibe sich zwei bereits aneinanderhaftenden zugesellte, und für eine Weile rollten sie so selbdritt, und zwar deutlich länger, als wenn lediglich zwei

---

führte zu Zank, und alles deutete darauf hin, daß sich hier ein ernsthafter Händel zusammenbraute. Lucanor rief die Streithähne zu Mäßigung und Gelassenheit auf und versicherte, daß die Kontroverse ohne Zuflucht zu Handgreiflichkeiten oder zu harschen Schmähworten beigelegt werden könne. Stante pede formulierte Lucanor das Konzept der Zahlen und des Numerierens, welches bis dato nicht existiert hatte. Fortan konnten die Götter vermittels eines Kerbholzes die Anzahl von Hörnern, die jeder von ihnen geleert hatte, mit peinlicher Exaktheit registrieren und mit Hilfe dieses neuartigen Verfahrens Gerechtigkeit und Gleichbehandlung gewährleisten und darüber hinaus die Erklärung dafür liefern, warum manche betrunken waren und andere nicht. »Die Antwort fällt, wird die neue Methode erst einmal beherrscht, ganz leicht!« erläuterte Lucanor. »Sie lautet, daß die betrunkenen Götter eine größere Zahl von Hörnern geleert haben als die nüchternen Götter, und das Rätsel ist gelöst.« Für diese Tat, die Erfindung der Mathematik, wurde Lucanor große Ehre erwiesen.

Scheiben beisammen wären. Ein oder zweimal hatte Shimrod sogar die höchst seltene Konstellation beobachten können, daß gar vier Scheiben miteinander verhaftet die Onyxplatte umkreisten, bevor sie sich nach vielleicht zwanzig Sekunden wieder voneinander trennten, um wie zuvor allein ihre Bahn zu ziehen.

Shimrod hatte das Ding Lucanor auf eine Bank gestellt, wo es von den Strahlen der Nachmittagssonne erreicht wurde und wo es ihn darüber hinaus auf das wirkungsvollste von seiner anderen Arbeit ablenkte. War Lucanor ein Spielzeug oder eine komplexe Kuriosität oder ein Analagon, das irgendeinen umfassenderen Vorgang repräsentierte? Er fragte sich, ob je der Fall eintreten mochte, daß fünf der sieben Scheiben vereint ihre Kreise zogen oder sechs, oder gar alle sieben. Er versuchte, die Wahrscheinlichkeit des Eintretens einer solchen Konkurrenz zu errechnen, jedoch ohne Erfolg. Die Chancen, wenngleich real, waren überaus gering.

Bisweilen, wenn zwei Scheiben selbander kreisten, fügte es sich, daß ihre schwarzen Flecke — oder Löcher — gleichzeitig auftauchten oder sich gar überlappten. Einmal, als drei Scheiben aufeinanderhafteten, bildeten sich schwarze Flecke auf jeder von ihnen und schoben sich durch irgendeine Laune des Zufalls übereinander. Shimrod spähte mit zusammengekniffenen Augen durch die fluchtenden Löcher, während die Scheiben ihre Bahn zogen; zu seiner Überraschung sah er flackernde Linien von Feuer, einem fernen Gewitter ähnlich.

Die schwarzen Löcher verschwanden; die Scheiben schieden voneinander und zogen wieder jede für sich ihre Bahn wie zuvor.

Shimrod betrachtete sinnend Lucanor. Die Vorrichtung diente zweifelsohne einem ernsten Zweck — aber welchem? Er vermochte zu keiner vernünftigen Theorie zu gelangen. Vielleicht sollte er Lucanor einmal Murgen vorführen. Doch das konnte er noch immer tun; vielleicht glückte es ihm ja doch noch, das Rätsel selbst zu lösen. Drei von Tamurellos Büchern galt es noch zu entziffern; vielleicht fand sich ja in dem einen oder anderen Band noch ein Hinweis auf Lucanor.

Shimrod wandte sich wieder seiner Arbeit zu, doch die sieben kreisenden Scheiben erwiesen sich als eine Quelle ständiger Ablenkung, weshalb er sich schließlich entschloß, Lucanor in den hintersten Winkel seines Arbeitszimmers zu bringen und ihm einen Wach-Sandestin beizugesellen, der die Aufgabe hatte, ihn im Falle einer ungewöhnlichen Koinzidenz umgehend zu alarmieren.

Die Tage vergingen; Shimrod fand keinen Verweis auf Lucanor in den Büchern, und allmählich verlor er das Interesse an den Scheiben.

Eines Morgens, als Shimrod sich wie gewohnt in seinen Arbeitsraum begab, schrie ihm der Wach-Sandestin, kaum daß er zur Tür herein war, erregt entgegen: »Shimrod! Beachte deine Scheiben! Fünf kreisen zusammen in Kongruenz!«

Shimrod durchquerte den Raum mit schnellen Schritten. Mit einem Gefühl banger Erregung blickte er hinunter auf Lucanor. Tatsächlich! Fünf der sieben Scheiben waren zu einer verschmolzen und zogen vereint ihre Bahn entlang der Peripherie der Onyxplatte. Überdies schienen sie nicht geneigt, sich wieder voneinander zu trennen. Und was war das? Eine sechste Scheibe machte sich daran, die andern einzuholen, und während Shimrod gebannt schaute, schob sie sich heran, legte sich mit einem Zittern über die fünf anderen und blieb ihnen verhaftet.

Shimrod beobachtete den Vorgang mit Faszination, überzeugt, daß er Zeuge eines bedeutsamen Ereignisses war, oder — wahrscheinlicher — der Verkörperung eines solchen. Und wie er noch so stand und schaute, gesellte sich die siebte und letzte Scheibe zu den anderen, und die sieben kreisten vereint um die Platte. Die nunmehr singuläre Scheibe veränderte sich in der Farbe, erst zu einem marmorierten Kastanienbraun, dann zu einem dunklen Purpurn; sie zog träge ihre Bahn und machte keine Anstalten, wieder in ihre Bestandteile zu zerfallen. In ihrer Mitte erschien ein schwarzer Fleck, der sich rasch ausweitete. Shimrod beugte sich hinunter und spähte durch das Loch; was er sah, war eine Landschaft aus schwarzen Gegenständen, deren Umrisse sich gegen einen goldenen Feuerschein abzeichneten.

Shimrod riß sich von dem Anblick los und rannte zu seiner Werkbank. Er schlug einen kleinen silbernen Gong an, schaute in einen Spiegel und wartete.

Murgen reagierte nicht auf das Signal.

Shimrod schlug den Gong erneut an, diesmal härter. Wieder tat sich nichts.

Shimrod wich zurück. Sorgenfalten traten ihm auf die Stirn. Murgen ging gelegentlich auf der Brustwehr spazieren. Selten indes verließ er Swer Smod, manchmal aus dringenden Gründen, manchmal aus schierer Leichtfertigkeit. Gewöhnlich setzte er Shimrod von seinen Bewegungen in Kenntnis.

Shimrod schlug den Gong ein drittes Mal. Das Ergebnis war das gleiche wie zuvor: Schweigen.

Beunruhigt und besorgt wandte Shimrod sich ab und kehrte zurück zu Lucanor.

3

Entlang dem Kamm des Teach tac Teach, vom Troagh im Norden bis zum Gwyr Aig-Spalt im Süden, zog sich eine Reihe von Felsspitzen, eine schroffer und abweisender als die andere. Etwa in der Mitte des Höhenrückens reckte der Berg Sobh seinen trapezförmigen granitenen Gipfel durch die Wolkendecke; Arra Kaw, nach Norden hin der nächste Gipfel, war gar noch schroffer und öder.

Wo die Hochmoore an den Fuß des Arra Kaw stießen, standen fünf große Dolmen, die ›Söhne des Arra Kaw‹. Sie bildeten einen Kreis, der eine Fläche von vierzig Fuß Durchmesser umschloß. An der Stelle, wo der am westlichsten stehende Stein ein gewisses Maß an Schutz gegen den Wind bot, stand eine primitive Hütte aus Stein und Gras. Wolken jagten am Himmel dahin und warfen flüchtige Schatten über das schwarzbraune Moor. Der Wind, der durch die Lücken zwischen den fünf Söhnen blies, erzeugte ein leises Heulen, das manchmal, wenn er seine Richtung änderte, an- oder abschwoll und jählings eine andere Tonart annahm.

Vor der Hütte flackerte ein kleines Feuer unter einem Eisenkessel, der von einem spindeldürren Dreifuß herabhing. Neben dem Feuer stand Torqual und starrte freudlos hinunter in die Flammen. Ihm gegenüber kniete Melancthe, teilnahmslos, blaß und in einen dicken braunen Umhang gehüllt, und rührte in dem Kessel. Sie hatte sich das Haar gestutzt und trug einen weichen Lederhelm, der ihre glänzenden dunklen Locken eng an die Stirn preßte.

Torqual glaubte eine Stimme rufen zu hören. Er fuhr herum und reckte den Kopf zur Seite, um zu horchen. Er wandte sich zu Melancthe, die den Kopf gehoben hatte. Er frug: »Hast du den Ruf gehört?«

»Vielleicht.«

Torqual trat in eine Lücke zwischen den Söhnen und spähte aufs Moor hinaus. Zehn Meilen weiter nördlich ragte der Gipfel, der da hieß Tangue Fna, noch höher und steiler auf als der Arra Kaw. Zwischen den beiden Felsspitzen erstreckten sich graubraune, von Wolkenschatten gesprenkelte Hochmoore. Torqual sah einen Habicht, der auf dem Wind nach Osten glitt. Der Habicht stieß einen kaum hörbaren wilden Schrei aus.

Torqual entspannte sich — fast, so schien es, ein wenig widerstrebend, wie als wäre es ihm nicht zuwider, wenn jemand es wagen sollte, sie anzugreifen. Er wandte sich wieder dem Feuer zu und hielt verdutzt inne. Melancthe war aufgestanden und ging langsam auf die Hütte zu; ein Ausdruck der Entrücktheit lag auf ihrem Gesicht. Im trüben Licht hinter der Tür sah Torqual zu seiner Verblüffung die Gestalt einer Frau. Er starrte mit weitaufgerissenen Augen. Spielten seine Sinne ihm einen Streich? Die Frauengestalt schien nicht nur nackt zu sein, sondern darüber hinaus eigentümlich verzerrt, unstofflich und von einem schwachen grünen Lichtschein umgeben.

Melancthe betrat mit staksigen Schritten die Hütte. Torqual schickte sich an, ihr zu folgen, blieb dann aber unschlüssig neben dem Feuer stehen. Hatte er recht gesehen? Er horchte. Für einen Moment hielt der Wind in seinem Heulen inne, und aus der Hütte drang das leise Murmeln von Stimmen.

Die Situation konnte nicht länger mißachtet werden. Torqual steuerte mit entschlossenem Schritt auf die Hütte los, doch er hatte noch keine drei Schritte getan, als Melancthe aus der Tür trat, in der Hand ein kurzstieliges Werkzeug aus einem grünlich-silbern schimmernden Metall, das Torqual noch nie zuvor gesehen hatte. Es mochte eine Art Schmuckbeil oder eine kleine Hellebarde sein. Es hatte auf der einen Seite eine verzierte Schneide und auf der andern einen vier Zoll langen Dorn. Ein ähnlicher Dorn ragte aus der Spitze.

Melancthe näherte sich langsamen und gemessenen Schritts dem Feuer; ihr Gesicht war ernst und düster. Torqual musterte sie mit Argwohn; das war nicht die Melancthe, die er kannte! Irgend etwas Widriges war geschehen.

Torqual fragte barsch: »Wer ist denn die Frau in der Hütte?«

»Da ist niemand.«

»Ich habe Stimmen gehört und eine Frau gesehen. Womöglich war sie eine Hexe, gebrach es ihr doch sowohl an Körper als auch an Kleidung.«

»Das mag wohl so sein.«

»Was ist das für ein Werkzeug, das du da trägst? Oder ist es eine Waffe?«

Melancthe schaute auf das Gerät, als sähe sie es zum ersten Mal. »Es ist ein Beilding.«

Torqual streckte die Hand aus. »Gib es mir!«

Melancthe schüttelte lächelnd den Kopf. »Die Berührung der Schneide würde dich töten.«

»Du berührst es auch und bist nicht tot.«

»Ich bin gegen grüne Magie abgehärtet.«

Torqual ging mit langen Schritten zur Hütte. Melancthe schaute teilnahmslos zu. Torqual spähte in die Düsternis: nach links, nach rechts, nach oben, nach unten, aber er fand nichts. Er kehrte nachdenklich zum Feuer zurück. »Die Frau ist fort. Warum hast du mit ihr gesprochen?«

»Die ganze Geschichte kann ich dir noch nicht erzählen. Für den Moment kann ich dir nur soviel sagen: Es hat ein Ereignis von Bedeutung stattgefunden, welches seit langem geplant war. Du und ich müssen jetzt gehen und tun, was getan werden muß.«

Torqual sagte in scharfem Ton: »Drück dich klar aus, wenn ich bitten darf, und verschon mich mit deinen Rätseln!«

»Sehr wohl! Nicht Rätsel sollst du hören, sondern klare Befehle!« Melancthes Stimme war hart und schneidend; sie stand mit hochgerecktem Haupt da, in den Augen ein grünes Glitzern. »Rüste dich und hol die Pferde! Wir verlassen diesen Ort sofort.«

Torqual starrte mit loderndem Blick über das Feuer. Mit mühsam beherrschter Stimme sprach er: »Ich gehorche weder Mann noch Frau. Ich gehe, wohin ich will, und tue nur das, was ich als notwendig erachte.«

»Die Notwendigkeit ist gekommen.«

»Ha! Es ist nicht meine Notwendigkeit!«

»Sie ist es sehr wohl. Du mußt den Pakt einlösen, den du mit dem Shybalt Zagzig geschlossen hast.«

Torqual stutzte und zog die Stirn kraus. Nach einem Moment des Überlegens sagte er: »Das war vor langer Zeit. Der ›Pakt‹, wie du ihn nennst, war nicht mehr denn unverbindliches Geplauder bei einem Pokal Wein.«

»Mitnichten! Zagzig bot dir die schönste Frau auf der Welt an, die dir zu Diensten wäre, wann immer du es wünschtest und wohin auch immer du gingest — solange du sie und ihre Interessen verteidigen würdest, sollte dies nottun. Dem hast du zugestimmt.«

»Ich sehe keine solche Notwendigkeit«, brummte Torqual.

»Ich versichere dir, daß sie existiert.«

»Dann erläutere sie mir!«

»Du wirst dich selbst überzeugen können. Wir reiten nach Swer Smod und tun, was zu tun ist.«

Torqual starrte Melancthe verblüfft an. »Das ist verhängnisvolle Tollheit! Selbst ich fürchte Murgen; er ist der Höchste!«

»Gegenwärtig nicht! Ein Weg hat sich eröffnet, und ein anderer ist der Höchste! Aber die Zeit spielt eine entscheidende Rolle! Wir müssen handeln, bevor der Weg sich wieder schließt! Also komm, solange die Macht unser ist! Oder willst du dein Leben lieber weiter auf diesem windigen Moor fristen?«

Torqual machte auf dem Absatz kehrt. Er sattelte die Pferde, und die zwei verließen die Fünf Söhne des Arra Kaw. So schnell die Pferde sie trugen, ritten sie über das Moor, den dahineilenden Wolkenschatten folgend. Schließlich stießen sie auf einen Pfad und folgten ihm nach Osten den Berghang hinunter. Er schlängelte sich in scharfen Serpentinen talwärts, hin und her, zwischen Halden von Geröll hindurch, über abschüssige Hänge und durch enge Schluchten, und mündete schließlich auf der Kuppe eines hohen Felsenkliffs über Swer Smod. Hier saßen sie ab und kletterten zu Fuß den Hang hinunter. Nach gehöriger Frist erreichten sie die

Außenmauern der Burg, in deren Schatten sie stehenblieben.

Melancthe nahm den ledernen Helm vom Kopf und umhüllte damit die Spitze der Hellebarde. Dann sprach sie mit einer Stimme, die so rauh klang, als rieben zwei Mühlsteine aufeinander: »Nimm das Beilding. Ich kann es nicht weitertragen. Hüte dich davor, die Schneide zu berühren; sie würde dir sofort alle Lebenskraft aussaugen.«

Torqual faßte die hellebardenartige Waffe vorsichtig bei ihrem hölzernen Griff. »Was soll ich damit anfangen?«

»Ich werde dich instruieren. Lausch auf meine Stimme, aber dreh dich von nun an nicht mehr um, ganz gleich, was auch geschieht. Geh jetzt zum Hauptportal! Ich werde nachkommen. Schau nicht zurück!«

Torqual zog ein finsteres Gesicht; das Unternehmen schmeckte ihm immer weniger. Widerstrebend machte er sich auf den Weg zum Portal. Hinter sich hörte er ein leises Geräusch: ein Seufzen, ein Ächzen, wie wenn jemand scharf Luft holte, dann Melancthes Schritte.

Vor dem Tor blieb Torqual stehen, um den Vorhof zu überschauen. Vus und Vuwas, die beiden Teufel, die die Hintertür bewachten, vertrieben sich gerade die Zeit mit einem Spiel, das sie jüngst neu ersonnen hatten. Sie hatten eine Anzahl von Katzen dazu abgerichtet, die Funktion von Schlachtrössern auszufüllen. Die Katzen waren mit farbenprächtigen Schabracken, kunstvoll gearbeiteten Sätteln und noblen Emblemen ausstaffiert; ihre Reiter waren Ratten, gleichermaßen wohl ausgebildet und mit schimmerndem Stechzeug und schmucken, von Federbäuschen gekrönten Helmen auf das edelste gerüstet. Ihre Bewaffnung bestand aus hölzernen Schwertern und abgepolsterten Turnierlanzen. Unter den gebannten Blicken und erregten Anfeuerungsrufen der Teufel, die zuvor ihre Wetteinsätze gemacht hatten, spornten die Rattenritter ihre Streitkatzen an und sprengten in wilden Sprüngen die Schranken entlang mit dem Ziel, einander aus dem Sattel zu stoßen.

Melancthe trat durch das Portal. Als Torqual sich anschickte, ihr zu folgen, sagte plötzlich eine Stimme hinter ihm: »Geh ruhig und leise; die Greife sind in ihr Spiel vertieft; wir werden versuchen, unbemerkt an ihnen vorbeizuschlüpfen.«

Torqual blieb jählings stehen. Die Stimme befahl streng: »Schau dich nicht um! Melancthe wird tun, was notwendig ist; so rechtfertigt sie ihr Leben.« Torqual sah, daß Melancthe jetzt wieder wie früher war: die schwermütige Maid, die er in der weißen Villa am Meeresstrand kennengelernt hatte.

Die Stimme sagte: »Geh nun, und leise! Sie werden keine Notiz nehmen.«

Torqual folgte Melancthe; unbemerkt gingen sie an der Seite des Hofes entlang. Doch ehe sie das hohe schwarze Eisentor erreichten, wandte sich, da seine Katze und seine Ratte just besiegt worden waren, der dunkelrote Dämon Vuwas verärgert vom Turnierplatz ab und entdeckte so die Eindringlinge. »Hoa!« schrie er. »Wer sucht da verstohlen an mir vorbeizuschleichen, auf leisen Sohlen und spitzen Zehen? Mein Gespür sagt mir, daß ihr Böses im Schilde führt!« Er rief seinen Kumpan. »Vus, komm her! Wir haben Arbeit.«

Melancthe sprach mit metallischer Stimme: »Wendet euch nur wieder eurem Spiel zu, gute Teufel! Wir sind hier, um Murgen bei seiner Hexerei zu unterstützen, und wir sind in Verzug, also laßt uns durch!«

»Das ist die Sprache von Eindringlingen. Leute von Tugend bringen uns Geschenke mit. So unterscheiden wir Gute von Bösen. Ihr scheint mir unter die letztere Kategorie zu fallen.«

»Das ist ein Irrtum«, sagte Melancthe höflich. »Das nächste Mal werden wir uns bestimmt nicht lumpen lassen.« Sie wandte sich Torqual zu. »Gehe sofort; bitte Murgen, daß er heraustritt und unsere Stellung bestätigt. Ich warte unterdessen und schaue dem Turnierspiel zu.«

Torqual schlich sich verstohlen an Vus und Vuwas vorbei, ihre momentane Ablenkung ausnutzend.

»Wie wär's mit einem neuen Durchgang auf dem Turnierplatz?« rief Melancthe. »Ich werde einen Wetteinsatz machen. Welches ist die Siegerratte?«

»Einen Moment!« schrie Vus, den Blick auf den davonschleichenden Torqual wendend. »Was ist das für ein ekliger grüner Schatten, der da hinter deinem Rücken kauert?«

»Ach, das ist nichts von Belang«, erwiderte Torqual. Er beschleunigte den Schritt und erreichte das hohe Eisentor. Die Stimme hinter ihm sagte: »Entblöße nun die Schneide des Beiles und zerschlage die Angeln! Achte darauf, daß du nicht die Spitze beschädigst; sie wird noch für einen anderen Zweck gebraucht!«

Ein gellender Schmerzensschrei scholl vom Vorhof her. »Schau dich nicht um!« schnarrte die Stimme. Torqual hatte sich bereits umgewandt. Die Greife waren über Melancthe hergefallen und hetzten sie kreuz und quer über den Hof, wobei sie mit krallenbewehrten Füßen nach ihr traten und mit großen hürnenen Fäusten nach ihr schlugen. Torqual stand da und starrte, unschlüssig, ob er eingreifen solle oder nicht. Die Stimme befahl barsch: »Zerschlag die Angeln! Rasch!«

Aus dem Augenwinkel erhaschte Torqual einen flüchtigen Blick von einer verschwommenen Frauengestalt, welche aus einem hellgrünen Gas geformt war. Er wandte sich ruckartig ab, von heftiger Übelkeit gepackt; die Augen traten ihm aus dem Kopf, und der Magen drehte sich ihm um, bis er würgen mußte.

»Zerschlag die Angeln!« krächzte die Stimme.

Torqual versetzte wütend: »Du hast mich bis hierher getrieben aufgrund meiner leeren Worte mit Zagzig! Ich will sie nicht leugnen, da mir von meiner Ehre nichts geblieben ist als die Heiligkeit meines Wortes! Aber der

Pakt, den ich mit ihm schloß, betraf Melancthe, und die ist nun nicht mehr. Dir werde ich nicht dienen; auch hierfür verpfände ich mein Wort!«

»Aber du mußt mir dienen«, sagte die Stimme. »Willst du einen Anreiz? Was begehrst du? Macht? Wenn du willst, sollst du König von Skaghane werden oder von beiden Ulflanden.«

»Ich will keine solche Macht.«

»Dann werde ich dich mit Pein zwingen, auch wenn dies stark an meinen Kräften zehrt; aber dafür sollst du arg leiden.«

Torqual vernahm ein dünnes Zischen wie von großer Anstrengung; im selben Moment fühlte er sich von scharfen zangenartigen Klauen am Nacken gepackt; sie bohrten sich ihm tief ins Fleisch, und vor Schmerzen schwanden ihm fast die Sinne. »Zerschlag die Angeln mit der Schneide des Beils; gib acht, daß du die Spitze nicht beschädigst.«

Torqual zog die lederne Hülle von der gewölbten silbergrünen Schneide und schlug damit auf die eisernen Angeln. Sie zerschmolzen wie Butter unter einem heißen Messer; das Tor kippte zur Seite.

»Tritt ein!« befahl die Stimme, und die Klauen verstärkten den Druck. Torqual torkelte vorwärts in die Eingangshalle von Swer Smod. »Vorwärts! Durch die Galerie hindurch, und flugs!«

Mit vor Schmerz aus den Höhlen quellenden Augen stolperte Torqual durch die Galerie und gelangte so in die große Halle.

»Wir kommen just zur rechten Zeit«, sagte die Stimme zufrieden. »Geh voran!«

In der Halle traf Torqual auf eine befremdliche Szene. Murgen saß steif und still auf seinem Stuhl, festgehalten von sechs langen dünnen Armen von zinngrauer Farbe, die spärlich von schwarzen Haaren bewachsen waren. Die Arme endeten in riesigen Händen, von denen zwei Murgens Fußknöchel umklammerten; zwei weitere hielten seine Handgelenke gepackt; die beiden letzten bedeckten sein Gesicht dergestalt, daß nur seine zwei grauen Augen sichtbar waren. Die Arme kamen aus einer schlitzartigen, direkt hinter Murgens Stuhl klaffenden Öffnung, welche offenbar die Verbindung zu einer anderen Welt herstellte. Die Öffnung war von pulsierendem grünen Licht erfüllt.

Die Stimme sprach zu Torqual: »Ich befreie dich jetzt von dem Schmerz. Gehorch mir aufs Wort, oder die Pein wird in hundertfacher Stärke wiederkehren! Mein Name ist Desmëi; ich besitze gewaltige Macht. Hörst du?«

»Ich höre.«

»Siehst du die gläserne Kugel, die dort an einer Kette hängt?«

»Ja.«

»Sie enthält grünes Plasma und das Gerippe eines Wiesels. Du mußt auf einen Stuhl steigen, die Kette mit dem Beil durchschneiden und die Kugel mit allergrößter Vorsicht herunterholen. Sodann sollst du mit dem Dorn an der Spitze des Beiles in die Kugel stechen, auf daß ich das Plasma herausziehen und damit meine volle Kraft wiederherstellen kann. Danach werde ich die Kugel wieder verschließen und Murgen komprimieren und in eine ähnliche Kugel einschließen. Sobald das vollbracht ist, habe ich meine Ziele erreicht, und du wirst angemessen belohnt werden, so wie du es verdienst. Ich sage dir dies, damit du mit äußerster Behutsamkeit und Sorgfalt vorgehst. Habe ich mich klar ausgedrückt?«

»Jawohl.«

»Dann mach dich ans Werk! Hinauf auf den Stuhl mit dir! Und daß du mir beim Kappen der Kette allerhöchste Vorsicht walten läßt!«

Torqual stieg auf einen Stuhl. Sein Gesicht war jetzt auf einer Höhe mit dem Wieselskelett im Innern des Glaskolbens. Die schwarzen Knopfaugen starrten ihn an. Torqual hob das Beil und hieb wie versehentlich auf die Glaskugel, so daß grünes Plasma herauszusickern begann. Von unten kam ein gräßlicher Wutschrei: »Du hast das Glas zerbrochen!«

Torqual durchtrennte die Kette und ließ die Kugel zu Boden fallen; mit lautem Knall zerbarst sie in tausend Stücke; grünes Plasma spritzte in alle Richtungen. Das Wieselgerippe entrollte sich mühsam aus seiner zusammengekrümmten Haltung und suchte mit hastigen Trippelschritten Zuflucht unter einen Stuhl. Desmëi stürzte sich auf den Boden und raffte so viel von dem grünen Plasma zusammen, wie sie eben konnte, und begann so mählich feste Gestalt anzunehmen, dergestalt, daß sich zunächst die Umrisse der inneren Organe abzeichneten, bevor sich schließlich die äußeren Konturen festigten. Verzweifelt kroch sie auf dem Boden herum und schlürfte die Lachen des grünen Stoffes mit dem Mund und der Zunge auf.

Eine zischende Stimme drang an Torquals Ohren: »Nimm das Beil! Durchbohr sie mit dem Dorn! Zaudere nicht, sonst werden wir alle ewige Qualen erdulden!«

Torqual ergriff das Beil; ein schneller Schritt brachte ihn zu Desmëi. Sie sah ihn nahen und schrie angstvoll: »Nicht stechen!« Sie rollte sich zur Seite und raffte sich auf die Beine. Torqual setzte ihr nach und folgte ihr Schritt um Schritt, das Beil vor sich haltend, bis er Desmëi schließlich in die Enge getrieben hatte. »Nicht stechen!« krächzte sie. »Ich werde zunichte werden! 's ist mein Tod!«

Torqual stieß den Dorn durch Desmëis Hals; ihre Substanz schien in die Schneide des Beils zu fließen, das in dem Maße anschwoll, wie Desmëi schrumpfte und sich in Nichts auflöste.

Desmëi war verschwunden. Zurück blieb Torqual, in der Hand ein schweres kurzstieliges Beil mit einer komplizierten Schneide aus silbergrünem Metall. Er machte kehrt und brachte das Beil zum Tisch zurück.

Tamurello, das Wieselskelett, war unterdessen unter

dem Stuhl hervorgekrochen; er hatte an Größe zugenommen und war jetzt ebenso groß wie Torqual. Tamurello ging zu einem Schrank und entnahm ihm ein Brett von vier Fuß Länge und zwei Fuß Breite, auf dem das Abbild einer seltsamen grauen Kreatur von menschenähnlicher Gestalt ruhte. Das Wesen hatte glänzende graue Haut, einen kurzen behaarten Hals und einen großen Kopf mit verwischten Zügen und den glasigen Augen eines toten Fisches. Hundert gallertartige Bänder fesselten das Geschöpf an das Brett, so fest, daß es zu keiner Bewegung fähig war.

Tamurello schaute Torqual an. »Kannst du dieses Ding benennen, das nur ein Abbild der Wirklichkeit ist?«

»Nein.«

»Dann will ich dich aufklären. Es ist Joald, und Murgen hat sein Leben der Bändigung dieses Wesens gewidmet, den Kräften zum Trotz, die nach seiner Befreiung streben. Bevor ich Murgen töte, soll er Zeuge werden, wie ich sein Werk zunichte mache und Joald aufersteht. Hörst du mich, Murgen?«

Murgen stieß einen kehligen Gurgellaut aus.

»Es bleibt nur noch wenig Zeit, bis die Pforte sich wieder schließt und die Arme sich zurückziehen. Aber die Zeit genügt, und als erstes werde ich nun das Ungeheuer befreien. Torqual!«

»Ich bin hier.«

»Gewisse Bande halten Joald im Zaum.«

»Ich sehe sie.«

»Nimm dein Schwert und zerschneid die Bande, und ich werde den Singsang singen. Schneide!«

Von Murgen kam ein dünner klagender Laut. Torqual stockte, verharrte unschlüssig.

Tamurello krächzte: »Gehorche, und du wirst meinen Reichtum und meine magische Macht mit mir teilen; ich schwöre es! Zertrenne Joalds Bande!«

Torqual trat langsam vor. Tamurello begann einsilbige

Worte von tiefer Bedeutung zu singen. Sie zerrissen die Luft und regten Torqual zu halb hypnotischer Bewegung an. Sein Arm hob sich; die Schneide blitzte. Die Klinge sauste herab! Der Strang, der Joalds rechtes Handgelenk fesselte, löste sich.

»Schneide!« schrie Tamurello.

Torqual schnitt; die Bande, die Joalds Ellenbogen an das Brett hefteten, zerrissen mit einem schnappenden Geräusch. Der Arm erzitterte und begann sich zu regen.

»Schneide!«

Torqual hob das Schwert und zertrennte den Strang an Joalds Hals. Tamurellos Singsang hallte mit solcher Macht durch die Burg, daß die Steine sangen und bebten.

»Schneide! Schneide! Schneide!« kreischte Tamurello. »Murgen, o Murgen! Schmecke meinen Triumph! Schmecke ihn und weine bittere Tränen über den Verderb, den ich deinen hübschen Dingen bringen werde!«

Torqual zerschnitt das Band, das Joalds Stirn umspannte, während Tamurello den großen Zauberspruch intonierte: den furchtbarsten Gesang, den die Welt je gehört hatte. Tief unten auf dem Grunde des Ozeans nahm Joald träge Kenntnis von der Lockerung seiner Fesseln. Er zerrte an seinen verbliebenen Fesseln; er spannte die Muskeln, wand sich und strampelte. Sein Fuß stieß gegen die unterseeischen Grundpfeiler des Teach tac Teach, und das Land erbebte. Joalds gigantischer schwarzer rechter Arm war frei; er hob ihn, wild mit den monströsen schwarzen Fingern nach den Grundfesten der Älteren Inseln tastend, auf daß er sie zerstöre. Der Arm durchbrach die Oberfläche des Ozeans; gewaltige Massen grünen Wassers stürzten in tosenden Kaskaden herab und wühlten das Meer zu einem brodelnden Gebirge von Gischt auf. Mit ungeheurer Kraftanstrengung bäumte Joald sich auf und stieß den Kopf an die Oberfläche, so daß urplötzlich eine neue Insel entstand, mit einem scharf gezackten knöchernen Gebirgskamm in der Mitte; zweihundert Fuß hohe Wellen brandeten in alle Richtungen davon.

In Trilda schlug Shimrod ein viertes und letztes Mal den silbernen Gong an; als auch dieser Versuch nichts fruchtete, wandte er sich ab und trat zu einem Kasten, der an der Wand hing. Er öffnete die Tür, sprach drei Wörter und richtete den Blick auf eine kristallene Linse. Einen Moment lang stand er wie erstarrt; dann rannte er zu seinem Schrank, schnallte das Schwert um, setzte sich eine Kappe auf den Kopf und stellte sich auf eine Platte aus schwarzem Stein. Er sprach eine Zauberformel und stand im Nu im Vorhof von Swer Smod. Vus und Vuwas spielten immer noch mit dem blutigen Fetzen, der einmal Melancthe gewesen war. Auf ihr Geheiß vollführte er unter ruckartigen Zuckungen einen grausigen Tanz, während die beiden Greife vergnügt kicherten und die unverwüstliche Lebenskraft des blutigen Fleischklumpens bestaunten. Sie warfen Shimrod einen kurzen argwöhnischen Blick zu, gerade lang genug, um ihn zu erkennen, und wandten sich dann wieder ihrem schauerlichen Vergnügen zu.

Shimrod trat durch das zerstörte Eisentor, und sofort spürte er die Kraft von Tamurellos Zauber. Er rannte die Galerie hinunter und stürmte in die große Halle. Murgen saß nach wie vor auf dem Stuhl, festgehalten von den sechs Armen von Xabiste. Das Wieselskelett schien, während es den großen Zauberspruch sang, seine Gestalt zu verändern und sich mit Materie zu füllen. Torqual, der neben dem Tisch stand, bemerkte Shimrods Erscheinen. Er stellte sich ihm mit erhobenem Schwert entgegen.

Shimrod schrie: »Torqual! Bist du von Sinnen, daß du Tamurello gehorchst?«

Torqual erwiderte mit dumpfer Stimme: »Ich tue, was ich will.«

»Dann bist du mehr als nur von Sinnen und mußt sterben.«

»Du bist es, der sterben wird«, sagte Torqual mit schicksalsschwerer Stimme.

Shimrod zückte sein Schwert und sprang vorwärts. Er ließ die Klinge auf das Wieselgerippe niedersausen und spaltete es bis zum Becken. Der Singsang verstummte jäh, und Tamurello sank zu einem Haufen zukkender Knochensplitter zusammen.

Torqual blickte auf das Abbild von Joald, das sich jetzt mit Macht gegen die verbliebenen Fesseln stemmte. Torqual murmelte tonlos: »Das ist also der Zweck meines Lebens? Ich bin in der Tat von Sinnen.«

Shimrod schwang sein Schwert in einem weiten kreisförmigen Streich; wäre Torqual nicht im letzten Moment zur Seite gesprungen, hätte die Klinge ihm den Kopf vom Rumpf getrennt. Wilder Zorn überkam ihn; er stürzte sich mit solch wildem Ungestüm auf Shimrod, daß dieser sich in die Defensive gedrängt sah. Ein wütendes Gefecht entbrannte: stoßend, hauend, stechend drangen die beiden aufeinander ein.

Der Knochenhaufen neben dem Tisch fügte sich unterdessen zu einem grotesken Gebilde zusammen. Die schwarzen Knopfaugen, von denen eines jetzt unten saß, während das andere oben haftete, erwachten erneut zu funkelndem Leben. Eine spindeldürre Knochenhand umkrallte das Beil und hob es hoch, während aus der Mitte des Knochengewirrs eine krächzende Stimme den großen Zauberspruch anstimmte.

Shimrod löste sich mit einem behenden Sprung von Torqual, warf ihm einen Stuhl vor die Füße, um ihn aufzuhalten, und hieb nach dem Knochenarm, der das Beil hielt. Der Arm zerbrach mit einem splitternden Geräusch; das Beil fiel auf den Boden. Shimrod hob es blitzschnell auf und warf es dem erneut anstürmenden Torqual ins Gesicht. Torquals Kopf und Gesicht schrumpften zusammen und lösten sich in Nichts auf; sein Schwert fiel klirrend zu Boden, gefolgt von seinem Körper.

Shimrod wandte sich wieder dem Tisch zu. Die Pforte nach Xabiste begann sich zu schließen; zu Shimrods Entsetzen zogen die Arme Murgen mitsamt dem Stuhl durch den Schlitz.

Shimrod hackte mit seinem Schwert nach den dünnen grauen Armen. Die Hände fielen zu Boden, wo sie sich noch einen Moment krampfartig öffneten und schlossen, ehe sie erstarrten. Murgen war frei. Er erhob sich von dem Stuhl, trat vor und blickte auf Joald hinab. Er sprach mit lauter Stimme vier Worte. Joalds Haupt fiel schlaff zurück; der Arm sank neben den schweren, ungeschlachten Rumpf.

Die Insel, die durch das Auftauchen von Joalds schwarzem Schädel entstanden war, versank wieder im Atlantik. Der Arm klatschte mit ungeheurer Wucht auf das Wasser, eine vier hundert Fuß hohe Woge erzeugend, die auf die Küste von Süd-Ulfland zuraste. Sie brandete mit Urgewalt in die Mündung des Evanderflusses und sandte eine riesige Flutwelle durch das Tal, die die sagenhafte Stadt Ys in Sekundenschnelle unter sich begrub.

An der Stelle, wo unter Joalds wütenden Tritten die Strebepfeiler unter der Insel Hybras weggebrochen waren, erbebte der Boden und versank, und das Evandertal mit seinen Palästen und Gärten wurde zu einer Meeresbucht.

Entlang der ulfischen Küste fast bis hinauf nach Oäldes versanken die Küstenstädte, und ihre Bewohner wurden vom Meer verschlungen.

Als die Wasser sich wieder beruhigt hatten, war Ys, die Uralte Stadt, Ys, die Schöne, Ys, die Stadt der Hundert Paläste, im Meer versunken. In späteren Zeiten erhaschten die Fischer mitunter, wenn das Wasser klar war und die Sonnenstrahlen im richtigen Winkel fielen, einen Blick von den wunderbaren Marmorpalästen, in denen sich nichts mehr regte außer den Fischen des Meeres.

4

Düstere Stille herrschte in der Großen Halle von Swer Smod. Murgen stand reglos am Tisch; Shimrod lehnte an der Wand. Auf dem Tisch lag leblos das Ebenbild Joalds. Die zerborstenen Knochen des Wieselskeletts lagen auf einem Haufen. Alle Lebenskraft war aus ihnen gewichen, bis auf das Funkeln der schwarzen Augen. Eine seltsame Veränderung war mit der Schneide des Beiles vor sich gegangen: Sie war zu einer Kugel angeschwollen, die allmählich die Züge eines menschlichen Gesichts angenommen hatte.

Nach einem langen Moment des Schweigens wandte sich Murgen zu Shimrod und sprach mit düsterer Stimme: »So haben wir denn nun eine Tragödie erlebt. Ich kann mir nicht selbst die Schuld geben — aber nur deshalb, weil ich die Energie dafür nicht erübrigen kann. Ich fürchte, ich war allzu selbstgefällig, ja hoffärtig geworden im Bewußtsein der Fülle meiner Macht und der Gewißheit, daß niemand es wagen würde, mich herauszufordern. Ich irrte, und tragische Dinge sind geschehen. Trotzdem darf ich es mir nicht gestatten, mich von Reue und Zerknirschung überwältigen zu lassen.«

Shimrod trat an den Tisch. »Diese Kreaturen — sind sie noch lebendig?«

»Sie sind noch am Leben: Tamurello und Desmëi; und sie ringen verzweifelt um ihren Fortbestand. Diesmal jedoch werde ich kurzen Prozeß mit ihnen machen, und sie werden endgültig vergehen.« Murgen trat zu einem seiner Schränke und öffnete die Türen. Er hantierte an einem Apparat, und gleich darauf leuchtete ein gleißendes rosafarbenes Licht auf, und eine seltsam trillernde Stimme sprach: »Murgen, ich spreche über den undenkbaren Schlund hinweg.«

»Das tue auch ich«, sagte Murgen. »Wie verläuft euer Krieg mit Xabiste?«

»Ganz gut. Wir entsandten den Wirbel Sirmish und

bliesen das Grün von Fangusto fort. In Mang Meeps jedoch fielen sie in großer Zahl ein; der Ort ist jetzt verseucht.«

»Ein Jammer! Aber sei guten Mutes! Ich übergebe dir alljetzt zwei Zwitterdämonen, Desmëi und Tamurello, die beide nach Grün stinken.«

»Das ist ein erfreuliches Ereignis.«

»Ganz recht. Du kannst eine Ranke senden, die das Paar abholt und bei der Gelegenheit gleich alle Restbestände von Grün aufspürt, die es möglicherweise abgesondert hat.«

Für einen kurzen Moment füllte sich die Halle mit flackerndem rosafarbenen Licht; als es verblaßte, waren Beil und Knochenhaufen verschwunden.

Murgen sprach: »Schaffe das Paar in die tiefsten Schlünde von Myrdal und suche dort die heißesten Feuer. Darin zerstöre die zwei so gründlich und vollkommen, daß nicht einmal ihr letzter Schmerz im Strome fortbesteht. Ich werde warten, bis du mir die Meldung von dieser ihrer endgültigen Entsorgung erstattest.«

»Du mußt dich in Geduld üben«, sprach der Effrit. »Gut Ding braucht Weile! Ich werde mindestens zehn Sekunden von eurer Zeit benötigen; hinzu kommen die zwei Sekunden, die ich für meine rituelle Waschung brauche.«

»Ich werde warten.«

Zwölf Sekunden vergingen. Dann meldete sich der Effrit von Myrdal wieder. »Es ist vollbracht. Von den zwei Dämonen ist weder Jota noch Atom, weder Hauch noch Tüttel übriggeblieben. Die Schlünde von Myrdal brennen heiß.«

»Ausgezeichnet!« sagte Murgen. »Ich wünsche dir weiterhin Erfolg im Kampf gegen das Grüne.« Er schloß den Schrank und kehrte zum Tisch zurück, wo er die Bande erneuerte, die Joald ruhig hielten.

Shimrod betrachtete dies mit Mißfallen. »Joald sollte ebenfalls vernichtet werden.«

Murgen sprach mit leiser Stimme: »Er genießt Schutz. Nur dies hier ist uns zugestanden, und das auch nur mit größtem Widerstreben.«

»Wer beschützt ihn?«

»Einige der alten Götter leben noch.«

»Atlante?«

Eine Weile schwieg Murgen. Dann: »Gewisse Namen sollten besser nicht genannt werden, und bestimmte Themen sollten besser nicht erörtert werden.«

Kapitel Zwölf

1

Gerüchte von der Sintflut an der ulfischen Küste erreichten Haidion drei Tage nach dem Geschehnis. König Casmir hörte die Berichte mit großem Interesse und wartete ungeduldig auf genaue Einzelheiten.

Schließlich traf ein Kurier ein und berichtete von den Verheerungen, die die Urgewalten des Ozeans entlang der südulfischen Küste angerichtet hatten. Casmirs einziges Interesse galt dem möglichen Schaden, den die Katastrophe König Aillas' Militärmacht zugefügt hatte. »Bis wie weit nach Norden haben die Wellen gewütet?«

»Oäldes haben sie jedenfalls nicht erreicht. Die Küsteninseln hemmten ihre Wucht und brachten sie schließlich zum Erlahmen. Auch Skaghane und das Ska-Vorland blieben verschont.«

»Was weißt du von Doun Darric?«

»Es ist König Aillas' ulfische Hauptstadt, aber es liegt hoch auf den mittleren Mooren und nahm keinen Schaden.«

»Die Heere erlitten also keine Verluste?«

»Das vermag ich nicht mit Gewißheit zu sagen, Majestät. Ohne Zweifel wurden auf Urlaub weilende Soldaten von den Fluten dahingerafft. Ich bezweifle jedoch, daß die Armee als Ganzes arg betroffen wurde.«

Casmir grunzte. »Und wo ist König Aillas jetzt?«

»Er ist offenbar von Troicinet aus in See gestochen und dürfte sich daher jetzt auf selbiger befinden.«

»Sehr gut. Geh.«

Der Kurier verneigte sich und schied. König Casmir ließ den Blick durch die Runde seiner Ratgeber schweifen. »Die Zeit der Entscheidung ist gekommen. Unsere Heere sind wohlgerüstet und kampfbereit; sie fiebern einem schneidigen Vormarsch und der Vernichtung der dautischen Armee entgegen. Ist Dahaut erst unser, können wir es mühelos mit Aillas aufnehmen, ganz gleich, welche Nadelstiche er uns auch mit seiner Seestreitmacht versetzen mag. Was meint ihr?«

Einer nach dem andern trug ihm das vor, was er hören wollte:

»Die Heere Lyonesses sind stark, tapfer und unbezwingbar. Die Führung ist gut, die Krieger sind wohlausgebildet.«

»Die Arsenale sind gut gefüllt; die Waffenschmiede arbeiten Tag und Nacht. Es mangelt uns an nichts.«

»Die Recken von Lyonesse brennen vor Kampfeslust; alle hungern danach, die fruchtbaren Lande Dahauts in ihren Besitz zu nehmen. Sie warten nur noch auf Euren Befehl.«

König Casmir nickte schicksalsschwer. Er hieb mit der Faust auf den Tisch. »Dann soll es sein.«

Die Armeen Lyonesses sammelten sich in verschiedenen Teilen des Landes, marschierten so unauffällig wie möglich nach der Feste Mael, formierten sich zu Bataillonen und brachen nach Norden auf.

An der Grenze zu Pomperol wurde die Vorhut von einem Dutzend Rittern unter dem Kommando von Prinz Starling empfangen. Als sich die lyonessische Armee der Grenze näherte, hob Prinz Starling den Arm und gebot der anrückenden Heerschar Halt.

Ein Herold galoppierte nach vorn und überbrachte Prinz Starling eine Botschaft: »Das Königreich Lyonesse sieht sich aufgrund zahlreicher und ärgerlicher Provokationen genötigt, dem Königreich Dahaut den Krieg zu erklären. Um unseren Feldzug zügig betreiben zu können, erheischen wir das Recht auf freien Durchzug durch Pomperol, verbunden mit der Zusicherung, daß wir keinen Protest erheben werden, wenn das Königreich Pomperol in seiner Neutralität den Truppen Dahauts das gleiche Privileg gewährt.«

Hierzu erklärte Prinz Starling unverblümt: »Euch den Durchmarsch zu gestatten, würde bedeuten, daß wir eben jene von Euch zitierte Neutralität verletzten und uns de facto zu Euren Verbündeten machten. Wir müssen Euch die erheischte Genehmigung daher verwehren. Marschiert statt dessen nach Westen, nach der Waldschlucht von Lallisbrook, und marschiert von dort aus auf dem Bladey-Pfad gen Norden; auf diese Weise gelangt Ihr nach Dahaut, ohne das Territorium Pomperols zu verletzen.«

Der Herold erwiderte: »Ich bin ermächtigt, hierauf in folgender Weise zu antworten: Das ist nicht möglich! Tretet beiseite und laßt uns passieren, oder schmeckt unseren Stahl!«

Die Ritter von Pomperol wichen wortlos zur Seite und mußten machtlos mit ansehen, wie die lyonessische Streitmacht nach Norden Richtung Dahaut marschierte.

König Casmir hatte nur mit geringem Widerstand von seiten der sogenannten ›graugrünen dautischen Gecken‹ gerechnet, aber sein Einfall erzürnte das einfache Volk und die Edlen gleichermaßen. Und so wurde denn nichts aus der ›handstreichartigen Eroberung‹, die Casmir kühn prophezeit hatte: Drei große Schlachten wurden geschlagen, mit großen Verlusten an Menschen, Material und Zeit. Auf dem chastainischen Feld griff eine von König Audrys Bruder Prinz Graine hastig zusammengewürfelte Armee mit tollkühner Wildheit die Invasoren an und wurde erst nach eintägigem erbitterten Widerstand besiegt. Die zweite Schlacht entbrannte bei dem Weiler Mulvanie. Zwei Tage lang wogte der Kampf hin und her. Stahl prallte auf Stahl; Schlachtrufe vermengten sich mit Schmerzensschreien. Durch das

Schlachtgetümmel sprengten Ritter zu Pferde und hackten nach den Fußsoldaten, die sie mit Hellebarden aus dem Sattel zu zerren versuchten, um ihnen mit ihren Messern die Aristokratengurgeln durchzuschneiden.

Die dautische Armee wich schließlich der Übermacht und zog sich auf Avallon zurück. Wieder konnte König Casmir einen Sieg vermelden, doch er hatte erneut schwere Verluste an Menschen und Material hinnehmen müssen, und einmal mehr hatte er kostbare Zeit verloren, so daß sein Zeitplan für die Eroberung schon jetzt Makulatur war.

Die dautische Armee, inzwischen verstärkt durch Entsatztruppen aus Wysrod, bezog Stellung neben Burg Meung bei dem Flecken Chantry, etwa dreißig Meilen südwestlich von Avallon. Zwei Tage lang ließ Casmir seine Truppen ausruhen, einen weiteren Tag wartete er auf Verstärkungen von der Feste Mael, dann rückte er erneut gegen die Daut vor, um ihnen den Todesstoß zu versetzen.

Die Heere begegneten sich auf der Wildapfelwiese bei Burg Meung; König Audry selbst führte die Daut an. Jede Seite sandte zunächst Schwadronen von leichter Kavallerie aus, um den Feind mit einem Pfeilhagel zu belegen. Die gepanzerten Reiter, hinter sich die schwere Reiterei und die Bannerträger, formierten sich zu einander gegenüberstehenden Linien. Drohend und unheilvoll funkelte ihr Stahl. Die Minuten verstrichen mit schicksalsschwerer Bedächtigkeit.

Die dautischen Herolde, prachtvoll anzuschaun in ihren graugrünen Wämsern, erhoben ihre Zinken und bliesen eine melodische schrille Tonfolge: das Signal zum Angriff. Die dautischen Ritter senkten die Lanzen und stürmten in donnerndem Galopp gegen den Feind; die Ritter von Lyonesse taten das gleiche. In der Mitte der Wildapfelwiese prallten die beiden Linien mit einem gewaltigen dumpfen Scheppern aufeinander und lösten sich im Nu in wildes, schreiendes Chaos aus stürzenden

Leibern, sich aufbäumenden Pferden und blitzendem Stahl auf. Der lyonessische Ansturm wurde unterstützt von Pikenträgern und Bogenschützen, die nach disziplinierter Taktik operierten; hingegen stürmte die dautische Infanterie in amorphen Gruppen und Haufen vor und wurde von Schwärmen singender Pfeile empfangen.

Die Schlacht auf der Wildapfelwiese war kürzer und von eindeutigerem Ausgang als die beiden vorausgegangenen, da die Daut jetzt demoralisiert waren und nicht mehr darauf hoffen konnten, den Sieg durch schieren Elan zu erringen. Sie wurden schließlich aus dem Feld geschlagen.

König Audry und die Überreste seiner Armee zogen sich mit äußerster Hast zurück und suchten Zuflucht im Wald von Tantrevalles, wo sie für Casmir keine Bedrohung mehr darstellten.

König Casmir führte sein Heer nach Avallon und marschierte unangefochten in die Stadt ein. Er ritt sogleich nach Falu Ffail, wo er endlich den Tisch Cairbra an Meadhan und den Thron Evandig in Besitz nehmen würde, um sie nach Burg Haidion in der Stadt Lyonesse verbringen zu lassen.

Casmir betrat den stillen Palast ohne Pomp. Er begab sich auf dem schnellstmöglichen Wege zum Heldensaal, doch nur, um ihn leer vorzufinden: die Möbel, die eine so große Rolle in seinen Machtträumen spielten, waren verschwunden. Von einem stattlichen jungen Unterkämmerer erfuhr er, daß die Cairbra an Meadhan und Evandig zwei Tage zuvor von einer Kompanie troicischer Seesoldaten fortgeschafft worden waren. Sie hatten den Thron und den Tisch auf ein troicisches Kriegsschiff getragen und waren mit unbekanntem Ziel in See gestochen.

Casmirs Wut war unerhört. Sein Gesicht lief rot an; die runden porzellanblauen Augen traten schier aus den Höhlen. Die Beine breit gespreizt, die Hände so hart um die Lehne eines Stuhls gekrallt, daß die Knöchel weiß hervortraten, stand er da und starrte in blindem Zorn auf die Stellen, wo noch jüngst die Cairbra an Meadhan und der Thron Evandig gestanden hatten. Als sich seine rasenden Gedanken schließlich so weit beruhigt hatten, daß er wieder einigermaßen bei Sinnen war, stieß er eine Reihe grausamer Racheschwüre aus, die Tibalt, den Unterkämmerer, in Furcht und Schrecken versetzten.

Schließlich beruhigte sich Casmir, was ihn jedoch nur noch furchteinflößender erscheinen ließ. Die Tat war mit Duldung der Daut begangen worden, soviel stand fest. Wer waren die Verantwortlichen? Casmir stellte diese Frage Tibalt, der jedoch nur stammeln konnte, daß alle hochrangigen Beamten Falu Ffails aus Avallon geflohen seien, um sich ihrem flüchtigen König anzuschließen. So gab es denn niemanden, an dem Casmir seinen Zorn hätte auslassen können, es sei denn Dienstboten und niedere Chargen.

Zu Casmirs weiterem Mißvergnügen traf ein Kurier auf schaumbedecktem Pferd mit einer Depesche aus Lyonesse ein, welche die Meldung enthielt, daß ulfische Krieger die Südflanke des Teach tac Teach heruntergestürmt und in die Provinz des Kaps des Wiedersehens eingefallen waren, ein Gebiet, dessen Festungen Casmir zugunsten des Hauptheeres seiner Garnisonen entblößt hatte. Die Invasoren hatten sämtliche Burgen zur Übergabe gezwungen, ohne auf nennenswerte Gegenwehr zu stoßen, und belagerten jetzt die Stadt Pargetta.

Casmir zog Bilanz über den bisherigen Verlauf seines Feldzugs. Er hatte die dautischen Armeen niedergeworfen und die faktische Kontrolle über Dahaut errungen, auch wenn König Audry noch am Leben war und immer noch eine Handvoll versprengter und entmutigter Soldaten befehligte. Nun galt es, Audry aufzuspüren und entweder gefangenzunehmen oder zu töten, bevor er die Provinzfürsten um sich scharen und ein neues Heer aufstellen konnte. Aus diesem Grunde dürfte Casmir sein Expeditionsheer noch nicht dadurch schwächen, daß er eine Streitmacht detachierte, die stark genug war, um die Ulf aus der Kapprovinz zu vertreiben. Statt dessen sandte er Bannoy, den Herzog von Tremblance, nach der Feste Mael mit dem Auftrag, dort nach besten Kräften aus frisch ausgehobenen, noch in der Ausbildung befindlichen Truppen und Kontingenten von Veteranen aus den Garnisonen der Festungen entlang der Küste eine neue Armee zu bilden. Die so entblößten Garnisonen sollten wiederum aufgefüllt werden mit örtlichen Freiwilligen, auf daß sie imstande wären, den mit Sicherheit zu erwartenden Angriffen der troicischen Seestreitmacht standzuhalten.

Bannoy würde mit seiner frischen neuen Armee in die Kapprovinz marschieren und die ulfischen Banditen zurück in die hintersten Winkel des Troagh jagen. Unterdessen würde Casmir mit der Hauptarmee die Eroberung Dahauts vollenden.

Ein Kurier aus Godelia traf mit einer Botschaft von König Dartweg in Falu Ffail ein. Der Kurier machte König Casmir seine förmliche Aufwartung, dann entrollte er eine Schriftrolle aus satiniertem, auf Birkenholzstäbe gewickeltem Schaflederpergament. Die Botschaft war in feiner irischer Unzialschrift verfaßt, die keiner der Anwesenden lesen konnte, der Kurier selbst eingeschlossen, so daß man genötigt war, nach einem irischen Mönch aus der nahegelegenen Abtei des Hl. Joilly zu schicken, der die Schriftrolle öffnete und die Botschaft vorlas.

König Dartweg begrüßte zuerst einmal König Casmir unter Verwendung eines Dutzends blumiger Titulierungen. Mit kraftvollen Vokabeln schmähte er ihre gemeinsamen Feinde und erklärte sich, »wie seit jeher und auf ewig und immerdar, vom Anbeginn der Zeit bis zum letzten Aufglimmen der Sonne«, für Casmirs getreuen Verbündeten, bereit und gerüstet, einzutreten in den gemeinsamen Kampf gegen die Zwillingstyrannen Audry und Aillas, bis zum glorreichen Endsieg und der Aufteilung der Siegesbeute.

Seine unerschütterliche Bündnistreue zu bestätigen, habe er, König Dartweg, seine unbesiegbaren, wenn auch bisweilen ein wenig ungestümen Krieger über die Skyre und nach Nord-Ulfland beordert, wo er vermittels listiger Infiltration und Überraschungseskapaden von den Küstenklippen die alte Hauptstadt Xounges einzunehmen gedenke. Sobald dies erledigt sei, werde er mit unwiderstehlichem Schneid nach Süden stoßen und die troicischen Eindringlinge aufs Haupt schlagen. Wenn alle tot, ertrunken oder geflohen seien, würden die Godelianer in den Ulflanden Wacht halten, zum immerwährenden Troste und Wohle König Casmirs. Dies verkündete feierlich König Dartweg, Casmirs treuer Freund und Bundesgenosse.

Casmir lauschte mit dünnem, grimmigem Lächeln, dann diktierte er eine höfliche Antwort, in welcher er König Dartweg für sein Interesse dankte und ihm gute Gesundheit wünschte. Seine Mitwirkung werde hoch geschätzt, aber für endgültige Dispositionen sei es im Moment noch zu früh.

Der Kurier, dessen anfänglicher Frohsinn angesichts der kühlen Haltung Casmirs jäh verflogen war, verbeugte sich und ging. König Casmir wandte sich wieder seinen Betrachtungen zu.

Eines nach dem andern, dachte König Casmir; und der erste Schritt war die endgültige Vertilgung der geschlagenen dautischen Armee. Dies, sollte man meinen, war nicht mehr als eine bloße Routineoperation, mit deren Durchführung er getrost den Prinzen Cassander betrauen konnte.

König Casmir rief Cassander zu sich und unterrichtete ihn von seiner Entscheidung. Er erläuterte seinen Auftrag mit einer Fülle ausführlicher Erklärungen, die jedoch bei Cassander kaum Gehör fanden: Cassander müsse sorgfältig auf den Rat von Sir Ettard von Arquimbal hören, einem mit allen Wassern gewaschenen und erfahrenen Feldherrn; ferner habe er den Rat von sechs weiteren alterfahrenen Rittern zu beachten und zu nutzen, auch sie allesamt erprobte und bewährte Rekken.

Kühn und siegesgewiß übernahm Prinz Cassander die Mission — so siegesgewiß, daß König Casmir sich genötigt sah, ihm noch einmal in aller Eindringlichkeit einzuschärfen, daß er sich unter allen Umständen an Sir Ettards Rat zu halten habe. Prinz Cassander zog eine Grimasse und verdrehte die Augen, erhob aber keine Einwände.

Am darauffolgenden Morgen führte Prinz Cassander, auf einem feurigen schwarzen Hengst sitzend und angetan mit einer goldenen Rüstung, einem scharlachroten Jupon und einem goldenen Helm mit scharlachrotem Federbausch, seine Armee gen Westen. König Casmir begab sich an die Neugestaltung seiner neu erworbenen Länder. Als erstes verfügte er die Errichtung von zwölf neuen Schiffswerften entlang der Cambermündung; hier sollten Kriegsschiffe gebaut werden, die den troicischen ebenbürtig oder überlegen waren.

Cassanders Truppen marschierten westwärts. Die Herrenhäuser und Burgen auf dem Lande hatten während der Herrschaft Audrys alle militärischen Funktionen aufgegeben, die sie einmal besessen haben mochten, und leisteten keinen Widerstand; ein solcher wäre angesichts der gewaltigen lyonessischen Übermacht ohnehin selbstmörderisch gewesen.

Im gleichen Maße, wie Cassander vorrückte, zog sich Audry nach Westen zurück, unterwegs neue Kräfte und Verstärkungen sammelnd. Immer weiter nach Westen führte er seine Armee, über die Westlichen Grenzmarken hinaus und schließlich hinauf auf die Ebene der Schatten. Die lyonessische Armee war ihm hart auf den Fersen, nie mehr als einen Tagesmarsch hinter ihm.

Mit dem Erreichen des Langen Dann, der ein weiteres

Zurückweichen nach Westen verhinderte, schwanden Audrys Möglichkeiten rapide. Seine Ratgeber, und hier besonders Herzog Claractus, drängten auf einen Gegenangriff und setzten sich schließlich durch. Sie wählten das Gelände mit großer Sorgfalt aus und bezogen Stellung im Schutz eines nach Norden vorspringenden Ausläufers des großen Waldes.

Sir Ettard rechnete mit eben diesem Plan und beschwor Cassander, bei dem Marktflecken Wyrdych zu halten, um Informationen einzuholen und Späher zwecks Erkundung des exakten Standorts der dautischen Armee auszuschicken. Sir Ettard hatte Cassander schon bei früheren Gelegenheiten zur Vorsicht gemahnt, und keine seiner bösen Vorahnungen hatte sich bewahrheitet. Dies hatte dazu geführt, daß Cassanders ohnehin schon tiefe Abneigung gegen Sir Ettard sich zu unverhohlenem Mißtrauen gesteigert hatte, welches so weit ging, daß er Sir Ettard die Schuld daran gab, daß es ihnen noch immer nicht gelungen war, die Daut zur Schlacht zu stellen. Cassander war sicher, daß Audry vorhatte, Zuflucht in den ulfischen Hochlanden hinter dem Langen Dann zu suchen. Dort würde er aller Wahrscheinlichkeit nach seine Streitkräfte mit den ulfischen Armeen vereinigen. Dies mußte vereitelt werden. Deshalb, so Cassanders Argument, sei es weit besser, die Daut zu stellen, bevor sie auf irgendwelchen geheimen Pfaden über den Langen Dann entkamen. Er weigerte sich anzuhalten und trieb statt dessen seine Armee zu höchster Eile an.

Als Cassander an dem Waldstück vorbeiritt, stürmten dautische Ritter mit gesenkten Lanzen in breiter Linie aus dem Unterholz hervor. Cassander hörte das Trommeln ihrer Hufe und fuhr verdutzt herum; da sah er zu seinem Entsetzen einen Ritter geradewegs auf sich zugesprengt kommen, die Lanze bedrohlich gegen ihn gerichtet. Cassander versuchte sein Roß herumzureißen, aber es war zu spät; die Lanze bohrte sich ihm durch die Schulter und riß ihn aus dem Sattel. Er fiel hart auf den Rücken und sah sich gleich darauf umgeben von einem wilden Getümmel aus stampfenden Hufen, heiserem Kriegsgeschrei und klirrendem Stahl. Ein alter Daut, das Gesicht im Kampfesrausch verzerrt, hackte mit einer Axt nach Cassander. Cassander kreischte auf und wälzte sich mit einem Ruck zur Seite; der Streich trennte ihm den stolzen Federbusch vom Helm. Der Daut brüllte vor Wut und ließ seine Axt erneut herniedersausen; wieder wälzte Cassander sich zur Seite, und einer seiner Adjutanten schlug dem Daut mit seinem Schwert den Kopf ab. Das Blut spritzte in einer Fontäne aus dem Stumpf und durchtränkte den am Boden liegenden Cassander.

König Audry sprengte heran, das Schwert wie ein Besessener hin und her schwingend. An seiner Seite ritt Prinz Jaswyn, der ebenfalls focht wie ein Rasender. Hinter ihnen ritt auf einem weißen Pferd ein junger Herold, der das grau und grün gestreifte Banner von Dahaut hochhielt. Das Schlachtgewühl wirbelte in wüstem Wirrwarr, einem rasenden Strudel gleich. Ein Pfeil bohrte sich in Prinz Jaswyns Auge; er ließ das Schwert fallen, schlug die Hände vors Gesicht, rutschte langsam aus dem Sattel und war tot, noch ehe er den Erdboden berührte. Ein tiefes Stöhnen drang aus Audrys Brust. Der Kopf sank ihm auf die Brust, die Hand erschlaffte, die eben noch mit mächtigem, todbringendem Schwung das Schwert geführt hatte. Der junge Herold hinter ihm bekam einen Pfeil in die Brust; das grau-grüne Banner wankte und fiel. König Audry gab das Zeichen zum Rückzug; die Daut wichen zurück in den Wald.

Da Cassander verwundet war, übernahm Sir Ettard das Kommando und hielt seine Truppen davon ab, die Daut zu verfolgen, aus Angst vor den Verlusten, die sie gewiß durch Überfälle aus dem Hinterhalt und durch Heckenschützen erlitten hätten. Cassander saß auf einem toten Pferd und hielt sich die Schulter; sein Gesicht war kreideweiß und von einem Dutzend Gefühlsregungen gezeichnet: Schmerz, gekränkte Würde und Entsetzen angesichts des vielen Blutes um ihn herum. Der Ekel, der ihn schüttelte, war so übermächtig, daß er sich vor den Augen Sir Ettards mehrere Male erbrach.

Sir Ettard stand vor ihm und blickte mit pikierter Miene und hochgezogenen Augenbrauen auf ihn herab. Cassander schrie: »Was nun? Warum setzen wir nicht nach und vernichten die feigen Hunde?«

Sir Ettard legte ihm die Gründe geduldig dar. »Weil wir, so wir uns nicht gerade mit der Verstohlenheit von Frettchen vorwärtsschlichen, herbe Verluste erleiden würden. Dies ist sowohl töricht als auch unnötig.«

»Ai ha!« schrie Cassander schmerzgepeinigt, als einer der Herolde seine Wunde versorgte. »Ich bitte Euch, laßt größte Behutsamkeit walten! Ich spüre noch immer den Stoß der Lanze!« Mit schmerzverzerrtem Gesicht wandte er sich wieder Sir Ettard zu. »Wir können hier nicht in untätiger Starre sitzen! Wenn Audry uns entkommt, werde ich das Gespött des Hofes sein! Stellt ihm nach, in den Wald!«

»Wie Ihr befehlt.«

Die lyonessische Armee rückte vorsichtig in den Wald vor, traf aber auf keinen dautischen Widerstand. Cassanders Unzufriedenheit über diesen Fehlschlag wurde noch verstärkt durch den pochenden Schmerz in seiner Schulter. Er fluchte leise vor sich hin: »Wo stecken die feigen Drückeberger? Warum zeigen sie sich nicht?«

»Sie haben keine Lust, getötet zu werden«, sagte Sir Ettard.

»So mag es sein, und so trotzen sie meinen Wünschen! Haben sie sich hoch oben in den Bäumen eingenistet?«

»Sie sind wahrscheinlich dorthin gezogen, wo ich es vermutete.«

»Und wo ist das?«

Ein Kundschafter ritt heran. »Eure Hoheit, wir haben

die Daut erspäht. Sie haben den Wald verlassen und fliehen auf der Ebene der Schatten nach Westen.«

»Was bedeutet das?« schrie Cassander verblüfft. »Ist Audry von Sinnen, daß er uns geradezu einlädt zu einem neuerlichen Angriff?«

»Ich glaube nicht«, sagte Sir Ettard. »Während wir im Wald herumpirschen und hinter jeden Busch und jeden Baum lugen, rettet sich Audry in die Freiheit.«

»Wieso?« blökte Cassander.

»Hinter der Ebene liegt Poëlitetz! Muß ich noch mehr sagen?«

Cassander stieß lautstark Luft durch die zusammengepreßten Zähne. »Die Schmerzen in meiner Schulter haben mein Denken gehemmt. Ich hatte Poëlitetz vergessen! Hurtig jetzt! Hinaus aus dem Wald!«

Zurück aus dem Wald und wieder auf der Ebene der Schatten, machten Cassander und Sir Ettard in der Ferne die versprengte dautische Armee aus. Sie hatte bereits die Hälfte des Weges zum Langen Dann hinter sich gebracht. Begleitet von seinen Rittern und der Kavallerie, machte sich Sir Ettard an die Verfolgung; Cassander, der wegen seiner Verletzung nicht schnell reiten konnte, blieb beim Fußvolk.

Das Ausfalltor von Poëlitetz war als dunkler Fleck am Fuße des Langen Dann zu erkennen; andere Elemente der Festung, die aus gewachsenem Fels gebaut war, muteten wie ein Teil der Steilböschung selbst an.

Hart vor Poëlitetz holten Sir Ettard und seine Reiterei die Daut ein; ein kurzes hitziges Scharmützel entbrannte, in dem König Audry und ein Dutzend seiner tapfersten Recken getötet und ebenso viele niedergehauen wurden, als sie den Weg in die Festung für die geschlagenen dautischen Truppen absicherten.

Schließlich fiel das Fallgatter mit einem Rasseln zu. Die lyonessische Kavallerie schwenkte ab, um den Pfeilen zu entgehen, die von den Zinnen auf sie herniederhagelten. Den Soldaten auf der Brustwehr bot sich ein grausiger Anblick: Dutzende von Toten und Sterbenden, zum Teil grotesk verstümmelt, lagen in ihrem Blut auf der Walstatt verstreut.

Das Fallgatter hob sich wieder. Ein Herold mit einer weißen Fahne ritt hinaus auf die Ebene, gefolgt von einem Dutzend Soldaten. Sie ritten zwischen den Gefallenen umher, gaben, wo nötig, den Gnadenstoß, ungeachtet ob Freund oder Feind, und schafften die Verwundeten, auch hier gleichermaßen Freund wie Feind, in die Festung, wo sie mit den vorhandenen Mitteln und nach bestem Vermögen versorgt werden sollten.

Unterdessen traf der Rest der lyonessischen Armee ein und errichtete ein Lager auf der Ebene der Schatten, kaum mehr als einen Pfeilschuß weit von der Festung entfernt. Cassander ließ ein Kommandozelt auf einem kleinen Hügel direkt gegenüber dem Portal aufschlagen. Auf Betreiben Sir Ettards rief er seine Offiziere zu einer Beratung zusammen.

In einer einstündigen Diskussion, die immer wieder unterbrochen wurde von Cassanders Stöhnen und Flüchen, beriet die Gruppe ihre gegenwärtige Lage. Alle waren sich darin einig, daß sie ihre Mission ehrenvoll erfüllt hatten und nun getrost wieder nach Osten zurückkehren konnten, sollte dies ihre Entscheidung sein. König Audry lag tot und mit verdrehten Gliedmaßen auf der Ebene der Schatten, seine Armee war aufgerieben. Aber da blieb immer noch Raum für größere Heldentaten und weiteren, noch höheren Ruhm. Direkt vor ihrer Nase lag, verlockend ungeschützt, Nord-Ulfland. Freilich versperrte der Lange Dann den Weg, und der einzige mögliche Zugang wurde von der Feste Poëlitetz bewacht.

Jedoch mußte noch ein anderes Faktum in Betracht gezogen werden, wie einer aus der Gruppe ausführte. Die Godelianer lagen jetzt im Krieg mit König Aillas und waren in Nord-Ulfland eingefallen. Man könne daher doch, so der Vorschlag des lyonessischen Offiziers, einen Kurier zu König Dartweg entsenden und ihn drängen, nach Süden zu marschieren und Poëlitetz von hinten zu attackieren, von wo es verwundbar sei. Wenn Poëlitetz fiele, wären sowohl Nord- als auch Süd-Ulfland wehrlos der Schlagkraft der lyonessischen Armeen ausgeliefert.

Die Gelegenheit schien zu günstig, um mißachtet zu werden, und verhieß Siege, die alle Erwartungen König Casmirs weit übertreffen würden. Und so faßte man denn am Ende den Beschluß, die Lage zu sondieren.

Die Armee entzündete ihre Lagerfeuer und kochte ihre Abendrationen. Wachen wurden aufgestellt, und die Armee legte sich zur Ruhe.

Über dem östlichen Rand der Ebene der Schatten ging der Vollmond auf. Im Kommandantenzelt entledigten sich Sir Ettard und seine Kameraden müde ihrer Rüstungen, breiteten Pferdedecken aus und machten es sich so bequem, wie es die Enge des Zeltes und die Härte des Bodens gestatteten. Cassander zog sich in sein eigenes Zelt zurück, wo er Wein in sich hineinschüttete und zerstoßene Weidenrinde aß, um den pochenden Schmerz in der zerfetzten Schulter zu dämpfen.

Früh am Morgen ritten Sir Heaulme und drei gepanzerte Reiter nach Norden, um König Dartweg zu finden und ihn zu einem Angriff auf Poëlitetz zu überreden. Während ihrer Abwesenheit würden Späher die Front des Langen Dann erkunden, in der Hoffnung, einen anderen gangbaren Weg hinauf auf die Hochmoore ausfindig zu machen.

In der Feste Poëlitetz versorgte die Garnison die abgehärmten dautischen Krieger nach besten Kräften und warf ein wachsames Auge auf die Aktivitäten der lyonessischen Truppen.

Ein Tag verging, dann noch einer. Am Mittag des dritten Tages traf König Aillas mit einem starken Kontingent ulfischer Truppen ein. Sein Kommen war zufällig. Die Nachricht von König Dartwegs Einfall hatte ihn in

Doun Darric erreicht, und er hatte eilig eine Streitmacht zusammengezogen, um der Situation zu begegnen. Neue Nachrichten hatten ihn am Vortag erreicht. Dartweg hatte versucht, die Stadt Xounges einzunehmen, aber die Verteidigungswerke hatten seinem Angriff erfolgreich getrotzt, und er war plündernd und brandschatzend nach Westen weitergezogen. Schließlich war er am Ska-Vorland angelangt. Wider alle Vernunft und Vorsicht waren die Kelten in Ska-Territorium eingefallen. Drei Ska-Bataillone waren wie ein Donnerkeil auf sie herabgestoßen, hatten König Dartweg getötet und die Überlebenden in Panik zurück über die nordulfischen Moore und in die Skyre getrieben. Sodann waren die Ska, offenbar mit ihrem Werk zufrieden, ins Vorland zurückgekehrt, so daß, als Aillas in Poëlitetz ankam, die keltische Bedrohung bereits gebannt war und er den Rücken frei hatte, um sich in Ruhe mit der vor Poëlitetz kampierenden lyonessischen Armee zu befassen.

Aillas stand an der Brustwehr und ließ den Blick über das lyonessische Heerlager schweifen. Er errechnete die Zahl der gepanzerten Ritter, der leichten und schweren Kavallerie, der Pikenträger und der Bogenschützen. Sie waren seinen eigenen Streitkräften weit überlegen, sowohl zahlenmäßig als auch von der Schwere der Rüstungen her, selbst wenn er die überlebenden Daut mit einrechnete, so daß die Möglichkeit eines Frontalangriffs von vornherein ausschied.

Aillas dachte lange und angestrengt nach. Aus einer düsteren, lange vergangenen Epoche seines Lebens her erinnerte er sich an einen Tunnel, der von einem Keller tief unter der Feste Poëlitetz zu eben jenem Hügel auf der Ebene geführt hatte, auf dem die lyonessischen Heerführer jetzt ihr Zelt aufgeschlagen hatten.

Aillas stieg über eine fast vergessene Treppe in eine Kammer tief unter der Festung hinunter. Mit einer Fakkel erkundete er den Tunnel und stellte zu seiner Befriedigung fest, daß er erstaunlich gut erhalten war.

Aillas wählte einen Zug grimmiger ulfischer Haudegen aus, die sich nicht um die Feinheiten ritterlichen Kampfes scherten. Um Mitternacht durchquerten die Krieger den Tunnel, brachen leise den Deckel über dem Ausgang auf und krochen hinaus ins Freie. Im Schutze der tiefschwarzen Schatten der Vollmondnacht schlichen sie sich in das Zelt, in dem die lyonessischen Heerführer schnarchend auf ihren Pferdedecken lagen, und töteten sie im Schlaf, Sir Ettard eingeschlossen.

Gleich hinter dem Zelt befand sich die Koppel mit den Pferden der Armee. Die Angreifer töteten Reitknechte und Wachen, rissen die Zäune nieder und trieben die Pferde hinaus auf die Ebene. Dann kehrten sie durch den Tunnel in die Festung zurück.

Beim ersten Morgengrauen würde das Ausfalltor von Poëlitetz hochgezogen, und die ulfische Armee, verstärkt durch die überlebenden Daut, flutete auf die Ebene, wo sie sich zur Schlachtlinie formierte und das lyonessische Heerlager im Sturm angriff. Führungslos und ihrer Pferde ledig, verwandelte sich die lyonessische Armee in ein heilloses Chaos aus kopflos herumirrenden, schlaftrunkenen Männern, mit denen die Angreifer leichtes Spiel hatten. Alle Ordnung aufgebend, rannten die Überrumpelten in panischer Flucht nach Osten, verfolgt von den rachedurstigen Daut, die kein Erbarmen mit ihnen hatten und sie, während sie rannten, niederhauten, einschließlich Prinz Cassander.

Die freigelassenen Pferde wurden zusammengetrieben und zurück in die Koppel gebracht. Mit dem erbeuteten Stechzeug rüstete Aillas ein neues Kavalleriekorps aus und marschierte unverzüglich nach Osten.

3

Auf Falu Ffail empfing König Casmir täglich Eilbotschaften aus allen Teilen der Älteren Inseln. Lange Zeit erfuhr er nichts, was ihm Kopfzerbrechen oder schlaflose Nächte hätte bereiten können. Zwar gab es nach wie vor ein paar unschöne Flecken, die die glanzvolle Bilanz seiner Operation trübten, zum Beispiel die Besetzung der Kapprovinz durch ulfische Truppen, aber das war nur ein vorübergehendes Ärgernis, dem zur gegebenen Zeit abgeholfen werden konnte und würde.

Aus dem Westen Dahauts trafen ständig neue gute Nachrichten ein. König Dartweg von Godelia war nach Nord-Ulfland einmarschiert, wodurch der ulfische Einfall in die Kapprovinz wieder wettgemacht war. Prinz Cassanders große Armee marschierte unaufhaltsam nach Westen vor und versetzte dem glücklosen Audry vernichtende Schläge. Den jüngsten Meldungen zufolge standen die bereits schwer dezimierten Daut mit dem Rücken zur Wand des Langen Dann und konnten nicht weiter fliehen; ihr letztes Stündlein schien geschlagen zu haben.

Eines Morgens jedoch kam ein Kurier von Süden geritten und brachte beunruhigende Nachricht: Troicische Schiffe waren in den Hafen von Bulmer Skeme eingelaufen; troicische Landungstruppen hatten Burg Spanglemar eingenommen und beherrschen jetzt die Stadt. Ferner gab es Gerüchte, daß die Troicer bereits Slute Skeme am südlichen Ende des Icnield-Pfades genommen hätten und faktisch das gesamte Herzogtum Folize kontrollierten.

Casmir hieb mit der Faust hart auf den Tisch. Dies war eine unerträgliche Situation, die ihn zu mißlichen Entscheidungen zwang. Aber es ließ sich nicht ändern: Die Troicer mußten aus dem Herzogtum Folize verjagt werden. Casmir sandte eine Depesche an Herzog Bannoy mit dem Befehl, seine Armee mit allen wehrfähigen

Männern zu verstärken, die er auf der Feste Mael zusammenkratzen konnte, unausgebildeten Rekruten wie Veteranen, sodann unverzüglich nach Süden in das Herzogtum Folize zu marschieren und die Troicer zu vertreiben.

Am selben Tag, da Casmir diese Botschaft absandte, traf von Westen her ein Kurier ein mit der Nachricht von der Niederlage der Kelten und dem Tod König Dartwegs, was bedeutete, daß König Aillas und seine ulfischen Armeen nun nicht länger durch die Kelten gebunden wären.

Am späten Nachmittag des darauffolgenden Tages kam ein weiterer Kurier und überbrachte eine Botschaft von niederschmetternder Tragweite: In einer Schlacht auf der Ebene der Schatten unterhalb des Langen Dann war Prinz Cassander gefallen; seine große Armee war vernichtend geschlagen worden. Von der ganzen stolzen und riesigen Heerschar waren nur ein paar hundert mit dem Leben davongekommen. Die hielten sich jetzt in Gräben versteckt, irrten verstört durch die Wälder oder humpelten als Bauernweiber verkleidet auf Nebenpfaden durch das Land. Unterdessen marschierte König Aillas mit einer Armee aus grimmigen, kampferprobten Ulf und zu neuem Leben erwachten, von Rachedurst beseelten Daut mit höllischer Geschwindigkeit nach Osten, entlang des Weges frische Kräfte aufsammelnd.

Casmir saß eine Stunde zusammengesunken da, bestürzt über das Ausmaß der Katastrophe. Schließlich preßte er ein tiefes Stöhnen aus der Brust und machte sich daran, das zu tun, was getan werden mußte. Noch war nicht alles verloren. Er schickte einen zweiten Kurier nach Süden zu Herzog Bannoy mit dem Befehl, kehrtzumachen und statt nach Folize auf dem Icnield-Pfad nach Norden zu marschieren. Auf dem Wege solle er alle Kräfte zusammenkratzen, die er irgend kriegen könne: jeden Ritter von Lyonesse, der imstande sei, ein Schwert zu führen; die Ausbildungskader auf der Feste

Mael, die noch unausgebildeten, frisch ausgehobenen Rekruten und jeden Veteranen oder Freisassen, der fähig sei, einen Pfeil vom Bogen schnellen zu lassen. Diese behelfsmäßige Armee müsse Bannoy auf dem schnellsten Wege nach Norden werfen, auf daß sie die von Westen her anrückende Streitmacht König Aillas' zur Schlacht stelle und besiege.

Bannoy, der schon ein gutes Stück auf dem Icnield-Pfad nach Süden gen Slute Skeme vorgerückt war, mußte seine Armee umschwenken und auf demselben Weg zurückmarschieren, auf dem er gekommen war — mit einem zusätzlichen Ungemach: die troicischen und dascischen Einheiten, die zu attackieren sie nach Süden geschickt worden waren, folgten ihnen nun nach Norden und setzten ihnen mit ständigen blitzschnell vorgetragenen Reitereiattacken hart zu. Hierdurch verzögerte sich Bannoys Vormarsch beträchtlich, und mithin auch seine Zusammenkunft mit König Casmir, der bereits dabei war, sich vor Aillas heranrückenden Heeren von Avallon nach Süden zurückzuziehen.

König Casmir stieß schließlich bei der Stadt Lumarth zu Bannoys Armee und schlug das Lager auf einer nahen Wiese auf.

König Aillas führte sein Heer mit Besonnenheit und Umsicht heran und bezog Stellung bei Garlandsanger, zehn Meilen westlich der Cambermündung und wenige Meilen nordwestlich von Lumarth. Aillas schien keine Eile zu haben, handgemein mit König Casmir zu werden, der seinerseits froh um diese Gnadenfrist war, die es ihm erlaubte, die eigenen Kräfte besser zu organisieren. Gleichwohl fragte er sich mit wachsender Unruhe, was Aillas' Säumen zu bedeuten haben mochte; worauf wartete er nur?

Die Antwort auf diese Frage erreichte ihn nur allzubald. Die Troicer und Dascer, die das Herzogtum Folize erobert hatten, waren von Süden her auf dem Anmarsch, und zu ihnen gestoßen waren die geballten

Streitkräfte Pomperols, Blalocs und auch des einstigen Königreichs Caduz, das Casmir sich einverleibt hatte. Dies waren wackere Heere, beseelt von Haß und Rachedurst, und sie würden kämpfen wie Besessene; das wußte Casmir. Die vereinigten Armeen rückten mit unheilvoller Bedächtigkeit nach Norden vor, und Aillas' Heer aus Ulf und Daut bewegte sich auf Lumarth zu.

Casmir blieb keine andere Wahl, als seine Stellung zu ändern, wollte er nicht Gefahr laufen, zwischen den beiden Armeen eingekeilt zu werden. Er befahl einen Rückzug nach Osten, zur Cambermündung hin — doch nur, um zu erfahren, daß vierzig troicische Kriegsschiffe und zwanzig Transportkoggen in der Cambermündung gelandet waren und dort eine große Streitmacht aus troicischer und dascischer Infanterie gelöscht hatten, welche unterstützt wurde von vierhundert Bogenschützen von der Insel Scola, so daß nunmehr Armeen aus drei Richtungen gegen Casmir vorrückten.

In seiner Verzweiflung entschloß sich Casmir, die Flucht nach vorn anzutreten: er befahl einen frontalen Sturmangriff auf Aillas' Armee, die ihm am nächsten war und die Teile der dautischen Armee enthielt, die er bereits durch ganz Dahaut gehetzt hatte. Die beiden Armeen trafen sich auf einem steinigen Feld, das als Breeknock-Ödland bekannt war. Casmirs Soldaten wußten, daß sie auf verlorenem Posten standen; entsprechend schwunglos war ihr Angriff, der sofort in sich zusammenbrach. Unterdessen waren die zwei anderen Armeen auf dem Schauplatz eingetroffen, und Casmir sah sich von drei Seiten bedrängt; spätestens jetzt wurde ihm klar, daß die Schlacht verloren war. Viele seiner unerfahrenen Mannen wurden in den ersten zehn Minuten abgeschlachtet; viele streckten die Waffen; viele flohen die Walstatt, unter letzteren auch König Casmir. Mit einem kleinen Trupp hochrangiger Ritter, Junker und gepanzerter Reiter durchbrach er die Kampflinien und floh Richtung Süden. Seine einzige Hoffnung war nun, die Stadt Lyonesse zu gewinnen, wo er ein Fischerboot requirieren und sich über das Meer nach Aquitanien retten wollte.

Casmir und seine Kameraden hängten die Verfolger ab und ritten zu gehöriger Zeit unangefochten den Sfer Arct hinunter und in die Stadt Lyonesse ein.

Am Paradeplatz des Königs angekommen, wandte sich Casmir nach Haidion, wo er eine letzte bittere Überraschung erlebte: troicische Truppen unter dem Befehl von Sir Yane. Sie hatten schon einige Tage zuvor die geschwächte Garnison überrannt und die Stadt in ihre Gewalt gebracht.

Casmir wurde ohne Aufhebens in Ketten gelegt und in den Peinhador verbracht, wo er in das tiefste und modrigste der dreiunddreißig Verliese geworfen wurde. Nun hatte er hinreichend Muße, über die Wechselfälle des Lebens und die unergründlichen Wendungen des Schicksals nachzugrübeln.

4

Ruhe war auf den Älteren Inseln eingekehrt, die Starre von Erschöpfung, Schmerz und gesättigter Erregung hielt das Land gefangen. Casmir schmachtete in einem Kerker, aus dem er nach Aillas' Willen nicht so bald entlassen werden sollte. Eines frostkalten Wintermorgens würde Casmir hervorgeholt und zum Richtblock hinter dem Peinhador geführt werden; dortselbst würde ihm mittels der Axt von Zerling, seinem eigenen Scharfrichter, der einstweilen selbst in einer Kerkerzelle einsaß, das Haupt vom Rumpf getrennt werden. Andere Häftlinge waren, je nach der Schwere ihrer Vergehen, freigelassen oder zurück in den Peinhador gebracht worden, wo sie ihrem Gerichtsverfahren entgegenbangten. Königin Sollace war an Bord einer Kogge verbracht und in die Verbannung nach Armorica verschifft worden. In ihrem Gepäck befand sich ein antiker blauer Kelch mit zwei Henkeln und einem angestoßenen Rand, für welchen sie verschwenderisch Zuneigung hegte. Er blieb mehrere Jahre in ihrer Obhut und ward dann entwendet; der Diebstahl bekümmerte sie so sehr, daß sie jegliche Nahrungsaufnahme verweigerte und wenig später an Entkräftung starb.

Als die Troicer die Stadt Lyonesse einnahmen, versteckte sich Vater Umphred in den Kellern unter der neuen Kathedrale. Die Abreise Königin Sollaces stürzte ihn in tiefe Verzweiflung, und er beschloß, ihr zu folgen. Eines grauen und windigen Morgens begab er sich an Bord eines Fischerbootes und zahlte dem Fischer drei Goldstücke für die Überfahrt nach Aquitanien.

Yane, der Umphred auf Aillas' Geheiß hin schon seit langem an allen Ecken und Enden suchte, hatte just auf eine solche Gelegenheit gewartet. Er bekam Wind von der heimlichen Einschiffung des Priesters und verständigte Aillas. Die zwei bestiegen eine schnelle Galeere und machten sich auf die Verfolgung. Zehn Meilen hinter der Küste holten sie das Fischerboot ein und schickten zwei stämmige Seemänner an Bord. Umphred sah sie mit Bestürzung an Bord kommen, brachte aber ein fahriges Begrüßungswinken und ein Lächeln zustande. Er rief: »Das ist aber eine freudige Überraschung!«

Die beiden Seemänner brachten Vater Umphred an Bord der Galeere. »Dies ist fürwahr ein Ärgernis«, sagte Vater Umphred. »Ich werde auf meiner Reise aufgehalten, und ihr müßt den scharfen Biß dieser frischen Meeresluft erdulden.«

Aillas und Yane schauten sich auf dem Deck um, während Umphred zungenfertig den Grund für seine Anwesenheit auf dem Fischerboot erläuterte. »Meine Arbeit auf den Älteren Inseln ist getan. Ich habe wunderbare Dinge vollbracht, doch nun muß ich weiterziehen.«

Yane befestigte ein Tau an einem Steinanker. Umphred sprach inbrunstvoll: »Ich habe mich von göttlicher Weisung leiten lassen. Es gab Zeichen am Himmel und Wunder, die nur mir zu schauen vergönnt waren. Die Stimmen von Engeln haben mir ins Ohr gesprochen!«

Yane rollte das Tau auf und befreite es von Kinken, damit es sich beim Abwickeln nicht verhedderte.

Umphred fuhr feurig fort: »Meine guten Werke waren mannigfach. Oft denke ich daran zurück, wie ich die Prinzessin Suldrun hegte und ihr in der Stunde der Not beistand.«

Yane schlang das Ende des Taus um des frommen Mannes Hals.

Umphred krähte mit sich überschlagender Stimme: »Mein Werk ist nicht unbemerkt geblieben. Zeichen von oben haben mir bedeutet weiterzuziehen, auf daß ich neue Siege im Namen des Glaubens erringe.«

Zwei Seemänner hievten den Anker hoch und schleppten ihn zur Reling. Umphred kreischte: »Fürderhin werde ich ein Pilger sein! Ich werde wie ein Vogel in der Wildnis leben, in Armut und Entsagung!«

Yane schnitt bedächtig den Beutel ab, den der Priester an einer Schnur am Wanst trug. Als er hineinschaute, gewahrte er das Funkeln von Gold und Edelsteinen. »Wo immer du hingehst, Priester, soviel Reichtum wirst du gewiß nicht brauchen.«

Aillas schaute zum Himmel. »Es ist ein kalter Tag für dein Bad, Priester, aber es muß sein.« Er trat einen Schritt zurück. Yane stieß den Anker über Bord. Das Tau straffte sich mit einem Ruck und zog Umphred unwiderstehlich über das Deck. Er versuchte sich an der Reling festzuklammern, aber seine Finger glitten ab; das Tau zog ihn über die Reling. Er klatschte auf das Wasser und ging unter.

Aillas und Yane kehrten nach der Stadt Lyonesse zurück und sprachen nicht mehr von Vater Umphred.

5

Aillas rief die Fürsten der Älteren Inseln zu einer Zusammenkunft nach Burg Haidion. Auf einer Versammlung in der monumentalen alten Gerichtshalle hielt er eine Proklamation.

»Mein Herz ist zu voll, als daß ich eine lange Rede halten mag«, sagte Aillas. »Ich werde mich kurz fassen, und ihr werdet meine Botschaft in schlichten Worten vernehmen — wenngleich die Gedanken und ihre Konsequenzen umfassend und beträchtlich sind.

Um den Preis von Blut, Pein und Weh über alle Maßen sind die Älteren Inseln nun in Frieden und de facto unter einer Herrschaft vereint: meiner. Ich bin entschlossen, dafür Sorge zu tragen, daß dieser Zustand fortwährt und für immer in Kraft bleibt, oder zumindest so lange, wie der Geist sich in die Zukunft hineinzuversetzen vermag.

Ich bin jetzt König der Älteren Inseln. Kestrel von Pomperol und Milo von Blaloc müssen fortan den Titel ›Großherzog‹ führen. Godelia wird wieder eine Provinz von Fer Aquila, und es werden zahlreiche Umstrukturierungen und Neuverteilungen erfolgen. Die Ska werden weiterhin unabhängig auf Skaghane und im Vorland walten; so schreibt es unser Vertrag vor.

Wir werden eine einzige Armee unterhalten, die nicht groß zu sein braucht, da unsere Seestreitmacht uns vor Angriffen von außen schützen wird. Es wird einen einzigen Gesetzeskodex geben: gleiches Recht für alle, Edle wie Gemeine gleichermaßen, ohne Rücksicht auf Geburt oder Reichtum.«

Aillas schaute in die Runde. »Erhebt irgendeiner der hier Versammelten Einwand oder Beschwerde? Dann soll er seine Gefühle jetzt bekanntmachen; doch ich warne ihn: Alle Argumente zugunsten der alten Zustände werden für nichts geachtet werden.«

Niemand erhob Einwand.

Aillas fuhr fort. »Ich werde nicht von Miraldra aus regieren, das zu abgelegen ist, noch von Falu Ffail aus, das zu glanzvoll ist, noch gar von Haidion aus, das von zu vielen bösen Erinnerungen heimgesucht ist. Ich werde ein neues Kapitol in Flerency nahe dem Dorfe Tatwillow errichten, dort wo die Alte Straße den Icnield-Pfad kreuzt. Dieser Ort soll den Namen ›Alcyone‹ tragen, und dort werde ich auf dem Thron Evandig sitzen und mit meinen treuen Paladinen an der Cairbra an Meadhan tafeln, und nach mir mein Sohn Dhrun, und nach ihm sein Sohn, und es sollen Friede und Eintracht herrschen jetzt und immerdar allenthalben auf den Älteren Inseln, und weder Mann noch Frau sollen sich je darüber beklagen müssen, daß es ihm oder ihr an Regreß für ihm oder ihr angetanes Unrecht ermangelt habe.«

6

Burg Miraldra in Domreis konnte wegen seiner abgeschiedenen Lage Aillas nicht länger als Regierungssitz dienen. Haidion, wo er seine Interimsresidenz errichtet hatte, bedrückte ihn aufgrund der traurigen Erinnerungen, die er mit ihm verband. Deshalb war er entschlossen, so schnell wie möglich nach Ronart Cinquelon zu ziehen, in die Nähe des geplanten Standortes seines neu zu errichtenden Palastes Alcyone in Flerency.

Damit er beim Aufbau seiner neuen Regierung tatkräftige Unterstützung hatte, verschiffte er seinen Ministerrat an Bord der Galeone *Flor Velas* von Domreis nach der Stadt Lyonesse. Madouc, die sich in der düsteren alten Burg Miraldra einsam und vernachlässigt fühlte, begab sich unaufgefordert ebenfalls an Bord des Schiffes und traf zusammen mit den anderen in der Stadt Lyonesse ein. Die Minister und Ratgeber wurden im Hafen von Kutschen abgeholt und ohne weiteren Zwischenaufenthalt auf direktem Wege nach Ronart Cinquelon gebracht. Madouc fand sich unversehens allein am Kai stehend. »Wenn das so ist, dann muß es eben so sein«, sprach Madouc bei sich und machte sich zu Fuß auf den Weg, den Sfer Arct hinauf.

Burg Haidion ragte wenig später vor ihr auf: wuchtig, grau und trostlos. Madouc stieg die Treppe zur Terrasse hinauf und überquerte sie. Die Gardisten, die am Hauptportal Wacht hielten, trugen jetzt anstelle des Grün und Lavendel von Lyonesse die Farben von Troicinet, Schwarz und Ocker. Als Madouc sich dem Tor näherte, knallten sie zum Salut zackig die Stiele ihrer Hellebarden auf den steinernen Boden, und einer hielt ihr das schwere Tor auf; ansonsten schenkten sie ihr keine weitere Beachtung.

Die Eingangshalle war verwaist. Haidion schien nur noch die äußere Schale seines alten Selbst zu sein, wenngleich das Haushaltspersonal in Ermangelung anderslautender Befehle unaufdringlich seinen gewohnten Pflichten nachging.

Von einem Lakaien erfuhr Madouc, daß sowohl Aillas als auch Dhrun nicht im Hause weilten; doch wohin sie gegangen waren und wann sie wiederkehren würden, konnte der Lakai nicht sagen.

Da sie nichts Besseres zu tun wußte, stieg Madouc hinauf zu ihren alten Gemächern, die von langer Nichtbenutzung modrig rochen. Sie stieß die Läden weit auf, um Licht und Luft hereinzulassen, dann sah sie sich im Raum um. Er erschien ihr wie ein Ort aus einem Traum von ehedem.

Madouc hatte kein Gepäck von Burg Miraldra mitgenommen. Im Kleiderschrank fand sie Kleider, die sie seinerzeit zurückgelassen hatte. Als sie sie anziehen wollte, mußte sie staunen, wie kurz und eng sie ihr geworden waren. Sie lachte ein halb trauriges, halb amüsiertes Lachen, das einen kleinen Schmerz in der Brust zurückließ. »Ich habe mich verändert«, sagte sie bei sich.

»Oh, wie habe ich mich verändert!« Sie trat zurück und ließ den Blick durch das Zimmer schweifen. »Was ist aus jenem langbeinigen kleinen Geschöpf geworden, das einst in diesem Raum wohnte und aus jenem Fenster dort schaute und diese Kleider trug?«

Madouc trat hinaus auf den Flur und rief eine Zofe. Die erkannte sie wieder und hub sogleich zu einem Klagelied über die tragischen Veränderungen an, die über den Palast gekommen waren. Madouc wurde ihres Sermons rasch überdrüssig. »Es ist gewiß alles zum Besten! Du solltest dich freuen, daß du am Leben bist und ein Dach über dem Kopf hast; viele andere sind tot oder heimatlos oder beides! Nun geh und hol die Schneiderin, da ich keine Kleider zum Anziehen habe! Danach wünsche ich zu baden; bring mir also heißes Wasser und gute Seife!«

Von der Schneiderin erfuhr Madouc, warum Aillas und Dhrun von Haidion abgereist waren: Sie hatten sich auf den Weg nach Watershade auf Troicinet gemacht, wo Glyneth jeden Tag mit ihrer Niederkunft rechnete.

Die Tage vergingen recht angenehm. Madouc wurde mit einem Dutzend hübscher neuer Gewänder ausgestattet. Sie erneuerte ihre Bekanntschaft mit Kerce, dem Bibliothekar, der auf Haidion geblieben war — zusammen mit einer kleinen Zahl von Höflingen und ihren Damen, die aus dem einen oder anderen Grunde das Wohnrecht gewährt bekommen hatten und nun nicht wußten, wohin sie sich sonst hätten wenden sollen. Unter denen, die am Hofe verblieben waren, befanden sich auch drei der Zofen, die Madouc einstmals aufgewartet hatten: Devonet mit dem langen güldenen Haar, die hübsche Ydraint und Felice. Anfangs hielten sich die drei mit Bedacht von ihr fern; dann, getrieben von der Aussicht auf mögliche Vorteile, versuchten sie, sich bei ihr lieb Kind zu machen, ungeachtet der Tatsache, daß Madouc ihnen mit kühler Zurückhaltung begegnete.

Devonet war besonders beharrlich und versuchte, die alten Zeiten heraufzubeschwören. »Ach, was waren das doch für wunderbare Tage! Und nun sind sie für immer vorüber!«

»Von welchen ›wunderbaren Tagen‹ redest du?« frug Madouc.

»Erinnert Ihr Euch denn nicht? Wir hatten solch herrlichen Spaß miteinander.«

»Ihr hattet herrlichen Spaß daran, mich einen Bastard zu schimpfen, daran erinnere ich mich sehr gut. Ich für mein Teil war alles andere als belustigt.«

Devonet kicherte und schaute zur Seite. »Es war doch nur ein dummes Spiel; niemand nahm es ernst.«

»Freilich nicht, da ja niemand außer mir sich einen Bastard schimpfen lassen mußte und ich euch meistens nicht beachtete.«

Devonet stieß einen Seufzer der Erleichterung aus. »Ich bin glücklich, daß Ihr so sprecht, da ich hoffe, einen Platz im neuen Hofstaat zu finden.«

»Die Wahrscheinlichkeit ist sehr gering«, sagte Madouc munter. »Du kannst mich wieder Bastard nennen, wenn du möchtest.«

Devonet schlug entsetzt die Hände vors Gesicht. »Mir fiele nicht im Traum ein, so grob zu sein, nun da ich es besser weiß!«

»Warum nicht?« fragte Madouc. »Was wahr ist, ist wahr.«

Devonet blinzelte, während sie versuchte, nicht nur den Sinn, sondern auch die Nebentöne von Madoucs Bemerkungen zu erfassen. Sie fragte vorsichtig: »Dann habt Ihr also nie den Namen Eures Vaters erfahren?«

»Seinen Namen erfuhr ich wohl. Er stellte sich meiner Mutter als ›Sir Pellinore‹ vor, aber sofern sie nicht fast im gleichen Moment, da sie sich begegneten, das Ehegelübde ablegten — und meine Mutter kann sich einer solchen Zeremonie nicht entsinnen —, bin ich immer noch ein Bankert.«

»Wie schade, wo Ihr Euch doch so sehr nach einem Stammbaum und nach achtbarer Abkunft gesehnt habt!«

Madouc seufzte. »Ich habe aufgehört, mir über solche Dinge Gedanken zu machen, da sie mir wohl nicht vergönnt sind. Mag sein, daß Sir Pellinore noch existiert, aber ich befürchte, daß ich ihn nimmer kennenlernen werde.«

»Ihr braucht nicht zu hadern«, erklärte Devonet, »denn fortan will ich Eure teure Freundin sein.«

»Entschuldige«, sagte Madouc. »Mir fällt da etwas ein, das ich noch erledigen wollte.«

Madouc ging zu den Stallungen, um Sir Pom-Pom aufzusuchen. Zu ihrem Kummer mußte sie erfahren, daß er in der Schlacht auf dem Breeknock-Ödland gefallen war.

Madouc kehrte langsam zur Burg zurück, tief in Gedanken versunken. »Der Welt fehlt nun ein ›Sir Pom-Pom‹ mit seinen lustigen Schnurren«, sprach sie leise bei sich. »Wo mag er jetzt stecken? Ist er überhaupt irgendwo? Kann jemand nirgendwo sein?« Sie sann wohl eine Stunde über die Frage nach, vermochte aber keine abschließende Antwort zu finden.

Am späten Nachmittag entdeckte Madouc zu ihrer Freude, daß Shimrod auf Haidion eingetroffen war. Er war mit Aillas und Dhrun in Watershade gewesen und brachte die frohe Kunde mit, daß Glyneth ein Mägdelein zur Welt gebracht hatte, die Prinzessin Serle. Er berichtete, daß Aillas und Dhrun in wenigen Tagen per Schiff zurückkehren würden; Glyneth würde noch für einen Monat in Watershade bleiben.

»Mir fehlt die Geduld, um zu Pferde oder auf einem Schiff zu reisen«, sagte Shimrod. »Sobald ich erfuhr, daß Ihr nach Haidion gekommen wart, beschloß ich auf der Stelle, Euch zu besuchen, und im nächsten Moment war ich hier.«

»Ich freue mich, daß Ihr hier seid«, sagte Madouc.

»Obgleich ich gestehen muß, daß ich die Zeit allein fast ein bißchen genossen habe.«

»Wie habt Ihr Euch beschäftigt?«

»Die Tage gehen flugs vorbei. Ich besuche die Bibliothek, wo ich mich mit Kerce, dem Bibliothekar, unterhalte und Bücher lese. Einmal ging ich den Kreuzgang hinauf, durch Zoltra Hellsterns Tor und hinaus auf den Urquial. Ich ging nah an den Peinhador heran, und als ich auf den Boden blickte, stellte ich mir König Casmir vor, wie er da tief unter mir im Dunkeln kauerte. Der Gedanke befremdete mich. Ich kehrte zurück über den Urquial und durch das alte Tor, so daß ich in Suldruns Garten schauen konnte, aber ich ging nicht den Pfad hinunter; der Garten ist mir viel zu still. Heute war ich bei den Ställen und erfuhr, daß der arme Sir Pom-Pom in Dahaut in der Schlacht gefallen und jetzt tot ist. Ich kann es kaum glauben; er war so lustig und voller Torheit. Sein Leben hatte kaum begonnen, bevor es auch schon wieder zu Ende war.«

»Ich sprach einmal mit Murgen über dieses Thema«, sagte Shimrod. »Seine Antwort war ein wenig ausweichend, und sie gibt mir bis zum heutigen Tag Rätsel auf — bis zu einem gewissen Maße zumindest.«

»Was sagte er?«

»Zuerst lehnte er sich in seinem Stuhl zurück und schaute ins Feuer. Dann sagte er: ›Das Leben ist ein seltsam Ding, das seine eigenen Dimensionen hat. Gleichwie: Und wenn du auch Millionen Jahre leben solltest und deine ganze Zeit damit verbrächtest, dich den Freuden des Geistes und des Leibes zu widmen, so daß du jeden Tag ein neues Vergnügen entdecktest oder ein uraltes Rätsel löstest oder eine neue Herausforderung bestündest — selbst dann wäre auch nur eine einzige Stunde, die du in Trägheit, Schläfrigkeit oder Teilnahmslosigkeit verschwendetest, genauso tadelnswert, wie wenn das Vergehen von einem gewöhnlichen Sterblichen begangen würde, dessen Tage befristet sind.‹«

»Hm«, sagte Madouc, »er gab Euch keine genaue Auskunft, wie mir scheint.«

»Das war auch mein Empfinden«, sagte Shimrod. »Das teilte ich Murgen jedoch nicht mit.«

Madouc sagte nachdenklich: »Es könnte sein, daß er von Eurer Frage verwirrt war und Euch die erstbeste Antwort gab, die ihm in den Sinn kam.«

»Gut möglich. Ihr seid ein kluges Mädchen, Madouc! Ich werde die Sache jetzt als ein unlösbares Rätsel betrachten und sie mir aus dem Kopf schlagen.«

Madouc seufzte. »Ich wollte, ich könnte das auch.«

»Welche Rätsel plagen Euch sosehr?«

»Das erste ist: Wo werde ich wohnen? Ich habe keine Lust, in Haidion zu bleiben. Miraldra ist zu kalt und zu dumpf und zu weit weg. Watershade ist friedvoll und schön, aber dort passiert nie etwas, und ich würde mich rasch einsam fühlen.«

»In Trilda bin auch ich oft einsam«, sagte Shimrod. »Ich lade Euch daher zu einem Besuch nach Trilda ein, wo Ihr so lange bleiben könnt, wie Ihr wollt — in jedem Fall aber so lange, bis Aillas seinen Palast Alcyone erbaut. Dhrun würde uns oft besuchen kommen, und Ihr wärt ganz gewiß nicht einsam.«

Madouc konnte sich eines kleinen Freudenschreis nicht enthalten. »Würdet Ihr mich die Zauberkunst lehren?«

»So viel, wie Ihr wolltet. Es ist nicht leicht, und tatsächlich übersteigt es das Vermögen der meisten Leute, die es versuchen.«

»Ich würde hart arbeiten. Ich könnte mich Euch am Ende vielleicht sogar nützlich machen.«

»Wer weiß? Alles ist möglich.«

Madouc warf die Arme um Shimrod. »Zumindest fühle ich mich, als hätte ich ein Zuhause!«

»Dann ist's abgemacht.«

Am nächsten Tag kamen Aillas und Dhrun nach Lyonesse zurück, und wenig später reisten alle von Haidion ab. Shimrod und Madouc würden bei Tawn Twillett von der Alten Straße nach Norden abbiegen und weiter nach Trilda reiten; Aillas und Dhrun würden auf der Alten Straße bleiben und nach Tatwillow und schließlich nach Ronart Cinquelon weiterreisen.

Auf dem Wege dorthin kam die Gruppe nach Sarris, wo Aillas zwei Tage mit Schmausen, fröhlicher Geselligkeit und sorgenfreiem Nichtstun zu verbringen gedachte.

Dhrun und Madouc schlenderten hinaus auf die Wiese, die zum Glamefluß hin abfiel. Im Schatten einer mächtigen Eiche mit weitausladendem Blätterdach blieben sie stehen. Dhrun frug: »Erinnerst du dich noch, wie du dich hinter just diesem Baum verstecktest, um der Aufmerksamkeit des armen Prinz Bittern zu entrinnen?«

»Daran erinnere ich mich sehr gut. Du mußt mich für ein sehr merkwürdiges Geschöpf gehalten haben, daß ich solches Aufhebens machte.«

Dhrun schüttelte den Kopf. »Ich fand dich amüsant und ganz und gar bemerkenswert — wie ich es auch jetzt tue.«

»Jetzt mehr als damals, oder weniger?«

Dhrun ergriff ihre Hände. »Jetzt heischest du Komplimente.«

Madouc blickte zu ihm auf. »Aber du hast es mir immer noch nicht gesagt — und ich schätze deine Komplimente hoch.«

Dhrun lachte. »Natürlich mehr! Wenn du so mit deinen blauen Augen zu mir aufschaust, werde ich schwach.«

Madouc streckte ihm das Gesicht entgegen. »Da das so ist, darfst du mich jetzt küssen.«

Dhrun küßte sie. »Ich danke dir für deine Erlaubnis, wenngleich ich ohnehin vorhatte, dich zu küssen.«

»Dhrun! Du erschreckst mich mit deiner wilden Lust.«

»Tatsächlich?« Dhrun küßte sie wieder — und wieder. Madouc wich zurück; ihr Atem ging schwer.

»Je nun«, sagte Dhrun. »Was hast du?«

»Ich kann nicht verstehen, warum mir so wunderlich zumute ist.«

»Ich glaube, ich weiß warum«, sagte Dhrun. »Aber es ist jetzt keine Zeit mehr, es zu erklären, da der Lakai naht, um uns zu Tisch zu rufen.« Er wandte sich zum Gehen, hielt aber inne, als er sah, daß Madouc neben dem Eichenbaum niederkniete. Er frug: »Was tust du da?«

»Es fehlt noch eine bestimmte Person. Sie sollte jetzt hier sein.«

»Wer könnte das sein?«

»Meine Mutter, Twisk. Es ist meine Pflicht als Tochter, sie zu einem so freudigen Anlaß einzuladen.«

»Glaubst du, sie wird kommen?«

»Ich werde sie rufen.« Madouc wählte einen geeigneten Grashalm, rupfte ihn aus und fertigte daraus eine Grasflöte. Sie blies einen piepsenden Ton und sang:

»Lirra lissa larra lass
Ich blase sanft auf diesem Gras.
Ich blase leise tirili
Und rufe Twisk in Thripsey Shee.
Lirra lissa larra piep
Madouc ruft ihre Mutter lieb!
Flieg auf dem Wind und spring übers Meer;
Und eile geschwinde zu mir her.
So singe ich, Madouc!«

In einem Wirbel aus Dunst erschien Twisk. Ihre feinen Züge waren sanft und friedlich, ihr blaues Haar war zu einem kunstvollen Turm frisiert, der von einem silbernen Haarnetz gehalten wurde.

Madouc schrie entzückt: »Mutter, du bist schöner denn je zuvor! Ich staune über dich!«

Twisk lächelte mit kühler Belustigung. »Es freut mich, daß ich deinen Beifall finde. Dhrun, ich muß sagen, du hast dich wirklich gemacht! Deine frühe Erziehung ist dir gut bekommen.«

»Das mag wohl sein«, sagte Dhrun höflich. »Ich werde sie bestimmt niemals vergessen.«

Twisk wandte sich wieder Madouc zu. »Unsere Komplimente haben wir nun ausgetauscht; zu welchem Zweck hast du mich gerufen?«

»Ich wollte, liebe Mutter, daß du unsere Fröhlichkeit bei einem Bankett teilst, das jeden Moment beginnen wird. Es ist ein kleines, aber erlesenes Ereignis, und wir werden Freude an deiner Gesellschaft haben.«

Twisk zuckte die Achseln. »Warum nicht? Ich habe nichts Besseres zu tun.«

»Hmf«, sagte Madouc. »Auch wenn du nicht gerade begeistert scheinst, freue ich mich dennoch. Komm, wir sind bereits zu Tisch gerufen worden!«

»Ich werde natürlich eure derben, sättigenden Speisen meiden; aber einen Tropfen Wein und vielleicht einen Wachtelflügel würde ich durchaus nicht verschmähen. Wer ist der schöne Herr dort?«

»Das ist König Aillas. Komm, ich stelle dich ihm vor!«

Die drei schlenderten über den Rasen zu dem mit weißem Linnen und silbernen Präsentiertellern festlich gedeckten Tisch. Aillas, der sich gerade mit einem aus seiner Eskorte unterhielt, wandte den Kopf, als die drei nahten.

Madouc sagte: »Eure Hoheit, erlaubt mir, Euch meine Mutter Twisk vorzustellen, auch bekannt als ›Twisk vom Blauen Haar‹. Ich habe sie eingeladen, an unserem Bankett teilzunehmen.«

Aillas verbeugte sich. »Lady Twisk, Ihr seid mehr als willkommen!« Er schaute von Twisk zu Madouc und wieder zu Twisk. »Ich glaube, ich sehe eine gewisse Ähnlichkeit, wenn auch gewiß nicht in der Farbe des Haares.«

»Madoucs Haar war womöglich das einzige Geburtsrecht, das sie von ihrem Vater erwiesen bekam, einem gewissen Sir Pellinore, einem Herrn mit einem ausgeprägtem Hang zum Leichtsinn.«

Shimrod trat zu der Gruppe. Madouc rief: »Mutter, ich möchte dir noch einen teuren Freund von mir vorstellen!«

Twisk wandte sich um, und ihre blauen Augenbrauen hoben sich. »So, Sir Pellinore! Beliebt es Euch also endlich, Euch zu zeigen! Schämt Ihr Euch nicht?« Twisk wandte sich wieder zu Madouc. »Ich empfehle dir mehr Vorsicht bei der Wahl deiner Freunde! Dies ist der heimlichtuerische Sir Pellinore, dein Vater!«

Madouc stieß einen hellen Schrei aus. »Ich kann meine Freunde wählen, Mutter, aber was meinen Vater anbetrifft, so lag die Wahl allein bei dir!«

»Wohl wahr«, sagte Twisk gleichmütig. »In der Tat war es Sir Pellinore, von dem ich eben diese Vorsicht lernte, die ich dich jetzt zu lehren versuche.«

Madouc wandte sich an Shimrod. »Seid Ihr wahrhaftig Sir Pellinore?«

Shimrod machte eine luftige Geste. »Vor vielen Jahren durchstreifte ich das Land als Vagabund. Es trifft zu, daß ich gelegentlich den Namen Sir Pellinore benutzte, wenn mir der Sinn danach stand. Und in der Tat entsinne ich mich einer Idylle im Walde mit einer schönen Elfe, wo ich fand, daß der Name Sir Pellinore einen romantischen Klang hatte — weit mehr als das simple ›Shimrod‹.«

»Dann ist es also wahr! Du, Shimrod, bist mein Vater!«

»Wenn die Lady Twisk das behauptet, dann wird es mir eine Ehre sein, die Verwandtschaft geltend zu machen. Ich bin genauso überrascht wie du, aber ganz und gar nicht unangenehm!«

Aillas sprach: »Laßt uns allnun unsere Plätze am Tisch einnehmen! Unsere Pokale sind voll mit Wein!

Madouc hat ihren Vater gefunden; Shimrod hat eine Tochter gefunden, und die Familie ist nun vereint!«

»Aber nicht lange«, sagte Twisk. »Ich habe keinen Geschmack an rührseliger Häuslichkeit.«

»Gleichwohl müßt Ihr den Moment anerkennen. Zu Tisch denn, und wir werden Lady Twisks überraschende Enthüllungen feiern.«

»Erstens: Wir grüßen meine abwesende Königin Glyneth und die neue Prinzessin Serle!«

»Zweitens: Auf die Lady Twisk, die uns mit ihrer Schönheit staunen macht!«

»Drittens: Auf Madouc, weiland Prinzessin von Lyonesse, dann degradiert zu ›Madouc, der Vagabundin‹, und jetzt durch königlichen Erlaß wieder zu dem geworden, was sie immer war: Madouc, Prinzessin von Lyonesse!«

SUSAN DEXTER

ALLAIRE, der große Fantasy-Zyklus vom königlichen Zauberlehrling Tristan und seinem Kampf gegen Nímir, den Fürsten der Eishölle.

Ein Erlebnis für jeden Fantasy-Fan!

06/4614

06/4615

06/4616

**Wilhelm Heyne Verlag
München**

HEYNE FANTASY

*Romane
und Erzählungen
internationaler
Fantasy-Autoren
im Heyne-
Taschenbuch.*

06/4796

06/4797

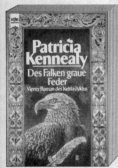

06/4831

06/4591

06/4823

06/4788

06/4755

06/4649

Top Hits der Science Fiction

Man kann nicht alles lesen – deshalb ein paar heiße Tips

Ursula K. Le Guin
Die Geißel des Himmels
06/3373

Poul Anderson
Korridore der Zeit
06/3115

Wolfgang Jeschke
Der letzte Tag der Schöpfung
06/4200

John Brunner
Die Opfer der Nova
06/4341

Harry Harrison
New York 1999
06/4351

Wilhelm Heyne Verlag
München

TERRY PRATCHETT
im Heyne-Taschenbuch

Ein Senkrechtstarter in der Fantasy-Literatur

»Der unmöglichste Fantasy-Zyklus aller möglichen Galaxien.«
PUBLISHERS WEEKLY

»Ein boshafter Spaß und ein Quell bizarren Vergnügens –
wie alle Romane von der Scheibenwelt.«
THE GUARDIAN

06/4583

06/4584

06/4706

06/4715

06/4764

06/4805

WILHELM HEYNE VERLAG MÜNCHEN

Neuland

Heyne Science Fiction Band 2000
Autoren der Weltliteratur schreiben über die Welt von morgen.

Die Zukunft hat schon seit jeher die besten Autoren der Weltliteratur fasziniert. Gerade in jüngster Zeit hat sich dieses Interesse deutlich verstärkt. Etablierte Schriftsteller wie Doris Lessing, Patricia Highsmith, Fay Weldon, Lars Gustafsson, Friedrich Dürrenmatt oder Italo Calvino haben sich ebenso mit der Welt von morgen auseinandergesetzt wie die führenden Kultautoren der jüngeren Generation, z. B. Ian McEwan, Paul Auster, Martin Amis, Peter Carey oder T. C. Boyle.

Der vorliegende Sammelband bietet erstmals einen repräsentativen Überblick über einen bisher, sehr zu Unrecht, wenig beachteten Bereich der Weltliteratur. Erzähler aus Australien, Brasilien, Deutschland, Großbritannien, Italien, Kanada, Rußland, Schweden, der Schweiz und den USA versammeln sich hier zu einem Gipfeltreffen literarischer Imagination. Neuland – in jeder Beziehung.

Karl Michael Armer/Wolfgang Jeschke
Neuland
06/5000

Wilhelm Heyne Verlag
München